HOMEM INVISÍVEL

RALPH ELLISON

HOMEM INVISÍVEL

Tradução
MAURO GAMA

4ª edição
Edição ampliada

Rio de Janeiro, 2025

Copyright © 1947, 1948, 1952, Ralph Ellison
Copyright renewed © 1980, Ralph Ellison

Todos os direitos reservados. Proibida a reprodução, armazenamento ou transmissão de partes deste livro, através de quaisquer meios, sem prévia autorização por escrito.

Título do original em língua inglesa
Invisible Man

Reservam-se os direitos desta edição à
EDITORA JOSÉ OLYMPIO LTDA.
Rua Argentina, 171 – 3º andar – São Cristóvão
20921-380 – Rio de Janeiro, RJ – República Federativa do Brasil
Tel.: (21) 2585-2060
Printed in Brazil / Impresso no Brasil

Seja um leitor preferencial Record.
Cadastre-se em www.record.com.br e receba informações sobre nossos lançamentos e promoções.

ISBN 978-85-03-01379-6

Livro revisado segundo o novo Acordo Ortográfico da Língua Portuguesa.

CIP-BRASIL. CATALOGAÇÃO NA PUBLICAÇÃO
SINDICATO NACIONAL DOS EDITORES DE LIVROS, RJ

Ellison, Ralph, 1914-1994
E43h   Homem invisível / Ralph Ellison; tradução Mauro Gama. – 4ª ed. –
4ª ed.   Rio de Janeiro: José Olympio, 2025.
         23 cm

Tradução de: Invisible man
ISBN 978-85-03-01379-6

1. Romance americano. I.Gama, Mauro, 1938- II.Título.

13-00931
CDD: 813
CDU: 821.111(73)-3

Para Ida

Estetismo, raça e política na imaginação literária de Ralph Ellison

Gabriel Trigueiro

Em 14 de abril de 1952 a Random House publicou *Homem invisível*, de Ralph Ellison, uma obra que provocou reações imediatas, e majoritariamente positivas, assim que começou a circular. Em 1953, por exemplo, o livro de Ellison levaria o National Book Award de ficção. Em primeiro lugar, os fatos. *Homem invisível* é o que um crítico uma vez chamou de "um livro tumultuoso". Além de ser um grande escritor, certamente um dos maiores do século passado, Ralph Ellison era também um grande leitor. Admirava gente como William Faulkner, T. S. Eliot, James Joyce, Ernest Hemingway e, sobretudo, Fiódor Dostoiévski.

Ellison consegue a um só tempo ser um cronista social complexo, profundo, sutil e ambíguo, mas também um esteta. Ao longo das páginas deste livro observamos o autor brincar com a linguagem, alternando inúmeras vezes um registro popular e coloquial com os conhecidos formalismos da tal da alta cultura. Além disso, traça comentários sociais mais profundos — porque muito mais cheios de nuance — do que qualquer crítica sociológica jamais terá feito: sobre raça, sociedade, democracia e pluralismo.

Ainda que o livro não deva ser lido como uma autobiografia — esse é normalmente um exercício intelectualmente preguiçoso, além de barateador da própria obra —, é inegável a presença de inúmeros elementos biográficos. Por exemplo, Ralph Ellison nasceu em Oklahoma, em 1914, e logo iria lidar com duas experiências diversas de racismo: uma explícita, no Sul segregado, e outra mais sutil e, digamos, plástica, no Norte. Ellison ocupou uma série de empregos de baixa qualificação (engraxate, garçom, assistente em consultório de dentista) até que decidisse estudar música no Tukegee Institute — algo que durou apenas dois anos, até que ele resolvesse partir para Nova York, a fim de ganhar dinheiro para que pudesse continuar os estudos com alguma segurança financeira.

Ellison, todavia, jamais retornou. Acabou se estabelecendo em Nova York como escritor, sob os auspícios de Richard Wright, e teve um momento de encantamento com o Partido Comunista, durante a década de 1930: o momento no qual o Partido Comunista norte-americano tratava a população afro-americana como uma espécie de "proletariado natural" e, por conseguinte, como a "vanguarda da revolução" que estava por vir. Não demoraria muito, entretanto, até que Ellison se desiludisse com os seus camaradas — algo análogo, aliás, ao processo que observamos ocorrer com a relação do personagem principal de seu livro e o grupo político nomeado como "a Irmandade", claramente inspirado no partido.

Homem invisível é um romance de formação rico em alegorias, parábolas e simbolismo. Não à toa, já foi chamado de "o Moby Dick da crise racial norte-americana". É um romance de formação, porque aquilo que está em questão, o tempo todo, é a identidade do protagonista-narrador, jamais nomeado. A ironia é o fato de que o personagem busca saber quem ele é invariavelmente a partir de suas interações com os outros: sua família, a direção da sua faculdade, os membros da Irmandade, um grupo de nacionalistas negros e demais encontros circunstanciais. No entanto, cada um que passa em sua vida jamais o enxerga em sua totalidade, mas apenas de modo instrumental, fracionado, borrado. É essa dificuldade, e essa jornada, em busca de ser reconhecido, ou melhor, de ser visto, que é a sua fonte permanente de angústia, ansiedade e desassossego. *Homem invisível* é um livro sobre a construção do *self*, é sobre a construção da nossa identidade mais particular e indivisível, e o sem-número de batalhas constantemente travadas contra a tirania das expectativas e projeções sociais com que temos que lidar.

A recepção de *Homem invisível* tem que ser compreendida a partir de determinadas variáveis: algumas objetivas, outras subjetivas. Por exemplo, um elemento certamente relevante é o fato de que Ralph Ellison jamais escondeu o seu elitismo cultural e a sua predileção por fazer parte de clubes socialmente exclusivistas. Como diz uma famosa anedota literária: Ralph Ellison sempre foi o autor negro favorito dos professores de literatura brancos. Aliás, além disso, foi o autor negro favorito de escritores como John Cheever, Robert Penn Warren e Saul Bellow — este último famoso por sua fala: "Quem é o Tolstói dos zulus?" Aqui o ponto relevante é o de que Ellison tinha de fato um temperamento conservador, o que obviamente não significa argumentar que ele era também conservador do ponto de vista político. Ellison era, isso sim, um esteta e acreditava com toda a força que a arte pertencia a um domínio superior da criação humana, um domínio que necessariamente deveria se elevar sobre os demais, sobretudo o da política. Apontar isso não significa dizer que o seu universo literário é desprovido de política: muito pelo contrário. Em *Homem invisível* há discussão política profunda, sofisticada e que, o mais difícil, anda de mãos dadas com um rigor formal notável. Ellison não é apenas um grande escritor com algumas boas ideias desenvolvidas ao longo de seu romance — o que já não seria pouco, repare. Ralph Ellison é um intelectual de primeiro calibre, mas que tem o cuidado de não dar ascendência às suas convicções políticas e intelectuais em detrimento do seu projeto estético e literário. A propósito, o contrário também não ocorre em parte alguma do livro. A simetria entre a forma e as ideias é impecavelmente construída, com talento e equilíbrio raros, de modo que um depende do outro, um fortalece o outro, numa balança perfeita, irretocável mesmo.

Se por um lado observamos no livro uma discussão sobre raça e identidade sociologicamente rica e politicamente sofisticada, trata-se igualmente de uma obra que permanece sendo uma fonte inesgotável de beleza formal, escrita por um classicista diletante, um esteta, cujo principal ato de insubordinação ao *establishment* racista e moralmente depravado da Jim Crow foi o de escrever, ele mesmo, não apenas o grande romance negro de seu tempo, mas, sim, o grande romance norte-americano de sua geração. Outro aspecto relevante de sua escrita é o fato de que todas as falas e as ações políticas no livro não se prestam a proselitismos de qualquer espécie, antes estão a serviço do desenvolvimento das cenas e dos personagens. Como grande escritor que é, Ellison dá plausibilidade e movimento a nacionalistas negros, a comunistas (embora não sejam explicitamente nomeados como tal) e a todo tipo de gente.

A sua sensibilidade estética e política — as duas coisas estão meio que imbricadas o tempo todo — consegue captar com cuidado e atenção todas as filigranas, variações e distinções do racismo estrutural dos EUA de sua época. Isto é, se há inegavelmente um racismo truculento, legalmente sancionado e explícito no Sul, sua contraparte do Norte se esconde sob um verniz mais civilizado, educado e progressista, mas é igualmente tóxico e talvez até mais perigoso, porque oblíquo, condescendente e implícito à superfície das coisas.

Em entrevista concedida à BBC em 1965, Ralph Ellison declarou explicitamente o seu encantamento quando, ainda jovem, leu pela primeira vez "A terra desolada", de T. S. Eliot, e observou uma imagética absolutamente rica e derivada da religião (uma religião que lhe era familiar, diga-se), além do que ele classificou como "uma reverência irreverente à tradição". T. S. Eliot declaradamente reconhecia a importância dos clássicos, mas isso não o impedia de brincar com eles ou mesmo rir deles. Além disso, o entendimento do poeta da ideia de "tradição" era amplo: significava, por um lado, o rigor formal do cânone, mas por outro, significava igualmente a tradição popular norte-americana (seus cânticos populares, folclore etc.). Esses traços presentes em Eliot seriam mimetizados à perfeição por Ellison em seu *Homem invisível*. Outro aspecto estilístico que ele menciona nessa mesma entrevista à BBC é a semelhança entre o "inglês negro", falado nas ruas do Harlem, e o inglês elizabetano — segundo Ellison, ambos possuíam um sentido de comicidade e uma expressividade muito próprias, sempre faziam referências ao passado (pautavam-se por um determinado senso de tradição, portanto) e eram fonte de inegável sabedoria.

Ademais, era possível, de acordo com Ellison, traçar uma genealogia dos tipos de discursos empregados nos sermões das igrejas dos negros no Harlem: eles teriam suas origens na linguagem empregada por gente como Shakespeare e John Donne. Argumentar isso não implicava dizer, é claro, que aqueles pastores necessariamente haviam lido os poetas metafísicos da Inglaterra do século XVI, mas que, de alguma forma (consciente ou não), eram fonte e estavam passando adiante uma "tradição viva". Segundo Ellison: "A grande tradição da eloquência na oratória pública não está no Congresso dos EUA, mas nas igrejas dos negros."

Também é interessante recordar da entrevista clássica concedida por Ralph Ellison à *Paris Review*, em 1954. A entrevista é toda irretocável, mas sempre me chamou a atenção a resposta a uma pergunta em especial. A partir de uma conversa sobre o realismo social literário, perguntam a Ellison: "Então você considera o seu romance um trabalho de literatura pura, em oposição a um que se filie a uma tradição de protesto social?" No que o autor responde: "Repare, eu não reconheço a dicotomia arte e protesto. *Notas do subsolo*, de Dostoiévski, é, entre muitas outras coisas, um protesto contra as limitações do racionalismo do século XIX; *Dom Quixote*, *A condição humana*, *Édipo rei*, *O processo* — todas essas obras são obras de protesto, protestos diante da limitação da vida em si mesma. Se o protesto social é uma antítese da arte, o que faremos com Goya, Dickens e Twain? Com frequência escutamos reclamações dirigidas ao chamado romance de protesto, especialmente quando escrito por negros, mas me parece que esses críticos poderiam questionar com mais precisão a falta de excelência e o provincialismo tão típicos a essas obras."

É sempre conveniente lembrar que *Homem invisível* ganhou o National Book Award de 1953, derrotando um livro como *O velho e o mar*, de Ernest Hemingway. Portanto é seguro argumentar que Ralph Ellison já havia obtido prestígio social do *establishment* literário e cultural norte-americano pelo menos desde a publicação de seu primeiro romance (e o único acabado em vida; o segundo, *Juneteenth*, foi editado e publicado postumamente). Também é seguro afirmar que Ellison conscientemente buscava evitar qualquer controvérsia maior ao deliberadamente não se posicionar em público sobre a segregação em seu país e a brutalidade do Estado na repressão do ativismo negro durante as lutas dos direitos civis na década de 1960. Além disso, verdade seja dita, Ellison sempre teve um entendimento algo tradicionalista da cultura e, por consequência, do modo pelo qual se organizam as relações sociais e mesmo a política. Como ele mesmo pontua, em introdução escrita em 1981 para uma das edições de *Homem invisível*: "aquilo que normalmente se supõe ser história do passado faz parte, na verdade, do presente que estamos vivendo, como William Faulkner insistia. De maneira furtiva, implacável e ardilosa, inspira tanto o observador quanto a cena observada, os padrões de comportamento, os costumes e a atmosfera, falando mesmo quando ninguém o quer escutar".

Aqui o ponto principal sobre *Homem invisível* é o fato de que, ao escrevê-lo, Ralph Ellison a um só tempo nega uma tradição e inventa outra, inteiramente nova. A tradição negada é a do "romance de protesto racial" mais óbvio e superficial. No lugar de raiva, Ellison queria que o seu personagem expressasse ironia. Seu desejo era o de escrever "um estudo dramático de uma humanidade comparada".

Homem invisível pode ser chamado de um romance de formação por dois motivos: em primeiro lugar, devido à organização do arco do personagem principal. Em segundo, porque se trata de um livro responsável igualmente pela formação ainda inacabada da identidade de uma nação. O livro de alguma forma resgata uma tradição idealista a respeito do papel da arte na promoção de virtudes e valores republicanos nos cidadãos da pólis. Como Ralph Ellison argumenta sobre o papel da ficção: "reside nela sua verdadeira função e potencial de promover mudanças, pois a sua forma mais séria, assim como a melhor política, é um impulso em direção a um ideal humano. Essa força se aproxima desse ideal por um processo de sutil negação do mundo das coisas em benefício de um complexo de aspectos positivos artificiais".

A visão de Ellison sobre o seu romance sempre foi universalista e democrática. Sua ideia era a de, à moda de alguém como Henry James, compor um romance protagonizado por um personagem principal que fosse intelectualizado, articulado e superautoconsciente. À diferença de Henry James, entretanto, seu personagem seria negro. Para Ellison, não havia até então na ficção afro-americana (e tampouco nos personagens negros escritos por autores brancos) esse tipo de expressividade ficcional e tampouco de profundidade humana. *Homem invisível* conseguiu não somente ser esse romance, mas também inaugurar uma nova tradição e imaginação literárias.

Introdução

O que um romancista pode dizer sobre seu trabalho, se é que pode fazê-lo, que não fosse melhor deixar para os críticos? Estes, pelo menos, têm a vantagem de lidar com as palavras na página, enquanto, para ele, a tarefa de explicar o processo envolvido em colocá-las ali é semelhante ao de ordenar a um gênio da lâmpada que se retire obedientemente — não apenas de volta à garrafa tradicional, mas à fita e às teclas de uma máquina de escrever, agora já extinta. E, nesse caso específico, ainda com mais razão, pois, desde seu início inesperado, esta foi uma obra de ficção com elevado grau de autodeterminação e espontaneidade. Isso porque, no momento em que me empenhava numa narrativa inteiramente distinta, ela se apresentou por meio das palavras que se tornariam a abertura de seu prólogo, instalando-se e evoluindo como um desafio à minha imaginação durante uns sete anos. Além disso, apesar de seu cenário em tempos de paz, irrompeu do que fora concebido como um romance de guerra.

Tudo começou no verão de 1945, num celeiro de Waitsfield, Vermont, onde eu estava afastado do serviço na Marinha Mercante, licenciado por motivo de doença. Apesar do fim da guerra, ela continuava a me preocupar em vários pontos de Nova York, inclusive em seus metrôs lotados: num estábulo adaptado da Rua 141, num conjugado da Avenida St. Nicholas e, mais surpreendentemente, num conjunto de cômodos que, no mais, era ocupado por joalheiros e se situava no oitavo andar do número 608 da Quinta Avenida. Ali, graças à generosidade de Beatrice e Francis Steegmuller, à época numa viagem de um ano ao exterior, descobri que escrever poderia ser tão difícil no elegante escritório de um colega escritor quanto num atulhado apartamento do Harlem. Havia, contudo, diferenças importantes, e algumas operaram maravilhas em minha vacilante autoestima, servindo, talvez, de catalisadores para a fantástica combinação dos elementos que comporiam a ficção ora em desenvolvimento.

Os proprietários do apartamento, Sam e Augusta Mann, providenciaram para que eu trabalhasse sem ser incomodado, tivesse um horário para almoçar fora, geralmente à custa deles, e se mostraram muito inclinados a incentivar meus esforços. Graças a eles, me vi capaz de cumprir o horário de trabalho regular de um comerciante, e o fluxo constante de belos objetos pelas salas, assim como as avaliações de pérolas e diamantes, platina e ouro, pelos peritos que as ocupavam, davam-me a sensação de estar vivendo muito acima de minhas posses. Assim, na verdade, e simbolicamente, o oitavo andar foi a maior altitude em que o romance se desenvolveu, mas esse era um grito longo e distante de nosso apartamento abaixo do nível da rua e bem poderia ter se revelado desorientador, se eu não estivesse conscientemente interessado numa personagem ficcional concentrada em trilhar seu caminho em setores da sociedade cujas maneiras, motivos e rituais eram desconcertantes.

De modo bastante curioso, apenas os ascensoristas questionavam minha presença num prédio tão opulento, mas isso, afinal de contas, aconteceu numa época em que os porteiros dos prédios localizados em bairros de classes média e alta direcionavam rotineiramente pessoas como eu aos elevadores de serviço. Apresso-me, porém, a acrescentar que nada desse teor jamais aconteceu no 608, pois, assim que os ascensoristas se acostumaram com minha presença, mostravam-se bastante simpáticos. E isso foi verdade até mesmo com relação a um imigrante entre eles que lia muito, e que achou a ideia de eu ser um escritor bastante engraçada.

Em compensação, alguns dos vizinhos da Avenida St. Nicholas me consideravam de caráter duvidoso. Aparentemente, porque Fanny, minha mulher, entrava e saía com a regularidade de quem tinha um emprego convencional, enquanto eu costumava ficar em casa, sendo visto, nas horas mais estranhas, levando nossos *terriers* escoceses para passear. No entanto, isso se devia, basicamente, ao fato de não me enquadrar em nenhum dos papéis, legais ou ilegais, com que meus vizinhos estavam familiarizados. Não era nem bandido, nem traficante, carteiro, médico, dentista, advogado, alfaiate, agente funerário, barbeiro, empregado de bar ou pregador. E, embora meu linguajar sugerisse um nível de educação superior, também ficava claro que eu não pertencia ao grupo de profissionais que viviam ou trabalhavam nas vizinhanças. Minha situação indefinida era, portanto, assunto de especulação e fonte de mal-estar, especialmente entre aqueles cujas atitudes e modos de conduta estavam em desacordo com os ditames da lei e da ordem. Isso contribuiu para um relacionamento que se limitava a acenos convencionais, em que meus vizinhos se mantinham a distância e eu também. Todavia, a suspeita se mantinha e, numa tarde nevada, enquanto descia uma rua escura em direção ao sol hibernal, uma senhora embriagada me fez saber exatamente como eu era classificado em sua variada lista de tipos e personagens.

Sonolentamente encostada à parede da frente de um bar da esquina, enquanto me aproximava, e dirigindo seus comentários a meu respeito, como se fosse para seus companheiros bêbados, disse:

— Aquele negro *ali* deve ser algum tipo de gostosão, pois, enquanto a mulher fica ralando como uma escravazinha, só *o* vejo passeando com os malditos cachorros deles e tirando umas porcarias de umas fotos!

Francamente, fiquei assustado com tão baixa avaliação, pois, por "gostosão" ela queria dizer um homem que vivia dos ganhos de uma mulher, um tipo normalmente identificado pela ociosidade, pelas roupas espalhafatosas, pelo estilo pessoal exibicionista e pelos negócios impiedosos de um cafetão convicto — qualidades das quais eu era tão completa e ostensivamente desprovido que ela teve de rir da própria investida provocadora. Embora a manobra tática subentendesse suscitar um revide, fosse de ira ou de conciliação, ela estava bêbada demais, ou desconectada da realidade, para se importar com aquilo, desde que lançasse alguma luz nas sombras de minha existência. Por conseguinte, me sentia menos incomodado do que divertido e, como voltava para casa com cinquenta dólares licitamente ganhos com um trabalho fotográfico, consegui sorrir, enquanto permanecia silenciosamente oculto em meu mistério.

Mesmo assim, aquela senhora embriagada chegara razoavelmente perto de um dos ajustes econômicos que me tornaram possível escrever, e também isso faz parte da história que está por trás deste romance. Minha mulher realmente supria as contribuições mais certas de nossa renda, enquanto as minhas vinham de maneira totalmente irregular. No período em que o livro esteve em andamento, ela trabalhou como secretária de diversas organizações e veio a coroar sua vida profissional como diretora executiva do Centro Médico Americano de Burma, um grupo que apoiava o trabalho do dr. Gordon S. Seagrave, o famoso "Cirurgião de Burma". Quanto a mim, eu revisava alguns livros, vendia artigos e histórias curtas, fazia trabalhos avulsos de fotografia (inclusive retratos para capas de livros de Francis Steegmuller e Mary McCarthy), montava amplificadores e instalava equipamentos de som de alta-fidelidade. Havia também algumas economias de meu trabalho em navios, uma subvenção do Fundo Rosenwald* e sua renovação, um pequeno adiantamento da editora e, por algum tempo, a remuneração mensal de nossa amiga e patrona das artes, a finada Sra. J. Caesar Guggenheimer.

Naturalmente, os vizinhos nada sabiam a esse respeito, nem nosso senhorio, que considerava escrever uma ocupação tão duvidosa para um homem jovem e saudável que, durante nossa ausência, não hesitou em entrar no apartamento e remexer meus papéis. Ainda assim, esses aborrecimentos tinham de ser suportados como parte da desesperada aposta na minha transformação em romancista. Felizmente, minha mulher confiava em meu talento, era dotada de refinado senso de humor e da capacidade de ser benevolente com a vizinhança. Eu não deixava de apreciar a hilariante inversão de uma mobilidade social racialmente restrita, que me surpreendia nas viagens diárias em que saía de uma vizinhança negra, na qual estranhos colocavam em dúvida meu caráter moral com base em nossa cor comum e em meu vago desvio das normas estabelecidas, até encontrar o santuário num ambiente de predomínio

---

* O Fundo Rosenwald patrocinava a educação de crianças afro-americanas e outras causas filantrópicas na primeira metade do século XX. (*N. do T.*)

branco, em que a mesma cor e a indefinição de papel me tornavam anônimo e, desse modo, distante do interesse público. Em retrospecto, é como se escrever sobre invisibilidade me tivesse deixado transparente ou opaco e me fizesse saltar para frente e para trás entre o provincianismo ignorante de um lugarejo e o desinteresse complacente de uma grande metrópole. O que, dada a dificuldade de alguém ficar conhecido como autor nesta sociedade multifacetada, não era uma disciplina inútil para um escritor americano.

Mas, posto de lado o intervalo da Quinta Avenida, a maior parte do romance ainda chegou a ser escrita no Harlem, de onde se extraiu boa parte de seu conteúdo de vozes, dialetos, folclore, tradições e preocupações políticas daqueles de cujas origens raciais e culturais eu compartilho. Da mesma maneira, pois, ocorreu quanto à economia, à geografia e à sociologia da luta mantida para escrever o livro e na retomada das circunstâncias em que teve início.

A narrativa, ofuscada pela voz que falava tão conscientemente da invisibilidade (pertinente aqui, por se ter mostrado uma etapa inábil em relação ao romance atual), focalizava as experiências de um piloto americano capturado que se viu num campo de concentração nazista de prisioneiros de guerra, em que era o oficial de mais alta patente e, por convenção internacional, o porta-voz dos companheiros ali aprisionados. Previsivelmente, o conflito dramático surgiu do fato de ele ser o único negro entre os americanos, e a tensão racial resultante era explorada pelo comandante alemão do campo, para seu próprio divertimento. Tendo de escolher entre a rejeição apaixonada dos dois tipos de racismo, o nativo e o estrangeiro, ao mesmo tempo em que sustentava os valores democráticos que compartilhava com os compatriotas brancos, meu piloto foi obrigado a buscar apoio para seu moral no senso de dignidade individual que possuía e em sua recém-despertada consciência da solidão humana. Para ele, aquela visão de fraternidade viril nascida da guerra, a respeito da qual Malraux escreveu com tanta eloquência, não se mostrava acessível e, para sua grande surpresa, a única justificativa para tentar lidar com seus compatriotas como camaradas de armas se baseava precisamente naquelas antigas promessas traídas, proclamadas em divisas e fraseados nacionais, como aqueles que o herói do *Adeus às armas*, de Hemingway, achara tão obscenos, durante a caótica retirada de Caporetto. Mas, enquanto o herói de Hemingway se esforçava para deixar a guerra para trás e optar pelo amor, para o meu piloto não havia nem fuga, nem um amor à sua espera. Consequentemente, ou teria de afirmar ideais transcendentes de democracia e sua própria dignidade, ajudando os que o desprezavam, ou aceitar sua situação como desesperadamente desprovida de significado: era uma escolha equivalente a rejeitar sua própria humanidade. A maior ironia estava no fato de que nenhum de seus adversários tinha conhecimento de sua luta íntima.

Sem dramatização, tudo isso poderia soar exagerado, mas, historicamente, a maior parte dos conflitos armados deste país, pelo menos para os afro-americanos, tem sido um quadro de guerras dentro de guerras. Foi assim na Guerra Civil, na última das Guerras Indígenas, na Guerra Hispano-Americana e na Primeira e na Segunda Guerras Mundiais. E, para o negro cumprir seu dever como cidadão, frequentemente era necessário que lutasse pela própria autoafirmação de seu direito de lutar. Desse modo, meu piloto estava preparado para se submeter ao sacrifício extremo, nos tempos de guerra, que a maioria dos governos exige dos cidadãos, embora os dirigentes de sua terra considerassem sua vida como tendo menos valor do que a dos brancos que faziam o mesmo sacrifício. Essa realidade favorecia uma tortura existencial, que recebia mais uma volta do parafuso por parte da consciência de que, uma vez assinada a paz, o comandante do campo de concentração alemão poderia migrar para os Estados Unidos e, imediatamente, desfrutar a vantagem das liberdades negadas à maioria dos heroicos soldados negros. Consequentemente, ideais democráticos e, de igual modo, valores militares, tornavam-se absurdos diante da mística predominante de raça e cor.

Eu mesmo escolhera a Marinha Mercante como uma modalidade mais democrática de serviço (assim como um antigo colega, um poeta, que se perdeu na costa de Murmansk em sua primeira viagem marítima) e, como um marinheiro em terra, na Europa, encontrara numerosos soldados negros que me fizeram vívidos relatos das condições nada democráticas sob as quais lutavam e trabalhavam. Como, porém, meu pai havia lutado em San Juan Hill, nas Filipinas e na China, sabia que essas queixas advinham do que era então um dilema americano arquetípico:

como era possível tratar um negro como igual na guerra e, em seguida, rejeitá-lo em tempos de paz? Também tomei conhecimento de algo em torno dos julgamentos de pilotos negros que, após serem treinados em unidades segregadas e serem submetidos a abusos por parte de oficiais e civis brancos, eram impedidos de voar em missões de combate.

Na verdade, publiquei um conto que abordava esse assunto, e foi nessa tentativa de converter experiência em ficção que descobri ser esse drama implícito muito mais complexo do que eu supunha. Porque, enquanto eu o concebera em termos de conflito entre negros e brancos, maioria e minoria, com os oficiais brancos se recusando a reconhecer a humanidade de um negro que vira na especialização das habilidades altamente técnicas do piloto um modo digno de servir a seu país, ao mesmo tempo em que melhoraria sua situação econômica, cheguei à conclusão de que meu piloto também sentia dificuldade de *se* ver com clareza. E isso tinha a ver com sua ambivalência diante das divisões de classe de seu próprio grupo e diversidades de cultura; ambivalência que se viu posta em foco depois de ele ter se espatifado em aterrissagem numa plantação sulista e ser socorrido por um agricultor arrendatário negro, cujas possibilidades e costumes o fizeram lembrar penosamente a sua própria, e frágil, situação militar, assim como a origem comum da escravidão. Cidadão de dois mundos, meu piloto se sentia mal apreciado por ambos, de modo que não se sentia à vontade em nenhum dos dois. Em resumo, a história descrevia sua luta consciente pela autodefinição e por um apoio invulnerável à sua dignidade individual. De modo algum tinha conhecimento de sua relação com o homem invisível, mas ele trazia claramente alguns de seus sintomas.

No mesmo período, eu havia publicado outra história em que um jovem marinheiro afro-americano, na costa de Swansea, Gales do Sul, fora obrigado a enfrentar os incômodos aspectos "americanos" de sua identidade, depois de americanos brancos terem deixado seu olho preto durante um corte de energia elétrica em tempo de guerra, numa rua de Swansea chamada Straight. Mas, ali, a pressão que tinha em vista o autoexame teve origem num grupo de galeses que o resgataram e o surpreenderam saudando-o como "ianque negro", convidaram-no para um clube particular e, em seguida, cantaram o hino nacional americano em sua honra. Ambas as histórias foram publicadas em 1944, mas, em 1945, numa fazenda de Vermont, o tema em torno da busca de identidade por um jovem negro se reafirmava de maneira muito mais desconcertante.

Pois, enquanto eu havia estruturado meus contos com base em experiências familiares, valendo-me de imagens concretas dos personagens e de suas histórias, agora me confrontava com algo nada substancial: uma voz provocadora e desprovida de corpo. E, enquanto estava em vias de planejar uma história baseada na guerra então em andamento, o conflito que me despertara a atenção naquela voz vinha se desenrolando desde a Guerra Civil. Considerando as experiências do passado, eu me sentia em terreno histórico seguro, muito embora permanecesse o problema literário de transportar as complexas emoções humanas e decisões filosóficas enfrentadas por um indivíduo único. Era uma ideia interessante para um romance americano, mas uma difícil tarefa para um romancista incipiente. Portanto, fiquei muito aborrecido por ter meus esforços interrompidos por uma voz irônica, simples, que me atingia por ser tão irreverente quanto um trompete ordinário que soasse através de uma execução, digamos, do "Réquiem de Guerra", de Britten.

E tanto mais porque a voz parecia estar bem ciente de que uma obra de ficção científica era a última coisa a que eu aspirava escrever. Na verdade, parecia mexer comigo, com insinuações daquele conceito sociológico pseudocientífico que sustentava brotar a maioria das dificuldades afro-americanas de nossa "grande visibilidade", uma expressão tão ambígua e insidiosa quanto suas paradoxais primas mais recentes, "negligência benigna" e "discriminação invertida", ambas traduzidas por "deixem aquele negros viverem, mas em seus lugares de sempre". Durante muitos anos, meus amigos fizeram amargas piadas com base nessas condições, sugerindo que, enquanto o irmão mais escuro era evidentemente submetido à prática de "freios e contrapesos", e mantido muito mais freado do que em equilíbrio, por sua própria escuridão, ele, todavia, brilhava na consciência americana com tamanha intensidade que a maioria dos brancos dissimulava uma cegueira moral em relação a seu dilema, incluindo-se, entre estes, as ondas de retardatários que se recusavam a reconhecer o quanto se beneficiavam também da condição de segunda classe deles, enquanto jogavam toda a culpa sobre os sulistas brancos.

Assim, apesar das declarações brandas dos sociólogos, na verdade, a "grande visibilidade" gerou um *não* visível — fosse ao meio-dia, na vitrine da Macy's e iluminado por tochas flamejantes, ou por clarões intensos e repentinos de câmeras fotográficas, fosse enquanto se submetesse ao sacrifício ritualístico dedicado ao ideal da supremacia branca. Após ter ciência disso, e dada a persistência da violência racial, somada à indisponibilidade de proteção legal, me perguntei o que mais haveria para sustentar nossa vontade de perseverar, além de uma boa risada? E podia haver um sutil triunfo escondido nessa gargalhada que se perdera, mas talvez mais afirmativo do que a raiva crua? Uma sabedoria secreta, conquistada a duras penas, que talvez oferecesse uma estratégia mais eficaz, por meio da qual um atrapalhado escritor afro-americano pudesse conduzir seu ponto de vista?

Foi uma ideia surpreendente, mas a voz era tão persuasiva, com seus ecos da gargalhada em tom de *blues*, que me vi incitado a um estado de espírito em que, repentinamente, os eventos atuais, as lembranças e os padrões de comportamento começaram a se combinar para formar uma vaga, mas intrigante, nova perspectiva.

Pouco antes da intromissão do porta-voz da invisibilidade, eu vira, num lugarejo próximo de Vermont, um cartaz que anunciava a exibição de um *"Tom Show"*, aquela denominação esquecida, usada para as versões dos menestréis de rosto negro de *A cabana do pai Tomás*, de Harriet Beecher Stowe. Eu achava que esse tipo de divertimento era coisa do passado, mas ali, num calmo vilarejo do norte, estava bem vivo, com Eliza, escorregando freneticamente e deslizando no gelo, tentando ainda — e isso durante a Segunda Guerra Mundial! — escapar dos cães de caça da escravidão... *Oh, eu galguei toda a colina/ Para meu rosto lá ocultar./ Ela gritou: não há lugar/ Em que ainda escondas tua sina!*

Pelo menos porque aquilo que normalmente se supõe ser história do passado faz parte, na verdade, do presente que estamos vivendo, como William Faulkner insistia. De maneira furtiva, implacável e ardilosa, inspira tanto o observador quanto a cena observada, os padrões de comportamento, os costumes e a atmosfera, falando mesmo quando ninguém o quer escutar.

E assim, à medida que eu escutava, as coisas antes obscuras começavam a tomar forma. Coisas estranhas, coisas inesperadas. Como o cartaz que me fizera lembrar da tenacidade de que pode revestir-se a evasão moral de uma nação, quando se admitem as manifestações dos estereótipos raciais, e a facilidade com que sua experiência mais profunda da tragédia pudera converter-se em uma farsa de cara preta. Até mesmo informações colhidas sobre o passado de amigos e conhecidos caíram no padrão de implicações que emergia lentamente. A mulher de um casal misto que foi nosso anfitrião, neta de um nascido em Vermont que fora general na Guerra Civil, acrescentou um novo aspecto à apresentação do cartaz. Detalhes de antigas fotografias, de versos, charadas e brincadeiras de crianças, cultos de igreja e solenidades acadêmicas, trotes e atividades políticas observadas durante meus dias anteriores à guerra no Harlem — tudo se encaixava. Eu relatara para o *New York Post* o levante de 1943 e fizera agitação, anteriormente, pela libertação de Angelo Herndon e dos *Scottsboro Boys*, marchara com Adam Clayton Powell Jr. em seu esforço para acabar com a segregação nas lojas ao longo da Rua 125, assim como fizera parte de uma multidão que bloqueou a Quinta Avenida em protesto contra a atuação da Alemanha e da Itália na Guerra Civil Espanhola. Tudo e qualquer coisa era grão para meu moinho ficcional. Algumas coisas falavam em alto e bom som: "Use-me aqui", enquanto outras eram perturbadoramente misteriosas.

Como a súbita lembrança de um incidente de meus dias de faculdade, quando, ao abrir um tonel de plasticina doado a um amigo escultor inválido por um ateliê do norte, encontrei, encoberto pela massa oleosa, um ornato em forma de friso e de figuras modeladas de acordo com as do monumento de *Saint-Gaudens*, do coronel Robert Gould Shaw e seu 54º Regimento Negro de *Massachusetts*, uma obra comemorativa que fica no *Boston Common*. Eu não fazia a menor ideia dos motivos por que isso teria vindo à tona, mas talvez fosse para me lembrar de que, como estava escrevendo ficção, e vagamente procurando imagens de fraternidade entre negros e brancos, seria melhor lembrar que Wilky, o irmão de Henry James, lutara como oficial com aqueles soldados negros, e que o corpo do coronel Shaw fora jogado numa vala junto com os de seus homens. Talvez fosse também para me lembrar de que a guerra, assim como a arte, poderia transformar-se em algo muito mais profundo e significativo do que sua violência imediata...

De qualquer maneira, estava claro, agora, que a voz da invisibilidade saía das profundezas do complexo subterrâneo americano. Então, com que lógica insana eu deveria finalmente localizar a vida de seu possuidor — e oh, tão eloquentemente — num porão abandonado. Decerto, o processo era muito mais desarticulado do que dou a entender, mas esse era o processo interno-externo, subjetivo-objetivo, da ficção em desenvolvimento, sua casca pintalgada e seu coração surreal...

Mesmo assim, ainda estava inclinado a fechar os ouvidos e prosseguir com meu romance interrompido, mas, como muitos procedimentos de autores no sentido do que Conrad chamou de "componente destrutivo", eu me enleara num estado de hiper-receptividade; uma condição desesperadora em que um escritor de ficção encontra dificuldade para ignorar até mesmo a mais nebulosa ideia-emoção que surja no processo criativo. Porque ele logo aprende que essas projeções amorfas bem poderiam ser dádivas inesperadas de sua musa inspiradora, que poderia, quando devidamente apreendida, fornecer exatamente os materiais necessários para se manter flutuando nas marés turbulentas da composição. Por outro lado, elas poderiam destruí-lo, sugá-lo nas areias movediças da indecisão. Eu já estava tendo dificuldade suficiente para tentar evitar escrever o que poderia tornar-se nada mais do que outro romance de protesto racial, em vez do estudo dramático de uma humanidade comparada, como sentia que qualquer romance de valor deveria ser, e a voz parecia estar guiando-me precisamente nessa direção. Quando, porém, escutava sua gargalhada zombeteira e especulava que tipo de indivíduo falaria com aquele sotaque, decidi que seria aquele que tivesse sido forjado nos subterrâneos da experiência americana e, ainda assim, conseguira emergir menos enfurecido do que irônico. Alguém que daria risadas longas e barulhentas em tom de *blues*, e que se incluísse na própria crítica da condição humana. Gostei da ideia e, como tentasse visualizar o interlocutor, acabei relacionando-o com aqueles conflitos tragicômicos da época, que sustentavam as energias do meu grupo desde o abandono da Reconstrução. E, depois de persuadi-lo a se revelar um pouco mais, concluí que ele era, sem sombra de dúvida, um "personagem", e no duplo sentido do termo. Vi que era jovem, desprovido de poder (refletindo as dificuldades dos líderes negros da época) e ambicioso de um papel de liderança. Um papel em que estava condenado a fracassar. Não tendo nada a perder, e para me dar o maior campo de sucesso ou fracasso, associei-o, muito de longe, ao narrador das *Memórias do subterrâneo*, de Dostoievski, começando, assim, a estruturar o movimento de minha trama, enquanto *ele* começava a se fundir com minhas preocupações mais especializadas com a forma ficcional e com certos problemas originários da tradição literária pluralística de que brotei.

Entre estes, estava a indagação sobre o fato de que a maioria dos protagonistas de ficção afro-americana (para não mencionar os personagens negros na ficção escrita por brancos) era desprovida de profundidade intelectual. Com demasiada frequência, eram figuras surpreendidas nas formas mais intensas de luta social, sujeitas às formas mais extremadas dos dilemas humanos, mas raramente capazes de articular os problemas que os torturavam. Não que muitos indivíduos de valor não sejam, de fato, inarticulados, mas houve, e há, exceções suficientes na vida real para proporcionar modelos ao romancista perceptivo. E, ainda que estes não existissem, seria necessário, tanto no interesse da expressividade ficcional quanto das possibilidades humanas, inventá-los. Henry James nos ensinou muito com seus personagens hiperconscientes, "de individualidade supersutil", que incorporavam a sua própria natureza refinada, de classe superior, as virtudes americanas da consciência e da percepção. Tais criaturas ideais eram de surgimento improvável no mundo em que eu habitava, mas nunca se sabe, pois há muita coisa despercebida e sem registro nesta sociedade. Por outro lado, sentia que um dos desafios com que o romancista americano sempre deparava era o de dotar de eloquência seus personagens inarticulados, seus cenários e processos sociais. Pois é com essas tentativas que ele cumpre sua responsabilidade social como artista americano.

Poderia parecer que os interesses da arte e da democracia convergem para este ponto: o desenvolvimento de cidadãos conscientes e articulados seria um objetivo firmado por essa sociedade democrática, e tais personagens conscientes e articulados se mostrariam indispensáveis à criação de centros de composição significativos, por meio dos quais uma coerência orgânica pudesse ser alcançada na elaboração das formas ficcionais. Por meio da imposição de significado sobre nossa desigual experiência americana, o escritor busca criar formas em que atos, cenários e personagens falam mais do que seus egos imediatos e, nessa iniciativa, a própria natureza do idioma está a seu lado, uma vez que, por uma artimanha do destino (e não obstante nossos problemas raciais), a imaginação humana é integradora, e isso também é verdade quanto à força centrífuga que inspira o processo democrático. E, enquanto a ficção é apenas um modo de ação simbólico, um simples jogo de "faz de conta", reside nela sua verdadeira função e potencial de promover mudanças, pois a sua forma mais séria, assim como a melhor política, é um impulso em direção a um ideal humano. Essa força se aproxima desse ideal por um processo sutil de negação do mundo das coisas em benefício de um complexo de aspectos positivos artificiais.

Assim, se o ideal de se atingir uma verdadeira igualdade política nos escapa efetivamente, como continua acontecendo, ainda há a disponibilidade daquela *visão* ficcional de uma democracia idealizada, em que o real se combina com o ideal e nos oferece representações de um estado de coisas em que as pessoas bem ou mal empregadas, os negros e os brancos, os nortistas e os sulistas, os nativos e os imigrantes todos se unem para nos falar sobre verdades transcendentes e possibilidades tais como aquelas descobertas havidas quando Mark Twain colocou Huck e Jim na mesma balsa.

Isso me deu a entender que um romance poderia ser elaborado como uma balsa de esperança, percepção e entretenimento que poderia ajudar-nos a nos manter flutuando enquanto tentássemos negociar os obstáculos e redemoinhos que marcam os rumos vacilantes de nosso país rumo ao ideal democrático, ou para longe deste. Há, evidentemente, outras metas para a ficção. No entanto, recordo que, durante os dias mais remotos e otimistas dessa república, admitia-se que cada cidadão poderia tornar-se (e deveria preparar-se para tornar-se) presidente. A democracia era considerada, não apenas uma coletividade de indivíduos, conforme a definição de W. H. Auden, mas uma coletividade de cidadãos politicamente astutos que, devido ao nosso alardeado sistema de educação universal e à nossa liberdade de oportunidade, estariam preparados para governar. À medida que as coisas foram acontecendo, isso se tornou uma possibilidade improvável, mas não inteiramente.

E até para afro-americanos houve a breve esperança que fora encorajada pela presença de congressistas negros em Washington, durante a Reconstrução. Nem eu poderia ver qualquer razão para reconhecer que nossa visão mais depurada das possibilidades políticas (não muito tempo antes de eu começar este livro, A. Phillip Randolph teve de ameaçar nosso querido F.D.R. com uma marcha em Washington, antes de as nossas indústrias bélicas serem abertas aos negros) impusesse restrições indevidas à minha liberdade de escritor, no sentido de manipular imaginosamente aquelas potencialidades que existiam tanto na personalidade afro-americana quanto na estrutura restrita da sociedade norte-americana. Minha tarefa era transcender aquelas restrições. Por exemplo: Mark Twain demonstrara que o romance poderia servir como antídoto cômico para os males da política e, desde 1945, assim como agora, os afro-americanos eram normalmente derrotados em seus embates com a situação, não havendo motivo pelo qual eles, como Brer Rabbit e seus primos mais letrados, os grandes heróis da tragédia e da comédia, não tivessem a possibilidade de arrebatar a vitória da percepção consciente das forças que os oprimiam. Desse modo, eu teria de criar um narrador que pudesse pensar tanto quanto agir, e achei uma capacidade de autoafirmação indispensável à sua disparatada busca por liberdade.

Assim, minha tarefa era a de revelar os conceitos humanos universais escondidos nas situações difíceis em que alguém era tanto negro quanto americano, e não apenas um meio de transmitir minha visão pessoal da possibilidade, mas um modo de lidar com o puro desafio retórico envolvido na comunicação através de nossas barreiras de raça, religião, classe, cor e região — barreiras construídas por muitas estratégias de divisão planejadas, e que ainda funcionam, para evitar o que, de outra forma, seria um reconhecimento mais ou menos natural das verdadeiras condições de uma fraternidade entre negros e brancos. E, para derrotar essa tendência nacional a negar a humanidade comum compartilhada pelo meu personagem e por aqueles que poderiam vir a ler sobre sua experiência, eu teria de proporcionar a ele algo de uma visão do mundo, dar-lhe uma consciência em que sérias questões filosóficas pudessem ser levantadas, provê-lo de uma série de linguajares que tirasse proveito da riqueza de nossa língua vernácula facilmente compartilhada e construir um enredo que o colocasse em contato com vários tipos americanos que circulavam em vários níveis da sociedade. Precisaria, acima de tudo, abordar estereótipos raciais como fato consumado do processo social e, ao mesmo tempo em que apostasse na capacidade de o leitor compreender a verdade ficcional, revelar a complexidade humana que se pretende ocultar com os estereótipos.

Seria uma ilusão, contudo, deixar a impressão de que todo o processo de escrever foi tão solene. Na verdade, houve muita diversão ao longo do caminho. Sabia que estava compondo uma obra de ficção, um trabalho de arte literária que me permitiria tirar partido da capacidade que o romance tem de dizer a verdade enquanto conta realmente uma "mentira", que é o termo popular afro-americano para uma história improvisada. Tendo trabalhado em barbearias, onde florescia esse tipo de arte oral, tinha conhecimento de que poderia recorrer à rica cultura dos contos populares, assim como à dos romances, e que, estando inseguro de minha habilidade, teria de improvisar com meus materiais, assim como um músico de jazz apresenta um tema musical através de uma metamorfose em louca explosão de estrelas. Nesse momento, reparei que as palavras do Prólogo continham o gérmen do final, assim como as do começo. Eu estava livre para desfrutar as surpresas de episódio e de personagem quando estes surgissem no cenário.

E houve surpresas. Cinco anos antes de o livro se completar, Frank Taylor, que fizera um contrato comigo por ocasião de meu primeiro livro, mostrou um excerto a Cyril Connolly, o editor da revista inglesa *Horizon*, e ele foi publicado num artigo que tratava da arte na América. Isso marcou a publicação inicial do primeiro capítulo, que apareceu nos Estados Unidos logo depois no volume de 1948 da agora extinta *Magazine of the Year*, que se refere às datas de *copyright* de 1947 e 1948, o que causou confusão entre os estudiosos. A data real de publicação do volume completo foi 1952.

Essas surpresas foram tanto encorajadoras como intimidantes, pois, após saborear aquele bocadinho de sucesso, senti-me inseguro acerca de que aquela única seção, que continha a cena da "batalha real", pudesse muito bem ser o único incidente interessante do livro. Não obstante, persisti e finalmente chegou o momento em que se tornou significativo trabalhar com meu editor, Albert Erskine. O restante, como se costuma dizer, é história. Minha maior esperança para o livro era de que vendesse exemplares suficientes para evitar que meus promotores editoriais perdessem os investimentos feitos e que meu editor tivesse perdido tempo. Mas, como eu disse no começo, este foi sempre um romance mais voluntarioso e mais autopropulsado, e a prova desta afirmativa é testemunhada pelo fato de que aqui, espantosamente trinta anos mais tarde, estou novamente escrevendo a seu respeito.

Ralph Ellison
10 de novembro de 1981

— Você está a salvo — gritou o Capitão Delano, cada vez mais atônito e aflito. — Você está a salvo: o que lançou essa sombra sobre você?

Herman Melville, *Benito Cereno*

Harry: Posso-lhe afirmar, não é para mim que você está olhando,
Não é para mim que você sorri forçadamente, nem para mim são seus olhares secretos.
Acuse, se quiser, aquela outra pessoa, se é que existe,
Que você pensava que fosse eu: deixe a sua necrofilia
alimentar-se daquela carcaça...

T. S. Eliot, *Reunião de família*

Prólogo

Sou um homem invisível. Não, não sou um espectro como aqueles que assombravam Edgar Allan Poe; nem sou um ectoplasma do cinema de Hollywood. Sou um homem com substância, de carne e osso, fibras e líquidos, e talvez até se possa dizer que possuo uma mente. Sou invisível — compreende? — simplesmente porque as pessoas se recusam a me ver. Como as cabeças sem corpo que algumas vezes são vistas em atrações de circo, é como se eu estivesse cercado daqueles espelhos de vidro duro que deformam a imagem. Quando se aproximam de mim, só enxergam o que me circunda, a si próprios ou o que imaginam ver — na verdade, tudo, menos eu.

Nem é a minha invisibilidade exatamente uma questão de acidente bioquímico para minha epiderme. A invisibilidade a que me refiro decorre de uma disposição peculiar dos olhos daqueles com quem entro em contato. Uma questão de construção de sua visão *interior*, aqueles olhos com os quais olham a realidade através dos olhos físicos. Não estou reclamando, nem protestando. Algumas vezes é vantajoso não ser visto, embora, na maioria das vezes, seja emocionalmente muito desgastante. Além disso, os de pouca visão estão constantemente tropeçando em você. Ou, uma vez mais, você duvida de que realmente exista. Ficamos nos perguntando se não somos apenas um fantasma na mente das outras pessoas. Uma criatura, digamos, em um pesadelo que aquele que está dormindo tenta destruir com toda a sua força. É quando você se sente assim que, partindo do ressentimento, começa a repelir as pessoas.

E, deixe-me confessar, você se sente assim a maior parte do tempo. Sofre com a necessidade de se convencer de que existe no mundo real, que é parte de todo esse ruído e aflição, e que você esmurra, praguejaa e jura que fará com que reconheçam sua presença. Mas, infelizmente, raras vezes isso dá certo.

Certa noite, esbarrei acidentalmente num homem e, talvez porque ainda não estivesse totalmente escuro, ele me viu e me xingou. Saltei sobre ele, agarrei a lapela de seu paletó e exigi que me pedisse desculpas. Era um homem alto e louro: à medida que meu rosto se aproximava do dele, olhou-me insolentemente através dos olhos azuis e soltou um palavrão, com o bafo quente de sua respiração no meu rosto enquanto se debatia. Abruptamente, puxei para baixo o queixo dele contra a minha testa e lhe dei uma cabeçada, como vira fazerem os índios do oeste. Senti sua carne rasgar-se e o sangue jorrar. Bradei: "Peça desculpas! Peça desculpas!", mas ele continuava com os xingamentos e a se debater, então dei-lhe outra cabeçada, e mais outra, até que caiu pesadamente sobre os joelhos, sangrando profusamente. Num frenesi, dei-lhe repetidos pontapés, porque insistia com os insultos, embora o sangue lhe espumasse nos lábios. Oh, sim! Chutei-o! E, no meu ultraje, agarrei a minha faca e me preparei para lhe cortar a garganta, bem ali, sob a luz do poste na rua deserta, segurando-o pelo colarinho com uma das mãos e abrindo a faca com os dentes, quando me ocorreu que aquele homem não me *vira*, na verdade; que ele, tanto quanto era de meu conhecimento, estava caminhando no meio de um pesadelo! A lâmina ficou imóvel, cortando o ar enquanto eu o empurrava. Deixei-o cair no chão da rua. Fitei-o duramente no momento em que os faróis de um carro cortaram a escuridão. Estava ali deitado, gemendo no asfalto; um homem quase morto por um fantasma. Fiquei perturbado. Estava me sentindo ao mesmo tempo enojado e envergonhado. Parecia um bêbado, oscilante nas pernas enfraquecidas. Depois achei engraçado: alguma coisa na cabeça dura daquele homem havia saltado e acertara-o, quando sua vida estivera por um fio. Comecei a rir dessa descoberta maluca. Teria ele despertado no momento da morte? Teria a própria Morte aberto os olhos dele para uma vida mais consciente? Mas não me demorei. Corri pela escuridão adentro, rindo tanto que fiquei com medo de me desmanchar. No dia seguinte, vi sua foto no *Daily News* e, abaixo dela, uma legenda dizendo que fora "espancado". "Pobre idiota, pobre idiota cego", pensei com sincera compaixão, agredido por um homem invisível!

Na maior parte do tempo (embora não escolha, como já fiz certa vez, ocultar a violência de nossos dias ignorando-a), não sou tão abertamente violento. Lembro que sou invisível e caminho com suavidade, de modo a não acordar os que dormem. Às vezes, é melhor não despertá-los. Há poucas coisas no mundo mais perigosas do que os sonâmbulos. Aprendi a tempo, todavia, que é possível travar uma luta contra eles sem que o percebam. Por exemplo, já faz algum tempo que travo uma luta com a Monopolated Light & Power. Uso o serviço deles e nada pago, mas eles não sabem disso. Oh, suspeitam de que haja algum desvio de energia elétrica, mas não sabem onde. Tudo o que sabem é que, de acordo com o medidor principal lá da estação de energia, uma quantidade considerável de energia está desaparecendo, em algum lugar da selva do Harlem. A piada, certamente, é que não moro no Harlem, mas numa área fronteiriça. Muitos anos atrás (antes de ter descoberto a vantagem de ser invisível), seguia o processo rotineiro de comprar o serviço e pagar preços ultrajantes. Mas não faço mais isso. Desisti de tudo aquilo, junto com meu apartamento e meu antigo estilo de vida: este estilo se baseava na falsa suposição de que eu, como outros homens, era visível. Agora, ciente de minha invisibilidade, moro sem pagar aluguel num prédio alugado exclusivamente por brancos, numa parte do porão que, durante o século XIX, fora bloqueada e esquecida, o que descobri quando, no meio da noite, tentava escapar de Rás, o Destruidor. Mas estamos indo longe demais na história, quase até o fim, embora o fim esteja no princípio e se estenda muito à frente.

A questão, agora, é que encontrei um lar, ou um buraco no chão, se você assim o quiser chamar. Mas não conclua que, por chamar meu lar de "buraco", ele seja úmido e frio como um túmulo. Há buracos frios e há buracos quentes. O meu é um buraco quente. E lembre-se de que um urso se recolhe à sua toca para passar o inverno e lá vive até a primavera. Depois, sai caminhando como um pinto ao sair do ovo partido. Se digo isso, é para mostrar que estão enganados aqueles que supõem que, por ser invisível e morar numa toca, eu esteja morto. Não estou nem morto nem em estado de animação suspensa. Chame-me Jack, o Urso, pois estou em estado de hibernação.

Minha toca é quente e cheia de luz. Sim, *cheia* de luz. Duvido que haja um ponto em toda Nova York mais claro do que essa minha toca, e não excluo a Broadway. Nem mesmo o edifício Empire State, no sonho noturno de um fotógrafo. Mas isso seria abusar de sua boa-fé. Aqueles dois pontos estão entre os pontos mais escuros de toda a nossa civilização, perdoe-me, de nossa *cultura* (uma distinção, pelo que ouvi dizer), o que poderia soar como um embuste, ou uma contradição, mas é assim que o mundo caminha: não como uma flecha, mas como um bumerangue (acautelem-se contra aqueles que falam de *espiral* da história; estão preparando um bumerangue; mantenha à mão um capacete de aço). Já sei. Tenho levado tantos bumerangues na cabeça que agora posso ver a escuridão da luminosidade. E adoro a luz. Talvez você ache estranho que um homem invisível precise de luz, deseje a luz, ame a luz. Mas pode ser exatamente por eu ser invisível. A luz confirma minha realidade, dá luz à minha forma. Uma menina bonita me falou de um pesadelo seu que se repete, em que ela se via deitada no centro de uma grande sala às escuras e sentia o rosto expandir-se até tomar conta de todo o recinto, tornando-se uma massa disforme, enquanto seus olhos se expandiam numa gelatina biliosa pela chaminé. O mesmo acontece comigo. Sem luz, sou não apenas invisível, mas também desprovido de forma, e não ter consciência da própria forma é viver uma morte. Eu mesmo, depois de existir por uns vinte anos, só ganhei vida quando descobri minha invisibilidade.

É por isso que travo minha batalha com a Monopolated Light & Power. E eis a razão mais profunda: isso faz com que eu sinta minha energia vital. Também luto contra eles por arrancarem tanto do meu dinheiro antes de eu aprender a me proteger. Em minha toca no subsolo, há exatamente 1.369 lâmpadas. A fiação toma conta de todo o teto, de cada centímetro dele. E não são lâmpadas fluorescentes; são aquelas mais antigas, do tipo mais dispendioso, com filamento. Um ato de sabotagem, você sabe. Já comecei a passar fiação pela parede. Um sucateiro que conheço, um visionário, me forneceu fio e tomadas. Nada, tempestade ou enchente, deve ficar no caminho de nossa necessidade de luz, e luz cada vez mais clara. A verdade é a luz, e a luz é a verdade. Quando terminar as quatro paredes, passarei logo para o chão. Exatamente como farei isso, não sei. Mas, quando se é invisível, desenvolve-se certa engenhosidade. Resolverei o problema. E pode ser que invente uma engenhoca para colocar meu bule de café no fogo enquanto esteja na cama, e invente mesmo um dispositivo para me aquecer a cama, como vi um camarada numa revista ilustrada, que fez outro para lhe aquecer os sapatos! Embora invisível, eu me incluo na grande tradição americana do faz-tudo, o que me aproxima de Ford, Edison e Franklin. Chame-me de um "faz-tudo-pensador", já que tenho uma teoria e um conceito. Sim, aquecerei meus sapatos, eles precisam disso, normalmente estão cheios de furos. Farei isso e muito mais.

Hoje tenho uma vitrola. Planejo ter cinco. Na minha toca, há uma espécie de amortecimento acústico e, quando ouço música, quero *sentir* sua vibração, não apenas com os ouvidos, mas com meu corpo inteiro. Gostaria de ouvir cinco gravações de Louis Armstrong tocando e cantando "What Did I Do to Be so Black and Blue", todas ao mesmo tempo. Algumas vezes, agora, ouço Louis enquanto como minha sobremesa favorita: de sorvete de baunilha com *sloe gin*.* Derramo o líquido vermelho sobre o montículo branco, observando-o cintilar com o vapor subindo enquanto Louis dobra aquele instrumento militar num feixe luminoso de lirismo sonoro. Talvez eu goste de Louis Armstrong porque ele fez poesia a partir de sua invisibilidade. Acho que deve ser porque ele não tem consciência de que *é* invisível. E minha própria compreensão da invisibilidade me ajuda a entender sua música. Certa vez, quando pedi um cigarro, uns idiotas me deram um baseado, que acendi quando cheguei em casa e sentei para ouvir minha vitrola. Foi uma noite estranha. A invisibilidade, deixe-me explicar, dá à pessoa uma noção ligeiramente diferente do tempo. Você nunca está sincronizado. Às vezes está à frente, outras, atrás. Em vez do fluxo rápido e imperceptível do tempo, você tem consciência de seus nodos, aqueles pontos

---

* Licor obtido com a adição de ameixas ao gim, o que lhe confere sabor especial e coloração avermelhada. (*N. do T.*)

em que o tempo fica parado ou a partir dos quais dá um salto. Você escorrega nas pausas e olha à sua volta. É isso que você vagamente escuta na música de Louis.

Certa vez, vi um pugilista profissional enfrentar um matuto. O lutador era rápido e surpreendentemente científico. Seu corpo era um fluxo violento de ação rítmica ligeira. Ele golpeou o matuto uma centena de vezes, enquanto este levantava os braços, estupefato. Repentinamente, porém, o matuto, girando em torno da tempestade daquelas luvas de boxe, desferiu um golpe e derrubou toda aquela ciência, com velocidade e jogo de pés, de maneira fria e calculada. O sabido deu com a cara na lona. O azarão ganhou a parada. O matuto simplesmente entrara no compasso do adversário. Então, sob o feitiço do baseado, descobri um novo modo analítico de ouvir música. Os sons inaudíveis se tornaram perceptíveis, e cada linha melódica existia por si só, destacava-se claramente do resto, dizia o que tinha a dizer e aguardava pacientemente as outras notas falarem. Naquela noite, me encontrei ouvindo não apenas no tempo, mas também no espaço. Não só penetrei a música, mas desci, como Dante, até suas profundezas. E, *além da rapidez do compasso acelerado, havia um ritmo mais lento, e uma caverna na qual entrei, olhei ao redor e ouvi uma anciã cantando um* spiritual* *tão cheio de* **Weltschmertz**** *quanto o* flamenco, *e, descendo mais, havia um nível ainda mais baixo, em que vi uma bela menina, da cor do marfim, implorando, com uma voz parecida com a da minha mãe, diante de um grupo de senhores de escravos que fazia apostas sobre seu corpo nu, e sob isto encontrei um nível ainda mais baixo e um compasso mais rápido, ouvindo alguém gritar:*

— Irmãos e irmãs, esta manhã meu texto é o "Negrume do Negrume".

E um coro de vozes respondeu:

— Esse negrume é muito negro, irmão, muito negro...

— No começo...

— Bem no início — *gritaram.*

— ... *havia o negrume...*

---

* O *spiritual* é um gênero musical cuja aparição se deu nos Estados Unidos. Foi inicialmente interpretado por escravos negros. Apesar da entonação religiosa, tinha, principalmente, uma função política objetivando o fim da escravidão. (*N. do T.*)
** Do alemão, no original: melancolia, tédio. (*N. do T.*)

— *Proclamem isso...*
— *... e o sol...*
— *O sol, Sinhô...*
— *... era rubro como sangue...*
— *Rubro...*
— *Agora é negro...* — *o pregador gritou.*
— *Totalmente...*
— *Eu disse que ele é negro...*
— *Proclame isso, irmão...*
— *... e negro não é...*
— *Rubro, Sinhô, rubro: Ele disse que é rubro!*
— *Amém, irmão...*
— *O negro vai te pegar...*
— *Sim, vai...*
— *Sim, vai...*
— *... e o negro não...*
— *Agora, não!*
— *Ele pega...*
— *Ele pega, Senhor...*
— *... e não pega...*
— *Aleluia...*
— *... Ele vai te colocar, glória, glória, Oh, meu Sinhô, na BARRIGA DA BALEIA.*
— *Proclame isso, querido irmão...*
— *... e fazer você tentar...*
— *Bom Deus todo-poderoso!*
— *A velha Tia Nelly!*
— *O negro vai tornar você...*
— *Negro...*
— *... ou o negro vai te desfazer.*
— *Não é verdade, Sinhô?*
E, naquele momento, uma voz com timbre de trombone gritou para mim:
— *Saia daqui, seu tolo! Você tá pronto para cometer uma traição?*
E eu me retirei, ouvindo a velha cantora de spirituals gemendo:
— *Xingue o seu Deus, garoto, e morra!*

Parei e a questionei. Perguntei o que estava errado.
— Eu amava ternamente o meu senhor, filho — ela disse.
— Você deveria tê-lo odiado — falei.
— Ele me deu vários filhos — ela disse — e, porque eu amava meus filhos, aprendi a amar o pai deles, embora também o odiasse.
— Eu também me familiarizei com a ambivalência — disse. — É por isso que estou aqui.
— O que é isso?
— Nada, uma palavra que não se explica. Por que você geme?
— Gemo deste modo porque ele está morto — ela disse.
— Então me diga, quem está rindo lá em cima?
— São meus filho. Estão contente.
— Sim, entendo isso também — disse.
— Eu também rio, mas gemo também. Ele prometeu libertar a gente, mas nunca fez isso. Mesmo assim, eu amava ele...
— Amava-o? Você quer dizer...?
— Oh, sim, mas eu amava outra coisa ainda mais.
— Que outra coisa?
— A liberdade!
— A liberdade — eu disse. — Talvez a liberdade esteja no ódio.
— Não, filho, tá no amor. Eu amava ele e dei pra ele o veneno e ele definhou como uma maçã queimada pelo frio. Os menino picaram ele em pedaço com suas faca.
— Tem algum erro aí — eu disse. — Estou confuso.

E eu queria dizer outras coisas, mas a gargalhada no andar de cima se tornou alta demais e, para mim, parecia um gemido. Tentei sair dali, mas não conseguia. À medida que saía, sentia o desejo urgente de perguntar a ela o que era a liberdade e voltei. Ela estava sentada com a cabeça entre as mãos, gemendo brandamente; seu rosto da cor do couro estava cheio de tristeza.

— Mulher, que liberdade é essa que tanto amas? — perguntei lá num canto da minha cabeça.

Ela parecia surpresa, depois pensativa, em seguida confusa.

— Esqueci, filho. Tá tudo misturado. Primeiro penso que é uma coisa, depois acho que é outra. Minha cabeça tá girando. Vejo agora que não é nada, só sei dizer o que tenho na minha cabeça. Mas isso é uma coisa difícil, filho.

Aconteceu muita coisa comigo num tempo curto demais. Parece que tô com febre. Toda vez que começo a andar, minha cabeça fica girando e eu caio. Ou, se não é isso, são os menino; eles ficam rindo e querem matar os branco. Eles são amargo, é isso que eles são...
— *Mas e a liberdade?*
— *Me deixa sozinha, garoto; minha cabeça dói!*
Deixei-a. Estava-me sentindo tonto também. Não fui longe.
De repente, um dos filhos, um sujeito de um metro e oitenta de altura, apareceu do nada e bateu em mim com o punho.
— *O que está havendo, homem?* — *gritei.*
— *Você fez a mãe chorar!*
— *Mas como?* — *indaguei, esquivando-me de um soco.*
— *Fazendo aquelas perguntas a ela, foi assim. Sai daqui e fica longe: da próxima vez que tiver perguntas daquele tipo, faça pra você mesmo!*
Ele me mantinha preso com um aperto firme, como uma pedra fria, seus dedos comprimindo a minha traqueia. Cheguei a pensar que sufocaria, quando finalmente me soltou. Tropecei, aturdido, a batida da música ressoando histericamente em meus ouvidos. Estava escuro. Minha cabeça desanuviou e perambulei por uma estreita passagem escura com a impressão de ter ouvido seus passos se apressando atrás de mim. Sentia-me péssimo e, dentro de mim, surgira um insopitável desejo de tranquilidade, de paz e sossego, um estado que tinha a impressão de jamais poder alcançar. Uma das razões é que o trompete retumbava e seu ritmo era excessivamente febril. Um toque de tambor, como um batimento cardíaco, começou a sair do trompete, enchendo-me os ouvidos. Ansiava por água, que ouvia correndo através dos canos frios que meus dedos tocavam, à medida que tateava para encontrar meu caminho, mas não podia parar para encontrá-la, por causa dos passos atrás de mim.
— *Oi, Rás* — *gritei.* — *É você, Destruidor? Rinehart?*
Nenhuma resposta, apenas os passos ritmados atrás de mim. Tentei atravessar a rua uma vez, mas um veículo em alta velocidade me atingiu, arrancando a pele da minha perna ao passar, rugindo.
Foi então que, de alguma maneira, consegui escapar, levantando-me rapidamente desse submundo de sons, e ouvi Louis Armstrong perguntando inocentemente:

What did I do
To be so black
*And blue?**

    Inicialmente, senti medo. Essa música familiar exigia ação, do tipo que eu era incapaz de ter, e ainda assim, apesar de arrastar a minha vida com dificuldade abaixo da superfície, deveria ter tentado agir. Não obstante, agora sei que poucos realmente escutam esta música. Sentei na beirada de uma cadeira pingando suor, como se cada uma das minhas 1.369 lâmpadas se tivesse tornado uma lâmpada de cena num cenário individual para uma terceira etapa do ataque de Rás e Rinehart. Foi exaustivo, como se tivesse prendido a minha respiração por uma hora sob a serenidade terrificante que provém de dias de fome intensa. Mesmo assim, foi uma experiência estranhamente satisfatória, para um homem invisível, ouvir o silêncio do som. Eu descobrira compulsões não identificadas do meu ser — muito embora não pudesse responder "sim" para satisfazê-las. Contudo, desde então, não fumei nenhum outro baseado. Não por serem ilegais, mas porque *ver* do outro lado da esquina já é suficiente (o que não é incomum, quando se é invisível). Mas ouvir o que está do outro lado é demais, inibe qualquer ação. E, apesar do Irmão Jack e de todo aquele período triste e perdido da Irmandade, não acredito em nada, apenas na ação.
    Por favor, uma definição: a hibernação é uma preparação oculta para uma ação mais aberta.
    Além disso, a droga destrói completamente a noção de tempo do usuário. Se isso acontecesse, numa clara manhã eu poderia esquecer de me esquivar, algum babaca poderia colidir comigo e me derrubar com um bonde laranja e amarelo, ou com um ônibus cor de bile! Ou poderia esquecer de sair da toca quando chegasse a hora de agir.
    Enquanto isso, curto a minha vida com os cumprimentos da Monopolated Light & Power. Já que você nunca me reconhece quando está em contato mais estreito comigo, e como, sem dúvida alguma, dificilmente acreditará que existo, não importa se eu lhe contar que fiz um gato na

---

* "O que foi que eu fiz/ para ser tão negro/ e triste?" (*N. do T.*)

rede elétrica que alimenta o prédio e o desviei para o meu buraco no subterrâneo. Antes, eu vivia na escuridão, na qual era perseguido, mas agora vejo. Iluminei a escuridão de minha invisibilidade — e vice-versa. Toco assim a música invisível do meu isolamento. A última declaração não parece muito certa, não é? Mas está. Você ouve esta música simplesmente porque a música é ouvida e raramente vista, exceto pelos músicos. Seria essa compulsão de colocar a invisibilidade em preto e branco um desejo de fazer música da invisibilidade? Mas sou um orador, agitador da ralé, não sou? Eu *era*, e talvez volte a ser. Quem sabe? Nem toda doença caminha na direção da morte, nem a invisibilidade.

Posso ouvir você dizer: "Que filho da puta pavoroso, horrível, irresponsável!" E você está certo. Concordo prontamente com você. Sou um dos seres mais irresponsáveis que já viveram. A irresponsabilidade é parte de minha invisibilidade. De qualquer jeito que a encare, é uma negação. Mas por quem posso ser responsável e por que deveria ser, se você se recusa a me ver? E espere até que revele quanto sou verdadeiramente irresponsável. A responsabilidade repousa no reconhecimento, e o reconhecimento é um tipo de acordo. Tome o homem que eu quase matei como exemplo: Quem foi responsável por aquele quase assassinato — fui eu? Não acho que tenha sido eu, e nego isso terminantemente. Não engulo essa história. Você não pode jogar a culpa em cima de mim. Ele deu de cara *comigo*, ele *me* insultou. Ele não deveria, pela própria segurança, ter reconhecido minha histeria, meu "potencial de perigo"? Ele estava, digamos assim, perdido num mundo de sonhos. Mas *ele* não controlou aquele mundo de sonhos, que, ai de mim, é, no mínimo, real! E *ele* não me excluiu dele? E se ele tivesse gritado por um policial, *eu* não teria sido considerado o ofensor? Sim, sim, sim! Deixe-me concordar com você, eu fui o irresponsável, pois deveria ter usado minha faca para proteger os mais altos interesses da sociedade. Algum dia, aquele tipo de tolice vai nos causar problemas trágicos. Todos os sonhadores e sonâmbulos têm de pagar o preço e até mesmo a vítima invisível é responsável pelo destino de todos. Mas me esquivei daquela responsabilidade e me emaranhei nas noções incompatíveis que me zumbiam dentro do cérebro. Fui um covarde...

Mas o que fiz *eu* para ser tão melancólico? Sejam pacientes comigo.

Capítulo um

Faz muito tempo, talvez uns vinte anos. Durante toda a minha vida estive procurando por alguma coisa e, para onde quer que me voltasse, alguém tentava me dizer o que era. Aceitei suas respostas também, embora estivessem frequentemente em contradição e fossem incoerentes. Era ingênuo. Procurava por mim mesmo e fazia a todos, exceto a mim, perguntas às quais eu, e somente eu, poderia responder. Levei muito tempo para constatar, e com doloroso efeito rebote de expectativas, aquilo que todo mundo parece saber desde o nascimento: que não sou nada além de mim mesmo. Primeiro, porém, eu tive de descobrir que era um homem invisível!

Apesar disso, não sou uma aberração da natureza, nem da história. Minha sorte foi lançada em outra época, igual (ou diferente), oitenta e cinco anos atrás. Não sinto vergonha de meus avós terem sido escravos. Só sinto vergonha de mim mesmo, por um dia ter me sentido envergonhado. Há cerca de oitenta e cinco anos atrás, disseram a eles que estavam livres, unidos aos demais de nosso país em tudo o que pertencesse ao bem comum; e, em relação a tudo o que dissesse respeito à sociedade, estavam separados como os dedos da mão. E eles acreditaram naquilo. Eles ficaram exultantes. Ficaram nos seus lugares, trabalharam duro e criaram meu pai para fazer o mesmo. Mas meu avô é a chave. Meu avô era um cara estranho, e diziam que saí a ele. Foi ele quem causou o problema. Em seu leito de morte, chamou meu pai e disse: "Filho, depois de eu partir, quero que continue nesta luta. Nunca lhe contei, mas nossa vida é uma guerra, e tenho sido um traidor desde que nasci, um espião no território inimigo, desde que deixei minha arma, na época da Reconstrução. Viva com a cabeça na boca do leão. Quero que você os derrote de tanto dizer sim, que os solape com sorrisos escancarados, concorde com eles até a morte e a destruição, deixe-os engolirem você até vomitarem ou explodirem." Pensaram que o velho tinha enlouquecido. Fora o mais dócil dos homens. As crianças mais novas foram retiradas às pressas do quarto, as persianas, puxadas, e a chama do lampião, tão abaixada que fraquejou no pavio, assim como a respiração do velho. "Ensine isso aos jovens", sussurrou ferozmente e, em seguida, morreu.

E minha família ficou mais alarmada com suas últimas palavras do que com a morte. Suas palavras causaram tanta ansiedade que foi como se ele não tivesse morrido. Advertiram-me enfaticamente para esquecer o que ele dissera e, na verdade, esta é a primeira vez que suas palavras estão sendo mencionadas fora do círculo familiar. No entanto, elas tiveram um efeito tremendo sobre mim. Nunca tive certeza do que ele quis dizer. Vovô era um velho manso, que jamais causou problemas, e, apesar disso, em seu leito de morte, denominara a si mesmo um traidor, um espião, e falara de sua docilidade como uma atividade perigosa. Aquilo se tornou um enigma constante, sem resposta, no fundo da minha mente, e, sempre que as coisas estavam indo bem para mim, recordava meu avô, sentindo-me culpado e constrangido. Era como se estivesse pondo seu conselho em prática, a despeito de mim mesmo. E, para tornar as coisas piores, todos me adoravam por ser assim. Na cidade, eu era elogiado pelos homens mais brancos do que lírios. Era considerado um exemplo de conduta desejável, exatamente como meu avô fora. E o que me intrigava era que o velho havia definido isso como *traição*. Quando era elogiado pela minha conduta, me sentia culpado porque, de certa maneira, estava fazendo algo que, na verdade, era contrário aos desejos dos brancos, pois, se eles o compreendessem, desejariam que agisse exatamente ao contrário, porque eu teria de ser carrancudo e agressivo, por ser o que eles realmente queriam, muito embora fossem enganados e pensassem querer que eu agisse do modo como agia. Tive medo de que algum dia olhassem para mim como um traidor, pois então estaria perdido. Estava ainda mais temeroso de agir de qualquer outra maneira, porque eles não gostariam nada disso. As palavras do velho foram como uma praga. No dia da minha formatura, fiz um discurso em que mostrei que a humildade é o segredo, na verdade a própria essência do progresso. Não que acreditasse nisso — como poderia, lembrando-me do meu avô? Só acreditava que funcionaria. Foi um grande sucesso. Todo mundo me elogiou e fui convidado a dar uma palestra numa reunião dos cidadãos brancos, líderes da cidade. Foi um triunfo para a nossa comunidade.

Aconteceu no salão de festas do hotel mais importante. Quando cheguei lá, me dei conta de que se tratava de uma reunião exclusivamente masculina, e me disseram que, como eu tinha de ficar lá de qualquer maneira, poderia também participar de um vale-tudo de que alguns dos meus colegas participariam como parte do entretenimento. A luta foi a primeira programação do dia.

Todos os mandachuvas da cidade estavam lá, com seus smokings, comendo avidamente as iguarias do bufê, bebendo cerveja e uísque, fumando charutos pretos. Era uma grande sala, de pé-direito alto. As cadeiras estavam dispostas em fileiras ao redor dos três lados de um ringue de boxe móvel. O quarto ao lado estava desimpedido, revelando o brilho do piso polido. Aliás, eu sentia certa apreensão em torno da luta. Não é que não gostasse de luta; na verdade, não me importava muito com os participantes. Eram sujeitos que pareciam não ter a maldição de um avô importunando suas mentes. Ninguém poderia enganar-se acerca da robustez deles. Além disso, suspeitava que, ao entrar num *vale-tudo*, poderia depreciar a dignidade do meu discurso. Naqueles dias anteriores à minha invisibilidade, me via como um potencial Booker T. Washington, mas os outros colegas meus também não se importavam muito comigo, e ali havia nove deles. Sentia-me superior a eles à minha maneira, e não gostei da maneira como fomos postos todos amontoados no elevador dos empregados. Nem eles gostaram da minha presença ali. Na verdade, à medida que os andares animadamente iluminados iam lampejando pelo elevador, trocamos algumas palavras sobre o fato de eu, ao tomar parte da luta, ter eliminado um dos amigos deles do trabalho de uma noite.

Ao sair do elevador, fomos conduzidos através de um saguão em estilo rococó para dentro de uma antessala, e orientados a vestir nossos trajes. Cada um de nós recebeu um par de luvas de boxe e foi levado ao grande saguão espelhado, no qual entramos olhando cautelosamente ao redor e sussurrando, para que não fôssemos acidentalmente ouvidos acima do barulho da sala. A fumaça dos charutos estava por toda parte, e o uísque já fazia efeito. Fiquei chocado de ver alguns dos homens mais importantes da cidade bastante embriagados. Estavam todos lá — banqueiros, advogados, juízes, médicos, chefes do corpo de bombeiros, professores, comerciantes. Até mesmo um dos pastores mais na moda. Alguma coisa que não conseguíamos ver estava acontecendo lá na frente. Uma clarineta vibrava sensualmente e os homens levantavam-se e se moviam ansiosamente naquela direção. Formávamos um grupo pequeno e apertado, estávamos todos amontoados, a parte superior dos nossos corpos nus se tocando e brilhando com o suor da expectativa. Enquanto isso, na frente, os mandachuvas se tornavam cada vez mais excitados com algo que ainda não podíamos ver. De repente, ouvi o diretor da escola, o mesmo que me convidara, gritar:

— Tragam os tizius, senhores! Tragam os tizius!

Fomos levados apressadamente para a frente do salão de festas, onde o cheiro de tabaco e uísque era ainda mais forte. Fomos então empurrados para o lugar. Quase urinei nas calças. Um mar de rostos, alguns hostis, alguns divertidos, formava um círculo ao nosso redor e, no centro, olhando para nós, uma loura magnífica, totalmente nua. Fez-se um silêncio sepulcral. Senti uma rajada de vento frio me enregelar. Tentei recuar, mas eles estavam atrás de mim e ao meu redor. Alguns dos rapazes ficaram com as cabeças baixas, tremendo. Senti uma onda de culpa irracional e de medo. Meus dentes rangiam, minha pele se arrepiava, meus joelhos batiam um contra o outro. Mesmo assim, fiquei fortemente atraído e olhei, a despeito do que sentia. Se o preço de olhar fosse a cegueira, mesmo assim eu a teria olhado. O cabelo era amarelo como o de uma boneca, com o rosto pesadamente empoado e com *rouge*, como se para formar uma máscara abstrata, os olhos vidrados e manchados de um azul frio, a cor do traseiro de um babuíno. Senti o desejo de cuspir nela, à medida que meus olhos iam varrendo lentamente o seu corpo. Seus seios eram firmes e redondos como as cúpulas dos templos orientais e eu fiquei tão perto dela que deu para ver a textura da pele fina e gotículas de transpiração brilhando como orvalho ao redor dos botões róseos e eretos de seus mamilos. Queria, ao mesmo tempo, correr da sala, afundar chão adentro, ir até ela e cobri-la, dos meus e dos outros olhos com meu corpo, sentir suas coxas macias, acariciá-la e destruí-la, amá-la e assassiná-la, esconder-me dela e, ainda assim, alisá-la onde as coxas formavam um "V" fatal, logo abaixo da pequena bandeira americana tatuada na barriga. Percebi que, com seus olhos impessoais, ela só olhava para mim, dentre todos os que estavam na sala.

Então ela começou a dançar, num movimento lento e sensual; a fumaça de uma centena de cigarros a envolvia como o mais fino dos véus. Ela parecia um pássaro louro, cingida por véus, chamando-me da superfície revolta de um mar cinzento e ameaçador. Tomei consciência então da clarineta tocando e dos mandachuvas gritando para nós. Alguns nos assustavam quando olhávamos para eles, e outros quando não o fazíamos. Vi um rapaz desmaiar do meu lado direito e vi, então, um homem agarrar um jarro de prata de uma mesa, aproximar-se e jogar gelo picado sobre ele, levantá-lo e forçar dois de nós a sustentá-lo, sua cabeça pendendo e seus gemidos saindo dos grossos lábios azulados. Outro rapaz começou a implorar para ir para casa. Era o maior do grupo, vestia calções vermelho-escuros, pequenos demais para ocultar sua ereção, que se projetava como se em resposta ao insinuante gemido do baixo timbre da clarineta. Tentou esconder-se atrás das luvas de boxe.

E, durante todo o tempo, a loura continuava dançando, sorrindo ligeiramente para os figurões que a observavam fascinados e, vagamente, para o nosso medo. Notei certo comerciante que a seguia avidamente, os lábios frouxos e babando. Era um homem grande, que usava alfinetes de diamante no peito da camisa, que se avolumava por cima da grande pança, e, cada vez que a loura balançava os quadris ondulantes, passava a mão pelos finos fios de cabelo da careca e, com os braços apoiados, a postura desajeitada como a de um panda intoxicado, fazia movimentos circulares na barriga, de modo lento e obsceno. Essa criatura estava completamente hipnotizada. A música se tornara mais rápida. À medida que a dançarina se movimentava para um lado e para o outro, com uma expressão distante no rosto, os homens começaram a se esticar para tocá-la. Podia ver-lhes os dedos carnudos afundarem na carne macia.

Alguns dos outros tentaram impedi-los e ela começou a se mover ao redor do piso em graciosos círculos enquanto a perseguiam, escorregando e deslizando no assoalho polido. Foi uma loucura. Cadeiras colidiam e bebidas entornavam, durante a corrida e a gritaria da perseguição. Agarraram-na no momento em que atingiu uma porta, levantaram-na do chão e jogaram-na para o alto, como fazem os universitários no trote. Além de seus lábios vermelhos, do sorriso fixo, vi o terror e o asco em seus olhos, semelhantes aos meus e de alguns outros rapazes. Enquanto observava, eles a arremessaram duas vezes, seus seios macios pareciam achatar-se contra o ar e suas pernas se agitavam tumultuosamente, enquanto ela girava. Alguns dos que estavam mais sóbrios ajudaram-na a escapar e eu consegui sair daquele lugar, dirigindo-me para a antessala, junto com os outros rapazes.

Alguns ainda gritavam histericamente, mas, enquanto tentávamos sair, fomos parados e recebemos ordem para entrar no ringue. Não havia nada a fazer senão o que nos ordenavam. Todos os dez subimos por debaixo das cordas e nos deixamos ser vendados com largas faixas de um tecido branco. Um dos homens parecia sentir-se um pouco solidário e tentou animar-nos enquanto estávamos encostados às cordas. Alguns de nós tentaram sorrir.

— Está vendo aquele rapaz do outro lado? — indagou um dos homens. — Na hora em que tocarem a sineta, quero que cruze o ringue e o acerte em cheio na barriga. Se não o pegar, vou pegar você. Não gosto do jeito dele.

Cada um de nós ouviu a mesma coisa. As vendas foram colocadas. Mas, mesmo assim, eu estivera trabalhando a minha expressão. Na minha cabeça, cada palavra estava tão clara quanto uma chama. Sentia o pano ser pressionado no lugar e franzi as sobrancelhas para afrouxá-lo quando relaxasse.

Mas, subitamente, tive um ataque de cego pavor. Não estava acostumado à escuridão. Era como se me encontrasse repentinamente numa sala escura repleta de cascavéis. Podia ouvir as vozes indistintas gritando insistentemente para a luta começar.

— E aí, vamos!

— Deixa eu pôr as mãos naquele negão!

Esforcei-me para distinguir a voz do diretor da escola, como alguém que busca alguma segurança num som ligeiramente mais familiar.

— Deixa eu pôr as mãos naqueles filhos da puta negros! — berrou alguém.

— Não, Jackson, não! — gritou outra voz. — Alguém aqui me ajuda a segurar o Jack!

— Quero pôr a mão naquele negro sarará. Cortar ele em pedaços — gritou a primeira voz.

Apoiei-me contra as cordas, tremendo. Porque, naqueles dias, eu era o que eles chamavam de sarará, e o cara soou como se me pudesse triturar com os dentes, como um quebradiço biscoito de gengibre.

Havia muita confusão acontecendo. Cadeiras eram chutadas em todas as direções e eu ouvia vozes grunhindo como que num esforço terrível. Eu queria ver, ver mais desesperadamente do que nunca. Mas a venda estava justa como a crosta de uma ferida e, quando levantei as mãos enluvadas para afastar as tiras de tecido branco, uma voz gritou:

— Oh, não, não faz isso, preto filho da puta! Deixa onde tá!

— Toca a sineta antes que o Jackson mate esse preto! — disse alguém bem alto, no silêncio repentino.

Ouvi a sineta ressoar e o arrastar de pés avançando.

Uma luva atingiu minha cabeça em cheio. Eu girei, fui atirado rigidamente contra alguém que passava e senti o choque ondular pela extensão do meu braço até o ombro. Em seguida, pareceu que todos os nove rapazes se voltaram contra mim ao mesmo tempo. Socos me atingiam de todos os lados, enquanto eu golpeava da melhor maneira possível. Tantos socos me atingiam que eu me perguntava se não seria o único lutador vendado no ringue, ou se o homem chamado Jackson não teria finalmente conseguido pegar-me.

Vendado, já não podia controlar meus movimentos. Não tinha nenhuma dignidade. Tropeçava em todas as direções, como um bebê ou um homem bêbado. A fumaça se adensara e, a cada novo soco, era como se ela secasse e me restringisse ainda mais os pulmões. Minha saliva parecia ter se tornado uma cola quente e amarga. Uma luva me atingiu a cabeça, enchendo-me a boca de sangue morno. Era sangue por todo lado. Não sabia dizer se a umidade que sentia sobre o corpo era suor ou sangue. Um soco atingiu violentamente minha nuca. Senti que cambaleava e que minha cabeça bateu no chão. Raios de luz azul enchiam o mundo negro atrás da venda. Deixei-me cair de bruços, fingindo ter sido nocauteado, mas me senti agarrado por mãos e puxado com força até ficar de pé.

— Continua, negrinho! Agita isso aí!

Meus braços pareciam de chumbo, minha cabeça doía muito, por causa dos socos. Consegui tatear para alcançar as cordas e me segurei nelas, tentando ganhar fôlego. Uma luva me atingiu bem no diafragma e cambaleei de novo, sentindo a fumaça como se tivesse se tornado uma faca cravada nas tripas. Empurrado daqui para ali pelas pernas que rodopiavam à minha volta, finalmente fiquei de pé e descobri que conseguia ver as formas negras e lavadas de suor que se entrelaçavam na atmosfera azul-enfumaçada como dançarinos bêbados que se entrelaçassem ao som surdo dos socos, semelhante ao de um tambor.

Todos lutavam histericamente. Era uma completa anarquia. Todos lutavam com todos. Nenhum grupo lutava junto por muito tempo. Dois, três, quatro, lutavam com um, depois se viravam para lutar uns contra os outros, eles próprios se atacando. Os socos eram dados abaixo do cinturão e nos rins, tanto com luvas abertas como com luvas fechadas, e agora, com meu olho parcialmente aberto, não havia tanto terror. Lutando de grupo em grupo, movia-me cuidadosamente, evitando os socos, embora não muitos, o que atrairia atenção. Os rapazes avançavam às apalpadelas, como caranguejos cegos e cautelosos, agachando-se para proteger o diafragma, as cabeças recolhidas dentro dos ombros, os braços nervosamente esticados para adiante, com os punhos experimentando o ar impregnado de fumaça, como as antenas protuberantes de caracóis hipersensíveis. Vi de relance, num canto, um rapaz que socava violentamente o ar e ouvi quando gemeu de dor ao bater violentamente o punho contra uma trave do ringue. Por um segundo, eu o vi encurvado e segurando a mão, depois caindo, quando um soco lhe atingiu a cabeça desprotegida. Eu lutava num grupo contra o outro, deslizando, acertando um soco e depois caindo fora, ao mesmo tempo que empurrava os outros para dentro da rixa, a fim de levar o soco cegamente dirigido contra mim. A fumaça estava agonizando e não havia assaltos, nem sinetas em intervalos de três minutos para aliviar nossa exaustão. A sala girava ao meu redor, um turbilhão de luzes, fumaça, corpos suados rodeados por rostos brancos e tensos. Eu sangrava pelo nariz e pela boca, o sangue gotejando-me sobre o peito.

Os homens continuavam gritando:

— Bate nele, negrinho! Arranca as tripas dele com um soco!

— Dá um direto no queixo dele! Mata ele! Mata aquele grandalhão!

Fingindo uma queda, vi um rapaz que caiu pesadamente ao meu lado, como se tivéssemos sido derrubados por um único soco, e vi um pé calçado de tênis chutar-lhe a virilha quando os dois que o haviam derrubado tropeçaram nele. Rolei para ficar fora de seu alcance, sentindo uma pontada de náusea.

Quanto mais intensamente lutávamos, mais ameaçadores os homens se tornavam. Mesmo assim, começara a me preocupar com a palestra novamente. Como seria? Eles reconheceriam a minha habilidade? O que me dariam?

Eu lutava automaticamente quando, de súbito, notei que os rapazes estavam deixando o ringue, um após o outro. Fiquei surpreso, cheio de pânico, como se tivesse sido deixado sozinho com um perigo desconhecido. Então compreendi. Os rapazes haviam combinado aquilo entre si. Era costume os dois homens que sobravam no ringue lutar duramente para conquistar o prêmio do vencedor. Descobri isso tarde demais. Quando a sineta soou, dois homens de smoking pularam no ringue e me retiraram a venda. Vi-me encarando Tatlock, o maior do bando. Senti dor de estômago. A sineta mal parara de soar em meus ouvidos, já tocava novamente, e eu o vi movendo-se rapidamente em minha direção. Não me ocorreu outra coisa senão acertá-lo no nariz. Ele insistiu em vir para cima de mim, trazendo consigo a violência repugnante de um fétido suor. Seu rosto era uma máscara negra inexpressiva, e somente seus olhos tinham vida — cheios de ódio por mim e inflamados de um terror febril devido ao que acontecera com todos nós. Fiquei ansioso. Queria proferir minha palestra e ele vinha para cima de mim como se pretendesse arrancá-la a tapas. Bati nele outra vez, e outra, revidando os socos sequencialmente. Então, num impulso repentino, golpeei-o levemente e, enquanto nos atracávamos, sussurrei:

— Finja que nocauteei você, pode ficar com o prêmio.
— Vou quebrar a sua cara — sussurrou ele roucamente.
— Por *eles*?
— Por *mim*, seu filho da puta!

Eles gritavam para acabarmos logo com aquilo e, com um soco, Tatlock me fez dar meia-volta, e assim como uma câmera embutida varre uma cena estonteante, vi os rostos vermelhos que gritavam, agachando-se tensos sob a nuvem de fumaça azul-acinzentada. Por um momento, o mundo vacilou, desenredou-se, esvaiu-se, depois minha mente clareou e Tatlock quicou na minha frente. Aquela sombra oscilante diante dos meus olhos era sua mão esquerda que dava golpes secos. Então, caindo para frente, minha cabeça contra seu ombro úmido, sussurrei:

— Pago mais cinco dólares.
— Vai para o inferno!

Mas seus músculos relaxaram um pouco sob minha pressão, e eu murmurei:

— Sete?
— Dá para sua mãe — disse ele, atacando-me firme abaixo do coração.

E, enquanto ainda o segurava, dei-lhe uma cabeçada e me afastei. Senti-me bombardeado de murros. Contra-atacava desesperadamente. Queria fazer meu discurso mais do que qualquer outra coisa no mundo, pois achava que apenas aqueles homens poderiam avaliar verdadeiramente minha aptidão e, agora, este palhaço imbecil estava arruinando minhas possibilidades. Comecei então a lutar cuidadosamente, aproximando-me para esmurrá-lo e me afastando em minha maior velocidade. Um soco bem dado no queixo e eu teria acabado com ele... Até que ouvi uma voz gritar muito alto:

— Botei o meu dinheiro no grandalhão.

Ao ouvir isso, quase abri minha guarda. Fiquei confuso: deveria tentar vencer, contrariando aquela voz? Isso não prejudicaria meu discurso, e não seria este um momento para humildade, para não resistência? Um soco na minha cabeça, enquanto saltitava de um lado para o outro, fez-me o olho direito saltar como um boneco de molas numa caixa de surpresas e resolveu meu dilema. A sala se tornou vermelha, enquanto eu caía. Foi a derrocada de um sonho, com meu corpo lânguido e hesitante quanto ao local onde cair, até que o piso se mostrou impaciente e veio-me ao encontro. Logo depois voltei a mim. Uma voz hipnótica dizia CINCO enfaticamente. E eu permanecia deitado ali, olhando confusamente para uma mancha vermelha escura do meu próprio sangue, que tomava a forma de uma borboleta, brilhando e impregnando o tecido cinza e sujo da lona.

Quando a voz pronunciou lentamente DEZ, fui levantado e arrastado para uma cadeira. Fiquei sentado ali, aturdido. Meu olho doía e se dilatava a cada palpitação do coração acelerado e me perguntei se agora me deixariam falar. Estava encharcado, pingando, e minha boca ainda sangrava. Agruparam-nos então ao longo da parede. Os outros rapazes me ignoraram enquanto congratulavam Tatlock e especulavam sobre quanto ele receberia. Um dos rapazes choramingava sobre a mão destroçada. Levantando o olhar para frente, vi empregados de paletós brancos levarem o ringue portátil embora e colocarem um pequeno tapete quadrado no espaço livre, cercado de cadeiras. "Talvez", pensei, "eu fique sobre o tapete para proferir o meu discurso."

Foi então que o mestre de cerimônias nos chamou:

— Venham aqui, rapazes, para ganhar o dinheiro de vocês.

Avançamos rapidamente para o local onde os homens riam e conversavam em suas cadeiras, esperando. Agora todos pareciam simpáticos.

— Está ali no tapete — disse o homem.

Vi o tapete coberto de moedas de todas as dimensões e algumas notas amarrotadas. Mas o que me deixou excitado foram as peças de ouro, espalhadas aqui e ali.

— Rapazes, é tudo de vocês — disse o homem. — Agarrem o que puderem.

— É isso aí, Sambo — disse um homem louro, piscando para mim confidencialmente.

Tremi de excitação, esquecendo a dor. "Pegaria o ouro e as notas", pensei. Usaria as duas mãos. Jogaria meu corpo contra os rapazes mais próximos para impedi-los de pegar o ouro.

— Aproximem-se do tapete agora — ordenou o homem —, mas ninguém toque nele até que eu dê o sinal.

— Isso vai ser bom — ouvi.

Obedecendo, ficamos de joelhos ao redor do tapete quadrado. Nossos olhares acompanharam o homem levantar lentamente a mão sardenta.

— Até parece que esses negros estão prestes a fazer uma oração! — ouvi.

O homem disse então:

— Pronto! Vão agora!

Avancei sobre uma moeda amarela que estava sobre o motivo azul do tapete, toquei-a e soltei um grito agudo e espantado que se juntou ao dos que estavam à minha volta. Tentei tirar a mão freneticamente, mas não consegui. Uma força quente, violenta, percorria meu corpo, sacudindo-me como um rato molhado. O tapete estava eletrificado. O cabelo ficou-me todo eriçado na cabeça, quando consegui desembaraçar-me. Meus músculos saltavam, meus nervos se exasperavam, contorcidos. Notei, porém, que isso não detinha os outros rapazes. Rindo de medo e embaraço, alguns não cediam e recolhiam as moedas largadas pelas contorções dolorosas dos outros. Os homens bradavam por cima de nós, enquanto nos debatíamos.

— Pega, droga, pega! — gritava alguém como um papagaio rouco.
— Vamos, apanhe!

Rapidamente me pus de quatro, pegando as moedas, tentando evitar os cobres, pegando as notas verdes e o ouro. Ignorando o choque com as risadas, enquanto recolhia depressa as moedas, descobri que poderia absorver a corrente elétrica — uma contradição, mas que funciona. Então os homens começaram a nos empurrar para o tapete. Rindo embaraçosamente, debatíamo-nos tentando desembaraçar-nos das mãos deles e reter as moedas. Estávamos todos molhados e escorregadios, difíceis de agarrar. De repente, vi um rapaz que brilhava de suor como uma foca de circo ser levantado no ar e cair em seguida, as costas molhadas batendo em cheio no tapete carregado. Ouvi seu grito e o vi literalmente dançar por sobre as costas, seus ombros batendo um frenético toque de recolher no chão, seus músculos se crispando como a carne de um cavalo picado por uma infinidade de insetos. Quando finalmente rolou para fora do tapete, tinha o rosto cinzento e ninguém o deteve quando saiu correndo dali em meio a gargalhadas estrondosas.

— Agarrem o dinheiro — incitava o mestre de cerimônias. — É autêntico dinheiro vivo americano!

E nós arrebatávamos e agarrávamos, arrebatávamos e agarrávamos. Agora eu tomava o cuidado de não chegar perto demais do tapete e, quando sentia o hálito quente de uísque descer sobre mim, como um vapor fétido, esticava-me e agarrava desesperadamente a perna de uma cadeira ocupada.

— Cai fora, negro! Cai fora!

A carantonha vacilava em direção ao meu rosto, enquanto eu tentava soltar-me. Mas meu corpo estava escorregadio, e ele, bêbado demais. Era o sr. Colcord, dono de uma cadeia de cinemas e "casas de diversão". Cada vez que me agarrava, eu escorregava de suas mãos, o que se tornou uma verdadeira luta. Temia mais o tapete do que o bêbado, então me mantinha firme segurando, enquanto me surpreendia, por instantes, tentando derrubá-lo sobre o tapete. Era uma ideia tão extraordinária que me vi realmente tentando executá-la. Procurei não ser tão óbvio, mas, ainda assim, quando lhe agarrei a perna, tentando derrubá-lo da cadeira, ele se levantou com uma gargalhada ensurdecedora e, fixando-me o olhar resolutamente calmo, chutou-me vingativamente no peito. A perna da cadeira voou da minha mão e me senti sendo arrastado. Era como se tivesse rolado através de um leito de carvão em brasa. Tive a impressão de que um século inteiro passara até eu rolar para fora do tapete, um século em que eu fora queimado até as profundezas do meu corpo: até os meus pulmões e a minha respiração ardiam, queimando a ponto de explodir. Vai passar num segundo, pensava enquanto rolava para fora, tudo vai passar num segundo.

Mas não ainda. Os homens do outro lado estavam esperando, os rostos vermelhos, inchados como se fosse de apoplexia, inclinados para frente em suas cadeiras. Vendo seus dedos virem em minha direção, rolei para longe, de volta para o braseiro, como rola desajeitadamente uma bola de futebol que escapa às pontas dos dedos do recebedor. Naquele momento, por sorte, desloquei o tapete, que escorregou, e ouvi as moedas tinindo no contato com o chão, e os rapazes arrastando os pés para apanhá-las, e o mestre de cerimônias gritando:

— Tudo bem, rapazes, acabou! Vão-se vestir e peguem o seu dinheiro.

Estava mole como um pano de prato. Minhas costas doíam como se eu tivesse recebido uma surra de fios elétricos.

Após nos vestirmos, o mestre de cerimônias entrou e deu cinco dólares a cada um, exceto a Tatlock, que recebeu dez, por ter sido o último em pé no ringue. Então disse para irmos embora. "Não teria chance de fazer o meu discurso", pensei. Em desespero, ia saindo no beco mal iluminado, quando fui parado e me pediram para voltar. Retornei ao salão de festas, onde os homens estavam recuando suas cadeiras e se reunindo em grupos de conversa.

O mestre de cerimônias bateu numa mesa, pedindo silêncio.

— Senhores — disse —, quase nos esquecemos de uma parte importante do programa. Uma parte muito importante, senhores. Este rapaz foi convidado a vir até aqui para proferir um discurso que fez em sua formatura ontem...

— Bravo!

— Fui informado de que é o rapaz mais inteligente que temos aqui em Greenwood. Disseram-me que conhece mais palavras grandes do que um dicionário de bolso.

Muitos aplausos e risadas.

— Então, agora, senhores, eu lhes peço que deem sua atenção a ele.

Ainda havia risos enquanto os olhava, minha boca estava seca, meu olho latejava. Comecei devagarinho, mas evidentemente minha garganta estava tensa, porque começaram a gritar "Mais alto! Mais alto!"

— Nós, da geração mais jovem, exaltamos a sabedoria daquele grande líder e educador — gritei — que falou pela primeira vez estas palavras repletas de sabedoria: "Um navio perdido no mar por muitos anos repentinamente avistou uma embarcação amiga. No mastro do navio em apuros, podia-se ver um aviso: 'Água, água, estamos morrendo de sede!' Em resposta, a embarcação amiga replicou: 'Arremesse o seu balde onde se acha.' O capitão do aflito barco, atento à ordem, lançou o balde, e este voltou cheio de água fresca e cristalina da foz do rio Amazonas. E como ele, digo, com suas palavras: "Àqueles de minha raça que dependem de uma melhoria de sua condição numa terra estrangeira, ou que subestimam a importância de cultivar relações amistosas com o sulista branco, seu vizinho de porta", eu diria: "Arremessem seus baldes onde estão. Lancem-no para fazer amigos da maneira mais decidida com os povos de todas as raças que nos circundam..."

Falei automaticamente e com tamanho fervor que não reparei que os homens ainda estavam conversando e rindo, até que minha boca seca se encheu de sangue do corte e quase sufoquei. Tossi, querendo parar e ir até uma das altas escarradeiras de latão com areia dentro, para me aliviar, mas alguns dos homens, especialmente o diretor, estavam ouvindo, e fiquei receoso. Então engoli aquilo, sangue, saliva e tudo o mais, e continuei (Que poder de resistência eu tinha naqueles dias! Que entusiasmo! Quanta crença na integridade das coisas!). Falei ainda mais alto, a despeito da dor. Mas, mesmo assim, eles conversavam e continuavam a rir, como se tivessem algodão nos imundos ouvidos. Falei, então, com mais ênfase emocional. Fechei os ouvidos e engoli o sangue até ficar enjoado. O discurso parecia cem vezes mais longo do que antes, mas não podia deixar faltar-lhe nenhuma palavra. Tudo tinha de ser dito, transmitido; não podia esquecer nenhuma nuance memorizada. E isso não era tudo. Sempre que proferia uma palavra de três ou mais sílabas, um coro gritava para repeti-la. Usei a expressão "responsabilidade social" e gritaram:

— Que expressão é essa que você disse, garoto?
— Responsabilidade social — respondi.
— O quê?
— Responsabilidade...
— Mais alto.
— ... social.
— Mais!
— Respon...
— Repita!
— ... sabilidade.

Gargalhadas desenfreadas tomaram conta do salão até que, sem dúvida distraído por ter de engolir o sangue, cometi um erro e gritei uma frase que frequentemente via estampada nos editoriais dos jornais e ouvia em discussões particulares.

— Igualdade...

— O quê? — berraram.

— ... social.

A gargalhada dissipou-se como fumaça no repentino silêncio. Abri os olhos, admirado. Sons de desagrado encheram o ambiente. O mestre de cerimônias acorreu. Proferiam frases hostis contra mim. Mas eu não compreendia.

Um homenzinho magro e de bigode, na fila da frente, falou de maneira espalhafatosa:

— Diga isso devagar, filho!

— A que o senhor se refere?

— Ao que acabou de falar!

— Responsabilidade social, foi o que eu disse.

— Você não tá dando uma de esperto, tá, garoto? — observou o homem, sem rancor.

— Não senhor!

— Você tem certeza de que "igualdade" foi um erro?

— Ah, sim senhor — respondi. — Estava engolindo sangue.

— Bem, é melhor você falar mais devagar, de modo que a gente possa compreender. Queremos parecer dignos com você, mas você o tempo todo tem de saber seu lugar. Muito bem, agora continue com seu discurso.

Senti medo. Queria ir embora, mas também queria falar e tinha medo de que me agarrassem.

— Obrigado, senhor — disse eu, começando de onde parara e deixando que me ignorassem como antes.

Apesar de tudo, quando terminei, houve um estrondoso aplauso. Fiquei surpreendido por ver o diretor se aproximar com um pacote embrulhado em papel de seda, gesticular pedindo silêncio e se dirigir à plateia.

— Senhores, todos são testemunhas de que não elogiei demasiadamente este rapaz. Fez um bom discurso e algum dia liderará seu povo no caminho certo. E não preciso dizer-lhes que isso é importante, nestes tempos. É um bom garoto, é esperto, e por isso, para estimulá-lo na direção certa, em nome do Conselho de Educação, desejo presenteá-lo com um prêmio na forma deste...

Ele fez uma pausa, removendo o papel de seda e revelando uma reluzente pasta de couro de bezerro.

— ... na forma deste artigo de primeira classe da loja Shad Whitmore.

— Garoto — disse ele, dirigindo-se a mim —, tome este prêmio e guarde-o bem. Considere-o um emblema do ofício. Preze-o. Continue progredindo como tem feito e algum dia ela estará cheia de papéis importantes, que o ajudarão a traçar o destino de seu povo.

Fiquei tão comovido que mal consegui expressar meus agradecimentos. Um fio de saliva grossa de sangue pingou sobre o couro na forma de um continente ainda não descoberto e sequei-a rapidamente. Senti uma importância com que nunca havia sonhado.

— Abra-a e veja o que há dentro — disseram-me.

Com os dedos trêmulos, obedeci, sentindo o cheiro do couro macio, e encontrei dentro um documento de aspecto oficial. Era uma bolsa de estudos para a faculdade estadual de negros. Meus olhos se encheram de lágrimas e caí no chão desajeitadamente.

Fiquei feliz demais. Nem me importei mais com a descoberta de que as peças de ouro pelas quais me debatera eram fichas de latão que anunciavam certa marca de automóvel.

Quando cheguei em casa, todos ficaram excitados. No dia seguinte, os vizinhos vieram dar-me os parabéns. Cheguei até a me sentir a salvo do vovô, cuja maldição no leito de morte geralmente estragava meus triunfos. Fiquei debaixo da fotografia dele com minha pasta na mão e sorria triunfantemente para seu impassível rosto negro de camponês. Era um rosto que me fascinava. Os olhos pareciam seguir-me por todos os lugares aonde ia.

Naquela noite sonhei que estava num circo com ele e que ele se recusava a rir dos palhaços, independentemente do que faziam. Mais tarde, então, ele me disse para abrir a minha pasta e ler o que estava dentro dela. Fiz o que ele mandou e encontrei um envelope oficial lacrado com um selo do Estado e, dentro do envelope, encontrei outro, e mais outro, e assim infinitamente, e pensei que iria cair de cansaço. "Isso demora", disse ele, "agora abra aquele outro". Obedeci e, naquele envelope, encontrei um documento cinzelado que continha uma breve mensagem de ouro. "Leia", disse o meu avô, "bem alto!"

"A Quem Interessar Possa", falei monotonamente. "Ponha Este Pretinho para Correr Daqui."

Acordei com a gargalhada do velho nos ouvidos.

(Foi um sonho do qual viria a me lembrar e que voltou a se repetir por muitos anos. Mas, naquele tempo, não conseguia perceber seu significado. Primeiro eu teria de frequentar a faculdade.)

Capítulo dois

Era uma bela faculdade. Os prédios, antigos e cobertos de trepadeiras, com as vias de acesso graciosamente sinuosas, bordadas de sebes e rosas silvestres que me deslumbravam os olhos ao sol do verão. Madressilvas e glicínias purpúreas pendiam pesadamente das árvores, e magnólias brancas misturavam seu perfume ao ar cheio de zumbido das abelhas. Frequentemente me lembro disso aqui no meu buraco: como a grama ficava verde na primavera e como cantavam os tordos do arremedo com as caudas tremulantes, e como a lua projetava seu brilho sobre os prédios, como o sino da torre da capela soava o transcorrer das preciosas horas efêmeras, e como as garotas, em vestidos de verão de cores claras, passeavam pelo gramado. Muitas vezes, aqui, durante a noite, fechava os olhos e percorria a estrada proibida que serpenteia pelos dormitórios femininos, passava pelo edifício com o relógio na torre e de janelas calorosamente esbraseadas, descia até a casinha branca de prática da economia doméstica — e ainda mais branca ao luar — e, em seguida, seguia pela estrada com seus declives e curvas paralelamente à negra central elétrica, com máquinas que zuniam ritmos trepidantes no escuro, as janelas vermelhas em função da incandescência do forno, no ponto em que a estrada se tornava ponte sobre um leito seco de rio todo enredado pelas trepadeiras, a ponte rústica de troncos de árvore e feita para encontros, mas virginal e não experimentada pelos amantes, depois subindo para a estrada, passando por prédios com as varandas que davam para o sul do tamanho de meio quarteirão da cidade, até a repentina bifurcação, terreno dos edifícios, dos pássaros ou da grama, onde a estrada tomava a direção do manicômio.

Sempre que chego a esse ponto, abro os olhos. O encanto se quebra e tento rever os coelhos, tão mansos, por nunca terem sido caçados, que brincavam nas sebes e ao longo das trilhas. E vejo o cardo púrpura e prateado que cresce entre pedras aquecidas pelo sol, as formigas se movimentando nervosamente em fila indiana. Faço a volta e, retornando sobre meus passos, regresso pela estrada sinuosa, passo pelo hospital, onde à noite, em algumas enfermarias, as alegres estagiárias de enfermagem dispensavam algo mais precioso do que pílulas aos rapazes que tinham a sorte de saber das coisas, e chego finalmente à capela. Então, de uma hora para a outra, chega o inverno, com a lua bem no alto, os sinos soando no campanário, um coro esplêndido de trombones toca hinos natalinos; e, por cima de tudo isso, há quietude e dor, como se o mundo inteiro fosse apenas solidão. E me ponho sob a lua bem alta, ouvindo *A Mighty Fortress Is Our God*,[*] majestosamente doce em quatro trombones e órgão. O som paira por cima de tudo, claro como a noite, fluido, sereno e solitário. Continuo esperando uma resposta e, na minha imaginação, vejo cabanas circundadas pelos campos vazios, para além das estradas de barro vermelho e, além de uma destas, um rio lento e coberto de algas mais amarelas do que verdes, em estagnante imobilidade. Passo por outros campos vazios, até as choças esturricadas pelo sol, na estrada de ferro que cruza o local em que os ex-combatentes inválidos visitavam as putas, coxeando com muletas e bengala pelos trilhos, às vezes empurrando os sem-pernas, os sem-coxas numa cadeira de rodas vermelha. E algumas vezes fico escutando para ouvir se a música chega tão longe, mas só consigo lembrar-me da gargalhada bêbada das tristes, tristes putas. E fico no círculo onde as três estradas convergem perto da estátua, onde nos exercitávamos em grupos de quatro e, descendo pelo asfalto liso, aos domingos girávamos e entrávamos na capela com os uniformes passados, os sapatos engraxados, as mentes entrelaçadas, os olhos cegos

---

[*] Um dos mais célebres hinos protestantes composto pelo próprio Martinho Lutero, entre 1527 e 1529, inspirou a não menos célebre *Cantata BWV 80*, de Johann Sebastian Bach. (*N. do T.*)

como os de robôs, para os visitantes e as autoridades na bancada baixa de inspeção, caiada de branco.

Isso tudo está tão distante e foi há tanto tempo que aqui, em minha invisibilidade, eu me pergunto se de fato aconteceu. Então, na minha memória, vejo a estátua de bronze do fundador da faculdade, o símbolo de um Pai frio, as mãos esticadas no espantoso gesto de levantar um véu que tremula em rígidas dobras metálicas acima do rosto de um escravo ajoelhado; e me vejo desorientado, incapaz de decidir se o véu está realmente sendo levantado ou abaixado mais firmemente para o lugar onde se achava, se presencio uma revelação ou uma cegueira mais eficiente. E, à medida que contemplo, há um rumor de asas e vejo um bando de estorninhos voando à minha frente; então, ao olhar novamente para o rosto de bronze, cujos olhos vazios fitavam um mundo que nunca vi, escorre por ele uma espécie de giz líquido, que cria outra ambiguidade para confundir ainda mais minha cabeça hesitante: por que uma estátua suja pelos pássaros demonstra mais poder do que outra que está limpa?

Oh, grande extensão verdejante do *campus*! Oh, canções calmas ao crepúsculo! Oh, lua que beijava o campanário e inundava com seu clarão as noites perfumadas! Oh, clarim que chamava a manhã! Oh, tambor que nos conduzia na marcha militar ao meio-dia — o que era real, o que era sólido, o que era mais do que um sonho agradável para matar o tempo? Pois, como aquilo poderia ser real, se agora sou invisível: se era real, por que só consigo me lembrar, em toda aquela ilha de verde, de nenhuma fonte senão a que estava quebrada, corroída e seca? E por que não cai nenhuma chuva em minhas lembranças, não ouço nenhuma em minhas memórias, para molhar a crosta esturricada de um passado ainda tão recente? Ao contrário, por que só me recordo do odor das sementes que estouravam na primavera, do conteúdo amarelo das cisternas que se espalhava sobre a grama morta? Por quê? E como? Como e por quê?

A relva realmente cresceu, e as folhas verdes apareceram nas árvores e encheram as alamedas de sombra e obscuridade tão certamente quanto os milionários, a cada primavera, desciam do norte no Dia dos Fundadores. E como eles chegavam! Vinham sorrindo, passando tudo em revista, estimulando, batendo papo aos cochichos, fazendo um discurso para as orelhas grandes e bem abertas de nossas caras negras e amarelas

— e cada um deles deixando um cheque bem gordo quando ia embora. Estou convencido de que era o produto de um tipo de mágica sutil, alquimia do luar; a escola, uma terra inculta para o cultivo de flores, e as rochas estavam submersas, os ventos secos se esconderam, os grilos desapareceram cantando para borboletas amarelas.

E oh, oh, oh, aqueles multimilionários!

Eles fazem parte dessa outra vida já morta e eu não consigo me lembrar de todos (o tempo era como eu era, mas já nem esse tempo nem esse "eu" existem mais). De um, porém, eu me lembro: ao término de um dos últimos anos do meu ensino fundamental, dirigi um carro para ele durante a semana em que ficou no *campus*. Uma cara rosada como a de São Nicolau, coroada por uma cabeleira de sedosos cabelos brancos. Um modo de tratar as pessoas fácil e informal, mesmo comigo. Bostoniano, fumante de charutos, contador de educadas histórias sobre negros, banqueiro astuto, cientista reconhecido, administrador, filantropo, esteio durante quarenta anos da responsabilidade dos brancos, e, durante sessenta, um símbolo das grandes tradições.

Nós nos deslocávamos de carro, com o poderoso motor roncando, enchendo-me de orgulho e aflição. O automóvel cheirava a menta e a fumaça de charuto. Os alunos levantavam os olhos e sorriam em consideração, enquanto passávamos devagar. Eu mal havia chegado do banquete e, inclinando-me para a frente a fim de evitar um arroto, apertei acidentalmente o botão do volante e o arroto se converteu num alto e estridente apito de buzina. O pessoal, na estrada, se virou e olhou-nos fixamente.

— Peço ao senhor muitas desculpas — disse eu, com receio de que ele me denunciasse ao dr. Bledsoe, o presidente, que se recusaria a permitir que eu dirigisse novamente.

— Está tudo perfeitamente bem. Perfeitamente.

— Aonde eu devo levar o senhor?

— Deixe-me ver...

Através do espelho retrovisor, eu podia vê-lo examinando um relógio fino como uma hóstia e recolocando-o no bolso do colete xadrez. Sua camisa era de seda macia, adornada por uma gravata-borboleta azul e branca, de bolinhas. Era de trato aristocrático, movimentos elegantes e corteses.

— É cedo para ir à próxima sessão — disse ele. — Imagine apenas que você está dirigindo. Para qualquer lugar de que goste.

— O senhor já viu todo o *campus*?

— Sim, acho que sim. Fui um dos fundadores, você sabia?

— Puxa! Eu não sabia disso, não senhor. Então terei de pegar alguma das estradas.

Evidentemente, eu sabia que ele era um fundador, mas também sabia que era conveniente incensar as pessoas brancas e ricas. Talvez ele me desse uma gorjeta grande, ou um terno, ou mais um ano em bolsa de estudos.

— A qualquer outro lugar de que você goste. O *campus* é parte da minha vida e eu conheço a minha vida bastante bem.

— Sim, senhor.

Ele ainda estava sorrindo.

Num instante, o *campus* verde, com seus prédios cobertos de videiras, ficava para trás. O carro saltava para a estrada. "Como o *campus* era parte da vida dele?", perguntei-me. "E como alguém aprende 'bastante bem' sobre sua vida?"

— Rapaz, você faz parte de uma instituição maravilhosa. É um grande sonho que se torna realidade...

— Sim, senhor — concordei.

— Sinto-me tão feliz por fazer parte disto quanto você, sem dúvida, também sente. Estive aqui anos atrás, quando todo o seu belo *campus* era um terreno baldio. Não havia nenhuma árvore, nem flores, nem terra cultivada e fértil. Isso foi anos atrás, antes de você nascer...

Ouvi com fascinação, os olhos grudados na faixa branca que cortava a rodovia, enquanto minhas considerações procuravam deslizar de volta aos tempos de que ele falava.

— Até os seus pais eram jovens. A escravidão mal havia acabado. Sua gente não sabia que rumo tomar e, devo-lhe dizer, muitos da minha própria gente não sabiam também para onde ir. Mas nosso grande Fundador sabia. Era meu amigo e eu acreditava em seu sonho. A tal ponto que algumas vezes eu não sabia se esse sonho era dele ou meu...

Ele riu brandamente, formando rugas nos cantos dos olhos.

— Mas é claro que era dele; eu somente o auxiliava. Vim com ele ver o terreno inóspito e fiz o possível para colaborar com ele. E tive o destino agradável de voltar a cada primavera e observar as mudanças que os anos haviam forjado. Isso me deu mais prazer e contentamento do que meu próprio trabalho. Era realmente um destino *agradável*.

Sua voz soava branda e carregada de mais significado do que eu podia compreender. Enquanto eu dirigia o carro, imagens desbotadas e amareladas dos primeiros dias da escola se apresentavam na biblioteca faiscada através da tela da minha mente, revivendo instável e fragmentariamente: fotografias de homens e mulheres em carroções puxados por parelhas de mulas ou de bois, com roupa preta e empoeirada, pessoas que pareciam quase sem individualidade, uma negra multidão que parecia estar esperando ou olhando com as caras descoradas, e entre elas o inevitável ajuntamento de homens e mulheres brancos com seus sorrisos, de feições serenas, impressionantes em sua elegância e confiança. Até agora, e apesar de eu poder reconhecer o Fundador e o dr. Bledsoe entre elas, as figuras nas fotografias nunca haviam parecido efetivamente terem estado vivas; eram mais como sinais ou símbolos que a gente encontrasse nas últimas páginas do dicionário... Agora, porém, eu percebia que estava compartilhando um mundo extraordinário e, com o automóvel arremetendo pachorrentamente sob a pressão do meu pé, identifiquei-me com aquele homem rico entregue a suas recordações no banco de trás...

— Um destino *agradável* — repetiu ele —, e espero que o seu seja tão *agradável* quanto o meu.

— Sim, senhor. Muito obrigado — agradeci, satisfeito com o fato de ele desejar algo *agradável* para mim.

Mas, ao mesmo tempo, fiquei confuso: como podia o destino de alguém ser *agradável*? Eu sempre o achara algo doloroso. Ninguém que eu conhecesse falava dele como agradável — nem mesmo Woodridge, que nos fez ler teatro grego.

Estávamos agora além das terras mais afastadas que pertenciam à escola e, subitamente, resolvi sair da rodovia, para uma estrada em declive que não parecia nada familiar. Não havia nenhuma árvore e o dia estava magnífico. Bem lá embaixo na estrada, o sol resplandecia cruelmente contra uma placa de lata pregada num estábulo. Uma figura solitária que se curvava sobre a enxada na encosta se levantava com cansaço e ondulava, mais uma sombra contra o horizonte do que um homem.

— Até onde vamos? — ouvi por sobre o meu ombro.
— Mais ou menos um quilômetro e meio.
— Não me lembro dessa região — disse ele.

Não respondi. Estava pensando na primeira pessoa que se referiu a algo como o destino na minha presença: meu avô. Não houvera nada de agradável em torno daquilo, e eu havia tentado esquecer. Agora, viajando ali naquele automóvel potente com aquele branco que estava tão satisfeito com o que chamava destino, eu tinha uma sensação de pavor. Meu avô teria chamado isso de traição, e eu não podia compreender exatamente em que sentido ela o era. De súbito, me enchi de culpa ao imaginar que o homem branco podia ter pensado isso também. O que ele teria pensado? Saberia que os negros como o meu avô haviam sido libertados durante aqueles dias precisamente antes de o colégio ter sido fundado?

Quando chegamos a uma estrada secundária, vi uma parelha de bois atrelada a uma carroça bem avariada, cujo condutor maltrapilho dormitava no assento à sombra de um arvoredo.

— O senhor viu isso? — perguntei por sobre o ombro.
— O quê?
— A parelha de bois, senhor.
— Oh, não. Eu não posso vê-la por causa das árvores — disse ele, olhando para trás. — É uma boa madeira.
— Queira perdoar-me. Devo voltar?
— Não, não é importante — disse ele. — Continue.

Continuei dirigindo, lembrando o rosto descarnado e faminto do homem adormecido. Era o tipo de homem branco que eu temia. Os campos amarronzados avançavam pelo horizonte. Um bando de passarinhos mergulhou, voou em círculos, oscilou para cima e para fora como se ligado por cordéis invisíveis. Ondas de calor dançavam em cima do capô do motor. Os pneus cantaram sobre a rodovia. Finalmente venci a minha timidez e perguntei a ele:

— Por que o senhor se interessou pela escola?

— Acho — disse ele, pensativamente, falando mais alto — que foi porque senti mesmo, quando era jovem, que a sua gente estava, de certo modo, estreitamente ligada ao meu destino. Você compreende?

— Não, senhor, ao menos não tão claramente — respondi, envergonhado por admitir.

— Você estudou Emerson, não estudou?

— Emerson?

— Ralph Waldo Emerson.

Fiquei atrapalhado, pois não o fizera.

— Ainda não senhor. Ainda não chegamos a ele.

— Não? — retrucou ele, com um ar de surpresa. — Bem, não faz mal. Sou da Nova Inglaterra, como Emerson. Você deve aprender a respeito dele, porque foi importante para a sua gente. Teve a mão no seu destino. Sim, talvez seja isso que eu quero dizer. Eu tinha a sensação de que a sua gente estava, de algum modo, ligada ao meu destino. Que o que acontecia a você estava ligado ao que me aconteceria...

Reduzi a velocidade, tentando compreender. Através do retrovisor, eu o vi olhando atentamente para a comprida cinza do charuto, segurando-o delicadamente com os dedos esguios e tratados por manicure.

— Sim, você é meu destino, jovem. Somente você pode me dizer o que ele realmente é. Compreende?

— *Acho* que sim, senhor.

— Quero dizer que depende de você o resultado dos anos dedicados à escola. Esse foi o verdadeiro trabalho da minha vida, não minha atividade bancária ou minhas pesquisas, mas minha organização direta da vida humana.

Nesse momento, eu o via inclinando-se para o banco da frente, falando com uma intensidade que ainda não houvera ali. Era difícil não desviar os olhos da rodovia e encará-lo.

— Há outra razão, uma razão mais importante, mais apaixonada e até mais sagrada do que todas as outras — disse ele, já sem parecer estar me vendo, mas falando consigo mesmo sozinho. — Sim, até mais sagrada do que todas as outras. Uma garota, minha filha. Era um ser muito raro, mais bela, mais pura, mais perfeita e mais delicada do que o sonho mais agreste de um poeta. Eu nunca conseguia acreditar que ela fosse carne e sangue da minha própria carne. Sua beleza era um manancial da mais pura água da vida, e olhar para ela era bebê-la, beber e beber de novo... Era rara, uma criação perfeita, um trabalho da arte mais pura. Uma flor delicada que vicejava na líquida luz da lua. Uma natureza que não era deste mundo, uma personalidade como a de alguma donzela bíblica, graciosa, régia. Eu achava difícil acreditar que ela fosse meu próprio...

De repente, ele remexeu no bolso do colete e estendeu alguma coisa por sobre as costas do banco, surpreendendo-me.

— Eis aí, jovem, você deve a ela muito de sua boa sorte em frequentar esta escola.

Olhei então para a colorida miniatura moldada em platina lavrada. Quase a deixei cair. Uma moça de feições delicadas e sonhadoras olhava para mim. Era muito bonita, pensei no mesmo instante, tão bonita que eu não sabia se devia exprimir minha admiração até o ponto em que a sentia ou agir com mera cortesia. No entanto, pareceu-me que me lembrava dela, ou de alguém semelhante, no passado. Sei, agora, que era o traje gracioso, de agradável e frágil material, que favorecia aquele efeito: hoje, vestindo uma das vistosas roupas modernas que você vê em revistas femininas, bem-ajustadas, angulosas, estéreis, de linhas aerodinâmicas, ventiladas, ela pareceria tão comum quanto uma peça cara de joalheria feita a máquina, e igualmente sem vida. Naquele momento, todavia, compartilhei algo do entusiasmo dele.

— Ela era pura demais para a vida — disse ele tristemente. — Tão pura, tão boa e tão bela. Estávamos velejando juntos, em excursão pelo mundo, apenas ela e eu, quando ela ficou doente na Itália. Pensei, na época, que não fosse nada demais, e continuamos através dos Alpes. Quando chegamos a Munique, ela já estava definhando. Enquanto comparecíamos a uma festa da embaixada, ela desfaleceu. A melhor ciência médica do mundo não tinha como salvá-la. Foi um regresso solitário, uma viagem amarga. Jamais me recuperei. Jamais me perdoei. Tudo o que fiz desde a sua partida tem sido em homenagem à sua memória.

Ficou em silêncio, fitando com os olhos azuis muito além do campo ensolarado. Voltei à miniatura, perguntando-me o que exatamente havia feito com que ele abrisse o coração para mim. Isso foi algo que nunca fiz. Era perigoso. Primeiro, era perigoso se você tinha vontade de fazer isso acerca de qualquer coisa, porque, depois, não compreendia nunca aquilo, algo ou alguém desvalorizasse você; e, segundo, era perigoso porque ninguém o entenderia, as pessoas ririam e o achariam maluco.

— Como pode ver, meu jovem, você está envolvido na minha vida muito intimamente, ainda que nunca me tenha visto antes. Você está ligado a um sonho extraordinário e a um belo monumento. Se você se tornar um bom agricultor, um chefe de cozinha, um pregador, cantor, médico, mecânico, o que quer que você se torne, ainda que seja malsucedido, você é o meu destino. E você deve escrever-me e me contar o resultado.

Dava-me certo alívio vê-lo sorrindo através do espelho. Meus sentimentos estavam embaralhados. Será que ele estava brincando comigo? Estava falando comigo como alguém, num livro, apenas para ver como eu reagiria? Ou talvez — eu ficava quase com medo de pensar — esse homem rico fosse apenas um doidinho de pedra? Como eu poderia dizer-lhe o *seu* destino? Levantei a cabeça e nossos olhos, por um momento, se encontraram no espelho, depois abaixei os meus para a resplandecente faixa branca que dividia a estrada.

As árvores ao longo da estrada eram grossas e altas. Pegamos uma curva. Bandos de codornizes levantavam voo e pairavam sobre um campo marrom, marrom, descendo, fundindo-se.

— Você promete me contar o meu destino? — ouvi.

— Como?

— Promete?

— *Agora* senhor?

— Depende de você. Agora, se puder.

Fiquei em silêncio. Seu tom soava sério, exigente. Não consegui pensar numa resposta à altura. O motor roncava. Um inseto se chocou contra o para-brisas, deixando uma gosma amarelada.

— Não sei como senhor. É apenas meu primeiro ano...

— Mas você me dirá quando souber?

— Vou tentar, senhor.

— Bom!

Quando dei uma rápida olhada pelo espelho, ele estava sorrindo novamente. Eu queria perguntar-lhe se ser rico e famoso, e contribuir para a direção da escola até se tornar o que era, não era suficiente. Mas tive medo.

— O que você acha da minha ideia, rapaz? — indagou.

— Não sei, senhor. Acho que o senhor já tem o que procura. Porque, se eu fracassar ou deixar a escola, não será por culpa sua. Porque o senhor ajudou a fazer da escola o que ela é.

— E você acha isso suficiente?

— Sim, senhor. É o que o presidente nos diz. Vocês já conseguiram, e por si mesmos, e nós temos que progredir da mesma maneira.

— Mas isso é apenas uma parte, meu jovem. Eu tenho riqueza, reputação e prestígio: tudo isso é verdade. Mas o seu grande Fundador tinha mais do que isso; tinha dezenas de milhares de vidas dependendo de suas ideias e de seus atos. O que ele fazia afetava a sua raça toda. Em certo sentido, tinha o poder de um rei ou, até certo ponto, de um deus. Cheguei a acreditar que isso é mais importante do que meu próprio trabalho, pois depende mais de você. *Você* é importante porque, se falhar, *eu* terei falhado devido a um indivíduo, uma engrenagem defeituosa; antes, isso não me importava tanto, mas agora estou envelhecendo e se tornou de grande importância...

"Mas o senhor nem mesmo sabe o meu nome", pensei, perguntando-me o que significava tudo aquilo.

— Imagino que seja difícil, para você, compreender como isso me preocupa. Mas, enquanto você se desenvolve, lembrar que eu dependo de você para conhecer o meu destino. Mediante você e seus colegas estudantes, eu me torno, digamos assim, trezentos professores, setecentos mecânicos habilitados, oitocentos agricultores especializados, e assim por diante. Dessa maneira, posso observar, em função de personalidades vivas, em que proporções meu dinheiro, meu tempo e minhas esperanças foram investidos frutiferamente. Também estou construindo um monumento vivo de recordação da minha filha. Compreende? Posso ver os frutos produzidos pela terra e pelos quais seu grande Fundador transformou o terreno baldio em solo fértil.

Sua voz se interrompeu, eu vi os cordões de fumaça pálida e azul passando pelo espelho e ouvi o isqueiro elétrico estalar de novo sobre seu cabo condutor situado atrás do espaldar do banco.

— Acho que agora compreendo melhor o senhor — declarei.

— Muito bem, meu rapaz.

— O senhor acha que devo continuar nessa direção?

— Perfeitamente — respondeu ele, olhando para os campos. — Nunca vi essa região antes. É um território novo, para mim.

Distraído, segui a faixa branca enquanto dirigia, pensando no que ele dissera. Depois, quando pegamos uma colina, fomos varridos por uma onda de ar abrasador e foi como se estivéssemos aproximando-nos do deserto. Ela quase levou embora meu fôlego e me inclinei para ligar o ventilador, ouvindo seu zumbido repentino.

— Obrigado — disse ele quando uma leve brisa encheu o carro.

Estávamos passando por uma sucessão de barracões e cabanas de madeira, tortos e desbotados pela intempérie. Os telhados de sarrafo, torturados pelo sol, assentavam nos tetos como baralhos de cartas encharcadas d'água estendidas para secar. As casas consistiam em dois cômodos quadrados unidos por um assoalho e um teto comuns, com uma varanda no meio. Enquanto passávamos, podíamos ver através dos campos lá adiante. Parei o carro sob sua ordem alvoroçada, em frente de uma casa separada das outras.

— É uma cabana de *madeira*?

Era uma velha cabana com suas frestas repletas de argila branca, com novos e reluzentes sarrafos remendando o teto. De repente, fiquei arrependido de andar sem rumo pela estrada. Reconheci o lugar tão logo vi o grupo de crianças, com seus espessos macacões novos, brincando perto de uma cerca frouxa.

— Sim, senhor. É uma cabana de troncos de árvore — disse eu.

Era a cabana de Jim Trueblood, um meeiro que trouxera a desgraça para a comunidade negra. Alguns meses antes, causara um verdadeiro desastre na escola e, agora, seu nome jamais era mencionado sem sussurros. Mesmo antes disso, ele raramente chegara perto do *campus*, mas fora bem apreciado como um homem trabalhador que zelava pelas necessidades da família, e como alguém que contava histórias antigas com um senso de humor e uma magia que contribuíam para sua perpetuidade. Ele também cantava como tenor e, às vezes, quando convidados brancos especiais visitavam a escola, era levado com os integrantes de um quarteto *country* para cantar o que os funcionários chamavam de "seus *spirituals* primitivos", ao nos reunirmos na capela, nas noites de sábado. Ficávamos perturbados com as terrenas harmonias que eles cantavam, mas, como as visitas nos infundiam respeito, ousávamos não rir com os sons crus, agudos, lamentosamente animais que Jim Trueblood apresentava quando dirigia o quarteto. Isso tudo acabara, agora, com sua queda em desgraça e o que, da parte dos funcionários da escola, fora uma atitude de desprezo mitigada pela tolerância e, em seguida, se tornara um desprezo aguçado pelo ódio. Naqueles dias pré-invisíveis, eu não compreendia que seu ódio, e também o meu, estava impregnado de medo. Como todos nós do colégio odiávamos as pessoas das comunidades negras, os "campônios", durante aqueles dias! Tentávamos levantá-los e eles, como Trueblood, faziam tudo que parecesse derrubar-nos.

— Parece bastante antigo — disse o sr. Norton, olhando através da extensão nua e pesada do quintal onde duas mulheres com vestidos novos e axadrezados de azul e branco lavavam roupa numa bacia de ferro. A bacia estava preta de fuligem e as tênues chamas que lhe lambiam as bordas tinham um tom rosa pálido orlado de preto, como se estivessem de luto. As duas mulheres se movimentavam com os gestos fatigados e de entrega total da gravidez muito avançada.

— É, sim senhor — disse eu. — Esse e os outros dois parecidos foram construídos nos tempos da escravidão.

— Não me diga! Eu jamais acreditaria que eles fossem tão duradouros. Desde os tempos da escravidão!

— Isso mesmo, senhor. E a família branca que possuiu a terra, quando era uma grande área de cultivo, ainda vive na cidade.

— Sei — disse ele. — Sei que muitas das antigas famílias ainda sobrevivem. E os indivíduos também, a estirpe humana continua, ainda que degenere. Mas essas cabanas! — Parecia surpreso e confuso. — Você acredita que essas mulheres saibam qualquer coisa acerca do tempo e da história deste lugar? A mais velha talvez possa saber.

— O senhor sabe que eu duvido? Elas não me parecem muito espertas.

— Espertas? — repetiu ele, tirando o charuto da boca. — Você quer dizer que elas não conversariam comigo? — perguntou ele, desconfiado.

— Sim, senhor. É isso.

— Por que não?

Eu não quis explicar. Isso me deixava envergonhado, mas ele percebeu que eu sabia alguma coisa e insistiu.

— Não é muito bonito não, senhor. Mas eu não acho que aquelas mulheres conversariam conosco.

— Você pode explicar que nós somos da escola. Então, certamente elas vão conversar. Você pode dizer a elas quem eu sou.

— Sim, senhor — disse-lhe eu —, mas a questão é que elas odeiam o pessoal da escola. Nunca vão lá...

— O quê!

— Não vão, senhor.

— E aquelas crianças ali perto da cerca?

— Elas também não vão. Pouca gente aqui por essas bandas vai lá. Acho que são ignorantes demais. Não demonstram interesse.

— Mas eu não posso acreditar nisso.

As crianças tinham parado de brincar e, agora, olhavam o carro silenciosamente, com os braços atrás das costas e seus novos macacões de tamanho maior puxados fortemente por sobre os barrigões, como se elas também estivessem prenhes.

— O que você sabe sobre os homens?

Vacilei. Por que ele achava isso tudo tão estranho?

— Ele nos odeia, sr. Norton — respondi.

— Você disse *ele*; não são casadas as duas mulheres?

Contive a respiração. Talvez eu me tivesse equivocado.

— A mais velha é, sim senhor — informei, relutantemente.

— O que aconteceu com o marido da mulher mais jovem?

— Ela não tem nenhum... Isto é... Eu...

— O que é isso, rapaz? Você conhece essa gente?

— Somente um pouco, sr. Norton. Houve alguns rumores sobre eles lá no campo, algum tempo atrás.

— Que rumores?
— Bem, a moça é filha da mulher mais velha...
— E daí?
— Bem, o senhor sabe, eles dizem... o senhor vê... Quero dizer que eles dizem que a filha não tem marido.
— Oh, entendo. Mas isso não devia ser tão estranho. Eu compreendo que seu povo... Não se preocupe! Isso é tudo?
— Bem, o senhor sabe...
— Sim, o que mais?
— Eles dizem que o pai dela é que fez isso.
— O quê?
— Sim, senhor... que foi ele quem a engravidou.

Ouvi uma nítida tomada de fôlego, como de uma bola de borracha repentinamente esvaziada. Seu rosto ficou mais vermelho. Eu estava confuso, sentindo vergonha pelas duas mulheres e medo de que tivesse falado demais e ferido a sensibilidade dele.

— E alguém da escola investigou essa questão? — finalmente perguntou ele.
— Sim, senhor — respondi.
— E o que se descobriu?
— Que era verdade.
— Mas como se explica que ele tenha feito uma coisa tão... tão monstruosa?

Estava sentado no banco de trás, as mãos segurando os joelhos, os nós dos dedos como se estivessem sem sangue. Olhei ao longe, para o concreto de calor ofuscante da rodovia. Desejei que estivéssemos de volta, no outro lado da faixa branca, dirigindo-nos outra vez para a sossegada extensão verde do *campus*.

— Disseram que o homem possuiu tanto a mulher quanto a filha?
— Sim, senhor.
— E que ele é o pai de *ambas* as crianças?
— Sim, senhor.
— Não, não, não!

Ele parecia estar sofrendo de uma grande dor. Olhei para ele ansiosamente. O que tinha acontecido? O que eu dissera?

— Isso não! Não... — disse ele, numa espécie de horror.

Vi o sol arder sobre os macacões azuis novos, quando o homem apareceu perto da cabana. Tinha os sapatos novos e marrons, movendo-se à vontade sobre a terra quente. Era um homem pequeno e percorria o quintal com uma familiaridade que lhe teria permitido andar na mais negra escuridão com a mesma segurança. Chegou e disse algo à mulher enquanto se abanava com um grande lenço azul. Elas, porém, pareciam olhá-lo carrancudas, quase sem falar e mal olhando em sua direção.

— Seria esse o homem? — perguntou-me o sr. Norton.

— Sim, senhor. Acho que sim.

— Saia! — gritou ele. — Tenho de falar com ele.

Mal conseguia me mover. Senti surpresa, pavor e ressentimento com o que ele poderia dizer a Trueblood e suas mulheres, as perguntas que poderia fazer. Por que ele não podia deixá-los em paz?

— Depressa!

Eu saltei do carro e abri a porta de trás. Ele também saiu e quase correu pela estrada até o quintal, como se impelido por alguma urgência premente que eu não podia compreender. Então repentinamente eu vi as duas mulheres se virarem e correrem freneticamente para os fundos da casa, com seus movimentos pesados e desajeitados. Apressei-me atrás dele, vendo-o parar quando se aproximou do homem e das crianças. Elas ficaram em silêncio, com as feições brandas e restritivas, os olhos mansos e enganosos. Abaixavam-se por trás de seus olhos, esperando-o falar — exatamente quando reconheci que eu estava tremendo por trás dos meus. Mais de perto, vi o que não tinha visto do carro: o homem tinha uma cicatriz no lado direito do rosto, como se tivesse sido ferido com um tipo de martelo. O ferimento estava bruto e molhado: de quando em quando, ele pegava o lenço para espantar os mosquitos.

— Eu, eu — o sr. Norton gaguejou —, eu preciso falar com você!

— Tudo bem, sinhô... — disse sem surpresa Jim Trueblood, e esperou.

— É verdade... quero dizer, o que você fez?

— Sô? — disse o lavrador, franzindo a testa com perplexidade.

— O senhor me desculpe — interrompi —, mas não acho que ele compreenda o senhor.

Ele me ignorou, olhando fixamente o rosto de Trueblood, como se estivesse lendo ali uma mensagem que eu não podia perceber.

— Você fez e saiu ileso! — gritou ele, com os olhos azuis faiscando para a face negra com algo como despeito e indignação.

Trueblood olhou para mim, desorientado. Eu parecia longe. Não compreendia aquilo mais do que ele.

— Você encarou o caos e não está destruído!

— Não, sô! Eu tô bem.

— Você acha? Você não encontrar nenhuma perturbação interior, nenhuma necessidade de arrancar fora o olho ofensor?

— Sô!

— Responda-me!

— Tô bem, sô — disse Trueblood, constrangido. — Meus oio também tá bem. E, quando me sinto mal da barriga, tomo uma sodazinha e a coisa vai embora.

— Não, não, não! Vamos ali para a sombra — disse Norton, olhando ao redor alvoroçadamente e indo para onde a varanda lançava uma faixa de sombra. Nós o seguimos.

O agricultor pôs a mão em meu ombro, mas me livrei dela, sabendo que não podia explicar nada. Sentamo-nos na varanda, num semicírculo de cadeiras de armar, eu entre o meeiro e o milionário. A terra à volta da varanda estava dura e branca, de tanto jogarem ali água de lavar roupa.

— Como você tem andado agora? — perguntou o sr. Norton. — Talvez eu pudesse ajudar.

— Nós não tem saído tão mal, sô. Antes de eles ouvi sobre o que se deu por aqui, eu num tinha ajuda de ninguém. Agora uma porção de gente fica curiosa e sai logo ajudando. Até os cara mais importante da escola sobe pela colina acima, só que isso tinha uma dificuldade! Eles oferecia levá a gente direto para fora desse condado, pagá a nossa passagem e tudo, e me dá uns cem dólar pra a instalação. Mas a gente gosta daqui, de modo que eu disse não pra eles. Então eles mandou um camarada deles aqui, um grande camarada também, e ele disse que, se eu não saísse, eles iam jogá os cara branco solto contra mim. Isso me deixava maluco e me deixava assustado. Eles, o pessoal lá da escola, são bem acompanhado de gente branca e isso me assustava. Mas eu achei, quando eles vieram aqui a primeira vez, que eram diferente de quando eu ia lá muito tempo atrás, procurando aprendê alguma coisa nos livro e alguma coisa sobre como cuidá das minhas colheita. Isso foi quando eu tinha o meu lugá lá. Pensei que eles me tava tentando ajudá, pru causa de eu ter arranjado duas muié que esperava o parto quase ao mesmo tempo.

"Mas eu ficava maluco quando descobria que eles tava tentando se livrá de nós, pru causa de dizerem que nós era uma desgraça. Sim, sinhô, eu fiquei mesmo doido. Antão fui vê o Seu Buchanan, o chefão, e contei a ele sobre isso e ele me deu um bilhete pro xerife e me disse que levasse a ele. Fiz isso, bem como ele me disse. Fui até a cadeia e dei o bilhete ao xerife Barbour e ele me pediu pra contá o que aconteceu, e eu contei pra ele, ele chamou ali alguns home e eles me fizeram contá de novo. Queriam ouvi sobre a garota uma porção de vez e me deram alguma coisa pra comê, bebê e um pouco de tabaco. Pegaram eu de surpresa, pruquê eu tava assustado e esperando coisa diferente. Pru quê, 'maginava eu, não tinha um homem de cor no condado que já tivesse tomado tanto tempo das pessoas branca como eu? Aí finalmente eles me disseram que num me preocupasse, que eles iam mandá orde para a escola de que eu devia continuá justamente onde estô. Os negão maioral, eles, também num me incomodaram. Isso só pra mostrar ao sinhô que num importa quanto poder um negão alcança, pois as pessoa branca sempre cortar as asa dele. As pessoa branca vinham para cima de mim. E as pessoas branca precisava vir aqui para nos vê e conversá com a gente. Algumas também eram grandes pessoa branca vindas da escola maió, em viagem pelo estado. Preguntaram muito sobre o que eu pensava das coisa, e sobre o meu pessoal e as criança, e escreveram tudo num livro. Mas o meió de tudo, seu, é que eu consegui mais trabaio agora do que nunca tive antes..."

Ele conversava à vontade, agora com uma espécie de satisfação e nenhum sinal de indecisão ou de vergonha. O velho o ouvia com uma expressão confusa, segurando nos dedos finos um charuto apagado.

— As coisa tá boa agora — disse o agricultor. — Sempre que penso no frio que fazia e que fase difícil nós tivemo, eu tenho ataque de tremedeira.

Eu o vi cortar um pedaço de tabaco para mascar. Alguma coisa tilintou de encontro à varanda e eu a apanhei, fitando-a de quando em quando. Era uma rígida maçã vermelha recortada de folha de estanho.

— O sinhô vê, sô, estava frio e nós não tinha muito fogo. Nada senão madeira, nenhum carvão. Tentei consegui ajuda e não consegui nenhum trabaio, nem nada. Fazia tanto frio que nós tinha tudo de dormi junto, eu, a muié e a garota. Foi assim que começou, sô.

Ele limpou a garganta, com os olhos brilhando e a voz adquirindo um tom profundo, encantatório, como se ele tivesse contado a história muitas, muitas vezes. Moscas e pontiagudos mosquitos brancos enxameavam em torno de sua ferida.

— Dessa maneira é que se deu — disse ele. — Eu num lado, a patroa no otro e a garota no meio. Era escuro, negro feito ameixa. Negro feito o meio dum balde de alcatrão. As criança dormia junta sobre a cama delas, no canto. Acho que fui o último a ir dormi, porque tava pensando em arranjá algum grude pro próximo dia, e sobre a garota e o rapaz que começava a arrastá asa pra cima dela. Eu num ia com a cara dele e ele continuava enchendo a minha cabeça e preparei a minha mente pra avisá ele pra se afastá da garota. Tava escuro demais e eu ouvi um dos garoto choramingá no meio do sono, e os último galho seco de cavaco aceso estalá e assentá no fogão, e o cheiro da carne gorda parecia esfriá e ainda tava no ar que nem a graxa da carne quando posta num prato frio de melaço. E eu tava pensando sobre a garota e esse rapaz, sentindo os braço dela junto de mim e ouvindo a muié ressoná com tipo dum gemido e de murmurim no outro lado. Tava preocupado com a minha família, com eles terem de comê e tudo, e pensei sobre quando a garota era pequena como os menino que dormia lá no canto e como eu era seu preferido, e não a mãe. Tinha a nossa respiração ajuntada no escuro. Eu só podia ver uma e a outra na minha mente, conhecendo cada uma como conhecia. Na minha mente, eu olhava qualquer delas, uma a uma. A garota parece mesmo com a muié como era quando moça e quando encontrei ela primeiro, só de mió parecê. O sinhô sabe, nós conseguimo sê uma raça de gente de mió parecê...

"De qualqué modo, eu podia ouvir as duas respirando e, se bem que não tivesse antes, fiquei com sono. Aí eu ouvi a garota dizê: 'Papai', mole e baixinho no seu sono, e eu olhei, tentando vê se ela ainda 'tava acordada. Mas tudo o que eu posso fazê é cheirá ela e senti a respiração na minha mão quando vô tocá. Ela falou tão mole que eu podia jurá que num tinha ouvido nada, antão eu só me quietei ali, escutando. Parece que eu tinha ouvido um curiango chamando e eu pensei comigo mesmo vamu é caí fora daqui, nós vamu vencê o velho desejo quando o achá. Aí eu ouvi o relógio lá da escola batendo quatro vezes, parecendo triste.

"Antão eu consegui pensá a respeito do caminho de volta quando deixasse a fazenda e fosse vivê em Mobile, e a respeito de uma garota que eu tinha comigo antão. Eu era bem moço — como esse camarada daqui. Vivia numa casa de dois andá do lado do rio, e de noite, no verão, nós costumava ficá na cama e batê papo e, depois de ela caí no sono eu me alevantava oiando pras luze que vinha da água e escutando os sons dos barco que passava. Eles costumava tê músicos nos barco deles e às vezes eu gostava de acordá ela pra ouvi a música quando eles subia o rio. Eu ficava ali e me quietava, e podia ouvi ela ainda vindo e indo embora. Como quando o sinhô se encolhe caçando codorniz e escurece, e pode ouvi a ave chefe assobiando, tentando juntá o bando de novo, e ela vem na sua direção devagá e assobiando docemente, porque sabe que você tá em algum lugá ao redó dela, com a sua arma. Ela, porém, conseguiu juntá eles, antão ela continua chegando. Elas, as chefes de codornizes, são feito um bom homem: o que ele consegue fazê ele *faz*.

"Bom, é desse modo que os barco costumava soá. Vindo perto do sinhô desde longe. Primeiro um estava vindo pro sinhô quando o sinhô quase dormia e ele soava como alguém que batesse no sinhô devagá com um grande fio brilhante de laçadera. O sinhô vê a ponta do laço vindo direto pro sinhô, vindo devagá também, e o sinhô não pode se esquivá; somente quando ele vai batê no sinhô é que vê que não tem fio nenhum, mas alguém lá longe que quebra umas pouca garrafa de todo tipo de vidro colorido. Mas ainda está vindo pro sinhô. Ainda vindo. Antão o sinhô ouve ele chegá bem perto, como quando o sinhô sobe para a janela do segundo andá e olha para baixo sobre um vagão cheio de melancia e o sinhô vê uma dessas fruta jovem e suculenta partida, descancarada, deixando tudo se espaiá, e fria, doce no alto de todas as de verde riscado, como se esperando só pelo sinhô, de modo que o sinhô pode vê como é ela vermeia, madura, suculenta, e todas as pequenina semente preta que trouxe, e tudo. E o sinhô podia ouvi aquelas roda do lado dos barco borrifando como se eles não quisesse prestá atenção em ninguém; e nós, eu e a garota, estávamos ali sentindo como se fôssemos gente rica e eles os rapazes nos barco tivessem brincando doce feito conhaque de pêssego. Antão os barco passaria e as luzes se iria embora da janela, e a música também. Feito quando o sinhô fica olhando uma garota de vestido vermeio e chapéu de paia largo passando pelo sinhô e descendo uma 'lameda com as arvre dos dois lado, e ela aprumada e suculenta como que agitando o rabo pruquê ela sabe que o sinhô tá olhando e o sinhô *sabe* que ela sabe, e o sinhô só continua ali e fica oiando até o sinhô num podê vê mais nada além do alto do chapéu dela e antão isso vai embora e o sinhô sabe que ela passou pra trás de uma colina — eu mesmo vi uma garota que nem essa, uma vez. Tudo o que podia ouvi antão seria que a garota de Mobile (chamava Margaret), ela tava respirando do meu lado e quem sabe sobre aquele tempo ela dissesse 'Papai, ocê ainda acrodado?' e antão eu resmunguei 'ôôooo' e eu fui em frente — sinhô'es (assim disse Jim Trueblood), eu gosto de lembrá esses dias de Mobile.

"Bom, foi como isso quando eu ouvi Matty Lou dizê 'Papai', e eu sabia que ela devia tá sonhando com alguém pelo modo como falô aquilo e eu fiquei maluco me preguntando se era aquele rapaz. Escutei ela murmurinhando por um tempo, tentando ouvi se chamava meu nome, mas não chamava, e lembro que eles diz que, se ocê põe a mão numa pessoa que está falando num sonho na água quente, ela diz tudo, mas a água tava fria demais e eu nem teria feito isso, de qualqué modo. Mas eu entendi que ela agora era uma muié, quando senti que ela se virô e se torceu toda de encontro comigo e passou o braço no pescoço, em cima, onde a coberta não alcançava e eu tinha frio. Ela disse alguma coisa que não consegui entendê, como uma muié diz quando ela qué provocá e agradá um homem. Eu sabia antão que ela cresceu e eu me preguntei quantas vez aquilo tinha acontecido e que fosse com aquele rapaz maldito. Afastei o braço e tava macio, mas não acordô ela, antão chamei seu nome, mas nem assim ela acordô. Antão virei minhas costas e tentei me afastá, se bem que não houvesse muito espaço e ainda pudesse senti ela me tocando, se mexendo pra perto de mim. Aí eu devo tê afundado no sonho. Tenho que contá ao sinhô sobre esse sonho.

Olhei o sr. Norton e me levantei, achando que era um bom momento para dar o fora. Mas ele estava escutando Trueblood tão intensamente que não me viu, e me sentei de novo, xingando o agricultor em silêncio. Para o inferno com aquele sonho!

— Eu não me lembrava direito de nada, nada, mas lembro que tava procurando alguma carne gorda. Desci até a gente branca da cidade e eles disseram vai vê o Seu Broadnax, que ele arranjava ela pra mim. Bom, ele vive lá no alto duma colina e eu fui subi ali pra encontrá ele. Parece que era a colina mais alta do mundo. Quanto mais eu subia, mais longe a casa do Seu Broadnax ficava. Mas finalmente eu cheguei por lá. Tava tão cansado e afrito de chegá até o home que fui varando a porta da frente! Sei que estava errado, mas não tive como evitá. Entrei e fiquei parado numa sala grande cheia de velas acesa, mobília toda brilhosa, uns quadro nas parede, e pano macio no soaio. Mas não vi ali viv'alma. Antão eu chamei ele pelo nome, mas ainda ninguém veio e ninguém respondeu. Aí eu vi uma porta e passei por ela, entrando num quarto de dormi grande todo branco, como eu tinha visto uma vez quando era um garotão fracote e ia pra uma casa grande com a mamã. Tudo no quarto era branco e eu fiquei ali parado sabendo que num ia tê nenhum negócio ali, mas de qualqué modo... Era também um quarto de muié. Tentei saí mas num achei a porta; e em tudo ao redó de mim eu podia senti o cheiro de muié, podia senti que ia ficando mais forte o tempo todo. Antão eu olhei pra um canto e vi um daqueles relógio altos dos avô e ouvi ele batê e a porta de vidro abriu e uma senhora branca saiu dele. Ela vestia uma camisola de um tecido branco e macio, e nada mais, e olhou direto pra mim. Eu num sabia o que fazê. Queria corrê, mas a única porta que vi era a do relógio com ela em pé na frente — e, de qualqué modo, esse cujo relógio continuava fazendo um puta baruio. Fazia o baruio cada vez mais depressa, o tempo todo. Tentei dizê alguma coisa, mas não consegui. Antão ela começô a gritá e eu achei que tinha ficado surdo, pru causa que eu via sua boca se mexendo aberta, mas num *ouvia* nada. Mas eu podia ouvi ainda o relógio e tentei dizê a ela que eu tava só procurando o seu Broadnax, mas ela num me ouvia. Em vez disso, ela correu pra cima de mim e me agarrô ao redó do pescoço e segurou forte, tentando conservá eu fora do relógio. Eu não sabia o que fazê antão, pru certo que nada. Tentei batê papo com ela e fazê tudo pra caí fora. Ela porém me segurava e eu tava apavorado de tocá nela pru causa de sê branca. Antão eu fiquei tão apavorado que joguei ela na cama e tentei rachá sua mata. Essa muié só pareceu saí fora da minha vista, pruque ali a cama dela era tão macia. Afundava tanto que eu pensei que ia sufocá nóis dois. Antão, chummm! De um momento pro outro um bando gansinho branco voou da cama como eles diz que o sinhô vê quando vai cavá dinheiro enterrado. Meu Sinhô! Eles ainda num tinha desaparecido quando ouvi uma porta abri e a voz do seu Broadnax disse: 'Eles são só neguinhos, deixem eles fazê.'"

Como ele podia falar essas coisas para um homem branco, pensei, sabendo que ele diria que todos os negros fazem essas coisas? Abaixei a cabeça, com uma névoa vermelha de aflição diante dos olhos.

— E eu num podia pará, se bem que sentisse que alguma coisa tava errada. Agora tava desligado da muié e corria para o relógio. De início, num podia tê a porta aberta, tinha uma espécie de matéria amarrotada, como paia de aço no aplainamento. Mas eu consegui que ela abrisse e fui pra dentro, e estava quente e escuro por ali. Subi um túnel escuro, perto donde o maquinário faz todo aquele baruio e calor. É como a central elétrica que eles arranjaram lá pra escola. Estava queimando de quente, como se a casa tivesse pegado fogo, e eu disparei a corrê, tentando saí fora. Corri, corri, até que devia ficá cansado, mas num fiquei senão mais descansado enquanto corria, e correndo tão bem que era como vuá, vuá, navegá e flutuá por cima da cidade. Só que eu estava ainda no *túnel*. Antão, no caminho para adiante, eu vi uma luz forte como um fogo-fátuo sobre o cemitério. Ela ficô mais forte, ainda mais forte e eu vi que conseguia alcançá ela, senão... Aí, de um momento pro outro, eu fiquei bem em cima dela, e ela queimava como uma enorme lâmpada elétrica nos meus oio me escaldando de cabo a rabo. Só que num era um escaldá, mas como se eu estivesse me ensopando num lago onde a água fosse quente no topo e tivesse corrente por debaixo. Antão, de um momento pru outro eu passei por ela e me acalmei pra saí fora e no frio do dia claro de novo.

"Eu me animei pra contá à muié sobre o meu sonho maluco. A manhã ia chegando e quase já tinha luz. Ali tava eu, olhando direto pra Matty Lou e ela batia em mim e me arranhava, e tremia, e se sacudia, e gritava, tudo ao mesmo tempo, como se tivesse um ataque. Eu tava surpreso demais para me mexê. Ela gritava: 'Papai, papai, ó papai', justamente desse jeito. E de um momento pru outro eu me lembrei da muié. Ela estava bem ao nosso lado, ressonando, e eu num podia me mexê pru causa que eu prusumia que se eu me mexesse seria um pecado. E eu prusumia também que, se eu num me mexesse, talvez num fosse nenhum pecado, pru causa do que aconteceu quando eu tava dormindo, se bem que talvez às vez um home pode oiá pra uma garotinha de rabicho e ele vê uma puta — os sinhô sabia disso? De qualqué jeito, eu compreendia que, se num mexesse, a muié me ia vê dispois. Num quero que isso aconteça. Isso seria *pió* do que pecado. Eu murmurinhei pra Matty Lou, tentando fazê ela ficá quieta e eu 'maginei como saí do apuro de está ali sem está pecando. Quase que eu sufoco ela.

"Mas, uma vez que um homem se vê numa apertada dificuldade como essa, não tem muito o que possa fazer. Nem ele tem nada mais. Tava eu ali, tentando escapá com todas as minhas força, mas tendo que me movê *sem* me movê. Eu escorria pra dentro, mas tinha que saí fora. Tinha que me mexê sem me mexê. Pensei mesmo sobre aquilo um tempão e, quando o sinhô pensa direito e sem pará, o sinhô vê que é o modo como as coisa sempre tem sido com a pessoa. É o que tem sido quase sempre a minha vida. Só havia um modo de eu podê calculá que eu podia saí: era com uma faca. Mas eu num tinha faca nenhuma e, se o sinhô no outono alguma vez já viu eles capá aqueles varrõezinho novo, o sinhô sabe como eu soube que aquilo era demais a pagá pra eu me afastá do pecado. Tudo tava acontecendo dentro de mim como uma luta que continuava. Antão só a própria ideia do apuro em que eu tava me punha o ferro atrás de mim.

"Aí, como se isso num bastasse de ruim, Matty Lou não podia aguentá mais e pegô de se movê ela mesma. Primeiro ela tentou me empurrá pra fora e eu tentava sujeitá ela pra me afastá do pecado. Dispois, eu fiz que recuei e fiz sinal pra ela ficá quieta pra num acordá a mãe dela, quando ela agarrava a mata em mim e prendia firme. Ela num queria que eu saísse dispois. E, pra dizê a maió verdade perante Deus, eu achava que num queria saí também. Eu disconfio que mais me sentia, naquela hora — e se bem que eu me arrependesse dispois — somente meio como aquele camarada fez em Birmingham. Aquele que se trancou na casa dele e atirava na polícia até ela tocá fogo na casa e queimá ele duma vez. Eu tava perdido. Quanto mais se torcendo e se enroscando nós fazia pra tentá saí, mais nós queria ficá. Assim como aquele cara, eu resistia, e tinha que lutá pela saída até o fim. Ele pode ter morrido, mas eu 'magino, agora, que ele teve uma bruta sastifação antes de parti. Ele *sabia* que num tinha nada como o que eu atravessei, e eu num posso contá como foi. É como quando um home que realmente bebe fica bebaço, ou como quando uma muié religiosa realmente santificada se preparô tanto que ela pula fora de sua roupa, ou quando um homem que realmente joga continua a jogá quando perde. O sinhô é retido por aquilo e num pode caí fora mesmo que queira."

— Sr. Norton — interrompi, com uma voz abafada —, está na hora de voltarmos para o *campus*. O senhor vai perder os seus compromissos.

Ele nem mesmo olhou para mim.

— Por favor — pediu, balançando a mão com irritação.

Trueblood parecia rir de mim por trás dos olhos, como se olhasse do homem branco para mim, e continuou.

— Eu não podia mesmo largar, pruque eu ouvi o grito de Kate. Era um grito capaz de fazê o seu sangue passá a corrê frio. Soou como uma muié que assiste a um bando de cavalo selvage que corre pro lado de sua criança pequena e não pode se mexê. Os cabelo de Kate estavam em pé, como se ela tivesse visto um fantasma, sua camisola tava meio caída e aberta, e as veia de seu pescoço tava a ponto de rebentá. E os oio dela! Deus, os oio dela. Eu olhava para ela de onde eu atacava na enxerga cum Matty Lou e tava fraco demais pra me movê. Ela gritô e passô a apanhá a primeira coisa ao alcance da mão e jogá. Algumas dessas coisa ela errou, mas algumas delas me feriram. Coisa pequena e coisa grande. Alguma coisa fria e de fedô forte me feriu e me molhô e bateu contra a minha cabeça. Alguma coisa acertô a parede — bum! e vupt! vupt! — como uma bala de canhão, e eu tentei cobri minha cabeça.

Kate falava uma língua desconhecida, como uma muié selvage. 'Espere um minuto, Kate', eu disse. 'Pare com isso.'

"Antão eu ouvi ela pará um segundo e ouvi ela correndo pelo soaio, eu me virei e oiei e, meu Deus, ela apanhô minha espingalda de dois cano!

"E enquanto ela espumava na boca e aprumava a arma, soltô a fala.

'Alevante! Alevante', dizia ela.

'OI! NÃO! KATE!', disse eu.

'Maldito! Vá pro inferno! Saia da minha menina!'

'Mas muié, Kate, escute...'

'Num fale nada. FASTE!'

'Baixa essa coisa, Kate!'

'Num baixo, ALEVANTO!'

'Isso tá cum chumbo grosso, muié, chumbo GROSSO!'

'Sim, é isso!'

'Baixe ela, tô dizendo!'

'Vô explodi sua alma pro inferno!'

'Ocê vai acertá Matty Lou!'

'Não Matty Lou! OCÊ!'

'Ela deu a volta, apontando pra mim.'

'Eu avisei você, Jim...'

'Kate, foi um sonho... Escuta.'

'Só ocê é que tem que escutá — SAIA DAÍ!'

"Ela firmô a arma e eu fechei os oio. Mas, em vez do estrondo e do raio me rebentá, ouvi Matty Lou gritá no meu ouvido.

'Mamãe! Ôooooo, MAMÃE!'

"Eu quase rolei antão, e Kate vacilô. Oiô para a arma e oiô pra nós, e tremeu por um minuto, como se tivesse febre. Dispois, dum momento pru otro, ela baixô a arma e VUPT! Ligeira como um gato, ela se virô e pegô alguma coisa no fogão. Ela me apanhô como alguém que cava no meu lado com uma pá afiada. Eu num podia respirá. Ela lançava e falava, tudo ao mesmo tempo.

"E, quando eu alevantei os oio, 'Mãeee, Mãeee!', ela tava com um ferro na mão!

"Eu berrei: 'Nada de sangue, Kate. Não derrame nenhum sangue!'

'Ocê é um cachorro miseráve', ela disse. É miió derramá que se sujá!'

'Não, Kate. As coisa não são o que elas parece! Num faça nenhum pecado de sangue pru causa de nenhum pecado de sonho!'

'Cale a boca, neguim. Ocê *sujô*!'

"Mas antão eu vi que não tinha como usá nenhum raciocino cum ela. Preparei na minha cabeça que ia engoli qualqué coisa que ela me desse. Tava me parecendo que tudo o que eu podia fazê era recebê minha punição. Eu disse pra mim mesmo que se ocê sofrê por ela vai sê miió. Talvez ocê deva a Kate deixá ela batê em ocê. Ocê num é culpado, mas ela acha que ocê é. Ocê num qué que ela bata, mas ela acha que tem que batê em ocê. Ocê tem que se alevantá, mas tá fraco demais pra se movê.

"E eu tava mesmo. Tava congelado ali onde eu era como um garoto que no inverno colô o lábio numa alavanca de bomba. Era bem mesmo como um bocó que as vespa amarela ferroa, ferroa até ele ficá paralisado — mas ainda vivo nos oio, e vê elas ferroá seu corpo até morrê.

"Isso me fez parecê que eu corria de volta uma distância na minha cabeça, atrás dos meus oio, como se eu tivesse de pé atrás de um quebra-vento, durante um toró. Olhei prus lado e vi Kate correndo na minha direção, arrastando uma qualqué coisa atrás dela. Tentei vê o que era pru causa que eu tava curioso sobre ela e vi sua camisola agarrá no fogão e a mão dela vinha visive com alguma coisa nela. Pensei comigo mesmo 'é uma alavanca'. Pru que ela trazia a alavanca? Aí eu vi sua mão direita vim pra cima de mim, grande. Ela agitava os braço como um homem que agitava um martelo de cinco quilo e eu via os nós dos dedo dela machucado e sangrando, e vi que ela segurava a camisola e vi que essa camisola subia tanto que eu podia vê suas coxa e via como o frio tinha deixado sua pele cinzenta e desbotada, e vi que ela estava curvada e se endereitava, e ouvia seu resmungo, e vi seu vaivém, e senti o cheiro de seu suor e fiquei sabendo pelo modo como a madeira brilhava o que ela trazia pra usá em mim. Sim, meu Deus! Vi que aquilo agarrava numa colcha dessa vez e alevantava essa colcha e despencava no soaio. Antão eu vi aquela machadinha se soltá! Ela briiava, briiava de eu tê amolado uns pouco dias atrás, e voltava, cara, contra mim mesmo, atrás daquele corta-vento, e eu digo:

'NÃAO, KATE! Sinhô Deus, Kate, NÃO!!!'

De súbito sua voz ficou tão estridente que eu olhei para o alto sobressaltado. Trueblood parecia olhar diretamente através do sr. Norton, de seus olhos vítreos. As crianças, sentindo-se culpadas, tinham parado com a brincadeira, olhando na direção do pai.

— Eu podia também tá implorando para uma dessas locomotiva de manobra — continuou ele. — Eu vi aquilo descendo. Vi a luz batendo em cima, vi a cara de Kate toda maldosa e retesei os ombro, endureci o pescoço e esperei: pareceram dez milhões de anos me esmagando, que eu esperava. Esperei tanto tempo que me lembrei de todas as coisas errada que já tinha feito. Esperei tanto tempo que abri e fechei os oio, e abri de novo, e vi aquilo caindo. Caía depressa como os baques de um boi de seis pés e, enquanto eu tava esperando, senti alguma coisa rematá dentro de mim e virá água. Vi ele, Deus, sim! Vi, e foi vendo que virei a cabeça pro lado. Não podia ajudá a coisa; Kate tem uma boa pontaria, se não fosse isso. Eu me mexi. Se bem que tencionasse ficá quietão, eu me mexi! Ninguém que não fosse Jesus Cristo teria se mexido. Senti como se todo o lado da minha cara fosse se despedaçá removido. Aquilo me feriu como chumbo derretido, tão quente que em vez de me queimá me paralisô. Eu fiquei ali no soaio, mas, dentro de mim, saía correndo em circo como um cachorro com o traseiro partido e de volta pra esse torpô com o meu rabo enfiado nas minhas perna. Senti como se não tivesse mais nenhuma pele na cara, só o osso exposto. Mas essa é a parte que num posso compreendê: mais que a dô e o torpô, eu sentia alívio. Sim, e pra consegui um pouco mais desse alívio, parecia que eu me esgotava ali detrás do quebra-vento de novo até onde Kate tava em pé com a machadinha, e abria os oio e esperava. Essa é a verdade. Eu queria um pouco mais e esperava. Eu via ela sacudindo a coisa, baixando os oio pra mim, e via aquilo no ar, segurava a minha respiração, dispois de uma hora pra outra eu vi que aquilo parô como se alguém alcançasse a arma pelo teiado e apanhasse ela, e eu visse a cara da muié tê um 'spasmo, e visse a machadinha caí, dessa vez atrás dela e batê no soaio, e Kate vomitá alguma coisa, e eu fechá meus oio e esperá. Posso ouvi o lamento dela e cambaleá pela porta afora e caí da varanda pru quintal. Antão eu ouvi ela vomitando como se toda as suas tripa viesse pelas raiz. Aí eu olhei pra baixo e vi o sangue correndo todo em cima

da Matty Lou. Era o meu sangue, minha cara tava sangrando. Isso me levô a me movimentá, subi e cambaleá pra fora pra encontrá Kate, e ela tava lá fora sob o choupo, de joeio e gemendo:
'O que é que eu fiz, meu Deus! O que é que eu fiz!'
"Ela babava uma coisa verde e chegô a vomitá de novo, e quando eu fui tocá nela, ela piorô. Eu fiquei ali segurando a minha cara e tentando impidi que o sangue jorrasse; me preguntava que diabo tinha acontecido. Alevantei os oio pro sol da manhã e esperava, de algum jeito, que roncasse trovoada. Mas já tava briiante e claro: o sol subia e os passarinho tava piando, mas eu tinha mais medo antão do que se uma frecha de raio me tivesse atacado. Gritei: 'Tenha piedade, Sinhô! Sinhô, tenha piedade!' E esperei. Mas num tinha nada além do sol da manhã crara e briiante.

"Mas nada aconteceu e eu fiquei sabendo antão que alguma coisa pió do que tudo que eu tinha ouvido a respeito tava reservada pra mim. Eu devia ficá ali feito pedra dura ainda por uma meia hora. Tava ainda em pé ali quando Kate se alevantô dos joeio e voltô pra casa. O sangue corria sobre a minha roupa toda e as mosca me procurava, e voltei pra lá também, pra tentá pará com isso.

"Quando vi a Matty Lou estendida ali, pensei que tava morta. Não tinha nenhuma cor no rosto e mal parecia respirá. Tentei ajudá ela, mas num podia fazê nada de bom e Kate não falava comigo, nem mesmo oiava pra mim. Achei que talvez ela pensasse em tentá de novo me matá, mas num tentô. Eu tava tão atordoado que eu só me sentei ali o tempo todo, enquanto ela agasaiô os menino e levou eles pra estrada até Will Nichols. Eu podia vê, mas num podia fazê nada.

"E eu ainda tava postado ali quando ela voltô cum algumas mulé pra examiná a Matty Lou. Ninguém foi falá comigo, se bem que elas oiasse pra mim como se eu fosse um novo tipo de máquina de descaroçá algodão. Eu me senti mal. Conto pra elas como aconteceu num sonho, mas elas me despreza. Antão eu consegui me livrá da casa. Fui vê o pregadô, mesmo que num acreditasse em mim. Ele me disse pra saí de sua casa, pruque eu era o homem mais malvado que ele já tinha visto e que era mió confessá o meu pecado a Deus e buscá minha paz com ele. Saí tentando orá, mas num pude. Pensei, pensei, até pensá que o meu crânio ia estorá, sobre como eu era culpado e eu num era. Num comi nada e num bebi nada, e num posso dormi de noite. Enfim, numa noite, quase de manhã cedo, oiei pru alto, vi as estrela e principiei a cantá. Eu num pretendia, num pensei sobre isso de principiá a cantá. Num sabia o que era, alguma canção da igreja, 'magino. Tudo o que eu sei é que *terminei* cantando o *blues*. Eu cantei pra mim alguns *blues* naquela noite que eu nunca tinha cantado e, enquanto eu cantava aqueles *blues*, concruí na minha cabeça que não tinha ninguém senão eu mesmo e que não tinha nada que pudesse fazê senão deixá que o que quer que vá acontecer aconteça. Concruí na minha cabeça que ia voltá pra casa e encará Kate; sim, e encará a Matty Lou também.

"Quando eu cheguei aqui, todo mundo achava que eu tinha fugido. Tinha um bando de muié aqui com Kate e eu pus elas pra fora. E, quando eu pus elas pra fora, mandei os menino saí pra brincá, tranquei a porta e disse, a Kate e a Matty Lou, sobre o sonho, e como eu pedia desculpa, mas que o que acontece acontece.

'Como ocê não continua no mesmo rumo e num deixa nós?', foram as primeiras palavra que Kate me disse. 'Num chegô o que você fez comigo e com essa criança?'

'Não posso deixá ocê', eu disse. 'Sou um home e um home não deixa a família.'

"Ela disse: 'Agora, ocê num é nenhum home. Nenhum home faz o que ocê fez.'

'Eu ainda sou um home', disse eu.

'Mas o que ocê vai fazê depois do que aconteceu?'

'Depois *do que* que aconteceu?', disse eu.

'Depois que a sua bominação negra, nascê e berrá que ocê é ruim e maldito prus oio de Deus!' (Ela devia ter aprendido aquelas palavras com o pregador.)

'É emprenhada?', eu digo. '*Quem* foi emprenhada?'

'Nós duas. Eu fui emprenhada e Matty Lou foi emprenhada. Nóis duas fomo emprenhada, seu imundo, cachorro baixo e miseráve!'

"Essa quase me matô. Pude entendê antão pru que Matty Lou não olha mais pra mim e num fala uma palavra cum ninguém.

'Se ocê ficá aqui, eu vô tê que saí e chamá a tia Cloe pra nós duas', disse Kate. Ela disse: 'Num quero pari nenhum pecado para as pessoa ficá oiando o resto da minha vida, e também num quero isso pra Matty Lou.'

"Ocê vê, a tia Cloe é uma parteira e, mesmo fraco como eu tô desde essa coisa, eu sei que num quero ela brincando com as minha muié. Isso teria sido amontoá pecado em cima de remendo de pecado. Antão eu disse a Kate, agora, que, se a tia Cloe viesse pra perto dessa casa, eu matava ela, véia como é. Teria feito isso também. Isso ficô resolvido. Eu fiquei andando fora da casa e deixei elas ali gritando entre elas. Por mim, eu queria i embora de novo, mas num podia fazê nada de bom fugindo de alguma coisa como aquela. Aquilo segue o sinhô aonde qué que o sinhô vá. Demais a mais, para chegá compreto aos fato, num tinha parte alguma aonde eu pudesse i. Eu num tinha um miserave tostão no bolso!

"As coisa chegaram a anulá o que tinha acontecido. Os neguinho lá da escola desceram pra me enxotá e isso me deixô maluco. Aí eu fui vê umas pessoa branca e elas me deram ajuda. É o que eu nem compreendi. Fiz a pió coisa que um home podia fazê em sua família e, em vez de me expulsá do país, eles me deram mais ajuda do que já tinham dado a qualquer home de cor, mesmo no caso de neguinho bom demais. Afora que a mulher e a filha não falavam comigo, eu estava mióó de situação do que já tinha estado antes. E mesmo que Kate num falasse comigo, ela pegô as roupa nova que eu trouxe pra ela da cidade e, agora, ela usava uns ócrus de receita que ela precisava faz um tempão. Mas o que eu num compreendia é como eu fiz a pió coisa que um home podia fazê em sua própria famíia e, em vez de as coisa piorarem, elas miioraram. Os neguinho lá da escola num gostava de mim, mas a gente branca me tratava otimamente."

Ele era um agricultor. Enquanto eu ouvia, estivera de tal modo dividido entre a humilhação e o fascínio que, para disfarçar minha sensação de vergonha, mantivera a atenção concentrada em sua face compenetrada. Desse modo, eu não tinha de olhar para o Sr. Norton. Mas então, quando a voz se calou, eu estava sentado olhando os pés do sr. Norton. Lá no quintal, uma rouca voz feminina de contralto entoava um hino. Vozes infantis se levantavam num tagarelar travesso. Sentava-me curvado, aspirando o agudo cheiro seco da madeira que queimava sob a quente luz do sol. Eu olhava fixamente os dois pares de sapatos diante de mim. Os do sr. Norton eram brancos, adornados de preto. Eram feitos sob medida e, ali ao lado dos baratos calçados de couro cru do agricultor, tinham a elegantemente esbelta aparência bem-educada de finas luvas. Finalmente, alguém limpou a garganta e, levantando os olhos, vi o sr. Norton com os olhos fixos, silenciosamente, nos olhos de Jim Trueblood. Eu estava assustado. Seu rosto perdera a cor. Com os olhos brilhantes queimando no rosto negro de Trueblood, ele olhava como um espectro. Trueblood me olhava interrogativamente.

— Escuta só os menino — disse ele, com embaraço. — Tão brincando de roda.

Alguma coisa que eu não conseguia captar estava se passando. Eu tinha de tirar o sr. Norton dali.

— Está tudo bem com o senhor? — perguntei.

Ele me olhou com olhos desatentos.

— Tudo bem? — repetiu ele.

— Sim, senhor. Quero dizer que acho que está na hora da reunião da tarde — disse eu apressado.

Ele me fixou os olhos confusos.

Aproximei-me mais.

— O senhor tem certeza de que está tudo bem?

— Deve ser o calô — disse Trueblood. — Só nascendo aqui prá guentá esse calô.

— Talvez — disse o sr. Norton —, deve ser o calor. Seria melhor irmos embora.

Ele levantou-se vacilante, fixando o olhar intensamente ainda em Trueblood. Então, eu o vi tirar uma carteira de couro marroquino do bolso do paletó. A miniatura moldada em platina veio com ela, mas ele dessa vez nem a olhou.

— Aqui — disse ele, estendendo uma nota. — Por favor, tome isso e compre, por mim, alguns brinquedos para as crianças.

A boca de Trueblood se abriu embasbacada, seus olhos se arregalaram e se encheram de lágrimas, enquanto ele pegava a cédula entre os dedos trêmulos. Era uma cédula de cem dólares.

— Estou pronto, jovem — o sr. Norton me disse, com a voz murmurada.

Segui na frente dele para o carro e abri a porta. Ele tropeçou um pouco na subida e eu lhe dei o meu braço. Seu rosto ainda estava branco como o giz.

— Leve-me para longe daqui — pediu ele numa súbita agitação.
— Longe!
— Sim, senhor.

Vi Jim Trueblood acenar, enquanto eu engrenava o carro.

— Seu filho da puta — murmurei à meia voz. — Seu filho da puta miserável! *Você* é que ganha uma cédula de cem dólares!

Quando já tinha dado meia-volta com o carro e começava a voltar, eu o vi ainda de pé no mesmo lugar.

Repentinamente, o sr. Norton me tocou o ombro.

— Preciso de um estimulante, rapaz. Um pouco de uísque.
— Sim, senhor. Está tudo bem?
— Sinto-me um pouco tonto, mas um estimulante...

Sua voz se enfraquecera. Alguma coisa fria se formava dentro do meu peito. Se qualquer coisa lhe acontecesse, o dr. Bledsoe me culparia. Eu pisei no acelerador, perguntando-me onde poderia conseguir algum uísque para ele. Na cidade não poderia, pois nos tomaria tempo demais. Só havia um lugar, o Golden Day.

— Eu conseguirei um pouco para o senhor em poucos minutos.
— O mais depressa possível — disse ele.

Capítulo três

Eu os vi enquanto nos aproximávamos da pequena reta que fica entre os trilhos da estrada de ferro e o Golden Day. A princípio, não cheguei a reconhecê-los. Afastaram-se da rodovia em bando, obstruindo o caminho que ia da faixa branca até as desgastadas ervas silvestres que orlavam a laje aquecida pelo sol. Xinguei-os em silêncio. Estavam obstruindo a estrada e o sr. Norton se esforçava para respirar. Na frente da curva reluzente do radiador, pareciam uma leva de forçados sendo conduzidos para construir uma estrada. Mas uma leva de forçados caminha em fila indiana e eu não vi nenhum guarda a cavalo. Quando me aproximei, reconheci as camisas e calças de um cinza indefinido usadas pelos veteranos de guerra. Droga! Estavam a caminho do Golden Day.

— Um pequeno estimulante — ouvi atrás de mim.

— O senhor o terá em alguns minutos.

Mais adiante, vi o que achava que era um tambor-mor todo empertigado na dianteira, dando ordens a todo instante e se deslocando energicamente, em largas passadas que sacudiam as ancas, com uma bengala mantida acima da cabeça, que subia e caía como se estivesse no compasso de alguma música. Reduzi a velocidade quando o vi voltar-se para os homens, com a bengala mantida no nível do peito, enquanto diminuía o passo. Os homens continuaram a ignorá-lo, caminhando para a frente em massa, alguns conversando em grupos, outros conversando e gesticulando entre si.

De repente, o tambor-mor viu o carro e brandiu sua bengala para mim. Toquei a buzina, vendo os homens se moverem para o lado, enquanto lentamente fui abrindo caminho com o carro, para adiante. Ele se manteve em sua posição, as pernas retesadas e as mãos na cintura e, para evitar feri-lo, pisei fundo no freio.

O tambor-mor passou apressado pelos homens em direção ao carro e eu ouvi a pancada do bastão sobre o capô, quando ele correu para mim.

— Que diabo você acha que é, atropelando o exército? Diga a contrassenha. Quem está no comando dessa unidade? Vocês, filhos da puta dos transportes, sempre foram grandes demais para os seus traseiros. Diga a contrassenha!

— Saiba o senhor que este é o carro do general Pershing — disse eu, lembrando-me de ter ouvido que ele respeitava o nome de seu comandante em chefe. Subitamente, o olhar feroz se modificou em seus olhos, ele deu um passo para trás e fez continência com rígida precisão. Depois, olhando com desconfiança para o banco de trás, ele gritou:

— Onde está o general?

— Aqui — disse eu, virando-me e vendo que o sr. Norton se erguia, fraco e de rosto empalidecido, no seu banco.

— O que é isso? Por que paramos?

— O senhor me desculpe, o sargento nos parou...

— Sargento? Que sargento? — Ele se endireitou no assento.

— É o senhor, general? — o veterano confirmou, batendo continência. — Não sabia que o senhor vinha hoje inspecionar as tropas. Queira desculpar-me.

— O quê? — disse o sr. Norton.

— O general está com pressa — disse eu rapidamente.

— Certamente — disse o veterano. — Ele tem muito para ver. A disciplina está indo mal. A artilharia está acabada. — Em seguida ele chamou os homens que subiam a estrada. — Caiam fora da estrada do general. O general Pershing está vindo. Abram caminho para o general Pershing!

Ele se afastou para a lateral e eu atirei o carro através do alinhamento para me desviar dos homens, seguindo pela contramão até o Golden Day.

— Quem era aquele homem? — perguntou o sr. Norton, ofegante, no banco de trás.

— Um ex-combatente, um veterano. São todos veteranos, um tanto neuróticos de guerra.

— Mas onde está seu enfermeiro?

— O senhor sabe que não vi? Mas eles são inofensivos.

— No entanto, eles precisam de um enfermeiro com eles.

Tinha de levá-lo para longe antes de eles chegarem. Esse era o seu dia de visitar as garotas, e o Golden Day estaria bastante agitado. Perguntei-me onde estavam os outros. Deviam ser uns cinquenta. Bem, eu entraria correndo, conseguiria o uísque e partiria. De qualquer modo, o que havia de errado com o sr. Norton, por que precisava ter *aquele* transtorno com Trueblood? Eu me sentira envergonhado e, diversas vezes, tivera vontade de rir, mas aquilo o deixara doente. Talvez ele precisasse mesmo de um médico. Que diabo, ele não pediu médico algum! Que se dane esse filho da puta do Trueblood!

Eu correria para dentro, arranjaria uma dose e correria novamente para fora. Assim ele não veria o Golden Day. Eu mesmo raramente ia ali, exceto com alguns dos colegas, quando correu a notícia de que um novo punhado de garotas havia chegado de Nova Orleans. A escola havia tentado tornar o Golden Day respeitável, mas o pessoal branco do lugar tinha algum interesse ali, e ela não conseguira nada. O melhor que a escola conseguia era deixar as coisas da pior forma possível quando qualquer aluno era flagrado nessas idas.

Ele parecia adormecido quando deixei o carro e corri para o Golden Day. Eu quis pedir-lhe dinheiro, mas resolvi usar o meu mesmo. Na porta, parei por um instante; o lugar já estava cheio, apinhado de ex-combatentes de camisas frouxas e calças cinzentas, as mulheres com aventais curtos e listrados, apertados e engomados. O cheiro de cerveja rançosa feria como um porrete através do ruído das vozes e da vitrola automática. Assim que cruzei a porta, um homem de feição impassível me agarrou pelo braço e me olhou duramente nos olhos.

— Vai ser às 5:30 — disse ele, olhando diretamente para mim.

— O quê?

— O grande, o absoluto armistício de total abrangência, o fim do mundo! — disse ele.

Antes que eu pudesse responder, uma mulher baixa sorriu para mim e o arrancou dali.

— É a sua vez, Doc — disse ela. — Não deixe acontecer senão depois da gente ir lá pra cima. Por que é que eu sempre tenho que vir buscar você?

— Não, é verdade — disse ele. — Eles me telegrafaram de Paris hoje de manhã.

— Então, meu bem, é melhor nos apressarmos. Há muito dinheiro a ganhar aqui antes que isso aconteça. Vê se os deixa esperarem um pouco, tá?

Ela piscou para mim enquanto o puxava para a escada, através da multidão. Abri caminho para o bar, nervosamente, com os cotovelos.

Muitos dos homens haviam sido médicos, advogados, professores, funcionários públicos. Havia diversos mestres-cucas, um pastor, um político e um artista. Um muito louco tinha sido psiquiatra. Onde quer que os visse, eu me sentia pouco à vontade. Eles deviam integrar as profissões para as quais, em várias oportunidades, eu vagamente me idealizei e, mesmo que eles jamais parecessem me ver, eu não podia acreditar que eles fossem mesmo doentes mentais. Às vezes, parecia-me que eles disputavam algum complicado jogo comigo e com o restante do pessoal da escola, um jogo cuja meta era o riso, mas cujas regras e sutilezas eu nunca podia assimilar.

Dois homens ficaram bem na minha frente, um deles falando com grande veemência:

— ... E Johnson atingiu Jeffries num ângulo de 45 graus de seu incisivo lateral e esquerdo inferior, produzindo a obstrução instantânea de seu revestimento talâmico, congelando-o, como faz a unidade de congelamento de uma geladeira e destroçando, desse modo, seu sistema nervoso central, de modo a sacudir a grande massa desfrutável e suas camadas bem assentadas com excessivos tremores hiperespásmicos musculares, que o deixaram morto na ponta extrema do cóccix, o qual, por sua vez, desencadeou uma aguda reação traumática, muscular e nervosa em seu esfíncter. Desse modo, meu caro colega, eles o arrastaram,

aspergiram-lhe cal e o levaram embora numa maca. Evidentemente, não havia nenhuma outra terapia possível.
— Perdão — desculpei-me ao passar empurrando.
O Grande Halley estava atrás do balcão, com sua pele escura se mostrando através da camisa empapada de suor.
— O que é que vai ser, estudante?
— Quero um uísque duplo, Halley. Coloque-o em algum recipiente fundo, de modo que eu possa levá-lo para fora daqui sem derramá-lo. É para alguém que está lá fora.
Sua boca logo se projetou.
— Que diabo, agora!
— Por quê? — perguntei, surpreso com a raiva injetada em seus olhos.
— Você ainda está lá na escola, não está?
— Claro.
— Bom, aqueles filhos da puta estão tentando fechar este estabelecimento de novo, e eis aí por quê. Você pode beber aqui até ficar roxo, mas, para tomar lá fora, eu não lhe venderia nem o bastante para fazer um bochecho.
— Mas eu estou com um homem passando mal lá no carro.
— Que carro? Você nunca teve nenhum carro.
— O carro do homem branco. Estou dirigindo para ele.
— Você não está na escola?
— Ele é *da* escola.
— Bem, quem está passando mal?
— Ele.
— Ele é bom demais para entrar aqui? Diga-lhe que não discriminamos ninguém — disse ironicamente.
— Mas ele está mal.
— Pois que morra!
— Ele é importante, Halley, é do conselho diretor. É rico e está mal. Se alguma coisa acontecer a ele, eles me farão arrumar as malas e voltar para casa.
— Não posso fazer nada, rapaz. Traga-o aqui para dentro e ele poderá comprar o suficiente para nadar dentro. Pode beber da minha própria garrafa particular.

Ele cortou os brancos colarinhos de um par de canecas de cerveja com uma espátula de marfim e passou-as por cima do balcão. Senti-me mal ali dentro. O sr. Norton não iria querer entrar ali. Ele estava passando muito mal. Além disso, eu não queria que ele visse os fregueses e as garotas. As coisas estavam ficando mais sérias na hora que eu saí. Supercargo, um empregado de uniforme branco que habitualmente mantinha os homens tranquilos, não estava à vista em lugar algum. Não gostei disso, pois, quando ele ficava no andar de cima, eles não tinham absolutamente qualquer inibição. Segui diretamente para o carro. O que o sr. Norton iria dizer? Ele se achava imóvel quando abri a porta.

— Sr. Norton. Eles se recusam a me vender uísque para trazer.

Ele se mantinha imóvel.

— Sr. Norton.

Ele se mantinha como uma figura de giz. Sacudi-o delicadamente, sentindo uma espécie de pavor em meu íntimo. Ele mal respirava. Sacudi-o violentamente, vendo-lhe a cabeça bambolear de maneira grotesca. Tinha os lábios separados, azulados, mostrando uma fileira de dentes pequenos, espantosamente parecidos com os dos animais.

— SR. NORTON!

Em pânico, corri de volta ao Golden Day, precipitando-me através do tumulto como se fosse através de uma parede invisível.

— Halley! Ajude-me, ele está morrendo!

Tentei passar, mas parecia que ninguém me ouvira. Estava com a passagem bloqueada, pelos dois lados. Eles se comprimiam.

— Halley!

Dois clientes se voltaram e me olharam, com os olhos a poucos centímetros do meu nariz.

— O que há com esse cavalheiro, Sylvester? — indagou o mais alto.

— Um homem está morrendo lá fora! — respondi.

— Há sempre alguém morrendo — disse o outro.

— Sim, e é bom morrer sob o grande firmamento de Deus.

— Ele precisa de um pouco de uísque!

— Ah, isso é diferente — disse um deles, e eles começaram a abrir caminho para o bar — Uma última e alegre dose para acabar com a aflição. Afastem-se um pouco, por favor.

— Estudante, de novo? — disse Halley.
— Dê-me um pouco de uísque. Ele está morrendo!
— Eu já lhe disse, estudante, é melhor trazê-lo aqui. Ele pode morrer, mas eu ainda tenho que pagar minhas contas.
— Por favor, eles vão me mandar pra cadeia.
— Você não é estudante? Dê o seu jeito! — disse ele.
— É melhor você trazer o cavalheiro para dentro — aconselhou o que chamavam de Sylvester. — Venha, vamos ajudar você.
Com esforço, abrimos caminho na multidão. Ele estava exatamente como o deixei.
— Veja, Sylvester, é o Thomas Jefferson!
— Estava quase dizendo que há muito tempo desejava conversar com ele.
Olhei para eles sem voz; ambos eram loucos. Ou estavam gracejando?
— Ajudem-me — pedi.
— Com prazer.
Sacudi-o.
— Sr. Norton!
— Seria melhor nos apressarmos, senão ele não vai desfrutar da bebida — disse um deles pensativamente.
Nós o levantamos. Ele oscilou entre nós como um saco de roupa velha.
— Depressa!
Enquanto o carregávamos através do Golden Day, um dos homens estacou subitamente e a cabeça do sr. Norton pendeu, com os cabelos brancos se arrastando na poeira.
— Senhores, este homem é o meu avô!
— Mas ele é *branco* e o nome dele é Norton.
— Eu tinha que conhecer o meu avô! É Thomas Jefferson e eu sou seu neto.
— Pelo lado da senzala — disse o homem alto.
— Sylvester, acho que você está certo. Acho mesmo — confirmou ele, olhando bem para o sr. Norton. — Olhe para esses traços. Exatamente como os seus, vindos de idêntico molde. Você tem certeza de que ele não cuspiu pra fora, de roupa e tudo, de uma escarrada só?

— Não, não, quem fez isso foi meu pai — repetiu o homem, com convicção.

E eu comecei a xingar violentamente o pai dele, enquanto nos encaminhávamos para a porta. Halley estava lá esperando. De alguma maneira, ele conseguiu que a multidão se aquietasse e que um espaço fosse aberto no centro da sala. Os homens se aproximaram para ver o sr. Norton.

— Alguém traga uma cadeira.
— Sim, deixe o sr. Eddy se sentar.
— Esse não é nenhum sr. Eddy, cara. Esse é John D. Rockefeller — disse alguém.
— Eis aqui uma cadeira para o Messias.
— Recuem vocês todos — ordenou Halley. — Deem-lhe um pouco de espaço.

Burnside, que tinha sido médico, lançou-se para a frente e tomou o pulso do sr. Norton.

— É sólido! Este homem tem um pulso *sólido*! Em vez de bater, ele *vibra*. É pouco habitual. Muito pouco.

Alguém o afastou. Halley reapareceu com uma garrafa e um copo.

— Aqui, algum de vocês inclina a cabeça do homem para trás.

E, antes de eu poder mexer-me, um homem pequenino, marcado pela varíola, apareceu e tomou a cabeça do sr. Norton entre as mãos, inclinando-a no braço finalmente e, em seguida, depois de lhe apertar o queixo delicadamente como um barbeiro prestes a lhe aplicar a navalha, conferiu-lhe um brusco e rápido movimento.

— Pum!

A cabeça do sr. Norton se moveu como um saco de couro golpeado. Cinco pálidas linhas vermelhas vicejaram na branca maçã do rosto, reluzindo como fogo sob pedra translúcida. Eu não podia acreditar no que estava vendo. Tive vontade de correr. Uma mulher soltou um riso abafado. Vi diversos homens correrem para a porta.

— Bote-o pra fora, maldito maluco!
— Um caso de histeria — disse tranquilamente o homem marcado pela varíola.
— Que diabo, saiam da frente! — exclamou Halley. — Alguém traga do andar de cima aquele enfermeiro espião. Faça-o descer, rápido!

— Um simples e brando caso de histeria — repetiu o homem marcado de varíola, enquanto o empurravam para fora do estabelecimento.
— Rápido com a bebida, Halley!
— Porra, estudante, você segura o copo. Isso aqui é conhaque e eu o estava guardando pra mim.
Alguém sussurrou apaticamente em meu ouvido.
— Veja, eu lhe disse que ocorreria às 5:30. O Criador já veio. — Era o homem da expressão impassível no rosto.
Vi Halley inclinar a garrafa e o untuoso âmbar do conhaque se espalhar pelo copo. Depois, inclinando a cabeça do sr. Norton para trás, pôs-lhe o copo nos lábios e derramou. Um fino fluxo marrom correu-lhe do canto da boca para o delicado queixo. O ambiente ficou subitamente calmo. Senti um leve movimento contra a minha mão, como um peito de criança quando choraminga no fim de uma crise de choro. As pálpebras de finas veias piscaram. Ele tossiu. Vi o lento deslizar de um fluxo vermelho, depois redobrou por sobre o nariz e se espalhou pelo rosto.
— Mantenha-o sob o nariz, estudante. Deixe-o cheirá-lo.
Agitei o copo debaixo do nariz do sr. Norton. Ele abriu os pálidos olhos azuis. Pareciam aquosos, agora, no fluxo vermelho que lhe banhava o rosto. Tentou sentar-se, com a mão direita como que esvoaçando para o queixo. Os olhos se arregalaram e se moveram rapidamente de um rosto para o outro. Em seguida, vindo parar no meu, seus olhos úmidos se concentraram no reconhecimento.
— O senhor esteve inconsciente — disse-lhe eu.
— Onde estou, rapaz? — perguntou ele, extenuado.
— O senhor está no Golden Day.
— O quê?
— No Golden Day. É uma espécie de casa de jogos e entretenimento — acrescentei com certa relutância.
— Agora lhe dê outra dose de conhaque — disse Halley.
Servi uma dose e a estendi a ele. Ele a cheirou, fechou os olhos como numa espécie de aturdimento, e depois bebeu; suas maçãs do rosto se encheram como pequenos foles; estava enxaguando a boca.
— Obrigado — disse ele, agora um pouco mais forte. — Que lugar é este?

— É o Golden Day — responderam diversos clientes em uníssono.

Ele olhou lentamente à sua volta, até o jirau, de madeira lavrada e ornamentada. Uma grande bandeira pendia, frouxa, acima do assoalho. Ele franziu as sobrancelhas.

— Para que esse edifício era usado no passado? — quis saber.

— Foi uma igreja, depois um banco, em seguida foi um restaurante e uma extravagante casa de jogos, sendo que agora *nós* a temos — explicou Halley. — Acho que alguém disse que também já foi uma cadeia.

— Eles nos deixam vir aqui uma vez por semana, para fazer um pouco de farra — acrescentou alguém.

— Eu não podia comprar uma dose para levar ao senhor, então tive de trazê-lo para dentro — expliquei meio apavorado.

Ele olhou à sua volta. Segui seus olhos e estava espantado de ver as variadas expressões das caras dos clientes, enquanto lhe devolviam silenciosamente o olhar. Alguns pareciam hostis, outros bajuladores e outros ainda horrorizados; alguns, que quando se encontravam entre eles eram mais violentos, agora pareciam tão submissos como crianças. E alguns pareciam divertir-se estranhamente.

— Todos são seus clientes? — perguntou o sr. Norton.

— Eu dirijo esta espelunca — disse Halley. — Esses outros camaradas aqui...

— Somos pacientes e nos mandam pra cá como terapia — disse um homem pequeno e gordo, de olhar inteligente. — Mas — ele sorriu — eles mandam junto um enfermeiro, uma espécie de censor, caso a terapia não funcione...

— Vocês são doidos. Sou um dínamo de energia. Só vim aqui para carregar as baterias — assegurou um dos ex-combatentes.

— Sou um estudioso de história — interrompeu outro, com gestos dramáticos. — O mundo se move em círculos, como uma roleta. No começo, os negros estavam no alto; nos tempos intermediários, os brancos mantiveram a vantagem, mas logo a Etiópia estenderá para a frente suas nobres asas! Então aposte seu dinheiro nos negros! — Sua voz vibrava de emoção. — Até então, o sol não retém nenhum calor, há gelo no coração da Terra. Daqui a dois anos estarei suficientemente velho para dar um banho na minha mãe mulata, cadela branca pela metade! — acrescentou ele, começando a pular para um lado e para o outro, numa explosão de fúria, com os olhos vítreos.

— Sou médico, posso tomar-lhe o pulso? — disse Burnside, apanhando o punho do sr. Norton.

— O senhor não dê atenção a ele. Há dez anos ele não trabalha como médico. Eles o flagraram tentando converter sangue em dinheiro.

— Eu também fiz isso! — gritou o homem. — Eu o descobri e John D. Rockfeller me roubou a fórmula.

— O sr. Rockfeller fez o que você diz? — indagou o sr. Norton. — Tenho certeza de que deve estar enganado.

— O QUE ESTÁ ACONTECENDO AÍ? — gritou uma voz da sacada. Todos se viraram. Vi um negro enorme, gigantesco, trajando apenas calções brancos, inclinando-se na escada. Era o Supercargo, o enfermeiro. Mal o reconheci sem o uniforme branco e engomado. Habitualmente, ele perambulava por ali, ameaçando os homens com uma jaqueta reta que sempre carregava no braço e, de um modo geral, eles ficavam calmos e submissos em sua presença. Mas agora pareciam não reconhecê-lo e começaram a gritar xingamentos.

— Como você vai manter a ordem no lugar se você fica bêbado? — gritou Halley. — Charlene! Charlene!

— Sim? — respondeu uma voz de mulher, mal-humorada e de assustadora potência, de um quarto que se abria para o jirau.

— Quero que leve de volta aí com você esse espião desocupado e desmancha-prazeres, e o deixe sóbrio. Depois, meta-o em seu terno branco e desça com ele para cá, a fim de manter a ordem. Temos gente branca na casa.

Uma mulher apareceu na sacada, vestindo um roupão de lã cor-de-rosa.

— Você agora escute aqui, Halley — disse ela com a voz arrastada. — Eu sou uma mulher. Se quer que ele se vista, você mesmo pode fazer isso. Eu só enfio a roupa de um homem, e ele está em Nova Orleans.

— Não se preocupe com esses detalhes. Apenas deixe esse espião sóbrio!

— Quero botar ordem aí — o Supercargo estrondou —, e, se há gente branca aí, quero a ordem *dobrada*.

De repente houve um urro colérico dos homens perto do bar e eu os vi precipitarem-se para a escada.

— Peguem ele!
— Vamos dar um pouco de ordem nele!
— Saiam da minha frente.

Cinco homens alcançaram a escada. Eu vi o gigante se curvar e agarrar os postes no alto da escada, escorando-se com as mãos, o corpo brilhando nu nos calções brancos. O homenzinho que havia batido no queixo do sr. Norton estava na frente e, enquanto ele saltava o longo lance, vi o próprio Supercargo se firmar e chutar, acertando fortemente o homenzinho logo que este chegou ao alto, no peito, arremessando-o para trás num mergulho em arco no meio dos homens que o seguiam. Supercargo pôs de novo a perna para brandir. Era uma escada estreita e só um homem podia subi-la de cada vez. Tão logo eles investiam, o gigante os chutava para baixo. Ele brandia a perna, chutando-os escada abaixo como um batedor de fungo,* que rebate a bola em movimento. Observando-o, esqueci o sr. Norton. O Golden Day estava em polvorosa.

Mulheres seminuas apareceram vindas dos quartos que davam para o jirau. Os homens gritavam e urravam como num jogo de futebol.

— QUERO ORDEM! — berrou o gigante, enquanto atirava um homem voando pelos degraus abaixo.

— ELES TÃO ATIRANDO GARRAFAS DE BEBIDA! — gritou uma mulher. — BEBIDA DA BOA!

— Por essa ninguém esperava — disse alguém.

Várias garrafas e copos esparramando uísque se quebravam contra o jirau. Vi Supercargo, subitamente de pé, estalar e agarrar a testa, o rosto encharcado de uísque.

— Eeii! — gritou ele. — Eeii!

Então eu o vi oscilar, rígido, dos tornozelos para cima. Por um momento, os homens na escada ficaram sem movimento, espreitando-o. Depois eles saltaram para a frente.

Supercargo se agarrou ferozmente à balaustrada, enquanto eles tentavam arrastá-lo para baixo. Sua cabeça bateu com força nos degraus,

---

* Termo usado no beisebol e que designa a bola que se bate no ar. (*N. do T.*)

produzindo um som como uma saraivada de tiros, enquanto eles corriam arrastando-o pelos tornozelos, como bombeiros voluntários que correm com uma mangueira. A multidão avançou. Halley gritou perto do meu ouvido. Eu vi o homem sendo arrastado para o centro da sala.

— Mostre ao filho da puta o que é ordem!

— Eu aqui tenho 45 anos e ele agiu como se fosse meu velho!

— Então você gosta de chutar, não é? — disse um homem alto, apontando um sapato para a cabeça de Supercargo. A pálpebra de seu olho direito se projetava como se fosse um balão.

Foi então que ouvi o sr. Norton, ao meu lado, gritando:

— Não, não! Pelo menos não enquanto ele está caído.

— Prestem atenção no homem branco — disse alguém.

— É o homem branco!

Os homens agora estavam pulando sobre Supercargo com ambos os pés, e eu sentia tamanha excitação que desejava juntar-me a eles. Até as mulheres berravam. "Batam nele pra valer!", "Ele nunca me paga!", "Matem ele!"

— Por favor, vocês todos, aqui não! Na minha casa, não!

— Você não pode falar o que pensa quando ele está de serviço!

— Que diabo, não!

De algum modo, me afastei do sr. Norton e me vi ao lado do homem chamado Sylvester.

— Observe isso, estudante — disse ele. — Consegue ver ali, onde suas costelas estão sangrando?

Balancei a cabeça afirmativamente.

— Agora não tire os olhos disso.

Observei a mancha meio constrangido, olhando o ponto indicado, exatamente debaixo da última costela na parte inferior e acima do osso ilíaco, enquanto Sylvester mirava cuidadosamente com a ponta dos pés e o chutava, como se estivesse jogando futebol. Supercargo soltou um gemido, como um cavalo ferido.

— Tente também, estudante, parece tão bom. Alivia você — disse Sylvester.

Às vezes eu tinha tanto medo dele que sentia que ele estava dentro da minha cabeça.

— Ali! — disse, dando outro chute em Supercargo.

Enquanto eu observava, um homem saltou sobre o peito de Supercargo com os pés, e ele perdeu a consciência. Eles passaram a jogar cerveja fria nele, reanimando-o, só para chutá-lo e deixá-lo inconsciente de novo. Logo ele estava empapado de sangue e cerveja.

— O filho da puta apagou.

— Joguem ele na rua.

— Agora, esperem um minuto. Alguém me dê uma mão.

Eles o jogaram sobre o balcão do bar, estirando-o com os braços dobrados em cruz no peito, como um cadáver.

— Agora, vamos tomar um gole!

Halley estava aborrecido atrás do balcão e eles o xingaram.

— Volte para seu lugar e nos sirva, seu grande saco de banha!

— Me dê um uísque de centeio!

— Aqui, seu explorador covarde!

— Sacuda o rabo mole para eles!

— Está bem, está bem, vamos com calma — disse Halley, apressando-se em lhes servir a bebida. — Mas vão preparando o dinheiro!

Com Supercargo estendido e indefeso sobre o balcão, os homens giravam em volta como maníacos. A excitação parecia ter mobilizado além dos limites alguns dos que tinham um equilíbrio mais delicado. Alguns faziam discursos hostis no volume mais alto de suas vozes contra o hospício, o estado e o universo. O que se dizia compositor martelava no piano desafinado a única peça que parecia conhecer, batendo no teclado com os punhos e os cotovelos, o que completava, para outros efeitos, com uma voz de baixo que se lastimava como um urso em agonia. Um dos mais educados me tocou o braço. Era um antigo farmacêutico que nunca fora visto sem o seu reluzente distintivo da Phi Beta Kappa.*

— Os homens estão fora de controle — disse ele, em meio ao tumulto. — Acho melhor vocês irem embora.

---

* Phi Beta Kappa Society é uma instituição norte-americana que distribui anualmente prêmios aos alunos mais destacados das artes e ciências de faculdades e universidades. Seu símbolo é uma chave dourada. (*N. do T.*)

— Vou tentar — respondi —, tão logo quanto possa fazer o sr. Norton compreendê-lo.

O sr. Norton tinha saído de onde eu o havia deixado. Apressei-me para cá e para lá através dos homens barulhentos, chamando-o pelo nome. Quando o encontrei, estava debaixo da escada. De algum modo, fora empurrado para ali pelos homens que brigavam e cambaleavam, permanecendo refestelado na cadeira, como um boneco idoso. À meia luz, suas feições estavam bem marcadas e muito pálidas, com os olhos fechados de linhas bem-definidas num rosto bem-talhado. Gritei seu nome acima do clamor dos homens e não recebi nenhuma resposta. Ele tinha apagado de novo. Sacudi-o delicadamente, depois de maneira áspera, mas ainda sem nenhum meneio de suas pálpebras enrugadas. Então, alguns daqueles homens espancadores me empurraram contra ele e, de súbito, uma massa de brancura se avultava a cinco centímetros dos meus olhos; era apenas o seu rosto, mas senti um estremecimento de inominável horror. Nunca eu estivera tão perto de uma pessoa branca. Em pânico, lutei para me afastar. Com os olhos fechados, ele parecia mais ameaçador do que com eles abertos. Ficou como uma informe morte branca, que subitamente apareceu diante de mim, uma morte que estivera ali todo o tempo e que ainda não se revelara na loucura do Golden Day.

— Pare de gritar! — uma voz ordenou, e eu me senti puxado. Era o homenzinho gordo.

Apertei minha boca trancada, consciente, pela primeira vez, de que o som estrídulo vinha da minha própria garganta. Vi o rosto do homem relaxar, quando me deu um esquisito sorriso.

— É melhor — bradou ele no meu ouvido. — É somente um homem. Lembre-se disso. É somente um homem!

Quis dizer-lhe que o sr. Norton era muito mais do que isso, que era um homem branco e rico, e que estava sob meus cuidados. Mas a própria ideia de que eu era o responsável por ele era demasiada para eu expressar em palavras.

— Vamos levá-lo para a sacada — disse o homem, empurrando-me em direção aos pés do sr. Norton. Eu me movi automaticamente, agarrando os finos tornozelos enquanto ele levantava o homem branco pelas axilas e saía de baixo da escada. A cabeça do sr. Norton pendeu-lhe sobre o peito, como se estivesse bêbado ou morto.

O veterano principiou a subir os degraus ainda sorrindo, galgando os degraus de costas, um de cada vez. Eu começara a me preocupar com ele, e com a possibilidade de estar bêbado como os outros, quando vi três das garotas que se haviam inclinado sobre a balaustrada, para assistir àquela batalha, descerem para nos ajudar a transportar o sr. Norton para cima.

— Parece que o papai aí num aguentou a parada — clamou uma delas.

— É alto como um pinheiro da Geórgia.

— É, vou-lhe dizer, essa aguarrás que o Halley arranca daí é forte demais para gente branca beber.

— Não está bêbado, está doente! — disse o homem gordo. — Vá arranjar uma cama que não esteja sendo usada, de modo que ele possa se deitar por algum tempo.

— Certo, paizinho. Há algum outro pequeno favor que eu possa fazer para você?

— Isso já é o suficiente — respondeu ele.

Uma das garotas saiu correndo na frente.

— A minha acaba de ser arrumada. Traga-o para cá — disse ela.

Em poucos minutos, o sr. Norton estava deitado numa cama larga, respirando com dificuldade. Observei o homem gordo se curvar sobre ele muito profissionalmente e lhe tomar o pulso.

— Você é médico? — perguntou uma garota.

— Atualmente, não. Sou um paciente. Mas tenho certo conhecimento no assunto.

"Outro maluco", pensei eu, afastando-o rapidamente para um lado.

— Ele vai ficar bom. Deixe-o voltar a si, de modo que eu possa levá-lo embora.

— Você não precisa preocupar-se, eu não sou como os lá debaixo, jovem camarada — disse ele. — Eu realmente era médico. Não o prejudicaria. Ele sofreu algum abalo brando, de qualquer tipo.

Tornou a se curvar sobre o sr. Norton, tomando-lhe o pulso, puxando uma de suas pálpebras para trás.

— É um choque ligeiro — repetiu.

— Esse Golden Day aqui já é o bastante para abalar uma pessoa — disse uma garota, alisando o avental sobre a curva macia e sensual do ventre.

Outra delas alisou o cabelo branco do sr. Norton, tirando-o de cima da testa e o afagando, com um vago sorriso.

— É um tipo atraente — disse ela. — Exatamente como um bebezinho branco.

— Que tipo de bebê? — perguntou uma garota magra e baixinha.

— Um bebê *velho*.

— Você só gosta de homens brancos, Edna. Esse é seu problema — disse a magra.

Edna balançou a cabeça e sorriu, como se estivesse achando graça em si mesma.

— É mesmo. Só gosto deles. Agora este, velho como é, podia colocar os sapatos sob a minha cama qualquer noite dessas.

— Poxa, eu seria capaz de matar um velho como esse.

— Que nada — disse Edna. — Garota, você não sabe que todos esses brancos velhos e ricos têm uns membros de macaco e bagos de bode? Esses velhos filhos da puta nunca se satisfazem com o que têm. Querem ter o mundo todo.

O médico olhou para mim e sorriu.

— Está vendo? Agora você está aprendendo tudo sobre endocrinologia — disse. — Eu estava errado quando lhe disse que ele era apenas um homem; parece, agora, que é, em parte, bode e, em parte, símio. Talvez seja as duas coisas.

— É verdade — disse Edna. — Eu me acostumei com um que tinha em Chicago.

— Ora, você nunca esteve em Chicago, garota — interrompeu a outra.

— Como você sabe que não estive? Faz dois anos... Poxa, você não sabe de nada. Esse velho branco, de lá mesmo, devia ter os dois bagos de jumento!

O homem gordo se levantou com um rápido sorriso forçado.

— Como cientista e médico, sou obrigado a desconfiar disso — disse. — É uma operação que ainda tem de ser realizada. — Em seguida, ele conseguiu colocar as garotas para fora do quarto.

— Se ele recuperar os sentidos e ouvir essa conversa — disse o ex-combatente —, seria o suficiente para despachá-lo novamente. Além disso, sua curiosidade científica poderia levá-lo a pesquisar se efetivamente tem um membro de macaco. E isso, receio eu, seria um tanto obsceno.

— Eu tenho de levá-lo de volta para a escola — disse eu.

— Certo — concordou ele —, farei o que puder para ajudá-lo. Vá dar uma olhada para ver se consegue encontrar gelo. E não se preocupe.

Saí para o jirau, vendo o alto da cabeça dos homens. Eles ainda se espancavam por toda parte, a vitrola automática ladrava, o piano era socado e, lá no fim da sala, ensopado de cerveja, Supercargo jazia como um cavalo exausto sobre o balcão.

Ao começar a descer, avistei um grande pedaço de gelo reluzindo nos restos de uma bebida abandonada e me apoderei de sua frigidez na minha mão quente. Então, corri de novo para o quarto.

O veterano estava sentado olhando fixamente para o sr. Norton, que agora respirava com um som levemente irregular.

— Você foi rápido — disse o homem, enquanto se levantava e estendia a mão para o gelo. — Veloz, com o andamento da aflição — acrescentou, como se para si mesmo. — Passe-me aquela toalha limpa: ali, junto da bacia.

Eu a entreguei a ele, vendo-o envolver o gelo nela e aplicá-la no rosto do sr. Norton.

— Está tudo bem com ele? — perguntei.

— Estará bem dentro de alguns minutos. O que foi que lhe aconteceu?

— Levei-o para um passeio — respondi.

— Vocês sofreram um acidente ou coisa parecida?

— Não — disse eu. — Ele apenas conversou com um agricultor, e não suportou o calor... Depois nos vimos presos na multidão aí embaixo.

— Que idade ele tem?

— Não sei, mas ele é um dos membros do conselho diretor...

— Um dos primeiros, sem dúvida alguma — disse ele, batendo de leve nos olhos de veias azuis. — Um provedor de consciências...

— O que você disse? — perguntei.

— Nada... Pronto, ele já está despertando.

Tive o impulso de correr do quarto. Temia o que o sr. Norton me diria, e a expressão que podia ver em seus olhos. No entanto, tinha medo de sair. Meus olhos não podiam afastar-se daquele rosto de pálpebras trêmulas. A cabeça se moveu de um lado para o outro sob o pálido brilho da lâmpada elétrica, como se contestasse alguma voz insistente que eu não podia ouvir. Então, as pálpebras se abriram, lentamente revelando pálidas lagunas de vagueza azul que finalmente se solidificaram em pontos que se congelaram no veterano, que o olhava sisudamente.

Homens como nós não olham um homem como o sr. Norton dessa maneira, e eu dei uns passos apressadamente para adiante.

— Ele é médico de verdade, sr. Norton — disse eu.

— Eu explicarei — disse o veterano. — Traga um copo d'água.

Hesitei. Ele me olhou firmemente.

— Traga a água — ordenou ele, voltando-se para ajudar o sr. Norton a se sentar.

Fora do quarto, pedi a Edna um copo d'água e ela me conduziu pelo corredor para uma pequena cozinha, apanhando-o para mim numa geladeira antiquada.

— Tenho um pouco de boa bebida, meu amor, se você quiser dar a ele uma dose — disse ela.

— Isso serve — disse eu.

Minhas mãos tremiam tanto que a água entornava. Quando voltei, o sr. Norton estava sentado sem nenhum apoio, entabulando uma conversa com o veterano.

— Eis aqui um pouco d'água para o senhor — disse eu, estendendo o copo.

Ele o pegou.

— Obrigado — murmurou.

— Não beba muito — alertou o veterano.

— Seu diagnóstico é exatamente o do meu especialista — disse o sr. Norton —, e eu fui a diversos grandes médicos antes de um deles diagnosticar. Como o senhor sabe?

— Eu também era um especialista — respondeu o veterano.

— Mas como? São poucos os homens, no mundo inteiro, que têm conhecimento desse tipo.

— Então um deles é um interno de uma espécie de hospício — disse o veterano. — Mas nada há de misterioso nisso. Eu escapei por pouco. Fui para a França com o Corpo Médico do Exército e continuei lá depois do armistício para estudar e praticar.

— É mesmo? E quanto tempo o senhor ficou na França? — perguntou o sr. Norton.

— Tempo demais — respondeu ele. — Tempo demais para esquecer alguns princípios que eu nunca devia ter esquecido.

— Que princípios? — indagou o sr. Norton. — O que o senhor quer dizer?

O veterano sorriu e empinou a cabeça.

— Coisas sobre a vida. Dessas coisas que a maior parte dos camponeses e da gente do povo quase sempre conhece através da experiência, embora raramente mediante reflexão consciente.

— O senhor me desculpe — disse eu ao sr. Norton —, mas agora que o senhor se sente melhor, não devemos ir embora?

— Ainda não — disse o sr. Norton. Em seguida, dirigindo-se ao médico, acrescentou: — Estou muito interessado. O que lhe aconteceu?

— Uma gota d'água, presa a uma das sobrancelhas, reluziu como um fragmento de diamante. Eu mudei de lugar e me sentei numa cadeira. Esse veterano que vá para o inferno!

— O senhor tem certeza de que gostaria de ouvir isso? — perguntou ele.

— Ora, é claro.

— Então quem sabe o jovem companheiro deva descer para o térreo e esperar...

O som de gritaria e destruição jorrava lá de baixo quando abri a porta.

— Não, talvez seja melhor você ficar — disse o homem gordo. — É possível que, se eu tivesse escutado alguma coisa do que estou prestes a contar ao senhor quando era estudante lá na colina, não fosse o excluído que sou.

— Sente-se, rapaz — ordenou o sr. Norton. — Então você era estudante no colégio — retomou ele, dirigindo-se ao veterano.

Sentei-me novamente, preocupando-me com o dr. Bledsoe, quando o homem gordo contou ao sr. Norton como frequentara a faculdade, como depois se tornou médico e foi para a França durante a Primeira Guerra Mundial.

— Você era bem-sucedido como médico? — indagou o sr. Norton.

— Sem dúvida. Realizei algumas cirurgias de cérebro que me granjearam uma pequena atenção.

— Então, por que você voltou?

— Nostalgia — respondeu o veterano.

— Então, que diabo você está fazendo aqui, neste...? — perguntou o sr. Norton. — Com a sua aptidão...

— São as úlceras — disse o homem gordo.

— Isso é terrivelmente desastroso, mas por que as úlceras tiveram de interromper sua carreira?

— Não exatamente isso, mas é que aprendi, com as úlceras, que meu trabalho não me podia trazer nenhuma dignidade — explicou o veterano.

— Ora, você me parece amargo — disse o sr. Norton, precisamente quando a porta se abriu, sem barulho.

Uma mulher mulata, de cabelos avermelhados, olhou para dentro.

— Como está passando o branquelo? — indagou ela, entrando ali vacilante. — Branquelo, amor, você recobrou os sentidos. Quer um gole?

— Agora, não, Hester — disse o veterano. — Ele ainda está um pouco fraco.

— Ele parece mesmo. É por isso que precisa de um gole. Ponha um pouco de fogo no sangue.

— Ora, ora, Hester.

— Certo, certo... Mas o que é que vocês estão fazendo, que parecem tomar parte num enterro? Não sabem que isso aqui é o Golden Day? — Ela andou meio bamba na minha direção, arrotando disfarçadamente e oscilando. — Só cuida de você mesmo. O estudante, aqui, está morrendo de susto. E o branquelo aí está parecendo que vocês dois são estranhos *poodles*. Sejam felizes todos! Eu vou descer e fazer o Halley mandar alguns goles para vocês. — Ela bateu de leve na bochecha do sr. Norton, quando passou por ele e eu o vi ficar todo vermelho. — Seja feliz, branquelo.

— Rá, rá, rá! — riu o veterano — O senhor ficou ruborizado, o que significa que está melhor. Não fique encabulado. Hester é uma grande altruísta, uma terapeuta de natureza generosa e grande habilidade, além de possuidora de um toque realmente curativo. A catarse é absolutamente fantástica, rá, rá!

— O senhor parece bem melhor, sr. Norton — disse eu, ansioso para sair daquele lugar.

Podia compreender as palavras do veterano, mas não o seu significado, e o sr. Norton me parecia tão pouco à vontade quanto eu. A única coisa que eu sabia pra valer é que o veterano estava agindo com o homem branco com uma liberdade que só podia trazer complicações. Eu desejava dizer ao sr. Norton que o homem era doido e que eu ainda percebia nele uma temível satisfação no papo de tê-lo curado, por ter precisado fazê-lo a um homem branco. Com a garota, era diferente. Mulher faz, de hábito, coisas que um homem jamais poderia fazer.

Eu estava aflito demais, mas o veterano falava sem parar, ignorando qualquer interrupção.

— Descanse, descanse — aconselhava ele, fixando os olhos no sr. Norton. — Os relógios estão todos atrasados e as forças da destruição estão em fúria, lá embaixo. Eles poderiam subitamente compreender quem o senhor é e aí a sua vida não valeria nem um tostão furado. O senhor seria suprimido, perfurado, esvaziado, tornando-se o ímã identificado para atrair parafusos perdidos. Então, o que o senhor iria fazer? Esses homens estão além do dinheiro e, com Supercargo vencido, esgotado como um boi abatido, eles não respeitam nenhum valor. Para alguns, o senhor é o grande pai branco, para outros o linchador das almas, mas para todos é confusão vinda para dentro do Golden Day.

— Sobre o que você está falando? — indaguei, pensando: *Linchador?* Ele estava ficando mais violento do que os homens do andar de baixo. Não ousei olhar o sr. Norton, que emitira uma palavra de protesto.

O veterano franziu as sobrancelhas.

— É uma questão que só posso enfrentar evitando-a. Um caso inteiramente estúpido, e estas mãos tão afetuosamente exercitadas para dominar um bisturi anseiam por acariciar um gatilho. Voltei para salvar a vida e fui rejeitado — disse. — Dez homens mascarados me levaram de carro para fora da cidade e me surraram com açoites para poupar a vida humana. E fui obrigado à maior degradação possível, porque tinha mãos especializadas e a crença de que meus conhecimentos poderiam dar-me dignidade — não riqueza, apenas dignidade — e saúde aos outros homens!

Então, de súbito, ele me encarou.

— E agora, compreende?

— O quê? — indaguei.

— O que você ouviu!

— Eu não sei.

— Por quê?

— O que sei é que está na hora de irmos embora — disse eu.

— O senhor veja — disse, voltando-se para o sr. Norton —, ele tem olhos e ouvidos, e um bom nariz africano achatado, mas deixa de compreender os fatos simples da vida. *Compreender.* Compreender? É pior do que isso. Não registra, com seus sentidos, senão curto-circuitos do cérebro. Nada que tenha significado. Acredita nas coisas, mas não as digere. Já está... bem, que Deus me ajude! Veja! Um zumbi ambulante! Já aprendeu a reprimir não só suas emoções, como sua humanidade. É invisível, uma personificação ambulante do negativo, a mais perfeita realização de seus sonhos! O homem mecânico!

O sr. Norton olhava estarrecido.

— Conte-me — disse o veterano, subitamente calmo. — Por que o senhor se interessou pela escola, sr. Norton?

— Por uma compreensão do meu papel predestinado — explicou o sr. Norton, de maneira vacilante. — Sentia, e ainda sinto, que seu povo, de uma maneira muito importante, está ligado ao meu destino.

— O que o senhor quer dizer com destino? — perguntou o veterano.

— Ora, o sucesso do meu trabalho, evidentemente.

— Entendo. E o senhor o reconheceria se o visse?

— Ora, é claro que o reconheceria — afirmou o sr. Norton, com indignação. — Acompanhei seu crescimento a cada ano em que volto ao *campus*.

— *Campus?* Por que o *campus?*

— É lá que o meu destino está sendo cumprido.

O veterano explodiu numa gargalhada.

— O *campus*, que destino!

Ele se levantou e andou pela sala estreita, rindo. Em seguida, parou tão repentinamente quanto começara a andar.

— O senhor dificilmente o reconhecerá, mas é muito coerente que tenha vindo ao Golden Day com o seu jovem acompanhante — disse ele.

— Vim por motivo de doença. Ou melhor, ele me trouxe — o sr. Norton disse.

— Naturalmente, mas o senhor veio, e foi coerente.

— O que você quer dizer com isso? — indagou o sr. Norton com irritação.

— Um garotinho os levará — o veterano disse com um sorriso. — Mas de maneira grave, porque vocês dois não conseguem compreender o que lhes acontece. Vocês não podem ver, ouvir ou sentir o cheiro da verdade do que vocês veem — e o senhor contando com o destino! É clássico! E o rapaz, esse autômato, foi feito do próprio barro da região e vê muito menos do que o senhor. Pobres molengões, nenhum dos dois pode ver o outro. Para o senhor, ele é uma marca na ficha de suas realizações, uma coisa, e não um homem; uma criança, ou ainda menos: uma coisa negra e amorfa. E o senhor, com todo o seu poder, não é um homem para ele, mas um deus, uma força.

O sr. Norton se levantou abruptamente.

— Vamos embora, rapaz — disse ele zangado.

— Não, escute. Ele acredita no senhor como acredita nas batidas do próprio coração. Ele acredita nessa suprema e falsa sabedoria ensinada aos escravos e aos pragmáticos, de que o branco está certo. Posso revelar ao senhor o *seu* destino. Ele obedecerá às suas ordens e, por esse motivo, sua cegueira é seu principal trunfo. Ele é todo seu, amigo. Seu homem e seu destino. Agora, os dois devem descer a escada para o caos e fugir deste inferno. Estou enojado dos dois e de suas deploráveis obscenidades! Fora daqui, antes de eu fazer a ambos o favor de arrebentar com suas cabeças!

Percebi seu movimento em direção ao grande jarro branco no lavatório e dei uns passos entre ele e o sr. Norton, guiando o sr. Norton rapidamente pela porta. Olhando para trás, vi que ele se apoiava na parede, emitindo um som que era um misto de riso e pranto.

— Depressa, o homem é tão insano quanto os outros — disse o sr. Norton.
— Sim, senhor — disse-lhe eu, percebendo um tom diferente em sua voz.
A varanda, então, estava tão barulhenta quanto o andar de baixo. As garotas e os veteranos bêbados cambaleavam por ali com a bebida nas mãos. Exatamente quando passamos por uma porta aberta, Edna nos viu e me agarrou pelo braço.
— Para onde você está levando o branquelo?
— De volta para a escola — respondi, desvencilhando-me dela.
— Você não quer ir para lá, branquelo querido — disse ela. Tentei passar empurrando-a. — Não estou mentindo — disse ela. — Sou a melhor mulher nesse ramo de atividade.
— Está bem, mas, por favor, deixe-nos sós — pedi. — Você vai me deixar em apuros.
Descemos a escada para encarar o turbilhão de homens, e ela começou a gritar:
— Pague-me, então! Se ele é bom demais para mim, pelo menos que pague!
E, antes que eu pudesse impedi-la, ela empurrou o sr. Norton, e nós dois, rapidamente, descemos a escada aos tropeções. Eu fui parar em cima de um homem que olhava para cima com a anônima familiaridade de um bêbado, e que me afastou rispidamente. Vi o sr. Norton passar rodopiando, enquanto eu me afastava cada vez mais, afundando na multidão. Em algum lugar, pude ouvir a garota gritando e a voz de Halley, aos berros:
— Ei! Ei! Ei, agora!
Quando eu senti um ar fresco e percebi que estava perto da porta, abri caminho aos empurrões e desembaraçadamente, até parar ofegante e me preparando para mergulhar de volta para o sr. Norton, quando ouvi Halley chamando: "Abram caminho todos!" e o vi levando o sr. Norton para a porta.
— Ufa! — exclamou ele, soltando o homem branco e sacudindo a enorme cabeça.
— Obrigado, Halley — e não consegui dizer nada mais.

Vi o sr. Norton, com o rosto pálido de novo e o terno branco todo amarrotado, dobrar-se e cair, a cabeça raspando na tela da porta.

— Ei!

Abri a porta e levantei-o.

— Minha Nossa Senhora, apagou de novo — disse Halley. — Como é que você trouxe este homem branco aqui, estudante?

— Ele está morto?

— MORTO! — disse ele, recuando com indignação. — Ele não pode morrer!

— O que é que eu vou fazer, Halley?

— Pelo menos na minha casa, ele num pode morrer — disse ele, ajoelhando-se.

O sr. Norton levantou os olhos.

— Ninguém está morto ou morrendo — disse rispidamente. — Tirem as mãos de mim!

Halley saiu de perto, surpreendido.

— Tô curtindo de verdade. Tem certeza de que está tudo bem? Pensei mesmo que, desta vez, o senhor tivesse morrido.

— Pelo amor de Deus, fique quieto! — explodi, nervosamente. — Você deve ficar contente de ele estar bom.

O sr. Norton estava visivelmente zangado e com uma esfoladura na testa; eu me apressei em direção ao carro, na frente dele. Ele subiu sem ajuda e eu me postei ao volante, sentindo o cheiro abafado de hortelã e fumaça de charuto. Ele se manteve em silêncio, enquanto eu dirigia.

Capítulo quatro

O volante me dava a sensação de um corpo estranho em minhas mãos, enquanto eu seguia a faixa branca da rodovia. Os raios quentes do sol da tarde recente subiam do concreto cinzento, tremeluzindo como as exaustas inflexões de uma trompa distante sopradas sobre o ar ainda da meia-noite. No espelho, eu podia ver o sr. Norton olhando vagamente sobre os campos vazios, a boca austera, a lívida fronte branca que se arranhara no guarda-vento. E, enquanto o via, percebi que o medo enovelado friamente em meu íntimo se revelava. O que aconteceria agora? O que diriam os funcionários da escola? Imaginei, na minha cabeça, a cara do dr. Bledsoe quando visse o sr. Norton. Pensei na alegria que certas pessoas sentiriam, em sua terra, se eu fosse expulso. O rosto sorridente de Tatlock dançava em minha cabeça. O que achariam as pessoas brancas que me encaminharam para a faculdade? O sr. Norton estava zangado *comigo*? No Golden Day, ele parecera mais curioso do que qualquer outra coisa — até o veterano passar a falar de maneira desvairada. Trueblood que se dane! Foi culpa dele. Se não nos tivéssemos sentado ao sol por tanto tempo, o sr. Norton não teria precisado do uísque e eu não teria ido ao Golden Day. E por que os veteranos agiriam de outro modo com um homem branco naquela casa?

Passei com o carro pelos mourões do portão de tijolos vermelhos do *campus*, sentindo uma fria apreensão. Agora, até as fileiras dos asseados quartos de dormir me ameaçavam, e os gramados em sua ondulação me pareciam tão hostis quanto a rodovia cinzenta com sua faixa divisória branca. Como se por sua própria compulsão, o carro andou mais lentamente quando passei pela capela, com seus beirais baixos e amplos. O sol brilhava fraco através da alameda de árvores, salpicando as curvas do caminho. Alunos passeavam pela sombra, descendo um outeiro de grama fresca através da extensão do vermelho cor de tijolo das quadras de tênis. Mais adiante, jogadores em trajes brancos sobressaíam contra o vermelho das quadras cercadas pela grama, um alegre panorama banhado pelo sol. Nesse breve intervalo, ouvi um grito de aplauso se elevar. Minha difícil situação me feriu como uma punhalada. Tive a sensação de perder o controle do carro e meti o pé no freio no meio da estrada, depois me desculpei e segui adiante. Ali, dentro daquela tranquilidade verdejante, eu possuía a única identidade que já havia conhecido, e estava perdendo-a. Nesse breve momento de transição, tornei-me consciente da conexão existente entre esses gramados, junto com seus edifícios, e meus sonhos, minhas esperanças. Desejava parar o carro e conversar com o sr. Norton, pedir-lhe perdão pelo que tínhamos visto; implorar e mostrar-lhe minhas lágrimas, lágrimas francas como as de uma criança diante do pai; atacar tudo o que vimos e ouvimos; assegurar-lhe que, longe de ser como qualquer das pessoas que tínhamos visto, eu as *odiava*, e que eu acreditava nos princípios do fundador com todo o meu coração e minha alma, assim como em sua bondade e gentileza ao estender a mão de sua benevolência para nos tirar, gente pobre e ignorante, do lodo e da escuridão. Procuraria conquistá-lo e ensinaria outros a se apresentarem quando ele desejasse que o fizessem, e também a ser cidadãos prósperos, decentes, corretos, que contribuíssem para o bem-estar de todos, evitando tudo o que não fosse o caminho reto e estreito que ele e o fundador haviam estendido diante de nós. Se pelo menos ele não estivesse zangado comigo! Se pelo menos ele me desse outra oportunidade!

As lágrimas me rolavam pelos olhos, as paredes e os edifícios escorriam por um instante e reluziam, como no inverno, quando a chuva se congelava na grama ou na folhagem, convertendo o *campus* num mundo de brancura, ou pesando e curvando tanto as árvores como os arbustos com seus frutos de cristal. Depois, com o pestanejar dos meus olhos, isso passou, e a presença do calor e do verde retornou. Se ao menos eu pudesse fazer o sr. Norton compreender o que a escola significava para mim.

— Devo parar nos seus aposentos? — perguntei. — Ou levá-lo ao prédio da administração? O dr. Bledsoe deve estar preocupado.

— Para os meus aposentos, depois leve o dr. Bledsoe até lá — respondeu concisamente.

— Sim, senhor.

No espelho, vi-o batendo de leve e delicadamente na testa com um lenço dobrado.

— É melhor você me levar também ao médico da escola — disse ele.

Parei o carro na frente de um pequeno edifício de pilares brancos, como aqueles da casa senhorial de uma antiga fazenda, saltei e abri a porta.

— Sr. Norton, por favor, o senhor... Desculpe-me. Eu...

Ele me olhou com um ar severo e seus olhos se estreitaram, sem dizer nada.

— Eu não sei... por favor...

— Traga o dr. Bledsoe — disse ele, afastando-se e oscilando para subir o caminho de pedras para o edifício.

Voltei para o carro e dirigi, vagarosamente, até o edifício da administração. Uma moça acenou jovialmente quando passei, com um ramalhete de violetas na mão. Dois professores, de ternos escuros, conversavam de maneira circunspecta, junto a uma fonte quebrada.

O edifício estava em silêncio. Subindo a escada, encontrei o dr. Bledsoe, com seu rosto largo e redondo, que parecia ganhar sua forma por causa da gordura que pressionava de dentro para fora e que, como o ar que pressionasse contra a película de um balão, conferia-lhe forma e leveza. O "velho cara de tacho", chamava-o um de seus colegas. Eu nunca o chamei assim. Fora muito gentil comigo desde o início, talvez por causa das cartas que o superintendente da escola lhe enviara, quando cheguei. Mais do que isso, porém, era o exemplo de tudo o que eu aspirava ser: influente sobre os homens ricos de todo o país; consultado nos assuntos referentes à raça; um líder de sua gente; possuidor não de um, mas de *dois* Cadillacs, uma boa remuneração e uma mulher afável, de pele sedosa e boa aparência. Havia ainda: embora negro e careca, com isso tudo que desperta a troça nas pessoas brancas, ele adquirira poder e autoridade; embora negro e de cabeça enrugada, tornara-se de maior importância no mundo do que a maioria dos homens brancos do sul. Estes podiam rir dele, mas não podiam ignorá-lo...

— Ele andou procurando você por todo lado — disse a moça da recepção.

Quando entrei, ele ergueu os olhos do telefone e disse:

— Não se incomode, ele está aqui, agora — e desligou. — Onde está o sr. Norton? — perguntou agitadamente. — Está tudo bem com ele?

— Sim, senhor. Deixei-o em seus aposentos e vim para levar o senhor até lá. Ele deseja vê-lo.

— Há alguma coisa errada? — indagou, levantando-se apressadamente e contornando a escrivaninha.

Hesitei.

— Bem, sim ou não?

O pânico em meu coração parecia enevoar-me a visão.

— No momento, não.

— *No momento?* O que você quer dizer com isso?

— Bem, ele teve uma espécie de desmaio.

— Oh, meu Deus! Eu sabia que alguma coisa estava errada. Por que você não entrou em contato comigo? — Ele apanhou o chapéu preto, partindo para o lado da porta. — Vamos!

Segui-o, tentando explicar.

— Ele já superou tudo, agora, e nós fomos longe demais para telefonar...

— Por que você o levou tão longe? — indagou ele, movimentando-se com uma energia surpreendente.

— Mas eu só o levei aonde ele queria ir.

— Para onde?

— Para além da senzala — respondi, apavorado.

— Da senzala! Rapaz, você está maluco? Você não podia fazer alguma coisa melhor do que levar um membro do conselho diretor para lá?

— Mas, meu senhor, ele me pediu isso.

Agora descíamos a alameda, atravessando o ar primaveril, e ele parou de me olhar com exasperação, como se eu subitamente lhe dissesse que o preto era branco.

— Dane-se o que *ele* queria — exclamou ele, embarcando no banco da frente, ao meu lado. — Você não tem o juízo que Deus deu a um cachorro? Nós levamos esses branquelos aonde queremos que eles vão, mostramos a eles o que queremos que eles vejam. Você não sabe isso? Pensei que você tinha alguma noção das coisas.

Chegando ao Pavilhão Rabb, parei o carro, enfraquecido pela perplexidade.

— Não fiquei aí parado — ordenou-me ele. — Venha comigo!

Assim que entramos no edifício, tive outro abalo. Enquanto nos aproximávamos de um espelho, o dr. Bledsoe parou e compôs sua cara zangada como um escultor, fazendo-a parecer uma máscara amena, e deixando apenas a cintilação de seus olhos trair a emoção que eu vivia apenas por um instante. Ele se contemplou firmemente, por um segundo. Em seguida, desceu tranquilamente o saguão silencioso e subiu a escada.

Uma aluna sentada a uma bonita mesa organizava a pilha de revistas. Diante de uma grande janela, ficava um grande aquário com pedras coloridas e uma pequena réplica de castelo feudal cercado de peixinhos dourados que pareciam permanecer imóveis, não obstante o tremular de suas rendilhadas nadadeiras, uma suspensão momentânea, e ativa, do tempo.

— O sr. Norton está na sala? — indagou à garota.

— Sim, senhor, dr. Bledsoe — respondeu ela. — Ele me disse para fazer o senhor entrar, quando chegasse.

Parando perto da porta, ouvi-o limpar a garganta, depois bater brandamente com o punho no tampo da mesa.

— Sr. Norton? — chamou ele, já com um sorriso nos lábios. E, diante da resposta, eu o segui para dentro.

Era um quarto grande e claro. O sr. Norton estava sentado numa enorme *bergère*, sem o paletó. Havia uma muda de roupa sobre a fina colcha. Em cima de uma espaçosa lareira, um retrato a óleo do fundador me olhava de muito longe, benigno, triste e, naquele momento escaldante, profundamente desencantado. Em seguida, um véu pareceu cair sobre ele.

— Estava preocupado com o senhor — disse o dr. Bledsoe. — Esperamos pelo senhor na sessão da tarde...

"É agora", pensei. "Agora..."

E, repentinamente, ele se lançou para a frente.

— Sr. Norton, a sua cabeça! — gritou ele, com uma estranha solicitude de avó em sua voz. — O que aconteceu com o senhor?

— Não é nada — o rosto do sr. Norton estava impassível. — Um simples arranhão.

O dr. Bledsoe girou sobre os calcanhares, com uma expressão enfurecida.

— Traga o médico até aqui — ordenou ele. — Por que não me disse que o sr. Norton tinha se ferido?

— Eu já tinha cuidado disso, doutor — respondi amavelmente, vendo-o girar novamente.

— Sr. Norton, *senhor Norton*! Lamento tanto — murmurou ele. — Eu achava que havia confiado o senhor a um rapaz sensato, a um jovem cauteloso! Porque nunca tivemos um acidente. Nunca, nenhum, em 75 anos. O senhor pode estar certo de que ele será punido, severamente punido!

— Mas não houve nenhum acidente de carro — disse o sr. Norton, gentilmente —, nem o rapaz foi responsável. Você pode dispensá-lo, agora não precisaremos dele.

Meus olhos repentinamente se dilataram. Senti uma onda de gratidão ao ouvir aquelas palavras.

— Não seja tão condescendente — disse o dr. Bledsoe. — O senhor não pode ser brando com essa turma. Não devemos mimá-los. Um acidente com um hóspede desta faculdade, enquanto está aos cuidados de um aluno, é indubitavelmente por culpa do aluno. Essa é uma das nossas regras mais estritas! — Depois, dirigiu-se para mim: — Volte para o seu alojamento e fique lá até uma comunicação posterior!

— Mas estava fora do meu controle, doutor — argumentei —, exatamente como disse o sr. Norton...

— Eu explicarei a ele, rapaz — disse o sr. Norton, com um meio sorriso. — Tudo será explicado.

— Muito obrigado, senhor — disse eu, vendo o dr. Bledsoe olhar para mim sem nenhuma mudança de expressão.

— Pensando bem — disse ele —, quero que você esteja na capela esta noite, compreende?

— Sim, senhor.

Abri a porta com a mão fria, dando um encontrão na garota que estivera à mesa quando nós entramos.

— Perdão — disse ela. — Parece que você irritou o "velho cara de tacho".

Eu não disse nada, enquanto ela passava ao meu lado, curiosa. Um sol vermelho lançava sua luz sobre o *campus*, enquanto eu me punha em marcha para meu alojamento.

— Você pode levar um recado a um rapaz que é meu amigo? — indagou ela.

— Quem é ele? — retruquei, tentando a muito custo esconder minha tensão e medo.

— Jack Maston — respondeu ela.

— Perfeito, ele fica no quarto ao lado do meu.

— Ótimo — disse ela com um grande sorriso. — O decano me colocou de serviço, de modo que me desencontrei dele nessa tarde. Diga-lhe apenas que falei que a grama está verde...

— O quê?

— A grama está verde. É nosso código secreto. Ele compreenderá.

— A grama está verde — repeti.

— É isso. Obrigada, amor — disse ela.

Tive o ímpeto de xingá-la enquanto a observava apressar-se de volta ao edifício e ouvia seus sapatos de salto baixo avançando sobre o caminho de cascalho. Ali estava ela brincando com algum tolo código secreto, no mesmo instante em que o meu destino estava sendo decidido, para o resto da minha vida. A grama estava verde, eles se encontrariam e ela seria mandada prenhe para casa, mas, ainda assim, menos desgraçada do que eu... Se eu ao menos soubesse o que eles estavam dizendo a meu respeito... Subitamente, tive uma ideia e corri atrás da moça, entrando no edifício e subindo a escada.

No saguão, uma fina poeira brincava num dardo de luz solar, agitada pela rápida passagem da garota. Mas ela desaparecera. Eu havia pensado em lhe pedir que escutasse junto à porta e me contasse o que era dito. Desisti disso: se ela fosse descoberta, isso também me pesaria na consciência. Além disso, eu ficaria envergonhado se alguém soubesse da minha enrascada; era estúpida demais para se acreditar nela. Embaixo, na grande extensão da sala larga, ouvi alguém que eu ainda não via e descia a escada aos saltos, cantarolando. Uma doce e esperançosa voz de garota. Saí dali em silêncio e fui depressa para meu quarto.

Permaneci no quarto de olhos fechados, tentando pensar. A tensão me apertava as entranhas. Depois ouvi alguém que subia para o saguão e estacou. Eles já tinham mandado me buscar? Ali perto, uma porta se abriu e fechou, deixando-me mais tenso do que nunca. A quem eu podia recorrer para obter ajuda? Não conseguia pensar em ninguém. Ninguém, sequer, a quem eu pudesse explicar o que acontecera no Golden Day. Tudo estava confuso dentro de mim. E a atitude do dr. Bledsoe para com o sr. Norton era a coisa mais desconcertante de todas. Eu não ousava repetir o que ele dissera, com medo de que isso reduzisse minhas possibilidades de continuar na escola. Só que não era verdade, eu me havia equivocado. Ele *não podia* ter dito o que eu achava que ele dissera. Não o tinha visto aproximar-se tão frequentemente dos visitantes brancos com o chapéu na mão, curvando-se respeitosa e humildemente? Ele não se recusava a comer na sala de jantar com os hóspedes brancos da escola, entrando ali apenas depois de eles terem terminado, recusando-se em seguida a se sentar e permanecendo de pé, com o chapéu na mão, enquanto os saudava em discurso com eloquência, deixando-os depois com uma humilde inclinação? Ele fizera isso, *não foi*? Eu o vira com meus próprios olhos, inúmeras vezes, quando espiava através da porta, entre a sala de jantar e a cozinha. E não era seu *spiritual* favotiro "Live-a-Humble"?* E na capela, nas noites de

---

* A expressão "live-a-humble", do hino de fortes conotações no contexto afro-americano; seria traduzido para o português aproximadamente por "vivam na humildade, e na humildade de vocês mesmos". (*N. do T.*)

domingo, sobre a tribuna, não tinha ele sempre nos ensinado a viver contentes em nosso lugar, com centenas de palavras inequívocas? Ele ensinara, e eu acreditara nele. Eu acreditara, sem nenhuma dúvida, em suas explicações sobre o bem que provinha de se seguir o caminho do fundador. Era o modo como eu me conduzia pela vida, e eles não podiam mandar-me embora por algo que eu não tinha feito. Simplesmente não podiam. Mas aquele ex-combatente! Ele era tão louco que corrompia os homens sãos. Tentara virar o mundo pelo avesso, o amaldiçoado! Deixara o sr. Norton zangado. Não tinha nenhum direito de falar a um homem branco do modo como o fez, pelo menos jogando sobre mim a punição...

Alguém me sacudiu e eu me encolhi, as pernas úmidas e trêmulas. Era meu colega de quarto.

— Com os diabos, parceiro! — exclamou ele. — Vamos comer.

Olhei sua expressão confiante; *ele* sim iria ser agricultor.

— Não tenho fome — declarei, com um suspiro.

— Tudo bem — disse ele —, você pode tentar enrolar-me, mas não me diga que não acordei você.

— Não — disse eu.

— Quem você está esperando, uma garotinha de bunda farta, com os quadris bem avantajados?

— Não — respondi.

— Seria melhor você parar com isso, parceiro — disse ele, rindo. — Vai acabar com a sua saúde, fazer de você um débil mental. Você tem que arranjar uma garota e mostrar a ela, cara, como a lua aparece em cima daquela grama verde no túmulo do fundador...

— Vá para o inferno — disse eu.

Ele saiu rindo, abrindo a porta ao som de muitas passadas vindas do corredor: era a hora da ceia. O rumor das vozes que se afastavam. Alguma coisa da minha vida parecia retirar-se com elas para uma distância cinzenta, penosamente. Em seguida, uma pancada soou na minha porta e eu saltei, com o coração agitado.

Um aluno baixinho que usava um boné de calouro, enfiou a cabeça na porta e gritou:

— Dr. Bledsoe disse que quer ver você lá no Pavilhão Rabb.

Depois ele foi embora, antes de eu poder interrogá-lo, e seus passos ressoaram pelo corredor, enquanto ele saía correndo para jantar, antes de soar a última campainha.

À porta do sr. Norton, parei com a minha mão no trinco, murmurando uma prece.

— Entre, rapaz — disse ele, quando bati. Estava com um traje de linho novo, com a luz caindo sobre o cabelo branco como se fosse sobre uma mecha de seda. Um pequeno pedaço de gaze fora fixado em sua testa. Ele estava sozinho.

— O senhor me desculpe — escusei-me —, mas me disseram que o dr. Bledsoe queria ver-me aqui...

— Está certo — disse ele —, mas o dr. Bledsoe teve de sair. Você vai encontrá-lo no seu escritório, depois do culto na capela.

— Agradeço ao senhor — e me virei para ir.

Ele limpou a garganta, atrás de mim.

— Rapaz...

Eu me voltei para ele, cheio de esperança.

— Rapaz, eu expliquei ao dr. Bledsoe que você não teve culpa. Acho que ele compreendeu.

Meu alívio foi tão grande que, a princípio, pude apenas olhá-lo, um Papai Noel de cabelos de seda e terno branco, visto através dos meus olhos turvos.

— Eu lhe sou imensamente grato, sr. Norton — consegui, finalmente, dizer.

Ele me observou silenciosamente, e seus olhos se estreitaram.

— O senhor precisará de mim nesta noite? — perguntei.

— Não. Eu não precisarei do automóvel. Os negócios me levam mais cedo do que eu esperava. Parto ainda hoje à noite.

— Eu poderia levar o senhor até a estação — disse eu, com esperança.

— Muito obrigado, mas o dr. Bledsoe já combinou isso comigo.

— Oh — exclamei, desapontado. Eu havia esperado que, servindo-o pelo resto da semana, pudesse recuperar seu afeto. Agora, não teria essa oportunidade.

— Bem, desejo que o senhor faça uma boa viagem — disse eu.
— Obrigado — disse ele, repentinamente sorrindo.
— E talvez, na próxima vez em que o senhor vier, eu possa responder a algumas das perguntas que o senhor me fez nesta tarde.
— Perguntas? — Seus olhos se estreitaram.
— Sim, senhor, a respeito... a respeito do destino do senhor — disse-lhe eu.
— Ah, sim, sim — concordou ele.
— E pretendo ler Emerson, também...
— Muito bem. A autoconfiança é uma virtude muito valiosa. Aguardarei ansiosamente, e com o maior interesse, ouvir sua contribuição para o meu destino. — Ele me acenou para a porta. — E não se esqueça de encontrar o dr. Bledsoe.

Saí um pouco mais calmo, mas não completamente. Ainda tinha de encarar o dr. Bledsoe. E tinha de assistir ao culto na capela.

Capítulo cinco

Ao soar das vésperas, segui pelo *campus* com alguns grupos de alunos, passeando devagar. Suas vozes soavam brandas, no doce cair da noite. Lembro-me dos globos amarelados de vidro fosco, que projetavam silhuetas rendilhadas sobre o cascalho, e do passeio ocupado pelas folhas e ramos acima de nós, enquanto nos deslocávamos lentamente através do anoitecer, bastante inquietos com os perfumes dos lilases, das madressilvas e das verbenas, além do toque de verdor da primavera; e me lembro dos súbitos arpejos de riso que soavam de um lado a outro do gramado tenro da primavera, como se brotassem, alegres e flutuando na distância, fluidos, espontâneos, com um tanto da voz de flauta feminina mas parecendo sinos, logo adiante sufocados; como se atiçados rápida e irrevogavelmente debaixo da tranquila solenidade do ar das vésperas, que vibrava, então, com os graves sinos da capela. Blém! Blém! Blém! Acima dos que caminhavam recatadamente à minha volta, o som dos passos deixava as varandas dos extensos edifícios e seguia para os passeios, e, além deles, para as pistas de asfalto marcadas com pedras caiadas, mensagens secretas para homens e mulheres, rapazes e moças que se encaminhavam serenamente para onde os visitantes esperavam, e nós não nos movíamos inclinados para a adoração, mas para o discernimento. Como se mesmo ali, no crepúsculo etéreo, ali debaixo do profundo céu anil, ali, com andorinhões fazendo acrobacias em pleno voo e mariposas esvoaçantes, ali na proximidade da noite ainda não iluminada pela lua, que assoma em vermelho de sangue atrás da capela como um sol arruinado, com seu esplendor se entornando não sobre a penumbra imediata dos morcegos silvantes, nem no lampejo do grilo e do bacurau, mas apontada com sua curta irradiação para o nosso lugar de convergência; e nós vagueando para a frente com movimentos rígidos, o corpo pesado e as vozes agora em silêncio, como se em exibição mesmo no escuro, tendo a lua como o olho injetado de um homem branco.

E eu me movo mais tenso do que todos os outros, com uma sensação de discernimento; as vibrações dos sinos da capela revolviam as profundezas da minha agitação, seguindo para seu nexo com uma sensação de juízo final. E eu me lembro da capela com suas indiscriminadas urdiduras, grande e baixa como se pudesse erguer-se sanguínea da terra como a lua ascendente; coberta de vinho e com o colorido da terra, como se mais surgida da terra do que do homem. E a minha cabeça procurando apressadamente um alívio longe do anoitecer de primavera e do perfume das flores, longe da cena do tempo da crucificação e perto da atmosfera do nascimento; passando do anoitecer de primavera e das vésperas para a lua alta, clara, lúcida do inverno, com a neve reluzindo sobre os pinheiros-anões e onde, em vez dos sinos, do órgão e do trombone, o coro entoasse canções para as distâncias amontoadas de neve, fazendo da noite um mar de águas de cristal que envolvesse a terra em seu repouso até as mais remotas do som, por quilômetros intermináveis, capazes de levar a nova dispensação até o Golden Day, até para dentro da casa da loucura. Mas, no crepúsculo, movo-me em direção do repicar dos sinos, através do aroma das flores e sob a lua ascendente.

Para além das portas e da penumbra caminho silenciosamente, passo as fileiras dos bancos puritanos estreitos, suplicantes e, encontrando meu destino, curvo meu corpo à sua agonia. Ali, no alto da tribuna, com seu púlpito e balaustrada de metal polido, estão as represadas e amontoadas cabeças do coro dos estudantes, os rostos muito compostos e impassíveis por sobre seus uniformes em preto e branco; e, acima deles, estendendo-se até o teto, avultam-se os tubos do órgão, uma hierarquia gótica de obtuso ouro pintado.

À minha volta, os alunos se movem com os rostos congelados em máscaras solenes e tenho a impressão de já ouvir as vozes mecanicamente dirigidas para as canções que os visitantes apreciavam. (Gostavam?

Exigiam. Cantavam? Um ultimato aceito e ritualizado, uma vassalagem recitada para a paz que ela transmitia e talvez por isso fosse apreciada. Apreciada como os derrotados chegam a apreciar os símbolos de seus conquistadores. Um gesto de aceitação, de termos de rendição e aprovação relutante.) E ali, sentado e imóvel, lembro-me das noites passadas em admiração e prazer diante da majestosa tribuna, e no prazer da admiração; lembro-me dos pequenos sermões formais entoados no púlpito dali, apresentados em tons brandamente articulados, com a segurança tranquila depurada da emoção selvagem dos pregadores crus que a maior parte de nós conhecia em nossas cidades e de que nos envergonhávamos profundamente, aqueles recursos lógicos que nos atingiam mais como a arremetida de um plano firme e formal que não requeria mais do que a lucidez de períodos desembaraçados, o movimento embalador de palavras multissilábicas para nos emocionar e consolar. E me lembro, também, das conversas dos oradores visitantes, todos ansiosos para nos informar sobre como éramos afortunados por tomar parte daquele rito "vasto" e formal. Como éramos afortunados por pertencer a essa família resguardada de todos os outros perdidos na ignorância e na escuridão.

Ali, sobre aquele palco, o rito de um Horatio Alger negro era apresentado pelo roteiro pessoal do próprio Deus, com milionários que desciam para se retratar; não apenas representando o mito de sua bondade, como também a riqueza, o sucesso, o poder, a benevolência e a autoridade em máscaras de cartolina, mas eles próprios, essas virtudes concretas! Não a hóstia e o vinho, mas a carne e o sangue, vibrantes e vivos, e vibrantes mesmo quando subjugados, antigos e ressequidos (e quem, diante disso, não acreditaria? Podíamos sequer duvidar?).

E me lembro também de como nos comparávamos com aqueles outros, aqueles que me haviam colocado nesse Éden, que conhecíamos embora não os conhecendo, que não eram familares em sua familiaridade, que traziam até nós suas palavras através do sangue, da violência, do ridículo e da condescendência de sorrisos arrastados, e que, a um só tempo, exortavam e ameaçavam, além de intimidar com palavras inocentes, como aquelas com que descreviam as limitações de nossas vidas e a vasta intrepidez de nossas aspirações, a atordoante loucura de nossa impaciência para subir ainda mais alto; que, como eles diziam, despertavam dentro de mim visões da espuma de sangue que cintilava em seus queixos como seu sumo habitual de tabaco, e sobre seus lábios o leite coalhado de um milhão de negras amas e escravas já de tetas emurchecidas, um conhecimento fluido e traiçoeiro de nosso ser, sorvido em nossa fonte e agora regurgitado sujo sobre nós. Esse era o nosso mundo, eles diziam enquanto o descreviam para nós; esse, o nosso horizonte e a nossa terra, suas estações e seu clima, sua primavera e seu verão, seu outono e a colheita de alguns desconhecidos, milênios à frente; e esses, seus dilúvios e ciclones, bem como eles próprios eram nosso trovão e relâmpago; e isso devíamos aceitar e apreciar, aceitar mesmo que não o apreciássemos. Devíamos aceitar: mesmo quando aqueles estivessem ausentes, e os homens que faziam as estradas de ferro, os navios e as torres de pedra estivessem diante de nós, em carne e osso, com suas vozes diferentes, sem ponderar o perigo reconhecível, e com seu deleite em nossas canções que parecem mais sinceras, seus olhos postos em nosso bem-estar marcados por uma indiferença quase benigna e impessoal. Mas as palavras dos outros eram mais fortes do que a força dos dólares filantrópicos, mais profundas do que as sondas enfiadas na terra em busca de óleo e ouro, mais inspiradoras de espanto do que os milagres fabricados nos laboratórios científicos. Pois suas palavras mais inocentes eram atos de violência a que nós, do *campus*, éramos hipersensíveis, ainda que não os tolerássemos.

E ali, na tribuna, eu também tinha andado com imponência e havia discutido, um líder estudantil que orientava minha voz para as mais altas vigas e caibros mais distantes, repercutindo-os, mantendo os acentos em *staccato* sobre a viga mestra e ecoando outra vez com uma tilintação, como palavras arremessadas para as árvores de uma imensidão deserta, ou para um manancial de água cinzenta como a ardósia; mais som do que sentido, uma peça sobre as ressonâncias dos edifícios, uma investida nos templos do ouvido.

Ah! Ah, matrona de cabelos grisalhos na última fila. Ah! Srta. Susie, srta. Susie Gresban, lá atrás, olhando para aquela aluna que sorri para aquele aluno — escute-me, o estropiante corneteiro das palavras, que imita os timbres do trompete e do trombone, tocando variações temáticas como uma trompa barítono. Ei! Velha conhecedora dos sons das vozes, das vozes sem mensagens, dos ventos sem novidade, escute os sons das vogais, dentais fricativas, ásperas e baixas guturais de vazia ansiedade, agora viajando pela curva do ritmo de um pregador que eu ouvia há muito tempo numa igreja batista, só que agora despido de suas imagens: não há sóis com suas hemorragias, nem luas derramando suas lágrimas, nem minhocas que rejeitam a carne sagrada e dançam na terra em plena manhã de Páscoa. Ah! Façanha do canto, ah! sucesso retumbante, que se entoa, ah! aceitação, ah! um rio de sons das palavras repletos de paixões sufocadas, flutuando, ah! com ruínas de inexequíveis ambições e revoltas natimortas, estendendo os ouvidos, ah! classificado cadáver diante de mim, pescoços estirados para a frente com ouvidos à escuta, ah! pintam o teto com pulverizador e martelam as manchas escuras depois do caibro, aquela cruzeta temperada de tortuosa madeira se abrandava ao forno de mil vozes; tocando ah! como por sobre um xilofone; palavras que marcham como a banda dos alunos, sobem e descem de novo o campus, *espalhando, triunfantes, sons vazios de triunfo. Ei, Srta. Susie! O som das palavras que não eram palavra nenhuma, notas falsificadas que cantavam façanhas irrealizadas, transportando-se sobre as asas da minha voz para Você, velha matrona, que conheceu os sons da voz do fundador e conheceu os acentos, e o eco, de sua promessa; sua velha cabeça grisalha empertigada com os jovens à sua volta, os olhos fechados, o rosto extático, enquanto agito os sons das palavras em meu hálito, meus pulmões, minha fonte, como bolas de colorido brilhante num repuxo d'água — ouça-me, velha matrona, justifique agora este som com seu querido e velho nuto de afirmação, seu sorriso de olhos fechados e sua saudação de reconhecimento, que jamais será apreendido com o mero conteúdo das palavras, pelo menos minhas palavras, nem esses voadores que ganharam penas novas e golpearam suas portinholas até baterem asas com êxtase, contando exclusivamente com o mero rumor — ecoado — da promessa. E após o canto, após a marcha exterior, você apanhe a minha mão e cante, tremulando, "Rapaz, algum dia você deixará o fundador orgulhoso!" Ah! Susie Gresban, Mamãe Gresban, guardiã das cálidas jovens nos bancos puritanos que não podiam ver a água do seu Jordão por causa de seus eflúvios particulares; você, relíquia da escravidão que o* campus *amou mas não compreendeu, idosa, dos tempos da escravidão, mas portadora de alguma coisa quente, vital, capaz de a tudo resistir, da qual nessa ilha de vergonha nós não nos envergonhávamos, foi a você, na última fila, que dirigi minha torrente de som, e foi em você que pensei, com vergonha e pesar, enquanto esperava a cerimônia ter início.*

Os honrosos convivas se moviam silenciosamente sobre a tribuna, arrebanhados em direção a suas altas e entalhadas cadeiras pelo dr. Bledsoe, com a compostura de um imponente *maître*. Como alguns dos convidados, ele vestia calças listradas e um fraque de lapelas debruadas de preto, encimado por um rico plastrão. Era seu traje normal para tais ocasiões, mas, com toda essa elegância, ele conseguia fazer-se parecer humilde. Seja como for, suas calças inevitavelmente se distendiam nos joelhos e o casaco se lhe afrouxava nos ombros. Eu o observava sorrindo de início para um e depois para outro dos convidados, entre os quais quase todos eram brancos, exceto um; e, enquanto o via pondo a mão sobre seus braços, dando uma batidinha em suas costas, sussurrando para um alto membro do conselho diretor de rosto anguloso, que, por sua vez, lhe tocava o braço com familiaridade, senti um estremecimento. Eu também tocara nesse dia um homem branco e senti que fora desastroso, compreendendo, então, que ele era o único de nós que eu sabia — com exceção, talvez, de um barbeiro ou de uma ama-seca — que podia tocar um homem branco impunemente. E eu me lembrei também de que, quando queria que os hóspedes brancos subissem para a tribuna, ele colocava a mão sobre eles, como se exercesse um poder mágico. Eu via que seus dentes brilhavam quando ele tocava uma das mãos brancas; depois, já com todos sentados, ele ia para seu lugar, na última fileira das cadeiras.

A várias camadas de rostos dos estudantes acima deles, o organista, com os olhos fixos no console, esperava com a cabeça voltada sobre o ombro, e eu vi o dr. Bledsoe, de olhos que percorriam o público, repentinamente fazer um meneio afirmativo com a cabeça, sem virá-la. Era como se ele tivesse dado a marcação de um tempo forte, com uma batuta invisível. O organista se virava e curvava os ombros. Uma alta cascata de som borbulhava a partir do órgão, espalhando-se densa e aderente pela capela, lentamente ondulante. O organista se torcia e se revirava no seu banco, com os pés voando debaixo dele, como se dançassem em ritmos totalmente incompatíveis com o ribombar decoroso de seu órgão. E o dr. Bledsoe estava ali sentado, com um sorriso benevolente de concentração interior. Seus olhos, não obstante, ficavam dardejando velozmente, primeiro sobre as fileiras dos alunos, depois sobre o setor reservado aos professores, acarretando esse seu rápido olhar uma ameaça para todos. Pois ele exigia que todos assistissem a essas sessões. Era ali que a política se fazia anunciar em sua retórica mais ampla. Parecia que eu percebia que seus olhos descansavam sobre meu rosto quando ele esmiuçava o setor em que eu me sentava. Eu olhava os convidados na tribuna; sentavam-se daquela maneira desafogada, mas vigilante, com que sempre iam ao encontro dos olhos que levantávamos. Perguntava-me a qual deles poderia recorrer para interceder por mim junto ao dr. Bledsoe, mas, no meu íntimo, eu sabia que não havia nenhum.

Apesar da fileira de autoridades a seu lado, e apesar da postura de humildade e mansidão que o fazia parecer menor do que os outros (embora fosse fisicamente maior), o dr. Bledsoe marcava sua presença por ter um impacto muito maior. Lembro-me da lenda de como ele fora para a faculdade como um menino descalço que, em seu fervor pela educação, seguira a pé por dois estados, com sua trouxa de roupa esfarrapada. E de como ele conseguira um emprego de alimentar os porcos com mingau, mas se tornara o melhor distribuidor de mingau da história da escola; e de como o fundador ficara impressionado e fizera dele seu contínuo. Cada um de nós conhecia sua ascensão ao longo dos anos de trabalho árduo até a presidência, e cada um de nós, ao mesmo tempo, desejava que ele tivesse ido a pé para a escola, ou que tivesse empurrado um carrinho de mão, ou realizado qualquer outro ato de determinação e sacrifício para manifestar sua avidez por conhecimento. Lembro-me da admiração e do medo que ele inspirava em todos no *campus*; as imagens da imprensa negra o intitulavam EDUCADOR, com um tipo que explodia como um tiro de espingarda, com o seu rosto procurando você com os olhos com a máxima confiança. Para nós, era mais do que exatamente o reitor de uma faculdade. Era um chefe, um estadista que levava nossos problemas aos que estavam acima de nós, até mesmo à Casa Branca; e, em dias passados, ele conduzira o próprio reitor pelo *campus*. Era nosso guia e nossa mágica, que mantinha a dotação no alto, os fundos para as bolsas de estudos fartos e a publicidade em curso, através dos canais da imprensa. Era nosso pai negro, de quem tínhamos medo.

À medida que as vozes do órgão morriam, eu via uma mulata magrinha aparecer silenciosamente com o rígido controle de uma dançarina moderna, no alto das fileiras superiores do coro, e começar a cantar *a capella*. Ela começava mansamente, como se cantasse para si mesma e a partir de suas emoções mais íntimas, um som não dirigido à reunião de pessoas, mas que estas ouviam como que por acaso e quase contra a vontade. Pouco a pouco, ela ia aumentando o volume, até, às vezes, a voz parecer tornar-se uma força desencarnada que procurava entrar nela, violá-la, sacudi-la, balançá-la ritmicamente, como se aquilo se tivesse convertido na fonte de seu ser, mais do que a trama fluida de sua própria criação.

Vi os convidados, na tribuna, se voltarem para olhar, a fim de ver a esguia mulata em sua toga branca do coro, de pé lá no alto contra os tubos do órgão, ela própria se transformando, aos nossos olhos, num tubo de aflição contida, sublimada e sob controle, um rosto fino e plano transfigurado pela música. Eu não podia compreender as palavras, mas apenas a disposição de ânimo do canto, pesarosa, vaga e etérea. Senti uma forte palpitação de nostalgia, tristeza e arrependimento, e me sentava com um nó na garganta enquanto ela baixava, lentamente; não estava só sentado: sofria um colapso dirigido, como se a garota balançasse, sustentasse o ebuliente borbulhar de seu tom final por algum delicado ritmo do sangue de seu coração, ou por alguma concentração mística do ser, focalizada no som através do líquido contido de seus grandes olhos soerguidos.

Não houve nenhum aplauso; somente um profundo silêncio de gratidão. Os convidados brancos trocaram sorrisos de aprovação. Eu pensava, ali sentado, na terrível possibilidade de ter de deixar tudo isso, de ser expulso; e imaginava a volta para casa, a censura de meus pais. Eu vislumbrava a cena, agora, já do fundo do meu desespero, vendo a tribuna e seus atores como se fosse através de um telescópio invertido; pequenas figuras como de bonecos se movendo em algum ritual sem significado. Alguém ali em cima, mais alto que as cabeças alternadamente de musgo seco e lustrosas de suor dos alunos, remava diante de mim, fazia proclamações junto a uma estante em que brilhava uma luz pálida. Outra figura se levantou e fez uma oração. Alguém discursou. Depois, ao meu redor, todo mundo cantava "Leve-me, leve-me até uma rocha que seja mais alta do que eu". E, como se o som contivesse alguma força mais intransitável do que a imagem da cena da qual era o vivo tecido conector, eu fui obrigado a recuar para seu imediatismo.

Um dos convidados se levantara para falar. Homem de impressionante feiura, gordo, com uma cabeça de ovo enfiada no pescoço curto e um nariz largo demais para seu rosto, sobre o qual usava óculos de lentes quase negras. Eu estivera sentado perto do dr. Bledsoe, mas tão preocupado com o presidente que de fato não o tinha visto. Meus olhos estavam fixos apenas nos homens brancos e no dr. Bledsoe. De modo que, nesse momento, quando ele se levantou e passou lentamente para o centro da tribuna, eu tive a impressão de que parte do dr. Bledsoe se levantara e se movera para a frente, deixando na cadeira a parte sorridente.

Ele nos encarou com muita serenidade, com o colarinho branco reluzindo como uma faixa entre o rosto negro e a roupa escura, separando-lhe a cabeça do corpo; seus pequenos braços se cruzaram à frente da pança, como os de um pequenino Buda negro. Por alguns instantes, ele permaneceu com a grande cabeça levantada, como se estivesse pensando. Depois, começou a falar, com sua voz redonda e ressonante, como se dissesse do prazer em lhe permitirem visitar a escola uma vez mais, depois de muitos anos. Tendo pregado numa cidade do norte, vira-a nos últimos anos do fundador, quando o dr. Bledsoe era o "segundo no comando".

— Aqueles foram dias maravilhosos — murmurou ele. — Dias significativos. Dias cheios de grandes prodígios.

Estava, então, reavivando o sonho em nossos corações:

— ... esta terra árida depois da abolição — entoou —, esta terra de trevas e infortúnio, de ignorância e degradação, onde a mão do irmão se voltara contra o irmão, o pai contra o filho, e o filho contra o pai; onde o senhor tinha se voltado contra o escravo e o escravo contra o senhor; onde tudo era conflito e escuridão, uma terra dolorida. E para dentro dessa terra veio um humilde profeta, modesto como o humilde carpinteiro de Nazaré, um escravo e um filho de escravos, que só conhecia a mãe. Um homem nascido escravo, mas marcado desde o começo por elevada inteligência e magnífica personalidade; nascido na parte mais baixa dessa terra árida e estigmatizada pela guerra, mas, de algum modo, derramando luz sobre ela, por onde ele passasse. Estou certo de que vocês ouviram falar de sua infância precária, sua preciosa vida quase destroçada por um primo insano que o salpicou de barrela ainda bebê, fazendo murchar sua semente,* e como, ainda tão pequenino, ficou nove dias em coma feito morto, recuperando-se, depois, súbita e milagrosamente. Vocês podem dizer que era como se ele tivesse levantado do meio dos mortos ou renascido.

"Oh, meus jovens amigos — gritou ele, resplandecente de exultação —, meus jovens amigos, é realmente uma história bonita. Tenho certeza de que vocês já a ouviram muitas vezes. Recordem como ele enfrentou seu aprendizado inicial por meio de argutas indagações a seus jovens professores, enquanto os professores mais velhos nem o imaginavam; e, como aprendeu o alfabeto, ensinou-se a ler e resolver o segredo das palavras, dirigindo-se instintivamente às Sagradas Escrituras, com sua suprema sabedoria, para obter os primeiros conhecimentos. E vocês sabem como ele fugiu e se encaminhou através do vale e da montanha para aquele lugar de aprendizado, e como ele perseverou e trabalhou dias, noites e manhãs inteiras pelo privilégio de estudar ou, como diriam algumas pessoas antigas, de 'esfregar a cabeça no muro da faculdade'. Vocês conhecem sua carreira brilhante e como era já um orador comovente; depois sua formatura em acentuada pobreza e o regresso, anos após, à sua terra.

"E então teve início sua grande luta. Tentem imaginar, meus jovens amigos: as nuvens da escuridão por sobre toda a terra, negros e brancos cheios de medo e de ódio, querendo seguir adiante, mas uns com medo dos outros. Uma região inteira é tomada de uma terrível tensão. Todo mundo se mostra desorientado com o problema do que deve ser feito para diluir esse medo e ódio que se dobravam sobre a terra como um demônio que esperasse para pular, e vocês sabem como ele veio

---

* Referência bíblica, cf. Joel 1:17: "As sementes estão murchas debaixo dos torrões de terra." (*N. do T.*)

e lhes mostrou o caminho. Oh, sim, meus amigos. Tenho certeza de que vocês ouviram isso muitas e muitas vezes; da faina desse homem devoto, de sua grande humildade e de sua visão inapagável, cujos frutos vocês hoje desfrutam; concretos, feitos de carne; seu sonho, concebido na severidade e nas trevas da escravidão, realizado agora mesmo na atmosfera que vocês, na doce harmonia de suas vozes combinadas, no conhecimento de que cada um de vocês — filhas e netas, filhos e netos de escravos —, todos compartilhando dele em claras e bem equipadas salas de aula. Vocês deviam ver esse escravo, esse Aristóteles negro, movendo-se lentamente, com uma doce paciência, com uma paciência não de simples homem, mas da fé inspirada por Deus, vê-lo lentamente enquanto supera todo tipo de oposição. Dando a César, sim, o que era de César; mas buscando resolutamente para vocês esse horizonte brilhante de que vocês agora desfrutam...

— Tudo isso — disse ele, espalhando os dedos um palmo para baixo — foi contado e recontado por toda esta terra, inspirando um povo humilde, mas que se ergue rapidamente. Vocês ouviram a história, e ela, com ricas implicações, essa parábola viva de glória comprovada e humilde nobreza, e ela, como eu dizia, tornou-os livres. Até vocês que vieram para este santuário apenas neste semestre sabem disso. Ouviram o nome dele através de seus pais, pois foi ele quem os conduziu ao caminho, guiando-os como um grande capitão; como aquele grande piloto dos tempos antigos que levava seu povo seguro e desarmado de um lado para outro do leito do mar vermelho de sangue. E seus pais seguiram esse homem notável pelo mar negro do preconceito, em segurança, através da terra da ignorância, através das tempestades do medo e da ira, gritando: DEIXAI MEU POVO PARTIR quando era necessário, e sussurrando isso naqueles momentos em que sussurrar era o mais sensato. E era ouvido!

Eu escutava tudo aquilo numa espécie de entorpecimento, com as costas pressionadas contra o banco duro e as emoções se conciliando com suas palavras, como num tear.

— E lembrem-se de como — prosseguiu —, quando ele entrou em certo estado no tempo da colheita de algodão, seus inimigos haviam conspirado para lhe tirar a vida. E recordem como, durante essa viagem, ele foi parado pela estranha figura de um homem cujas feições, marcadas por cicatrizes, não revelavam o menor sinal de que fosse negro ou branco... Alguns disseram que era um grego. Alguns, um mongol. Outros, um mulato — e outros, ainda, um simples homem branco que só Deus sabe. Fosse quem fosse, ou o que quer que fosse, e nós não queremos excluir a possibilidade de um emissário diretamente vindo do Alto — oh, sim —, lembrem-se de como ele apareceu repentinamente, sobressaltando tanto o fundador como o cavalo enquanto fazia sua advertência, dizendo ao fundador para deixar o cavalo e a charrete ali na estrada e se dirigir imediatamente para uma cabana, depois se afastou silenciosamente, tão silenciosamente, meus jovens amigos, que o fundador duvidou de sua existência. E vocês sabem como o grande homem continuou pelo anoitecer, persuadido, ainda que confuso, de que se aproximava da cidade. Estava perdido, perdido em cismas, até soar o estampido da primeira espingarda, depois a saraivada quase fatal que lhe feriu o crânio — oh, Senhor! — e o deixou em estado de choque, à primeira vista sem vida.

"Eu o ouvi contar, com seus próprios lábios, como a consciência lhe voltou enquanto seus agressores ainda estavam perto dele, avaliando sua imunda façanha, e como ele se manteve controlando suas emoções, temendo que o ouvissem e superassem seu malogro com um *coup de grâce*,* como o francês o diria. Ah! E tenho certeza de que cada um de vocês reviveu com ele através de sua fuga — disse, parecendo olhar diretamente para dentro de meus olhos marejados. — Vocês despertavam quando ele despertava, rejubilavam-se quando ele se rejubilava em sua partida sem outro dano; levantando-se quando ele se levantava; vendo com seus olhos as pegadas de seus passos e as cápsulas caídas no pó ao redor das marcas de seu corpo tombado; sim, e o sangue coberto de pó e gelado, embora não inteiramente fatal. E vocês correram com ele, cheios de dúvidas, para a cabana indicada pelo estranho, onde ele encontrou aquele homem negro aparentemente louco... Vocês se lembram daquele velho, de quem as crianças riam na praça da cidade, velho, de cara engraçada, astuto, com sua cabeça de *algodão*. E ainda foi ele quem tratou de suas feridas com as feridas do fundador. Ele, o antigo escravo, mostrando

---

* Em francês no original: golpe ou tiro de misericórdia. (*N. do T.*)

surpreendente conhecimento desses assuntos, *germinologia* e *cascologia*, ah, ah! — como os chamava — e que jovem crânio nas mãos! Pois ele raspou nosso crânio e limpou nosso ferimento, deixou-o limpo com ataduras surrupiadas da casa de um confiante chefe de sua turba, ah, ah, e vocês se recordam de como mergulharam fundo com o fundador, o grande chefe, na arte negra da fuga, guiados primeiramente, na verdade iniciados, por aquele aparente louco que aprendera sua habilidade na escravidão. Vocês partiram com o fundador na escuridão da noite, e eu sei como é. Vocês correram silenciosamente ao longo do leito do rio, picados pelos mosquitos, apupados pelas corujas, sob o zumbido dos morcegos e o bulício das cobras que chocalhavam entre as pedras, mais a lama e a febre, a escuridão e a ansiedade. No dia seguinte, vocês se esconderam todos na cabana onde 13 dormiam em três pequenos quartos, lá permanecendo até escurecer na chaminé da lareira, na fuligem e nas cinzas — ah, ah! —, guardados pela avozinha que dormitava junto ao fogão, aparentemente sem fogo. Vocês continuavam na escuridão e, quando eles vinham com seus cachorros latindo, pensavam que ela era louca. No entanto, ela conhecia, ela conhecia! Ela conhecia o fogo! Conhecia o fogo que queimava sem se consumir. Meu Deus, é isso!"

— Meu Deus, é isso! — respondeu uma voz de mulher, acrescentando-se, dentro de mim, à estrutura da visão dele.

— E vocês o deixaram naquela manhã, escondido numa carroça de algodão, no próprio centro de tosquia, onde vocês respiraram o ar quente através do cano da espingarda; as cápsulas, que, graças a Deus, não seria necessário usar, permaneciam em sua posição em leque e prontas entre os dedos abertos de sua mão. E vocês foram para a cidade com ele, sendo uma noite escondidos pelo aristocrata amistoso e, no dia seguinte, pelo ferreiro branco, que não mostrava nenhum ódio — as surpreendentes contradições das profundezas. Fugindo, sim! Ajudados por aqueles que os conheciam e por aqueles que não os conheciam. Porque, para alguns, era suficiente vê-lo; outros ajudavam até sem isso, negros e brancos. Mas, em sua maior parte, eram os nossos que ajudavam, pois vocês estavam com eles e nós sempre ajudamos os nossos. E assim, meus jovens amigos, minhas irmãs e irmãos, vocês foram com ele, dentro e fora das cabanas, à noite e de manhãzinha, através de pântanos e colinas. Sem interrupção, passaram de mão negra para mão negra e por algumas mãos brancas, e todas as mãos plasmando a liberdade do fundador e a nossa liberdade, como vozes que moldam uma canção profundamente sentida. E vocês, cada um de vocês, estavam com ele. Ah, como vocês sabem bem disso, pois eram vocês que fugiam para a liberdade. Ah, sim, e vocês conheciam essa história.

Ele fez uma pausa sorrindo para os presentes na capela, com sua imensa cabeça se virando para todos os lados, como um farol, a voz ainda ecoando enquanto eu combatia minha emoção. Pela primeira vez a evocação do fundador me entristeceu, e o *campus* parecia passar correndo por mim, retrocedendo depressa, como o desvanecimento de um sonho, ao se interromper um cochilo. A meu lado, os olhos do aluno se inundavam de uma cascata de lágrimas desfiguradora nas feições tensas, como se ele lutasse consigo mesmo. O homem gordo tirava proveito da plateia sem o menor sinal de esforço. Parecia completamente composto, escondido atrás de seus óculos de lentes pretas; somente suas feições móveis exprimiam seu drama vocal. Toquei com o cotovelo o rapaz a meu lado.

— Quem é ele? — murmurei.

Ele me lançou um olhar de contrariedade, quase de afronta.

— Reverendo Homer A. Barbee, de Chicago — respondeu.

Nesse momento, o orador descansou o braço sobre a estante e se voltou para o dr. Bledsoe:

— Vocês ouviram o brilhante começo dessa bela história, meus amigos. Mas há o lastimoso final e talvez, em muitos aspectos, o aspecto mais rico. A consolidação desse glorioso filho da manhã.

Ele se virou para o dr. Bledsoe:

— Foi um dia fatídico, senhor dr. Bledsoe, se assim o posso designar para o senhor, para estarmos ali. Oh, sim, meus jovens amigos — disse ele —, voltando de novo o rosto para nós, com um triste sorriso orgulhoso. — Eu o conhecia bem e o amava, e estava ali.

"Havíamos percorrido vários estados, nos quais ele transmitia sua mensagem. As pessoas vinham ouvir o profeta, a multidão o escutava. Gente à moda antiga; mulheres de avental e toucas de chita e riscado, os homens com suas jardineiras e jaquetas remendadas; um mar de rostos embevecidos e desorientados, procurando por baixo de seus surrados chapéus de palha e bonés de sol. Tinham vindo em grupos de bois e mulas, percorrendo longas distâncias. Era o mês de setembro e estava intempestivamente frio. Ele falara em paz e confiança às suas almas sofridas, pusera uma estrela diante deles e, aonde quer que fosse, ainda transmitia a mensagem.

"Ah, aqueles dias de incessante jornada, aqueles dias vigorosos, aqueles dias de primavera; férteis, floridos, ensolarados dias de promessa. Ah, sim, aqueles dias indescritivelmente gloriosos, em que o fundador construía o sonho, não apenas aqui, neste vale então infecundo, mas para cá e acolá por toda a nossa terra, instilando o sonho no coração do povo. Erigindo a armação dos andaimes de uma nação. Disseminando sua mensagem que caía como semente em terreno inculto, sacrificando-se, lutando e perdoando seus inimigos das duas cores — oh, sim, pois ele os tinha, de ambas as cores. Mas seguia adiante repleto da importância de sua mensagem, repleto de sua dedicada missão; e, em seu desvelo, talvez em seu orgulho mortal, ignorando o conselho de seu médico. Vejo com os olhos da minha mente a atmosfera fatal desse superlotado auditório: o fundador mantém a plateia na palma mansa de sua eloquência, sacudindo-a, acalmando-a, instruindo-a; e, lá embaixo, as faces arrebatadas e enrubescidas pelo calor da grande estufa como uma panela adquiriam, nesse instante, um brilho vermelho de cereja, sim, os alvoroços enfeitiçados se enredam na imperiosa verdade de sua mensagem. E eu ouço agora, novamente, a grande quietude murmurante quando sua voz alcançava o final de um período poderoso, e um dos ouvintes, um homem de cabeça branca como a neve, levantou-se de um salto, gritando: 'Diga-nos o que deve ser feito. Pelo amor de Deus, diga-nos! Diga-nos, em nome do filho que eles arrancaram de mim, na última semana!' E o fundador subitamente emudeceu, entre suas lágrimas."

A voz do velho Barbee ressoou mais ainda quando, subitamente, ele produziu ordenados e incompletos gestos em torno da tribuna, como se quisesse ilustrar suas palavras. E eu assisti a isso com uma doentia fascinação, conhecendo parte da história, não obstante com uma parte de mim lutando contra sua conclusão inevitavelmente triste.

— E o fundador faz uma pausa, depois caminha para frente, com os olhos marejados de emoção. Com o braço levantado, ele começa a responder e a vacilar. Tudo é comoção. Nós corremos para a frente e o conduzimos. "A plateia se levanta rapidamente, consternada. Tudo é terror e tumulto, um lamentar e suspirar. Até que, como um estrondo de trovão, ouvi a voz do dr. Bledsoe entoar como um açoite, com autoridade, uma canção de esperança. E, enquanto nós estendíamos o fundador num banco para repousar, eu ouvi o dr. Bledsoe marcar o tempo com o pé e poderosas pancadas na tribuna vazia, impondo-se não com palavras, mas com os solenes tons guturais de seu magnífico registro de baixo — oh, mas ele não era um cantor? Não é um cantor ainda hoje? — e eles resistem, acalmam-se, e bradam com ele contra a vacilação de seu gigante. Bradam com ele suas longas canções negras feitas de sangue e de ossos:
"Significando ESPERANÇA!
"De privação e dor:
"Significando FÉ!
"De humildade e absurdo:
"Significando RESISTÊNCIA!
"De incessante luta nas trevas, significando:
"TRIUNFO...
"Ah! — Barbee gritou, batendo palmas e mais palmas. — Ah! Cantando verso após verso, até que o guia se reanimasse!"
"Dirigiu-se a eles... (palmas).
"Meu Deus, meu Deus!
"E assegurar-lhes... (palmas).
"Que... (Palmas)
"E assegurar-lhes... (palmas!)
"Ele estava apenas cansado de seus incessantes esforços (Palmas). — Sim, e dispense-os, enviando cada um a seu modo se rejubilando, cada um dando um aperto de mão de despedida..."
Observei as passadas de Barbee em semicírculo, os lábios contraídos, o rosto se expressando com emoção, suas mãos se encontrando, mas sem fazer nenhum som.
— Ah, aqueles dias em que ele lavrou seus poderosos campos, aqueles dias em que ele acompanhava a plantação e o crescimento das colheitas, aqueles dias vigorosos, estivais, ensolarados...

A voz de Barbee mergulhava na nostalgia. A capela mal respirava, enquanto ele suspirava profundamente. Depois eu o observei apresentar um lenço branco como neve, retirar seus óculos pretos e esfregar os olhos; através da crescente distância do meu isolamento, observei os homens das cadeiras de honra lentamente agitarem suas cabeças fascinadas. A voz de Barbee começou novamente, desincorporou-se em seguida, e era como se ele jamais tivesse feito uma pausa, como se suas palavras, reverberando dentro de nós, tivessem continuado seu fluxo rítmico, ainda que sua fonte, por um momento, estivesse abrandada:

— Oh, sim, meus jovens amigos, oh, sim — continuou ele com enorme tristeza. — A esperança do homem pode pintar um quadro de púrpura, pode transformar um abutre das alturas numa águia nobre ou numa pomba lamentosa. Oh, sim! Mas eu *sabia* — gritou ele, surpreendendo-me. — Apesar dessa *enorme, angustiada esperança dentro de mim, eu sabia* — *sabia* que o grande espírito estava declinando, aproximava-se de seu inverno solitário; o enorme sol ia embora. Em algumas ocasiões, é concedido a alguém saber essas coisas... E eu cambaleava sob o terrível fardo desse conhecimento, atormentando-me por experimentar isso. Mas era tamanho o entusiasmo do fundador — oh, sim! — que, quando nós corremos de uma cidade do campo para outra através do glorioso veranico, eu esqueci. E então... E então... e... então...

Ouvi sua voz cair para um sussurro. Suas mãos se estendiam como se ele estivesse regendo uma orquestra para um *diminuendo* profundo e final. Depois sua voz se levantou de novo, energicamente, de maneira quase trivial e acelerada:

— Lembro-me da partida do trem, de como parecia gemer quando principiava o íngreme aclive para a montanha. Estava frio. A geada formava seus desenhos de gelo sobre as bordas da janela. E o apito do trem soava prolongado e solitário, um suspiro que saía das profundezas da montanha.

"No vagão que ia à frente, no Pullman designado para ele pelo próprio presidente da linha, o guia reclinava-se agitado. Fora atacado por uma repentina e misteriosa doença. E eu sabia, apesar da aflição dentro de mim, que o sol caía, pois os próprios céus comunicavam esse conhecimento. A corrida do trem, os estalidos das rodas sobre o aço.

Lembro-me de como eu olhava da vidraça enregelada e via sobressair a estrela polar e a perdia, como se o céu tivesse fechado o olho. O trem fazia uma curva sobre a montanha, com a locomotiva galopando como um enorme cão negro, paralela aos últimos vagões que se inclinavam, e lançando, ofegante, para a frente seu mortiço vapor branco, enquanto nos arremessava cada vez mais alto. E dentro em pouco o céu ficou negro, sem uma lua..."

Enquanto sua "lu-u-u-ua" ecoava na capela, ele puxou o queixo para junto do peito, até seu colarinho branco desaparecer, fazendo-o ficar uma figura de equilibrado e uniforme negrume, e eu podia ouvir o áspero ruído do ar que ele aspirava.

— Era como se as próprias constelações conhecessem a nossa expectante tristeza — anunciou ele, com a cabeça erguida para o teto e a voz completamente gutural. — Pois, contra aquele enorme e largo circuito do luto, eis que surgia a brecha de uma única estrela como uma joia, e eu a vi tremeluzir, e irromper, riscando a face daquele céu negro de carvão, como uma lágrima relutante e solitária...

Ele balançou a cabeça com grande emoção e seus lábios se franziram, enquanto ele gemia: "Mmmmmmmmmm", virando-se para o dr. Bledsoe, como se não nos visse completamente.

— Nesse momento fatal... Mmmmmmmmmm! — Estava em profunda meditação, enquanto aguardávamos a palavra dos homens da ciência, e ele me disse daquela estrela agonizante:

"'Barbee, amigo, você viu?'

"E eu respondi: 'Sim, doutor, eu vi.'

"E já sentíamos em nosso peito a mão fria do pesar. E eu disse ao dr. Bledsoe: 'Vamos orar.' E, enquanto nos ajoelhávamos ali, no assoalho oscilante, nossas palavras eram menos orações do que sons de uma muda e terrível mágoa. E foi então, enquanto nos erguíamos do chão, hesitantes com o movimento daquele trem em alta velocidade, que vimos o médico se deslocando em nossa direção.

"E, com a respiração ofegante, olhamos para os traços pálidos e inexpressivos do homem da ciência, perguntando-lhe com todas as nossas forças: 'O senhor nos traz a esperança ou a desgraça?' E foi então, e ali, que ele nos informou que o nosso guia estava se aproximando de seu destino...

"Fora dito, o golpe cruel havia ocorrido e nós ficamos paralisados, mas o fundador, naquele momento, ainda estava conosco, e ainda no comando. E, entre todas as pessoas daquele grupo itinerante, ele manda chamar este que se senta aí diante de vocês, e a mim, como homem de Deus. Mas ele queria principalmente seu amigo das consultas à meia-noite, seu camarada de muitas batalhas que, ao longo dos muitos anos fatigantes, continuou firme tanto na derrota como na vitória.

"Mesmo agora, eu posso vê-la. A escura passagem se acendeu com luzes fracas, e o dr. Bledsoe vacilava à minha frente. À porta, estavam o cabineiro e o chefe do trem, um negro e um branco do sul, ambos gritando. Ambos chorando. E ele olhou para cima quando entramos, com os grandes olhos resignados, mas ainda ardendo de nobreza e coragem, contra o branco de seu travesseiro; e, ao ver seu amigo, sorriu. Sorriu calorosamente para o velho companheiro, para o leal defensor, seu auxiliar, esse maravilhoso cantor das velhas canções que lhe haviam reanimado o espírito em tempos de infortúnio e desalento, que, com seu canto de antigas melodias familiares, aquietava as dúvidas e os receios da multidão; ele, que havia arregimentado os ignorantes, os medrosos e desconfiados, os ainda envolvidos nos trapos da escravidão; ele, ali, seu guia, que tranquilizava as crianças na tempestade. E, quando o fundador viu o companheiro, sorriu. E, esticando a mão para o amigo e companheiro como eu agora estendo a minha para vocês, ele disse. 'Venha para mais perto, venha para mais perto.' E ele se moveu para mais perto, até se deter ao lado do leito, com a luz oblíqua por sobre o ombro, quando se ajoelhou ao lado dele. E o alcançou com a mão, tocou-o delicadamente e lhe disse: 'Agora, você tem de assumir o fardo. Conduza-os pelo resto do caminho.' Ah, e o grito daquele trem, e a dor grande demais para as lágrimas!

"Quando o trem alcançou o topo da montanha, ele já não estava conosco. E, quando o trem voltou para a ladeira, ele havia partido.

"Aquilo se tornara um verdadeiro trem da dor. O dr. Bledsoe, ali, estava sentado com a mente cansada e o coração pesado. O que faria agora? O líder estava morto e ele fora lançado de uma hora para a outra à frente da tropa, como um cavaleiro catapultado para a sela de seu general que tivesse tombado numa investida guerreira — arqueado sobre o dorso de seu ardente e quase arruinado corcel. Ah! E que grande, negro, nobre animal, que ficou estrábico no tumulto da batalha, e já se crispando com a sensação da perda. Que ordem ele deveria dar? Deveria retornar para casa com sua carga, para onde os fios, quentes, já estavam faiscando, falando, matraqueando a dolorosa mensagem? Ele devia virar-se e transportar o soldado que tombara embaixo da montanha fria e estrangeira para a sua casa no vale? Regressar com os caros olhos obscurecidos, a mão firme parada, a magnífica voz em silêncio, o nosso guia frio? Regressar ao vale tépido, à terra verde que ele já não podia iluminar com sua visão mortal? Devia seguir a visão do guia, embora ele próprio agora tivesse partido?

"Ah, naturalmente vocês conhecem a história: como ele levou o corpo para a cidade estranha, e o discurso que fez enquanto seu guia ficava em câmara ardente, e como, quando a triste notícia se espalhou, foi declarado um dia de luto para todo o município. Oh, e como ricos e pobres, negros e brancos, fracos e poderosos, jovens e velhos, todos foram prestar sua homenagem — muitos só então compreendendo o trabalho do guia e sua perda com aquele falecimento. E como, com essa missão cumprida, o dr. Bledsoe voltou, mantendo sua pesarosa vigília junto ao amigo num humilde vagão de bagagem; e como o povo veio prestar suas homenagens nas estações... Um trem vagaroso. Um trem desconsolado. E, ao longo de toda a linha, na montanha e no vale, onde quer que os trilhos encontrassem sua rota fatídica, as pessoas eram uma só em seu luto comum, e como os frios trilhos de aço eram trespassados pela amargura delas. Oh, que triste partida!

"E que chegada ainda mais triste! Vejam comigo, meus jovens amigos, ouçam comigo: o pranto e o lamento daqueles que compartilhavam seus trabalhos. Seu doce guia voltava-lhes frio como a rocha, na férrea imobilidade da morte. Ele, que os havia deixado ágil, na plenitude de sua virilidade, criador de sua própria chama e sua iluminação, voltava para eles frio, quase uma estátua de bronze. Oh, o *desespero*, meus jovens amigos. O negro desespero do povo negro! Eu os vejo agora: vagando por essas terras, onde cada tijolo, cada ave, cada folha de grama era uma lembrança de sua preciosa recordação; e, a cada recordação, um martelo batia, levando para casa os cegos cravos de sua tristeza. Oh, sim, alguns agora estão aqui entre vocês, de cabelos grisalhos, ainda consagrados à visão dele, e trabalhando na vinha. Mas, na época, com o caixão drapejado de preto exposto para ser velado entre eles — iniludivelmente fazendo-os lembrar —, eles sentiram a noite da escravidão se precipitando uma vez mais sobre eles. Sentiram aquele antigo e repugnante cheiro da escuridão, aquele antigo cheiro da escravidão, pior do que o espesso mau hálito da esbranquiçada morte. Sua doce luz trancada num caixão drapejado de preto, seu majestoso sol surpreendido atrás de uma nuvem.

"Oh, e o triste som das cornetas que choravam! Posso ouvi-los agora, postados nos quatro cantos do *campus*, fazendo soar toques de silêncio para a rendição geral; anunciando e reanunciando as tristes notícias, contando e recontando uns para os outros a triste revelação através do calmo entorpecimento do ar, como se eles não pudessem acreditar nesse fato, nem pudessem compreendê-lo, tampouco aceitá-lo; cornetas que choravam como uma família de ternas mulheres que lamentassem seu amado. E o povo vinha entoar as velhas canções e exprimir sua indizível amargura. Negro, negro, negro! O povo negro em luto ainda mais negro, o crepe funéreo pendendo de seus corações desnudos; entoando sem acanhamento as canções de tristeza da gente negra, deslocando-se dolorosamente, inundando as alamedas e suas curvas, chorando e se lamentando debaixo das árvores inclinadas e com suas vozes murmurando baixo como as queixas do vento num lugar ermo. E finalmente eles se reuniram na encosta da colina e, tanto quanto podiam ver os olhos cheios de lágrimas, mantiveram as cabeças curvadas, cantando.

"Depois o silêncio. A cova solitária forrada com flores pungentes. A quantidade de mãos enluvadas à espera, tensas, sobre os cordões de seda. Aquele silêncio pavoroso. Pronunciam-se as palavras finais. Uma única rosa silvestre atirada como despedida se desfaz lentamente, e suas pétalas se espargem como neve sobre o caixão relutantemente baixado. Em seguida, desce para a terra; de volta ao antigo pó; de volta à fria argila negra... mãe... de todos nós."

Enquanto Barbee fazia uma pausa, o silêncio era tão completo que eu podia ouvir os geradores de energia por todo o *campus*, palpitando na noite como um pulso alvoroçado. Em algum lugar da plateia, uma antiga voz de mulher começou um lamento doloroso; o que fez nascer uma canção triste e não elaborada, que sucumbiu natimorta, num soluço.

Barbee ficou com a cabeça jogada para trás, os braços rígidos nos flancos, os punhos cerrados, como se lutasse desesperadamente para se controlar. O dr. Bledsoe estava sentado com o rosto entre as mãos. Perto de mim, alguém assoou. Barbee deu um vacilante passo para a frente.

— Oh, sim. Oh, sim — disse ele. — Oh, sim. Isso também faz parte da gloriosa história. Mas pensemos nisso não como uma morte, mas como um nascimento. Uma valiosa semente fora plantada. Uma semente que continuara a lançar o fruto em sua estação, tão seguramente quanto se seu grande criador houvesse sido ressuscitado. Porque, num sentido, ele o fora: se não na carne, no espírito. E, em certo sentido, também na carne. Pois o nosso guia atual não se converteu em seu agente vivo, sua presença física? Olhem à sua volta, se tiverem dúvida. Meus jovens amigos, meus queridos e jovens amigos! Como posso dizer a vocês que tipo de homem é este que os guia? Como posso transmitir a vocês quão bem ele conservou seu compromisso com o fundador, quão conscienciosa foi sua intendência?

"Primeiro, vocês têm que ver a escola como era. Era já uma grande instituição, sem dúvida alguma. Mas os edifícios, então, eram oito, agora são vinte; na época, o corpo docente era de umas poucas centenas, sendo hoje, pelo que fiquei sabendo, três mil. E agora, onde vocês têm estradas de asfalto para a passagem de pneus de borracha, então as estradas eram de pedra britada para a passagem de bois e tropas de mulas, além dos carros puxados a cavalo. Não tenho palavras para lhes dizer como meu coração se envaideceu ao voltar a esta grande instituição, depois de tanto tempo, para andar no meio de sua rica extensão de verde, sua frutífera terra cultivada e seu *campus* perfumado. Ah! E a maravilhosa usina que supre a energia para uma área maior do que a de muitas cidades, toda construída por *mãos negras*. Assim, meus jovens amigos, a luz do criador realmente ainda brilha. O guia de vocês cumpriu sua promessa multiplicada por mil. Confio nele por seus próprios méritos, e por ser o coarquiteto de uma enorme e nobre experiência. É um digno sucessor de seu grande amigo e não é de modo algum à toa que sua grande e inteligente chefia fez dele nosso mais importante estadista. Ele tem um tipo de grandeza que é digna da imitação de vocês todos. Eu digo a vocês: sigam o exemplo dele. Aspirem, cada um de vocês, a seguir um dia suas pegadas. Grandes feitos ainda estão para ser realizados. Pois nós somos um povo jovem, embora de rápida ascensão. As lendas ainda estão para ser criadas. Não tenham medo de se incumbir dos encargos de seu chefe, e a obra do fundador será sempre a de uma glória que se desdobra, como a história da raça é uma saga de triunfos ascendentes."

Barbee, agora, estava com os braços esticados, sorrindo para a plateia, com seu corpo com o aspecto de um buda sentado num rochedo de ônix. Um variado fungar se espalhou por toda a capela. Vozes murmuraram com admiração e eu me senti mais perdido do que nunca. Por alguns minutos, o velho Barbee me fizera encarar a visão e agora eu sabia que deixar o *campus* seria como rebentar a carne. Observei-o então abaixar os braços e principiar a volta para sua cadeira, mexendo lentamente com a cabeça empinada, como se escutasse uma música a distância. Eu abaixara a cabeça para enxugar os olhos, quando ouvi surgir o sobressalto.

Levantando os olhos, vi dois dos conselheiros-diretores brancos se movendo rapidamente pela tribuna, onde Barbee se debatia sobre as pernas do dr. Bledsoe. O velho escorregou para a frente sobre as mãos e os joelhos, enquanto os dois homens brancos o tomavam pelos braços; e então, quando ele se pôs de pé, eu vi um deles procurar alcançar algo no chão e colocá-lo em suas mãos. Foi quando ele ergueu a cabeça que o vi. Por um rápido instante, entre o gesto e a cintilação de seus óculos, vi o pestanejar de seus olhos sem vista. Homer A. Barbee era cego.

Pedindo desculpas, o dr. Bledsoe o ajudou a chegar à cadeira. Em seguida, enquanto o velho descansava de novo com um sorriso, o dr. Bledsoe caminhou até a beira da tribuna e levantou os braços. Eu fechei os olhos, enquanto ouvia o som de profundo lamento que se desprendia dele, e o crescendo ascensional do corpo docente, que ia ao seu encontro. Dessa vez, era uma música sinceramente sentida, não apresentada para as visitas, mas para os próprios executantes; uma canção de esperança e exaltação. Eu queria sair correndo do edifício, mas não ousava. Estava sentado hirto e ereto, apoiado pelo banco duro, confiando neste como uma alternativa de esperança.

Não podia olhar agora o dr. Bledsoe, pois o velho Barbee me fizera sentir minha culpa e aceitá-la. Pois, embora não fosse intencional para mim, qualquer ato que ameaçasse a continuidade do sonho equivalia a um ato de traição.

Não ouvi o orador seguinte, um homem branco e alto que não parava de dar pancadinhas nos olhos com um lenço e repetia as frases de maneira comovida e desarticulada. Depois a orquestra tocou passagens da *Sinfonia Novo Mundo*, de Dvorak, e eu fiquei ouvindo *Swing Low, Sweet Chariot*, o *spiritual* favorito de minha mãe e meu pai. Era mais do que eu podia suportar e, antes de o próximo orador começar, passei apressado pelos olhares de censura dos professores e das inspetoras, saindo para a noite.

Um tordo trinava uma nota onde estava empoleirado, sobre a mão do fundador alumiado pela lua, movendo com bruscas sacudidelas a cauda enlouquecida com a lua e por cima da cabeça do escravo que eternamente se ajoelhava. Segui pela alameda sombria e o ouvia trinar atrás de mim. As lâmpadas da rua resplandeciam no sonho de luar do *campus*, cada uma das luzes placidamente em sua gaiola de sombras.

Eu podia ter esperado até o final do culto, pois não tinha ido longe quando ouvi as notas brilhantes da orquestra atacando uma marcha, seguida por uma explosão de vozes, enquanto os estudantes se espalhavam para dentro da noite. Com uma sensação de pavor, eu me dirigi ao edifício da administração e, ao alcançá-lo, fiquei em pé no escurecido vão da porta. Minha cabeça se agitava como as mariposas que encobriam a lâmpada de rua que lançava sombras sobre a rampa de relva por baixo de mim. Agora eu teria a minha verdadeira entrevista com o dr. Bledsoe, e me lembrava do discurso de Barbee com ressentimento. Com tais palavras ainda frescas na mente, eu estava certo de que o dr. Bledsoe seria muito menos simpático às minhas alegações. Permanecia em pé no escurecido vão da porta, tentando imaginar meu futuro, se fosse expulso. Para onde iria, e o que faria? Como poderia voltar assim para a casa?

Capítulo seis

Descendo o gramado em declive abaixo de mim, os estudantes seguiam para seus quartos, parecendo agora muito distantes de mim, remotos mesmo, e cada uma de suas formas ensombradas altamente superior a mim, que, por alguma deficiência, lançara-me na escuridão longe de tudo o que era digno e inspirador. Ouvi um grupo cantar harmonicamente e com tranquilidade, enquanto passava. O cheiro de pão recém-saído do forno da padaria chegou a mim. O saboroso pão branco do café da manhã; os brioches gotejando manteiga amarela, que tão frequentemente eu havia enfiado no bolso para saborear mais tarde no meu quarto, com geleia de amora silvestre, trazida de casa.

As luzes começaram a aparecer nos quartos das garotas, como sementes luminosas atiradas para todos os lados por uma mão invisível. Diversos carros passavam. Vi aproximar-se um grupo de senhoras que vivia na cidade. Uma usava uma bengala, com a qual, de quando em quando, batia sonoramente no passeio, como um cego. Fragmentos de sua conversa rodopiaram até os meus ouvidos, enquanto elas discutiam com entusiasmo a preleção de Barbee, recordando os tempos do fundador: suas vozes trêmulas pintavam e bordavam com a história dele. Em seguida, embaixo da longa alameda de árvores, eu vi, subitamente cheio de pânico, o conhecido Cadillac que se aproximava e iniciava a entrada no terreno do edifício. Não dei dois passos antes de me virar e submergir novamente na noite. Não tinha como me manter ali e encarar o dr. Bledsoe imediatamente. Eu tremia da cabeça aos pés, quando desabei atrás de um grupo de rapazes que subia a ladeira. Eles discutiam algum assunto acaloradamente, mas eu estava agitado demais para escutar e simplesmente segui suas sombras, reparando no apático brilho do couro de seus sapatos engraxados, sob o reflexo das lâmpadas do caminho. Estava em condições de formular o que diria ao dr. Bledsoe e os rapazes devem ter entrado em seu prédio, pois subitamente eu me vi sozinho além dos portões do *campus* e, orientando-me na rodovia, virei-me e corri de volta ao edifício.

Quando entrei, ele estava enxugando o nariz com um lenço debruado de azul. A lâmpada do abajur que alcançava as lentes de seus óculos deixava na sombra metade de seu rosto, enquanto seus punhos cerrados se estendiam inteiramente diante dele, na luz. Eu fiquei de pé e hesitante na porta, com a súbita percepção da antiga e pesada mobília, relíquias do tempo do fundador, as fotografias emolduradas dos retratos, as placas em relevo dos presidentes e industriais, homens de poder, fixadas como troféus ou emblemas heráldicos nas paredes.

— Entre — disse ele, da meia-sombra. Em seguida, eu o vi mover-se, com a cabeça indo para adiante, os olhos brilhando.

Ele começou brandamente, como se fizesse graça, com tranquilidade, desfazendo meu equilíbrio.

— Rapaz — disse ele—, vejo que você não somente levou o sr. Norton até a senzala, mas que também terminou naquele antro, o Golden Day.

Era uma afirmação, não uma pergunta. Eu não disse nada e ele me pôs o mesmo olhar brando. Barbee tinha ajudado o sr. Norton a amolecê-lo?

— Não — disse ele —, não era bastante você levá-lo à senzala, você tinha que fazer o percurso completo, dar a ele o tratamento completo, não foi isso?

— Não, senhor... Quero dizer ao senhor que ele estava doente — expliquei. — Ele tinha de tomar um pouco de uísque...

— E aquele era o único lugar que você conhecia para ir — declarou ele. — Então você foi ali porque estava cuidando dele...

— Sim, senhor.

— E não somente isso — disse com uma voz que ao mesmo tempo zombava e se admirava. — Você o levou e o sentou num terraço, balcão, varanda, seja lá como a chamam em nossos dias, e o apresentou à "nobreza"!

— "Nobreza"? — franzi as sobrancelhas. — Oh, mas ele insistia em que parasse. Não havia nada que eu pudesse fazer...

— Evidentemente — disse ele. — Evidentemente.

— Ele estava interessado nas cabanas, doutor. Estava surpreso com o fato de ainda haver algumas.

— De modo que naturalmente você parou — disse ele, curvando outra vez a cabeça.

— Sim, senhor.

— Sim, e presumo que a cabana se abriu e contou a ele a história de sua vida e todo tipo de bisbilhotice?

Principiei a explicar.

— Rapaz! — explodiu ele. — Você está falando sério? Por que você saiu da estrada na primeira vez? Você não estava ao volante?

— Sim, senhor...

— Então nós não nos inclinamos, não cavamos, não imploramos e não inventamos casas e passeios suficientemente dignos para você mostrar a ele? Você acha que o homem branco tinha de percorrer mais de mil e quinhentos quilômetros — todo o percurso de Nova York, Boston e Filadélfia, apenas para você mostrar a ele um cortiço? Não fique aí apenas parado, diga alguma coisa!

— Mas eu estava só dirigindo para ele, doutor. Só parei ali depois de ele me ter ordenado que...

— Ter ordenado? — retrucou ele. — Ele *ordenou*. Que diabo, as pessoas brancas estão sempre dando ordens, é um hábito entre elas. Por que você não deu uma desculpa? Você não podia dizer que eles estavam com uma doença... varíola... ou ter escolhido outra cabana? Por que o barraco desse Trueblood? Deus meu, rapaz! Você é negro e vive no sul... esqueceu-se de como mentir?

— Mentir, doutor? Mentir para ele, mentir para um membro do conselho diretor, doutor? Eu?

Ele balançou a cabeça com uma espécie de angústia.

— E eu pensando que havia escolhido um rapaz sensato — disse ele. — Você não sabia que estava expondo a escola ao perigo?

— Mas eu estava tentando agradá-lo...

— *Agradá-lo?* Você é mesmo aluno da faculdade? Ora, o mais estúpido bastardo negro de uma gleba de algodão sabe que o único meio de agradar um homem branco é mentindo para ele! Que tipo de educação você está recebendo por aqui? Quem realmente lhe disse para fazê-lo descer ali? — perguntou ele.

— Ele mesmo, doutor. Ninguém mais.

— Não minta para mim!

— É a verdade, doutor.

— Agora estou prevenindo você: quem lhe propôs aquilo?

— Eu lhe juro, doutor. Ninguém me disse nada.

— Crioulo, não é hora de contar mentiras. Não sou um homem branco. Diga-me a verdade!

Era como se ele me batesse. Olhei fixamente através da escrivaninha, pensando. Ele me chamara *daquilo*...

— Responda-me, rapaz!

Aquilo, pensei, observando a palpitação de uma veia que crescia entre seus olhos, e pensando: *Ele me chamou daquilo*.

— Eu não mentiria para o senhor, doutor — disse-lhe eu.

— Então quem era aquele paciente com quem você estava conversando?

— Nunca o vi antes, doutor.

— O que ele disse?

— Não me lembro de tudo — murmurei. — O homem delirava.

— Fale mais alto. O que ele disse?

— Ele acha que viveu na França e que é um grande médico...

— Continue.

— Disse que eu acreditava que os brancos sempre têm razão — disse.

— O quê? — Subitamente seu rosto se retorceu e se turvou, como a superfície de uma água escura. — E você acreditava, não acreditava? — disse o dr. Bledsoe, reprimindo um riso sórdido. — Bem, não acreditava?

Não respondi, pensando: *O senhor, o senhor...*

— Quem era ele, você já o tinha visto antes?

— Não senhor, não tinha mesmo.

— Era do norte ou do sul?
— Não sei, não senhor.
Ele socou a mesa.
— Faculdade para negros! Rapaz, o que você sabe além de como arruinar em meia hora uma instituição que precisou de mais de meio século para se construir? Ele *falava* como alguém do norte ou do sul?
— Falava como um branco — respondi —, à exceção de que sua voz soava sulista, como a de um de nós...
— Terei de investigá-lo — disse ele. — Um negro como esse devia estar trancado a sete chaves.
Através do *campus*, um relógio bateu o quarto de hora e algo dentro de mim pareceu abafar-lhe o som. Virei-me para ele, desesperadamente.
— Dr. Bledsoe, estou horrivelmente envergonhado. Não tinha nenhuma intenção de ir lá, mas as coisas realmente me escaparam das mãos. O sr. Norton compreende como aconteceu...
— Escute-me, rapaz — disse ele, em alto e bom som. — Norton é um homem e eu sou outro, e, enquanto ele pode achar que está satisfeito, *eu* sei que não está! A pobreza do seu julgamento causou a esta escola um prejuízo incalculável. Em vez de elevar a raça, você a arrasou.
Ele me olhou como se eu tivesse cometido o pior crime imaginável.
— Você não sabe que nós não toleramos esse tipo de coisa? Dei-lhe uma oportunidade de servir a um de nossos melhores amigos brancos, um homem que podia fazer a sua prosperidade. Mas, em troca disso, você arrastou a raça inteira para a lama!
De um momento para o outro, ele procurou alcançar algo debaixo de uma pilha de papéis, um antigo grilhão de perna da escravidão que ele orgulhosamente chamava de "um símbolo do nosso progresso".
— Você tem que ser punido, rapaz — disse ele. — Não há nenhum *mas* nem meio *mas* a esse respeito.
— Mas o senhor deu ao sr. Norton a sua palavra...
— Não fique aí parado, contando-me o que eu já sei. Sem levar em conta o que eu disse, como chefe da instituição, não tenho absolutamente como deixar isso passar. Rapaz, vou-me livrar de você!
Deve ter acontecido quando o metal bateu na escrivaninha, pois repentinamente eu me inclinei para ele, gritando com violência.

— Eu vou dizer a ele — ameacei. — Vou ao sr. Norton e informar sobre o senhor. O senhor mentiu para nós dois...
— O quê! — exclamou ele. — Você se atreve a me ameaçar... no meu próprio gabinete?
— Vou dizer a ele — berrei. — Vou dizer a todo mundo. Vou lutar contra o senhor. Juro que o farei. Vou combatê-lo!
— Bem — disse ele, sentando-se de novo —, bem, diabos me levem!
Por um momento, ele me olhou de cima a baixo e eu vi que sua cabeça voltava para a sombra e ouvi um alto e fino som como um grito de raiva. Depois sua cara veio para a frente e eu vi sua risada. Por um instante, olhei fixamente; em seguida, dei meia-volta e saí em direção à porta, ouvindo-o dizer, de maneira atabalhoada, atrás de mim:
— Espere, espere.
Voltei-me. Ele se esforçava para respirar, sustentando a enorme cabeça entre as mãos, enquanto lágrimas lhe rolavam pela face.
— Venha, venha — disse ele, tirando os óculos e enxugando os olhos.
— Venha, filho. — Tinha a voz divertida e conciliadora. Era como se eu tivesse concluído uma iniciação de confraria e estivesse de volta. Ele me olhou, ainda rindo com aflição. Meus olhos ardiam.
— Rapaz, você *é* um louco — disse ele. — Essa gente branca não lhe ensinou nada e seu bom senso deixou-o frio. O que aconteceu com vocês, os jovens negros? Eu pensava que você houvesse captado como as coisas se passaram por aqui. Mas você nem mesmo sabe a diferença entre o modo como são as coisas e o modo como deveriam ser. Deus meu — murmurou ele —, até onde chegou a raça? Ora, rapaz, você pode dizer a qualquer pessoa que queira... sente-se aí... sente-se, olhe!
Sentei-me com certa relutância, dilacerado entre a ira e o fascínio, odiando-me por obedecer.
— Diga a qualquer um o que você quiser — disse ele. — Não me importo com isso. Não levantaria meu dedo mínimo para impedi-lo. Porque eu não devo nada a ninguém, filho. Quem? Negros? Os negros não controlam esta escola, ou a maior parte de qualquer outra coisa. Nem isso você aprendeu? Não, moço, eles não controlam esta escola, nem os homens brancos. Na verdade, eles a *sustentam*, mas *eu* a controlo. Sou grande e sou negro, e digo: "Sim sinhô", tão alto quanto qualquer

carapinhudo, se for conveniente, mas ainda sou o rei aqui. Não me importa quanto isso se manifeste de outro modo. O poder não precisa exibir-se. O poder é confiante, seguro de si mesmo, autoiniciante e autossuspensivo, autoaquecedor e autojustificante. Quando você o tem, sabe disso. Deixa os negros relincharem e os fanfarrões se rirem. Esses são os fatos, filho. Os únicos que eu preciso agradar fazem parte dos brancos *graúdos*, e mesmo estes eu controlo mais do que eles me controlam. Esta é uma organização de poder, filho, e eu tenho o controle nas mãos. Pense a esse respeito. Quando você luta contra mim, luta contra o poder, o poder dos brancos ricos, o poder da nação — o que significa o poder do governo!

Ele fez uma pausa para permitir que eu assimilasse aquilo e eu esperei, sentindo uma entorpecida e violenta afronta.

— E eu lhe digo uma coisa que os seus professores de sociologia têm medo de dizer a você — declarou. — Se não houvesse homens como eu dirigindo escolas como esta, não haveria nenhum sul. Nem sequer o norte. Não, e não haveria nenhum país, pelo menos como é hoje. Pense nisso, rapaz. — Ele riu. — Com toda a sua elaboração de discursos e seus estudos, achei que você compreendia alguma coisa. Mas você... Está certo, siga em frente. Veja Norton. Você descobrirá que *ele* quer que você seja punido. Ele pode não sabê-lo, mas o quer. Porque ele sabe que eu sei o que é melhor para os interesses dele. Você é um tolo negro educado, filho. Os brancos têm jornais, revistas, rádios, porta-vozes para explicar suas ideias. Se quiserem contar ao mundo uma mentira, podem fazê-lo tão bem que ela se torna verdade; e, se eu lhes disser que você está mentindo, eles o dirão ao mundo, mesmo que você prove que está dizendo a verdade. Porque é o rei da mentira que eles querem ouvir...

Ouvi de novo o riso alto e fino.

— Você não é ninguém, filho. Você não existe. Não consegue ver isso? A gente branca diz a todo mundo o que pensar — com exceção de homens como eu. Eu digo *a eles*; é a minha vida: dizer à gente branca como pensar a respeito das coisas que conheço. Isso choca você, não choca? Bem, é assim que funciona. É um negócio sujo e nem sempre eu gosto disso. Mas escute isto: não fui eu quem fiz as coisas assim, e eu sei que não posso mudá-las. Mas ocupei o meu lugar nelas e farei todo negro do país ser pendurado em um galho de árvore, se isso servir para me manter onde estou.

Agora ele me encarava, com a voz firme e sincera, como se fizesse uma confissão, uma revelação fantástica na qual eu não podia nem acreditar, nem negar. Frias gotas de suor escorriam, em um ritmo de geleira, pela minha espinha abaixo...

— Eu quero dizer, filho — disse ele —, que tinha que ser forte e determinado para chegar aonde estou. Tinha que esperar, planejar e correr por toda parte... Sim, eu tinha que desempenhar o papel do preto! — disse, acrescentando outro "faiscante" sim! — Nem mesmo insisto em que merecia isso, mas agora estou aqui e me destino a permanecer... depois de você ganhar o jogo, você pega o prêmio e guarda-o, protege-o: não há nada mais a fazer. — Deu de ombros. — Um homem envelhece conquistando o seu lugar, filho. Então, siga em frente, vá contar a sua história; contraponha a sua verdade à minha, porque o que eu disse é a verdade, a mais ampla verdade. Experimente-o, tente... Quando principiei, eu era um jovem colega...

Mas eu já não o escutava, nem via mais do que o jogo de luzes sobre os discos metálicos de seus óculos, que agora pareciam flutuar dentro do mar repugnante de suas palavras. Verdade, verdade, o que era verdade? Ninguém que eu conhecesse, nem mesmo a minha mãe, acreditaria em mim se tentasse contar-lhes. Nem o faria amanhã, pensei, nem o faria... Olhei desamparadamente para os veios da escrivaninha, depois passei pela cabeça dele para o par de taças atrás de sua cadeira. Acima delas, um retrato do fundador olhava para baixo, de maneira não comprometida.

— He, he! — Bledsoe riu. — Seus braços são curtos demais para brigar comigo, filho. E eu realmente não tive que cortar nenhum jovem negro, durante anos. Não — disse ele, empertigando-se. — Eles não eram tão arrogantes quanto aparentavam.

Dessa vez, eu mal podia mover-me, meu estômago estava embrulhado e meus rins doíam. Minhas pernas pareciam borracha. Durante três anos pensara em mim mesmo como um homem, e ali, com umas poucas palavras, ele me deixara tão desamparado quanto uma criança. Eu me ergui...

— Espere, fique aí um segundo — disse ele, olhando-me como um homem prestes a atirar para o ar uma moeda. — Gosto da sua índole, filho. Você é um lutador e eu gosto disso; só lhe falta discernimento, e a falta de discernimento pode arruiná-lo. Eis por que eu tenho de puni-lo, filho. Sei como você se sente, também. Você não quer ir para casa a fim de ser humilhado, compreendo isso, porque tem algumas vagas noções de dignidade. À minha revelia, essas noções penetram com os professores de ouropel e os idealistas treinados no norte. Sim, e você tem alguma gente branca que defende você e você não deseja defrontar-se com ela, pois não há nada pior para um negro do que ser humilhado por gente branca. Sei tudo a respeito disso, também; não *canto* apenas sobre isso na capela: *conheço*-o. Mas você vai superar isso. É tolo e dispendioso, além de um peso morto. Deixe os brancos se preocuparem com orgulho e dignidade, você aprende seu lugar e obtém você mesmo poder, influência, contatos com gente poderosa e influente, então, permaneça no escuro e os utilize!

Quanto tempo eu continuaria ali de pé, pensei, e o deixaria rir de mim, recostado em sua cadeira, quanto tempo?

— Você é um lutadorzinho nervoso, filho — disse ele —, e a raça precisa de lutadores bons, desenvoltos e desiludidos. Por esse motivo, vou-lhe dar uma mão; talvez você sinta que estou dando a você a mão esquerda depois de ter golpeado você com a direita, se achar que sou o tipo de homem que ataca primeiro com a direita, o que não sou, com toda certeza. Mas é também tudo em boas condições, é pegar ou largar. Quero que você vá para Nova York, para o verão, a fim de preservar sua dignidade e seu dinheiro. Você vai para lá e recebe suas cotas de matrícula do próximo ano, compreende?

Balancei a cabeça afirmativamente, incapaz de falar, girando furiosamente de um ponto para o outro dentro de mim mesmo, tentando lidar com aquela situação, para adaptar o que o homem estava dizendo àquilo que ele dissera...

— Eu lhe darei cartas de recomendação a alguns dos amigos da escola, para providenciar que você obtenha trabalho — disse ele. — Mas, dessa vez, use o seu discernimento, mantenha os olhos bem abertos, entre no ritmo das coisas! Depois, se você for bem-sucedido, talvez... bem, talvez... isso compete a você.

Sua voz se interrompeu quando se levantou, alto e negro, com os olhos em discos, colossal.

— Isso é tudo, jovem — disse em tom abrupto, oficial. — Você tem dois dias para arrumar suas coisas.

— Dois dias?

— Dois dias! — repetiu ele.

Desci os degraus e subi o passeio na escuridão, saindo-me bem ao deixar o edifício até me obrigar a desviar duas vezes debaixo das glicínias, que pendiam das árvores como lianas que lembravam cordas. Uma quase completa estripação e, ao fazer uma pausa, olhei para cima através das árvores arqueadas e frias acima de mim, vendo uma lua de imagem dupla, turbilhonante. Meus olhos estavam fora de foco. Segui na direção do meu quarto cobrindo um dos olhos com a mão para evitar chocar-me com as árvores e os postes de lâmpada projetados sobre o meu percurso. Continuei então, com gosto de bile na boca e agradecido por ser noite, sem ninguém para testemunhar minha condição. Sentia o estômago embrulhado. De algum lugar de um lado a outro da tranquilidade do *campus*, o som de um antigo *blues* para violão, mas extraído de um piano desafinado, vagueava em minha direção como uma onda preguiçosa e bruxuleante, como os ecos do apito de um trem solitário, e a minha cabeça se deu mal novamente, dessa vez contra uma árvore, e eu podia ouvi-la fazer respingar as trepadeiras florescentes.

Quando pude mover-me, minha cabeça passou a girar em círculos. Os acontecimentos do dia repassaram, fluindo. Trueblood, o sr. Norton, o dr. Bledsoe e a Golden Day desfilaram rapidamente em minha mente, num redemoinho louco e surreal. Eu me mantinha no caminho, sofreando meus olhos e tentando fazer recuar o dia, mas, a cada momento, me debatia sobre a decisão do dr. Bledsoe. Ela ainda ecoava na minha mente, e era real, era definitiva. Qualquer que fosse a minha responsabilidade no que havia ocorrido, eu sabia que pagaria por ela, sabia que seria expulso, e a própria ideia me trespassava as entranhas novamente. Fiquei ali no passeio iluminado pelo luar, tentando pensar nos efeitos daquilo no futuro, imaginando a satisfação dos que invejavam meu sucesso, a vergonha e a decepção de meus pais. Jamais me redimiria da minha desgraça. Meus amigos brancos ficariam repugnados, e eu me lembrei do medo que pendia por sobre todos os que não contavam com nenhuma proteção dos brancos poderosos.

Como eu chegara àquela situação? Mantivera-me inabalavelmente no caminho colocado diante de mim, tentara ser exatamente o que se esperava que eu fosse, fizera exatamente o que esperava fazer, mas, em vez de conquistar a esperada recompensa, ali estava eu cambaleando, segurando desesperadamente um dos meus olhos a fim de evitar que meu cérebro estourasse contra algum objeto habitual desviado para o meu caminho pela minha visão distorcida. E agora, ao me adiantar ao acaso, senti que meu avô pairava sobre mim, sorrindo largamente em meio à escuridão. Eu simplesmente não tinha como resistir a isso. Pois, apesar de minha angústia e de minha raiva, não havia nenhuma outra maneira de viver, nenhuma outra alternativa de sucesso disponível para pessoas como eu. Fazia parte tão completamente daquela existência que, no fim, tinha de fazer as pazes comigo mesmo. Era ou isso, ou admitir que meu avô havia acertado. O que era impossível, pois, embora eu ainda acreditasse em minha inocência, via que a única alternativa para enfrentar permanentemente o mundo de Trueblood e da Golden Day era aceitar a responsabilidade por aquilo que acontecera. Fosse como fosse, convenci-me de que violara um código e teria, desse modo, de me submeter à punição. O dr. Bledsoe está certo, eu disse a mim mesmo, ele está certo: a escola e aquilo que ela representa é algo que tem de ser protegido. Não havia nenhuma outra saída e, por mais que eu sofresse, pagaria minha dívida o mais rápido possível e voltaria a construir minha carreira.

De volta ao meu quarto, contei minhas economias, uns cinquenta dólares, e resolvi ir para Nova York tão depressa quanto possível. Se o dr. Bledsoe não mudasse sua resolução no que se referia a me ajudar para conseguir um emprego, seria o suficiente pagar o meu quarto e as refeições na Casa do Estudante, a respeito da qual eu aprendera com os colegas, que lá viviam, durante as férias de verão. Eu partiria de manhã cedo.

Assim, enquanto meu colega de quarto dava uns risos e resmungava involuntariamente no sono, eu preparei as malas.

Na manhã seguinte, eu estava de pé antes do toque da corneta e já estava sentado no banco do gabinete do dr. Bledsoe quando ele apareceu. O paletó de seu terno azul de sarja estava aberto, deixando entrever uma pesada corrente de ouro presa entre os bolsos do colete, enquanto se movia em minha direção, em passos silenciosos. Passou sem parecer ver-me. Depois, enquanto chegava à porta do gabinete, ele disse:

— Não mudei de ideia a seu respeito, rapaz. E não tenho a intenção de fazê-lo!

— Oh, eu não vim por isso, doutor — expliquei, vendo-o virar-se rapidamente, baixando os olhos para mim, com um olhar irônico.

— Muito bem, contanto que você compreenda isso. Entre e exponha seu assunto. Tenho muito trabalho.

Esperei na frente da escrivaninha, observando-o colocar o chapéu fedora num antigo cabideiro de metal. Em seguida ele se sentou diante de mim, formando uma gaiola com as mãos unidas e acenando com a cabeça para eu começar.

Meus olhos ardiam e minha voz soou irreal.

— Eu gostaria de ir embora nesta manhã, doutor — disse eu.

Seus olhos recuaram.

— Por que nesta manhã? — indagou ele. — Eu lhe dei até amanhã. Por que a pressa?

— Não é pressa, doutor. Mas, uma vez que tenho de ir embora, gostaria de ir logo. Permanecer até amanhã não modificaria as coisas...

— Não, não modificaria — disse ele. — É sensato e você tem a minha permissão. E o que mais?

— É tudo, doutor, salvo que também quero dizer que lamento o que fiz e que não guardo ressentimentos. O que fiz não foi intencional, mas estou de acordo com a minha punição.

Ele bateu de leve as pontas dos dedos umas nas outras, os dedos finos que se encontravam delicadamente, o rosto sem expressão.

— É a atitude certa — disse. — Em outras palavras, você não pretende tornar-se amargo, não é isso?
— Sim, senhor.
— Sim, posso ver que está começando a aprender. Isso é bom. Duas coisas que o nosso povo deve fazer é assumir a responsabilidade por seus atos e evitar tornar-se amargo. — Sua voz se erguia com a convicção de seus discursos na capela. — Filho, se você não se tornar amargo, nada vai impedi-lo de ser bem-sucedido. Lembre-se disso.
— Eu me lembrarei, doutor. — Em seguida minha garganta se espessou e eu esperei que ele mesmo abordasse a questão de um emprego.
Em vez disso, ele me olhou com impaciência e disse:
— Bem, estou com muito trabalho. Minha permissão está concedida.
— Bem, doutor. Eu gostaria de lhe pedir um favor...
— Favor — disse ele com um ar de crítica. — Agora, isso é outro assunto. Que espécie de favor?
— Não é muito, doutor. O senhor deu a entender que me colocaria em contato com alguns dos conselheiros, que me conseguiriam um emprego. Estou aceitando qualquer coisa.
— Oh, sim — disse ele —, sim, evidentemente.
Pareceu refletir por alguns instantes, os olhos como se estudassem os objetos sobre a escrivaninha. Em seguida, tocando bem de leve a corrente com o indicador, disse: — Muito bem. Quando você pretende partir?
— No primeiro ônibus, se possível, doutor.
— Está de malas prontas?
— Sim, senhor.
— Muito bem. Vá apanhar suas malas e volte aqui dentro de meia hora. Minha secretária lhe dará algumas cartas dirigidas a diversos amigos da escola. Uma delas servirá a você.
— Obrigado, doutor. Muito obrigado — disse eu, enquanto me levantava.
— Está tudo certo — disse ele. — A escola procura ter cuidado por sua própria conta. Só mais uma coisa. Essas cartas serão seladas. Se você quiser ajuda, não as abra. Os brancos são severos em relação a isso. As cartas o apresentarão e solicitarão a eles ajudá-lo com um emprego. Farei o máximo possível por você e não é necessário que você as abra, compreende?

— Oh, eu não pensaria em abri-las, doutor — declarei.

— Muito bem, a jovem senhora as passará para você, quando voltar. O que me diz de seus pais, você os informou?

— Não senhor, isso poderia fazê-los se sentirem mal demais, se lhes contar que fui expulso. Tenciono escrever-lhes depois de chegar lá e conseguir um emprego...

— Entendo. Talvez seja melhor.

— Bem, adeus, doutor — despedi-me, estendendo a mão.

— Adeus — disse ele. Tinha a mão grande e estranhamente flácida. Quando voltei a sair, ele apertou uma campainha. Sua secretária passou apressadamente por mim, enquanto eu chegava à porta.

As cartas, quando retornei, estavam à minha espera, sete delas, dirigidas a homens com nomes impressionantes. Procurei o nome do sr. Norton, mas não estava entre eles. Colocando-as cuidadosamente em meu bolso interno, apanhei minhas malas e me apressei para o ônibus.

Capítulo sete

A estação estava vazia, mas a bilheteria estava aberta e um empregado de uniforme cinzento empunhava uma vassoura. Comprei minha passagem e entrei no ônibus. Havia apenas dois passageiros sentados na parte de trás do interior vermelho e prateado. Ao vê-los, achei que estava sonhando. Era o veterano, que sorriu para mim, por ter-me reconhecido; atrás dele, sentava-se um enfermeiro.
— Bem-vindo, rapaz — exclamou ele. — Olhe só, sr. Crenshaw — disse ao enfermeiro —, temos um companheiro de viagem!
— Bom dia — cumprimentei, com relutância. Procurei, ao redor, um assento longe deles, mas, embora o ônibus estivesse quase vazio, só a traseira estava reservada para nós e não havia nada a fazer senão ir lá para trás com eles. Não gostei disso. O veterano fazia parte demais de uma experiência que eu já estava tentando riscar da minha memória. Sua maneira de falar com o sr. Norton fora uma antecipação da minha infelicidade, precisamente como eu percebera que o seria. Naquele momento, havendo aceitado minha punição, não queria lembrar-me de nada que se ligasse a Trueblood ou ao Golden Day.
Crenshaw, um homem muito menor do que Supercargo, não disse nada. Não era do tipo habitualmente designado para acompanhar casos violentos e eu fiquei contente até me lembrar de que a única coisa violenta com relação ao veterano era sua língua. Sua boca já me pusera em apuros, e eu agora esperava que ele não a voltasse contra o motorista branco — *aquele* era capaz de nos matar. De qualquer modo, o que ele

fazia no ônibus? Meu Deus, como o dr. Bledsoe tinha acionado aquilo tão depressa? Olhei fixamente o homem gordo.

— Como está seu amigo, sr. Norton? — perguntou-me ele.

— Ele está bem.

— Não teve mais episódios de desmaio?

— Não.

— Ele lhe deu alguma bronca pelo que ocorreu?

— Ele não me responsabilizou — respondi.

— Ótimo. Acho que eu o abalei mais do que qualquer outra coisa que ele tenha visto na Golden Day. Eu torcia por não ter causado problema para você. As aulas não acabaram ainda, não é?

— Ainda não — respondi, de modo despreocupado. — Estou saindo cedo para conseguir um emprego.

— Que maravilha! Na sua cidade?

— Não, pensei em ganhar mais dinheiro em Nova York.

— Nova York! — exclamou o homem. — Não é um lugar, é um sonho. Quando eu tinha a sua idade, era Chicago. Agora, todos os rapazinhos negros escapam para Nova York. Do fogo para o crisol. Posso ver você depois de ter vivido no Harlem por três meses. Sua linguagem mudará, você falará muito sobre a "faculdade", você assistirá a palestras na Casa do Estudante... você pode até se encontrar com um pouco de gente branca. E escute — disse ele, inclinando-se mais perto, para cochichar —, você pode até dançar com uma garota branca!

— Eu vou para Nova York para trabalhar — argumentei, olhando à minha volta. — Não terei tempo para isso.

— Mas terá assim mesmo — provocou ele. — No fundo, você pensa na liberdade do norte da qual ouviu falar e a experimentará uma vez, somente para ver se o que você ouviu é verdade.

— Há outros tipos de liberdade, além de algumas pobres mulheres brancas da ralé — disse Crenshaw. — Ele pode mesmo querer ver alguns espetáculos e comer em alguns dos grandes restaurantes deles.

O veterano deu uma risada.

— Ora, é claro, mas lembre-se, Crenshaw, ele só vai ficar lá uns poucos meses. A maior parte do tempo estará trabalhando e, desse modo, praticamente toda a sua liberdade terá de ser simbólica. E qual o símbolo mais acessível da liberdade, tanto para ele quanto para qualquer outro homem? Ora, uma mulher, é claro. Em vinte minutos, ele pode expandir esse símbolo com toda a liberdade, pois estará ocupado demais, trabalhando para desfrutar o resto do tempo. Quem viver verá.

Tentei mudar de assunto.

— Aonde você vai? — perguntei.

— A Washington, D.C. — respondeu ele.

— Então, você está curado?

— Curado? Não existe cura.

— Ele está sendo transferido — explicou Crenshaw.

— Sim, estou sendo encaminhado para a St. Elizabeth — informou o veterano. — Os caminhos da autoridade são realmente misteriosos. Durante um ano tentei ser transferido, e esta manhã me disseram repentinamente para arrumar as malas. Não posso senão me perguntar se a nossa breve conversa com seu amigo sr. Norton teve algo a ver com isso.

— Como podia ter algo a ver com isso? — indaguei, lembrando-me da ameaça do dr. Bledsoe.

— Da mesma maneira que podia ter algo a ver com sua presença neste ônibus — respondeu ele.

Ele piscou. Seus olhos pestanejavam.

— Tudo certo, esqueça o que eu disse. Mas, pelo amor de Deus, aprenda a olhar por baixo da superfície — disse. — Saia do nevoeiro, jovem. E lembre-se de que você não tem de ser um idiota completo para ser bem-sucedido. Entre no jogo, mas não acredite nele, você deve isso a si mesmo. Mesmo que essa atitude o enfie numa camisa de força ou numa cela acolchoada. Entre no jogo, mas jogue do seu jeito... pelo menos, durante uma parte do tempo. Entre no jogo, mas eleve a parada, meu jovem. Aprenda como funciona, aprenda como *você* atua... Eu queria ter tempo de lhe expor apenas um fragmento. Somos um povo sem pé nem cabeça, contudo. Você podia até ganhar o jogo. É realmente um negócio muito cru. Realmente pré-renascentista, e esse jogo foi analisado, foi posto nos livros. Mas aqui eles se esqueceram de cuidar dos livros, e essa é a sua oportunidade. Você está escondido exatamente na clareira, ou seja, você estaria, se apenas o compreendesse.

Eles não veriam você, por não esperarem que você saiba qualquer coisa, pois acreditam terem cuidado disso...

— Cara, quem são esses *eles* a que você se refere tanto? — indagou Crenshaw.

O veterano olhou irritado.

— Eles? — retrucou. — Eles? Ora, os mesmos *eles* que sempre temos em mira, os brancos, a autoridade, os deuses, o destino, as circunstâncias, a força que puxa as suas cordas até você se recusar a ser puxado mais. O homem grande que nunca está ali, onde você acha que ele está.

Crenshaw fez uns trejeitos.

— Com os diabos, você fala demais, cara — reclamou ele. — Você fala, fala, e não diz nada.

— Oh, eu tenho muito a dizer, Crenshaw. Expresso em palavras coisas que a maioria dos homens sente, ao menos levemente. É certo que sou um conversador compulsivo do mesmo tipo, mas sou realmente mais palhaço do que idiota. Mas Crenshaw — disse ele, enrolando como um bastão o jornal que se encontrava sobre seus joelhos —, você não compreende o que está acontecendo. Nosso jovem amigo está indo para o norte pela primeira vez! *É* pela primeira vez, não é?

— Você está certo — respondi.

— Claro. Você por acaso foi ao norte antes, Crenshaw?

— Estive em todo o país — explicou Crenshaw. — Sei como as pessoas se portam, onde quer que se portem. E sei também como agir. Além disso, você não vai para o norte, pelo menos para o verdadeiro norte. Você vai para Washington. É somente outra cidade do sul.

— Sim, eu sei — disse o veterano —, mas pense no que isso significa para o jovem colega. Vai em liberdade, em plena luz do dia, e sozinho. Posso lembrar-me de quando jovens colegas como ele precisavam cometer um crime, ou ser acusados disso, antes de tentarem tal coisa. Em vez de partir na claridade da manhã, iam na escuridão da noite. E nenhum ônibus era suficientemente rápido, não é assim, Crenshaw?

Crenshaw se deteve, desembrulhando uma barra de chocolate, e olhou o outro rispidamente, com os olhos contraídos.

— Por que diabo eu vou saber? — retrucou.

— Desculpe-me, Crenshaw — disse o veterano. — Pensei que, como um homem de experiência...

— Bem, eu não tive essa experiência. Fui ao norte por minha livre e espontânea vontade.

— Mas você não *ouviu* falar desses casos?

— Ouvir falar não é o mesmo que experimentar — argumentou Crenshaw.

— Não, não é. Mas como há sempre um componente de crime na liberdade...

— Eu não cometi nenhum crime!

— Não quero dizer que você o tenha feito — disse o veterano. — Perdão. Esqueça isso.

Crenshaw deu uma mordida, zangado, em sua barra de chocolate, resmungando.

— Gostaria que você andasse logo e ficasse depressivo: talvez assim você não ficasse falando pelos cotovelos.

— Está bem, doutor — concordou o veterano, em zombaria. — Ficarei depressivo o mais depressa possível, mas, enquanto você come o seu chocolate, permita-me apenas conversar fiado; há uma espécie de substância nisso.

— Ora, tente mostrar a sua educação — falou Crenshaw. — Você viaja aqui atrás na rabeira, exatamente como eu. Além disso, você é doido.

O veterano piscou para mim, prosseguindo em sua torrente de palavras, enquanto o ônibus se punha a caminho. Finalmente saímos e eu lancei um último olhar saudoso, enquanto o ônibus disparava pela rodovia que circundava a escola. Virei-me e a vi recuar a partir da janela traseira; o sol batia no alto das árvores, banhando seus prédios baixos, e jardins bem-cuidados. Depois acabou. Em menos de cinco minutos, o local na terra que eu identificava como o melhor dos mundos possíveis havia desaparecido, perdido no meio do campo agreste e não cultivado. Um lampejo de movimento me levou os olhos para o acostamento, e eu vi o deslizar de uma cascavel veloz pelo concreto cinzento, sumindo em manilhas de ferro estendidas ao lado da estrada. Assisti à passagem rutilante dos campos de algodão e cabanas, sentindo que me movia para o desconhecido.

O veterano e Crenshaw se preparavam para mudar de ônibus na próxima parada e, ao sair, o veterano colocou a mão em meu ombro, me olhou com afabilidade e, como sempre, sorriu.

— Essa é a hora de oferecer os conselhos paternais — disse ele —, mas vou poupar-lhe isso, pois acho que não sou pai de ninguém, exceto de mim mesmo. Talvez seja este o conselho a lhe dar: seja seu próprio pai, rapaz. E lembre-se de que o mundo é possível apenas se você o descobrir. Por último, deixe os srs. Norton da vida sozinhos, e, se não sabe o que quero dizer, pense a esse respeito. Adeus!

Observei-o seguindo Crenshaw através do grupo de passageiros que esperavam para embarcar, uma figura cômica e pequena que se voltava para acenar e, em seguida, desaparecia pela porta do terminal de tijolos vermelhos. Sentei-me novamente com um suspiro de alívio, mas, assim que os passageiros entraram no ônibus e este novamente se pôs a caminho, me senti triste e absolutamente sozinho.

Somente quando já estávamos atravessando os campos de Jersey meu estado de ânimo começou a melhorar. Depois, a antiga confiança e otimismo renasceram e tentei programar a minha temporada no norte. Trabalharia arduamente e serviria tão bem a meu empregador que ele cumularia o dr. Bledsoe de elogios. Pouparia meu dinheiro e voltaria no outono cheio de cultura nova-iorquina. Seria então, indisputavelmente, a principal figura do *campus*. Talvez assistisse à Assembleia da Cidade, sobre a qual ouvira o rádio falar. Aprenderia os segredos de tribuna dos oradores mais importantes. E extrairia o máximo dos meus contatos. Quando encontrasse um homem de prestígio a quem uma das cartas fosse dirigida, eu me apresentaria com a minha melhor distinção. Falaria com brandura, nos meus tons mais educados, sorriria de maneira agradável e seria mais cortês; e me lembraria de que, se ele ("ele" significava qualquer desses importantes cavalheiros) tivesse de começar um assunto de conversação (jamais eu puxaria um assunto meu) que me fosse pouco familiar, eu sorriria e concordaria. Meus sapatos estariam engraxados, meu terno, passado, meu cabelo, penteado (não com brilhantina demais) e repartido no lado direito; minhas unhas estariam limpas e minhas axilas, desodorizadas — é preciso prestar atenção neste último item. Você não pode permitir que eles pensem que todos nós cheiramos mal. Apenas imaginar aqueles contatos me deu uma sensação de refinamento, de vida mundana, que, quando eu apalpava as sete importantes cartas no bolso, fazia-me sentir leve e comunicativo.

Sonhei com meus olhos contemplando confusamente a paisagem, até levantá-los e ver um boné vermelho fazendo uma carranca para mim.

— Meu camarada, você vai descer aqui? — indagou ele. — Se vai, é melhor acordar.

— Sim, claro — disse eu, começando a me mexer. — Certamente, mas como se vai para o Harlem?

— É fácil — respondeu o homem. — Você precisa apenas seguir sempre para o norte.

E, enquanto eu pegava minhas malas e a pasta que ganhara como prêmio, ainda tão reluzente quanto na noite da batalha real, ele me instruiu sobre como tomar o metrô; em seguida, embarafustei-me no meio da multidão.

Avançando para entrar no metrô, eu me vi empurrado pelo triturante populacho e agarrado, nas costas, por um corpulento funcionário de uniforme azul mais ou menos da estatura de Supercargo e socado, com as malas e tudo, para dentro do trem, que se achava tão apinhado que todo mundo parecia ficar com a cabeça para trás e os olhos protuberantes, como frangos apavorados ao som do perigo. Depois a porta se fechou com estrondo atrás de mim e fui esmagado contra uma mulher descomunal vestida de preto, que balançou a cabeça e sorriu, enquanto eu olhava atentamente um grande sinal que se erguia da brancura oleosa de sua pele, como uma montanha negra que se estende a partir de uma planície molhada pela chuva. E, durante todo o tempo, eu pude sentir a maciez de borracha de sua carne colada em todo o meu corpo. Não podia nem me virar para os lados, nem me afastar ou largar minhas malas. Estava capturado numa armadilha, com tal proximidade que, se simplesmente inclinasse a cabeça, podia ter roçado meus lábios nos seus. Quis desesperadamente levantar as mãos para lhe mostrar que aquilo era contra a minha vontade. Fiquei esperando-a gritar, até que finalmente o vagão oscilou mais e eu pude liberar meu braço esquerdo.

Fechei os olhos, fixando-me desesperadamente à minha lapela. O vagão urrou e balançou, apertando-me firmemente contra a mulher, mas, ao lançar uma furtiva olhadela ao meu redor, constatei que ninguém prestava a mínima atenção em mim. E ela própria parecia perdida em suas próprias preocupações. O trem, em seguida, pareceu mergulhar ladeira abaixo, para se atirar numa parada que me arremessou sobre uma plataforma, com a sensação de eu ser algo regurgitado da barriga de uma baleia frenética. Lutando com minhas malas, deslizei com a multidão e galguei a escada para a rua quente.

Por alguns instantes, fiquei diante de uma vitrine de loja, olhando fixamente para meu reflexo no vidro, tentando recuperar-me da viagem agarrado à mulher. Eu me sentia fraco, e com a roupa molhada. "Mas agora você tem é de ir para o norte", disse a mim mesmo, "para o norte". Sim, mas imagine se ela tivesse gritado... Da próxima vez que eu usasse o metrô, estaria sempre certo de entrar ali com as mãos agarrando as lapelas, e as manteria assim até sair do trem. Ora, meu Deus, eles precisam ter tumultos desse tipo o tempo todo. Por que eu não procurara ler a respeito deles?

Eu nunca veria tanta gente negra contra um fundo de cena de edifícios feitos de tijolos, luminosos de neon, vidro laminado e tráfego ensurdecedor — nem mesmo nas viagens que fizera com a equipe de debatedores a Nova Orleans, a Dallas ou Birmingham. Estavam em toda parte. Tantos, e se movendo com tamanha tensão e ruído, que eu não estava certo se estavam prontos para comemorar um feriado ou para participar de alguma baderna. Havia até garotas negras atrás dos balcões da Quinta e da Décima, quando passei. Depois, no cruzamento das ruas, senti o impacto de ver um policial negro dirigindo o tráfego — e havia motoristas brancos, no tráfego, que obedeciam a seus sinais como se fosse a coisa mais natural do mundo. É certo que eu tinha ouvido falar naquilo, mas no momento isso tudo era *real*. Minha coragem voltou. Aquilo realmente era o Harlem e, agora, todas as histórias que eu tinha ouvido da cidade dentro de uma cidade saltavam vivas na minha cabeça. O veterano estava certo: para mim, não era uma cidade de realidades, mas de sonhos; talvez porque sempre eu tivesse pensado na minha vida confinada ao sul. E agora, enquanto lutava através das fileiras do povo, um novo mundo de possibilidades se insinuava indistintamente para mim, como uma voz fraca e quase imperceptível no meio dos ruídos da cidade. Eu me deslocava de olhos bem abertos, tentando captar o bombardeio de impressões. Depois estaquei, silencioso.

Estava diante de mim, zangado, incômodo e, ao ouvi-lo, tive a sensação de comoção e medo, tal como sentia, quando criança, quando era surpreendido pela voz do meu pai. Um vazio invadiu meu estômago. À minha frente, um ajuntamento de pessoas quase fechava a calçada, ao mesmo tempo que, acima delas, um homenzinho atarracado gritava iradamente de uma escada dobrável à qual se achava atada uma coleção de pequenas bandeiras americanas.

— Vamos botar eles pra fora — gritava o homem. — Pra fora!
— Fale disso para eles, Rás; fale, home — clamou uma voz.

E vi o homem atarracado sacudir o punho iradamente sobre os rostos voltados para cima, vociferando algo num sotaque do Caribe em *staccato*, e a multidão vociferava também, em tom de ameaça. Era como se um motim estivesse prestes a irromper a qualquer minuto, contra quem eu não conhecia. Eu estava confuso, tanto pelo efeito de sua voz sobre mim como pela raiva inequívoca da multidão. Nunca tinha visto antes tantos negros indignados em público, mas havia outros que passavam pelo ajuntamento sem sequer uma olhada. E, quando segui para um lado, vi dois policiais brancos conversando tranquilamente um com o outro, as costas curvadas enquanto riam de alguma piada. Mesmo quando a multidão rude gritou numa irada afirmação de algo comentado pelo orador, eles não prestaram atenção. Eu estava aturdido. Continuei embasbacando-me com os policiais, enquanto minhas malas estavam depositadas no meio da calçada, até que um deles me viu e deu um toque no outro, que mastigava preguiçosamente uma goma de mascar.

— Podemos ser-lhe útil em alguma coisa, amigo?
— Eu estava só me perguntando... — tentei explicar, antes de me controlar.
— Sim?
— Estava só me perguntando como chegar à Casa do Estudante — completei.
— Só isso?

— Sim, senhor — gaguejei.
— Tem certeza?
— Sim, senhor.
— É um novato — disse o outro. — Chegou há pouco à cidade, amigo?
— Sim, senhor — respondi. — Acabei de sair do metrô.
— Então é isso, hem? Bem, você precisa ter cuidado.
— Oh, eu vou ter sim, senhor.
— Esse é o objetivo. Não se esqueça disso — disse ele, e me orientou a chegar à Casa do Estudante.

Agradeci a eles e me apressei. O orador tornara-se mais violento do que antes, e seus comentários eram acerca do governo. O desacordo entre a calmaria do resto da rua e a paixão daquela voz deu à cena uma estranha característica de algo fora dos eixos, e eu tive o cuidado de não olhar para trás, temendo dar com um tumulto pegando fogo. Alcancei a Casa do Estudante cheio de ansiedade, registrei-me, e fui imediatamente para o meu quarto. Eu teria de ir assimilando o Harlem um pouco de cada vez.

Capítulo oito

Era um pequeno quarto limpo, com uma colcha alaranjada e escura. A cadeira e a mesinha de cabeceira eram de bordo, e havia uma Bíblia, do tipo padrão, que ficava sobre uma pequena mesa. Larguei minhas malas e me sentei na cama. Da rua lá embaixo, vinham o som do tráfego, o ruído maior do metrô e os ruídos menores e mais variados, os sons de vozes. Sozinho no quarto, dificilmente eu podia acreditar que estava tão longe de casa, mas nada havia de familiar à minha volta. Com exceção da Bíblia; eu a apanhei e me recostei na cama, deixando suas páginas de bordas vermelho-sangue ondularem sob o meu polegar. Lembro-me de como o dr. Bledsoe podia fazer citações das Escrituras em seus discursos para o corpo discente, aos sábados à noite. Voltei-me para o livro do Gênesis, mas não conseguia ler. Pensava na minha casa e nas tentativas feitas pelo meu pai para instituir a oração em família, a reunião em torno do fogão na hora das refeições e de joelhos com a cabeça curvada sobre os assentos de nossas cadeiras, sua voz trêmula, repleta de retórica da igreja e de humildade verbal. Mas isso me deixou nostálgico do lar e eu pus a Bíblia de lado. Aqui era Nova York. Eu tinha de conseguir um emprego e ganhar dinheiro.

Tirei meu casaco e meu chapéu, apanhei o maço de cartas e me deitei na cama, extraindo uma sensação de importância de estar lendo aqueles nomes importantes. Elas estavam hermeticamente seladas. Tinha lido que cartas daquele tipo eram abertas a vapor, mas eu não tinha nenhum vapor. Desisti daquilo: realmente não tinha necessidade de conhecer seu conteúdo e não seria meritório ou seguro contrariar o dr. Bledsoe. Eu já sabia que elas se referiam a mim e eram dirigidas a alguns dos homens mais importantes do país inteiro. Isso era suficiente. Contive meu impulso de mostrar as cartas a alguém, alguém que pudesse dar-me um reflexo apropriado da minha importância. Finalmente, aproximei-me do espelho e lancei a mim mesmo um sorriso de admiração, enquanto espalhava as missivas sobre a mesinha de cabeceira, como uma mão de cartas de alto trunfo.

Em seguida, comecei a traçar minha jornada do dia seguinte. Antes de tudo, tomaria uma chuveirada, depois o café da manhã. Tudo isso muito cedo. Teria de andar depressa. Com homens importantes como aqueles, você tem de chegar na hora. Se marcasse um encontro com um deles, não podia apresentar-lhe nenhuma situação de "atrasos p. c." (atraso de pessoa de cor). Sim, e eu teria de arranjar um relógio. Faria tudo para me programar. Lembrei-me da pesada corrente de ouro que pendia entre os bolsos do colete do dr. Bledsoe e de sua expressão facial quando ele abria o relógio com um estalo para consultar a hora; seus lábios se franziam, e o queixo se esticava de tal maneira que aumentava, enquanto a testa se enrugava. Em seguida, ele limpava a garganta e dava uma ordem profundamente entoada, como se cada sílaba estivesse repleta de nuances de um significado da mais profunda importância. Lembrei-me de minha expulsão, o sentimento de raiva imediata e o esforço por suprimi-la imediatamente. Mas, nesse momento, eu não era completamente bem-sucedido nisso: meu ressentimento transbordava pelas beiradas, deixando-me constrangido. Talvez fosse melhor, pensei precipitadamente. Talvez, se não houvesse acontecido, eu nunca encontrasse uma oportunidade de ficar cara a cara com homens tão importantes. Na minha imaginação, eu continuava a vê-lo olhando o relógio, mas agora outra figura se juntava a ele, uma figura mais jovem, eu mesmo; tornava-se arguto, agradável e não usava roupas escuras (como as dele, fora de moda), mas um esmerado terno de tecido fino, corte da moda, como os dos homens que você vê nos anúncios das revistas, os tipos dos executivos mais novos, no *Esquire*. Imaginei-me fazendo um discurso e fotografado em poses impressionantes pelas câmaras de *flash*, surpreendido no final de algum período de deslumbrante eloquência.

Uma versão mais jovem do doutor, menos crua, realmente polida. Eu mal falaria acima de um sussurro e seria sempre — sim, não havia nenhuma outra palavra —, seria *charmoso*. Como Ronald Colman. Que voz! Evidentemente, não poderia falar desse modo no sul, pois as pessoas brancas não gostavam disso, e os negros diriam que eu estava "encenando". Mas aqui, no norte, eu me desfaria da minha maneira de falar do sul. Na verdade, teria um modo de falar no norte e outro no sul. Dar a eles o que eles queriam no sul, era essa a saída. Se o dr. Bledsoe podia praticá-la, eu também podia. Antes de ir para a cama, naquela noite, limpei e esfreguei a minha pasta com uma toalha limpa e pus as cartas cuidadosamente dentro dela.

Na manhã seguinte, tomei o metrô num dos primeiros horários para o distrito de Wall Street, selecionando um endereço que me levava quase ao fim da linha. Estava escuro, por causa da altura dos edifícios e das ruas estreitas. Carros blindados com sentinelas atentos passavam, enquanto eu procurava o número. As ruas estavam cheias de gente apressada que caminhava como se tivesse sido espicaçada e fosse dirigida por algum controle remoto. Muitos dos homens carregavam pastas de expedição e pastas como a minha, que eu agarrava com uma sensação de importância. Aqui e ali, eu via negros que se apressavam com bolsas de couro presas a seus pulsos. Lembraram-me, de passagem, prisioneiros que arrastassem os ferros das pernas, ao fugir de uma leva de forçados. Mas eles pareciam conscientes de alguma importância autoatribuída, e eu tive vontade de parar um deles e lhe perguntar por que se achava atado à sua bolsa. Talvez lhes pagassem bem por aquilo, talvez estivessem atados ao dinheiro. Talvez o homem de saltos do sapato desmantelados, à minha frente, estivesse acorrentado a um milhão de dólares!

Olhei para ver se havia policiais ou detetives com armas engatilhadas caminhando em minha direção, mas não havia nenhum. Ou então, se houvesse, estariam escondidos no meio da multidão apressada. Tive vontade de seguir um dos homens para ver o que ele fazia. Por que lhe confiavam todo aquele dinheiro? E o que aconteceria se ele desaparecesse com bolsa e tudo? Mas, evidentemente, ninguém seria tão insensato. Aquilo era Wall Street. Talvez fosse vigiado, como me haviam dito que os correios eram vigiados, por homens que examinavam a pessoa por buracos no teto ou nas paredes, espiando-a constante e silenciosamente, à espera de um passo em falso. Talvez naquele mesmo instante um olho me tivesse avistado e observasse cada movimento meu. Talvez a face daquele relógio instalado no edifício cinzento de um lado a outro da rua escondesse um par de olhos perscrutadores. Eu me apressei em direção ao meu endereço e me vi desafiado pela simples altura da pedra branca com sua fachada de bronze esculpida. Homens e mulheres se agitavam ali dentro e, após olhar muito atentamente por um instante, segui em frente, tomando o elevador e sendo empurrado para a parte traseira. Subiu como um foguete, produzindo entre as minhas pernas a sensação de que uma valiosa parte de mim mesmo fora deixada embaixo, no vestíbulo.

Na última parada, desci do elevador e segui em direção a um longo corredor de mármore, até encontrar a porta assinalada com o nome do conselheiro. Principiando a entrar, porém, perdi o ímpeto e recuei. Olhei para a sala. Estava vazia. Os brancos são esquisitos; o sr. Bates podia não desejar ver um negro logo no começo da manhã. Virei-me, caminhei pelo corredor e olhei da janela. Esperaria um pouco.

Lá embaixo, estava South Ferry. Um navio e duas barcas penetravam rio acima, e mais distante e à direita eu podia avistar a estátua da Liberdade e sua tocha quase perdida no nevoeiro. Para trás, ao longo da costa, as gaivotas pairavam através da névoa acima das docas, e embaixo, tão mais para baixo que me deixava atordoado, as multidões se moviam. Olhei de novo para uma barca que passava agora pela estátua da Liberdade, com sua esteira numa linha curva sobre a baía e três gaivotas se precipitando atrás dela.

Atrás de mim, o elevador descarregava passageiros, e eu ouvi as alegres vozes de mulheres que batiam papo no corredor. Logo eu teria de entrar. Minha incerteza cresceu. Minha aparência me preocupava. O sr. Bates podia não gostar do meu terno ou do corte do meu cabelo, e minha oportunidade de um emprego estaria perdida. Olhei para seu nome datilografado claramente no envelope e me perguntei como ele ganhava seu dinheiro. Era um milionário, eu sabia. Talvez sempre o tivesse sido; talvez tivesse nascido milionário. Nunca eu estivera tão curioso a propósito de dinheiro quanto agora, que acreditava estar cercado dele por todo lado. Quem sabe conseguisse um emprego ali e, dentro de uns poucos anos, estaria sendo enviado de um lado para o outro pelas ruas, com milhões amarrados aos braços, mensageiro de confiança? Depois seria novamente enviado para o sul, a fim de enfrentar a faculdade — apenas quando a cozinheira do prefeito tivesse se tornado chefe da escola, após ficar manca demais para se postar diante do fogão. Eu só permaneceria no norte durante esse período; eles precisariam de mim antes disso... Mas, agora, a entrevista.

Ao entrar no escritório, deparei com uma moça que me olhou de sua mesa, enquanto eu rapidamente olhava de relance a grande sala iluminada, as cadeiras confortáveis, com as estantes de livros até o teto com encadernações de couro gravadas a ouro, mais adiante uma fileira de retratos, voltando para novamente encontrar seus olhos indagadores. Ela estava sozinha e pensei: "Bem, pelo menos não cheguei cedo demais..."

— Bom dia — cumprimentou-me ela, sem trair nem um pouco do antagonismo que eu havia esperado.

— Bom dia — respondi, adiantando-me. Como devo começar?

— Sim?

— Aqui é o escritório do sr. Bates? — perguntei.

— Sim — respondeu ela. — Você tem uma entrevista marcada?

— Não, madame — eu disse, e imediatamente me odiei por dizer "madame" a uma mulher branca tão jovem, ainda mais aqui no norte. Tirei a carta da minha pasta, mas, antes de eu poder explicar, ela disse:

— Por favor, posso vê-la?

Vacilei. Não queria entregar a carta senão ao sr. Bates, mas havia uma ordem explícita naquela mão estendida, e eu obedeci. Entreguei-a, esperando que ela a abrisse, mas, em vez disso, depois de olhar o envelope, ela se levantou e desapareceu atrás de uma porta acolchoada, sem uma palavra.

Na outra ponta do tapete, perto da porta de entrada, notei diversas cadeiras, mas fiquei indeciso em ocupar uma. Permaneci de pé, com o chapéu na mão, olhando à minha volta. Uma parede me atraía a atenção. Haviam-lhe pendurado três retratos de honrados e antigos cavalheiros com colarinhos engomados e que olhavam para baixo, daquelas molduras, com uma segurança e uma arrogância que eu nunca vira em ninguém, a não ser em brancos e em alguns negros ruins, marcados a navalha. Nem mesmo o dr. Bledsoe, que precisava apenas olhar à sua volta, sem falar nada, para deixar os professores tremendo, exibia tamanha autoconfiança. Então, era esse tipo de homem que lhe dava respaldo. Como eles se ajustavam aos brancos do sul, aos homens que me deram minha bolsa de estudos? Eu ainda olhava atentamente, atraído pelo fascínio do poder e do mistério, quando a secretária voltou.

Ela me olhou de maneira estranha e sorriu.

— Sinto muito — desculpou-se —, mas o sr. Bates agora está ocupado demais para vê-lo e pede que você deixe seu nome e endereço. Você receberá uma comunicação dele pelo correio.

Mantive-me em silêncio, decepcionado.

— Anote-os aqui — disse-me ela, dando-me um cartão. — Sinto muito — desculpou-se ela de novo, enquanto eu rabiscava meu endereço e me preparava para sair.

— Posso ser encontrado aqui a qualquer hora — avisei.

— Muito bem — disse ela. — Você logo deve ter notícias.

Ela pareceu muito gentil e interessada, e eu saí dali entusiasmado. Meus receios eram infundados, não havia nada que os justificasse. Aquilo era Nova York.

Consegui entrar em contato com diversas secretárias de conselheiros, nos dias que se seguiram, e todas se mostravam amistosas e encorajadoras. Algumas me olhavam de maneira estranha, mas tirei isso da cabeça, uma vez que não parecia ser antagonismo. Talvez elas se surpreendessem de ver alguém como eu com apresentações para homens tão importantes, pensei. Bem, havia linhas invisíveis que corriam do norte para o sul, e o sr. Norton chamara-me de seu destino... Eu brandia, confiante, minha pasta.

Com as coisas indo tão bem, eu distribuía minhas cartas de manhã cedo e via a cidade à tarde. Andando pelas ruas, sentado no metrô ao lado dos brancos, e comendo com eles nas mesmas lanchonetes (embora eu evitasse suas mesas), tudo isso me deu a sinistra e "desfocada" sensação de um sonho. Minha roupa dava a impressão de estar em más condições; e, não obstante todas as minhas cartas para os homens de poder, eu me sentia inseguro sobre como deveria agir. Pela primeira vez, enquanto percorria as ruas, pensei conscientemente sobre meu comportamento em casa. Não me preocupara suficientemente a respeito dos brancos como pessoas. Alguns eram amistosos, outros não o eram, mas a gente tentava não ferir nenhum deles. Aqui, porém, todos pareciam impessoais; no entanto, quanto mais impessoais, mais eles me surpreendiam com sua polidez, ou por me pedirem desculpas depois de um esbarrão no meio da rua. Sentia, contudo, que, mesmo quando eram amáveis, dificilmente me enxergavam: que teriam pedido desculpas a qualquer um sem lhe lançar um olhar sequer, se eu estivesse apenas de passagem. Era desconcertante. Eu não sabia se era desejável ou indesejável...

Mas minha maior preocupação era conhecer pessoalmente os conselheiros e, depois de mais de uma semana visitando a cidade e ser vagamente encorajado pelas secretárias, fiquei impaciente. Havia entregado todas as cartas, menos a do sr. Emerson, que eu sabia, pelos jornais, que estava fora da cidade. Várias vezes eu desejei ver o que tinha acontecido, mas mudei de ideia. Não queria parecer impaciente demais. Mas o tempo estava se encurtando. A não ser que eu encontrasse um trabalho logo, não teria como ganhar o bastante para entrar na escola no outono. Já escrevera para casa, dizendo que estava trabalhando para um membro da junta de conselheiros e a única carta recebida, até então, era uma que me dizia como eles achavam aquilo excelente, e me advertindo contra os perigos da cidade *iníqua*. No momento, não podia escrever a eles a respeito de dinheiro sem lhes revelar que estivera mentindo sobre o serviço.

Por fim, tentei contatar os homens importantes pelo telefone, recebendo apenas as amáveis recusas de suas secretárias. Mas felizmente eu ainda tinha comigo a carta para o sr. Emerson. Resolvi utilizá-la, mas, em vez de entregá-la a uma secretária, escrevi uma carta explicando que tinha uma mensagem do dr. Bledsoe e solicitando uma entrevista. Talvez estivesse enganado acerca das secretárias, pensei; talvez elas destruíssem as cartas. Eu devia ter sido mais cuidadoso.

Pensei no sr. Norton. Se ao menos a última carta tivesse sido dirigida a ele. Se ao menos ele vivesse em Nova York, de modo que eu pudesse fazer-lhe um apelo pessoal! De certa maneira, me senti mais perto do sr. Norton e percebi que, se ele me visse, se lembraria que se tratava de quem ele ligou tão estreitamente a seu destino. Aquilo, agora, parecia ser algo muito remoto, ocorrido numa estação diferente e numa terra distante. Na verdade, fazia menos de um mês. Mostrei-me enérgico e lhe escrevi uma carta, exprimindo minha crença de que meu futuro seria incomensuravelmente distinto se ao menos pudesse trabalhar para ele; e que ele também seria beneficiado com isso. Eu estava particularmente preocupado em lhe conferir algum indicador da minha aptidão, para ser bem-sucedido naquele apelo. Passei várias horas datilografando, e destruía uma cópia após outra até haver completado uma que estava imaculada, caprichosamente bem expressa e muito respeitosa. Corri para a rua e a coloquei no correio antes da última coleta de correspondência, subitamente empolgado com a estonteante convicção de que isso traria resultados. Permaneci junto do edifício por três dias, à espera de uma resposta. Mas a carta não resultou em nenhuma outra. Nem uma resposta, assim como uma prece não atendida por Deus.

Minhas dúvidas aumentaram. Talvez as coisas não tivessem corrido tão bem. Fiquei dentro do meu quarto durante todo o dia seguinte. Estava consciente de que sentia medo: mais medo ali no meu quarto do que jamais tivera no sul. E ainda mais por não haver nada de concreto para me acalmar. Todas as secretárias haviam sido encorajadoras. À noite, fui ao cinema, ver um filme da vida na fronteira de um índio heroico e aguerrido, e as lutas contra a enchente, a tempestade e o fogo na floresta, com um sem-número de habitantes vencendo em cada participação; uma epopeia dos comboios de trem que seguem sempre para o oeste. Eu me esqueci de mim (embora não houvesse ninguém como eu tomando parte nessas aventuras) e saí da sala escura com o ânimo mais leve. Naquela noite, porém, sonhei com meu avô e acordei deprimido. Saí do prédio com uma sensação esquisita de que desempenhava um papel em algum esquema que eu não compreendia. Sentia, de algum modo, que Bledsoe e Norton estavam por trás daquilo e todo dia me mostrava inibido tanto para falar como para me comportar, com receio de que eu pudesse dizer ou fazer algo escandaloso. Mas tudo isso era fantasioso, disse a mim mesmo. Estava sendo impaciente demais. Podia esperar os conselheiros tomarem uma iniciativa. Talvez estivesse sendo submetido a algum tipo de teste. Eles não me haviam inteirado das regras. Eu sabia disso, mas a sensação persistiu. Talvez o meu exílio acabasse repentinamente e eu recebesse uma bolsa de estudos para voltar ao *campus*. Mas quando? Dentro de quanto tempo?

    Algo tinha de acontecer logo. Eu teria de encontrar um emprego que me levasse adiante. Meu dinheiro estava quase acabado, e alguma coisa tinha de acontecer. Estivera tão confiante que não me preocupara em guardar o valor da passagem do trem para casa. Estava desconsolado e não ousava falar a ninguém acerca dos meus problemas; nem mesmo aos funcionários da Casa do Estudante, pois, depois de saberem que eu podia ser designado para um emprego importante, eles passaram a me tratar com certa consideração; por esse motivo, eu tomava cuidado para esconder minhas dívidas crescentes. Afinal, pensei comigo, poderia ter de pedir crédito e teria de parecer um risco positivo. Não, minha saída era manter a fé. Punha-me em marcha, mais uma vez, de manhã cedo. Alguma coisa certamente tinha de acontecer no dia seguinte. E aconteceu. Eu recebi uma carta do sr. Emerson.

Capítulo nove

O dia estava claro e brilhante quando saí, e o sol queimava, quente, sobre meus olhos. Apenas umas poucas partículas de nuvem e neve pendiam muito alto no céu azul da manhã, e uma mulher já pendurava roupa lavada no terraço. Senti-me melhor ao caminhar por ali. Crescia em mim a sensação de confiança. Lá embaixo, na ilha, os arranha-céus se erguiam altos e misteriosos, na névoa fina e fugaz. Um caminhão de leite passou. Pensei na escola. O que eles agora estavam fazendo no *campus*? Teria a lua mergulhado baixo e o sol subido claro? O café da manhã fora anunciado em alto e bom som, na corneta? Tinha o bramido do grande touro reprodutor acordado as moças em seus quartos nesta manhã, como na maior parte das manhãs de primavera, quando eu estava lá — soando claro e cheio por cima dos sinos, das cornetas e dos primeiros sons rotineiros? Eu me apressei, estimulado pelas lembranças e, subitamente, fui tomado pela certeza de que esse dia era o dia. Algo tinha de acontecer. Dei umas pancadinhas na minha pasta, pensando na carta que estava lá dentro. A última havia sido a primeira — um bom sinal.

Perto do meio-fio, mais adiante, vi um homem que empurrava uma carroça cheia de rolos de papel azul empilhados e o ouvi cantar com uma voz clara e ressoante. Era um *blues*, e eu passei por trás dele lembrando os tempos em que ouvira essa canção em casa. Parecia que, ali, algumas lembranças deslizavam em torno da minha vida no *campus* e retornavam a memórias que eu há muito silenciara na minha mente. Não havia como fugir a essas lembranças.

Tem pés de mico e, no andar,
Pernas de sapo — Sinhô!
Mas, se ela me vem amar,
Eu grito, cão-deus, Sinhô!
Pois amo a minha gatinha
Mais do que amo a mim...

Ao me aproximar dele, fiquei surpreso ao ouvi-lo me chamar:
— Olha só isso, cara...
— Sim — disse eu, fazendo uma pausa a fim de olhar em seus olhos avermelhados.
— Me diz só uma coisa nessa manhã muito bonita. Ei! Espere um minuto, mermão, vou pelo seu caminho!
— O quê? — indaguei.
— O que eu quero saber — disse ele —, você tem o *cachorro*?
— Cachorro? Que cachorro?
— Ora — disse ele, fazendo parar a carroça e descansando-a em seu apoio. — É isso. *Quem* — ele parou para se agachar com um dos pés no meio-fio, como um pregador pronto para soltar seu verbo bíblico — *tem... o... cachorro* — a cabeça como que avançando para atacar cada palavra, como a de um galo zangado.

Eu ri nervosamente e dei um passo para trás. Ele me observava com olhos astutos.
— Pelo amor de Deus, mermão — disse ele com um rompante repentino —, quem está com o danado do cachorro? Olha, eu te conheço lá da nossa terra e como você tenta agir como se nunca tivesse ouvido isso antes! Diabos, não há ninguém aqui nesta manhã senão nós de cor. Por que você está tentando me repudiar?

De repente, me vi constrangido e zangado.
— Repudiá-lo? O que você quer dizer com isso?
— Responde só à pergunta. Você o tem, ou não tem?
— Um *cachorro*?
— Sim, *o* cachorro.

Fiquei irritado.
— Não, pelo menos nesta manhã — respondi, e vi um riso largo se espalhar em seu rosto.

— Espere um minuto, mermão. Agora, não vá endoidar. Com os diabos, rapaz! Tava certo de que *você* tinha ele — disse ele, tencionando desacreditar-me. Principiei a me afastar e ele empurrou a carroça para o meu lado. E de uma hora para outra me senti constrangido. De alguma maneira, ele era como um dos veteranos da Golden Day.

— Bem, talvez o caminho seja outro bem diferente — disse ele. — Talvez ele coloque alguma coisa na sua mão.

— Talvez — concordei.

— Se ele fizer isso, você terá sorte se for somente um cachorro, porque, rapaz, eu digo a você que acredito que é um urso que deve botar algo na minha...

— Um urso?

— Que diabo, sim! *O* urso. Você não vê esses remendos onde ele esteve rasgando, no meu traseiro?

Puxando para o lado o fundilho de suas calças de Carlitos, ele explodiu numa gargalhada.

— Rapaz, esse Harlem não é nada mais do que uma toca de ursos. Mas eu lhe digo uma coisa — acrescentou com uma expressão subitamente sóbria —, é o melhor lugar do mundo para você e para mim e, se o tempo não melhorar logo, vou apanhar esse urso a unha!

— Não o deixe levar a melhor, tá? — aconselhei.

— Não, mermão, vou começar com um do meu tamanho!

Tentei pensar em algum dito sobre ursos para a resposta, mas me lembrei somente do coelho Jack, do urso Jack... que estavam, os dois, há muito esquecidos e, agora, traziam-me uma onda de nostalgia.

Eu queria deixá-lo, mas sentia certa consolação em caminhar a seu lado, como se tivéssemos percorrido esse caminho antes em outras manhãs, e em outros lugares...

— O que é isso tudo que você leva aí? — indaguei, apontando para os rolos de papel azul empilhados na carroça.

— Plantas, cara. Tô aqui com quase cinquenta quilos de plantas e não posso construir nada!

— Para que servem essas plantas? — perguntei.

— Não tenho a menor ideia, pra tudo. Cidades, povoados, clubes campestres. Até mesmo alguns edifícios e casas. Olha que eu podia até construir uma casa para mim, se pudesse viver numa casa de papel, como fazem no Japão. Tem gente que vive mudando totalmente de projeto — acrescentou ele, com uma risada. — Perguntei pro homem por que queria se livrar de todo esse material e ele disse que faziam isso desse modo, de vez em quando, por terem de jogar tudo fora para dar lugar aos novos planos. Uma grande quantidade desse papel nunca foi usada, sabia?

— Você está com muita coisa mesmo — observei.

— É, e isso não é tudo. Eu trouxe dois carregamentos. Aqui é o trabalho de um dia somente, nesse material. As pessoas tão sempre fazendo planos e alterando eles.

— Sim, é isso mesmo — disse eu, pensando nas minhas cartas —, mas é um erro. Você tem que levar seus projetos até o fim.

Ele me olhou subitamente sério.

— Você é um cara jovem, mermão — disse-me ele.

Não respondi nada. Chegamos a um canto no alto de uma colina.

— Bem, mermão, foi bom bater papo com um garoto da velha terra, mas agora eu tenho que deixar você. Esta aqui é uma daquelas boas e velhas ruas em declive. Posso deslizar um pouco para não ficar tão cansado no final do dia. Maldito seria eu se deixasse eles me carregarem para a sepultura. Algum dia vejo você novamente, e você sabe de uma coisa?

— O quê?

— No início, pensei que você tava tentando me repudiar, mas agora estou muito contente em ver você...

— Espero que sim — disse eu. — E você, tenha calma.

— Oh, eu tenho sempre. Tudo o que é preciso para se dar bem aqui nesta cidade do homem é um pouco de maluquice, de firmeza e de bom senso. E aí, rapaz, eu sou fortão em todas as três coisas. Na verdade, eu sô-um-sétimo-filho-de-um-sétimo-filho-fortificado-com-um-verbo-caule-que-eles-dois-juntos-e-ergueram-sobre-os-ossos-do-gato-negro-e-alto-joão-o-conquistador-e-gordurosas-folhas —cantarolou ele com os olhos pestanejando, os lábios operando com extrema rapidez. — Sacou, mermão?

— Você fala depressa demais — disse eu, começando a rir.

— Certo, vou falar mais devagar. Vou versejar para você, mas não vou amaldiçoá-lo. — Meu nome é Peter Wheatstraw, sou o único genro do Demo, assim dizem! Você é um garotão do sul, não é mesmo? — indagou ele, com a cabeça pendendo para um lado, como a de um urso.

— Sim — respondi.

— Bem, deixe isso pra lá. Meu nome é Blue, e eu vou atacar você com um tridente. Quem vai passar a perna no Demo? Responde se você for capaz.

Por mais que eu resistisse, ele me fazia rir. Gostei de suas palavras, embora não soubesse o que responder às suas charadas. Eu conhecera as coisas da infância, mas as esquecera; aprendera-as no pátio da escola...

— Você está me zoando, mermão? — indagou ele, rindo. — Hum, mas levante os olhos para mim de vez em quando: sou um pianista e um boêmio, um bebedor de uísque e um vagabundo. Ensinarei a você alguns maus hábitos. Precisará deles. Boa sorte — desejou.

— Até mais — disse eu, vendo-o afastar-se. Observei-o empurrar a carroça junto do canto até o alto da colina, apoiando-se atentamente no cabo dela, e ouvi sua voz, dessa vez amortecida, quando passou a descer.

Tem pés de micoooo e, no andar,
Pernas, Pernas como as de um looouco
Buldogue...

"O que aquilo significava?", pensei. Era algo que eu tinha ouvido a vida toda, mas repentinamente me soava estranho. Era a respeito de uma mulher ou de algum estranho animal, alguma esfinge? Certamente a mulher dele, ou *nenhuma* mulher, ajustava-se àquela descrição. E por que descrever alguém com palavras tão contraditórias? Seria por acaso uma esfinge? O velho de fundilhos rasgados, de calças à Chaplin, amava-a ou odiava-a, ou estava apenas cantando? De qualquer modo, que tipo de mulher podia amar um sujeito sujo como aquele? E como *ele* podia amá-la, se ela era tão repulsiva quanto a canção a descrevia? Segui adiante. Talvez todo mundo amasse alguém; eu não sabia, não podia dar muita atenção ao amor; para viajar para longe, a gente precisa desprender-se, e eu tinha a longa estrada de volta ao *campus* diante de mim. Caminhei a passos largos, ouvindo a canção do homem da carroça se tornar desolada, agora um chamado de tonalidade ampla que florescia no final de cada frase num acorde trêmulo, em tom azul. E, em sua vibração e investida, eu ouvia o som de um trem solitário na noite vazia. Ele era o genro do Demo, tudo bem, e era o homem que podia assobiar um acorde de três tons... Que maldição, pensei, eles são um povo de belzebus! E eu não sabia se era orgulho ou nojo que subitamente reluzia em mim.

Numa esquina, virei-me para uma lanchonete, ocupando um assento junto ao balcão. Diversos homens estavam debruçados sobre pratos de comida. Os globos de vidro de café ferviam por cima das chamas azuis. Eu podia sentir o aroma de bacon chegar fundo ao meu estômago, enquanto via o balconista abrir as chapas da grelha, virar aquelas tiras finas e abrir as chapas de novo com uma pancada. Acima, de frente para o balcão, uma garota de faculdade loura e queimada de sol sorria para baixo, convidando todo mundo para tomar uma Coca-Cola. O balconista se apresentou.

— Tenho aqui algo bom para você — disse ele, pondo um copo d'água diante de mim. — Que me diz do especial?

— O que é o especial?

— Costeletas de porco, canjica, um ovo, pães quentes e café! — Ele se inclinava sobre o balcão com um olhar que parecia dizer: "Olhe, isso deve animá-lo, rapaz." Todos podiam perceber que eu era do sul?

— Quero suco de laranja, torrada e café — retruquei friamente.

Ele balançou a cabeça.

— Você me surpreendeu — disse ele, batendo com duas fatias de pão dentro da torradeira. — Eu teria jurado que você era um cara chegado a uma costeleta de porco. Esse suco é grande ou pequeno?

— Peça um grande — eu disse.

Fiquei calado, olhando sua nuca, enquanto ele cortava uma laranja, pensando: eu tinha de pedir o especial, levantar-me e ir embora. Quem ele pensa que é?

Um caroço flutuava na fina camada de polpa que se formou no alto do copo. Eu o pesquei com uma colher e depois engoli aquela bebida ácida, orgulhoso de ter resistido às costeletas de porco e à canjica. Era um ato de disciplina, um sinal da mudança que ocorria em mim e me levaria de volta à faculdade como um homem mais experiente. Seria basicamente o mesmo, pensei, mexendo o meu café, se bem que, dessa maneira, sutilmente modificado para intrigar aqueles que nunca estiveram no norte. Na faculdade, sempre ajudava ser um pouco diferente, sobretudo para quem desejasse desempenhar um papel importante. Fazia as pessoas falarem sobre você, tentarem decifrá-lo. Eu precisava tomar cuidado, porém, para não falar exageradamente como um negro do norte: eles não gostavam disso. O que se tinha de fazer, pensei com um sorriso, era dar-lhes indícios de que tudo o que você fizesse ou dissesse era carregado de largas e misteriosas significações que ficavam logo abaixo da superfície. Eles gostavam disso. E, quanto mais vagas as coisas que você dissesse, melhor. Tinha de mantê-los em conjeturas. Precisamente como faziam conjeturas sobre o dr. Bledsoe: o dr. Bledsoe se hospedava num hotel caro de brancos quando visitava Nova York? Ia a festas com os conselheiros? E como ele agia?

"*Cara, aposto que ele tem uma ótima temporada. Contaram-me que, quando o velho Doc chega a Nova York, não obedece ao sinal vermelho. Toma seu bom uísque de rótulo vermelho, fuma seus bons charutos pretos e esquece tudo o que diz respeito a vocês, negros ignorantes, ao deixá-los aqui no* campus. *Dizem que, ele chega no norte, faz todo mundo chamá-lo de* Senhor *Doutor Bledsoe.*"

Sorri quando esse papo me voltou à cabeça. Sentia-me bem. Talvez tivesse sido melhor eu ter sido mandado embora. Teria aprendido mais. Até então, toda a tagarelice do *campus* tinha parecido malévola e desrespeitosa; ultimamente, eu podia ver as vantagens para o dr. Bledsoe. Gostássemos ou não gostássemos dele, não saía nunca de nossas cabeças. Esse era o segredo de sua liderança. Era estranho que eu tivesse de pensar nisso nesse momento pois, embora eu não lhe tivesse dedicado antes nenhum pensamento, parecia ter sabido disso o tempo todo. Apenas em Nova York a distância do *campus* parecia deixá-lo claro e consistente, e eu pensava nisso sem medo. Na situação atual, aquilo me chegava às mãos tão facilmente quanto a moeda que eu colocava agora no balcão, para pagar meu café da manhã. Eram cinquenta centavos de dólar e, enquanto eu procurava um níquel, tirei outra moeda de dez, pensando: será um insulto quando um de nós dá gorjeta a um deles?

Olhei para o balconista, vendo-o servir um prato de costeletas de porco e cereal a um homem de desbotado bigode louro, e olhei atentamente; depois eu bati com a moeda de dez no balcão e saí, perturbado com o fato de que essa moeda não soasse tão forte quanto a de cinquenta centavos.

Quando cheguei à porta do escritório do sr. Emerson, veio-me à mente que talvez devesse ter esperado até o início do expediente, mas descartei a ideia e entrei. Estar ali cedo, esperava eu, era uma indicação tanto de quanto eu precisava trabalhar quanto de quão prontamente desempenharia qualquer tarefa que me fosse atribuída. Além disso, não havia um dito popular de que a primeira pessoa do dia a entrar numa empresa seria um bom negócio? Ou isso era dito somente em relação a negócios entre judeus? Tirei a carta da minha pasta. Emerson era um nome cristão ou judeu?

Do outro lado da porta, era como um museu. Eu havia entrado numa grande sala de espera decorada com cores leves e tropicais. Uma das paredes era quase toda coberta por um enorme mapa colorido, do qual umas fitas finas de seda vermelha se estendiam a partir de cada divisão até uma série de pedestais de ébano, sobre os quais assentavam raros jarros de vidro com produtos naturais de vários países. Era uma empresa de importação. Olhei em torno da sala, assombrado. Havia pinturas, peças de bronze, tapeçarias, tudo caprichosamente arrumado. Estava deslumbrado e tão surpreendido, que quase deixei cair minha pasta quando ouvi uma voz indagar:

— E qual seria o seu negócio?

Vi alguém como a figura saída de um anúncio: o rosto rosado com os cabelos louros impecavelmente penteados, o terno de um tecido tropical caindo vistosamente dos ombros largos, os olhos cinzentos e nervosos por trás dos óculos de armação clara.

Expliquei minha entrevista.

— Oh, sim — disse ele. — Posso ver a carta, por favor?

Eu a entreguei, notando as abotoaduras de ouro nos macios punhos brancos engomados, quando ele estendeu a mão. Passando os olhos pelo envelope, olhou de novo para mim com estranho interesse nos olhos e disse:

— Sente-se, por favor. Num instante, estarei aqui com você.

Observei-o afastar-se silenciosamente, movendo-se com passos leves, balançando o quadril e isso me fez franzir as sobrancelhas. Saí de onde estava e peguei uma cadeira de teca com almofadas de seda verde-esmeralda, sentando-me, rigidamente, com a pasta no colo. Ele devia ter estado sentado ali quando entrei, pois, numa mesa decorada com uma bela árvore em miniatura, vi fumaça saindo de um cigarro num cinzeiro de jade. Um livro aberto, com um título *Totem e tabu*, de Freud, estava ao lado dele. Olhei através de uma caixa iluminada de desenho chinês que trazia estátuas aparentemente delicadas de cavalos e pássaros, pequenas jarras e tigelas, cada uma disposta sobre uma base de madeira lavrada. A sala estava tranquila como uma tumba, até que repentinamente houve um agreste bater de asas e eu olhei através da janela, vendo uma erupção de cor, como se uma ventania tivesse fustigado um feixe de trapos brilhantemente coloridos. Era um aviário de pássaros tropicais montado perto de uma das amplas janelas, através da qual, quando o ruflar das asas acalmou, pude ver dois navios que vagavam para o lado do vento lá embaixo, na baía esverdeada. Uma grande ave começou a cantar, atraindo-me os olhos para a palpitação de sua garganta azul, vermelha e amarela. Era sensacional, e fiquei observando o estuar e a agitação dos pássaros, enquanto suas cores tremeluziam por um instante como um desfraldado leque oriental. Eu queria ir até lá e parar perto da gaiola para ter uma visão melhor, mas resolvi não fazê-lo. Podia parecer algo pouco profissional. Observei a sala, da cadeira.

"Essas pessoas são os reis da Terra!", pensei eu, ouvindo a ave emitir um ruído desagradável. Não havia nada desse tipo no museu da faculdade, ou em qualquer outro lugar, que eu tivesse visto. Lembrava-me apenas de umas poucas relíquias dos tempos da escravidão: uma panela de ferro, um sino antigo, um jogo de ferros para tornozelos e argolas de corrente, um tear primitivo, uma roda de fiar, uma cabaça para bebida, um horrível deus de ébano africano que parecia rir com escárnio (presenteado à escola por algum milionário viajante), um chicote de couro com pregos de cobre, um ferrete com a inscrição MM... Embora os tivesse visto muito raramente, esses objetos permaneciam vívidos em minha lembrança. Não eram nada agradáveis e, sempre que eu visitava aquela sala, evitava a caixa de vidro em que ficavam, preferindo olhar as fotografias dos primeiros dias da Guerra Civil, os tempos mais próximos daqueles que o cego Barbee havia descrito. E nem mesmo essas eu olhara com tanta frequência.

Tentei relaxar. A cadeira era bonita, mas dura. Para onde fora o homem? Demonstrara qualquer antagonismo quando me viu? Eu me sentia incomodado por ter deixado de visitá-lo primeiro. De repente, eis que veio um áspero grito da gaiola e, mais uma vez, vi um louco relampejar, como se as aves tivessem se espatifado numa chama espontânea, agitando e batendo as asas malignamente contra as barras de bambu, para sossegar apenas quando, de súbito, a porta se abriu e o homem louro parou acenando com a mão sobre a maçaneta. Eu segui para lá, tenso. Fora aceito ou rejeitado?

Havia uma pergunta nos olhos dele.

— Entre, por favor — disse ele.

— Obrigado — respondi, esperando para segui-lo.

— *Por favor* — falou, com um pequeno sorriso.

Passei para a frente dele, obrigando-me a ouvir o tom de suas palavras como um sinal.

— Eu precisava fazer-lhe algumas perguntas — disse ele, brandindo a minha carta sobre duas cadeiras.

— Sim, senhor — disse-lhe eu.

— Diga-me aqui, o que você está tentando levar a cabo? — indagou ele.

— Eu preciso de um serviço, de modo que possa ganhar dinheiro suficiente para voltar para a faculdade no outono.

— Para a sua antiga escola?

— Sim, senhor.

— Sei — por instantes, ele me estudou silenciosamente. — Quando você espera formar-se?

— No próximo ano. Completei minhas aulas do penúltimo ano...
— Oh, já completou? É muito bom. E que idade você tem?
— Quase vinte.
— Um penúltimo ano aos dezenove? Você é um bom estudante.
— Muito obrigado — agradeci, começando a gostar da entrevista.
— Você é atleta? — perguntou-me ele.
— Não, senhor...
— Você tem a compleição física de um — disse ele, olhando-me de cima a baixo. — Provavelmente daria um excelente corredor, um atleta de cem metros rasos.
— O senhor sabe que nunca tentei?
— E imagino que seja realmente absurdo perguntar o que acha da sua escola — disse ele.
— Acho que é uma das melhores do mundo — respondi, ouvindo a minha voz soar com profunda emoção.
— Eu sei, eu sei — disse ele, com um rápido desagrado que me surpreendeu.

Fiquei novamente atento quando ele murmurou alguma coisa incompreensível a respeito da nostalgia do pátio de Harvard.

— Mas e se lhe fosse oferecida a oportunidade de terminar seus estudos em alguma outra faculdade? — indagou ele, com os olhos se alargando atrás das lentes. Seu sorriso havia voltado.

— *Outra* faculdade? — perguntei, enquanto a minha cabeça começava a rodopiar.

— Ora, sim, alguma escola na Nova Inglaterra...

Eu o encarei sem palavras. Referia-se a Harvard? Isso era bom ou mau? Até onde isso levava?

— Não sei, não, senhor — respondi cautelosamente. — Nunca pensei nisso. Tenho apenas mais um ano e, bem, conheço todo mundo na minha escola e eles me conhecem...

Fiz uma pausa confusa, vendo-o olhar para mim com um suspiro de resignação. O que se passava em sua mente? Talvez eu tivesse sido franco demais acerca de voltar para a faculdade, quem sabe ele fosse contra nós contarmos com uma educação superior... Mas que diabo, ele é apenas um secretário... Ou ele *é*?

— Compreendo — disse ele calmamente. — Seria impertinente de minha parte sequer sugerir outra escola. Presumo que uma faculdade é realmente uma espécie de mãe e pai... um assunto sagrado.

— Sim, senhor. É isso — apressei-me em concordar.

Seus olhos se estreitaram.

— Mas agora eu tenho que lhe fazer uma pergunta embaraçosa. Você se incomoda?

— Ora, não senhor — respondi, nervosamente.

— Não gosto de perguntar isso, mas é necessário... — Ele se inclinou para a frente, com um aflito franzir de sobrancelhas. — Diga-me, você *leu* a carta que trouxe para o sr. Emerson? Esta — disse ele, pegando a carta na mesa.

— Como, não senhor! Não era dirigida a mim, então naturalmente eu não pensaria em abri-la...

— Claro que não, eu sabia que você não o faria — declarou ele, sacudindo a mão e se endireitando na cadeira. — Você me desculpe e ponha isso de lado, como uma daquelas inoportunas perguntas que você hoje em dia encontra com tanta frequência, em estilo supostamente impessoal.

Não confiei nele.

— Mas o senhor quer me dizer que estava aberta? Talvez alguém tenha mexido nas minhas coisas...

— Oh, não, nada disso. Por favor, esqueça a pergunta... E me diga, por favor, o que você planeja fazer depois da formatura?

— Não estou certo, mas gostaria de ser convidado a permanecer na faculdade como professor, ou como membro da equipe administrativa. E... Bem...

— Sim? E o que mais?

— Bem, e... eu creio que realmente gostaria de me tornar assistente do dr. Bledsoe...

— Oh, sei — disse ele, recostando-se e formando com a boca um fino círculo dos lábios. — Você é muito ambicioso.

— Creio que sou, sim, senhor. Mas quero trabalhar duro.

— A ambição é uma força maravilhosa — disse ele —, mas às vezes pode cegar... Por outro lado, pode torná-lo um homem bem-sucedido, como o meu pai... — Uma nova agudeza soou em sua voz, ele franziu as sobrancelhas e olhou para as mãos, que tremiam. — O único transtorno da ambição é que, às vezes, cega as pessoas para certas realidades... Diga-me, quantas dessas cartas você tem?

— Tenho umas sete — respondi, confuso pelo novo rumo que a conversa tomava. — Elas estão...

— *Sete!* — Ele ficou subitamente zangado.

— Sim, senhor, isso foi tudo o que ele me deu...

— E quantos desses cavalheiros você conseguiu ver, posso saber? Uma sensação de desfalecimento me sobreveio.

— Não vi nenhum deles pessoalmente.

— E esta é a sua última carta?

— Sim senhor, ela é, mas espero ser informado das outras... Elas disseram...

— Naturalmente, isso ocorrerá, de todas as sete. Todos eles são americanos leais.

Havia agora uma inequívoca ironia em sua voz, e eu não sabia o que dizer.

— Sete — repetiu ele, misteriosamente. — Oh, não me deixe frustrar você — disse ele com um gesto elegante de autorrepugnância. — Tive uma sessão difícil com meu analista na última noite e qualquer bobagem pode desorientar-me. Como um despertador sem controle. Diga! — disse ele, batendo com as palmas das mãos nas coxas. — O que afinal de contas significa isso? — De uma hora para a outra, ele parecia estar muito agitado. Um dos lados de seu rosto tinha começado a se repuxar e inchar.

Observei-o acender um cigarro, pensando: do que será que realmente se trata isso?

— Algumas coisas são apenas injustas demais para serem verbalizadas — disse ele, desprendendo uma coluna de fumaça —, e muito ambíguas tanto para a linguagem como para as ideias. A propósito, você já foi ao Clube Calamus?

— Não acho que já tenha ouvido falar dele, senhor — respondi.

— Não ouviu? É bastante conhecido. Muitos dos meus amigos do Harlem vão lá. É um ponto de encontro de escritores, artistas e todo tipo de celebridades. Não há nada parecido no centro da cidade e, por uma estranha peculiaridade, tem um caráter realmente continental.

— O senhor sabe que eu nunca fui a uma casa noturna? Terei que ir para ver como é, quando tiver principiado a ganhar algum dinheiro — disse eu, esperando levar a conversa de volta para o problema dos serviços.

Ele me olhou com uma repuxada da cabeça, e o rosto começando a se crispar de novo.

— Eu admito que estive novamente desviando da questão, como sempre. Olhe — estourou ele impulsivamente. — Você acredita que duas pessoas, dois estranhos que nunca se viram um ao outro, possam falar com inteira franqueza e sinceridade?

— Como?

— Oh, com os diabos! O que quero dizer é se você julga possível para nós, duas pessoas, tirar a máscara do hábito e das maneiras que isolam um homem do outro e conversar com honestidade e franqueza.

— Não sei exatamente o que isso significa — disse eu.

— Tem certeza?

— Eu...

— É claro, é claro. Se eu pudesse falar com toda clareza! Estou confundindo você. Tal franqueza só não é possível porque todos os nossos motivos são impuros. Esqueça o que acabei de dizer. Tentarei colocar a coisa desse modo, e lembre-se disso, por favor...

Minha cabeça rodopiava. Ele se dirigia a mim, inclinando-se para a frente confidencialmente, como se me conhecesse há anos, e eu me lembrei de algo que o meu avô dissera há muito tempo: *Não deixe nenhum homem branco falar a você dos negócios dele, pois, depois de contar a você, ele é capaz de sentir vergonha de ter feito isso e então vai te odiar. O fato é que ele enfraquece você o tempo todo...*

— Quero tentar mostrar a você uma parte da realidade que é mais importante para você, mas eu o advirto: isso vai deixá-lo aflito. Não, deixe-me terminar — disse ele, tocando levemente o meu joelho e tirando a mão rapidamente, enquanto eu mudava de posição. — O que desejo fazer é muito raro e, para ser honesto, não aconteceria agora se eu não tivesse suportado uma série de frustrações impossíveis. Veja você, bem, eu sou um frustrado... Oh, que diabo, lá vou eu de novo, pensando somente em mim mesmo... Ambos somos frustrados, compreende? Ambos, e eu quero ajudar você...

— O senhor quer dizer que me deixará ver o sr. Emerson?
Ele franziu as sobrancelhas.
— Por favor, não se mostre tão entusiasmado a esse respeito, e não precipite as conclusões. Eu quero ajudar, mas há uma tirania envolvida...
— Uma *tirania*? — meus pulmões se apertaram.
— Sim. É um modo de exprimir isso. Porque, para ajudar você, é preciso desiludi-lo.
— Oh, eu não acho que me importe com isso. Desde que eu veja o sr. Emerson, será demais para mim. Tudo o que eu quero fazer é falar com ele.
— *Falar* com ele — repetiu ele, levantando-se rapidamente e esmagando o cigarro no cinzeiro, com os dedos em sacudidelas. — Ninguém fala com ele. *Ele* fala. — Subitamente, ele parou. — Pensando bem, talvez seja melhor você deixar seu endereço comigo e eu lhe mandarei pelo correio a resposta do sr. Emerson, de manhã cedo. Ele é realmente um homem muito ocupado.
Toda a sua atitude se modificou.
— Mas o senhor disse... — Eu me ergui, completamente confuso. Será que ele estava brincando comigo? — O senhor não poderia deixar-me falar com ele durante apenas cinco minutos? — argumentei. — Tenho certeza de que posso convencê-lo de que mereço um serviço. E, se alguém houver adulterado a minha carta, provarei a minha identidade... O dr. Bledsoe faria isso...
— Identidade! Meu Deus! Quem ainda tem qualquer identidade, seja como for? Não é assim tão simples. Olhe — disse com um gesto ansioso. — Você acredita em mim?
— Sem dúvida, sim senhor, acredito no senhor.
Ele se inclinou para a frente.
— Olhe — disse, com o rosto se contraindo violentamente. — Estou tentando dizer-lhe que sei muitas coisas sobre você, não sobre você pessoalmente, mas sobre colegas como você. Não muito, nos dois casos, porém mais do que a média. Entre nós, ainda somos Jim e Huck Finn. Vários amigos meus são músicos de *jazz*, e eu sei das coisas. Conheço as condições em que você vive, por que voltar, camarada? Há tanto para você fazer aqui, onde há mais liberdade. De qualquer modo,

você não encontrará o que está procurando quando voltar; porque há tanta coisa envolvida que você possivelmente não tem como saber. Por favor, não me interprete mal: não lhe digo isso para impressioná-lo. Ou para me proporcionar algum tipo de catarse sádica. Na verdade, não costumo fazer isso. Mas conheço esse mundo com que você tenta travar contato. Todas as suas virtudes e todos os seus defeitos. Ah, sim, características inqualificáveis. Tenho medo de que meu pai *me* considere um dos inqualificáveis... Sou Huckleberry, sabe...

Ele riu friamente quando tentei compreender melhor suas divagações. *Huckleberry?* Por que ele continuava falando daquela história de garoto? Eu estava atordoado e incomodado pelo fato de ele poder falar-me daquela maneira, por colocar entre mim e um emprego, o *campus*...

— Mas, meu senhor, eu só quero um emprego — disse eu. — Só quero ganhar o dinheiro suficiente para retomar meus estudos.

— Claro, mas certamente você desconfia de que há mais do que isso. Você não está curioso acerca do que nos engana por trás da aparência das coisas?

— Sim, senhor, mas estou interessado principalmente num emprego.

— Claro, mas a vida não é assim tão simples...

— Mas eu não estou me incomodando com todas as outras coisas, quaisquer que sejam... Elas não se destinam à minha intromissão e eu ficarei satisfeito em voltar para a faculdade, permanecendo ali por tanto tempo quanto eles me permitirem.

— Mas eu quero ajudar você a fazer o que for melhor — disse ele. — O que for *melhor*, veja bem. Você quer fazer o que for melhor para você?

— Sem dúvida, presumo que quero...

— Então, esqueça a volta para a faculdade. Vá para algum outro lugar...

— O senhor quer dizer deixar isso de lado?

— Sim, esqueça isso...

— Mas o senhor disse que me iria ajudar!

— Sim, eu disse e vou fazê-lo.

— Mas e quanto a ver o sr. Emerson?

— Oh, Deus! Você não vê que é melhor *não* vê-lo?

De súbito, eu não conseguia respirar. Em seguida, fiquei de pé, agarrado à minha pasta.

— O que o senhor tem contra mim? — falei sem nada pensar. — O que foi que eu fiz contra o senhor? O senhor nunca pretendeu deixar-me vê-lo. Embora eu lhe tenha entregado minha carta de apresentação. Por quê? Por quê? Eu jamais ameacei o emprego *do senhor.*

— Não, não, não! Claro que não — gritou ele, levantando-se. — Você me interpretou mal. Não deve fazer isso! Meu Deus, há mal-entendido demais. Por favor, não pense que estou tentando impedir você de vê-lo... de ver o sr. Emerson por preconceito...

— Sim, senhor, eu sei — disse eu, irritadamente. — Fui mandado aqui por um amigo dele. O senhor leu a carta, mas, ainda assim, o senhor se recusa a me deixar vê-lo e, agora, o senhor tenta convencer-me a deixar a faculdade. Que tipo de homem é o senhor, afinal de contas? O que o senhor tem contra mim? O senhor, um homem branco do norte!

Ele parecia magoado.

— Eu fiz isso inadvertidamente — disse ele —, mas você deve acreditar que tento dizer-lhe o que é melhor para você. — Ele tirou os óculos.

— Mas *eu* sei o que é melhor para mim — disse eu. — Ou pelo menos o dr. Bledsoe sabe e, se não posso estar com o sr. Emerson hoje, apenas me diga quando poderei fazê-lo, e estarei aqui...

Ele mordeu os lábios e fechou os olhos, sacudindo a cabeça de um lado para o outro, como se para conter um grito.

— Lamento, lamento mesmo ter iniciado tudo isso — desculpou-se, subitamente tranquilo. — Foi tolo da minha parte tentar aconselhá-lo, mas, por favor, você não deve acreditar que estou contra você... ou contra a sua raça. Sou seu amigo. Algumas das melhores pessoas que conheço são negras. Bem, sabe, o sr. Emerson é meu pai!

— Pai do senhor!

— Meu pai, sim, embora eu preferisse que fosse diferente. Mas ele o é, e eu podia conseguir que você o visse. Mas, para lhe ser inteiramente franco, sou incapaz de um cinismo assim. Não lhe faria nenhum bem.

— Mas eu gostaria de aproveitar essa oportunidade. O sr. Emerson... é muito importante para mim. Toda a minha carreira depende disso.

— Mas você *não tem* nenhuma oportunidade — disse ele.

— Mas o dr. Bledsoe me enviou aqui — disse eu, ficando cada vez mais agitado. — *Devo* ter a minha oportunidade...

— O dr. Bledsoe — repetiu ele com aversão. — Ele é como o meu... ele devia ser chicoteado! Olhe aqui — examinando a carta e empurrando-a, estalejante, na minha direção. Apanhei-a olhando para seus olhos, que ardiam em minha direção. — Continue, leia — gritou ele, nervosamente. — Continue!
— Mas eu não estava pedindo isso — murmurei.
— Leia!

Meu caro Sr. Emerson:

O portador desta carta é um ex-aluno nosso (digo *ex* porque ele, em quaisquer circunstâncias, jamais será reincorporado em nossa instituição como aluno) que foi expulso por uma falta extremamente grave, de acordo com as nossas mais estritas normas de conduta.

Porém, devido a circunstâncias cuja natureza lhe explicarei pessoalmente por ocasião do próximo encontro do conselho, é de todo interesse da faculdade que esse jovem não tenha nenhum conhecimento do caráter definitivo de sua expulsão. É que, na verdade, sua esperança é de voltar para cá, para as aulas, no outono. Contudo, para o bem da grande obra que nos dedicamos a realizar, convém que ele continue intocável nessas vãs esperanças, enquanto permanecer, por tanto tempo quanto possível, longe do nosso convívio.

Esse caso representa, meu caro sr. Emerson, um dos raros e delicados exemplos em que uma pessoa em quem depositamos enorme expectativa se extraviou seriamente, e que, em sua queda, ameaça causar transtorno a certas relações delicadas entre alguns indivíduos interessados e a escola. Desse modo, ao mesmo tempo que o portador já não é um membro da nossa família escolástica, é da mais alta importância que seu rompimento com a faculdade se efetive de modo tão indolor quanto possível. Rogo-lhe, pois, que o ajude a continuar na direção desse compromisso, que, como o horizonte, sempre se afasta brilhante e distantemente além do esperançoso viajante.

Respeitosamente,
seu humilde servidor,

A. Hebert Bledsoe.

Ergui os olhos da carta. Vinte e cinco anos pareciam ter-se escoado entre seu gesto de me estender a carta e a apreensão, por mim, de seu conteúdo. Eu não podia acreditar nela e tentava lê-la de novo. Não podia acreditar naquilo, não obstante tivesse a sensação de que tudo acontecera antes. Esfreguei os olhos, que se mostravam arenosos, como se todos os fluidos se tivessem secado repentinamente.

— Lamento muito — disse ele. — Lamento terrivelmente.

— O que foi que eu fiz? Sempre tentei fazer a coisa certa...

— *Isso* você deve contar-me — disse ele. — A que você se refere?

— Não sei, não sei...

— Mas você deve ter feito *alguma coisa*.

— Levei um homem para um passeio de carro, mostrei-lhe a Golden Day por dentro para ajudá-lo quando ficou doente... Não sei...

Eu lhe contei hesitante, a visita à casa de Trueblood e a incursão à Golden Day, assim como minha expulsão, observando-lhe o rosto móvel refletir sua reação a cada detalhe.

— É muito pouco — disse ele quando eu terminara. — Não compreendo o ser humano. É complicado demais.

— Eu só queria voltar e ajudar — argumentei.

— Você nunca voltará. Você agora não pode voltar — disse ele. — Não está vendo? Lamento terrivelmente, mas, ao mesmo tempo, estou contente de ter tido o impulso para lhe falar. Esqueça isso. Embora seja o conselho que eu mesmo não pudesse aceitar, ainda assim é um bom conselho. Não vale a pena você se cegar para a verdade. Não se cegue...

Eu me levantei, aturdido, e comecei a caminhar em direção à porta. Ele veio atrás de mim para a sala de recepção, onde as aves flamejavam na gaiola, com seus grasnidos, como gritos num pesadelo.

Ele balbuciou, como se tivesse culpa:

— Por favor, tenho de lhe pedir que nunca mencione essa conversa a ninguém.

— Não — respondi.

— Eu não me importaria, mas meu pai consideraria a minha revelação a mais extrema das traições... Agora você está livre dele. Eu ainda sou seu prisioneiro. Você foi libertado, compreende? Eu ainda tenho minha batalha. — Ele parecia beirar as lágrimas.

— Não poderia — disse eu. — Ninguém acreditaria em mim. Não conseguiria sozinho. Deve haver algum engano. Deve haver...

Abri a porta.

— Olhe, meu caro — disse ele. — Essa noite tenho uma festa no Calamus. Você gostaria de se juntar aos meus convidados? Isso talvez o ajude...

— Não, muito obrigado. Estarei bem.

— Gostaria de ser meu criado pessoal?

Olhei para ele.

— Não senhor, muito obrigado — respondi.

— Por favor — pediu ele. — Eu realmente quero ajudar. Olhe, por um acaso conheço um possível emprego na Liberty Paints. Meu pai mandou vários caras para lá... Você deveria tentar.

Fechei a porta.

O elevador me fez cair numa tacada, saí e andei pela rua. O sol estava muito brilhante, e as pessoas, ao longo da calçada, pareciam muito distantes. Parei diante de uma parede cinzenta, onde, altas, acima de mim, as pedras angulares de um cemitério de igreja se elevavam como as cristas dos edifícios. De um lado a outro da rua, à sombra de um toldo, um engraxate jovem dançava por alguns trocados. Continuei para o lado da esquina e tomei um ônibus, indo automaticamente para sua traseira. No assento à minha frente, um homem negro, de chapéu-panamá, assobiava uma melodia entre os dentes. Minha cabeça voava em círculos, para Bledsoe, Emerson e de volta novamente. Não havia nenhum sentido naquilo tudo. Era uma brincadeira. Que diabo, podia não ser uma brincadeira! Sim, é uma brincadeira... De repente, o ônibus fez um movimento brusco para uma parada e eu me ouvi cantarolando a mesma melodia que o homem à minha frente assobiava, e as palavras me acudiram à mente:

> *Deixaram o pobre passarinho depenado*
> *Bem o deixaram, o pobre, depenado*
> *Ataram o pobre passarinho a um toco*
> *Sinhô, aí lhe arrancaram as penas todas*
> *Té mesmo de seu traseiro.*
> *Deixaram o pobre passarinho depenado.*

Então, me levantei e me apressei para a porta, ouvindo o assobio fino, como o do papel impermeável contra os dentes de um pente, que me seguia para fora, na parada próxima. Fiquei de pé trêmulo, no meio-fio, observando e praticamente esperando ver o homem saltar da porta para me seguir, assobiando a velha e esquecida toada sobre um tordo de rabo pelado. Minha cabeça se agarrou àquela canção. Tomei o metrô e ela ainda ecoava na cabeça depois de ter chegado ao meu quarto da Casa do Estudante e me estirar na cama. O que era "o quem, o quê, quando, por que, onde" desse pobre e velho Passarinho? O que ele fizera e quem o havia atado e por que o haviam depenado e por que nós cantávamos seu destino? Era para uma gozação, para uma gozação, todos os garotos haviam rido muito, e o engraçado tocador de tuba da banda do velho Elk o executara em sua trompa helicoidal. Com cômicos floreios e lúgubres fraseados. *Bu bu bu buuuu*, pobre passarinho depenado — uma simulada nênia fúnebre... Mas quem era Robin e por que fora ferido e humilhado?

De um momento para o outro, eu me sacudia de raiva. Não era nada bom. Pensava no jovem Emerson. E, se ele mentira, por algum motivo ulterior seu? Todo mundo parecia ter algum plano para mim e, por baixo, algum outro plano secreto. Qual era o plano do jovem Emerson, e por que teria me incluído? Quem era eu, afinal de contas? Agitava-me espasmodicamente. Talvez fosse uma prova para minha fé e minha boa vontade — mas era uma mentira, pensei. É uma mentira e você sabe que é uma mentira. Vivia a carta e esta havia praticamente ordenado que me matassem. A conta-gotas...

— Meu caro sr. Emerson — disse eu em voz alta. — "O passarinho portador desta carta é um ex-aluno. Por favor, mate-o de esperanças e não o deixe parar de correr. Seu mais humilde e obediente servidor, A. H. Bledsoe..."

Certamente, a saída era, pensei, um curto, um conciso *coup de grace* verbal, direto na nuca. E Emerson escreveria, de volta? Certamente: "Caro Bled, Robin encontrado e rabo rapado. Assinado, Emerson."

Eu me sentei na cama e caí na gargalhada. Eles tinham me mandado para o matadouro, tudo bem. Ri, sentindo-me entorpecido. Sabia que, dentro em pouco, viria a dor e que, não importava o que me acontecesse, jamais seria o mesmo. Sentia-me entorpecido e estava rindo. Quando parei, ansiando por ar, resolvi que voltaria e mataria Bledsoe. Sim, pensei, devo isso à raça e a mim mesmo. Eu o matarei.

E tanto a audácia da ideia quanto a raiva subjacente a ela me fizeram movimentar-me de forma decidida. Tinha de arranjar um emprego, e isso requeria que fosse pelo meio mais rápido. Liguei para a fábrica que o jovem Emerson mencionara e deu certo. Disseram-me para me apresentar na manhã seguinte. Aconteceu tão depressa e com tamanha facilidade que, por alguns instantes, eu me senti rodopiando. Teriam eles planejado desse modo? Mas não, não me apanhariam de novo. Dessa vez *eu* fizera o primeiro movimento.

Mal consegui dormir, de tanto sonhar com minha vingança.

Capítulo dez

A fábrica ficava em Long Island, e eu cruzei uma ponte no nevoeiro para chegar lá, caindo no meio de um caudal de trabalhadores. À minha frente, um imenso letreiro elétrico anunciava sua mensagem através dos dispersos cordões do nevoeiro:

MANTENHA A AMÉRICA PURA
COM AS TINTAS LIBERTY

Bandeiras tremulavam na brisa, hasteadas sobre o labirinto de edifícios que se estendia sob o luminoso. Por um instante, foi como assistir, a certa distância, a uma solenidade cívica. Mas nenhum tiro de canhão foi dado e nenhuma corneta soou. Corri para a frente com os outros, no meio do nevoeiro.

Eu estava preocupado por ter usado o nome de Emerson sem a sua permissão, mas, quando me encaminhei ao Departamento de pessoal, o nome funcionou como mágica. Fui entrevistado por um homenzinho de olho caído chamado sr. MacDuffy e designado como tendo de trabalhar para um certo sr. Kimbro. Um mensageiro me acompanhou para me guiar.

— Se o Kimbro precisar dele — disse MacDuffy ao rapaz —, volte aqui e inscreva o nome dele na folha de pagamentos do departamento de expedição.

— É magnífico — disse eu, enquanto deixava o edifício. — Parece uma pequena cidade.

— É grande, sim — disse ele. — Somos uma das maiores organizações nessa atividade. Produzimos muita tinta para o governo.

Então entramos num dos edifícios e passamos a descer para um salão de um branco imaculado.

— É melhor você deixar as suas coisas no salão de guarda-roupas — disse ele, abrindo uma porta através da qual vi uma sala com bancos de madeira baixos e fileiras de guarda-roupas verdes. Havia chaves em vários dos cadeados, e eu escolhi uma para mim. — Ponha seu material aí dentro e leve a chave — disse ele.

Ao me vestir, senti-me nervoso. Ele se escarrapachou num banco, observando-me atentamente, enquanto mascava um palito de fósforo. Será que desconfiava de que Emerson não me enviara?

— Eles têm uma nova encrenca por aqui — disse ele, girando o fósforo entre um dedo e o polegar. Havia um toque de insinuação em sua voz e eu levantei os olhos do sapato que amarrava, respirando com uma regularidade consciente.

— Que tipo de encrenca? — indaguei.

— Oh, a de sempre. Os caras sabidos despacham os empregados antigos e utilizam em seu lugar rapazes negros de faculdade. Uma bonita ferroada — disse ele. — Desse modo, eles não têm de pagar os salários fixados pelo sindicato.

— Como você sabe que eu fui para a faculdade? — perguntei.

— Oh, já existem uns seis caras como você aqui. Alguns no laboratório de provas. Todo mundo sabe disso.

— Mas eu não tinha a menor ideia de que era por isso que estava sendo contratado — disse eu.

— Esqueça isso, companheiro — aconselhou ele. — Não é culpa sua. Os caras novos como você não sabem das coisas. É exatamente como o sindicato diz: os caras sabidos ficam no escritório. São eles que fazem de vocês furadores de greve. Ei! É melhor a gente se apressar.

Entramos numa sala grande, parecida com um galpão, na qual eu que vi uma série de portas altas de um lado e uma fileira de pequenos escritórios do outro. Segui o rapaz até um corredor entre intermináveis latas, baldes e tambores rotulados com a marca registrada da empresa, uma águia que grita. A tinta estava empilhada em porções caprichosamente piramidais ao longo do assoalho de concreto. Em seguida, principiando a entrar num dos escritórios, o rapaz parou subitamente e deu uma risada.

— Escute isso!

Alguém, no interior do escritório, praguejava violentamente ao telefone.

— O que é isso?

Ele riu.

— Seu chefe, o terrível sr. Kimbro. Nós o chamamos de "coronel", mas não o deixe apanhar você.

Não gostei daquilo. A voz se enfurecia acerca de alguma falha do laboratório e eu senti uma imediata apreensão. Não gostei da ideia de começar a trabalhar para um homem com um humor tão desagradável. Talvez ele tivesse se irritado com um dos homens da escola, e isso não o fizesse mostrar-se amistoso em relação a mim.

— Vamos entrar — disse o rapaz. — Tenho de voltar.

Quando entramos, o homem bateu o fone no gancho e apanhou alguns papéis.

— O sr. MacDuffy quer saber se você pode aproveitar este novo candidato — disse o rapaz.

— Vocês se esquecem de que posso aproveitá-lo e... — A voz se dissipou, com o olhar se mostrando duro por cima de um teso bigode militar.

— Bem, você pode aproveitá-lo? — perguntou o rapaz. — Vou completar o seu cartão.

— Está certo — respondeu o homem, finalmente. — Posso aproveitá-lo. Preciso. Como é seu nome?

O rapaz leu o meu nome num cartão.

— Tudo certo — disse ele —, você vai direto para o trabalho. E você — disse ele ao rapaz —, caia logo fora daqui, antes que eu lhe dê a oportunidade de merecer um pouco do dinheiro desperdiçado com você a cada dia de pagamento!

— Ó... vô indo, seu feitô de escravos — disse o rapaz, desaparecendo da sala.

Com o rosto vermelho, Kimbro se voltou para mim:
— Acompanhe-me, vamos lá.

Segui-o por uma sala comprida, onde os montes de tinta se empilhavam no assoalho debaixo de marcadores numerados que pendiam do teto. Em direção ao fundo, pude ver dois homens descarregando pesados baldes de um caminhão e empilhando-os caprichosamente sobre um estrado baixo de carregamento.

— Agora, preste atenção — disse Kimbro asperamente. — Este é um departamento muito movimentado e não tenho tempo para repetir as coisas. Você tem de seguir as instruções e vai fazer coisas que não compreende, então aprenda o que tem que fazer logo de saída e execute as ordens direito! Eu não teria tempo de parar e explicar tudo. Você tem que entender, fazendo exatamente o que eu lhe disser. Você consegue fazer isso?

Balancei afirmativamente a cabeça, percebendo que sua voz se tornara mais ruidosa quando os homens ao longo do assoalho pararam para escutar.

— Tudo certo — disse ele, apanhando diversas ferramentas. — Agora, venha cá.

— Ele é Kimbro — disse um dos homens.

Observei-o ajoelhar-se e abrir um dos baldes, mexendo uma substância leitosa marrom. Um cheiro nauseante se desprendeu dali. Tive vontade de me retirar. Mas ele mexeu aquilo com energia até se tornar lustrosamente branco, segurando a espátula como um instrumento delicado e estudando a tinta enquanto esta passava pela lâmina, de volta ao balde. Kimbro franziu as sobrancelhas.

— Aqueles malditos cabeças de bagre do laboratório que vão para o inferno! Tem que colocar aditivo em cada um desses malditos baldes. E isso é o que você vai fazer. Mas preste atenção, isso deve ser a tempo de poder ser levado daqui de caminhão antes das 11h30. — Ele me estendeu uma proveta graduada com esmalte branco e o que me pareceu um hidrômetro de bateria. — Você tem que abrir cada balde e colocar dentro dez gotas dessa substância. Em seguida, você mexe até ele desaparecer. Depois de mexido, você pega este pincel e pinta uma amostra numa dessas aqui. — Ele tirou do bolso da jaqueta uma quantidade de tabuinhas retangulares e um pequeno pincel. — Você está entendendo?

— Sim, senhor. — Mas, ao olhar a proveta graduada, eu hesitei; o líquido lá dentro era inteiramente preto. Será que ele estava brincando comigo?

— O que há de errado?

— Não sei, não, senhor... quero dizer. Bem, eu não queria começar fazendo uma porção de perguntas estúpidas, mas o senhor sabe o que há na proveta?

Seus olhos me fuzilaram.

— É claro que sei, porra — disse ele. — Você só tem que fazer o que lhe for mandado!

— Eu só queria ter certeza — argumentei.

— Veja — disse ele, provocando em sua respiração uma exagerada prova de paciência. — Pegue o conta-gotas e o encha todo... Vamos, faça-o!

E eu o enchi.

— Agora, meça dez gotas dentro da tinta... Olhe, é isso, não com tanta pressa assim. Agora. Você não precisa de mais do que dez. Nem menos.

Medi, lentamente, as cintilantes gotas negras, vendo-as cair sobre a superfície e se tornar ainda mais negras, espalhando-se rapidamente até as margens.

— É isso. É tudo o que você tem de fazer — disse ele. — Nunca se importe com o aspecto que tem. É preocupação minha. Quando você preparar cinco ou seis baldes, retorne e veja se as amostras estão secas... E se apresse, temos de mandar essa carga de volta para Washington às 11h30...

Trabalhei depressa, mas cuidadosamente. Com um homem como Kimbro, a menor coisa feita incorretamente causaria problemas. Então, eu não deveria pensar! Ele que fosse para o inferno! Nada mais do que um lacaio, um merda de operário branco, um ianque pobre! Eu misturava a tinta toda, depois a pincelava maciamente num dos pedaços de tábua, tendo o cuidado de que os toques do pincel fossem uniformes.

Lutando para remover uma tampa especialmente difícil, perguntei-me se alguma das tintas Liberty era usada no *campus*, ou se esse "branco óptico" era algo feito exclusivamente para o governo. Talvez fosse de melhor qualidade, uma mistura especial. E, na minha cabeça, podia ver os edifícios do *campus* brilhantemente bem-compostos e com nova ornamentação, como apareciam nas manhãs de primavera — em seguida, a pintura do outono e as leves neves do inverno, com uma nuvem dominando tudo e uma ave dardejante lá em cima — tudo ajustado pelas árvores e videiras circundantes. Os edifícios sempre haviam parecido mais impressionantes porque eram os únicos a receber pintura regularmente. De modo geral, as casas e as cabanas das proximidades eram mantidas intocadas para condizer com o fosco cinzento granuloso da madeira descorada. E me lembrei de como as lascas eram levantadas da superfície pelo vento, pelo sol e pela chuva até que os sarrafos brilhassem com um lustro acetinado, prateado, de peixe-rei: como a cabana de Trueblood, ou a Golden Day... A Golden Day, uma vez, fora pintada de branco e, agora, sua tinta estava descascada pelos anos, bastando raspá-la com um dedo para fazê-la cair esfarelada. A Golden Day que fosse para o inferno! Mas era estranho perceber como a vida se encadeava; como eu havia transportado o sr. Norton para o antigo edifício arruinado com a tinta que se deteriorava, eu estava nessa fábrica. Imaginei que, caso alguém pudesse reduzir a intensidade dos batimentos de seu coração e levar sua memória para o andamento das gotas negras que caíam tão lentamente no balde que, no entanto, reagia tão depressa, tudo pareceria uma sequência dentro de um sonho febril... Eu estava tão mergulhado no devaneio que não ouvi a aproximação de Kimbro.

— Como vai isso? — indagou, de pé, com as mãos na cintura.

— Tudo certo, sr. Kimbro.

— Deixe-me ver — disse, escolhendo uma amostra e passando-a com o polegar pela tábua. — É isso, tão branco quanto a peruca com que George Washington ia ao comício aos domingos, e tão firme quanto o todo-poderoso dólar! É essa a tinta! — disse ele, com orgulho. — É a tinta que cobrirá quase tudo!

Ele olhou como se eu tivesse expressado alguma dúvida e me apressei a dizer:

— É branco mesmo.

— Branco? É o mais puro branco que pode ser encontrado. Ninguém faz uma tinta que seja mais branca. Esse lote aqui à direita está sendo encaminhado para um monumento nacional!

— Estou vendo — disse eu, bastante impressionado.
Então ele olhou o relógio.
— Mas continue — disse ele. — Se eu não me apressar, vou atrasar-me para essa conferência da produção! Olhe, você está com o aditivo quase abaixo do necessário; seria melhor, para você, ir até a sala do reservatório para encher isso de novo... E não desperdice tempo! Tenho de ir.

Ele desapareceu sem me dizer onde era a sala do reservatório. Foi fácil encontrar, mas eu não estava preparado para tantos reservatórios. Havia sete, cada qual com uma embaraçosa cifra escrita em estêncil na parte superior. É exatamente a mesma coisa que Kimbro não informar onde era, pensei. Você não pode confiar em nenhum deles. Bem, não importa, descobrirei o tanque com base no conteúdo das latas de pingadouro que pendem das torneiras.

Mas, enquanto os cinco primeiros reservatórios continham líquidos claros que cheiravam a terebintina, os dois últimos continham algo negro como o aditivo, mas com cifras diferentes. Desse modo, tive de fazer uma escolha. Escolhi o reservatório com a lata de pingadouro de cheiro mais parecido com o da substância aditiva e enchi a proveta, felicitando-me por não haver desperdiçado tempo até a volta de Kimbro.

O trabalho passou a andar mais depressa, com a mistura mais fácil. O pigmento e os óleos pesados se libertaram mais rapidamente do fundo e, quando Kimbro voltou, eu chegava à velocidade máxima.

— Quantas você terminou? — perguntou ele.
— Cerca de setenta e cinco, sr. Kimbro. Perdi a conta.
— Está muito bom, mas não é rápido o suficiente. Eles fizeram pressão sobre mim para liberar o material. Nesse ponto, eu lhe darei uma mão.

Eles devem ter feito o diabo com ele, pensei, quando ele se pôs de joelhos resmungando e começou a tirar as tampas dos baldes. Mas mal havia começado e foi chamado.

Quando saiu, dei uma olhada no último conjunto de amostras e fiquei abalado: em vez da macia e firme superfície da primeira, elas estavam cobertas de um grude viscoso através do qual eu podia ver a fibra da madeira. O que teria acontecido? A tinta não estava tão branca e acetinada quanto antes: tinha um toque cinzento. Eu a revolvi vigorosamente, depois apanhei um trapo, esfregando para limpar cada tábua, em seguida fiz uma nova amostra de cada balde. Estava cada vez mais aterrorizado, com medo de que Kimbro regressasse antes de eu terminar. Trabalhando febrilmente, eu consegui, mas, como a tinta exigia uns poucos minutos para secar, peguei dois baldes já prontos e principiei a puxá-los para o estrado de carregamento. Deixei-os ali com um polegar, quando a voz soou atrás de mim. Era Kimbro.

— Que diabo! — berrou ele, untando o dedo em uma das amostras. — Esse material ainda está molhado!

Eu não sabia o que dizer. Ele arrebatou várias das últimas amostras, lambuzando-as e emitindo um gemido.

— Tudo tinha de acontecer comigo. Primeiro ele levaram todos os meus homens bons e depois me mandaram você. O que você fez com isso?

— Nada não, senhor. Segui as suas instruções — disse eu, de maneira defensiva.

Observei-o examinar o interior da proveta, levantar o conta-gotas e cheirá-lo, com o rosto afogueado de exasperação.

— Quem lhe deu isso?

— Ninguém...

— Então, onde você o arranjou?

— No galpão dos tanques.

De repente, ele correu para o galpão dos reservatórios, espalhando o líquido em sua corrida desabalada. Pensei: "Que diabo" e, antes de eu poder segui-lo, ele irrompeu da porta, num autêntico frenesi.

— Você escolheu o tanque errado — gritou. — Você estava tentando sabotar a empresa? Esse material não produziria efeito num milhão de anos. É removedor, removedor *concentrado*! Você não reconhece a diferença?

— Não senhor, não sei. Pareceu-me a mesma coisa. Eu não sabia o que estava usando e o senhor não me disse. Tentei poupar tempo e apanhei o que pensei que estava certo.

— Mas por que este?

— Porque tinha o mesmo cheiro.

— *Cheiro!* — vociferou ele. — Que maldição, você não sabe que não pode cheirar nem merda no meio de todas essas emanações? Vamos ao meu escritório!

Eu estava dilacerado entre protestar e suplicar por justiça. A culpa não era toda minha e eu não queria ser responsabilizado, mas desejava completar o dia. Tremendo de raiva, segui o homem, escutando enquanto ele ligava para o departamento de pessoal.

— Alô! Mac? Mac, aqui é o Kimbro. É sobre esse cara que você me mandou nesta manhã. Estou enviando-o a você para pegar seu pagamento... O que ele fez? Não gostei do serviço dele, é isso. Não me agradou... Então o velho tem de receber uma informação, e daí? Dê-lhe uma. Diga-lhe, porra, que o colega estragou um lote de material do governo. Ei! Não, não lhe diga isso... Escute, Mac, você tem algum outro aí?... Certo, esqueça isso.

Ele bateu o fone com uma pancada e se voltou para mim.

— Eu juro que não sei por que eles contratam caras como você. Você simplesmente não serve para trabalhar numa fábrica de tintas. Venha.

Confuso, eu o segui até a sala dos reservatórios, ansiando por ir embora e lhe dizer que fosse para o inferno. Mas eu precisava do dinheiro e, ainda que estivesse no norte, não estava pronto para lutar, a menos que tivesse de fazê-lo. Ali, eu seria um só contra quantos?

Observei-o esvaziar de novo a proveta no reservatório e vi, atentamente, que ele se dirigiu a outro, assinalado como SKA-3-69-T-Y, e a reencheu. Da próxima vez, eu saberia disso.

— Agora, pelo amor de Deus — disse ele, estendendo a proveta em minha direção —, tenha cuidado e procure fazer direito o serviço. E, se você não souber o que fazer, pergunte a alguém. Estarei no meu escritório.

Retornei aos baldes, com as emoções numa espécie de redemoinho. Kimbro se esquecera de dizer o que era para ser feito com a tinta estragada. Vendo-a ali, fui repentinamente tomado por um impulso raivoso e, enchendo o conta-gotas com aditivo fresco, mexi dez gotas em cada balde a apertei firmemente as tampas. Deixe o governo se preocupar com isso, pensei, e comecei a trabalhar sobre os baldes fechados. Agitei-os até o meu braço doer e pintei as amostras de maneira tão uniforme quanto podia, tornando-me mais hábil à medida que prosseguia.

Quando Kimbro desceu para o térreo e observou, levantei os olhos silenciosamente e continuei mexendo.

— Como está indo? — indagou ele, franzindo as sobrancelhas.

— Não sei — respondi, apanhando uma amostra e hesitando.

— Bem?

— Não é nada... uma mancha de sujeira — disse eu, levantando-me e estendendo a amostra, com uma constrição que crescia dentro de mim.

Segurando-a próxima ao rosto, ele correu os dedos sobre a superfície e olhou a textura com os olhos apertados.

— Está bem melhor — disse ele. — É assim que se faz.

Espiei-o com uma sensação de descrença quando roçou o polegar sobre a amostra, entregou-a de volta e saiu sem nenhuma outra palavra.

Olhei para a placa pintada. Parecia a mesma: um toque de cinzento reluzia através da brancura e Kimbro deixara de notá-lo. Olhei-a fixamente por cerca de um minuto, perguntando-me se estava vendo coisas, e examinei outra e mais outra. Estava tudo a mesma coisa, um branco brilhante espalhado com cinzento. Fechei os olhos por um instante, olhei de novo e ainda não houvera qualquer mudança. Bem, pensei, enquanto ele estiver satisfeito...

Mas eu tinha a sensação de que algo não dera certo, algo muito mais importante do que a tinta; de que ou eu havia pregado uma peça em Kimbro, ou ele, como os conselheiros e Bledsoe, estava pregando uma peça em mim...

Quando o caminhão avançou em marcha a ré para o estrado, eu apertava a tampa do último balde — e ali estava Kimbro de pé, acima de mim.

— Deixe-me ver suas amostras — disse ele.

Apanhei-as, tentando selecionar a mais branca, enquanto os homens do caminhão, de camisa azul, subiam através da porta traseira.

— O que me diz disso, Kimbro? — indagou um deles —, podemos começar?

— Só um minuto — disse ele, examinando a amostra —, só um minuto...

Eu o espreitei nervosamente, esperando que tivesse um ataque diante do toque de cinzento e me odiando por parecer nervoso e amedrontado. O que eu diria?

— Tudo certo, rapazes. Saiam logo com isso daqui.
— E você — disse-me ele —, vá ver o MacDuffy; você terminou.

Fiquei ali de pé, olhando fixamente para a parte de trás da cabeça dele, para o pescoço rosado por baixo do boné de operário e o cabelo de um cinzento de ferro. Isso significava que ele me deixara permanecer apenas para terminar a mistura. Virei-me para o outro lado e, como não havia nada que eu pudesse fazer, eu o xinguei em todo o percurso para o departamento de pessoal. Eu devia escrever aos donos sobre o que havia acontecido? Talvez eles não soubessem que Kimbro tinha tanto a ver com a qualidade da tinta. Quem sabe fosse assim que as coisas eram feitas ali, pensei comigo, quem sabe a verdadeira qualidade da tinta fosse *sempre* mais determinada pelo homem que a expede do que por aqueles que a misturam. Que isso tudo fosse para o inferno... Eu encontraria outro emprego.

Mas não fui despedido. MacDuffy me mandou para o porão do Edifício nº 2, com uma nova atribuição.

— Quando você chegar lá, diga a Brockway que o sr. Sparland insiste em que ele tenha um auxiliar. Faça tudo que ele lhe disser.

— O senhor pode repetir o nome dele? — pedi.

— Lucius *Brockway* — disse ele. — É o seu chefe.

Era um subsolo profundo. A três níveis abaixo da terra, empurrei uma pesada porta de metal na qual estava escrito "Perigo" e desci até um cômodo barulhento e parcamente iluminado. Havia algo familiar em torno das emanações que enchiam o ar, e eu tinha justamente pensado em *pinho*, quando uma voz aguda de negro ressoou acima dos ruídos da máquina.

— Quem você tá procurando aqui?

— Estou procurando o chefe! — gritei, esforçando-me para projetar a voz.

— Tá falando com ele. O que quer?

O homem que saiu da sombra e olhou para mim carrancudamente era pequeno, rijo e muito elegante no seu macacão. E, quando me aproximei dele, vi seu rosto contraído e o ralo cabelo branco que se mostrava sob o firme boné riscado de engenheiro. Sua aparência me confundiu. Eu não podia dizer se ele próprio se sentia culpado de alguma coisa, ou se pensava que eu tivesse cometido algum crime. Aproximei-me, olhando com toda atenção. Ele mal teria um metro e meio de altura, e seu macacão, a partir daí, era como se tivesse sido mergulhado em piche.

— Tá certo — disse ele. — Sou um homem ocupado. O que você quer?
— Estou procurando o Lucius — disse eu.
Ele franziu o cenho.
— Sou eu, e não me venha chamar pelo meu prenome. Para você e todos como você, sou o *Senhor* Brockway...
— O senhor...? — comecei.
— Sim, eu! De qualquer modo, quem mandou você vir aqui?
— O departamento de pessoal — respondi. — Foi-me dito para falar ao senhor que o sr. Sparland mandou lhe dizer que lhe foi concedido ter um auxiliar!
— Auxiliar! — disse ele. — Não preciso de nenhum maldito auxiliar! O velho Sparland deve achar que tô envelhecendo que nem ele. Tenho tocado as coisas aqui sozinho todos esses anos e agora eles resolvem tentar me mandar um auxiliar. Volte lá e diga a eles que, quando eu precisar de um auxiliar, pedirei um!

Fiquei tão aborrecido de encontrar um homem daquele como encarregado que me virei sem dizer uma palavra e passei a subir a escada de novo. Primeiro Kimbro, pensei, e agora esse velho...

— Ei! Espere um minuto! Volte aqui por um minuto — chamou ele, com a voz trespassando agudamente o barulho dos fornos.

Voltei, vendo-o tirar um pano branco do bolso da calça e enxugar o mostrador de vidro de um medidor de pressão, depois se curvar bem perto para olhar de esguelha a posição da agulha.

— Aqui — disse, endireitando-se e me estendendo o pano —, você pode ficar até eu conseguir entrar em contato com o velho. Esses aqui têm de ser conservados limpos, de modo que eu possa ver quanta pressão estou tendo.

Peguei o pano sem dizer uma palavra e comecei a esfregar os vidros. Ele me observou criticamente.

— Como se chama? — perguntou.

Eu lhe disse, gritando o nome no barulho dos fornos.

— Espere um minuto — clamou ele, passando para outro lado e fazendo girar uma válvula numa intricada rede de tubos. Ouvi o ruído subir para um grau mais alto, quase histérico, tornando possível, de algum modo, que ouvíssemos sem berrar, com as nossas vozes se deslocando por baixo, indistintamente.

De volta, ele me olhou severamente, e o rosto envelhecido era uma noz negra e animada, de astutos olhos avermelhados.

— Essa é a primeira vez que eles me mandam alguém como você — disse ele, como que intrigado. — Por isso fui chamar você de volta. Habitualmente, eles me mandam algum jovem colega branco que acha que me vai vigiar alguns dias, fazer um monte de pergunta e depois tomar conta da coisa. Para algumas pessoas, é simples demais sequer falar a respeito — disse ele, fazendo trejeitos e agitando a mão num gesto violento de rejeição. — Você é engenheiro? — indagou, olhando rapidamente para mim.

— *Engenheiro?*

— Sim, foi o que eu perguntei — repetiu ele, desafiadoramente.

— Ora, não senhor. Não sou nenhum engenheiro.

— Tem certeza?

— Claro que tenho. Por que deveria sê-lo?

Parece que ele se acalmou.

— Tá tudo certo, então. Sou obrigado a esperar deles apenas colegas de formação. Um deles acha que vai me tirar daqui, quando devia saber, a essa altura, que está perdendo seu tempo. Lucius Brockway não somente pretende proteger-se: *sabe como fazer*! Todo mundo sabe que sempre estive aqui, desde que isso passou a existir, ajudei até a cavar o primeiro alicerce. O velho me contratou, ninguém mais; e, queira o bom Deus, será preciso o velho me despedir!

Demorei-me bastante nos medidores, perguntando-me o que havia produzido aquela aceleração, e foi alguma coisa atenuada, que ele parecia não imputar nem um pouco a mim, pessoalmente.

— Onde você frequentou a escola? — indagou.

Eu lhe disse.

— É mesmo? O que você aprendeu lá?

— Só matérias de uso geral, um curso regular de faculdade — disse eu.
— Mecânica?
— Oh, não, nada desse tipo, apenas um curso de humanidades. Nenhuma finalidade profissionalizante.
— Sério? — indagou, de maneira dúbia. Em seguida, subitamente — Quanta pressão alcançou esse medidor ali à direita?
— Qual?
— Consegue ver? — apontou. — Aquele ali à direita!
Olhei, desviando a atenção:
— Quarenta e três libras e dois décimos.
— Ora, ora, ora, tá certo — ele franziu os olhos para o medidor e se voltou para mim. — Onde você aprendeu a ler um medidor tão bem?
— Nas minhas aulas de física do ensino médio. É como um relógio.
— Eles lhe ensinaram isso no *ensino médio*?
— Exatamente.
— Bem, essa vai ser uma das suas ocupações. Esses medidores daqui têm que ser verificados a cada quinze minutos. Você deve conseguir fazer isso.
— Acho que sim — declarei.
— Uns têm parente, outros num têm. A propósito, quem foi que contratou você?
— O sr. MacDuffy — respondi, perguntando-me por que todas aquelas perguntas.
— Sim, então onde você esteve a manhã toda?
— Estive trabalhando muito no Edifício nº 1.
— Isso aqui tem uma porrada de edifícios. Onde exatamente?
— Para o sr. Kimbro.
— Sei, sei. Eu sabia que eles não deviam tá contratando ninguém assim tão tarde do dia. O que Kimbro arranjou pra você fazer?
— Colocar aditivo numa tinta que andava ruim — disse eu penosamente, incomodado com todas aquelas perguntas.
Seus lábios ficaram saltados, belicosos.
— Qual tinta estava ruim?
— Acho que era uma para o governo...
Ele empinou a cabeça.

— Eu me admiro de que não tenha vindo ninguém me falar nada sobre isso — disse, pensativamente. — Ela tava nos baldes ou naquelas latinhas pequenas?

— Nos baldes.

— Oh, isso não é tão ruim, esses pequenos têm boa quantidade de trabalho — ele me deu uma risada extremamente seca. — Como você ouviu falar desse emprego? — perguntou ele repentinamente, como se tentasse pegar-me desprevenido.

— Olhe — expliquei lentamente —, um homem que eu conheço me falou do serviço; MacDuffy me contratou; trabalhei nesta manhã para o sr. Kimbro; e fui mandado para o senhor pelo sr. MacDuffy.

Seu rosto se contraiu.

— Você é amigo de algum daqueles caras negros?

— Quais?

— Lá do laboratório.

— Não — respondi. — Quer saber alguma outra coisa?

Ele me lançou um olhar longo e desconfiado, cuspindo num tubo longo, o que o fez fumegar furiosamente. Eu o vi retirar do bolso um pesado relógio de engenheiro e olhar enviesado significativamente para o mostrador, em seguida conferi-lo com um relógio elétrico que brilhava na parede.

— Continue esfregando esses medidores — disse ele. — Tenho de olhar a minha mistura. E olhar aqui. — Apontou então um dos medidores. — Quero que você mantenha um olhar especialmente atento nesse filho da puta aqui. Nos últimos dois dias, ele ranjô um hábito de aumentá a pressão depressa demais. Isso me causa uma porção de aporrinhações. Se perceber que ele passou de 75, você berra, e berra alto!

Ele voltou para o meio das sombras e eu vi um flash de luz marcar a abertura de uma porta.

Correndo o trapo de pano sobre um medidor, eu me perguntava como um velho aparentemente sem instrução pôde conseguir um serviço de tanta responsabilidade. Ele certamente não parecia um engenheiro; no entanto, conseguira o serviço, sozinho. E vai ver era isso mesmo, pois em nossa terra um velho contratado como zelador dos chafarizes era a única pessoa que conhecia a localização de todos os canos d'água. Ele fora empregado no começo, antes de quaisquer registros serem observados e, na verdade, operava como um engenheiro, ainda que recebesse a remuneração de zelador. Talvez esse velho Brockway estivesse protegendo-se de algo. Afinal, havia certo antagonismo em nossas contratações. Talvez ele estivesse disfarçando, como alguns dos professores da faculdade, que, para evitar dificuldades ao dirigir nas pequenas cidades das redondezas, usavam quepes de motorista e faziam de conta que seus carros pertenciam a homens brancos. Mas por que ele fingiria para mim? E qual era exatamente a sua função?

Olhei à minha volta. Não era exatamente uma casa de máquinas; eu sabia disso, pois estivera em várias delas, a última na faculdade. Era algo mais. Em primeiro lugar, os fornos eram feitos de maneira diferente e as chamas que cintilavam através das fendas das câmaras de fogo eram intensas demais e azuis demais. E havia os cheiros. Não, ele *fazia* alguma coisa ali, algo que tinha a ver com a tinta, e provavelmente algo sujo e perigoso demais para homens brancos se disporem a fazer, ainda que fosse por dinheiro. Não era tinta, pois me fora dito que a tinta era feita nos andares de cima, onde, de passagem, eu vira homens com aventais respingados trabalhando sobre grandes cubas cheias de rodopiantes pigmentos. Uma coisa era certa: eu precisava ter cuidado com o louco Brockway; ele não gostou de eu ir parar ali... e ali estava ele, entrando no recinto, agora vindo da escada.

— Como está indo? — perguntou.

— Tudo certo — respondi. — Só parece ter ficado mais barulhento.

— Oh, fica muito alto o barulho aqui, tudo certo; isso aqui é o departamento da barulheira e eu sou o encarregado disso... Ela passou da marca?

— Não, manteve-se estável — respondi.

— Isso é bom. Ultimamente, andei tendo muitas dificuldades com ela. A Haveta está pifando e eu vou fazer uma boa revisão nela logo que possa limpar o reservatório.

Talvez ele *fosse* o engenheiro, pensei, vendo-o inspecionar os medidores e ir para outra parte do cômodo, endireitar uma série de válvulas. Depois, ele andou e disse umas poucas palavras num telefone de parede, chamou-me e apontou para as válvulas.

— Estou me preparando para atirar ela pra cima — disse ele, compenetradamente. — Quando eu lhe der o sinal, quero que você deixe isso tudo aberto. E, quando lhe der o segundo sinal, quero que feche de novo. Inicie com essa vermelha aqui e trabalhe direito, concentrado, através do...

Tomei posição e esperei, enquanto ele foi para seu lugar, perto do marcador.

— Deixe ela andar — clamou ele.

Eu abri as válvulas, ouvindo o som dos líquidos se precipitando através dos enormes tubos. Ao som de uma campainha, olhei para cima...

— Comece a fechar — berrou ele. — O que você tá olhando? Feche essas válvulas! O que há de errado com você? — perguntou ele, quando a última válvula foi fechada.

— Estava esperando o senhor chamar.

— Eu disse que lhe faria um *sinal*. Você não consegue ver a diferença entre um sinal e um chamado? Que diabo, eu toquei a campainha para você. Não faça mais isso! Quando eu tocar a campainha, quero que você faça o que eu mandar, e faça depressa!

— O senhor é que manda — disse eu, sarcasticamente.

— Você está absolutamente certo, eu sou o chefe, e não esqueça isso. Agora vamos voltar aqui, temos trabalho a fazer.

Fomos então para uma máquina de aspecto estranho que consistia em um imenso conjunto de engrenagens ligadas a uma série de roletes semelhantes a tambores. Brockway apanhou uma pá e recolheu uma carga de cristais marrons de uma pilha que havia no chão, lançando-os cuidadosamente num recipiente no alto da máquina.

— Apanhe uma pá e vamos botar pra andar — ordenou ele animadamente. — Você já fez isso antes? — perguntou, enquanto eu esvaziava a pá dentro do monte.

— Faz muito tempo — respondi. — O que é esse material?

Ele parou de trabalhar com a pá, lançando-me um longo e sinistro olhar, depois voltou para o monte, com a pá retinindo no assoalho. É preciso lembrar de não fazer qualquer pergunta a esse velho filho da puta e desconfiado, pensei, pondo o colherão dentro do monte marrom.

Logo eu estava transpirando sem parar. Tinha as mãos doloridas e o cansaço se abateu sobre mim. Brockway me observava do canto do olho, com um riso reprimido e silencioso.

— Você não quer sobrecarregar-se, jovem companheiro — disse ele, afavelmente.

— Estou acostumado com isso — respondi, levantando a pá com uma pesada carga.

— Oh, claro, claro — concordou ele. — Claro. Mas é melhor dar uma descansada, quando você se cansar.

Não parei. Empilhei o material até ele dizer:

— Aqui tá a pá que a gente tava procurando. Tá do jeito que eu queria. É melhor você se afastar um pouco, pois eu me concentro em botar isso pra funcionar.

Eu dei uma recuada, olhando-o passar para o outro lado, empurrando um interruptor. Estremecendo com o movimento, a máquina soltou um guincho súbito como o de uma serra circular e jogou um tamborilar de agudos cristais contra o meu rosto. Eu me movi desajeitadamente para um lado, vendo Brockway sorrir como uma ameixa seca. Depois, com o zumbido agoniado dos tambores ferozmente rodopiantes, ouvi os grãos sendo peneirados lentamente em repentina calma, e deslizando como se fosse areia caindo no vaso, na parte inferior.

Olhei-o atravessar e abrir uma válvula. Um novo cheiro forte, de óleo, invadiu o ar.

— Agora ela tá preparada para cozinhar; tudo o que temos de fazê é botá o fogo nela — disse, apertando um botão em algo que parecia o queimador de um forno a óleo. Houve um zumbido raivoso, seguido de uma ligeira explosão que levou alguma coisa a crepitar, de modo que eu pude ouvir um ronco baixo.

— Você sabe no que vai dar quando estiver cozinhado?

— Não senhor — respondi.

— Bem, vai dar nas tripa, que é como eles chamam o *veículo* da tinta. Será, no mínimo, na hora em que eu terminar de botar outra substância nela.

— Mas eu pensei que a tinta era feita no andar de cima...

— Na, nani, nanão. Eles só misturam nela a cor, fazem ela parecer bonita. É exatamente aqui que a verdadeira tinta é feita. Sem o meu trabalho, eles não poderiam fazer nada, eles fariam tijolos sem argila. E não é só que eu preparo a base, ou eu que fixa o verniz e o montão de óleo também...

— Está explicado — disse eu. — Eu me perguntava o que o senhor fazia aqui.

— Muita gente se pergunta sobre isso, sem chegar a conclusão alguma. Mas, como eu 'tava dizendo, nem uma só gota dessa maldita tinta sai da fábrica sem que passe pelas mãos de Lucius Brockway.

— Há quanto tempo o senhor faz isso?

— Há tempo demais para saber o que tô fazendo — disse ele. — E aprendi isso sem toda aquela educação que aqueles que eles mandam pra cá acham que deve ter. Aprendi fazendo. Esses colegas do departamento de pessoal não querem encarar os fatos, mas a Liberty Paints não valeria um tostão furado se eles não me tivesse aqui para tratar de conseguir uma base boa e forte. Mas o velho Sparland sabia disso. Não consigo parar de rir pensando no tempo em que peguei uma pneumonia e eles puseram um desses chamados engenheiros pra peidá por aqui. Porque eles passaram a ter tanta tinta saindo ruim, que não sabiam o que fazê. A tinta era aguada e descascava, não cobria coisa alguma... sabe, um homem poderia ganhar todo tipo de dinheiro se descobrisse o que faz a tinta ficar aguada. De qualquer modo, tudo foi mal naquela época. Depois, eu fiquei sabendo que eles tinham colocado aquele camarada no meu lugar e que, quando ficasse bom, não voltaria. Aqui estou eu com eles há tanto tempo, leal e tudo o mais. Ora, bolas, eu só dei a eles o aviso de que Lucius Brockway ia se aposentar!

"Não demorou e apareceu o velho. É tão velho que o motorista dele tem que ajudar ele a subir essa escada alta em meu lugar. Aparece ofegante, bufando, e diz: 'Lucius, o que é isso que ouvi falar sobre sua aposentadoria?'

— Bem, sim senhor, Sr. Sparland — disse eu —, estive muito doente, como o senhor bem sabe, e fiquei mais manso ao longo dos anos, como o senhor bem sabe, e soube que aqui aquele colega italiano que o senhor pôs em meu lugar faz as coisa tão bem que eu achei que seria melhor eu não me afobar e fazer o trabalho de modo errado.

"Parecia até que eu tinha xingado o velho ou coisa parecida. 'Que espécie de papo é esse seu, Lucius Brockway? Não se afobar e fazer o trabalho de modo errado? Precisamos de você na fábrica. Você não sabe que a maneira mais rápida de morrer é se aposentar? Ora, esse camarada de fora da fábrica não sabe coisa alguma a respeito desses fornos. Estou preocupado demais com o que ele vai fazer, com o fato de ele ser responsável por uma explosão na fábrica ou alguma coisa que me exija um seguro extra. Ele não pode fazer o seu serviço. Não tem o tato necessário. Você não desperdiçou uma fornada de tinta de primeira linha desde que passou a fazer isso.

"Então, assim era o velho! — disse Lucius Brockway.

— E o que foi que aconteceu?

— O que você quer dizer com o que foi que aconteceu? — indagou ele, olhando como se fosse a pergunta mais absurda do mundo. — Ora bolas, uns poucos dias mais tarde o velho tinha voltado atrás e me colocou aqui no controle geral. Aquele engenheiro ficou tão doido quando descobriu que precisava receber ordens de mim que caiu fora no dia seguinte.

Ele cuspiu no chão e riu.

— He, he, he, ele era um bobo, é o que era. Um bobo! Queria mandar em *mim* e eu sei mais sobre esse porão do que qualquer um, caldeiras e tudo o mais. Eu ajudei a assentar os tubos e tudo, e o que quero dizer é que conheço a locação de cada um desses tubos e dos comutadores e cabos, fios, tudo o mais — tanto no chão e nas paredes *como* lá fora, no pátio. Sim senhor! E mais: eu enfiei isso na minha cabeça tão bem que posso passar pro papel até nos menores detalhes, e nunca estive numa escola de engenharia, nem mesmo passei em frente a uma, pelo que sei. Então, o que você acha disso?

— Acho extraordinário — disse eu, pensando: "não gosto desse velho."

— Oh, eu não diria isso — respondeu ele. — Estudei essa maquinaria durante mais de vinte e cinco anos. É certo, e aquele camarada pensando que, por ter sido de alguma escola e ter aprendido como lê uma planta e como se acende uma caldeira, sabe mais sobre essa fábrica do que Lucius Brockway. Esse bobo num poderia ganhar a vida como engenheiro, porque não consegue ver um palmo adiante do nariz... Olhe, você tá esquecendo de acompanhar esses medidores.

Eu me apressei ali, achando todos os ponteiros estáveis.

— Tudo certo — gritei.

— Tudo certo, mas eu previno você a manter o olho neles. Você não pode esquecer isso aqui, porque, se você esquece, é responsável por estourar alguma coisa. Eles têm toda essa maquinaria, mas isso não é nada; nós *somos as máquinas de dentro da máquina*.

— Você sabe qual é a tinta nossa que mais se vende, a única que *fez* isso aqui ser uma indústria? — perguntou, enquanto eu o ajudava a encher uma cuba com uma substância fétida.

— Não, não sei.

— Nosso branco, o branco óptico.

— Por que a tinta branca em vez das outras?

— Porque nós realçamos ela desde o início. Fizemos a melhor tinta branca do mundo, não dou a mínima pra ninguém reparar. Nosso branco é tão branco que você pode pintar um pedaço de carvão e teria que quebrá-lo em dois com um martelo de forja pra provar que ele não é completamente branco!

Seus olhos faiscavam de insossa convicção e eu tinha de abaixar a cabeça para esconder meu riso.

— Você está vendo aquele letreiro no alto do edifício?

— Claro, é impossível não ver — disse eu.

— Você leu o slogan?

— Não me lembro dele, estava com tanta pressa...

— Bem, você pode não acreditar, mas eu ajudei o velho a preparar esse slogan. "Se é o branco óptico, é o branco certo" — citou ele com um dedo levantado, como um pregador que citasse as Escrituras. — Recebi um bônus de trezentos dólares por ajudar ele a pensar naquilo. Essa gente moderninha da propaganda esteve tentando adiantar algo sobre as outras cores, falando sobre arco-íris ou algo desse gênero, mas que diabo, *eles* não conseguiram isso em lugar nenhum.

— Se é branco óptico, é o branco certo — repeti e, de súbito, tive de reprimir um riso quando me veio à mente uma melodia da infância.

"Se você for branco, você está certo", dizia eu.

— É isso — disse ele. — E essa é outra razão pela qual o velho não vai deixar ninguém vir para cá se meter comigo. *Ele* sabe o que muitos desses novos companheiros não sabem; *ele* sabe que a razão de a nossa tinta ser tão boa é que é a maneira como o Lucius Brockway controla a pressão sobre esses óleos e resinas antes mesmo de deixarem os reservatórios — Ele riu maliciosamente. — Eles pensam que tudo aqui é feito pela maquinaria, é tudo o que tem com ela. São doidos! Não existe uma titica que aconteça aqui que não seja como se eu mesmo colocasse minhas mãos pretas dentro dela! Então as máquinas só fazem é cozinhar. Essas mãos aqui é que ajustam as coisas para fazer o doce. Sim senhor! Lucius Brockway acerta diretamente na cabeça! Mergulho o dedo e adoço ele. Vamos, vamos comer...

— Mas e os medidores? — indaguei, vendo-o passar e pegar uma garrafa térmica de uma prateleira perto de um dos fornos.

— Oh, nós vamos ficar aqui por perto, o suficiente para manter um olho neles. Não se preocupe com isso.

— Mas eu deixei meu lanche na área dos armários, no Edifício nº 1.

— Vá lá, pegue ele e volte aqui pra comer. Aqui precisamos estar sempre no serviço. Um homem de jeito nenhum precisa de mais de quinze minutos pra comer; depois, digo eu, deixe-o voltar pro serviço.

Ao abrir a porta, pensei que me enganara. Homens que usavam salpicados bonés de pintor e aventais sentavam-se em bancos por todos os lados, escutando um homem magro e com aspecto de tuberculoso que se dirigia a eles com uma voz nasalada. Todo mundo olhou para mim e eu me sobressaltei quando o homem magro chamou: "Há muitos lugares para se sentar para quem chegou mais tarde. Entre, irmão..."

Irmão? Mesmo depois das minhas semanas no norte, isso me surpreendia.

— Estava procurando a área dos armários — balbuciei.

— Está nela, irmão. Você não soube da reunião?

— Reunião? Por quê? Não senhor, não soube.

O dirigente do grupo franziu as sobrancelhas.

— Vejam vocês, os chefes não cooperam — disse aos outros. — Ir mão, quem é o seu chefe de seção?
— É o sr. Brockway — disse eu.
Subitamente, os homens começaram a arrastar os pés e xingar. Olhei a meu redor. O que estava errado? Será que eles se opunham a que me referisse a Brockway como *senhor*?
— Acalmem-se, irmãos — disse o dirigente, debruçando-se por sobre a mesa, com a mão em concha sobre o ouvido. — Agora, o que é isso, irmão; quem é o seu chefe de seção?
— Lucius Brockway — respondi, deixando de lado o *senhor*.
Mas isso pareceu apenas deixá-los mais hostis.
— Mande-o para o inferno, para fora daqui — gritaram eles.
Eu me virei. Um grupo do lado mais afastado da área dava pontapés no banco, gritando: "Bote-o para fora! Bote-o para fora!"
Eu me movi aos poucos para trás, ouvindo o homenzinho bater na mesa em defesa da ordem.
— Homens, irmãos. Deem uma oportunidade ao irmão...
— Ele me parece um sujo delator. Um maldito delator de primeira ordem!
A palavra roucamente pronunciada rangeu nos meus ouvidos como "preto" numa boca zangada do sul...
— Irmãos, *por favor*! — O dirigente agitava as mãos, enquanto eu me esticava, pelas costas, em busca da porta, e toquei num braço, sentindo-o desprender-se violentamente. Deixei cair a mão.
— Quem mandou esse delator para a reunião, irmão dirigente? Pergunte-lhe isso! — reclamou um homem.
— Não, espere — disse o dirigente. — Não use essa palavra tão dura...
— Pergunte a ele, irmão dirigente! — disse outro homem.
— Certo, mas não rotulem um homem de delator, sem terem certeza disso. — O dirigente se voltou para mim: — Como você veio parar aqui, irmão?
Os homens se acalmaram, escutando.
— Deixei meu lanche no meu armário — respondi, com a boca seca.
— Você não foi *enviado* à reunião?

— Não senhor. Eu nem sabia nada da reunião.
— Para o inferno com o que ele diz! Nenhum desses delatores nunca sabe!
— Bote o filho da puta nojento para fora!
— Esperem aí — disse eu.
Eles se tornaram mais barulhentos, proferindo ameaças.
— Respeitem a direção! — gritou o dirigente. — Aqui somos um sindicato democrático, que segue procedimentos...
— Não se preocupe com isso, ponha o delator para correr!
— ... democráticos. É nossa tarefa fazer amizade com todos os trabalhadores. E eu disse *todos*. É como construímos o sindicato forte. Agora, deixem-me ouvir o que o irmão tem a dizer. Nenhuma outra reclamação ou interrupção!

Eu me dissolvia num suor frio e meus olhos pareciam ter se tornado extremamente agudos, fazendo com que cada rosto ali presente se tornasse mais vívido em sua hostilidade.

Eu o ouvi:
— Quando você foi contratado, amigo?
— Nesta manhã — respondi.
— Estão vendo, irmãos? Ele é um novato. Não precisamos cometer o equívoco de julgar o trabalhador pelo seu chefe de seção. Alguns de vocês também trabalharam para filhos da puta, lembram-se?

De uma hora para outra, os homens começaram a rir e soltar palavrões.
— Eis um deles aqui mesmo — berrou um deles.
— O meu só pensa em se casar com a filha do chefe, uma gostosa maravilhosa que nem vale tanto a pena!

Essa mudança repentina me deixou confuso e irritado, como se eles fizessem de mim alvo de uma chacota.

— Ordem, irmãos! Talvez o irmão queira entrar para o sindicato. O que me diz disso, irmão?
— Sim? — Eu não soube o que dizer. Sabia muito pouco acerca de sindicatos — mas a maior parte daqueles homens me parecia hostil... E, antes de eu poder responder, um homem gordo, de cabelos grisalhos e desgrenhados, levantou-se de um salto, gritando raivosamente:

— Sou contra! Irmãos, esse cara pode ser um delator, ainda que tenha sido contratado exatamente neste minuto! Não que eu seja injusto com quem quer que seja. Talvez ele não seja um delator — gritou ele apaixonadamente —, mas, irmãos, quero lembrar a vocês que ninguém sabe isso; e me parece que qualquer um que trabalhe com aquele filho da puta e traidor Brockway por mais de quinze minutos tanto pode quanto não pode inclinar-se *naturalmente* para ser um delator! Por favor, irmãos! — gritou ele, sacudindo os braços para acalmar as pessoas. — Como alguns de seus irmãos aprenderam, para a tristeza de suas mulheres e de seus bebês, um delator não precisa saber a respeito do sindicalismo para ser um delator! Delacionismo? Que diabo, eu fiz um estudo do delacionismo. O delacionismo *nasce* com alguns caras. Nasce com alguns caras, exatamente como um olho bom para as cores nasce com alguns caras. É o certo, é o honesto, é a verdade científica! Um delator nem mesmo precisa ter ouvido falar de sindicato antes — gritou ele num arrebatamento nas palavras. — Tudo o que você tem que fazer é mantê-lo nas imediações de um sindicato e a próxima coisa que você souber, ora, é agir! Se está delatando, fora com seu rabo delator!

Ele foi sufocado pelos gritos de aprovação. Os homens se viraram violentamente para me olhar. Eu me senti abalado. Queria abaixar a cabeça, mas os encarei como se encará-los fosse, em si, uma negação das afirmações ali feitas. Outra voz ressoou entre os gritos de aprovação, transbordando com grande insistência dos lábios de um coleguinha de óculos que falava com o indicador de uma das mãos erguido e o polegar da outra enganchado no suspensório do macacão.

— Quero apresentar algumas observações sobre esse irmão na forma de uma proposta: proponho que deslindemos, através de uma completa investigação, se o novo trabalhador é um delator ou não; e, se ele for um delator, vamos descobrir para quem ele delata! E isso, caros irmãos, daria tempo ao trabalhador, se ele *não for* um delator, para se informar sobre o trabalho do sindicato e seus objetivos. Afinal de contas, irmãos, não queremos esquecer que trabalhadores como ele não são tão altamente desenvolvidos quanto alguns de nós que estivemos no movimento sindical por muito tempo. Assim, *eu* digo, vamos dar-lhe tempo para ver o que fizemos para melhorar as condições dos trabalhadores, e depois, *se ele não for um delator, poderemos decidir de maneira democrática* se aceitaremos este irmão no sindicato. Membros irmãos do sindicato, obrigado. — Ele se sentou com um solavanco.

A sala toda urrou. Uma raiva cortante cresceu dentro de mim. Então eu não era tão altamente desenvolvido quanto eles! O que ele queria dizer com isso? Eram todos eles doutores? Eu não podia mover-me; estava acontecendo coisa demais comigo. Era como se, ao entrar naquela área, eu automaticamente tivesse me candidatado a membro do sindicato — muito embora eu não tivesse nenhuma ideia de que o sindicato existisse, e tivesse subido ali simplesmente para apanhar um sanduíche frio de costeleta de porco. Estava de pé tremendo, com receio de que me pedissem para me juntar a eles, mas irritado com o fato de tantos me rejeitarem logo de início. E, pior de tudo, eu sabia que eles estavam me forçando a aceitar coisas em seus próprios termos, e não tinha como sair.

— Tudo certo, irmãos. Faremos uma votação — gritou o dirigente. — Todos os que forem a favor da proposta se manifestem dizendo "sim"...

Os sins o abafaram.

— Os sins ganharam — anunciou o dirigente, enquanto vários homens se viraram para me olhar fixamente. Por fim, eu pude mover-me. Só me punha em marcha, esquecendo por que fora até ali.

— Venha cá, irmão — chamou o dirigente. — Você pode agora pegar o seu lanche. Deixem-no passar, irmãos, em torno da porta!

Meu rosto ardeu como se tivesse sido esbofeteado. Eles haviam tomado sua decisão sem me dar a chance de falar por mim mesmo. Senti que todos os homens presentes me olhavam com hostilidade e, embora eu tivesse convivido com hostilidade em toda a minha vida, agora, pela primeira vez, ela parecia atingir-me, como se eu tivesse esperado mais daqueles homens do que de outros — ainda que eu não tivesse notícia de sua existência. Ali naquela área, minhas defesas foram negadas, despojadas, detidas naquela porta como eram usadas as armas, as facas, navalhas e pistolas "cabeça de coruja" dos rapazes do país na noite de sábado da Golden Day. Mantive os olhos abaixados, murmurando "com licença, com licença" em todo o percurso para o armário verde opaco, de onde tirei o sanduíche, para o qual já não tinha mais apetite, e fiquei manuseando desajeitadamente a sacola, apavorado com a cara dos homens no meu caminho para fora. Em seguida, ainda me odiando pelas desculpas pedidas e que me vinham à cabeça, passei roçando em todos silenciosamente, enquanto voltava.

Quando cheguei à porta, o dirigente me chamou:

— Só um minuto, irmão, queremos que você compreenda que não há nada contra você pessoalmente. O que você viu é o resultado de determinadas condições daqui da fábrica. Queremos que você saiba que estamos apenas tentando proteger-nos. Esperamos, um dia, tê-lo como membro bem conceituado.

De um lado e do outro, veio um aplauso desanimado, que morreu rapidamente. Eu engoli e arregalei os olhos, absorto, e essas palavras eram esguichadas em mim a uma distância vermelha e nevoenta.

— Está bem, irmãos — disse a voz —, deixem-no passar.

Cambaleei na brilhante luz do sol no pátio e passei pelos trabalhadores dos escritórios, que batiam papo no gramado, de volta ao Edifício nº 2 e ao porão. Fiquei parado na escada, sentindo como se meus intestinos tivessem sido inundados de ácido. Por que não tinha simplesmente saído, pensei aflito. E por que permanecera, por que não *dissera* alguma coisa, me defendendo? De súbito, arranquei o envoltório de um sanduíche e lhe cravei os dentes com violência, mal sentindo o sabor dos fragmentos secos que passaram à força pela minha garganta contraída, quando os engoli. Colocando o restante de volta na sacola, segurei o corrimão com as pernas trêmulas, como se tivesse escapado de um enorme perigo. Por fim, passou o mal-estar, empurrei e abri a porta de metal.

— Por que você demorou tanto? — atacou Brockway de onde se sentava, sobre um carrinho de mão. Estivera bebendo numa caneca branca que acomodava, agora, nas mãos encardidas.

Lancei para ele um olhar distante, vendo como a luz se refletia em sua testa franzida e nos cabelos brancos como neve.

— *Eu perguntei: por que você levou tanto tempo!*

O que ele tinha a ver com aquilo, pensei, olhando para ele através de uma espécie de névoa, sabendo que o desagradava e que estava muito cansado.

— Escute... — começou ele, e eu ouvi a minha voz surgir calma de dentro da garganta tensa, enquanto verificava, pelo relógio, que eu havia saído apenas durante vinte minutos.

— Eu me meti numa reunião de sindicato...

— *Sindicato!* — Ouvi sua xícara branca se estilhaçar contra o assoalho enquanto ele descruzava as pernas, levantando-se. — Eu sabia que você pertencia a essa cambada de forasteiros que gostam de uma encrenca! Sabia disso! Caia fora — gritou. — Caia fora do meu porão!

Ele se precipitou na minha direção como num sonho, trêmulo como a agulha de um dos medidores, enquanto apontava para a escada, com a voz aos guinchos. Olhei atentamente. Alguma coisa parecia não ter dado certo, e meus reflexos estavam obstruídos.

— Mas qual é o problema? — balbuciei com a voz baixa, a mente compreendendo e, ao mesmo tempo, deixando de compreender. — O que há de errado?

— Você me ouviu. Caia fora!

— Mas não compreendo...

— Cala a boca e cai fora!

— Mas, sr. Brockway — gritei, lutando para me agarrar a alguma coisa que me abrisse caminho.

— Você não vale um tostão furado. É um piolho encrenqueiro de sindicato!

— Olhe, homem — gritei então insistentemente —, não pertenço a nenhum sindicato.

— Se você não cair fora daqui, seu canalha imundo — disse ele, olhando ferozmente de um ponto a outro do assoalho —, sou capaz de matar você. Tendo Deus como testemunha, VOU MATAR VOCÊ!

Era incrível como as coisas aconteciam depressa.

— O senhor vai fazer o quê? — balbuciei.

— VOU MATAR VOCÊ, É O QUE VOU FAZER!

Ele repetia a ameaça, e algo se desligou de mim, eu parecia estar dizendo a mim mesmo numa arrancada: *Você foi treinado para aceitar a loucura de velhos como este, mesmo quando você achava que eram palhaços e tolos; você foi treinado para simular que os respeitava e reconhecia neles as mesmas qualidades de autoridade e poder no seu mundo quanto os brancos diante dos quais eles se curvavam, puxavam o saco, temiam, amavam e imitavam, e você ainda foi treinado a aceitar isso quando, encolerizados ou rancorosos, ou embriagados de poder, eles se aproximaram de você com um bastão, uma correia ou bengala, não fazendo você nenhum esforço de revide, mas apenas de escapar sem marcas.* Mas isso era demais... ele não era seu avô, seu tio ou pai, nem pregador ou professor. Algo embrulhou em meu estômago e eu me movi em sua direção gritando, mais num borrão negro que me irritava os olhos do que num rosto humano claramente definido

— VOCÊ VAI MATAR QUEM?

— VOCÊ, É VOCÊ MESMO!

— Escute aqui, seu velho idiota, não fale em me matar! Dê-me a oportunidade de explicar. Eu não pertenço a nada... Continue, apanhe isso! Continue! — berrei, vendo-lhe os olhos se fixarem numa barra de ferro entortada. — O senhor é suficientemente velho para ser meu avô, mas, se o senhor encostar nessa barra, juro que eu o farei engoli-la!

— Eu derreto a sua cara, CAIA FORA DO MEU PORÃO! *Você é um sem-vergonha filho da puta* — gritou ele.

Eu me movi para a frente, vendo-o abaixar-se e estender a mão de um lado, para a barra, e me joguei para adiante, sentindo-o afundar com um grunhido duramente de encontro ao chão, rolando sob a força da minha investida. Foi como se eu caísse sobre uma ratazana hirsuta. Ele bracejava debaixo de mim, soltando uivos de raiva e me golpeando o rosto enquanto tentava usar a barra. Eu a tirei do seu alcance, sentindo uma dor aguda me ferir através do ombro. Ele estava usando uma faca, reluziu-me através da mente, e eu dei uma cotovelada, abruptamente, no rosto dele, sentindo-o cair pesado e vendo-lhe a cabeça voar para trás, para cima e para trás de novo, enquanto eu socava de novo, ouvindo algo saltar livremente e deslizar pelo assoalho (pensando: acabou, a faca acabou...) e soquei novamente, enquanto ele tentava asfixiar-me, soqueando-lhe a balouçante cabeça, sentindo a barra se mostrar livre e fazendo-a descer sobre sua cabeça, errando, o metal indo tinir contra o assoalho, mas eu a apanhei para uma segunda tentativa e ele berrou: "Não, não, você é o melhor, você é o melhor!"

— Vou arrebentar seus miolos! — disse eu, com a garganta seca. — Me esfaqueando...

— Não — arquejou ele. — Eu me rendi. Você não me ouviu dizer que me rendi?

— Então, quando você não pode vencer, pede para parar! Que se dane, se você me cortasse feio, eu arrancaria sua cabeça!

Espreitando-o cautelosamente, eu me levantei. Deixei cair a barra, enquanto um lampejo de calor me assolou todo: seu rosto estava todo amarrotado.

— Qual é o problema com o senhor, velho? — berrei nervosamente.

— O senhor não sabe que não deve atacar um homem com um terço da sua idade?

Ele empalideceu ao ser chamado de velho e eu repeti isso, acrescentando-lhe ofensas que ouvira meu avô proferir.

— Ora, seu velho fora de moda do tempo da escravidão, filho da puta feito nas coxas e baba-ovo de branco, o senhor devia saber mais das coisas. O que o fez pensar que podia ameaçar a *minha* vida? O senhor não significa nada para mim, vim parar aqui por ter sido mandado. Eu nem sei nada a seu respeito, nem do sindicato. Por que o senhor passou a implicar comigo desde o instante em que cheguei? O senhor é doido? Essa tinta subiu à sua cabeça? O senhor anda bebendo dela?

Ele me olhou com raiva, ofegante, como se estivesse extenuado. Enormes dobras se mostravam em seu macacão, cujos vincos se haviam colado com o grude de que ele estava coberto, e eu me lembrei de Tar Baby, querendo riscá-lo da minha visão. Mas a minha raiva, então, refluía rapidamente da ação para as palavras.

— Fui buscar meu lanche e eles me perguntaram para quem eu trabalhava e, quando eu lhes disse, eles me chamaram de delator. *Um delator!* Você não deve bater bem da cabeça. Mal eu tinha voltado para cá e *o senhor* principiou a berrar que ia me matar! O que está acontecendo? O que é que o senhor tem contra mim? O que foi que eu fiz?

Ele olhou irritado para mim, em silêncio, depois apontou para o assoalho.

— Esclareça isso tudo de uma vez.

— Um homem não pode sequer ter dentes? — resmungou ele, com uma voz estranha.

— DENTES?

Com uma expressão envergonhada, ele abriu a boca. Vi a mancha azulada de suas gengivas murchas. A coisa que se deslocara roçando pelo chão não era uma faca, mas uma chapa de dentadura postiça. Por uma fração de segundo, eu me vi desesperado, sentindo escapar um tanto da minha justificativa de querer matá-lo. Meus dedos saltaram para o ombro, achando o tecido úmido, mas nenhum sangue. O velho idiota me *mordera*. Um selvagem lampejo de riso lutou para se erguer do fundo da minha raiva. Ele me mordera! Olhei para o assoalho, vendo a caneca espatifada e os dentes faiscando estupidamente no outro lado do recinto.

— Apanhe-os — ordenei, envergonhado. Sem os dentes, um pouco de sua hostilidade parecia ter se esvaído. Mas continuei perto enquanto ele apanhava os dentes e ia para a pia, segurando-os debaixo da torneira. Um dente caiu sob a pressão de seu polegar e eu o ouvi resmungar enquanto colocava a chapa na boca. Em seguida, agitando o queixo, tornou-se o mesmo homem de antes.

— Você realmente tentou me matar — disse ele. Parecia incapaz de acreditar naquilo.

— Você começou com isso. Eu não abandono uma luta — retruquei. — Por que você não me deixou explicar? É contra a lei pertencer ao sindicato?

— Esse maldito sindicato — gritou ele, quase em lágrimas. — Esse *maldito* sindicato! Eles tão atrás do meu serviço! Sei que tão atrás do meu serviço! Para um de nós se juntar a um desses malditos sindicatos é como se a gente fosse morder a mão do homem que ensinou a gente a tomar banho numa banheira! Eu odeio essa coisa, e pretendo fazer de tudo para expulsar ele da fábrica. Eles tão atrás do meu serviço, os filhos da puta de merda!

O cuspe se lhe formava nos cantos da boca; ele parecia ferver de ódio.

— Mas o que eu tenho a ver com isso? — indaguei, me sentindo subitamente o mais velho dos dois.

— Porque eles levam os garotão de cor para o laboratório tentando juntar eles com essa turma, é o que é! Aqui o homem branco feito dá os serviços a eles — ofegava ele, como se defendesse uma causa. — Ele dá a eles *bons* serviços também, e eles são tão ingratos que vão e se alistam nesse sindicato difamador! Nunca vi um bando mais ingrato e mais imprestável do que esse. Todos eles fazendo e produzindo coisas ruins para os demais como a gente!

— Bem, eu lamento — disse eu —, eu não sabia de nada disso. Cheguei aqui para pegar um serviço temporário e, com toda certeza, não pretendia misturar-me a quaisquer desavenças. Mas, quanto a nós, estou pronto para esquecer nosso desentendimento, se o senhor estiver...

— Estendi minha mão, provocando uma pontada de dor no ombro.

Ele me lançou um olhar ríspido.

— Você deve ter mais amor-próprio, em vez de lutar com um velho. Criei rapazes mais velhos do que você.

— Eu achei que o senhor estava tentando me matar — disse eu, com a mão ainda estendida. — E pensei que me tinha furado com uma faca.

— Bem, eu mesmo não gosto muito de disputa e confusão — disse ele, evitando me encarar. E foi como se o aperto de sua mão grudenta na minha fosse um sinal. Ouvi um silvo agudo sair das caldeiras atrás de mim e me virei, ouvindo Brockway berrar: — Eu lhe disse para vigiar esses medidores. Passe para as válvulas maiores, depressa!

Joguei-me para onde uma série de rodas reguladoras se projetavam da parede perto do triturador, vendo Brockway sair rapidamente na outra direção e pensando: "aonde ele vai?", enquanto eu alcançava as rodas, ouvindo-o berrar: "Vire-a! Vire-a!"

— Qual? — berrei, esticando o braço.

— A branca, seu idiota, a branca!

Saltei, agarrando-a e puxando-a com todo o meu peso, e sentindo que ela cedia. Mas isso apenas aumentou o ruído e me pareceu ouvir Brockway rir quando olhei ao redor, vendo-o deslocar-se para a escada, com as mãos apertando a parte de trás da cabeça e o pescoço distendido em destaque, como um garotinho que tivesse jogado um tijolo para o ar.

— Ei, o senhor! Ei! — berrei. — Ei! — Mas era tarde demais. Todos os meus movimentos, que pareciam vagarosos demais, se fundiram. Senti a roda resistir, tentei inutilmente revirá-la, tentei soltá-la, e ela, pregando-se às minhas palmas e aos meus dedos, tesa e aderente, e eu a virei, agora correndo, vendo o ponteiro num dos medidores balançar loucamente, como uma boia que tivesse afundado sem controle, e ainda tentando pensar com clareza, os olhos dardejando aqui e ali através da área de reservatórios e máquinas, para o alto da escada tão longe, e ouvindo o som novo e claro que se elevava, enquanto parecia que eu corria velozmente para uma rampa e atirado para a frente com súbita aceleração, para dentro de uma rajada úmida de vazio negro, que era, de certo modo, um banho de brancura.

Era uma queda no espaço, mas que não parecia uma queda, acho que parecia uma suspensão. Depois um grande peso caiu sobre mim e parecia que eu me estatelara num intervalo de claridade debaixo de uma pilha de maquinaria quebrada, a cabeça apertada por trás contra uma roda gigantesca, o corpo salpicado de uma goma fétida. Em algum lugar, um motor rangia em furiosa inutilidade, chiando fortemente até que uma dor disparou em torno da curva do meu pescoço e me expulsou por dentro do negrume para uma distância, apenas como se fosse para me ferir com outra dor, que me trouxe de volta. E, nesse nítido instante de consciência, eu abri os olhos para um clarão ofuscante.

Resistindo ferozmente, pude ouvir o som de alguém chapinhando, patinhando por perto, e a voz tagarela de um velho que dizia:

— Eu disse a eles que esses rapazinhos do século XX não são nada bons para o serviço. Eles não dominaram os nervos. Não senhor, eles não dominaram os nervos.

Tentei falar, responder, mas um peso voltou a se abater sobre mim, e eu compreendia tudo e tentava responder, mas parecia submerso no centro de um lago de água pesada e me detive, trespassado e entorpecido pela sensação de que havia perdido irrevogavelmente uma vitória importante.

Capítulo onze

Eu estava sentado numa cadeira dura, branca e fria, enquanto um homem olhava para mim, de um terceiro olho brilhante que lhe reluzia no centro da testa. Ele estendia a mão, tocando meu crânio cautelosamente, e disse algo encorajador, como se eu fosse uma criança. Seus dedos me soltaram.
— Tome isso — disse ele. — É bom para você.
Engoli. De repente tive comichão na pele, por todo o corpo. Estava de macacão novo, estranhamente branco. O gosto ficou amargo na minha boca. Meus dedos tremiam.
Uma voz fina perguntou:
— Como ele está?
— Não acho que seja algo de sério. Apenas atordoado.
— Devemos mandá-lo para casa?
— Não, por garantia, vamos mantê-lo aqui por uns dias. Quero mantê-lo sob observação. Depois poderá sair.
Nesse momento, eu estava estendido numa maca, com o olho brilhante ainda ardendo dentro dos meus, embora o homem tivesse ido. Estava tudo tranquilo, e eu, entorpecido. Fechei os olhos só para ser acordado.
— Como se chama?
— Minha cabeça... — murmurei.
— Sim, mas qual é o seu nome, seu endereço?
— Minha cabeça, esse olho abrasador... — respondi.
— Olho?

— Lá dentro — disse eu.
— Leve-o para um raio X — disse outra voz.
— Minha cabeça...
— Cuidado!

Em algum lugar, uma máquina começou a zunir e eu desconfiei do homem e da mulher que me olhavam de cima.

Eles estavam segurando-me firmemente. Fazia um calor infernal e, por cima disso tudo, eu não parava de ouvir a abertura da *Quinta* de Beethoven — três zumbidos curtos e um longo, repetindo-se uma vez, outra vez e variando em volume. Eu lutava e abria caminho, me levantando, até me ver estendido sobre as costas, com dois homens corados, rindo da minha cara.

— Fique calmo, agora — disse um deles, firmemente. — Você vai ficar bem.

Levantei os olhos e vi duas mulheres jovens e indefinidas, de branco, me olhando. Uma terceira, a léguas de distância, estava sentada junto a um painel montado com bobinas e mostradores. Onde eu estava? De longe e abaixo de mim, a palpitação de uma cadeira de barbeiro começou e me senti subindo, a partir do assoalho, sobre a crista do som. Um rosto, agora, estava na mesma posição que o meu, olhando penetrantemente e dizendo algo sem significado. Começou um zumbido que estralejava e se partia com a estática, e repentinamente eu me parecia esmagado entre o assoalho e o teto. Duas forças se rompiam de maneira selvagem no meu estômago e nas costas. O clarão de um calor orlado de frio me envolveu. Eu era golpeado entre pressões elétricas esmagadoras; bombeado entre eletrodos vivos como um acordeão entre as mãos do instrumentista. Meus pulmões estavam comprimidos como um fole e, a cada vez que meu fôlego voltava, eu gritava, pontuando a ação rítmica dos tons.

— Silêncio, minha Nossa Senhora — uma das vozes ordenou. — Estamos tentando deixar-lhe em forma novamente. Agora, cale-se!

A voz pulsou com uma gelada autoridade e eu me tranquilizei, tentando conter a dor. Descobri, então, que minha cabeça estava circundada por uma peça de metal frio, como o boné de ferro usado por um ocupante de cadeira elétrica. Tentei em vão lutar, gritar. Mas a pessoa estava distante demais, e a dor, imediata demais. Um rosto entrou e saiu do círculo de luzes, examinando tudo por um momento, depois desapareceu. Surgiu uma mulher sardenta e de cabelo vermelho, com armação de óculos dourada, depois um homem com um espelho circular atado à testa — um médico. Eu estava num hospital. Eles cuidavam de mim. Era tudo aparelhado para o alívio da dor. Eu me senti grato. Tentei lembrar-me de como chegara ali, mas nada me veio à cabeça. Tinha a mente vazia, como se tivesse acabado de nascer. Quando o próximo rosto apareceu, vi os olhos atrás das grossas lentes piscarem, como se prestassem atenção em mim pela primeira vez.

Eu parecia ir embora; as luzes recuaram como uma lanterna traseira que se afasta numa escura estrada federal. Uma dor aguda me lancetou o ombro. Eu me torci de um lado para o outro das minhas costas, lutando contra algo que não podia ver. Depois, por alguns instantes, minha visão clareou.

Agora havia um homem sentado de costas para mim, lidando com os mostradores sobre um painel. Eu quis chamá-lo, mas o ritmo da *Quinta Sinfonia* me atormentava, e eu pareci sereno demais e distante demais. Barras de metal brilhante estavam entre nós e, quando estiquei o pescoço para o lado delas, descobri que não estava *sobre* uma mesa de operação, mas numa espécie de estojo de vidro e metal niquelado cuja tampa era mantida aberta. Por que eu estava ali?

— Doutor, doutor! — chamei.

Nenhuma resposta. Talvez ele não tivesse ouvido, pensei, chamando de novo e percebendo outra vez as lancinantes pulsações da máquina, sentindo-me sucumbir, lutando contra isso e chegando a ouvir vozes que levavam adiante uma conversa atrás da minha cabeça. Os sons da estática se tornaram uma lenga-lenga tranquila. Acordes de música, um ar de domingo, provindo da distância. Com os olhos fechados, mal respirando, protegia-me da dor. As vozes zuniam harmoniosamente. Era um rádio que eu ouvia; uma vitrola? A *vox humana* de um órgão escondido? Se era isso, que órgão e onde? Sentia-me quente. Verdes cercas vivas, deslumbrantes, com vermelhas rosas silvestres, apareciam-me atrás dos olhos, estendendo-se numa linha que se encurvava para um infinito vazio de objetos, um límpido espaço azul. Cenas de um gramado cheio de sombras num verão passado e disperso; vi uma banda militar uniformizada, dignamente preparada para um concerto, cada um dos músicos com o cabelo bem assentado: ouvi um trompete de voz doce tocando *A Cidade Sagrada* como de uma distância repleta de ecos, apoiado por um coro de trompas em surdina; e, em cima, o *obbligato* de um pássaro zombeteiro. Senti-me aturdido. O ar parecia espessar-se com afiados borrachudos brancos, fervendo tão espessamente que o escuro trompetista os aspirava e os expelia através da campana de sua taça dourada, uma viva nuvem branca que se misturava com as inflexões do ar entorpecido.

Voltei. As vozes ainda zuniam acima de mim e eu não gostava delas. Por que não iam embora? Presunçosas. Ah, doutor, pensei meio adormecido, o senhor alguma vez tomou banho num riacho antes do café da manhã? Sempre reflete sobre a cana-de-açúcar? O senhor sabe, doutor, no mesmo dia de outono vi bandidos perseguindo os homens negros com chicotes e grilhões, e minha avó sentada comigo, cantando, com os olhos pestanejantes:

> *O nosso Deus fez o macaco*
> *O nosso Deus fez a baleia*
> *E fez o jacaré, dono*
> *Da cauda de marcas cheia..*

Ou você, enfermeira, saiba que, quando desfilava de organdi cor-de-rosa e chapéu preto emplumado entre as fileiras de jasmim-do-cabo, arrulhando para seu galã numa fala arrastada tão densa quanto o sorgo, nós, garotinhos negros, muito bem escondidos nos arbustos, bradávamos tão forte que você não ousava ouvir:

> *Já viu a Margaret a água ferver?*
> *Cara, ela silva um fluxo encantador,*
> *São quase cinco léguas de prazer*
> *E não se vê a chaleira do vapor...*

Mas agora a música se tornara um nítido lamento da dor feminina. Abri os olhos. O vidro e o metal flutuavam acima de mim.

— Como está se sentindo, rapaz? — indagou uma voz.

Um par de olhos espiava através das lentes, tão grossos como o fundo de uma garrafa de Coca-Cola, olhos penetrantes, luminosos e raiados, como um antigo espécime biológico preservado no álcool.

— Não tenho espaço para me mexer — respondi, irritado.

— Ah, faz parte do tratamento.

— Mas preciso de mais espaço — insisti. — Estou com cólicas.

— Não se preocupe com isso, rapaz. Você se acostumará com isso depois de certo tempo. Como estão seu estômago e sua cabeça?

— Estômago?

— Sim, e sua cabeça?

— Não sei — respondi, compreendendo que nada podia sentir além da pressão em torno da minha cabeça e na macia superfície do meu corpo. No entanto, os meus sentidos pareciam concentrar-se agudamente. — Eu não a sinto — gritei, assustado.

— Ha, ha! Consegue ver? Minha pequena geringonça esclarecerá tudo! — explodiu ele.

— Não sei — disse outra voz. — Acho que ainda prefiro a cirurgia. E neste caso especialmente, com este, hum... pano de fundo, não estou certo de que não acredito na eficiência da simples oração.

— Contrassenso; de agora em diante, dirija a sua oração à minha pequena máquina. Eu produzirei a cura.

— Não sei, mas acredito ser um equívoco admitir essas soluções, curas, ou seja, esse ajustamento a, hum... instâncias rudimentares, é, hum... igualmente eficaz quando condições mais avançadas estão em jogo. Suponhamos que fosse alguém da Nova Inglaterra, com formação em Harvard.

— Agora, você está discutindo política — disse a primeira voz, de galhofa.

— Ah, não, mas *é* um problema.

Ouvi com crescente constrangimento essa conversa, que ficou mais difusa, num sussurro. Suas palavras mais simples pareciam referir-se a alguém mais, como muitas das noções que se desfraldavam pela minha cabeça. Eu não estava certo se eles conversavam sobre mim ou sobre alguém mais. Um tanto disso me soava como uma discussão de história...

— A máquina produziria os resultados de uma lobotomia pré-frontal sem os efeitos negativos da faca — disse a voz. — Entende, em vez de cortar o lobo pré-frontal, um único lobo, por assim dizer, aplicamos pressão, em graus apropriados, aos maiores centros do controle nervoso, nosso conceito é de *Gestalt*, e o resultado é uma mudança de personalidade tão completa quanto você encontrará nos famosos casos de contos de fadas, de criminosos transformados em companheiros amáveis depois de todo esse negócio sangrento de uma operação de cérebro. E mais — continuou a voz triunfantemente —, o paciente fica tanto física quanto neurologicamente intacto.

— Mas o que há com o psiquismo dele?

— Nada de importante! — disse a voz. — O paciente viverá como tem de viver, e em absoluta integridade. Quem poderia querer mais? Não experimentará nenhum grande conflito de motivos e, o que é até melhor, a sociedade não sofrerá nenhum trauma por causa dele.

Houve uma pausa. Uma caneta rabiscou um papel.

— Por que não a castração, doutor? — uma voz perguntou de maneira brincalhona, causando-me um sobressalto, e uma dor que irrompeu através de mim.

— Olha aí de novo o seu gosto por sangue — riu a primeira voz.

— Como é aquela definição de um cirurgião? "Um açougueiro com consciência má"?

Eles riram.

— Não é assim tão engraçado. Seria mais científico tentar definir o caso. Ele se desenvolveu ao longo de uns trezentos anos.

— Definir? Que diabo, cara, você sabe tudo isso!

— Então, por que não tentar o mais trivial?

— É o que você sugere?

— Sim, por que não?

— Mas não há risco? — a voz se dissipou.

Ouvi-os sair; uma cadeira rangeu. A máquina zumbia, e eu fiquei sabendo definitivamente que eles estavam discutindo sobre mim, e me empederni para os choques, embora estivesse atordoado. O pulso se me acelerou e ficou em *staccato*, crescendo gradualmente até eu dançar claramente, entre os nodos. Meus dentes batiam. Fechei os olhos e mordi os lábios para abafar meus gritos. O sangue quente me encheu a boca. Entre minhas pálpebras, vi um círculo de mãos e rostos, ofuscante com a luz. Alguns rabiscavam sobre mapas.

— Veja, ele está dançando — alguém chamou para mostrar.
— É mesmo?
Um rosto gorduroso olhava mais demoradamente.
— Eles realmente têm ritmo pra valer, não têm? Aqueça-se, rapaz! Aqueça-se, rapaz! — disse rindo.

E de repente meu atordoamento se interrompeu e eu desejei estar irado, mortiferamente irado. Mas, de algum modo, o pulso da correnteza que arrebentava através do meu corpo me preveniu. Algo fora desligado. Pois, embora, com frequência, eu tivesse usado minhas aptidões para a fúria e a indignação, não tinha dúvida de que as dominava; e, como um homem que sabe que deve lutar, zangado ou não, quando chamado de filho da puta, tentava *imaginar*-me zangado — somente para descobrir uma sensação mais profunda de distanciamento. Estava além da ira. Estava apenas confuso. E aqueles ali de cima pareciam perceber isso. Não havia nenhuma intenção de evitar o choque, e eu rolei com a maré agitada, para dentro da escuridão.

Quando emergi, as luzes ainda estavam lá. Jazia debaixo da placa de vidro, sentindo-me esvaziado. Todos os meus membros pareciam amputados. Estava muito quente. Um sombrio teto branco se estirava muito acima de mim. Meus olhos nadavam em lágrimas. Por que, eu não sabia. Isso me preocupava. Queria bater no vidro para atrair a atenção, mas não podia me mover. O mais leve esforço, pouco mais do que um desejo, me fatigava. Estava experimentando os vagos processos do meu corpo. Parecia haver perdido todo o senso das proporções. Onde terminava o meu corpo e onde começava o mundo branco e de cristal? As cogitações me escapavam, escondendo-se na vasta extensão da brancura clínica, à qual eu parecia ligado apenas numa escala de cinzentos declinantes. Nenhum som além do lento fragor interno do sangue. Não podia abrir os olhos. Parecia que eu existia em alguma outra dimensão, inteiramente solitária; até que, após algum tempo, uma enfermeira se curvou e impôs um líquido quente entre os meus lábios. Tive ânsias de vômito e engoli, sentindo o fluido correr lentamente para o meu vago interior. Uma bolha gigantesca e iridescente parecia envolver-me. Mãos delicadas se moviam sobre mim, trazendo a vaga impressão de memória. Era lavado com líquidos quentes, sentia delicadas mãos se moverem através dos limites indefinidos da minha carne. A textura sem peso e estéril de uma folha me envolveu. Senti que era expulso, que flutuava como uma bola lançada sobre o telhado em meio à névoa, golpeando certa parede escondida sob uma pilha de maquinaria quebrada, e flutuando de volta. Quanto tempo isso levou, isso eu não sei. Mas agora, por cima do movimento das mãos, eu ouvia uma voz amistosa, com palavras inteiramente familiares, a que eu não poderia atribuir nenhum significado. Escutei intensamente, com toda consciência da forma e do ritmo das frases, e agarrando as agora sutis diferenças rítmicas entre as progressões do som que perguntavam e as que faziam uma afirmação. Mas seus significados ainda estavam perdidos na vasta brancura em que eu próprio me perdera.

Outras vozes emergiram. Rostos pairavam acima de mim como inescrutáveis peixes espiando miopemente através da parede de vidro de um aquário. Vi-os suspensos sem movimento acima de mim, depois dois que boiavam fora, primeiro suas cabeças, em seguida as pontas de seus dedos como barbatanas, movendo-se como em sonho, desde o alto do estojo. Um ir e vir totalmente misterioso, como o surgimento de marés letárgicas. Observei os dois fazerem furiosos movimentos com as bocas. Não os compreendi. Eles tentaram novamente, e o significado ainda me escapou. Vi um cartão rabiscado, que seguraram por cima de mim. Era tudo uma mistura de alfabetos. Eles se consultaram acaloradamente. De algum modo, eu me sentia responsável. Uma terrível sensação de desamparo me dominou; eles pareciam encenar uma misteriosa pantomima. E, vendo-os desse ângulo, era perturbador. Pareciam completamente estúpidos, e eu não gostava da peça. Eu podia ver fuligem no nariz de um médico; uma enfermeira tinha dois queixos flácidos. Outros rostos se adiantaram: suas bocas trabalhavam com uma fúria silenciosa. Mas somos todos humanos, pensei, perguntando-me o que eu queria dizer com isso.

Um homem vestido de preto apareceu, um colega de cabelos longos, cujos olhos penetrantes me olharam a partir de um rosto intenso e amistoso. Os outros pairaram em torno dele com olhos ansiosos, enquanto ele me examinava e consultava meu mapa. Depois, rabiscou algo num grande cartão e o empurrou para diante dos meus olhos:

COMO VOCÊ SE CHAMA?

Um tremor me sacudiu; foi como se ele tivesse subitamente acrescido um nome, tivesse organizado aquela confusão que se amontoava na minha cabeça e eu fosse subjugado por uma inesperada vergonha. Fechei os olhos e sacudi a cabeça, acabrunhado. Ali estava a primeira tentativa calorosa de se comunicar comigo, e eu falhava. Tentei de novo, mergulhando na escuridão da minha mente. Não adiantava nada; nada encontrei além da dor. Vi o cartão de novo, e ele apontou lentamente para cada palavra:

COMO... VOCÊ... SE... CHAMA?

Tentei desesperadamente, penetrando nas trevas até ficar fraco de fadiga. Era como se uma veia tivesse sido aberta e minha energia se escoasse por ela; eu conseguia apenas olhar à minha volta, fixamente. Mas, com uma irritante arrancada de atividade, ele gesticulou para outra ficha e escreveu:

QUEM... É... VOCÊ?

Algo dentro de mim reagiu com uma lerda excitação. A reformulação da pergunta pareceu suscitar uma série de luzes fracas e distantes onde a outra lançara uma faísca que se apagou. Quem sou eu? Perguntei-me. Mas era como tentar identificar uma célula particular que corria através das entorpecidas veias do meu corpo. Talvez fosse exatamente essa escuridão, esse atordoamento e essa dor, mas isso parecia menos uma resposta apropriada do que algo que eu lera em algum lugar.

A ficha estava de volta:

COMO SE CHAMA A SUA MÃE?

Mãe, quem era a minha mãe? Mãe, a única que grita quando você sofre? — mas quem era? Isso era estúpido, você sempre soube o nome da sua mãe. Quem era a que gritava? Mas o grito veio da máquina. Uma máquina, minha mãe?... Era claro, eu estava fora de mim.

Ele disparou perguntas para mim: *Onde foi que você nasceu? Tente pensar no seu nome.*

Tentei, pensei inutilmente em vários nomes, mas nenhum parecia adequar-se. No entanto, era como se eu fosse, de algum modo, uma parte de todos eles, como se tivesse submergido dentro deles e me perdido.

Você deve lembrar-se, a ficha dizia. Mas era inútil. Todas as vezes eu me achava de novo na aderente mistura branca, com meu nome exatamente além das pontas dos meus dedos. Sacudi a cabeça e observei-o desaparecer por um momento, regressando com um companheiro, um homem pequeno e com o aspecto de um estudioso e que me olhou atentamente com uma expressão vazia. Observei-o apresentar uma lousa de criança e um pedaço de giz, escrevendo nela:

QUEM FOI SUA MÃE?

Eu o olhei, sentindo uma súbita antipatia e pensando, quase com divertimento: não estou para brincadeiras. E como está a *sua* velha hoje?

PENSE

Olhei com toda atenção, vendo-o franzir as sobrancelhas e escrever por muito tempo. A lousa estava cheia de nomes sem significado.

Sorri, vendo seus olhos resplandecerem com sua contrariedade. A Velha Cara Amistosa disse alguma coisa. O novo homem escreveu uma pergunta que olhei com muita atenção, com o espanto dos olhos arregalados:

QUEM ERA O COELHO CAOLHO?

Eu me sentia agitado. Por que ele estava pensando *nisso*? Ele apontou para a pergunta, palavra por palavra. Eu ri, lá no meu íntimo, bem lá dentro de mim, tonto com o prazer da autodescoberta e com o desejo de escondê-la. De algum modo, eu era o Coelho Caolho... ou tinha sido, quando nós dançávamos, ainda crianças, e cantávamos descalços nas ruas empoeiradas:

*Coelho Caolho
Sacode, sacode
Coelho Caolho
Suspende, suspende..*

Não, eu não podia me obrigar a aceitar aquilo, era ridículo demais — e, de alguma maneira, perigoso demais. Eu achava incômodo o fato de ele ter encontrado uma antiga identidade, e sacudia a minha cabeça, vendo-o franzir os lábios e me olhar, meio intrigado.

RAPAZ, QUEM ERA NHÔ COELHO?

Ele foi a eminência parda da sua mãe, pensei. Todo mundo sabia que os dois eram um só, e o mesmo: A gente era chamado de "Caolho" quando era pequeno, escondendo-se atrás de grandes olhos inocentes; "Nhô", quando crescia um pouco. Mas por que ele estava jogando com esses nomes infantis? Será que eles pensavam que eu era criança? Por que não me deixavam sozinho? Eu me lembraria de tudo a contento quando eles me tirassem da máquina... Uma mão espalmada bateu com força no vidro, mas eu estava cansado deles. Enquanto meus olhos, todavia, se concentravam no Velho Rosto Amistoso, ele parecia contente. Eu não podia compreender isso, mas ali estava ele, sorrindo e me deixando com o novo auxiliar.

Deixado sozinho, eu estava aborrecido com minha identidade. Desconfiava de que estava realmente disputando um jogo comigo mesmo e no qual eles tomavam parte. Uma espécie de batalha. Na verdade, eles sabiam tanto quanto eu, e eu, por alguma razão, preferia não enfrentar isso. Era irritante, fazendo com que me sentisse astuto e alerta. Solucionaria o mistério no momento seguinte. Imaginava-me redemoinhando em toda a minha cabeça, como um velho que se esforçava para apanhar um rapazinho em alguma diabrura, pensando. Quem era eu? Não era nada bom. Senti-me como um palhaço. Nem eu estava à altura de ser ao mesmo tempo criminoso e detetive — embora por que criminoso, isso eu não soubesse.

Eu tentava imaginar meios de causar curto-circuito na máquina. Talvez, se eu modificasse meu corpo de tal modo que os dois eletrodos se unissem, não, não somente não havia nenhum espaço para tanto, como isso poderia eletrocutar-me. Estremeci. Quem quer que eu fosse, não era nenhum Sansão. Não tinha nenhum desejo de me destruir, mesmo que destruísse a máquina; eu queria liberdade, não destruição. Era exaustivo, pois não importava o sistema que eu concebesse: havia uma única irregularidade constante — eu mesmo. Não havia nenhum ganho em torno disso. Já não podia fugir do que pudesse pensar da minha identidade. Talvez, pensei, as duas coisas estejam envolvidas uma com a outra. Quando eu descobrir quem sou, serei livre.

Foi como se as minhas cogitações de fuga os tivessem alertado. Levantei os olhos e vi dois médicos agitados e uma enfermeira, e pensei: "agora é tarde demais", e fiquei no meio de um véu de suor observando-os manipular os controles. Eu estava amarrado para o choque habitual, mas nada aconteceu. Em vez disso, vi suas mãos na tampa do estojo, afrouxando as chavetas, e, antes de eu poder reagir, eles já haviam aberto a tampa e me puxaram, ergueram-me.

— O que aconteceu? — balbuciei, vendo a enfermeira fazer uma pausa para me olhar.

— Bem? — disse ela.

Minha boca funcionava silenciosamente.

— Venha, saia daí — ordenou ela.

— Que hospital é este? — indaguei.

— É o hospital da fábrica — respondeu ela. — Agora fique quieto.

Eles estavam ao redor de mim, examinando o meu corpo, e eu observava tudo com crescente atordoamento, pensando: o que é um hospital da *fábrica*?

Senti um puxão na barriga e olhei para baixo, vendo um dos médicos puxar o eletrodo que estava atado à minha barriga; depois me empurrou para a frente.

— O que é isso? — perguntei.

— Traga a tesoura — disse ele.

— Certo — concordou o outro. — Não devemos perder tempo.

Eu recuei interiormente, como se o fio fosse parte de mim. Então eles o libertaram e a enfermeira o cortou através da atadura da barriga e retirou o pesado eletrodo. Abri a boca para falar, mas um dos médicos sacudiu a cabeça. Eles trabalharam rapidamente. Com os eletrodos retirados, a enfermeira se aproximou de mim, com álcool, para friccionar. Em seguida, disseram-me para cair fora dali. Encarei um por um, dominado pela indecisão. Pois, no momento em que eu parecia estar sendo libertado, eu não conseguia acreditar naquilo. E se eles fossem transferir-me para alguma outra máquina ainda mais dolorosa? Sentei-me ali, recusando-me a sair do lugar. Deveria lutar contra eles?

— Pegue-lhe o braço — disse um deles.

— Posso sair sozinho — retruquei, descendo timidamente.

Disseram que me levantasse, enquanto se aproximavam do meu corpo com um estetoscópio.

— Como está a articulação? — indagou o que trazia o mapa, enquanto o outro me examinava o ombro.

— Perfeita — respondeu ele.

Pude sentir ali certa rigidez, mas nenhuma dor.

— Eu diria que ele está surpreendentemente forte, diante de tudo — disse o outro.

— Devo pedir a ajuda de Drexel? Parece um pouco estranho ele estar tão forte.

— Não, apenas registre no prontuário um.

— Está bem. Enfermeira, dê-lhe suas roupas.

— O que vão fazer comigo? — perguntei.

Ela me entregou roupa branca limpa e um par de macacões brancos.

— Não faça perguntas — disse ela. — Apenas se vista o mais depressa possível.

O ar fora da máquina parecia extremamente rarefeito. Quando me curvei para amarrar os sapatos, pensei que iria fingir, mas abandonei essa ideia. Levantei-me de modo vacilante e eles me olharam de cima a baixo.

— Bem, rapaz, parece que você está curado — disse-me um deles. — Você é um novo homem. Você se saiu muito bem. Venha conosco — disse.

Saímos lentamente da sala e descemos um comprido corredor branco para tomar um elevador, depois fomos rapidamente para três andares abaixo, a uma sala de recepção com cadeiras enfileiradas. À nossa frente, estavam numerosos gabinetes particulares com portas e paredes de vidro fosco.

— Sente-se aí — ordenaram eles. — O diretor dará uma olhada em você.

Sentei-me, vendo-os desaparecer por um segundo dentro de um dos gabinetes e emergir para passar por mim sem uma palavra. Eu tremia como uma folha. Estariam realmente me libertando? Minha cabeça rodopiava. Olhei meu macacão branco. A enfermeira disse que este era o hospital da fábrica... Por que eu não podia me lembrar de que espécie de fábrica era? E por que um hospital da *fábrica*? Sim... Lembrei-me efetivamente de alguma vaga fábrica; talvez eu estivesse sendo mandado de volta para ela. Sim, e ele falara do diretor em vez do médico-chefe: podiam ser eles um apenas e o mesmo? Talvez eu já estivesse na fábrica. Escutei, mas não pude ouvir qualquer maquinaria.

No lado oposto da sala, um jornal estava sobre uma cadeira, mas eu estava preocupado demais para pegá-lo. Em algum lugar, um ventilador zumbia. Depois, uma das portas de vidro fosco se abriu e eu vi um homem alto, de aparência austera e paletó branco acenando para mim com um mapa.

— Venha — ordenou ele.

Levantei-me e passei com ele para um gabinete grande e de mobiliário simples, pensando: *Agora, eu saberei. Agora.*

— Sente-se — disse-me ele.

Eu me acomodei na cadeira ao lado da escrivaninha. Ele me examinou com calma e olhar atento, científico.

— Como se chama? Ah, eu tenho isso aqui — disse ele, estudando o mapa.

E era como se alguém dentro de mim tentasse dizer-lhe para ficar calado, mas ele já dissera o meu nome e eu me ouvi exclamar Ah!, enquanto uma dor me lancinava a cabeça. Então, levantei-me de um salto e olhei tumultuosamente à minha volta, sentando-me, levantando e sentando de novo muito depressa, recordando. Não sei por que fiz isso mas subitamente o vi olhando para mim de maneira decidida e, dessa vez, permaneci sentado.

Ele começou a me fazer perguntas e eu podia ouvir-me responder fluentemente, embora dentro de mim estivesse girando com imagens emocionais que se alteravam rapidamente, chiavam e trepidavam, como uma trilha sonora passada em alta velocidade.
— Bem, meu rapaz — disse ele —, você está curado. Vamos liberar você. O que acha disso?
De repente, eu não sabia. Vi uma folhinha da empresa atrás de um estetoscópio e um pincel em miniatura de tinta prateada. Ele estaria dizendo isso em relação ao hospital ou ao serviço?...
— Por favor — murmurei.
— Eu disse: O que acha disso?
— Está certo, doutor — respondi, com uma voz irreal. — Vou ficar contente em voltar a trabalhar.
Ele olhou a ficha, franzindo o cenho.
— Você estará liberado, mas receio que se decepcionará a respeito do trabalho — disse ele.
— O que o senhor quer dizer com isso, doutor?
— Você passou por uma experiência grave — disse. — Não está pronto para os rigores da indústria. Agora, quero que você descanse, passe um período de convalescença. Você precisa reajustar-se e readquirir suas forças.
— Mas doutor...
— Você não deve tentar ir longe demais. Está contente em ser liberado, não está?
— Ah, sim. Mas como vou viver?
— Viver? — suas sobrancelhas se levantaram e baixaram. — Consiga outro emprego — disse ele. — Alguma coisa mais fácil, mais tranquila. Alguma coisa para a qual você esteja mais preparado.
— Preparado? — fitei-o, pensando: ele está envolvido nisso também?
— Arranjarei alguma coisa, doutor — concordei.
— Isso não é problema, meu rapaz. Você só não está preparado para trabalhar em nossas condições industriais. Mais tarde, talvez, mas não agora. E lembre-se de que você será adequadamente indenizado por sua experiência.
— Indenizado?

— Ah, sim — disse ele. — Nós adotamos uma política de humanitarismo esclarecido; todos os nossos empregados são automaticamente segurados. Você tem apenas de assinar alguns papéis.

— Que papéis, doutor?

— Requeremos uma declaração escrita isentando a empresa de responsabilidade — disse. — O seu é um caso difícil, e numerosos especialistas terão de ser convocados. Mas, afinal de contas, qualquer nova ocupação tem seus riscos. Estes fazem parte do desenvolvimento, do esforço de ajustamento, por assim dizer. A gente aproveita uma oportunidade e, enquanto alguns estão preparados, outros não estão.

Olhei seu rosto enrugado. Era médico, funcionário da fábrica, ou as duas coisas? Eu não podia saber; e, agora, ele parecia andar de um lado para o outro através do meu campo de visão, embora estivesse sentado e perfeitamente calmo em sua cadeira.

E, então, irrompi:

— O senhor conhece o sr. Norton, doutor? — indaguei.

— Norton? — sua testa se franziu. — Que Norton é este?

Então foi como se eu não lhe tivesse perguntado; o nome soou estranho. Levei a mão sobre os olhos.

— O senhor me desculpe — respondi. — Passou-me pela cabeça que o senhor poderia conhecê-lo. É apenas um homem que fiquei conhecendo.

— Sei. Bem. — Ele apanhou alguns papéis. — De modo que é como eu lhe disse, meu rapaz. Talvez um pouco mais tarde possamos fazer alguma coisa. Você pode levar consigo os papéis, se o desejar. Apenas os envie a nós. Seu cheque lhe será enviado tão logo eles voltarem. Enquanto isso, vá com tanta calma quanto lhe convier. Você chegará à conclusão de que somos bastante justos.

Peguei os papéis dobrados e olhei para ele durante o que me pareceu muito tempo. Ele parecia hesitar. Então eu me ouvi dizer:

— O senhor o conhece? — com a voz mais incisiva.

— Quem?

— O sr. Norton — repeti. — O sr. Norton!

— Ah, ora, não.

— Não — disse eu —, ninguém conhece ninguém e isso foi há tempo demais.

Ele franziu a testa e eu ri.

— Eles depenaram o pobre passarinho — murmurei. — Por acaso o senhor conhece o Bled?

Ele me olhou com a cabeça virada para um dos lados.

— Essas pessoas são seus amigos?

— Amigos? Ah, sim — respondi. — Somos todos bons amigos. Companheiros do caminho de volta. Mas não imagino que vamos entrar nos mesmos círculos.

Seus olhos se arregalaram.

— Não — ele disse —, não acredito que o façamos. Mas ter bons amigos é algo valioso.

Senti-me tonto, passei a rir e me pareceu novamente que ele hesitou. Pensei em lhe perguntar a respeito de Emerson, mas agora ele limpava a garganta, num nítido sinal de que havia terminado.

Guardei os papéis dobrados no macacão e fui saindo. A porta além das filas de cadeiras parecia muito distante.

— Cuide-se — recomendou ele.

— O senhor também — disse eu, pensando: "Está na hora, já passou da hora."

Virando-me abruptamente, voltei de maneira doentia para a escrivaninha, vendo-o levantar os olhos para mim com seu firme olhar científico. Eu estava dominado por sensações protocolares, mas incapaz de me lembrar da fórmula apropriada. De modo que, intencionalmente, estendi a mão e combati o riso com uma tosse.

— Foi bastante agradável nosso breve diálogo, doutor — disse eu. Escutei a mim mesmo e sua resposta.

— Sim, é verdade — disse ele.

Ele me apertou a mão com força, sem surpresa ou desagrado. Olhei para baixo, ali estava ele, em algum lugar atrás da face enrugada e da mão estendida.

— E agora nossa conversa acabou — disse eu. — Adeus.

Ele levantou a mão.

— Adeus — disse, com uma voz sem compromisso.

Deixando-o e saindo para o ar das emanações de tinta, tive a sensação de que estivera conversando além de mim mesmo, usara palavras e expressara atitudes que não eram minhas, de que estava sob o poder de alguma personalidade alheia, instalada profundamente em meu íntimo. Como a criada a respeito de quem eu lera na aula de psicologia, que, durante um transe, recitara páginas de filosofia grega que um dia ouvira por acaso, enquanto trabalhava. Era como se eu estivesse representando a cena de algum filme maluco. Ou talvez eu me alcançasse a mim mesmo e tivesse expressado em palavras sensações que até então escamoteara. Ou, pensei, estava principiando a jornada, da qual já não tinha mais medo? Parei, olhando os edifícios ao fundo da rua reluzente que se inclinava sob o sol e a sombra. Eu já não *tinha* medo. Nem dos homens importantes, nem dos conselheiros e da companhia; pois sabia, agora, que não havia nada que pudesse esperar deles, e não havia nenhuma razão para sentir medo. Era isso? Sentia-me tonto, os ouvidos tiniam. E eu continuei andando.

Ao longo da calçada, os edifícios se levantavam, uniformes e integrados. Era então o fim do dia e, no alto de cada edifício, as bandeiras se agitavam, soçobravam e se prostravam. E eu senti que cairia, que tinha caído, movendo-me agora contra uma corrente que se arrastava celeremente contra mim. Desprendendo-se dos passeios e acima da rua, encontrei a ponte pela qual eu tinha vindo, mas a escada que levava de volta ao carro que atravessava a parte mais alta estava demasiada e atordoantemente molhada para se galgar, nadar ou voar e, em vez disso, encontrei um metrô.

As coisas giravam depressa demais à minha volta. Minha cabeça alternava entre o brilho e o branco em lentas ondas que se revolviam. Nós, ela, para ela — minha cabeça e eu — já não nos achávamos ao redor dos mesmos círculos. Tampouco o meu corpo. No lado oposto do corredor do vagão, uma jovem loura platinada mordiscava uma deliciosa maçã vermelha, quando as luzes da estação passaram onduladas por trás dela. O trem mergulhou. Caí através dos ruídos, zonzo e com o espírito num vácuo, sugado por baixo, para fora e para dentro do final da tarde do Harlem.

Capítulo doze

Quando saí do metrô, a Avenida Lenox parecia adernar em relação a mim num ângulo de bêbado, e eu me concentrei na cena oscilante, com olhos arregalados e infantis, a cabeça latejando. Duas mulheres gigantescas, com a tez de creme estragado, pareciam lutar com seus corpos maciços enquanto passavam por mim, as ancas floridas se agitando como chamas ameaçadoras. Elas se meneavam de lado a lado pela calçada, diante de mim, e um fúlgido e alaranjado raio de sol oblíquo parecia borbulhar, ao mesmo tempo que eu descia, com as pernas aquáticas debaixo de mim, mas com a minha cabeça clara, bastante clara, registrando a multidão que se desviava ao meu redor: pernas, pés, olhos, mãos, joelhos dobrados, sapatos arrastados, excitação de olhos mordentes. E alguma movimentação ou vacilação.

E a enorme e escura mulher dizendo: — *Rapaz, tá tudo certo com vancê, o que tem de errado?*, numa áspera voz de contralto. E eu dizendo: *Está tudo certo comigo, apenas estou fraco*, e tentando ficar de pé, e ela dizendo: *Pro que então vancê num volta a se levantá e num solta a respiração de home? Fique de novo em pé aí direito*, e agora, soando com uma inflexão oficial, *Fique sem se mexê, pare quieto*. E ela de um lado, um homem do outro, ajudando a me pôr de pé, e o policial dizendo: *Está tudo certo com você?* E eu respondendo: *Sim, só me sinto fraco, mas está tudo bem agora*, e ele mandava as pessoas ali aglomeradas circularem, e os outros circulando, salvo o homem e a mulher, e ele dizendo: *Você tem certeza de que está bem, rapaz?*, e eu balançando a cabeça com o meu sim, e ela dizendo *onde vancê mora, filho, em algum lugá perto daqui?* E eu dizendo a ela que na Casa do Estudante, ela olhando para mim e sacudindo a cabeça, dizendo *Casa do Estudante, Casa do Estudante, ora bolas, não é nenhum lugá pra alguém nas suas condições, que está fraco e precisa de uma muié cuidando de vancê por um tempo.* E eu dizendo *Mas logo estará tudo bem comigo,* e ela *Talvez sim e talvez não. Eu moro logo ali, no alto da rua, virando a esquina; é mió vancê dar uma chegada lá e descansar até se sentir mais forte. Telefono pra Casa do Estudante e digo pra eies onde você tá.* E eu cansado demais para resistir, e ela já reteve um braço e instruiu o colega a pegar o outro, assim fomos, eu entre eles, interiormente rejeitando mas aceitando a direção que ela me dava, ouvindo *Tenha calma, vou tomar conta de vancê, como fiz com uma pução de outro, meu nome é Mary Rambo, todo mundo me conhece junto a essa parte do Harlem, vancê me ouviu, não ouviu?* E o sujeito dizendo *Certo, eu sou o filho da Jenny Jackson, sabe que eu conheço você, Srta. Mary?* E ela ainda dizendo *Jenny Jackson, ora eu devo dizer que vancê bem me conhece e eu conheço vancê. Vancê é Ralston, e sua mãe teve dois outros fio, um rapaz chamado Flint e a menina chamada Laura-Jean; devo dizê que conheço vancê — eu, sua mãe e seu pai costumávamos...* E eu dizendo *Está tudo certo comigo agora, realmente tudo certo.* E ela dizendo *Pela tua cara, você tá muito pió até do que parece,* e me puxando agora, dizendo *Aqui é a minha casa, aqui mermo, me ajude a fazê ele subi os degrau e ir lá pra dentro, você num precisa se preocupar, fio, eu nunca vi você antes e não é meu caso, eu num ligo pra o que você pense de mim, mas você tá fraco, mal pode andar, e tudo, e você se parece mais quem tá com fome, de modo que entre e deixe-me fazê alguma coisa pra vancê, como eu espero que vancê faça alguma coisa pra veia Mary caso ela precise, num vai custá a você um tostão e num quero me meter na tua vida, quero somente que vancê se deite até ficar descansado, depois vancê pode ir.* E o colega, aguentando a subida, dizendo *Você está em boas mão, rapaz, a Srta. Mary sempre ajuda os outros, e você tá precisando de ajuda, pois aqui você está preto como eu e branco como uma folha de papel, como diriam os funcionários... cuidado com os degraus.* E, subindo alguns degraus, e depois alguns mais, cada vez mais fraco, e fervorosos os dois em torno de mim e de cada lado, depois num quarto fresco e escuro, ouvindo *Aqui, aqui tá a cama, deite ele aí, aí, aí agora, é isso, Ralston, agora ponha as perna dele levantada, num esqueça nunca da manta — aí, é isso, agora saia daí pra cozinha e lhe sirva um copo d'água, você vai achar uma garrafa na geladeira.* E ele indo, e ela colocando outro travesseiro debaixo da minha cabeça, dizendo *Agora vancê vai ficar mió e, quando vancê ficar bom em tudo, vai saber como tava mal quando chegô, aqui, agora tome um gole dessa água,* e eu bebendo e vendo seus envelhecidos dedos pardos segurando o copo reluzente, e pensando, como num eco de suas palavras *Se você ainda duvidava de que tava afundando, é só olhá o buraco em que se meteu;* e depois o macio e fresco chapinhar do sono.

Quando acordei, eu a vi lendo um jornal do outro lado do quarto, seus óculos encarapitados na ponta do nariz, enquanto se fixava na página, com a máxima atenção. Em seguida, compreendi que, embora os óculos ainda se inclinassem para baixo, os olhos já não estavam mais concentrados na página, mas no meu rosto, iluminando-se com um demorado sorriso.

— Como vancê se sente agora? — perguntou ela.

— Muito melhor.

— Achei que vancê ia tá mió mesmo. E vai ficar ainda mió depois de tomar uma sopinha que eu fiz pra vancê na cozinha. Vancê dormiu um tempão.

— Dormi? — perguntei. — Que horas são?

— Quase dez e, do jeito que você dormiu, desconfio que tudo o que você precisava era descansá... Não, num se levante ainda. Vancê tem que tomá a sua sopa, dispois vancê pode ir — disse a mulher, saindo.

Ela voltou com uma tigela.

— Isso aqui fazer vancê se recuperá — disse ela. — Vancê não tem esse tipo de serviço lá na Casa do Estudante, tem? Agora, vancê se senta aí e vai com calma. Eu não tenho nada a fazê além de lê o jornal. E gosto de companhia. Vancê tem de aproveitá o tempo de manhã cedo?

— Não, eu estive doente — esclareci. — Mas tenho de procurar um emprego.

— Eu sabia que vancê não tava bem. Pro que tenta escondê isso?

— Não quero atrapalhar ninguém — expliquei.

— Todo mundo tem que atrapalhá *alguém*. E você também acabô de sair do hospital.

Ergui os olhos para ela. Estava sentada na cadeira de balanço e inclinada para a frente, com os braços dobrados à vontade sobre o colo coberto pelo avental. Será que aquela mulher havia investigado meus bolsos?

— Como você soube disso? — indaguei.

— Aí tá vancê desconfiado — disse ela, com ar severo. — É o que atrapalha o mundo de hoje, ninguém confia em ninguém. Posso farejá esse hospital que tá cheirando em vancê. Vancê ficou com tanto éter nessa roupa que dava pra fazer um cachorro dormir!

— Eu não conseguia me lembrar de dizer a você que estive no hospital.

— Não, e vancê num precisava dizer. Eu senti o chêro. Vancê tem parente aqui na cidade?

— Não, ma'm — respondi. — Estão no sul. Eu vim aqui para trabalhar, de modo que pudesse ir para a escola, e acabei ficando doente.

— Agora, isso não tá tão mal! Mas você vai ficá todo bom. Qual é o plano que vancê tem?

— Ainda não sei. Vim para cá querendo ser professor. Agora eu já não sei.

— Então o que atrapalha você de sê um professor?

Pensei a respeito daquilo enquanto provava a boa sopa quente.

— Nada, imagino, só que gostaria de fazer alguma outra coisa.

— Bem, qualqué coisa que seja, espero que seja algo que seja motivo de orgulho pra nossa raça.

— Espero que sim — disse eu.

— Não espere, faça desse modo.

Olhei para ela, pensando no que tentaria fazer e em que situação ela me havia recebido, vendo sua pesada e serena figura diante de mim.

— São vancês, pessoas jovem, que vão fazê as mudança — disse ela. — Vancês todos, muitos. Vancê tem que chefiá e tem que lutá, e nos levá um pouco mais alto. E eu digo a vancê uma coisa mais, são os do sul que precisam fazê isso, eis que conhece o fogo e não se esqueceu de como estão debaixo. Ah, muitos deles *fala* em fazê coisa, mas dispois eles esquece tudo. Não, são vancês jovem que têm de lembrá e tomá a direção.

— Sim — concordei.
— E vancê tem que tomá cuidado, fio. Não deixe esse Harlem pegá vancê. Tô em Nova York, mas Nova York não tá em mim, compreende o que quero dizê? Não se corrompa.
— Não me corromperei. Estarei ocupado demais.
— Tudo certo agora, vancê me parece que pode fazê por si mesmo, desde que tenha cuidado.
Levantei-me para sair, esperando-a erguer-se de sua cadeira e ir me acompanhar até a porta.
— Vancê é quem decide. Se quisé um quarto perto da Casa do Estudante, me procure — disse ela. — O aluguel é razoável.
— Vou-me lembrar disso — disse eu.

Ia lembrar-me daquilo mais cedo do que pensara. No momento em que entrei no lustroso e agitado saguão da Casa do Estudante, fui dominado por uma sensação de alienação e hostilidade. Meu macacão suscitava olhares espantados e eu tomei consciência de que já não podia mais viver ali, de que aquela fase da minha vida havia passado. O saguão era o lugar onde se reuniam vários grupos ainda envolvidos pelas ilusões que acabavam de ser lançadas da minha cabeça como bumerangues: alunos de faculdade que trabalhavam para voltar a estudar no sul; advogados mais velhos ligados ao progresso racial, com esquemas utópicos de construir impérios de negócios negros; pregadores ordenados por nenhuma autoridade que não a deles próprios, sem igreja ou congregação, sem pão ou vinho, corpo ou sangue; os dirigentes de comunidade, sem seguidores; velhos de sessenta anos ou mais ainda envolvidos com os sonhos pós-guerra civil, de liberdade dentro da segregação; os patéticos moradores que nada possuíam além de seus sonhos de ser cavalheiros que mantinham pequenos empregos ou recebiam pequenas pensões: todos eles pretendendo estar comprometidos com algum vasto, se bem que obscuro, empreendimento, que afetavam os hábitos pseudopalacianos de certos congressistas do sul e se submetiam, abaixavam a cabeça quando eles passavam, como velhos galos senis num terreiro; o círculo mais jovem, pelo qual eu agora sentia um desprezo tal que somente um sonhador desiludido sente por aqueles ainda sem consciência de que sonham — os estudantes de comércio de faculdades do sul, para os quais o comércio era um jogo vago e abstrato com regras tão obsoletas como as da arca de Noé, mas que ainda estavam embriagados com as finanças. Sim, e aqueles grupos mais velhos com aspirações semelhantes, os "fundamentalistas", os "agentes" que buscavam alcançar o status de corretores exclusivamente por meio da imaginação, um grupo de zeladores e mensageiros que gastavam a maior parte de seus salários em vestuário, como as pessoas de bom-tom entre os corretores de Wall Street, com seus ternos do Brooks Brothers, seus chapéus-coco, guarda-chuvas ingleses, sapatos pretos de couro de bezerro e luvas amarelas; com seu raciocínio ortodoxo e apaixonado quanto à gravata correta a se usar com esta ou aquela camisa; quanto a que sombra de cinzento era correta para as polainas e o que vestiria o príncipe de Gales em determinado evento sazonal; se deviam os óculos ficar, a tiracolo, no ombro direito ou no esquerdo; pessoas que nunca leram as páginas financeiras, embora comprassem o *Wall Street Journal* religiosamente e o carregassem sob o braço esquerdo, firmemente apertado contra o corpo e agarrado na mão esquerda — sempre tratada em manicure e enluvada, em tempo bom ou mau — com uma satisfeita precisão (ah, eles tinham estilo), enquanto a outra mão se movia de um lado para o outro, num ângulo estrito, um guarda-chuva firmemente enrolado; com seus chapéus Homburg ou Chesterfield, seus casacos Polo ou seus chapéus tiroleses, vestiam-se estritamente de acordo com a moda.

Eu podia sentir seus olhos, via todos eles e via também a hora em que eles descobririam que minhas perspectivas haviam terminado e já via o desprezo que sentiriam por mim, um homem da faculdade que perdera suas perspectivas e seu orgulho. Podia ver isso tudo e sabia que mesmo os funcionários e os homens mais velhos me desdenhariam como se, de algum modo, ao perder meu lugar no mundo de Bledsoe, eu os tivesse traído... Eu via isso enquanto eles olhavam meu macacão.

Eu saíra em direção ao elevador, quando ouvi a voz intensificada pelo riso; virei-me para ver e era ele que pregava para um grupo nas cadeiras do saguão, vi as dobras de sua gordura por trás da cabeça enrugada, de abóbada alta e cabelo aparado rente, com a certeza de que era ele: sem pensar em nada, levantei a lixeira, cheia e fedorenta; dei dois longos passos para a frente e despejei seu conteúdo sobre a cabeça, tarde demais advertida por alguém ali em frente. Foi tarde demais, igualmente, eu perceber que não era Bledsoe, mas um pregador, um batista conhecido que, de olhos arregalados, aterrorizava todo mundo com a descrença e o escândalo. Atravessei e saí depressa do saguão, antes de alguém sequer pensar em me deter.

Ninguém me seguiu e eu percorri as ruas surpreso com a minha própria ação. Mais tarde começou a chover e eu me movi sorrateiramente perto da Casa do Estudante, convencendo um porteiro ainda às gargalhadas a ir lá e tirar minhas coisas para mim. Fiquei sabendo que fora excluído do edifício por "noventa e nove anos e um dia".*

— Você não pode voltar, cara — disse o porteiro —, mas, depois do que você fez, eu juro, eles nunca mais vão deixar de falar em você. Você realmente batizou o velho reverendo.

Desse modo, naquela mesma noite voltei para a casa de Mary, onde vivi num quarto pequeno, mas confortável, até o frio chegar.

Foi um período de tranquilidade. Paguei as despesas com o dinheiro da minha indenização e achei agradável viver com ela, exceto por sua conversa, constante, sobre chefia e responsabilidade. E mesmo isso não foi tão ruim durante todo o tempo em que pude arcar com as despesas. Foi, porém, uma pequena indenização, e quando, após vários meses, o dinheiro acabou e procurei de novo um emprego, achei que ela parecia muito irritada. No entanto, ela jamais me cobrou o pagamento e foi tão generosa quanto sempre em me servir a comida na hora das refeições.

— Somente uns tempos difice que vancê tá atravessando — dissera ela. — Todo mundo que vale o que come tem seus tempo duro e, quando vancê consegui sê alguém, vancê vai vê que esses tempo muito difice ajudarum vancê um montão.

Eu não via isso dessa maneira. Perdera o meu senso de direção. Quando não estava procurando trabalho, passava o tempo no meu quarto,

---

* Refere-se ao título de uma canção conhecida nos Estados Unidos da época. (*N. do T.*)

onde lia incontáveis livros da biblioteca. Às vezes, quando ainda havia dinheiro, ou quando eu ganhara uns poucos dólares servindo mesas, eu comia fora e vagava pelas ruas até tarde da noite. Além de Mary, eu não tinha nenhum outro amigo, nem desejava ter. Nem pensava em Mary como uma "amiga": ela era algo mais — uma força, uma força estável e familiar, como alguma coisa do meu passado que me impedia de rodopiar dentro de um desconhecido que eu não ousava encarar. Era uma posição mais dolorosa, pois Mary, nessa mesma época, me fazia lembrar constantemente que alguma coisa era esperada de mim, algum ato de chefia, alguma realização digna de nota. E eu me dilacerava entre desaprová-la por isso e amá-la pela nebulosa esperança que ela mantinha viva.

Eu não tinha nenhuma dúvida de que podia fazer algo, mas o quê, e como? Não tinha contatos de espécie alguma e não acreditava em nada. E a obsessão com a minha identidade, que se desenvolvera no hospital da fábrica, voltou como uma vingança. Quem era eu, como havia chegado a ser o que era? Eu certamente não podia ajudar-me a ser diferente de quando deixei o *campus*. Mas agora uma voz nova, dolorosa e contraditória crescera dentro de mim e, entre suas exigências por uma ação vingativa e a silenciosa pressão de Mary, eu latejava em culpa e perplexidade. Queria paz e sossego, tranquilidade, mas trazia uma demasiada ebulição interna. Em algum lugar, sob a carga do gelo que me congelava as emoções e que minha vida condicionara meu cérebro a produzir, um borrão de negra ira se incandescia e emitia uma quente luz vermelha de tamanha intensidade que, se Lord Kelvin lhe conhecesse a existência, teria precisado rever suas medidas. Uma explosão remota ocorrera em algum lugar, talvez novamente no escritório de Emerson ou, naquela noite, no de Bledsoe: ela fizera a calota de gelo derreter e alterar a mais leve partícula. Mas essa partícula, essa fração, era inabalável. Vir para Nova York talvez fosse uma tentativa inconsciente de manter em boa forma a antiga unidade de congelamento, mas esta não havia funcionado: a água quente penetrara em suas espirais. Só uma gota, quem sabe, mas essa gota era a primeira onda do dilúvio. Por um instante acreditei, esforcei-me, desejava estender-me sobre as brasas vivas, fazer qualquer coisa para alcançar uma posição no *campus* —

depois, a mordida! Estava concluído, terminado, por completo. Agora só havia o problema de esquecer tudo aquilo. Se apenas todas as vozes contraditórias que gritavam dentro da minha cabeça se acalmassem e entoassem uma canção em uníssono, fosse qual fosse, eu não me importaria com isso, enquanto elas cantassem sem dissonância; sim, e evitasse os extremos incertos da escala. Mas não havia nenhum alívio. Eu estava tumultuado pelo ressentimento, mas muito "autocontrolado", essa virtude gelada, esse vício capaz de congelar. E, quanto mais ressentido eu me tornava, mais me voltava o antigo impulso de fazer discursos. Enquanto ia andando pelas ruas, as palavras se entornavam de minha boca num murmúrio sobre o qual eu não tinha muito controle. Passei a ficar com medo do que podia fazer. Todas as coisas efetivamente borbulhavam em minha mente. Queria muito ir para casa.

E, enquanto o gelo estava derretendo para formar uma enchente na qual eu corria o risco de me afogar, eu acordei, numa tarde, e descobri que meu primeiro inverno no norte havia chegado.

Capítulo treze

A princípio, afastara-me da janela e tentava ler, mas minha cabeça se mantinha novamente alheia no meio de meus velhos problemas e, incapaz de resistir por mais tempo, saí precipitadamente da casa, com extrema agitação, mas resolvido a fugir de minhas escaldantes cogitações para o ar frio.

Logo de saída, dei um encontrão numa mulher, que me chamou de uma palavra obscena, só me fazendo acelerar meu ritmo. Em poucos instantes, já estava a vários quarteirões adiante, tendo avançado para a avenida mais próxima e para a cidade. As ruas estavam cobertas de gelo e de neve manchada de fuligem, mas sob um fraco sol que se filtrava através da névoa. Eu caminhava com a cabeça baixa, sentindo o ar cortante. E eu ainda estava quente, queimando de febre interior. Mal levantei os olhos para um carro que passou com um baque surdo de correntes antiderrapantes completamente rodopiadas aqui e ali sobre o gelo, depois fez a volta com cuidado e provocou novamente o baque surdo.

Eu andava devagar, piscando os olhos no ar frio, tendo na mente uma espécie de nódoa com o quente raciocínio interior que continuava. O Harlem inteiro parecia despedaçar-se no redemoinho da neve. Imaginei-me perdido e que, por um instante, havia um lúgubre sossego. Imaginei que ouvia a queda da neve sobre a neve. O que significava aquilo? Caminhava com os olhos concentrados na sucessão interminável de barbearias, salões de beleza, confeitarias, lanchonetes, peixarias e botecos de bucho suíno, caminhando perto das vitrines, os flocos de neve rapidamente fustigando pelo meio e formando simultaneamente uma cortina, um véu, que logo se punha de lado. Um clarão de vermelho e dourado de uma vitrine repleta de artigos religiosos me atraiu o olhar. E, atrás da película de gelo que castigava o vidro, vi duas imagens de argamassa pintada de Maria e Jesus cercadas de livros sobre o sonho, poções de amor, letreiros de "Deus é amor", óleo de atrair dinheiro e dados de plástico. Uma estátua negra de uma escrava núbia pelada abria um grande sorriso para mim, sob um turbante de ouro. Passei numa vitrine decorada com tranças de falso cabelo encarapinhado, unguentos garantidos para produzir o milagre de embranquecer a pele negra. "Você também pode ser realmente bela", proclamava um letreiro. "Conquiste maior felicidade com a cútis mais branca. Seja importante no seu círculo social."

Eu me apressei, contendo um impulso selvagem de enfiar meu punho pela vidraça adentro. Um vento se levantava, a neve se atenuava. Aonde iria? A um cinema? Eu podia dormir ali? Passei a ignorar as vitrines e ia caminhando, com toda consciência de que murmurava de novo comigo mesmo. Então, mais adiante, na esquina, vi um velho aquecendo as mãos sobre os lados de um carrinho de aspecto esquisito, onde um tubo de estufa desenrolava uma fina espiral de fumaça, que arrastava lentamente para mim o aroma de batatas-doces sendo assadas e me trazia uma onda de repentina nostalgia. Estaquei, como se tivesse sido atingido por um tiro, inalando profundamente, relembrando, a mente se encapelando de volta, de volta. Em casa, nós as assávamos nos carvões inflamados da lareira, e as carregávamos frias para a escola, para o almoço, quando as mascávamos espremendo secretamente a polpa doce da casca macia, enquanto nos escondíamos do professor atrás do livro maior, *A geografia do mundo*. Sim, e nós as adorávamos carameladas ou assadas em pedra de carvão, fritas em gordura forte e passadas na farinha de rosca, ou tostadas com carne de porco e crocantes com a gordura já bem dourada; mas também as mascávamos cruas — as batatas-doces e os anos passados. Mais batatas-doces do que anos passados, se bem que o tempo parecesse interminavelmente em expansão: estirava-se fino como a fumaça que se espiralava além de toda lembrança.

Recomecei a andar. "Pegue a sua quentinha, a batata-doce assada da Carolina", anunciava ele. O velho, na esquina, embrulhado num sobretudo do exército, os pés cobertos por sacos de aniagem, a cabeça com um gorro tricotado, lidava com uma pilha de sacolas de papel. Vi um letreiro tosco no lado do carrinho que anunciava BATATAS-DOCES, enquanto eu caminhava direto para o calor projetado pelos carvões que se esbraseavam na parte debaixo de uma grelha.

— Quanto custam as batatas? — indaguei, repentinamente com fome.

— Dez cents e elas são doces — disse ele, com a voz hesitante da idade. — Num é nada como aquelas que grudam demais. Essas aqui são verdadeiras, doces pra vocês todos. Quantas quer?

— Uma — respondi. — Se forem tão boas assim, uma deve ser o bastante.

Ele me lançou um olhar perscrutador. Havia uma lágrima no canto de um de seus olhos. Deu um risinho e abriu a porta do forno improvisado, estendendo cuidadosamente a mão enluvada. As batatas-doces, algumas borbulhando com o melaço, ficavam sobre uma grade de arame em cima de carvões incandescentes que saltavam na chama baixa e azul, ao serem atingidos pela corrente de ar. A onda de calor me deixou com o rosto afogueado, enquanto ele tirava uma das batatas e fechava a porta.

— Aqui está, rapaz — disse ele, começando a colocar a batata num saco.

— Não se preocupe com o saco. Vou comê-la aqui mesmo...

— Obrigado — ele apanhou a moeda de dez centavos. — Se esta não estiver doce, eu lhe dou outra, de graça.

Eu sabia que estava doce antes de parti-la; bolhas de melaço castanho haviam rompido a casca.

— Vá em frente e parte ela — disse o velho. — Parte e eu vou te dar um pouco de manteiga, já que você vai comer ela aqui mesmo. Muita gente leva para casa. Tem sua própria manteiga em casa.

Parti-a, vendo a polpa açucarada que fumegava no frio.

— Bota ela aqui — disse ele. Apanhou, então, um pote de barro de uma prateleira do lado do carrinho. — Bem aqui.

Eu a peguei, observando-o deitar uma colher cheia de manteiga derretida sobre a batata, e como a manteiga penetrava nela.

— Obrigado.

— De nada. E vou te dizer uma coisa.
— O que é? — indaguei.
— Se essa não é a melhor coisa que você comeu durante muito tempo, eu te dou o dinheiro de volta.
— Você não tem que me convencer — disse eu. — Basta olhá-las para ver que são boas.
— Você está certo, mas nem tudo o que parece bom é necessariamente bom — observou ele. — Mas estas são.

Dei uma mordida, achando-a tão doce e quente quanto qualquer outra que eu já comera, e fui tomado por uma onda tão grande de nostalgia que me desviei para manter o controle. Saí caminhando, mascando a batata, exatamente como se estivesse dominado, de súbito, por uma intensa sensação de liberdade — simplesmente por estar comendo enquanto caminhava pela rua. Era estimulante. Já não tinha de me preocupar a respeito de quem me via ou do que era apropriado. Tudo isso que fosse para o inferno: tão doce quanto a batata realmente era, ela se fez uma espécie de néctar com minha reflexão. Se tão somente alguém que me houvesse conhecido na escola ou em casa aparecesse e me visse agora. Como essas pessoas ficariam impressionadas! Eu as empurraria para uma rua lateral e lhes besuntaria os rostos com a casca. "Que conjunto de pessoas éramos nós?", pensava eu. Porque era possível as pessoas nos causarem uma grande humilhação simplesmente nos confrontando com algo de que gostávamos. Não *todos* nós, mas muitos. Simplesmente caminhando e sacudindo um punhado de tripas, ou uma buchada suína bem cozida para eles na clara luz do dia! Que consternação isso causaria! E eu me vi avançando na direção de Bledsoe, que ali se achava desguarnecido de sua falsa humildade, no salão apinhado da Casa do Estudante, e eu o vendo ali, e ele me vendo e me ignorando, e eu enraivecido, subitamente agarrando três ou quatro palmos de tripas, cruas, imundas, gotejando pegajosos círculos no assoalho, enquanto eu as sacudia na sua cara, gritando:

— Bledsoe, você é um vergonhoso comedor de tripas! Acuso você de apreciar intestinos de porco! E não somente você os come, como sai sorrateiramente e os saboreia *em segredo*, quando pensa que não está sendo observado! Você é um sorrateiro amante de tripas, ha, ha! Acuso você de se entregar a um hábito imundo, Bledsoe! Arranque-as daí,

Bledsoe! Arranque-as de um modo que só você possa vê-las! Acuso você diante dos olhos do mundo! E ele as arranca, arranca metros delas, com verdura e mostarda, e caixotes de orelhas de porco, e muitos cortes suínos, e feijão do tipo fradinho com estúpidos olhos acusadores.

Deixei escapar um riso arredio, quase engasgando, enquanto a cena se compunha diante de mim. Ora, com os outros presentes, seria pior do que se o houvesse acusado de estuprar uma velha de noventa e nove anos, de 45 quilos... cega de um olho e de quadril aleijado. Bledsoe se desintegraria, se desinflaria! Com um suspiro profundo, deixaria cair a cabeça de vergonha. Ficaria desclassificado. Os semanários o atacariam. Os títulos seriam algo como *Educador importante regride a costumes negros do campo!* Seus rivais o denunciariam como um mau exemplo para a juventude. Editoriais exigiriam que ele se retratasse ou se afastasse da vida pública. No sul, sua gente branca o abandonaria: ele seria criticado por toda parte, e todo o capital dos conselheiros não conseguiria escorar o afundamento de seu prestígio. Terminaria num exílio, lavando pratos nos botequins. Para continuar no sul, precisaria conseguir um emprego no caminhão de lixo.

Isso tudo era muito rebelde e infantil, pensei, mas para o inferno com o fato de poder me envergonhar com aquilo de que gostava. Nada mais disso comigo. Sou o que sou! Devorei a batata e corri de volta ao velho, estendendo-lhe vinte centavos.

— Dê-me mais duas — disse-lhe eu.

— Certo, tudo o que você quiser, é só eu apanhar. Posso ver que você é um verdadeiro comedor de batata, jovem colega. Você vai comer tudo agora?

— Tão logo você as passe para mim — disse eu.

— Você quer com manteiga?

— Por favor.

— Certo, desse modo você pode aproveitar ao máximo. Sim senhor — disse ele, entregando as batatas. — Posso ver que você é um daqueles comedores de batata dos velhos tempos.

— São minha marca de nascença — disse eu. — Como desde criança.

— Então você deve ser da Carolina do Sul — disse ele com um sorriso.

— Carolina do Sul nada, de onde vim a gente realmente gosta demais de batata-doce.

— Volte hoje à noite ou amanhã, se quiser comer mais — gritou ele atrás de mim. — Minha velha estará aqui com uns bolinhos de batata-doce.

Bolinhos, pensei eu tristemente, afastando-me. Eu teria provavelmente uma indigestão se comesse um; agora que já não me sentia envergonhado das coisas de que sempre tinha gostado, provavelmente já não digeriria muitos deles. O que eu tinha perdido, e de que modo, tentando fazer apenas o que se esperava de mim, em vez do que eu mesmo desejara fazer? Que desperdício, que desperdício sem sentido! Mas quais dessas coisas, das quais você efetivamente não gosta, não porque precisasse gostar delas, nem porque não apreciá-las fosse considerado um sinal de refinamento e educação, de quais delas você não gosta por achá-las verdadeiramente desagradáveis? A própria ideia me importunava. Como é possível saber? Envolvia um problema de escolha. Eu teria de pesar cuidadosamente muitas coisas antes de decidir, e havia algumas coisas que provocariam muitas dificuldades, simplesmente por eu, apenas, nunca haver firmado uma atitude para com elas. Aceitava as atitudes socialmente aceitas e isso fizera a vida parecer simples...

Mas não batatas-doces, eu não tinha nenhum problema com elas e as comeria tanto em qualquer momento como em qualquer lugar, em que tivesse vontade. Se continuasse no plano da batata, a vida seria doce — embora um tanto amarelada. No entanto, a liberdade de comer batatas-doces na rua era muito menor do que eu havia esperado ao chegar à cidade. Um gosto desagradável germinou então na minha boca quando mordi o final da batata e a joguei na rua; fora queimado pela geada.

O vento me conduziu para uma rua lateral, onde um grupo de rapazes fizera uma fogueira de caixotes. A fumaça cinzenta pairava no ar e pareceu engrossar enquanto eu caminhava com a cabeça baixa e os olhos fechados, tentando evitar-lhe as emanações. Meus pulmões começaram a doer; em seguida, ressurgindo, esfregando os olhos e tossindo, quase tropecei nela: era uma pilha indefinida no meio da calçada e sobre o meio-fio, como um monte de trastes à espera de serem carregados. Foi então que vi o pessoal de cara carrancuda, olhando um edifício em que dois brancos acrescentavam à cena uma cadeira onde uma velha se sentava, e que, enquanto eu observava, atacava-os fragilmente com os punhos. Uma velha senhora de aspecto maternal, com a cabeça atada num lenço, usando sapatos de homem e um pesado suéter azul de homem. O grupo observava silenciosamente os dois brancos que arrastavam a cadeira e tentavam desviar-se dos golpes, o rosto da velha de quem brotavam lágrimas de raiva enquanto ela batia neles sem parar com os punhos. Eu não podia acreditar naquilo. Alguma coisa, uma sensação de pressentimento me invadiu, uma rápida sensação de desasseio.

— Deixem-nos sós — gritava ela —, deixem-nos sós! — enquanto os homens mantinham suas cabeças fora do alcance dela e a sentavam abruptamente no meio-fio, correndo de volta para o edifício.

"Mas por que será", pensei, olhando para cima. Por que será? A velha soluçava, apontando para o material empilhado ao longo do meio-fio.

— Olhe só o que eles fazem conosco.

E compreendi que o que eu tomara por trastes eram, na verdade, móveis usados de uma família.

— Olhe só o que eles fazem — disse ela, com os olhos cheios de lágrimas voltados para o meu rosto.

Olhei de longe constrangido, fixando rapidamente, com o olhar, a multidão que aumentava. Outros rostos espiavam, com ar zangado, do alto das janelas. E agora, enquanto os dois homens reapareciam no alto dos degraus carregando uma castigada cômoda, vi um terceiro homem sair e postar-se atrás deles, dando puxões em sua própria orelha, pois estava de olho na multidão.

— Andem com isso, caras — ordenou ele —, andem com isso. Não temos o dia todo.

Então os homens desceram com a cômoda e eu vi o grupo abrir caminho de maneira carrancuda, os homens aos trancos e barrancos, resmungando e pondo a cômoda no meio-fio, para voltar em seguida para o edifício, sem um olhar para a esquerda ou para a direita.

— Veja que coisa — um homem magro, nas proximidades, me disse.

— Devíamos dar uma coça nesses branquelos!

Olhei silenciosamente para seu rosto, rígido e acinzentado pelo frio, e seus olhos fixos nos homens que subiam os degraus.

— Claro, devíamos deter eles — disse outro homem —, mas não tem toda essa coragem no bando todo.

— Há muita coragem — disse o homem magro. — Tudo o que eles precisam é de alguém dar a partida. Tudo o que eles precisam é de um chefe. Você quer dizer que *você* não tem coragem.

— Quem, eu? — indagou o homem. — Quem, eu?

— Sim, você.

— Olhe só — disse a velha —, olhe só — com o rosto ainda voltado para o meu.

Eu me afastei dela, aproximando-me dos dois homens.

— Quem são aqueles homens? — perguntei, aproximando-me.

— Oficiais de justiça ou coisa parecida. Não dou a mínima pra o que são.

— Oficiais de justiça uma ova! — exclamou outro homem. — Esses caras aí são é alcaguetes. Assim que acabarem, vão voltar pra trás das grades.

— Não me importo com o que sejam, só sei que eles não têm o direito de jogar essas pessoas idosas na rua.

— Você quer dizer que eles estão sendo botados pra fora do apartamento deles? — perguntei. — Eles podem fazer isso *aqui*?

— Cara, de onde *você* é? — disse ele, balançando-se na minha direção. — Do que parece que estão botando pra fora? De um carro Pullman? Eles foram despejados!

Fiquei constrangido. Outros se viravam para me encarar. Eu nunca tinha visto um despejo. Alguém deu uma risadinha.

— De onde *ele* veio?

Uma onda de calor me envolveu e eu me virei.

— Olhe, amigo — ouvindo um aguçamento quente que me tomava a voz. — Eu fiz uma pergunta civilizada. Se você não quer responder, não responda, mas não me faça parecer ridículo.

— Ridículo? Que diabo, todos os negros deste país são ridículos! Que diabo você é?

— Não se esqueça nunca. Eu sou quem eu sou. Só não venha mostrar os dentes para mim — disse eu, atirando uma frase que aprendera há pouco.

Exatamente nesse momento, um dos homens desceu os degraus com uma braçada de objetos, e eu vi a velha levantar os braços, berrando:
— Tirem as mãos da minha Bíblia!
E avançou. Os olhos irados do homem branco varreram a multidão.
— Onde, minha senhora? — indagou ele. — Não vi nenhuma Bíblia.
E eu a vi arrancar o livro dos braços dele, apertando-o ferozmente e emitindo um grito agudo.
— Eles podem entrar na sua casa e fazer o que quiserem com você — disse ela. — Vêm apenas pisar, arrancar sua vida pelas raízes e jogá-la para o alto! Mas isso aqui é a última gota. Eles não me vão chatear com a minha Bíblia!
O branco olhou a multidão.
— Olhe, minha senhora — disse ele, mais para nós outros do que para ela. — Eu não quero fazer isso, eu *tenho* que fazer isso. Foi para isso que me mandaram. Se dependesse de mim, a senhora poderia permanecer aqui até o fim do mundo...
— Essa gente branca, Senhor. Essa gente branca — lamentou-se ela, com os olhos voltados para o céu, enquanto um velho passou por mim, empurrando-me, e foi até ela.
— Querida, queridinha — disse ele, pondo-lhe a mão sobre o ombro. — É o gerente do banco, não esses cavalheiros. É ele o culpado. Ele diz que a culpa é do banco, mas você sabe que ele é o culpado. Negociamos com ele por mais de vinte anos.
— Não me diga — disse ela. — É toda a gente branca, não apenas um. Todos eles estão contra nós.
— Ela está certa! — disse uma voz rouca. — Ela está certa! São todos eles!
Algo estivera acontecendo ferozmente dentro de mim e, por um instante, eu havia esquecido o resto do pessoal. Naquele momento, eu reconhecia uma autoconsciência a respeito deles, como se eles, ou nós, estivéssemos envergonhados de testemunhar o despejo, como se fôssemos todos intrusos relutantes testemunhando um evento vergonhoso; e, desse modo, tomávamos o cuidado de não tocar ou ficar olhando de maneira intensa para os bens enfileirados no meio-fio; pois nós éramos testemunhas do que não desejávamos ver, embora curiosos, fascinados,

apesar de nossa vergonha e, através dela, de todo o clamor que a velha senhora mergulhava na mente das pessoas.

Olhei para a pessoa idosa que ela era, sentindo os olhos arderem e a garganta se retesar. O soluçar da velha estava tendo um estranho efeito sobre mim — como quando uma criança, vendo as lágrimas dos pais, é levada a gritar tanto de medo como de simpatia. Eu me afastava, sentindo-me arrastado para o casal idoso por uma cálida, crescente e escura voragem de emoção, que me dava medo. Estava cauteloso em relação ao que me fazia sentir a contemplação dos dois ali, aos gritos, sobre a calçada. Eu queria ir embora, mas estava envergonhado demais para sair e, de maneira muito rápida, já estava muito integrado naquilo para ir embora.

Voltei-me para o lado e olhei a barafunda dos objetos domésticos que os dois homens continuavam a empilhar na calçada. E, enquanto a multidão me empurrava, baixei os olhos para ver sobressair-se a estrutura oval de um retrato de um casal na juventude, notando a triste e firme dignidade de seus rostos ali; percebendo estranhas recordações que despertavam e começavam a ecoar na minha cabeça, como as de uma voz histérica gaguejando numa rua escura. Vendo-as olhar de volta para mim, como se mesmo naquele dia do século XIX eles tivessem esperado pouco, e isso com um severo, um iniludível orgulho que, de súbito, a mim me parecia ao mesmo tempo acusação e fervor. Meus olhos caíram sobre um par de ossos cruelmente cinzelados e polidos, "ossos de batuque", usados para acompanhar a música em danças campesinas, e usados por menestréis que pintavam a cara de preto; as lisas costelas de uma vaca, de um bezerro ou carneiro, lisos ossos que emitiam um som, quando percutidos, como pesadas castanholas (teria sido ele um menestrel?); ou as toras de madeira de um conjunto de tambores. Vasos e vasos de plantas verdes estavam perfilados na neve suja, que as condenava a morrer de frio; a hera, e uma canácea, e um tomateiro. Num cesto, vi um pente desempenado, umas tranças de cabelo artificial, um ferro de frisar, um cartão de letras prateadas de encontro a um fundo de veludo vermelho escuro em que se lia: "Deus abençoe o nosso lar"; e, espalhadas sobre o tampo de uma cômoda alta, viam-se pepitas de São João, uma pedra que dá sorte; enquanto eu observava os homens brancos colocarem ali uma cesta, pude ver, numa garrafa de uísque cheia de açúcar-cande e de cânfora, uma pequena bandeira etíope, uma desbotada ferrotipia de Abraham Lincoln e a imagem sorridente de uma estrela de Hollywood rasgada de uma revista. E, sobre um travesseiro, diversas peças bastante danificadas de porcelana delicada e um prato comemorativo de celebração da feira mundial de St. Louis... Eu me mantinha como que num alheamento, olhando para um leque dobrado de renda antiga guarnecido de ágata e madrepérola.

O pessoal se agitou quando os brancos voltaram, derrubando uma gaveta que derramou todo o conteúdo sobre a neve, aos meus pés. Abaixei-me e passei a repor seus objetos: um emblema da maçonaria dobrado, um jogo de abotoaduras desbotadas, três anéis de bronze, uma moeda de dez centavos furada com um buraco de prego (a fim de ser usada num cordão junto ao tornozelo para dar sorte), um cartão de saudações com a mensagem "Vovó, eu amo você" em letras infantis; outro cartão com uma estampa do que parecia um homem branco caracterizado como negro sentado à porta de uma cabana, dedilhando um banjo sob um compasso de música e a letra "Volte para o lar da minha velha choupana"; um inalador imprestável, um cordão de contas de vidro brilhante com o fecho descorado, um pé de coelho, uma ficha de celuloide dos resultados do beisebol moldada como uma luva de apanhador que registrava um jogo vencido ou perdido anos atrás; uma antiga bomba de tirar leite com a ampola de borracha amarelada pelo tempo, um surrado sapato de bebê e um empoeirado anel do cabelo de uma criança atado com uma descorada e amarrotada fita azul. Tive náuseas. Tinha na mão três apólices de seguro de vida prescritas com selos perfurados em que se carimbara "Inválido"; um retrato de jornal amarelado de um negro enorme, com a seguinte legenda: O EXPATRIADO MARCUS GARVEY.

Eu me afastei, curvando-me e vasculhando a neve suja para encontrar qualquer coisa perdida pelos meus olhos, e meus dedos se fecharam sobre algo que ficara no meio de uma pegada congelada: um papel frágil, partido em pedaços pelo tempo, escrito com uma tinta preta que se amarelou. Li: CARTA DE ALFORRIA: *Seja do conhecimento de todos os homens que meu negro, Primus Provo, foi posto em liberdade por mim, no sexto dia de agosto de 1859. Assinado: John Samuels. Macon...* Eu dobrei aquilo depressa, apagando a única gota de neve derretida que faiscou sobre a página amarelada, e soltei-o de novo dentro da gaveta. Tinha as mãos trêmulas e a respiração parecia ofegante, como se eu tivesse corrido uma longa distância ou avançasse numa cobra enroscada numa rua de movimento. *Foi há mais tempo do que isso, mais afastado no tempo,* disse a mim mesmo, mas eu sabia que não o tinha sido. Recoloquei a gaveta na arca e a empurrei, como se estivesse meio embriagado, para o meio-fio.

Não consegui botar quase nada para fora: apenas um amargo jorro de bile me encheu a boca e salpicou os bens da velha senhora. Virei-me e olhei atentamente outra vez a miscelânea toda, não mais olhando que estava diante de meus olhos mas o interior e o exterior, em torno de um canto no escuro, distante e há muito tempo, não tanto da minha memória quanto das palavras recordadas, dos ecos verbais que se ligaram, das imagens, do ouvido até onde não se escutava em casa. E foi como se eu mesmo estivesse sendo desapossado de alguma coisa doída mas preciosa cuja perda não podia suportar; alguma coisa embaraçosa, como um dente apodrecido, de que alguém melhor padeceria indefinidamente do que resistiria à curta e violenta erupção da dor que lhe acompanharia a extração. E, com essa sensação de desapossamento, veio uma agonia de vago reconhecimento: esses trastes, essas cadeiras gastas, esses pesados ferros de engomar fora de moda, tinas de lavar roupa galvanizadas e de fundo denteado, tudo isso pulsava dentro de mim com mais significação do que teria havido: *E por que razão, de pé no meio daquele pessoal, eu tinha uma espécie de visão da minha mãe estendendo roupa num frio dia de inverno, tão frio que as roupas quentes se congelavam até antes de o vapor se diluir e pendiam endurecidas da corda, e suas mãos brancas e cruas ao vento que rodopiava e a contornava, e a cabeça cinzenta, nua contra o céu escurecido — por que essas coisas estavam causando-me um mal-estar tão além de seu intrínseco significado como objetos? E por que as via agora, como atrás de um véu que ameaçava dissipar-se, revolvido pelo vento frio na rua estreita?*

Um grito de "Vou entrar!" fez-me girar. O velho casal, agora, estava nos degraus, ele segurando o braço da mulher, os homens brancos se inclinando para a frente e para cima, e o pessoal me empurrando para mais perto dos degraus.

— A senhora não pode entrar — disse o homem.
— Eu quero rezar! — disse ela.
— Não posso permitir. Terá que fazer a sua prece aqui fora.
— Vou entrar!
— Não aqui!
— Tudo o que desejamos fazer é entrar e rezar — disse ela, apertando sua Bíblia. — Não é certo rezar na rua, desse modo.
— Sinto muito — disse ele.
— Ora, deixe a mulher entrar para rezar — clamou uma voz da multidão. — Você pôs todas as coisas dela aqui na calçada. O que mais você quer? Sangue?
— Isso, deixe o casal de idade ir rezar.
— É isso que está errado para nós agora, toda essa maldita rezaria.
— Você não pode voltar, veja — disse o homem branco. — Vocês foram legalmente despejados.
— Mas tudo o que desejamos fazer é entrar e nos ajoelhar no assoalho — disse o velho. — Nós vivemos aqui durante mais de vinte anos. Não vejo por que o senhor não nos quer deixar ir apenas por alguns minutos.
— Olhe, eu já lhes falei — disse o homem. — Tenho ordens a cumprir. Vocês estão tomando meu tempo.
— Nós vamos entrar! — disse a mulher.
Aconteceu tão repentinamente que mal pude acompanhar: vi a velha agarrando sua Bíblia se precipitar para os degraus, com o marido atrás dela e o homem branco vindo para a frente deles, esticando o braço.
— Vou prender vocês — berrou ele. — Juro por Deus, vou prender vocês!
— Tire as mãos dessa mulher! — gritou alguém na multidão.
Então, no alto da escada, eles ficaram empurrando o homem e eu vi a velha cair para trás; a multidão explodiu.
— Peguem esse tira filho da puta!
— Ele bateu nela! — gritou uma mulher antilhana no meu ouvido.
— O bruto asqueroso, ele bateu nela!
— Recuem ou eu vou atirar — gritou o homem, com os olhos enfurecidos, quando puxou uma arma e retrocedeu até o vão da porta, onde os dois detentos pararam aturdidos, com os braços cheios de coisas do casal.

— Juro que atiro! Vocês não sabem o que estão fazendo, mas eu atiro! Eles hesitaram.

— Essa coisa não tem mais de seis balas — um coleguinha gritou.

— Aí, o que você vai fazer?

— É isso mesmo, está na cara, não tem como esconder.

— Estou avisando-o para ficar fora dessa — clamou o oficial de justiça.

— Você pensa que pode subir aqui e ferir uma de nossas mulheres, você é um idiota.

— Para o inferno com esse papo todo, vamos atacar esse filho da puta!

— É melhor vocês pensarem duas vezes — gritou o homem branco.

Vi-os marchar sobre os degraus e senti, de repente, como se minha cabeça se partisse. Sabia que eles estavam prestes a atacar o homem e eu estava ao mesmo tempo irado e com medo, com rejeição e fascínio. Tanto desejava como temia as consequências, estava ultrajado e encolerizado com o que via, mas tenso com o medo. Não pelo homem ou pelas consequências de um ataque, mas pelo que a visão da violência podia liberar em mim. E, debaixo de tudo isso, eis que borbulhavam todas as frases amortecedoras que havia aprendido ao longo da minha vida. Eu parecia cambalear sobre a orla de um grande buraco escuro.

— Não, não — ouvi a mim mesmo berrar. — Homens negros! Irmãos! Irmãos negros! Essa não é a solução. Somos cumpridores da lei. Somos um povo cumpridor da lei e um povo de ira vagarosa...

Eles pararam, escutando. Até o homem branco estava surpreso.

— Sim, mas agora nós nos enfurecemos — clamou uma voz.

— Sim, você está certo — clamei de novo. — Estamos zangados, mas sejamos sensatos. Vamos, quero dizer que não vamos... Vamos aprender com o grande guia cuja ação sábia foi relatada no jornal um dia desses...

— Que homem? Quem? — gritou a voz de uma antilhana.

— Vamos em frente! Para o inferno com esse cara, vamos pegar esse branquelo antes que lhe mandem uma ajuda...

— Não, esperem — berrei. — Vamos seguir um líder, vamos organizar-nos. *Organizar-nos.* Precisamos de alguém como esse líder sensato, vocês leram sobre ele, no Alabama. Estava suficientemente forte para optar por fazer o que fosse sensato, apesar do que se sentia...

— Quem, homem? Quem?
Isso queria dizer, pensei comigo, que eles escutavam, estavam ansiosos para escutar. Ninguém riu. Se eles rirem, eu morro! Retesei o diafragma.

— Esse homem sensato — disse eu —, vocês leram sobre ele quando aquele fugitivo escapou da multidão e correu para a escola dele em busca de proteção, esse homem sensato, que era suficientemente forte para fazer a coisa legal, a coisa que respeitasse a lei, a fim de que ele se voltasse para as forças da lei e da ordem...

— Sim — soou uma voz —, sim, de modo que eles pudessem surrar o rabo dele.

Ah, meu Deus, não era isso, afinal de contas. Pobre técnica, e bem longe do que eu estava sugerindo.

— Era um líder sensato — berrei. — Estava dentro da lei. No momento, não seria a coisa sensata a fazer?

— Sim, ele era sensato, tudo certo — riu o homem, irritado. — Agora, saia do caminho para podermos apanhar esse branquelo.

O pessoal urrou e eu ri, da minha parte, como que hipnotizado.

— Mas não era isso a coisa humana a ser feita? Afinal, ele tinha de se proteger, pois...

— Ele era um títere de rato a serviço dos brancos! — gritou uma mulher, e sua voz fervia de desprezo.

— É verdade, você está certa. Ele era sensato e covarde, mas o que me diz de nós? O que vamos fazer? — berrei, subitamente agitado pela resposta. — Olhem este homem! — gritei.

— Pois é, apenas olhem para ele! — clamou um velho colega de chapéu-coco, como se respondesse a um pregador na igreja.

— E olhem esse velho casal...

— Sim, o que me diz da irmã e do irmão Provo? — disse ele. — É uma vergonha pavorosa!

— E olhem para esses bens espalhados todos na calçada. Olhem apenas para esses bens. Quantos anos o senhor tem? — gritei.

— Tenho oitenta e sete — respondeu o velho, com a voz baixa e aturdida.

— Quantos? Fale alto, de modo que nossos irmãos de ira vagarosa possam ouvi-lo.

— *Tenho oitenta e sete anos!*

— Vocês o ouviram? Tem oitenta e sete. Oitenta e sete, e olhem, afinal, o que ele amealhou em oitenta e sete anos, espalhado na neve como miúdos de galinha, enquanto nós, um povo cumpridor da lei, avesso à ira, oferecemos a outra face, dia após dia. O que vamos fazer? O que faria você, o que faria eu, o que teríamos de fazer? *O que deve ser feito?* Proponho que façamos a coisa sensata, cumprindo a lei. Olhemos apenas para esses trastes! Devem essas duas pessoas de idade viver no meio desses trastes, encurraladas numa sala suja? É um perigo enorme, um risco de incêndio! Velhos pratos quebrados e cadeiras destroçadas. Sim, sim, sim! Olhem para essa velha senhora, mãe de alguém, avó de alguém, talvez. Nós a chamamos de "Grande Mãe" e eles nos saqueiam e — *vocês* sabem, vocês se lembram... Olhem para suas colchas e para os sapatos destroçados. Sei que ela é mãe de alguém porque vi uma antiga bomba de tirar leite caída na neve, e que é avó de alguém por ter visto um cartão em que se lê "Querida vovó"... mas nós somos cumpridores da lei... Olhei dentro de um cesto e vi alguns ossos, não ossos de pescoço, mas ossos de costela, ossos de bater... Esse velho casal costumava dançar... Eu vi... Que tipo de trabalho você faz, Pai? — clamei então.

— Sou diarista...

— Um diarista, vocês o ouviram, mas olhem esse material espalhado como miúdos na neve... Para onde foi toda a sua labuta? Está mentindo?

— Que diabo, não, ele não mente!

— Não, é claro!

— Então para onde foi sua labuta? Olhem suas velhas gravações de *blues* e seus vasos de plantas, são pessoas simples, e tudo foi arremessado como trastes rodopiados em oitenta e sete anos por um ciclone. Oitenta e sete anos, e *puf!*, como uma golfada num vendaval. Olhem para eles, eles parecem minha mãe e meu pai, minha avó e meu avô, eu me pareço com vocês e vocês comigo. Olhem para eles, mas lembrem-se de que somos um grupo de pessoas sensatas, cumpridoras da lei. E se lembrem de quando olharam lá para o vão da porta, e ali para aquele guarda de pé, com sua .45. Olhem para ele, com sua pistola de aço azulado e seu terno de sarja azul, ou para uma .45, vocês veem dez para cada um de nós, dez armas de fogo e dez ternos quentes e dez barrigas gordas e dez milhões de guardas. *Guardas*,* é como os chamamos lá no sul! Guardas! E nós somos sensatos, cumpridores da lei. E olhem essa velha senhora com sua Bíblia cheia de dobras. O que ela tenta levar a cabo? Deixa a religião dela subir à cabeça, mas todos nós sabemos que a religião é para o coração, não para a mente. "Bem-aventurados os puros de coração", está dito ali. Não há nada a respeito dos pobres na cabeça. O que ela tenta fazer? O que dizer do vazio na cabeça? E o vazio no olho, imaginado em água gelada, que vê claro demais para deixar escapar uma mentira? Olhem ali a papelada deles com os vãos das gavetas. Oitenta e sete anos para enchê-las, e repletas de tristes trastes, um bricabraque, e ela quer violar a lei... O que aconteceu com eles? São nossa gente, gente sua e minha, são seus pais e meus pais. O que aconteceu com eles?

— Vou dizer a você! — berrou um peso-pesado, saindo da multidão, com a expressão zangada. — Para o inferno, eles foram despejados, você é um doido filho da puta, saia da frente!

— Despejados? — gritei, levantando a mão e deixando os esses da palavra me assobiarem na garganta. — É uma boa palavra, "despejado"! "Despejado", oitenta e sete anos e despejado, de quê? Eles não *tinham* nada, não puderam *ter*, jamais *tiveram* nada. Desse modo, quem foi despejado? — resmunguei. — Somos cumpridores da lei. Assim, quem foi despejado? Quem sabe tenhamos sido nós! Esses velhos estão aqui no meio da neve, mas cá estamos com eles Olhem para suas coisas, não como uma plateia para assobiar, não ante uma vitrine que anuncia as novidades, nós estamos totalmente com eles. Olhem para eles, não têm um barracão para rezar nem uma alameda para cantar os *blues*! Eles enfrentam uma arma e nós a enfrentamos com eles. Eles não querem o mundo: apenas Jesus. Querem apenas Jesus, apenas quinze minutos com Jesus, sobre o assoalho sem qualquer cobertura... Que acha disso, sr. Tira? Teremos os nossos quinze minutos correspondentes a Jesus? O senhor dominou o mundo, podemos ter o nosso Jesus?

---

* Há aqui um jogo de palavras intraduzível. O que a personagem diz é que no sul chamavam aqueles homens de *law* (que nesta acepção, em português, se diz "guarda", "policial"), tão identificados com a *law* (lei). (*N. do T.*)

— Eu recebi ordens, cara — gritou o homem, brandindo a pistola com um riso de desprezo. — Você está fazendo tudo certo, diga-lhes que se mantenham a distância disso. Esse é um ato legal e eu atirarei se precisar...
— Mas e a respeito da prece?
— Eles não podem voltar!
— O senhor está sendo definitivo?
— Você pode apostar a sua vida — disse ele.
— Vejam — gritei para a multidão irada. — Com a sua pistola de aço azulado e seu terno de sarja azul. Vocês o ouvem, ele é a lei. Ele diz que atirará em nós, porque somos um povo cumpridor da lei. De modo que fomos despejados, e mais: ele acha que é Deus. Olhem-no lá, atrás de uma estaca e com um criminoso de cada lado. Vocês não podem sentir o vento frio, não podem ouvir o que pergunta: "O que você fez com a sua pesada labuta? O que você fez?" Quando vocês olham, afinal de contas, vocês não chegaram a oitenta e sete anos para se sentir envergonhados.
— Diga a eles sobre isso, irmão — interrompeu um velho. — Isso faz você sentir que não é um homem.
— Sim, essas pessoas idosas tinham um livro de sonhos, mas suas páginas estavam em branco e faltou marcar-lhes o número. Chamava-se O Olho Vedor, Grande Livro da Constituição dos Sonhos, Os Segredos da África, A Sabedoria do Egito — mas o olho está cego, perdeu o brilho. Está todo atacado de catarata como um carpinteiro vesgo e não vê direito. Tudo o que temos é a Bíblia, e nem isso essa tal de lei nos permite. Assim, o que fazer agora? Para onde vamos, sem um...
— Vamos atrás desse branquelo — o peso-pesado gritou, correndo para os degraus.
Alguém me empurrou.
— Não, espere — clamei.
— Saia da frente agora.
Havia um rebuliço à minha volta e eu caí, ouvindo um único estampido, vindo de trás para o meio de um redemoinho de pernas, galochas, a neve calcada aos pés e fria nas minhas mãos. Outro tiro soou acima, como um saco que estourasse. Conseguindo pôr-me de pé, vi no alto dos degraus o punho com a pistola sendo forçada para o ar acima das cabeças balouçantes e o momento seguinte, em que eles estavam arrastando-o

para a neve; esmurrando-o a torto e a direito, emitindo um ruído baixo, ansioso, transbordante de esforço desesperado; um grunhido que explodiu em mil imprecações crepitantes de ódio e molemente trespassadas. Vi uma mulher que golpeava com o salto pontudo do sapato, com o rosto como uma máscara branca, de olhos negros e vazios, enquanto ela visava e batia, visava e batia, causando jatos de sangue, correndo sempre ao lado do homem que agora era arrastado até seus pés enquanto eles o esmurravam experientes, entre eles, com a manopla. De repente, vi um par de algemas em arco cintilando no ar e voando de lado a lado da rua. Um rapaz brotou da multidão, com o vistoso chapéu do oficial de justiça na cabeça. O oficial era jogado de um lado para o outro, depois uma rápida saraivada de murros o fez desabar no meio da rua. Eu estava fora de mim, de excitação. A multidão se avolumou à procura, triturando como um homem gigantesco que tentasse virar-se num cubículo — algumas das pessoas rindo, outras xingando, outras atentamente silenciosas.

— O bruto empurrou essa mulher delicada, pobre criatura! — entoou a mulher antilhana. — Homens negros, vocês já viram um bruto como este? Ele é um cavalheiro?, lhes pergunto. O bruto? Devolvam isso a ele, homens negros. Restituam ao bruto mil vezes mais. Restituam a ele até a terceira e a quarta gerações. Surrem ele, nossos ótimos homens negros. Protejam suas mulheres negras! Retribuam a essa arrogante criatura até a terceira e a quarta gerações!

— Fomos despejados — cantei no alto da minha voz. — Despejados, e queremos rezar. Vamos entrar e rezar. Vamos fazer uma grande reunião de prece. Mas precisaremos de algumas cadeiras para sentar lá... e descansar enquanto nos ajoelhamos. Precisaremos de algumas cadeiras!

— Aqui estão algumas cadeiras — gritou uma mulher da calçada.

— Que acham de levar algumas cadeiras?

— Certo — gritei —, levemos tudo. Levemos tudo, abriguemos esses trastes! Ponhamos tudo de volta de onde veio. Estão obstruindo a rua e o passeio, e isso é contra a lei. Somos cumpridores da lei, então vamos limpar a rua do entulho. Ponham-no longe dos olhos! Abriguemo-lo, abriguemos a vergonha deles. Abriguemos a *nossa* vergonha! Venham, homens — berrei, descendo depressa os degraus e me apoderando de uma cadeira e recuando, já não mais lutando contra ou refletindo sobre a natureza da minha ação. Os outros me seguiram, apanhando peças de mobiliário e arrastando-as de volta para o edifício.

— Devíamos ter feito isso há muito tempo — disse um homem.

— Dane-se o que devíamos fazer.

— Sinto-me tão bem — disse uma mulher. — Sinto-me tão *bem*!

— Homens negros, estou orgulhosa de vocês — disse a antilhana, esganiçada. — Orgulhosa!

Corremos para dentro do escuro e pequeno apartamento, que cheirava a repolho estragado, e lá pusemos as peças, voltando para pegar mais. Homens, mulheres e crianças apanhavam os objetos e atiravam-nos lá dentro gritando, rindo. Procurei os dois alcaguetes, mas eles pareciam ter desaparecido. Em seguida, vindo para a rua, achei que vi um deles. Carregava uma cadeira de volta para dentro.

— Então você também é cumpridor da lei — gritei, apenas para torná-lo consciente de que virara outra pessoa. Um homem branco, mas totalmente outra pessoa.

O homem riu para mim e continuou dentro do edifício. E, quando cheguei à rua, havia vários deles, homens e mulheres, de pé nas imediações, animando-se a todo instante que outra peça dos móveis retornava. Eu não queria que aquilo fosse interrompido.

— Quem são aquelas pessoas? — gritei dos degraus.

— Que pessoas? — gritou alguém em resposta.

— *Aquelas* — disse eu, apontando-as.

— Você quer dizer aqueles branquelos?

— Sim, o que eles querem?

— Somos amigos do povo — gritou um dos homens brancos.

— Amigos de que povo? — gritei, preparado para pular em cima dele, se me respondesse: "*seu* povo."

— Somos amigos de *todo* o povo simples — gritou ele. — Viemos para ajudar.

— Nós acreditamos na fraternidade — gritou outro.

— Bem, segure esse sofá e vamos lá — gritei. Eu fiquei apreensivo a respeito da presença deles e desiludido quando eles todos se juntaram à multidão e passaram a arrastar para dentro os objetos despejados. Onde eu tinha ouvido falar deles?

— Por que não organizamos uma passeata? — gritou um dos brancos, enquanto passava por mim.
— Por que ainda não fizemos isso? — gritei para a calçada, antes de ter tempo para pensar.
Eles apoiaram aquilo imediatamente.
— Vamos sair em passeata...
— É uma boa ideia.
— Faremos uma demonstração...
— Uma parada!
Ouvi a sirene e vi as viaturas dobrando no mesmo instante o quarteirão. Era a polícia! Encarei a multidão, tentando me concentrar em seus rostos e ouvindo alguém gritar: "vêm aí os tiras" e outros, em resposta: "Deixe-os vir!"
"Onde está toda essa liderança?", pensei comigo, vendo um homem branco se mandar para dentro do prédio enquanto os policiais saltavam dos carros e vinham subir correndo.
— O que está havendo aqui? — gritou para o alto dos degraus um agente de distintivo dourado.
O silêncio dominara. Ninguém respondeu.
— Eu disse: o que está havendo aqui? — repetiu ele. — Você — gritou, apontando diretamente para mim.
— Está... estávamos limpando a calçada de um monte de trastes — gritei, tenso por dentro.
— Como assim?
— É uma campanha de faxina — gritei, com vontade de rir. — Essas pessoas idosas tiveram todas as suas coisas amontoadas na calçada e nós limpamos a rua...
— Você quer dizer que interferiu num despejo — gritou ele, deslocando-se através da multidão.
— Ele não fez nada — gritou uma mulher, por trás de mim.
Olhei à minha volta, e os degraus, atrás, estavam repletos dos que haviam entrado no prédio.
— Estamos todos juntos — gritou alguém, enquanto a multidão nos cercava.
— Desocupem a via pública — ordenou o agente.

— Era o que estávamos fazendo — gritou alguém do fundo da multidão.

— Mahoney! — berrou ele para outro policial —, faça uma chamada para tumulto!

— Que tumulto? — gritou um dos homens brancos para ele. — Não há nenhum tumulto.

— Se digo que há um tumulto, há um tumulto — repetiu o agente.

— E o que vocês, gente branca, estão fazendo aqui no Harlem?

— Somos cidadãos. Vamos a qualquer lugar que queiramos.

— Escutem! Estão vindo mais tiras! — gritou alguém.

— Deixe-os vir!

— Deixe vir o delegado!

Aquilo se tornou excessivo para mim. A coisa havia escapado a todo controle. O que eu dissera para acarretar tudo aquilo? Movi-me, aos poucos, para o fundo da multidão sobre os degraus e retrocedi para o saguão. Aonde eu iria? Apressei-me para o apartamento do velho casal. Mas não posso esconder-me ali, pensei comigo, recuando para a escada.

— Não, você não pode sair dessa maneira — uma voz disse.

Girei em sua direção. Era uma jovem branca de pé na porta.

— O que você faz aqui? — gritei, com meu medo se convertendo em raiva febril.

— Eu não pretendia assustá-lo — respondeu ela. — Irmão, foi um verdadeiro discurso. Ouvi apenas o final, mas você certamente os levou à ação...

— Ação — disse eu —, ação.

— Não seja modesto, irmão — disse ela. — Ouvi você.

— Olhe, moça, é melhor sairmos daqui — disse eu, finalmente controlando o latejo da minha garganta. — Há muitos policiais no andar de baixo e mais deles estão chegando.

— Ah, sim. É melhor você subir no telhado — disse ela. — De outro modo, alguém certamente vai chamar a atenção para você.

— No telhado?

— É fácil. Apenas suba no telhado do edifício e vá passando de um para o outro até alcançar a casa do fim do quarteirão. Então, abra a porta e

desça como se estivesse fazendo uma visita. É melhor se apressar. Quanto mais você permanecer desconhecido da polícia, mais será eficiente.
"Eficiente?", pensei. O que será que ela quer dizer com isso? E o que era esse negócio de "irmão"?
— Obrigado — agradeci e saí correndo para a escada.
— Adeus — sua voz surgiu fluidamente atrás de mim.
Eu me voltei, entrevendo-lhe o rosto branco na pálida luz da porta escurecida.

Subi o lance da escada de um salto e abri a porta cautelosamente; de súbito, o sol cintilou luminoso sobre o telhado e este estava frio, com o vento. Diante de mim, as paredes baixas e recobertas de neve que dividiam os edifícios se estiravam, como um tapume, no longo comprimento do quarteirão até a esquina, e fiquei em frente a vazios varais de roupa que tremulavam ao vento. Através da neve cinzelada pelo vento, abri caminho para o telhado seguinte e, em seguida, para o outro, com uma prudência veloz. Aviões levantavam voo de um aeródromo lá do lado sudeste e eu, nesse momento, corria e via todos os campanários das igrejas que subiam e caíam, além das chaminés com a fumaça que se torcia vividamente de encontro ao céu, e embaixo, na rua, o ruído das sirenes e de gritaria. Apressei-me. Então, subindo num muro, olhei para trás e vi um homem correndo em minha direção, escorregando, deslizando, passando para as baixas paredes divisórias dos telhados, com esforço afobado e ofegante. Voltei-me e corri, tentando colocar as filas de chaminés entre nós, perguntando-me por que ele não bradava ou gritava "pare ou atiro", ou atirava. Eu corria, escapando da vista dele atrás de um abrigo de elevador, depois me lançando para o telhado seguinte, descendo, com a fria neve nas mãos, os joelhos se rendendo, os dedos dos pés se firmando, para cima de novo, correndo e olhando para trás, vendo a pequena figura negra ainda me seguindo na corrida. A esquina parecia estar a quase dois quilômetros de distância. Tentei contar o número de telhados que se erguiam diante de mim para ainda ser atravessados. Chegando a sete, corri, ouvindo tiros e mais sirenes; ao olhar para trás, o cara continuava, correndo num esforço de passos curtos, mas ainda atrás de mim, quando tentei abrir a porta de um edifício: desci e encontrei-a trancada, corri de novo, tentando ziguezaguear na neve e sentindo o rangido do cascalho debaixo de mim, bem como, ainda atrás, enquanto eu oscilava sobre uma divisória e passava escorregando rapidamente por um enorme galpão, levantando um voo de frenéticas aves brancas, subitamente tão grandes e tão roncadoras quanto batiam furiosamente contra meus olhos, ofuscando o sol ao mesmo tempo que voejavam para cima, para fora e ao redor num planeio feroz: eu correndo de novo e olhando para trás, mas, por uma fração de segundo, pensei que "ele" desaparecera, se bem que uma vez mais o visse pulando atrás. Por que não atirou? Por quê? Se ao menos fosse como na minha terra, onde eu conhecia alguém em *todas* as casas, conhecia aquelas pessoas de vista e de nome, por sangue e fundo de cena, por vergonha e orgulho, ou pela religião.

Era um saguão atapetado, e eu desci com o coração disparado, enquanto um cachorro fazia um terrível alarido no apartamento de cima. Depois, avancei rapidamente, o corpo como se tivesse vidro por dentro, enquanto eu saltava apressadamente para as bordas da escada. Olhando para o poço da escada, vi uma luz pálida que se filtrava através do vidro da porta, bem abaixo. Mas o que havia acontecido com a garota? Ela é quem pusera o homem no meu rastro? O que ela estava fazendo agora? Saltei, ninguém me desafiava, e estaquei no saguão de entrada, respirando profundamente, prestando atenção à mão do cara na porta de cima e botando minha roupa em ordem. Em seguida, passei para a rua, com uma indiferença copiada de personagens que vira no cinema. Nenhum som vindo de cima, nem mesmo o malvado aviso do cachorro que latia.

Era um comprido quarteirão, e eu descera para um edifício que não dava para a rua, mas para a avenida. Um pelotão de polícia montada se precipitava perto da esquina e passou a galope, as ferraduras num ruído surdo sombriamente através da neve, os homens se levantando alto nas selas e gritando. Ganhei velocidade, com cuidado para não correr e me afastando. Isso foi terrível. Que diabo eu dissera para ter provocado tudo isso? Como terminaria? Alguém poderia ser morto. Os cabeças seriam apanhados à mira de pistola. Parei na esquina, à procura do homem que me perseguia, do detetive e de um ônibus. A longa e branca extensão da rua estava vazia, com os pombos excitados ainda voejando em círculos no alto. Examinei os telhados, esperando ver o cara à procura. O barulho da gritaria continuava a aparecer, em seguida outra viatura verde e branca gemia junto à esquina e passou correndo por mim, avançando para o quarteirão. Atravessei um quarteirão em que havia perto de uma dúzia de casas funerárias, cada qual adornada com letreiros de neon e todas instaladas em edifícios de pedra parda. Rebuscados carros fúnebres permaneciam ao longo do meio-fio, um deles com opacas e negras janelas modeladas como arcos góticos, através das quais vi flores lúgubres empilhadas sobre um ataúde. Apressei-me. Pude ver ainda o rosto da garota, debaixo do pequeno lance da escada. Mas quem era a figura que cruzara o telhado atrás de mim? Caçava-me? Por que fora um homem tão silencioso, e por que havia apenas um? Saí depressa do quarteirão das casas funerárias para a clara luz que varria a neve da avenida, afrouxando agora o passo para um passeio pachorrento, tentando dar a impressão de completa falta de pressa. Ansiei por parecer estúpido, completamente incapaz de reflexão ou discurso, e tentei arrastar os pés sobre a calçada, mas desisti disso com aversão, depois de olhar de um relance para trás. Logo à frente, um carro parou e saltou dele um homem com maleta de médico.

— Depressa, doutor — chamou um homem da varanda de uma casa —, ela já está em trabalho de parto!

— Ótimo — gritou o médico. — É o que esperávamos, não é?

— Sim, mas não era pra agora que imaginávamos...

Observei-os desaparecer dentro do saguão. Que diabo de momento para nascer, pensei comigo. Na esquina, juntei-me a diversas pessoas que esperavam o sinal mudar. Acabara de me convencer de que escapara de maneira bem-sucedida quando uma voz tranquila e penetrante, ao meu lado, me disse:

— Aquilo foi uma peça magistral de persuasão, irmão.

Subitamente esticado com firmeza como uma corda retesada, voltei-me quase letargicamente. Um homenzinho de sobrancelhas espessas e aspecto insignificante, com um olhar tranquilo no rosto, parou diante de mim, olhando-me bem diferente de um policial.

— O que o senhor quer dizer? — perguntei com a voz distante e demorada.

— Não fique assustado — alertou ele —, sou um amigo.

— Não fiz nada que me levasse a ficar assustado, e o senhor não é nenhum amigo meu.
— Então digamos que sou um admirador — disse ele alegremente.
— Admirador de quê?
— De seu discurso — disse. — Eu o estive ouvindo.
— Que discurso? Não fiz nenhum discurso — argumentei.
Ele riu com toda consciência.
— Posso ver que você foi bem instruído. Não é bom para você ser visto comigo aqui na rua. Vamos a algum lugar tomar uma xícara de café.
Algo me dizia para recusar, mas eu estava intrigado e, no meio daquilo tudo, provavelmente lisonjeado. Além do mais, se eu recusasse ir, isso poderia ser entendido como uma admissão de culpa. E ele não me parecia um policial, nem um detetive. Caminhei silenciosamente a seu lado para a cafeteria ali perto do fim do quarteirão, vendo-o espiar lá dentro, através da vitrine, antes de entrarmos.
— Você pega a mesa, irmão. Lá perto da parede, onde podemos bater papo em paz. Eu vou pegar o café.
Observei-o indo através do pavimento, com um passo exuberante e certo gingado, depois encontrei uma mesa e me sentei, observando-o. Estava quente, na cafeteria. Era, então, o final da tarde, e somente uns poucos fregueses estavam espalhados pelas mesas. Observei o homem ir com toda familiaridade até o balcão de pedidos e fazer o nosso. Seus movimentos, enquanto examinava as prateleiras bem iluminadas das massas, eram os de um lépido e pequeno cãozinho, apenas interessado em descobrir a fatia de bolo como alvo. Quer dizer que ele ouviu meu discurso; bem, eu ouviria o que ele tinha a dizer, pensei comigo, vendo-o voltar-se em minha direção com seu passo rápido, gingado e um tanto exagerado, entre o calcanhar e os dedos do pé. Era como se ele tivesse treinado andar dessa maneira e eu tivesse a sensação de que, de algum modo, ele desempenhava um papel; de que algo, a respeito dele, não era inteiramente real, ideia que abandonei imediatamente, uma vez que havia um clima de irrealidade na tarde inteira. Ele veio direto para a mesa sem olhar ao redor para me procurar, como se tivesse esperado que eu ocupasse precisamente aquela mesa, e não outra, embora muitas estivessem vazias. Ele equilibrava um prato de bolo no alto de cada

xícara, baixando-os destramente e, empurrando um em minha direção, pegou sua cadeira.
— Achei que você iria gostar de uma fatia de cheesecake — disse ele.
— Cheesecake? — indaguei. — Nunca tinha ouvido falar nisso.
— É ótima. Açúcar?
— Sirva-se você — disse eu.
— Não, irmão: só depois de você.

Encarei-o, em seguida, derramei três colheres cheias e empurrei o açucareiro em sua direção. Estava tenso novamente.

— Obrigado — disse eu, reprimindo impulso de censurá-lo a respeito dessa história de "irmão".

Ele sorriu, cortando sua cheesecake com um garfo e enfiando decididamente um pedaço grande demais na boca. Suas maneiras são extremamente rudes, pensei, tentando diminuí-lo e pegando um pedaço pequeno da torta e pondo-o delicadamente na boca.

— Você sabe — disse ele, tomando um gole de café —, eu não ouvia um discurso de eloquência tão eficiente desde os dias em que eu estava... Bem, há muito tempo. Você os incitou rapidamente à ação. Não compreendi como você conseguiu. Se ao menos alguns dos *nossos* oradores pudessem ter escutado! Com umas poucas palavras, você os envolveu na ação! Outros ainda teriam desperdiçado tempo com palavras vazias. Eu quero agradecer-lhe essa experiência extremamente instrutiva!

Eu tomava silenciosamente meu café. Não apenas desconfiava dele, como também não sabia quanto podia dizer com segurança.

— A torta aqui é boa — disse ele, antes de eu poder responder. — É realmente muito boa. A propósito, onde você aprendeu a discursar?

— Em nenhum lugar — respondi, mais do que depressa.

— Então você é muito talentoso. Tem o dom inato. É difícil acreditar.

— Estava simplesmente indignado — acrescentei, resolvendo admitir isso principalmente para ver o que ele revelaria.

— Então a sua indignação foi habilidosamente controlada. Tinha eloquência. Por que foi assim?

— Por quê? Presumo que me tenha sentido pena; não sei. Talvez eu tenha sentido exatamente que fazia um discurso. Havia o pessoal

esperando, de modo que eu proferi umas poucas palavras. Você pode não acreditar nisso, mas eu não sabia o que ia dizer...
— Por favor — disse ele, com um sorriso compreensivo.
— O que você quer dizer? — indaguei.
— Você tenta soar cínico, mas eu vejo através de você. Eu sei, escutei cuidadosamente o que você tinha a dizer. Estava imensamente emocionado. Suas emoções eram palpáveis.
— Imagino que sim — concordei. — Talvez vê-los me tenha trazido à lembrança alguma coisa.
Ele se inclinou para a frente, observando-me intensamente, com o mesmo sorriso nos lábios.
— Aquilo lembrava-lhe pessoas que você conhece?
— Suponho que sim — respondi.
— Acho que compreendo. Você observava uma morte.
Deixei meu garfo de lado.
— Ninguém foi morto — observei, de maneira tensa. — O que você está tentando fazer?
— Uma *Morte nas calçadas da cidade*, esse é o título de uma história policial ou de alguma coisa que li em algum lugar... — riu o homem.
— Só quero dizer metaforicamente falando. Eles viviam, mas mortos. Mortos-vivos. Uma unidade de opostos.
— Ah — exclamei. — Que espécie de linguagem ambígua era aquela?
— Os velhos: eram tipos campesinos, você sabe. Sendo massacrados pelas condições industriais. Atirados entre os montes de lixo e jogados fora. Você assinalou isso muito bem. Oitenta e sete anos e nada para expor a fim de se salvar, você disse. Estava absolutamente correto.
— Acho que, ao vê-los daquela maneira, isso me fez sentir-me bastante mal — observei.
— Sim, é claro. E você fez um discurso eficaz. Mas não deve desperdiçar suas emoções com os indivíduos, eles não contam.
— *Quem* não conta? — perguntei.
— Aqueles velhos — respondeu ele carrancudamente. — É triste, sim. Mas eles já morreram, são defuntos. A história passou por eles. É lamentável, mas não há nada a fazer a respeito. Eles são como membros

mortos que devem ser suprimidos de modo que a árvore aguente novos frutos, ou as tempestades da história os derrubará de qualquer modo. É melhor que a tempestade os atinja...

— Mas olhe...

— Não, deixe-me continuar. Essas pessoas são velhas. Os homens envelhecem, e o fazem de diferentes maneiras. E aqueles são muito velhos. Tudo o que deixaram é sua religião. É tudo em que podem pensar a respeito. De modo que são jogados fora. Morreram, você vê, porque são incapazes de se erguer para a necessidade da situação histórica.

— Mas eu *gosto* deles — argumentei. — Eles me fazem lembrar as pessoas que conheço no sul. Levou muito tempo para eu senti-lo, mas eles são pessoas exatamente como eu, à exceção de que eu tive alguns anos de estudo.

Ele agitou a cabeça redonda e vermelha.

— Ah, não, irmão, você se engana e você é sentimental. Você não é como eles. Talvez tenha sido, mas já não é. De outro modo, você nunca teria feito esse discurso. Talvez você fosse assim, mas isso tudo passa, morre. Você apenas não tem como reconhecer isso agora, mas esta parte de você está morta! Você não deixou inteiramente esse eu, esse velho eu campesino, mas está morto e você se livrará dele totalmente, emergindo, dando lugar a alguma coisa nova. A *História* nasceu em seu cérebro.

— Olhe — ponderei —, não sei sobre o que você está falando. Nunca vivi numa fazenda e não estudei agricultura, mas sei por que fiz aquele discurso.

— Por que então?

— Porque fiquei transtornado ao ver aquelas pessoas de idade jogadas na rua, eis por quê. Não me importo com o nome que *você* dá a isso. Eu estava indignado.

Ele deu de ombros.

— Não vamos discutir isso — disse. — Acho que você poderia fazê-lo de novo. Talvez você estivesse interessado em trabalhar para nós.

— Para quem? — perguntei, repentinamente agitado. O que ele estava tentando fazer?

— Para a nossa organização. Precisamos de um bom orador para esse distrito. Alguém que possa expressar as queixas do povo — disse ele.

— Mas ninguém se preocupa com essas queixas — disse eu. — Supondo-se que fossem expressas, quem escutaria ou se importaria com isso?

— Elas existem — disse ele, com seu sorriso compreensivo. — Elas existem e, quando soar o grito de protesto, haverá aqueles que o ouvirão e agirão.

Havia algo de misterioso e presunçoso no modo como ele falava, como se ele tivesse tudo solucionado, o que quer que dissesse a respeito. Vejam esse homem branco tão seguro de si, pensei comigo. Ele nem mesmo compreende que eu estava com medo, mas fala tão confiantemente. Levantei-me:

— Desculpe-me — murmurei —, tenho um emprego e não estou interessado nas queixas de ninguém, mas nas minhas próprias...

— Mas você estava preocupado com aquele velho casal — disse ele, com os olhos mais apertados. — Eles são seus parentes?

— Certamente, ambos são negros — expliquei, começando a rir.

Ele sorriu, com os olhos fixos em meu rosto.

— Falando sério, eles são seus parentes?

— Claro, fomos tostados no mesmo forno — respondi.

O efeito foi fulminante.

— Por que seus colegas falam sempre em termos de raça? — detonou ele, com os olhos em brasa.

— Que outros termos você conhece? — indaguei, confuso. — Você acha que eu me aproximaria dali se eles fossem brancos?

Ele levantou as mãos e riu.

— Não vamos discutir isso agora — disse. — Você foi muito eficiente em ajudá-los. Não posso acreditar que seja tão individualista quanto pretende. Você me pareceu ser um homem que conhece seu dever para com as pessoas e o cumpre bem. O que quer que pense disso pessoalmente, você foi um porta-voz de seu povo e tem o dever de trabalhar no interesse dele.

Ele soava complicado demais para mim.

— Olhe, meu amigo, obrigado pelo café e pela torta. Eu não tenho mais interesse por aquelas pessoas de idade do que pelo seu serviço. Queria fazer um discurso. *Gosto* de fazer discursos. O que aconteceu depois é um mistério para mim. Você apanhou o homem errado. Você devia ter parado um daqueles colegas que principiaram a berrar para o policial... — Levantei-me.

— Espere um instante — disse ele, mostrando um pedaço de envelope e rabiscando alguma coisa. — Você pode mudar de ideia. Quanto àqueles outros, eu já os conheço.

Olhei para o papel branco, em sua mão estendida.

— Você é sensato em desconfiar de mim — disse. — Não sabe quem eu sou e não confia em mim. É como deve ser. Mas eu tenho esperança, porque um dia você vai me procurar por espontânea vontade e será diferente, pois aí você estará pronto. Apenas ligue para este número e pergunte pelo irmão Jack. Não precisa dar o nome, só mencione a conversa. Caso se decida, me dê uma ligada por volta das oito horas.

— Está bem — respondi, pegando o papel. — Duvido de que eu chegue a precisar disso, mas quem sabe?

— Bem, pense a respeito, irmão. Os tempos estão difíceis e você parece muito indignado.

— Eu só desejava fazer um discurso — argumentei de novo.

— Mas você estava indignado. E, às vezes, a diferença entre a indignação individual e a organizada é a mesma entre a ação criminosa e a ação política — disse ele.

Eu ri.

— E daí? Não sou nem um criminoso, nem um político, irmão. Então você apanhou o homem errado. Mas obrigado novamente pelo café e pela torta, *irmão*.

Deixei-o sentado com um sorriso tranquilo no rosto. Quando já havia cruzado a avenida, olhei através do vidro, vendo-o ainda lá, e pensei que ele era o mesmo homem que me seguira sobre o telhado. Não estivera caçando-me, afinal de contas, mas apenas indo na mesma direção. Eu não compreendera boa parte do que ele dissera, apenas que ele falara com enorme confiança. De qualquer modo, eu fora o melhor corredor. Talvez fosse algum tipo de tramoia. Ele me dera a impressão de que compreendia muito e falava de um conhecimento muito mais profundo do que aparecia na superfície de suas palavras. Talvez fosse apenas o conhecimento de que ele fugira, pelo mesmo caminho que eu. Mas o que *ele* tinha a temer? Eu fizera o discurso, não ele. Aquela garota do apartamento me dissera que, quanto mais eu me mantivesse incógnito, mais seria eficiente, o que também não fazia muito sentido. Mas talvez fosse por isso que ele havia corrido. Ele desejava manter-se incógnito e eficiente. Eficiente em quê? Não há dúvida de que estava rindo de mim. Devo ter parecido estupidamente audacioso, naqueles telhados, e como um cômico de cara pintada de preto se ocultando de um fantasma, quando os pombos brancos aumentavam à minha volta. Ele que vá para o inferno! Não precisava ser tão presunçoso: eu sabia de algumas coisas que ele não sabia. Deixe-o procurar algum outro. Ele só queria utilizar-me para alguma coisa. Todo mundo desejaria nos usar com algum objetivo. Por que ele *me* queria como orador? Deixo-o fazer seus próprios discursos. Eu me encaminhei para casa, sentindo a crescente satisfação de tê-lo rejeitado tão completamente.

Estava ficando escuro e muito mais frio. Mais frio do que eu já chegara a conhecer. O que seria, Senhor, eu refleti, inclinando a cabeça ao vento, que nos faz deixar o clima quente e doce de casa por esse frio todo, e não voltar nunca, se não for algo digno de esperança e sacrifício extremo, até mesmo o despejo? Senti-me triste. Passou por mim uma velha, curvada por duas sacolas de compras, os olhos na parede coberta de neve, e pensei no velho casal do despejo. Como terminara aquilo e onde estariam eles agora? Que emoção pavorosa! O que tinha ele chamado de uma morte nas calçadas da cidade? Com que frequência essas coisas aconteceriam? E o que diria ele de Mary? Ela estava muito longe da morte, ou de ser moída em pedacinhos por Nova York. Que diabo, ela sabia muito bem como viver ali, muito melhor do que eu com minha instrução da faculdade. Instrução! *Bledsoeção*,[*] era essa a palavra. E eu era o único que estava sendo moído, não Mary. Pensar nela me fazia sentir-me melhor. Não podia imaginar Mary tão indefesa como a velha do despejo e, no instante em que eu chegava ao apartamento, começara a esquecer a minha depressão.

---

[*] *Bledsoing* no original. Referência do autor a Bledsoe. (*N. do T.*)

Capítulo catorze

O cheiro de repolho na casa de Mary me fez mudar de ideia. De pé, e mergulhado nas emanações que enchiam o saguão, pareceu-me que não podia, realisticamente, rejeitar aquele emprego. O repolho era sempre uma lembrança depressiva dos anos mais pobres de minha infância e eu sofria em silêncio sempre que ela o servia, mas essa era a terceira vez em cerca de trinta dias, o que me fazia acreditar que Mary estava com o dinheiro curto.

E ali estava eu me felicitando por recusar um serviço, pensei, quando sequer sabia quanto dinheiro devia a ela. Senti um rápido mal-estar crescer dentro de mim. Como eu podia encará-la? Fui tranquilamente para o meu quarto e me deitei na cama, meditando. Havia outros locatários, que tinham seus empregos, e eu sabia que ela recebia ajuda de parentes. Ainda assim, não havia nenhum engano: Mary adorava, nos alimentos, a variedade, e essa concentração no repolho não era nada acidental. Por que eu não havia notado? Ela era gentil demais, nunca me cobrava e eu ficava ali ouvindo-a dizer: "Não me venha afligir com suas pequenas dificuldades, rapaz. Você vai conseguir alguma coisa, adeusinho", quando eu tentava pedir desculpas por não pagar meu aluguel e as refeições. Talvez outro locatário tivesse se mudado, ou perdido o emprego. O que eram problemas de Mary, de algum modo; quem "expressava as queixas" dela, como o definira o homem de cabeça vermelha? Ela me manteve em atividade durante meses, mas eu não tinha a menor ideia. Que tipo de homem eu estava me tornando? Contara tanto com ela que nem mesmo pensara em minha dívida, quando recusei o serviço. Nem considerara a perplexidade que podia ter lhe causado se a polícia viesse à sua casa prender-me por fazer aquele discurso inflamado. De repente, tive vontade de olhar para ela: talvez, na verdade, eu nunca a tivesse visto. Eu estivera agindo como uma criança, não como um homem.

Pegando o papel amarrotado, li o número de telefone. Ele mencionara uma organização. Como aquilo se chamava? Eu não perguntara. Que tolo! Pelo menos eu devia ter procurado saber o que estava recusando, embora desconfiasse do homem de cabeça vermelha. Será que eu recusara aquilo por medo, tanto quanto por suscetibilidade? Por que ele não me disse exatamente do que se tratava, em vez de tentar impressionar-me com seu conhecimento?

Depois, embaixo do saguão, pude ouvir Mary cantando, sua voz clara e despreocupada, embora entoasse uma canção preocupada. Era o *Back Water Blues*. Fiquei escutando, enquanto o som fluía para mim e ao meu redor, trazendo-me uma sensação tranquila do estar devendo. Quando ela se aquietou, subi e vesti meu paletó. Talvez não fosse tarde demais. Encontraria um telefone e ligaria para ele; então, ele me diria exatamente o que desejava e eu poderia tomar uma decisão sensata.

Dessa vez, foi Mary que me ouviu.

— Rapaz, quando vancê vai voltá? — perguntou ela, projetando a cabeça lá da cozinha. — Nem mesmo ouvi vancê.

— Cheguei há um pouquinho — respondi. — Você estava ocupada e eu não quis atrapalhar.

— Então, aonde vai tão depressa? Num vai comê?

— Sim, Mary — respondi —, mas tenho que sair agora. Eu me esqueci de tratar de um negócio.

— Ora, bolas! Que tipo de negócio vancê arranjou numa noite fria como essa? — perguntou ela.

— Ah, eu não sei. Eu podia fazer uma surpresa para você.

— Nada vai sê capaz de me surpreendê — disse ela. — E vancê volte correndo aqui, pra botar uma coisa quente na barriga.

Andando no meio do frio à procura de uma cabine telefônica, compreendi que me comprometera a levar para ela alguma espécie de surpresa e, enquanto caminhava, fiquei docemente entusiasmado. Era, afinal de contas, um serviço que assegurava exercitar meu talento de falar em público e, se a remuneração não fosse absolutamente nada, seria mais do que eu tinha então. Pelo menos eu poderia pagar a Mary uma parte do que lhe devia. E ela poderia receber alguma satisfação de que previra corretamente.

Eu parecia acossado pelas emanações do repolho. A pequena lanchonete em que encontrei o telefone estava toda enfumaçada.

O irmão Jack não pareceu nada surpreso ao receber minha ligação.

— Eu gostaria de ter alguma informação sobre...

— Venha até aqui tão rapidamente quanto puder, sairemos daqui a pouco — disse ele, dando-me um endereço da Avenida Lenox, e desligando antes de eu terminar o meu pedido.

Saí então para o frio, incomodado tanto pela falta de surpresa do interlocutor como pela maneira sumária e seca como me falara, mas me pus em marcha, sem me deixar apressar. Não era longe e, exatamente quando cheguei à esquina da Lenox, um carro parou e vi diversos homens dentro dele, dentre eles, Jack, sorrindo.

— Entre — disse ele. — Vamos conversar no lugar para onde seguimos. É uma reunião; pode ser que você goste dela.

— Mas não estou trajado corretamente — argumentei. — Eu ligarei para você amanhã.

— Trajado? — Ele deu uma risadinha. — Você está muito bem, entre.

Entrei ao lado dele e do motorista, notando que havia três homens na parte de trás. Então o carro saiu andando.

Ninguém falava. O irmão Jack pareceu submergir imediatamente numa profunda reflexão. Os outros olhavam a noite. Era como se fôssemos meros passageiros acidentais num vagão do metrô. Senti-me apreensivo, perguntando-me aonde estávamos indo, mas resolvi não dizer nada. O carro corria rapidamente sobre a neve irregular.

Olhando a noite que passava, perguntei-me que espécie de homens eram aqueles. Certamente não agiam como se estivessem dirigindo-se para um serão muito sociável. Eu estava faminto e não voltaria a tempo para a ceia. Bem, talvez valesse a pena, tanto para Mary como para mim. Pelo menos eu não teria de comer aquele repolho!

Por alguns instantes, o carro fez uma pausa para o sinal, depois fomos circulando rapidamente através de longas extensões da paisagem coberta de neve, iluminada aqui e ali pelos postes de luz e pelos jatos de luz nervosamente apunhalantes dos faróis de automóvel que passavam. Reluzíamos através do Central Park, então inteiramente transformado pela neve. Era como se repentinamente houvéssemos mergulhado na paz do centro do país, mas eu sabia que ali por perto, em algum lugar fechado na noite, havia um zoo com seus perigosos animais. Os leões e tigres em jaulas aquecidas, os ursos adormecidos, as cobras compactamente enrodilhadas no subsolo. E havia também o reservatório de água escura, todo coberto pela neve e pela noite, pela neve que caía e pela noite que caía, enterrado sob o preto e o branco, neblina cinzenta e silêncio cinzento. Então, além da cabeça do motorista, pude ver um muro de edifícios que assomavam além do para-brisa. O carro avançou lentamente pelo tráfego e desceu depressa uma colina.

Paramos diante de um edifício de aspecto caro, numa estranha parte da cidade. Pude ver a palavra *Chthonian* no toldo contra temporal estendido acima da calçada, enquanto saí com os outros e fomos rapidamente em direção a um vestíbulo iluminado por um jogo de lâmpadas fracas atrás do vidro enregelado, passando pelo porteiro uniformizado com estranha familiaridade; e então senti, enquanto entrávamos num elevador à prova de som e éramos atirados longe a um quilômetro e meio por minuto, que eu já passara por aquilo. Depois paramos com um brando empuxo e fiquei sem certeza se havia subido ou descido. O irmão Jack me guiou pelo corredor até uma porta em que havia uma aldrava de bronze com a forma de uma coruja, com seus enormes olhos. Então ele hesitou por um instante, sua cabeça se espichou para a frente, como se quisesse escutar, em seguida ele cobriu com a mão a imagem da coruja, produzindo, em vez da pancada que eu esperava, um frígido e claro repique de sineta. Dentro em pouco, a porta girou para se abrir parcialmente, expondo uma mulher elegantemente trajada, cujo rosto bonito e duro se expandia em sorrisos.

— Entrem, irmãos — ordenou ela, e seu perfume exótico encheu o salão.

Reparei num broche de reluzentes diamantes no vestido dela, enquanto eu tentava afastar-me para os outros, mas o irmão Jack me empurrou para a frente.

— Perdão — desculpei-me, porém ela se manteve na mesma posição e eu exerci pressão, de maneira tensa, de encontro à sua perfumada suavidade, vendo-lhe o sorriso como se só houvesse ali ela e eu. Em seguida, passei, perturbado não tanto pelo contato estreito como pela sensação de que, de alguma maneira, eu já passara por aquilo tudo. Não consegui decidir se fora ao ver alguma cena semelhante no cinema, em livros que lera ou em algum sonho repetitivo, mas profundamente enterrado O que quer que fosse, era como entrar numa cena que, por causa de alguma remota circunstância, eu tinha, até ali, espreitado apenas com um tanto de afastamento. "Como eles haviam podido conseguir um lugar tão caro?", perguntei-me.

— Ponha as suas coisas no gabinete de leitura — disse a mulher. — Vou providenciar as bebidas.

Entramos numa sala coberta de livros e decorada com antigos instrumentos musicais: uma harpa irlandesa, uma trompa de caça, uma clarineta e uma flauta de madeira estavam suspensas na parede pelo braço ou pela embocadura, com fitas azuis e cor-de-rosa. Havia um divã de couro e numerosas cadeiras vazias.

— Deixe o casaco no divã — ordenou o irmão Jack.

Tirei meu sobretudo e olhei ao redor. O mostrador do rádio instalado num módulo da estante de mogno estava iluminado, mas não pude ouvir qualquer som; e havia uma ampla escrivaninha em que ficavam objetos de escrita feitos de prata e cristal; enquanto um dos homens vinha dar uma olhada na estante, de pé, eu estava impressionado com o contraste entre a riqueza da sala e a roupa deles, relativamente pobre.

— Agora vamos para a outra sala — disse o irmão Jack, pegando-me pelo braço.

Entramos numa grande sala em que, de uma parede, pendiam drapeados italianos vermelhos que caíam em ricas dobras do teto. Numerosos homens e mulheres bem-vestidos se reuniam em grupos, alguns ao lado de um grande piano, e os outros descansavam no estofamento das cadeiras de madeira clara. Aqui e ali, eu vi diversas mulheres jovens e atraentes, mas evitei lançar-lhes mais do que um olhar de relance. Senti-me extremamente constrangido, embora, após a breve olhadela, ninguém prestasse qualquer atenção especial em mim. Era como se eles não me tivessem visto, como se eu estivesse ali, e ainda não estivesse. Os outros se afastaram ao encontro dos vários grupos, e o irmão Jack me tomou pelo braço.

— Venha, vamos tomar um gole — disse ele, guiando-me em direção ao fundo da sala.

A mulher que nos abrira a porta estava preparando bebidas atrás de um bar, tão grande que parecia ter pertencido a uma casa noturna.

— Que tal uma bebida para nós, Emma? — pediu o irmão Jack.

— Bem, agora, eu terei de pensar a respeito — disse ela, inclinando a cabeça caprichosamente desenhada e sorrindo.

— Não pense, aja. Somos homens muito sedentos. Este jovem, hoje, adiantou a história em vinte anos.

— Ah — exclamou ela, com os olhos mais atentos. — Você deve me falar a respeito dele.

— Apenas leia os jornais da manhã, Emma. As coisas começaram a se mexer. Sim, a pular para a frente — ria ele, com sagacidade.

— Do que você gostaria, irmão? — perguntou ela, com os olhos roçando levemente no meu rosto.

— *Bourbon* — respondi, com um pouco de espalhafato demais, enquanto me lembrava do melhor que o sul tinha a oferecer.

Minha face estava quente, mas eu retribuí o olhar dela com tanta firmeza quanto ousei. Não era o áspero olhar fixo do desinteresse por você como ser humano que eu conhecera no sul, do tipo que deslizava sobre um negro como se ele fosse um cavalo ou um inseto; era algo mais, um tipo de olhar direto em torno de "que espécie de simples homem" temos aqui, que parecia entrar pela minha pele... Em algum lugar da minha perna, um músculo se crispou violentamente.

— Emma, o *bourbon*! *Dois bourbons!* — disse o irmão Jack.

— Sabe — disse ela, apanhando a garrafa especial —, estou intrigada.

— Naturalmente. Sempre — disse ele. — Intrigada e intrigante. Mas nós estamos morrendo de sede.

— Apenas de impaciência — disse ela, servindo a bebida. — Eu diria que *você* está com sede. Diga-me, onde encontrou esse jovem herói do povo?

— Não o encontrei — disse o irmão Jack. — Ele simplesmente surgiu da multidão. As pessoas sempre abandonam seus líderes, você sabe...

— *Abandonam-nos* — disse ela. — Um disparate: elas os mastigam e cospem-nos fora. Depois eles são destruídos. Aqui está o seu, irmão.

Ele olhou para ela firmemente. Peguei o pesado copo de cristal e levei-o à boca, feliz por ter uma desculpa para me desviar de seu olhar. Uma névoa de fumaça de cigarro flutuava pela sala. Ouvi uma série de ricos sons de arpejo no piano atrás de mim e me virei para olhar, ouvindo Emma dizer em voz não suficientemente baixa:

— Mas você não acha que ele deve ser um pouco mais negro?*

— Psss, não seja tão maldosa — disse o irmão Jack rispidamente. — Não estamos interessados na aparência dele, mas em sua voz. E sugiro, Emma, que você faça disso o *seu* interesse também...

Subitamente acalorado e com falta de ar, vi uma janela no outro lado da sala, fui até lá e fiquei olhando para fora. Estávamos muito alto; as lâmpadas e o tráfego da rua talhavam figuras na noite lá embaixo. Então ela não pensava que eu fosse suficientemente negro. O que ela quer, um comediante de cara pintada de negro? Quem é ela, de qualquer modo, é mulher do irmão Jack, é sua namorada? Talvez ela queira me ver suar alcatrão de hulha, tinta, graxa de sapato, grafite. O que era eu, um homem ou um recurso natural?

A janela era tão alta que eu mal podia ouvir o som do tráfego lá embaixo... Isso era um mau começo, mas que diabo, eu seria contratado pelo irmão Jack, se ele ainda me quisesse e não por essa mulher, Emma. Eu gostaria de mostrar a ela quão realmente negro eu sou, pensei comigo, tomando uma boa dose do *bourbon*. Estava leve, frio. Eu teria de ser cuidadoso com a bebida. Qualquer coisa poderia acontecer, se eu tomasse demais. Com essas pessoas, eu teria de ser cuidadoso. Sempre cuidadoso. Com todas as pessoas, eu teria de ser cuidadoso...

---

* No original, blacker, que designa o negro que só procura mulheres brancas e é, nesse sentido, também apreciado por elas com relação ao vigor e ao interesse sexual. (*N. do T.*)

— É uma vista agradável, não é? — disse uma voz, eu me virei e vi um homem alto e moreno. — Mas agora você se incomodaria de se juntar a nós na biblioteca? — convidou ele.

O irmão Jack, os homens que tinham vindo conosco no carro e dois outros que eu jamais vira estavam esperando.

— Entre, irmão — disse Jack. — Os negócios antes do prazer, é sempre um bom preceito, seja você quem for. Algum dia o preceito será negócios *com* prazer, mas a alegria do trabalho terá sido restaurada. Sente-se.

Peguei a cadeira diretamente diante dele, perguntando-me sobre o que seria essa conversa.

— Você sabe, irmão — disse ele —, nós geralmente não interrompemos nossas reuniões sociais com assunto de trabalho, mas com você é necessário.

— Peço-lhe desculpas — disse eu. — Devia ter lhe ligado antes.

— Desculpas? Ora, apenas estamos contentes demais em fazer isso. Estivemos esperando por você durante meses. Ou por alguém que pudesse fazer o que você fez.

— Mas, o quê?... — disse eu.

— O que nós fazemos? Qual a nossa missão? É simples: trabalhamos por um mundo melhor para todo o povo. É simples assim. Gente demais tem sido despojada de sua herança, e nós nos unimos numa irmandade de modo que possamos fazer algo a esse respeito. O que acha disso?

— Ora, eu acho ótimo — respondi, tentando compreender o significado completo de suas palavras. — Acho que é excelente. Mas como?

— Levando as pessoas à ação, precisamente como você fez, nesta manhã... Irmãos, eu estava ali — disse ele aos outros —, e ele foi magnífico. Com umas poucas palavras, desencadeou uma demonstração eficiente contra os despejos!

— Eu também estava presente — disse outro. — Foi espantoso.

— Diga-nos alguma coisa sobre sua formação — o irmão Jack disse, com a voz de quem exigia respostas verdadeiras.

Expliquei brevemente que havia me adiantado na procura de trabalho para fazer frente às despesas da faculdade e fracassara.

— Você ainda pretende voltar?

— Agora não — respondi. — Estou bem resolvido em relação a isso.
— Assim está bom — disse o irmão Jack. — Você tem pouco a aprender lá. No entanto, a instrução de faculdade não é uma coisa ruim, ainda que você tenha de esquecer a maior parte dela. Você estudou economia?
— Um pouco.
— Sociologia?
— Sim.
— Bem, deixe-me aconselhá-lo a esquecer tudo isso. Você receberá livros para ler juntamente com algum material que explica nosso programa minuciosamente. Mas estamos andando depressa demais. Talvez você não esteja interessado em trabalhar para a Irmandade.
— Mas vocês não me disseram o que devo fazer — disse eu.
Ele olhou para mim fixamente, apanhando lentamente os óculos e tomando um grande gole.
— Vamos colocar a coisa assim — disse ele. — Você gostaria de ser o novo Booker T. Washington?
— O quê! — procurei o riso em seus olhos amáveis, vendo sua cabeça vermelha levemente virada para o lado. — Ora, por favor... — disse eu.
— Oh, sim, estou falando sério.
— Não estou entendendo. — Será que eu estava bêbado? Olhei para ele: *parecia* sóbrio.
— O que você acha dessa ideia? Ou, melhor ainda, o que você acha de Booker T. Washington?
— Ora, acho que foi uma figura importante, claro. Pelo menos a maioria das pessoas diz isso.
— Mas...
— Bem — eu não estava encontrando as palavras. Ele novamente estava indo muito rápido. A ideia como um todo era insana, mas os outros olhavam para mim calmamente. Um deles acendia um cachimbo. O fósforo crepitou, captou o fogo.
— O que é? — insistiu o irmão Jack.
— Bem, presumo que não acho que ele tenha sido tão importante quanto o fundador.
— Ah, e por que não?

— Bem, em primeiro lugar, o fundador chegou antes dele e fez praticamente tudo o que Booker T. Washington fez e muito mais. E mais pessoas acreditam nele. Você ouve muitas discussões sobre Booker T. Washington, mas poucos discutiriam a respeito do fundador...

— Não, mas talvez isso seja porque o fundador ficou à margem da história, enquanto Washington ainda é uma força viva. Contudo, o *novo* Washington trabalhará pelos pobres...

Olhei para meu copo de cristal, cheio de *bourbon*. Era inacreditável, mas estranhamente emocionante, e eu tinha a sensação de estar presente na criação de importantes acontecimentos, como se uma cortina se tivesse aberto e me permitissem vislumbrar como o país funcionava. Todavia, nenhum desses homens era bem conhecido ou, pelo menos, eu nunca vira seus rostos nos jornais.

— Nesses tempos de indecisão, quando todas as antigas respostas se mostraram falsas, as pessoas voltam seu olhar para os mortos à procura de uma solução — continuou ele. — Elas primeiro apelam para um, depois para outro daqueles que agiram no passado.

— Com sua licença, irmão — interrompeu o homem do cachimbo —, acho que você devia falar mais concretamente.

— Por favor, não interrompa — pediu o irmão Jack, glacialmente.

— Eu quis apenas destacar que existe uma terminologia científica — disse o homem, ressaltando suas palavras com o cachimbo. — Afinal de contas, aqui nos chamamos cientistas. Vamos falar como cientistas.

— Em seu devido tempo — disse o irmão Jack. — Em seu devido tempo... Veja, irmão — disse ele, voltando-se para mim —, a dificuldade é que há pouca coisa que os mortos possam fazer; de outro modo, eles não seriam os mortos. Não, mas, por outro lado, seria um grande engano admitir que os mortos são absolutamente destituídos de poder. Eles o são apenas para dar a resposta satisfatória às novas perguntas apresentadas aos vivos pela história. Mas eles tentam! Onde quer que ouçam os imperiosos gritos do povo numa crise, os mortos respondem. Agora mesmo, neste país, com seus muitos grupos nacionais, todos os velhos heróis estão sendo chamados de volta à vida: Jefferson, Jackson, Pulaski, Garibaldi, Booker T. Washington, Sun Yat-sen, Danny O'Connel, Abraham Lincoln e incontáveis outros vêm sendo convidados a galgar uma vez mais o palco da história. Não posso dizer tão enfaticamente que estamos num ponto extremo da história, num momento de suprema crise mundial. A destruição está diante de nós, a menos que as coisas se modifiquem. E as coisas *devem* modificar-se. E ser modificadas pelo povo. Porque, irmão, os inimigos do homem estão despejando o mundo! Você compreende?

— Estou começando a compreender — respondi, imensamente impressionado.

— Há outros termos, outros meios mais precisos de dizer tudo isso, mas não temos tempo para isso agora. Falaremos, no momento, em termos que sejam de fácil compreensão. Como você falou ao pessoal nesta manhã.

— Entendo — disse eu, sentindo-me constrangido sob seu olhar fixo.

— De modo que não importa se você *deseja* ser o novo Booker T. Washington, meu amigo. Booker Washington ressuscitou hoje, num despejo do Harlem. Saiu do anonimato da multidão e falou ao povo. Desse modo, você percebe. Não estou brincando com você. Ou apenas fazendo um jogo de palavras. Há uma explicação científica para esse fenômeno — como nosso sábio irmão bondosamente me lembrou —, e você a aprenderá a tempo, mas, seja como for que você chame isso, a realidade da crise mundial é um fato. Aqui somos todos realistas, e materialistas. É uma questão de quem determinará o rumo dos acontecimentos. Foi por isso que trouxemos você a esta sala. Nesta manhã, você respondeu ao apelo do povo e nós queremos ser o verdadeiro intérprete do povo. Você será o novo Booker T. Washington, mas ainda maior do que ele.

Houve silêncio. Eu podia ouvir o úmido estalar do cachimbo.

— Talvez tenhamos de deixar o irmão se expressar sobre como se sente a respeito de tudo isso — disse o homem do cachimbo.

— E aí, irmão? — indagou o irmão Jack.

Olhei seus rostos expectantes.

— É tudo tão novo para mim que não sei exatamente o que devo dizer — disse eu. — Vocês realmente acham que escolheram o homem certo?

— Você não deve deixar que isso o preocupe — disse o irmão Jack.

— Você se mostrará à altura da tarefa; é necessário apenas que trabalhe duro e siga as instruções.

Eles então se levantaram. Eu os encarei, combatendo uma vaga noção de irrealidade. Olhavam-me fixamente, como os colegas haviam feito quando eu me iniciava na fraternidade da faculdade. Só isso era real e, agora, chegara a hora de me resolver ou de dizer que eu os achava loucos e voltar para junto de Mary. Mas o que há a perder?, pensei. Pelo menos eles me convidaram, um de nós, no meio de alguma coisa grande; e, além disso, se me recusasse a me unir a eles, para onde iria — para um emprego de carregador na estação ferroviária? Ao menos, aqui, havia oportunidade de falar.

— Quando começarei? — indaguei.

— Amanhã, não podemos desperdiçar tempo. A propósito, onde você mora?

— Alugo um quarto de uma mulher no Harlem — respondi.

— Uma dona de casa?

— Ela é viúva — respondi. — Aluga quartos.

— Qual a formação dela?

— Muito pouca.

— Mais ou menos como o velho casal que estava sendo despejado?

— Mais ou menos, embora ela possa tomar conta de si mesma muito melhor. Ela é durona — acrescentei com um riso.

— Ela faz muitas perguntas? Você é amigo dela?

— Ela é muito boa para mim — disse eu. — Permitiu-me permanecer lá depois de eu não poder mais pagar o aluguel.

Ele balançou a cabeça.

— Não.

— O que foi? — perguntei.

— É melhor você se mudar — disse ele. — Encontraremos um lugar para você no centro da cidade, de modo que fique fácil chamá-lo...

— Mas eu não tenho nenhum dinheiro e ela é de total confiança.

— Cuidaremos disso — disse ele, agitando a mão. — Você deve compreender desde já que grande parte do nosso trabalho encontra oposição. Nossa disciplina requer, portanto, que não conversemos com ninguém e que evitemos situações em que a informação possa escapar involuntariamente. De modo que você deve deixar de lado o que já viveu. Você tem família?

— Tenho.

— Tem contato com ela?

— Claro. Escrevo para casa de vez em quando — disse eu, começando a me incomodar com seu método de interrogar. Sua voz se tornara fria, pesquisadora.

— Então, é melhor você parar por algum tempo — disse ele. — De qualquer maneira, você estará ocupado demais. Tome. — Ele puxou alguma coisa no bolso do colete e se pôs subitamente de pé.

— O que foi? — perguntou alguém.

— Nada. Com licença — disse ele, encaminhando-se para a porta e acenando. Num instante, eu vi a mulher aparecer.

— Emma, o pedaço de papel que eu lhe dei. Entregue-o ao novo irmão — ordenou ele, enquanto dava um passo para dentro e fechava a porta.

— Ah, então é você — disse ela com um sorriso significativo.

Observei-a enfiar a mão no bolso de seu uniforme de recepcionista e tirar um envelope branco.

— Esta é a sua nova identidade — disse o irmão Jack. — Abra o envelope.

Encontrei dentro um nome escrito num pedaço de papel.

— Esse é seu novo nome — disse o irmão Jack. — Passe a pensar em si mesmo com esse nome, a partir de agora. Anote-o de modo que, mesmo que seja chamado no meio da noite, responda. Muito em breve você será conhecido desse modo por todo o país. Você não deve responder a nenhum outro, compreende?

— Vou tentar — respondi.

— Não se esqueça do novo alojamento dele — disse o homem alto.

— Não — disse o irmão Jack, franzindo as sobrancelhas. — Emma, por favor, um pouco de dinheiro.

— Quanto, Jack? — indagou ela.

Ele se voltou para mim.

— Você está devendo muito aluguel?

— Muito — respondi.

— Apanhe trezentos, Emma — pediu ele. — Não se preocupe — disse ele, quando mostrei minha surpresa com a soma. — Isso pagará suas dívidas e comprará sua roupa. Ligue para mim pela manhã e eu já terei escolhido seu alojamento. No princípio, seu salário será de sessenta dólares por semana.

Sessenta por semana! Nada havia que eu pudesse dizer. A mulher cruzara a sala em direção à escrivaninha e voltara com o dinheiro, colocando-o em minha mão.

— Seria melhor você guardá-lo — aconselhou ela, efusivamente.

— Bem, irmãos, acredito que é tudo — disse ele. — Emma, que tal uma bebida?

— Claro, claro — respondeu ela, indo até uma estante, tirando uma garrafa e um jogo de copos, em que verteu quase três centímetros de um líquido claro. — Está aqui, irmãos — disse ela.

Pegando o seu, o irmão Jack o levantou até o nariz, aspirando-o profundamente.

— À irmandade do Homem... à História e à Mudança — disse ele, tocando o meu copo.

— À História — todos nós dissemos.

A bebida queimava, fazendo-me baixar a cabeça para esconder as lágrimas que me surgiam nos olhos.

— Ahhhh! — disse alguém com profunda satisfação.

— Vamos — chamou Emma. — Juntemo-nos aos outros.

— Agora, um pouco de prazer — sugeriu o irmão Jack. — E lembre-se de sua nova identidade.

Eu quis pensar, mas eles não me deram tempo. Fui arrastado para a grande sala e apresentado pelo meu novo nome. Todo mundo sorria e parecia ansioso de se encontrar comigo, como se todos ali soubessem do papel que eu iria desempenhar. Todos me apertaram a mão calorosamente.

— Qual a sua opinião sobre as condições atuais dos direitos da mulher, irmão? — interrogou-me uma mulher franca, de grande gorro escocês de veludo negro.

Mas, antes de eu poder abrir a boca, o irmão Jack me conduzira até um grupo de homens, um dos quais parecia saber tudo a respeito do despejo. Perto dali, um grupo ao redor do piano cantava músicas folclóricas com mais volume do que melodia. Movemo-nos de um grupo para o outro, o irmão Jack muito autoritário, os outros sempre respeitosos. Ele devia ser um homem poderoso, pensei, de nenhum modo um palhaço. Mas que esse negócio de Booker T. Washington vá para o diabo! Eu faria o trabalho, mas não seria ninguém além de mim mesmo — fosse quem fosse. Modelaria a minha vida em conformidade com a do fundador. Eles poderiam pensar que estou agindo como Booker T. Washington; deixe-os pensar. Mas o que eu pensasse de mim mesmo, eu guardaria para mim. Sim, e teria de esconder o fato de que, na realidade, eu tinha medo quando fazia meu discurso. De repente, senti uma risada borbulhando lá dentro de mim. Teria de assimilar a teoria desse negócio de história.

Naquele momento, tínhamos nos aproximado do piano, onde um jovem veemente me interrogou a respeito dos diversos chefes da comunidade do Harlem. Eu só os conhecia de nome, mas fiz de conta que conhecia todos.

— Bom — disse ele —, bom, temos de trabalhar com todas essas forças no período vindouro.

— Sim, você tem toda razão — disse eu, dando a meu copo um giro tilintante.

Um homem baixo e desinibido me viu e acenou aos outros para fazê-los parar.

— Diga, irmão — chamou ele. — Interrompam a música, rapazes, interrompam-na!

— Sim, hum... irmão — disse eu.

— Você é exatamente quem estávamos precisando. Estivemos à sua procura.

— Ah — exclamei.

— O que acha de um *spiritual*, irmão? Ou de umas dessas verdadeiras, boas e antigas canções de trabalho negras? Como esta: *Ah went to Atlanta — nevah been there befo'*,* ele cantou, com os braços se estendendo de seu corpo como as asas de um pinguim, o copo numa das mãos, o charuto na outra. — *White man sleep in a feather bed, nigguh sleep on the flo'...*** ... Ha, ha! O que você acha disso, irmão?

---
* *Ah, nós fomos para Atlanta / Nunca estivemos lá antes [...]*. (N. do T.)
** *O homem branco dorme numa cama de penas, o preto dorme em cima de uma dondoca...* (N. do T.)

— O irmão *não canta*! — bradou o irmão Jack em *staccato*.

— Contrassenso, *toda* a gente de cor canta.

— Este é um exemplo afrontoso de chauvinismo racial inconsciente! — acusou Jack.

— Contrassenso, eu *gosto* do canto deles — o homem veemente disse de maneira obstinada.

— O irmão *não canta*! — gritou o irmão Jack, enquanto sua face ficava fortemente arroxeada.

O homem veemente o encarou com teimosia.

— Por que você não *o deixa* dizer se pode cantar ou não...? Ande, irmão, se anime! *Go down, Moses* — ele urrou num tom de barítono, jogando fora o charuto e estalando os dedos. — *Way down in Egypt's land. Tell dat ole Pharaoh to let ma colored folks sing!** Defendo o direito de o irmão negro cantar! — gritou ele belicosamente.

O irmão Jack olhou como se sufocasse; levantou a mão, chamando. Vi dois homens correrem, vindos do outro lado da sala, e levarem agressivamente o homem baixo. O irmão Jack seguiu-os enquanto desapareciam além da porta, deixando um silêncio pesado.

Por instantes, permaneci ali, com os olhos cravados na porta, depois me virei, o copo quente na mão, o rosto sentindo como se estivesse prestes a explodir. Por que todos fixavam os olhos em mim como se eu fosse o responsável? Por que diabo fixavam os olhos em mim? Subitamente, gritei:

— Qual é o problema com vocês? Vocês nunca viram um bêbado? — nesse momento quando em algum lugar do vestíbulo a voz do homem veemente nos atordoou em sua embriaguês:

— *St. Louis mamieeeee* — *with her diamond riiiiigs...*** — e foi cortada por uma porta que bateu, deixando o salão repleto de caras aturdidas. E de uma hora para a outra eu passei a rir histericamente.

— Ele me feriu no rosto — disse eu ofegante. — Ele me feriu no rosto com um metro de tripas! — Arqueando-se duplamente, urrando, o salão inteiro parecia dançar para cima e para baixo, a cada rápido som de gargalhada.

---

* A caminho da terra do Egito. Diga àquele velho faraó que deixe minha gente de cor cantar! (*N. do T.*)
** Mamãeeeee de St. Louis, com seus anéeeeeis de brilhantes... (*N. do T.*)

— Ele jogou um bucho de porco — gritei, mas ninguém parecia compreender. Meus olhos se turvaram, eu mal podia ver. — Ele é alto como um pinheiro da Georgia — ri, voltando-me para o grupo mais próximo de mim. — Está absolutamente bêbado... de música!
— É. Certamente — disse um homem, de maneira nervosa. — Ha, ha...
— Três folhas ao vento — ri, tomando ar nesse momento, e descobrindo que a tensão silenciosa dos outros estava refluindo num murmúrio que soava em todo o salão, crescendo até virar um estrondo, um riso de todas as dimensões, intensidades e entonações.

Todo mundo participava. O salão realmente se agitava.
— E você viu a cara do irmão Jack? — gritou um homem, balançando a cabeça.
— Foi assassinato!
— Desça, Moisés!
— Garanto a você como foi um assassinato!

Através do salão, eles batiam nas costas das pessoas, para evitar que se engasgassem. Os lenços apareceram, havia muitos assoando o nariz ruidosamente, esfregando os olhos. Um copo se partiu no chão, uma cadeira tombou. Eu lutava tanto contra o riso que chegava a doer e, quando me acalmei, vi que aquela gente me olhava com uma espécie de confusa gratidão. O sossego voltava, mas eles pareciam empenhar-se em aparentar que não ocorrera nada fora do comum. Todos sorriam. Várias pessoas pareciam prestes a se aproximar, bater nas minhas costas e me apertar a mão. Era como se eu lhes tivesse dito algo que desejavam muitíssimo ouvir e lhes tivesse prestado um importante serviço que eu não podia compreender. Mas havia isso, em seus rostos. Meu estômago doía. Queria sair, livrar-me de seus olhos. Então uma mulherzinha magra apareceu e me agarrou a mão.

— Estou tão chateada por isso ter acontecido — disse-me ela, numa lenta voz de ianque —, real e verdadeiramente chateada. Alguns de nossos irmãos não são tão altamente desenvolvidos, você sabe. Embora tenham muito boas intenções. Você deve permitir-me pedir desculpas por ele...

— Ah, ele estava apenas embriagado — disse eu, fitando seu delicado rosto da Nova Inglaterra.

— Sim, eu sei, e bem manifestamente. *Eu* nunca pediria a nossos irmãos de cor que cantassem, muito embora eu adore ouvi-los. E isso porque sei que seria uma coisa muito atrasada. Aqui, você tem de lutar junto conosco, não nos entreter. Acho que você me compreende, não é, irmão?

Dei-lhe um sorriso silencioso.

— Claro que me compreende. Preciso ir agora, até mais — despediu-se ela, estendendo a mãozinha de luva branca e saindo.

Eu estava confuso. O que exatamente ela queria dizer com aquilo? Será que supunha que nos ressentíamos de outros terem achado que fôssemos todos artistas e cantores naturais? Mas então, depois do riso conjunto, alguma coisa me perturbava: não devia haver algum modo de nos pedirem para cantar? Aquele homem baixo não devia ter o direito de cometer um engano sem seus temas ser considerados consciente ou inconscientemente maldosos? Afinal de contas, *ele* estava cantando, ou tentando fazê-lo. E se eu *lhe* pedisse para cantar? Observei a mulherzinha, vestida de preto como uma missionária, abrindo seu caminho sinuoso pela multidão. O que será que ela fazia ali? Que papel desempenhava? Bem, o que quer que ela representasse, era refinada e eu gostara dela.

Foi então que Emma se adiantou e me perguntou se queria dançar e eu a conduzi à pista enquanto soava o piano, pensando na predição do veterano e puxando-a para mim como se eu dançasse com alguém como ela toda noite. Por ter me empenhado, senti que jamais podia permitir-me mostrar surpresa ou transtorno, mesmo quando me defrontasse com as situações mais distantes da minha experiência. De outro modo, eu podia ser considerado inseguro, ou indigno. Percebi que, de qualquer maneira, eles esperavam que eu desempenhasse aquelas tarefas para as quais nada na minha experiência — salvo, quem sabe, minha imaginação — me havia preparado. Nada, porém, era novo: os brancos pareciam sempre esperar que você soubesse tudo que eles haviam feito para impedi-lo de conhecer. A coisa a fazer era estar preparado — como meu avô estivera quando lhe exigiram que citasse a constituição inteira dos Estados Unidos, como um teste de sua aptidão para votar. Ele havia confundido todos eles, ao ser aprovado no teste, embora eles ainda lhe recusassem a cédula... Seja como for, esses eram diferentes.

Era perto de cinco da manhã, muitas danças e muitos *bourbons* mais tarde, quando cheguei à casa de Mary. De qualquer modo, senti-me surpreso de que o quarto ainda fosse o mesmo, à exceção de que Mary mudara a roupa de cama. Boa e velha Mary. Senti-me tristemente sossegado. E, enquanto me despia, vi minha roupa surrada, compreendendo que teria de abandoná-la. Certamente era a hora. Até o meu chapéu desapareceria: seu verde estava desbotado pelo sol e parecia marrom, como uma folha atingida pelas nevadas do inverno. Seria necessário ter um novo chapéu para o meu novo nome. Um preto de abas largas; talvez um chapéu fedora... Chapéu fedora? Ri. Bem, eu podia deixar para embalar as coisas no dia seguinte — eu tinha poucas coisas, o que talvez fosse bom. Viajaria para longe e depressa. Eles eram pessoas rápidas, tudo certo. Que vasta diferença entre Mary e aquela gente pela qual eu a deixava! E por que devia ser desse modo, por que o próprio serviço que me podia tornar possível fazer algumas das coisas pelas quais ansiava precisava que eu a deixasse? Como seria o quarto que o irmão Jack escolheria para mim e por que não deixavam que eu mesmo escolhesse o lugar? Não parecia certo que, a fim de me tornar um líder no Harlem, eu tivesse de viver em outro lugar. Mas nada parecia certo e eu teria de confiar no discernimento deles. Pareciam especialistas nesses assuntos.

Mas até que ponto eu podia confiar neles e de que modo eram diferentes dos conselheiros de faculdade? Fosse como fosse, eu estava comprometido; aprenderia no processo pelo qual trabalharia com eles, pensei, lembrando-me do dinheiro. As notas eram onduladas e frescas: tentei imaginar a surpresa de Mary quando eu lhe pagasse todo o meu aluguel e as refeições. Ela pensaria que eu estaria pilheriando. Mas o dinheiro jamais poderia recompensar sua generosidade. Ela jamais compreenderia minha necessidade de me mudar tão rapidamente depois de conseguir serviço. E, se eu tivesse absolutamente qualquer espécie de sucesso, pareceria o máximo de ingratidão. Como eu a encararia? Ela, em troca, não havia pedido nada. Ou sequer qualquer coisa, salvo que eu fizesse algo de mim mesmo que ela chamava de um "guia da raça". Tive um calafrio. Dizer-lhe que me mudaria seria uma tarefa dura. Eu não gostava de pensar nisso, mas não se podia ser emotivo. Como o irmão

Jack dizia, a história faz ásperas exigências a todos nós. Mas estas eram exigências que tinham de ser enfrentadas, se os homens devessem ser os senhores, e não as vítimas de seu tempo. Eu acreditava nisso? Talvez eu já tivesse de começar a pagar. Além disso, também podia admitir presentemente, pensei, que há muitas coisas em torno de pessoas como Mary de que eu não gostava. Em primeiro lugar, elas raramente sabem onde suas personalidades terminam e onde a sua começa; habitualmente, pensam em termos de "nós" enquanto eu tendi sempre a pensar em termos de "mim" — e isso gerava algum atrito, mesmo com a minha família. O irmão Jack e os outros falavam em termos de "nós", mas era um "nós" diferente, maior.

Bem, eu tinha um novo nome e novos problemas. Eu tinha, sobretudo, de deixar os antigos para trás. Talvez fosse melhor não estar com Mary de jeito nenhum, apenas pôr o dinheiro num envelope e deixá-lo sobre a mesa da cozinha, onde seria certo que ela o encontrasse. Seria melhor dessa maneira, pensei sonolentamente. Então, não haveria necessidade de me postar diante dela e vacilar sobre emoções e palavras que são todas, na melhor das hipóteses, emaranhadas e indistintas... Uma coisa a respeito das pessoas que conheci esta noite: todas elas pareciam poder dizer exatamente o que sentiam e pretendiam de modo claro e firme. Isso eu também teria de aprender... Estiquei-me sob as cobertas, ouvindo o gemido das molas debaixo de mim. O quarto estava frio. Escutei os sons da casa à noite. O relógio tiquetaqueava com uma premência vã, como se tentasse alcançar o tempo. Na rua, uivou uma sirene.

Capítulo quinze

Então, acordei e não acordei: num pulo, sentei-me ereto na cama, tentando espiar através da penumbra cinzenta e doentia o porquê daquela indisposição, o significado daquele som que me irritava. Afastando o cobertor para o lado, apertei as mãos contra os ouvidos. Alguém estava batendo na tubulação de vapor e eu arregalei os olhos, desorientado, ao longo do que me pareceu muito tempo. Meus ouvidos latejavam. Meu corpo comichava violentamente e eu abri um rasgo no pijama para coçar, e subitamente a dor pareceu saltar dos meus ouvidos para meu corpo, e eu vi marcas cinzentas onde a pele velha se descamava, debaixo de minhas unhas escavadoras. E, enquanto observava, vi finas linhas de sangue bem em cima dos arranhões, trazendo a dor e combinando tempo e espaço. O quarto perdera seu calor no meu último dia na casa de Mary, pensei com dó no coração.

O relógio, com o alarme esquecido no som mais forte, soou sete e meia, e eu saí da cama. Teria de me apressar. Havia compras a fazer antes de ligar para o irmão Jack a fim de receber instruções, e eu tinha de levar o dinheiro para Mary — por que eles não param com esse barulho? Procurei os sapatos, hesitando enquanto as pancadas pareciam soar uns dois dedos acima da minha cabeça. E por que eu me sentia tão arriado? O *bourbon*? Meus nervos estavam se deteriorando?

De repente, eu atravessei o quarto num pulo, socando o encanamento furiosamente com o salto do sapato.

— Pare com isso, seu tolo ignorante!

Minha cabeça parecia rachar. Junto de mim, esmurrei pedaços prateados do encanamento, deixando exposto o ferro negro e enferrujado. O golpeador usava, nesse momento, um pedaço de metal, e suas pancadas soavam com uma aspereza ímpar.

Se eu pelo menos soubesse quem era, pensei, procurando alguma coisa pesada com a qual pudesse socar de novo. Se pelo menos soubesse!

Então, perto da porta, vi algo que jamais notara antes: a figura, como de ferro fundido, de um negro bem negro, de boca grande e vermelha, cujos olhos brancos me fixavam a partir do assoalho, o rosto com um sorriso enorme e forçado, enquanto sua única mão grande e negra mantinha a palma em cima do peito. Era um cofre, uma peça de *Early Americana*,* aquele tipo de cofre que, caso se colocasse uma moeda na mão e se pressionasse uma alavanca nas costas, o braço se levantava e atirava a moeda na boca arreganhada. Por alguns instantes, fiquei ali parado, sentindo o ódio me impregnar, depois me joguei e agarrei aquilo, subitamente enfurecido pela tolerância ou falta de discernimento, ou o que quer que fosse, capaz de permitir a Mary manter por ali semelhante imagem de autoachincalhamento, assim como as pancadas.

Preso na minha mão, o boneco mais parecia estrangulado que sorridente. Estava abarrotado de moedas.

Por que diabo aquilo fora parar ali, eu me perguntei, destroçando todo o cano e desferindo-lhe um golpe com a cabeça de ferro retorcido.

— Silêncio! — gritei, o que pareceu apenas enraivecer o oculto golpeador.

O barulho era ensurdecedor. Participavam inquilinos de cima a baixo de toda a fileira de apartamentos. Martelei de novo com as pontas de ferro, vendo o metal prateado voar, batendo no meu rosto como areia arremessada. O cano zunia de ponta a ponta com os golpes. As janelas subiam. Vozes berravam obscenidades pelos dutos de ar.

Quem começou tudo isso, eu me perguntava, quem é o responsável?

---

* Antiguidades de arte popular e decorativa americana que reúne objetos das mais diversas finalidades, originárias principalmente dos séculos XVIII e XIX. (*N. do T.*)

— Por que vocês não agem como pessoas responsáveis que vivem no século XX? — gritei, desfechando um golpe no encanamento. — Parem com esses hábitos do tempo da senzala! Ajam como civilizados! Em seguida, ocorreu um estrondo e eu senti a cabeça de ferro se esboroar e voar para fora da minha mão. Moedas voavam por sobre o quarto como grilos, tinindo, chocalhando contra o assoalho e rolando. Eu me detive, como um morto.

— Escuta só eis! Escuta só eis! — clamava Mary do saguão. — Barulho pra acordaá um morto! Eis sabe, quando o calor num sobe, que o zeladô tá bêbado ou largô o emprego pra procurar a muié dele ou algum paricido. Pro que as pessoa não agem de acordo com o que sabe?

Ela estava então na minha porta, batendo no meio dos golpes que eram dados no encanamento, chamando:

— Fio! Um tanto dessa bateção num vem daí de dentro?

Virei-me de um lado para o outro, indeciso, olhando os pedaços da cabeça quebrada e as pequenas moedas de todas as designações que se espalhavam por todo canto.

— Vancê tá me ouvindo, rapaz?

— O que é? — gritei, abaixando-me no assoalho e procurando alcançar freneticamente os pedaços partidos, pensando: Se ela abrir a porta, eu estou perdido...

— Eu disse se essa barulhada num vem daí...

— Sim, veio, Mary — gritei —, mas está tudo bem comigo. Já estou acordado.

Vi a maçaneta mover-se e gelei, ouvindo:

— Pareceu que tivesse vindo daí. Vancê tá vestido?

— Não — gritei. — Estou me vestindo. Num minuto estarei pronto.

— Venha pra cozinha — disse ela. — Tá quente lá. E tem um pouco d'água quente no fogão pra vancê lavá o rosto... e um pouco de café. Sinhô Deus, só escutei foi barulheira!

Permaneci de pé como que congelado, até ela se afastar da porta. Eu teria de me apressar. Ajoelhei-me, apanhando um pedaço do cofre, uma parte do peito de camisa vermelha, lendo a seguinte inscrição: ALIMENTE-ME, numa curva das letras de ferro branco, assim como o nome do time na camisa do atleta. A figura se partira em pedaços, como uma granada, espalhando fragmentos de ferro pintado entre as moedas. Olhei para a minha mão: um pequeno fio de sangue aparecia. Eu o limpei, pensando: tenho de esconder toda essa bagunça! Não podia levar-lhe ao mesmo tempo aquilo e a notícia de que me mudava. Pegando um jornal que estava sobre a cadeira, dobrei-o firmemente e varri tanto as moedas como o metal quebrado para uma pilha. Onde a esconderia, perguntei-me, olhando com profunda aversão para as dobraduras de ferro, e o obtuso vermelho de um pedaço de beiço sorridente. Por que, pensei aflito, Mary mantinha ali, de qualquer modo, uma coisa como aquela? Por que, exatamente? Olhei debaixo da cama. Ali estava sem poeira, e não havia lugar algum para esconder qualquer coisa. Ela era uma boa dona de casa. Além do mais, o que há com as moedas? Que diabo! Talvez a coisa tivesse sido deixada pelo locatário anterior. De qualquer maneira, fosse o que fosse, aquilo tinha de ser escondido. Havia o armário, mas ela também o acharia ali. Depois de alguns dias de eu ter saído, ela iria mexer ali e encontraria isso. A bateção, nesse instante, tinha ido além do mero protesto sobre a falta de aquecimento: seus agentes passaram para um áspero ritmo de rumba:

Toque!
Toque-toque
Toque-toque!

Toque!
Toque-toque
Toque-toque!

sacudindo o próprio assoalho.

— Somente uns poucos minutos mais, seus filhos da puta — gritei bem alto —, e eu vou embora! Nenhum respeito pelo indivíduo. Então vocês não pensam naqueles que talvez queiram dormir? E se alguém estiver perto de um colapso nervoso...?

Mas ainda tinha de arrumar as coisas. Não havia nada a fazer além de me livrar daquilo ao longo do caminho para a cidade. Fazendo um embrulho apertado, coloquei-o no bolso do sobretudo. Eu teria simplesmente de dar a Mary dinheiro suficiente para cobrir as moedas. Daria a ela tanto quanto pudesse poupar, metade do que tinha, se necessário. Isso deveria compensar uma parte do montante. Ela deveria ficar contente com isso. E então eu compreendia, com uma sensação de pavor, que eu *precisava* encontrar-me com ela pessoalmente. Não havia outra saída. Por que não posso apenas dizer-lhe que vou embora, pagar o que devo e seguir adiante? Ela era uma senhoria, eu era um inquilino — não, havia mais do que isso e eu não era suficientemente firme, suficientemente científico, mesmo para lhe falar que ia embora. Direi a ela que tenho um serviço, qualquer coisa, mas tinha de ser imediatamente.

Ela estava sentada à mesa, tomando café, quando entrei. A chaleira chiava sobre o fogão, lançando jatos de vapor.

— Puxa, vancê demorô, essa manhã — disse ela. — Pegue um pouco dessa água da chaleira e vá lavá o rosto. Se bem que, sonolento como você tá, é mió usá água fria.

— Vou fazer isso — disse eu decididamente, sentindo o vapor rodar pelo meu rosto, que ficou rapidamente úmido e frio. O relógio em cima do fogão estava atrasado em relação ao meu.

No banheiro, coloquei a chaleira na tomada e derramei um pouco da água quente, temperando-a na torneira. Mantive a água quente junto a meu rosto até as lágrimas, e por muito tempo, depois me enxuguei e voltei para a cozinha.

— Encha ela de novo — disse Mary quando voltei. — Como vancê se sente?

— Mais ou menos — respondi.

Ela se sentou com os cotovelos sobre o tampo esmaltado da mesa, a xícara presa nas mãos, com um dedo mínimo estragado pelo trabalho, mas delicadamente curvado. Fui até a pia e girei a torneira, sentindo a fria torrente de água na mão, e pensando no que tinha de fazer...

— Tá suficiente, rapaz — disse ela, surpreendendo-me. — Se anime!

— Desconfio que não estou todo aqui — disse eu. — Minha cabeça está dando voltas.

— Bem, faça ela voltá e venha tomá um pouco de café. Logo que eu também tiver a minha, vou ver que tipo de café da manhã posso tomá junto com vancê. Desconfio que, depois da última noite, vancê pode comer nesta manhã. Vancê não voltou para jantar.

— Me desculpe — disse eu. — O café, para mim, será suficiente.

— Rapaz, é melhor vancê começá a comê novamente — avisou ela, servindo-me uma xícara cheia de café.

Peguei a xícara e o sorvi, negro. Estava amargo. Ela olhou de relance, de mim para o açucareiro e de volta para mim, mas permaneceu silenciosa, depois fez rodar sua xícara, olhando para ela.

— Acho que tenho que arranjá um filtro mió — comentou ela. — Esse que eu consegui deixa passá o pó junto do café, o bom com o ruim. Mas eu num sei, mermo com o mió dos filtros, vancê pode achá um pouco de pó no final da xícara.

Soprei o líquido fumegante, evitando os olhos de Mary. A bateção se tornava novamente insuportável. Eu tinha de partir. Olhei a quente superfície metálica do café, notando um redemoinho oleoso e opalescente.

— Olhe, Mary — disse eu, arremetendo. — Eu tenho que conversar com você sobre uma coisa.

— Ora, veja lá, rapaz — disse ela carrancuda. — Eu num quero que vancê me preocupe com o seu aluguel nessa manhã. Num tô preocupada, porque sei que, quando vancê tivé dinheiro, vai me pagá. Enquanto isso, esqueça isso. Ninguém nessa casa vai morrê de fome. Você tá tendo sorte de arranjá um serviço?

— Não, quero dizer, não exatamente — gaguejei, aproveitando a oportunidade. — Mas consegui uma entrevista para tratar de um, nesta manhã...

Seu rosto se iluminou.

— Ah, isso é ótimo! Vancê vai alcançá alguma coisa ainda. Eu sei disso.

— Mas a respeito da minha dívida — comecei de novo.

— Num se preocupe com isso. O que acha de umas panquecas? — perguntou ela, levantando-se e indo olhar a estante. — Elas vão ajudá vancê, nesse tempo frio.

— Não vou ter tempo — disse eu. — Mas consegui algo para você...

— O quê? — indagou ela, com a voz abafada, por causa da cabeça enfiada no armário.

— Olhe aqui — disse eu apressadamente, enfiando a mão no bolso para apanhar o dinheiro.
— O quê? Deixe-me ver se eu tenho alguma calda...
— Mas olhe — disse eu ansiosamente, tirando uma nota de cem dólares.
— Deve tá numa prateleira mais alta — disse ela, com as costas ainda viradas para mim.

Suspirei, uma vez que ela arrastava uma escada de mão de trás da estante e subia nela, segurando-se nas portas, e examinando tanto a prateleira como acima dela. Eu jamais conseguiria alcançá-la.
— Mas estou tentando dar uma coisa a você — disse eu.
— Por que não para de me amolar, rapaz? Vancê tá tentando me dar o *quê*? — perguntou ela, olhando por sobre o ombro.

Mostrei a nota.
— Isso — respondi.

Ela esticou e girou a cabeça.
— Rapaz, o que vancê arranjô aí?
— É dinheiro.
— Dinheiro? Meu Deus, rapaz! — disse ela, quase perdendo o equilíbrio enquanto se virava completamente. — Onde vancê arranjô todo esse dinhero? Andô jogando na loteria?
— É isso. Meu número saiu — disse reconhecidamente, pensando: o que direi se ela me perguntar qual era o número? Eu não sabia. Nunca havia jogado.
— Mas como vancê num veio me contá? Eu pelo menos tinha jogado uns trocados nele.
— Eu não achei que ele daria qualquer coisa — ponderei.
— Bem, mas deu. E aposto que também era a sua primeira vez.
— Era.
— Veja só. Eu sabia que vancê era um cara de sorte. Eu joguei aqui durante anos e, na primeira vez, você acerta essa dinherama. Tô muito contente com você, filho. Tô mesmo. Mas não quero o seu dinheiro. Você espere até conseguir arranjá um sirviço.
— Mas eu não estou lhe dando todo — disse eu depressa. — Este é apenas por conta.

— Mas isso é uma nota de *cem* dólares. Se eu pego isso e tento trocar, os brancos vai querer saber toda a história da minha vida — caçoou ela. — Eles vão querer sabê onde eu nasci, onde eu trabalho e onde eu passei nos último seis meses e, dispois de falá tudinho, ainda vão achá que roubei isso. Você não tem nada menó?

— Essa é a menor. Pegue-a — implorei. — Fiquei com o suficiente.

Ela me olhou com uma expressão sagaz.

— Tem certeza?

— Tenho.

— Bem, me deixe descê daqui antes de eu cair e quebrá o nariz, filho! — disse ela, descendo da escada de mão. — Eu te agradeço. Mas eu digo a vancê que só vô guardá parte dela pra mim e o restante vô economizá pra vancê. Vancê dá duro só até pouco antes de procurar Mary.

— Acho que ficarei bem, agora — disse eu, observando-a dobrar o dinheiro cuidadosamente e colocá-lo na bolsa de couro sempre dependurada nas costas de sua cadeira.

— Estou mesmo contente, porque agora posso tomá cuidado dessa nota, que me fazia incomodá muito com eles. Ela só vai me fazê bem quando eu chegar lá, puxá algum dinheiro e dizê pra pará de me amolá. Filho, acho que a sua sorte mudô mermo. Vancê sonhô com esse número?

Dei uma olhada em seu rosto ansioso.

— Sim — eu disse —, mas era um sonho confuso.

— Que horror! Meu Deus, o que é isso! — gritou ela, pondo-se de pé e apontando para o oleado perto da tubulação.

Vi um pequeno bando de baratas se juntando freneticamente sob a tubulação, do andar de cima para baixo, e caindo depressa no chão, quando a vibração do cano as sacudia.

— Pegue a vassoura! — gritou Mary. — Ali no armário!

Andando em torno da cadeira, apanhei a vassoura e me juntei a Mary, achatando com a vassoura e os pés as baratas que se dispersavam, ouvindo o estalo e estrépito enquanto fazia pressão sobre elas com veemência.

— Essas coisa nojenta, fedida — gritava Mary. — Pegue essa aí debaixo da mesa! Essa que vai ali, não deixe escapar! Velhaca asquerosa!

Eu girava a vassoura, golpeando e varrendo os insetos esmagados em pilhas. Respirando ofegante, Mary trouxe a pá de lixo e me entregou.

— Algumas pessoa só vivem na imundície — disse ela, com asco. — É só deixá um pouco de bateção começá que isso sai rastejando. Tudo o que você tem que fazê é sacudir as coisa um pouco.

Olhei as manchas pegajosas no oleado, depois de, com sacudidelas, colocar no devido lugar a pá e a vassoura, e comecei a sair.

— Vancê vai sem comê nada? — perguntou ela. — Logo que eu limpar essa confusão, vou dá a partida.

— Não tenho tempo — disse eu, com a mão na maçaneta. — Minha entrevista é cedo e eu tenho algumas coisas para fazer antes.

— Então é mió vancê pará e comê alguma coisa quente assim que puder. Num vá sair andando nesse clima frio sem alguma coisa na barriga. E nem pense que você vai passá a comê fora só proque conseguiu um dinheiro!

— Não penso, não. Vou cuidar disso — disse a ela, de costas, enquanto lavava as mãos.

— Bem, boa sorte, fio — gritou ela. — Nesta manhã, você realmente me fez uma surpresa agradável, e macacos me mordam, se *isso* fô mentira.

Ela riu alegremente, enquanto eu atravessava o corredor para o meu quarto e fechava a porta. Depois de vestir o sobretudo, tirei a minha pasta do armário. Estava ainda tão nova quanto na noite da batalha real, e se arqueou quando lhe coloquei dentro o mealheiro despedaçado e as moedas, trancando a aba. Em seguida, fechei a porta do armário e saí.

A bateção já não mais me incomodava tanto. Mary cantava algo triste e sereno, enquanto eu passava pela sala, e ainda cantava quando abri a porta e caminhei para o saguão externo. Depois eu me lembrei e, ali debaixo da luz pálida do saguão, peguei o papel levemente perfumado da carteira e cuidadosamente o desdobrei. Um estremecimento passou por dentro de mim; o saguão estava frio. Aí ele desapareceu, olhei de revés e lancei um longo e firme olhar no meu novo nome na irmandade.

A neve caída durante a noite já estava sendo sacudida até virar sujeira pelos carros que passavam, e estava mais quente. Juntando-me aos pedestres ao longo da calçada, eu podia sentir a pasta batendo na minha perna por causa do peso do embrulho, e resolvi livrar-me das moedas e do ferro em pedaços na primeira lata de lixo. Eu não precisava de nada como aquilo para me lembrar da última manhã na casa de Mary.

Dirigi-me a uma fileira de recipientes de lixo triturado alinhada antes de uma fileira de velhas casas particulares, avancei paralelamente e joguei o pacote negligentemente num deles, afastando-me para logo ouvir uma porta aberta atrás de mim e uma voz ressoar:

— Ah, você não pode, ah, não pode não! Simplesmente volte logo aqui e pegue isso!

Voltando, vi uma mulher em pé no alpendre de uma casa, com um casaco verde que lhe cobria a cabeça e os ombros, as mangas pendendo flácidas como braços adicionais e atrofiados.

— Estou falando com você — chamou ela. — Volte aqui e apanhe seu lixo. E não volte a colocar *nunca* mais seu lixo de novo na minha lata!

Era uma pequena mulher oriental, com um *pince-nez* numa corrente, os cabelos presos com laços de fita.

— Mantemos limpo e respeitável o nosso lugar e não queremos que vocês, pretos do campo, venham do sul e estraguem as coisas — gritou ela com um ódio faiscante.

As pessoas paravam para olhar. O zelador de um edifício mais adiante no quarteirão saiu e se postou no meio da calçada, batendo com o punho contra a palma da mão, com um ruído seco e estralejante. Hesitei, perturbado e aborrecido. Aquela mulher era louca?

— É com você mesmo! Sim, com você! Estou falando com você! Simplesmente tire logo isso daí! Rosalie — chamou ela alguém dentro da casa —, chame a polícia, Rosalie.

Não posso suportar isso, pensei, e caminhei de volta para a lata.

— O que importa, moça? — lembrei a ela. — Quando os lixeiros vêm, lixo é lixo. Eu só não quero jogar isso na rua. Eu não sabia que algumas espécies de lixo eram melhores do que as outras.

— Nunca tive de lidar com uma insolência como a sua — disse ela.

— Estou farta e cansada de permitir que negros do sul emporcalhem nossas coisas!

— Está certo — disse eu. — Vou tirar.

Enfiei a mão na lata cheia pela metade, tateando em busca do pacote, enquanto as emanações da lavagem apodrecida me invadiam as narinas. Aquilo produzia uma sensação de insalubridade na minha mão, e o pacote afundara muito para baixo. Resmungando entre dentes, puxei a manga para trás com a mão limpa e fui tateando até encontrá-lo. Depois, retirei e enxuguei o braço com um lenço, passando a me afastar, consciente das pessoas que haviam parado para rir de mim.

— Bem feito para você — a mulherzinha gritou do alpendre.

E eu me voltei, andando logo para cima.

— Já chega, seu pedaço de refugo amarelo. A menos que você ainda queira chamar a polícia. — Minha voz assumira um novo tom estridente. — Fiz o que você queria que eu fizesse; mais uma palavra e vou fazer o que quero fazer.

Ela me olhou com os olhos arregalados.

— Acredito mesmo que você o faria — disse, abrindo a porta. — Acredito que o faria.

— Eu não somente o faria: adoraria fazê-lo — acrescentei.

— Posso ver que você não é nenhum cavalheiro — gritou ela, batendo a porta.

Na fileira de latas que se seguiu, limpei e enxuguei o pulso e as mãos com um pedaço de jornal, depois envolvi o pacote com o restante. No outro momento, eu o jogaria na rua.

Dois quarteirões adiante, minha raiva havia passado, mas eu me sentia estranhamente solitário. Até as pessoas que ficavam em torno de mim no cruzamento pareciam isoladas, cada qual perdida nas próprias cogitações. E então, exatamente quando as luzes mudavam, deixei o pacote cair no meio da neve pisada, e me apressei para o outro lado, pensando: pronto, está feito.

Eu havia percorrido dois quarteirões quando alguém gritou atrás de mim:

— Olha, amigo! Ei, aí, o senhor... Espere só um segundo! — E eu podia ouvir o avanço apressado das passadas na neve. Em seguida, ele estava ao meu lado, um homem atarracado e de roupa surrada, com os vapores de sua respiração se mostrando brancos no frio, enquanto ele ria para mim, ofegante.

— Você anda tão depressa que eu achei que não fosse alcançar você — disse ele. — Você não perdeu alguma coisa numa passagem ali atrás?

Ah, que inferno, um amigo na adversidade, resolvendo negar aquilo.

— Se perdi alguma coisa? — indaguei. — Ora, não.

— Você tem certeza? — disse, franzindo a testa.

— Sim — respondi, vendo-lhe a testa enrugar-se com a incerteza, e uma ardente acusação de medo invadindo seus olhos, enquanto ele explorava minha expressão facial.

— Mas eu *vi* você. Olhe, amigo — disse ele, olhando rapidamente de volta para a rua —, o que tentava fazer?

— Fazer? O que você quer dizer com isso?

— Eu me refiro ao papo sobre você não ter perdido nada. Você passa um conto do vigário ou coisa parecida? — Ele recuou bastante, olhando apressadamente os pedestres lá na rua, de onde ele havia chegado.

— De que diabo, agora, você está falando? — indaguei. — Eu lhe disse que não perdi nada.

— Cara, não me diga isso! Eu *vi* você. Que diabo você quer dizer? — disse ele, tirando dissimuladamente o pacote do bolso. — Isso aqui parece dinheiro, uma arma ou coisa parecida e eu sei bem que vi você deixá-lo cair.

— Ah, *isso* — disse eu, apontando. — Isso não é nada. Pensei que você...

— Tá certo, OK. Então você se lembra agora, não é? Acho que lhe estou fazendo um favor e você me toma como um tolo. Você é algum tipo de vigarista, traficante de drogas ou algo parecido? Você está tentando aplicar em mim um de seus golpes?

— *Golpes?* — perguntei. — Você está cometendo um equívoco.

— Equívoco, que diabo! Tome aí esse maldito material — disse ele, empurrando o pacote para as minhas mãos, como se fosse uma bomba de estopim aceso. — Eu tenho uma família, cara. Tento fazer-lhe um favor e você tenta me meter numa confusão. Você está fugindo de um policial ou de alguém?

— Espere um minuto — disse eu. — Você deixa a sua imaginação correr por aí. Isso não passa de lixo.

— Não tente me pegar nessa armadilha — resfolegou ele. — Sei que tipo de lixo é. Vocês, jovens negros de Nova York, formam bandos de revoltosos. Aposto como você é um revoltoso! Espero que eles capturem você e sentem sua bunda numa cadeia!

Ele atirou às cegas, como se eu tivesse varíola. Olhei o pacote. Ele achou que era uma arma ou coisas roubadas, pensei, observando-o caminhar. Uns poucos passos mais adiante, eu estava prestes a atirá-lo atrevidamente na rua quando, ao olhar para trás, vi o cara agora junto a outro homem, esbravejando em minha direção com indignação. Afastei-me às pressas. Se lhe dou mais tempo, o idiota chama um policial. Enfiei de novo o pacote na pasta. Esperaria até chegar ao centro.

No metrô, as pessoas ao meu redor liam seus jornais da manhã, expondo suas caras antipáticas. Eu viajava com os olhos fechados, tentando apagar da cabeça as considerações em torno de Mary. Em seguida, ao me virar, vi a notícia *Violento Protesto contra Despejo no Harlem*, exatamente quando o homem abaixou o jornal e entrou pelas portas que se abriam. Mal pude esperar até chegar à Rua 42, onde encontrei a narrativa na primeira página de um tabloide e li-a sofregamente. Referiam-se a mim apenas como um desconhecido "agitador das massas" que desaparecera na confusão, mas essa referência a mim era inequívoca. Aquilo se prolongou por duas horas, e a multidão se recusava a desocupar o prédio. Entrei na loja de roupas com uma nova sensação de autoestima.

Escolhi um terno mais caro do que pretendera e, enquanto era ajustado, peguei um chapéu, camisas, sapatos, roupa branca e meias, em seguida me apressei em ligar para o irmão Jack, que detonava suas ordens como um general. Eu tinha de ir a um número no alto de East Side, onde encontraria um quarto e deveria ler um pouco da bibliografia da irmandade, que lá fora deixada para mim, com o intuito de eu fazer um discurso num grande comício do Harlem a ser realizado naquela noite.

O endereço era o de um edifício sem nada de especial e de vizinhança entre hispano-americana e irlandesa, onde havia rapazes jogando bolas de neve pela rua, quando eu toquei a campainha do zelador. A porta foi aberta por uma pequena mulher de rosto agradável, que sorriu para mim.

— Bom dia, irmão — disse ela. — O apartamento está todo pronto para você. Ele disse que você viria mais ou menos a essa hora e eu desci exatamente neste minuto. Deus meu, olhe só essa neve.

Eu a segui subindo três lances de escada, perguntando-me que diabo eu faria com um apartamento inteiro.

— É esse aqui — disse-me ela, tirando um molho de chaves do bolso e abrindo uma porta que dava para o corredor. Entrei numa pequena sala confortavelmente mobiliada, que estava reluzente com o sol do inverno. — Esta é a sala de estar — disse ela, com orgulho —, e ali é o seu quarto de dormir.

Era muito maior do que eu precisava, com uma cômoda de gavetas, duas cadeiras estofadas, dois armários, uma prateleira de livros e uma escrivaninha em que se empilhava a bibliografia a que ele se referira. Um banheiro se juntava ao quarto, e havia uma pequena cozinha.

— Espero que você goste dele, irmão — disse ela, enquanto saía. — Se houver qualquer coisa de que você precise, por favor, toque a minha campainha.

O apartamento estava limpo e bem-arrumado, eu gostei dele, especialmente do banheiro, com banheira e chuveiro. E, tão depressa quanto pude, preparei um banho e fiquei de molho. Depois, sentindo-me limpo e estimulado, saí para escarafunchar os livros e panfletos da irmandade. Minha pasta, com a imagem quebrada, ficou sobre a mesa. Mais tarde eu me livraria do pacote; imediatamente, eu tinha de pensar no comício daquela noite.

Capítulo dezesseis

Às 19:30, o irmão Jack e outros vieram me buscar e disparamos para o Harlem num táxi. Como antes, ninguém disse uma palavra. Houve apenas o som produzido por um homem no canto, que aspirava com ruído um cachimbo cheio de tabaco com aroma de rum, fazendo brilhar e amortecer um disco vermelho no escuro. Eu ia ali com um nervosismo crescente. O táxi parecia estranhamente aquecido. Desembarcamos numa rua lateral e descemos uma alameda estreita no escuro, para a parte de trás do edifício enorme e do tipo casarão. Outros membros já haviam chegado.

— Ah, aqui estamos — disse o irmão Jack, abrindo caminho através de uma escura porta dos fundos, para um quarto de vestir iluminado por lâmpadas comuns e penduradas baixo, uma sala pequena com bancos de madeira e uma fileira de armários de aço, com uma teia de nomes rabiscados nas portas.

Aquilo tinha um cheiro de armário de futebol que desprendia suor bolorento, iodo, sangue e álcool, fazendo-me vivenciar um renascer de lembranças.

— Mantemo-nos aqui até o edifício encher — disse o irmão Jack. — Depois passamos a nos apresentar, justamente no ápice da impaciência deles. — Ele me deu um sorriso artificial. — Enquanto isso, você pensa no que vai dizer. Passou os olhos no material?

— O dia todo — respondi.

— Ótimo. Proponho, porém, que você preste atenção, com todo cuidado, no restante de nós. Nós todos precederemos você, de modo que poderemos deixar as marcas para suas observações. Você será o último a falar.

Balancei a cabeça em aprovação, vendo-o tomar dois dos outros homens pelo braço e se retirar para um canto. Eu estava sozinho e os outros estudavam suas notas, conversando. Atravessei a sala até uma fotografia rasgada que alguém pregou na parede já sem cor. Era um instantâneo, em atitude de combate, de um antigo campeão de boxe profissional, um lutador popular que perdera a visão no ringue. Deve ter sido exatamente aqui nesse anfiteatro, pensei comigo. Aquilo tinha sido anos atrás. A fotografia era de um homem tão escuro e tão machucado que podia ser de qualquer nacionalidade. Grande e com os músculos desajeitados, parecia um homem bom. Lembrei-me da história contada por meu pai de como ele fora derrotado por um cego numa luta trapaceada, do escândalo que fora sufocado e de como o lutador morrera num asilo de cegos. Quem teria pensado que um dia eu viria aqui? Como as coisas tinham dado voltas! Senti-me estranhamente triste, segui e desabei num banco. Os outros continuavam a conversar, falando baixo. Eu os observava com súbito ressentimento. Por que eu tinha de vir por último? E se eles matassem a plateia de tédio antes de eu chegar? Eu provavelmente seria silenciado aos gritos, antes de principiar... Mas talvez não, pensei, afastando minhas desconfianças. Talvez eu pudesse obter um efeito de puro contraste entre meu ponto de vista e o deles. Talvez fosse essa a estratégia... De qualquer modo, eu tinha de confiar neles. Era necessário.

No entanto, certo nervosismo não me abandonava. Para além da porta, eu podia ouvir um arrastar de cadeiras, um murmúrio de vozes. Poucas preocupações rodopiavam dentro de mim: a possibilidade de esquecer meu novo nome; de ser reconhecido por alguém da plateia. Curvei-me para adiante, subitamente consciente de minhas pernas em novas calças azuis. Mas como você sabe que são suas pernas? Como você se chama? Pensei isso, fazendo uma triste galhofa comigo mesmo. Foi absurdo, mas me aliviou o nervosismo. Pois era como se eu visse minhas próprias pernas pela primeira vez — objetos independentes que, por sua própria volição, conduziam-me à segurança ou ao perigo. Olhei fixamente para o assoalho empoeirado. Então foi como se eu me postasse simultaneamente na extremidade oposta de um túnel. Eu parecia contemplar a mim mesmo lá da distância do *campus*, enquanto ainda me sentava lá, num banco do antigo anfiteatro; envergando um novo terno azul; sentado no lado oposto do recinto em relação a um grupo de homens intensos que conversavam entre si com as vozes contidas e impacientes, enquanto ainda, a distância, eu podia ouvir o arrastar das cadeiras, mais vozes, tosse. Eu parecia consciente disso tudo a partir de um ponto profundo dentro de mim, mas havia uma perturbadora vagueza em torno do que eu via, uma perturbadora qualidade amorfa, como quando nos vemos numa foto revelada durante a adolescência: a expressão vazia, o sorriso sem caráter, as orelhas grandes demais, as espinhas, os "solavancos da coragem", muitos e excessivamente bem definidos. Essa era uma nova fase, eu compreendia, um novo começo, e eu teria de assumir essa parte de mim que contemplava com olhos distantes e se mantinha sempre na distância do *campus*, da máquina do hospital, da batalha real — tudo agora muito remoto. Talvez a parte de mim que observava apaticamente, mas que via tudo, sem perder nada, era ainda a parte malévola e polêmica, a voz divergente, a parte do meu avô, a parte cínica e descrente; o próprio traidor que sempre ameaçou com o desacordo interior. Fosse o que fosse, eu sabia que teria de mantê-la pressionada para baixo. Tinha de fazer isso. Pois, se eu fosse bem-sucedido naquela noite, seria encaminhado para algo importante. Não mais sair isoladamente pelas margens, não mais lembrar as dores esquecidas... Não, pensei, levantando o corpo, elas são as mesmas pernas com as quais eu vim para tão longe de casa. No entanto, elas estavam um tanto novas. O novo terno me emprestava uma novidade. Era a roupa e era o novo nome, assim como as circunstâncias. Era novidade sutil demais para eu já pensar nela, mas estava ali. Eu me tornava outra pessoa.

 Percebi vagamente e com um clarão de pânico que, no momento em que caminhasse para o palanque e abrisse a boca, eu seria outra pessoa. Não exatamente um joão-ninguém com um nome fabricado que podia pertencer a alguém, ou a ninguém. Mas teria outra personalidade. Poucas pessoas me conheciam atualmente, mas depois dessa noite... Como era isso? Talvez simplesmente ser reconhecido, ser olhado por muitas pessoas, ser o ponto focal de tantos olhos que se concentravam, talvez isso fosse o bastante para tornar um cara diferente; bastante para transformar uma pessoa em algo mais, em alguém mais; exatamente como, ao se tornar um rapaz cada vez maior, o cara um dia se torna homem; um homem com voz profunda — embora a minha voz tivesse ficado profunda desde os doze anos. Mas e se alguém do *campus* se desgarrasse nessa plateia? Ou alguém da casa de Mary — até a própria Mary? Não, isso não alteraria nada — ouvi a mim mesmo dizer num sussurro —, é tudo passado. Meu nome é diferente. Eu cumpria ordens. Mesmo que encontrasse Mary na rua, eu teria de passar por ela como um desconhecido. Uma consideração depressiva, e me levantei abruptamente, saí do vestiário e fui para a alameda.

Sem o meu sobretudo, sentia frio. Uma luz fraca estava acesa em cima da entrada, fazendo brilhar a neve. Cruzei a alameda para o lado escuro, parando perto de uma cerca que cheirava a ácido fênico. Este, enquanto eu olhava de novo através da alameda, fazia-me lembrar um enorme buraco abandonado que fora o local de um ginásio de esportes que pegara fogo antes do meu nascimento. Tudo o que se deixou ali, numa descida em paredão com uns doze metros abaixo do passeio empenado pelo calor, foi a concha de concreto com os vergalhões estranhamente curvados e enferrujados que haviam sido seu embasamento. O buraco era usado como depósito de lixo e, depois da chuva, exalava o mau cheiro da água estagnada. Naquele momento, na minha cabeça, fiquei ali no passeio procurando com os olhos, de um lado para o outro do buraco perdido no passado, uma cabana de Hooverville toda de caixotes de embalagem e letreiros de lata dobrados, até um pátio de estrada de ferro que ficava mais adiante. Uma água escura sem profundidade jazia sem movimento no buraco e, além de Hooverville, uma locomotiva de manobras rodava em marcha preguiçosa sobre os trilhos reluzentes; enquanto uma pluma de vapor branco ondulava lentamente a partir de sua chaminé, eu via um homem sair da cabana e começar a subir pelo caminho que levava ao passeio de cima. Curvado, escuro e deixando sair farrapos de seus sapatos, do chapéu e das mangas, ele arrastava os pés lentamente em minha direção, trazendo uma ameaçadora nuvem de ácido fênico. Era um sifilítico que vivia sozinho na cabana entre o buraco e o pátio da estrada de ferro, indo à rua apenas para mendigar dinheiro para a comida e o desinfetante com o qual impregnava seus farrapos. Então, na minha cabeça, eu o vi esticando uma das mãos cujos dedos haviam sido carcomidos; corro de novo para o escuro, para o frio e o presente. Eu tiritava, olhando a rua onde, na direção da alameda e através da galeria de escuridão, dois guardas de polícia montada avultavam debaixo do feixe circular e reluzente de neve do poste de luz, segurando os cavalos pelas bridas, as cabeças dos dois homens e dos animais curvadas juntas como se tramassem. O couro das selas e das perneiras reluzia. Três homens brancos e três cavalos pretos. Em seguida, passou um carro e eles se apresentaram em todo relevo, suas sombras voando como sonhos através do fulgor da neve e em meio à escuridão. E, quando eu me virei para sair dali, um dos cavalos agitou violentamente a cabeça e eu vi a mão enluvada puxá-la para baixo. Em seguida, houve um bravo relincho, e o cavalo mergulhou no escuro, vivo, frenético tilintar de metal, com o impacto dos cascos me seguindo até a porta. Talvez isso fosse algo para o irmão Jack ver.

Lá dentro, porém, eles ainda estavam numa barafunda; voltei e me sentei no banco.

Examinei-os. Tinha a impressão de ser muito jovem e inexperiente, embora estranhamente velho, com uma velhice que examinava as coisas e esperava tranquilamente em meu íntimo. Lá fora, a plateia começava a murmurar. Um som distante e efervescente que trazia de volta um pouco do terror do despejo. Minha cabeça se inundava. Havia uma criança de pé, de macacão, do lado de fora de uma tela de arame para galinheiro, olhando um cachorro preto e branco do outro lado, acorrentado ao tronco de uma macieira. Era Master, o buldogue; e era eu a criança que sentia medo de tocá-lo, embora, arfando de calor, ele parecesse rir para o meu lado, como um homem gordo e de bom coração, com a saliva pendendo, prateada, de suas bochechas. E, enquanto o vozerio da multidão se agitava, se avolumava, tornando-se um impaciente chapinhar de palmas das mãos, eu pensava no baixo e rouco rosnar do Master. Ele latia a mesma nota quando estava zangado ou quando era levado para o jantar, quando abocanhava as moscas com indolência ou quando rasgava um intruso em frangalhos. Eu gostava dele, mas não confiava no velho Master; eu queria agradar, mas não confiava na multidão. Em seguida, olhei o irmão Jack e dei um sorriso. Era isso; em alguns aspectos, ele era como um *bull terrier* de brinquedo.

Mas logo o troar e as palmas se tornaram uma canção e eu vi o irmão Jack sair de perto dos outros e saltar para a porta.

— Está bem, irmãos — disse ele —, eis o nosso sinal.

Fomos em bando, do vestiário para um corredor sombrio, que retumbava com o som distante. Em seguida, ficou mais claro e eu pude ver um projetor sobressaindo na névoa de fumaça. Nós nos deslocamos silenciosamente; o irmão Jack seguia dois negros muito pretos e dois brancos que puxavam a procissão. Nesse momento, o clamor da multidão pareceu subir por cima de nós, alargando-se com mais intensidade. Notei que os outros se dividiam em colunas de quatro e fiquei sozinho na retaguarda, como a figura principal de uma equipe em treinamento. Adiante, uma haste oblíqua de brilho indicava a entrada para um dos planos do anfiteatro e, nesse instante, enquanto passávamos por ela, a multidão emitiu um clamor. Depois, rapidamente caminhamos de novo para o escuro e, numa subida, o clamor parecia afundar por baixo de nós. Seguimos em direção a uma brilhante luz azul, descendo uma rampa de cujos lados, estendendo-se numa curva, eu podia ver fileiras de caras enevoadas. Em seguida, de repente, algo me cegou e dei um encontrão no homem à minha frente.

— É sempre assim na primeira vez — gritou ele, parando para me permitir alcançar meu equilíbrio, com a voz abafada no meio do clamor. — É o holofote!

O holofote nos iluminava e guiava nossos passos até o palco, cercando-nos com a sua luz, enquanto rugia a multidão. A canção estourou para todos os lados como um foguete, no compasso da marcha das palmas que batiam:

> *O corpo de John Brown jaz e desfaz-se*
>   *na sepultura*
> *O corpo de John Brown jaz e desfaz-se*
>   *na sepultura*
> *O corpo de John Brown jaz e desfaz-se*
>   *na sepultura*
> *Sua alma em marcha continua!*

Olha só, refleti, até que eles fizeram a velha canção soar como novidade. De início, eu estava distanciado, como se eu estivesse assistindo tudo do alto de um balcão. Depois eu caminhei diretamente para dentro da vibração das vozes e senti um formigamento elétrico ao longo da espinha. Marchávamos para um palanque ornado de bandeiras montado perto da parte frontal do anfiteatro, seguindo através de um corredor deixado entre as fileiras de pessoas em cadeiras dobráveis, em seguida para o palanque, passando por uma porção de mulheres que se mantiveram ali quando chegamos. Com um movimento da cabeça, o irmão Jack nos indicou nossas cadeiras e ficamos em pé para os aplausos.

Abaixo e acima de nós, achava-se a plateia, fileiras e fileiras de rostos, todo o espaço transformado numa enorme massa humana. Depois eu vi os policiais e fiquei preocupado. E se eles me reconhecessem? Estavam todos ao longo da parede. Toquei o braço do homem na minha frente, ao vê-lo se virar, enquanto detinha a boca num verso da canção.

— Por que toda essa polícia? — perguntei, inclinando-me sobre as costas da cadeira.

— Guardas? Não se preocupe. Esta noite eles se organizaram para nos proteger. Este comício terá grande repercussão política! — disse ele, desviando-se para a frente.

Quem lhes deu ordem para nos proteger?, pensei comigo. Mas agora a canção terminava, e o recinto ressoou com aplausos e gritos, até que uma palavra de ordem, vinda do canto da sala, foi se espalhando e ganhando corpo:

Basta de explorar os explorados!
Basta de explorar os explorados!

A plateia parecia ter se tornado uma só pessoa, com a respiração e a articulação em sincronia. Olhei o irmão Jack. Ele se levantou de frente, ao lado de um microfone, os pés fincados solidamente no sujo palanque coberto de lona, olhando de um lado para o outro, a postura digna e benigna, como a de um pai confuso, escutando a apresentação de suas respeitosas crianças. Vi sua mão subir numa saudação e a plateia retumbou. E eu parecia mover-me em espaço restrito, como a lente de uma câmera, focalizando a cena e sentindo tanto o calor como a agitação e o golpear das vozes ou dos aplausos contra meu diafragma, os olhos voando de um rosto para outro, rápida e fugidiamente, procurando alguém que pudesse reconhecer, vendo os rostos se tornarem tanto mais vagos e mais distantes quanto mais se afastavam do palanque.

Os discursos começaram. Primeiro uma invocação, da parte de um pregador negro. Depois uma mulher falou do que estava acontecendo com as crianças. Em seguida, vieram discursos sobre a situação econômica e política. Escutei cuidadosamente, tentando apoderar-me de uma frase aqui, uma palavra ali, do arsenal de termos consistentes e precisos. Estava-se tornando uma noite com discursos inflamados. Canções rebentavam entre os discursos, explodindo cantos tão espontaneamente como os gritos, numa revivificação do sul. E eu estava de algum modo afinado com aquilo tudo, podia senti-lo fisicamente. Sentado com os pés sobre a lona manchada, eu me sentia como se me tivesse desgarrado no setor da percussão de uma orquestra sinfônica. Isso me contagiava de maneira tão intensa, que logo parei de tentar memorizar frases e simplesmente deixei a empolgação me envolver.

Alguém me puxou pela manga do paletó. Minha vez chegara. Fui para diante do microfone, onde o próprio irmão Jack esperava, entrando na roda de luz que me cercou como uma jaula de aço inoxidável. Parei. A luz estava tão forte que já não podia ver a plateia, a massa humana. Foi como se uma cortina semitransparente houvesse caído entre nós, mas através da qual eles pudessem me ver — pois estavam aplaudindo — sem eles próprios serem vistos. Senti o mesmo ríspido e mecânico isolamento da máquina do hospital e não gostei disso. Permaneci, mal ouvindo a apresentação do irmão Jack. Depois de ele terminar, houve uma encorajadora explosão de aplausos, e eu pensei: eles se lembram; alguns estavam lá.

O microfone parecia estranho e enervante. Aproximei-me dele indevidamente, e minha voz soou áspera e cheia de ar; depois de umas poucas palavras, estanquei, atrapalhado. Tinha começado mal, e alguma coisa tinha de ser feita. Inclinei-me em direção à vaga plateia mais perto do palanque e disse:

— Perdão, pessoal. Até agora, eles me mantiveram tão longe dessas brilhantes engenhocas elétricas que não aprendi a técnica... E, para lhes dizer

a verdade, é como se isso fosse me moder! Quando olho, parece o crânio de aço de um homem! Vocês acham que ele morreu por ter sido despejado? Isso funcionou e, enquanto as pessoas riam, alguém veio e fez um ajuste.
— Não fique perto demais — aconselhou.
— E agora? — indaguei, ouvindo minha voz ressoar profunda e vibrante sobre o anfiteatro. — Está melhor?
Houve um murmúrio de aplauso.
— Vejam vocês. Tudo o que eu precisava era de uma oportunidade. Vocês a concederam, e agora é comigo!
O aplauso ganhou mais força e, da parte da frente, uma voz masculina como que trazida de longe gritou:
— Estamos com você, irmão. Você mira neles e nós os apanhamos!
Isso era tudo o que eu precisava. Eu travara um contato, e foi como se sua voz fosse a de todos eles. Eu ficara enrolado, nervoso. Eu podia ter sido qualquer pessoa, podia ter estado tentando falar numa língua estrangeira, pois não conseguia lembrar-me das palavras e das frases corretas dos panfletos. Tinha de recorrer à tradição e, como estava num comício político, selecionei uma das técnicas políticas que ouvira em casa com tanta frequência: o velho e prático recurso do "estou farto e cansado da maneira como eles nos vêm tratando". Eu não podia vê-los, de modo que me voltei para o microfone e para a voz cooperativa diante de mim.
— Vocês sabem, há aqueles que pensam que os que se reúnem aqui são mudos — gritei. — Corrijam-me se eu estiver equivocado.
— Acertou em cheio, irmão — clamou a voz. — Na mosca.
— Sim, eles pensam que somos mudos. Chamam-nos de "o povo comum". Mas eu estive sentado aqui, escutando, olhando e tentando compreender o que é tão *comum* em torno de nós. Acho que eles são culpados de uma grande distorção: nós somos o povo incomum.
— Outra vez na mosca — bradou a voz no meio do estrondo.
— Sim, nós somos um povo incomum, e eu vou dizer-lhes por quê. Eles nos chamam de mudos e nos tratam assim. E o que eles fazem com os mudos? Pensem nisso, olhem à sua volta! Eles conseguiram um lema e uma política, conseguiram o que o irmão Jack chamaria de "uma

teoria e uma prática". É "nunca dar a um otário a mesma oportunidade!" É desapossá-lo! Despejá-lo! Use sua cabeça vazia como escarradeira, e seu traseiro como capacho. É esmagá-lo! Privá-lo de seus salários! É usar seu protesto como um metal sonoro para apavorá-lo no silêncio, é derrotar suas ideias e suas esperanças, bem como suas aspirações despretensiosas, num tímpano tilintante. Um tímpano pequeno e quebrado para retinir no dia 4 de julho! Apenas o abafem! Não o deixem soar pesado demais! Derrotem-no em parada brusca, deem ao mudo a dança da sapatilha e dos coelhinhos! A Política da Maçã Bichada, a Fuga de Chicago, o Xô, Suma, não me Aborreça!*

"E vocês sabem o que nos torna tão incomuns? — sussurrei roucamente. — *Nós os deixamos fazer isso!*

O silêncio era profundo. A fumaça fervia no holofote.

— Outro acerto — ouvi a voz lamentar. — Não adianta nada protestar contra a decisão! — E eu pensei: ele está comigo ou contra mim?

— Desapossamento! *Des*-apossamento é a palavra! — continuei.
— Eles tentaram desapossar-nos de nossa masculinidade e de nossa feminilidade. De nossa infância e de nossa adolescência. Vocês ouviram a estatística de nossa irmã sobre a taxa de mortalidade infantil. Não sabem que têm a sorte de haver nascido incomumente? Ora, eles tentaram até desapossar-nos do *nosso desagrado de sermos desapossados!* E eu direi a vocês algo mais: se não resistirmos, muito em breve eles serão bem-sucedidos! Estes são dias de desapossamento, o tempo em que faltam casas, o tempo dos despejos. Seremos desapossados dos próprios cérebros! E somos tão *in*comuns que não podemos sequer ver isso. Talvez sejamos excessivamente polidos. Talvez não nos interessemos por olhar o desagrado. Eles pensam que somos cegos, *in*comumente cegos. E não me admiro disso. Pensem a esse respeito: eles já nos roubaram um olho no dia em que nascemos. Desse modo, agora, só podemos ver em linhas retas e brancas. Somos uma nação de ratos de um olho só. Vocês já viram esse panorama em suas vidas? Tão *in*comum panorama!

---

* *The Big Wormy Apple; The Chicago get away, the shoo fly don't bother me!*, no original. Referência a mitos, espetáculos e canções americanas de cunho infantil. Ou juvenil, que servem de promessa às expectativas e aspirações de mudança. (*N. do T.*)

— E não temos ninguém por aqui para acabar o serviço — a voz clamou através dos risos abafados do humor amargo. — Mais uma vez na mosca!
Inclinei-me para a frente.
— Vocês sabem: se não tivermos cuidado, eles deslizarão sobre as nossas faces cegas e *poft!* lá vai o nosso último olho bom, e ficaremos cegos como morcegos! Alguém tem medo de que vejamos algo. Talvez por essa razão tantos de nossos melhores amigos estejam presentes esta noite — pistolas de aço azul, trajes azuis de sarja e tudo! —, mas acho que um olho é bastante para perder sem resistir e quem sabe seja essa sua crença. Então, vamos juntar-nos. Vocês já notaram, meus mudos irmãos caolhos, como dois homens totalmente cegos podem juntar-se e ajudar um ao outro?
"Eles tropeçam, esbarram nas coisas, mas também se esquivam dos perigos; seguem adiante. Vamos juntar-nos, povo incomum. Com os nossos dois olhos, poderemos ver o que nos torna tão incomuns, veremos *quem* nos faz tão incomuns! Até agora, estivemos como uma dupla de homens de um olho só andando para lados opostos da rua. Alguém passa a jogar tijolos e nós passamos a nos culpar uns aos outros e a lutar entre nós mesmos. Mas nós nos enganamos. Porque há presente um terceiro partido. Há um afável, gorduroso patife correndo pelo *meio* da larga rua cinzenta, e jogando pedras; ele é o único! Ele é que faz o estrago! Afirma que precisa do espaço — e chama isso de *liberdade*. E ele sabe que nos pega em nosso lado cego e estoura para longe até que nos deixa apatetados — *incomumente* apatetados. Na verdade, *sua* liberdade nos deixou nessa maldita semicegueira! Calemo-nos agora, não chamemos nenhum nome! — gritei, apresentando a palma da mão. — Eu digo: para o inferno com esse cara! Eu digo: continuemos, atravessemos! Vamos fazer uma aliança! Prestarei atenção em você, e vocês, atenção em mim! Sou bom em aparar e tenho um braço bom para arremessar!"
— Você não atira nenhuma bola, irmão! Nem uma única!
— Vamos fazer um milagre — gritei. — Vamos tomar de volta nossos olhos saqueados! Vamos recuperar a visão; vamos unir e espalhar a nossa visão. Espreitar junto à esquina; há uma tempestade chegando.

Contemplemos a avenida; há apenas um inimigo. Vocês não podem ver a cara dele?

Era uma pausa natural e houve aplauso, mas, quando este rebentou, compreendi que o fluxo de palavras havia parado. O que eu faria quando eles passassem a escutar de novo? Inclinei-me para a frente, esforçando-me para ver através da barreira de luz. Eles eram meus, e eu não podia suportar perdê-los. No entanto, de repente me senti nu, percebendo que as palavras voltavam e que algo precisava ser dito, que eu devia revelar.

— Olhem para mim! — As palavras eram arrancadas do meu plexo solar. — Não vivi aqui por muito tempo. Sou do sul e, desde que cheguei aqui, conheci o despejo. Eu chegara a não acreditar no mundo... Mas olhem para mim agora, algo de estranho está acontecendo. Estou aqui diante de vocês. Devo confessar...

E subitamente o irmão Jack estava diante de mim, fingindo endireitar o microfone.

— Cuidado agora — murmurou ele. — Não ponha fim à sua competência diante do que começou.

— Está tudo bem — disse eu, inclinando-me para o microfone. "Posso confessar? — gritei. — Vocês são meus amigos. Nós compartilhamos a privação de nossa herança comum, e se diz que a confissão é boa para a alma. Tenho a sua permissão?"

— Você tá acertando todas, irmão — gritou a voz.

Houve certa agitação atrás de mim. Esperei até que aquilo se acalmasse e me apressei.

— Quem cala consente — disse eu. — De modo que vou desabafar, vou confessar! — Meus ombros estavam aprumados, meu queixo se lançou para a frente e meus olhos focalizaram diretamente a luz. *"Alguma coisa de estranho, miraculoso e transformador está acontecendo em mim, precisamente agora... enquanto estou aqui de pé diante de vocês!"*

Pude sentir as palavras se formando e caindo lentamente no lugar certo. A luz, toda opalina, parecia ferver, como o sabão líquido sacudido delicadamente numa garrafa.

— Deixem-me descrevê-lo. É uma coisa estranha. É uma coisa que tenho certeza de nunca ter experimentado em qualquer outro lugar.

Sinto seus olhos sobre mim. Ouço o pulsar da respiração de vocês. E agora, neste instante, com seus olhos pretos e brancos sobre mim, eu sinto... sinto...

Tropecei numa imobilidade tão completa que podia ouvir, roendo o tempo, as engrenagens do imenso relógio montado em algum lugar da galeria.

— O que é isso, filho, o que você está sentindo? — gritou uma voz estridente.

Minha voz caiu mum murmúrio seco.

— Eu sinto, sinto subitamente que me tornei *mais humano*. Vocês compreendem? Mais humano. Não que eu tenha me tornado um homem, pois eu nasci homem. Mas que estou mais humano. Eu me sinto forte, me sinto capaz de fazer as coisas! Sinto que posso ver de maneira clara e penetrante, ver mais longe no indistinto corredor da história, e posso, neste, ouvir as passadas da fraternidade militante! Não, esperem, deixem-me confessar... Sinto o anseio de afirmar meus sentimentos... Sinto que aqui, após um longo trajeto, desesperado, e incomumente cego, eu cheguei em casa... em Casa! Com os olhos de vocês sobre mim, sinto que encontrei a minha verdadeira família! Meu verdadeiro povo! Meu verdadeiro país! Sou um novo cidadão do país de nossa visão, um nativo em nossa terra fraternal. Sinto que aqui, nesta noite, neste velho anfiteatro, o novo está nascendo e o que era antigo, mas vital, revivido. Em cada um de vocês, em mim, em todos nós.

"IRMÃS! IRMÃOS!

"NÓS SOMOS OS VERDADEIROS PATRIOTAS! OS CIDADÃOS DO MUNDO DE AMANHÃ!

"NÃO SEREMOS MAIS ESPOLIADOS!"

O aplauso bateu como o estrépito do trovão. Eu me vi trespassado, incapaz de ver, com o corpo estremecendo com o estrondear. Fiz um movimento indefinido. O que eu devia fazer? Acenar para eles? Enfrentei os gritos, as saudações, os assobios estrídulos, com os olhos queimando por causa da luz. Senti uma grande lágrima rolar pelo meu rosto e a enxuguei meio encabulado. Outras principiavam a cair. Por que ninguém me ajudou a sair do holofote antes que eu estragasse tudo? Mas, com as lágrimas, veio o aumento dos aplausos e eu levantei a cabeça, surpreso, com os olhos escorrendo. O som parecia rugir em ondas. Eles haviam começado a bater com os pés no assoalho, eu estava rindo e curvando a cabeça, agora desembaraçadamente. Aumentou o volume do barulho, e o som da madeira partindo vinha dos fundos. Eu me cansei, mas eles ainda aplaudiam, até que, finalmente, parei e recuei para as cadeiras. Luzes vermelhas dançavam diante dos meus olhos. Alguém me tomou a mão e se inclinou sobre meu ouvido.

— Você conseguiu, que loucura! Você conseguiu! — E eu estava confuso com a quente mistura de ódio e admiração que irrompia através de suas palavras, enquanto eu lhe agradecia e retirava a mão de seu cumprimento esmagador.

— Obrigado — respondi —, mas os levaram antes na direção certa.

Tremi. Parecia que o cara estava com vontade de me esganar. Eu não podia ver, havia muita confusão e, de súbito, alguém me fez girar, me desequilibrou e me senti apertado contra a cálida maciez feminina, que me agarrava.

— Ah, irmão, irmão! — gritou uma voz de mulher no meu ouvido — Irmãozinho! — eu senti a úmida pressão de seus lábios no meu rosto.

Figuras embaçadas se chocavam em torno de mim. Eu tropeçava, como num jogo de cabra-cega. Minhas mãos eram sacudidas, minhas costas, socadas. Tinha o rosto salpicado pela saliva do entusiasmo, e resolvi que, na próxima vez em que ficasse sob o holofote, seria sensato usar óculos escuros.

Foi uma demonstração ensurdecedora. Nós os deixamos aplaudindo, batendo nas cadeiras, batendo com os pés no chão. O irmão Jack me guiou para fora do palanque.

— É hora de sairmos — berrou ele. — As coisas realmente começaram a se mexer. Toda essa energia deve ser organizada!

Ele me guiou através da multidão que gritava, das mãos que continuavam a me tocar, enquanto eu ia cambaleando. Então entramos na passagem escura e, quando chegamos ao fim, os holofotes se apagaram dos meus olhos e eu comecei a ver de novo. O irmão Jack parou na porta.

— Preste atenção neles — disse ele. — Esperam apenas que se lhes diga o que fazer!

E eu ainda podia ouvir os aplausos retumbando atrás de nós. Depois, vários dos outros interromperam a conversa e nos encararam, enquanto os aplausos se amorteciam atrás da porta que se fechou.

— Então, o que vocês acham? — indagou o irmão Jack entusiasticamente. — Que tal para um "lançador"?

Havia um silêncio tenso. Olhei rosto por rosto, negros e brancos, sentindo um pânico repentino. Eles pareciam severos.

— Então? — disse o irmão Jack, com a voz subitamente dura.

Pude ouvir o rangido dos sapatos de alguém.

— Então? — repetiu ele.

Então o homem do cachimbo falou: uma súbita carga de tensão se construía com suas palavras.

— Foi um começo muito insatisfatório — disse ele serenamente, acentuando o "insatisfatório" com um movimento do cachimbo. Ele me encarava, e eu estava confuso.

Olhei os outros. Seus rostos estavam cautelosos, impassíveis.

— Insatisfatório! — explodiu o irmão Jack. — E que pretenso processo de reflexão levou a esse brilhante pronunciamento?

— Este não é o momento adequado para sarcasmo barato, irmão — disse o irmão do cachimbo.

— Sarcasmo? Você é quem foi sarcástico. Não, não é hora para sarcasmos nem para imbecilidades. Nem para malditas e evidentes asneiras! Este é um momento-chave na luta, as coisas começaram exatamente a se mexer, e repentinamente você se acha infeliz. Tem medo do sucesso? O que está errado? Não é por isso precisamente que trabalhamos?

— Novamente, pergunte a si mesmo. Você é o grande líder. Olhe a sua bola de cristal.

O irmão Jack disse um palavrão.

— Irmãos! — disse alguém.

O irmão Jack disse um palavrão e se voltou para outro irmão.

— Você — disse ele para o homem corpulento —, tem a coragem de me dizer o que faz aqui? Nós nos tornamos um bando de uma porta de taberna?

Silêncio. Alguém arrastou os pés. O homem do cachimbo ainda me encarava.

— Eu fiz alguma coisa errada? — perguntei.
— A pior que você podia ter feito — respondeu friamente.
Estupefato, olhei para ele sem dizer uma palavra.
— Não se importe — disse o irmão Jack, repentinamente calmo.
— Na verdade, qual é o problema, irmão? Vamos descarregá-lo aqui mesmo. Na verdade, qual é a sua queixa?
— Não é uma queixa, é uma opinião. Se ainda nos é permitido exprimir as nossas opiniões — disse o irmão do cachimbo.
— Sua opinião, então — disse o irmão Jack.
— Na minha opinião, o discurso foi selvagem, histérico, politicamente irresponsável e perigoso — detonou ele. — E, pior do que isso, foi *incorreto*! — Ele pronunciou "incorreto" como se o vocábulo descrevesse o mais hediondo crime imaginável, e eu fixei os olhos nele com a boca aberta, com uma vaga sensação de culpa.
— Muuuuito bem — o irmão Jack disse, olhando cada um deles —, houve uma reunião de chefes e decisões foram tomadas. Quer fazer uso de alguns minutos, irmão presidente? Você registrou suas sensatas controvérsias?
— Não houve nenhuma reunião desse tipo e a opinião está mantida — disse o irmão do cachimbo.
— Nenhuma conferência, mas, ainda assim, houve um encontro de chefes e se chegou a decisões mesmo antes de o evento acabar.
— Mas irmão... — alguém tentou interceder.
— Uma operação muito brilhante — prosseguiu o irmão Jack, já sorrindo. — O exemplo perfeito de um especializado salto teórico de Nijinski na dianteira da história. Mas desçam logo, irmãos, desçam ou desembarcarão, em sua dialética. O palco da história não construiu isso a grande distância. Daqui a dois meses, talvez, mas agora ainda não. E o que você acha, irmão Wrestrum? — perguntou ele, dirigindo-se a um grande companheiro que tinha a forma e o tamanho de responsável pelas finanças.
— Acho que o discurso do irmão foi retrógrado e reacionário! — exclamou.
Tive vontade de responder, mas não pude. Nenhuma admiração por sua voz ter me soado tão confusa quando ele me cumprimentou.

Pude apenas pregar os olhos em seu rosto largo, de olhos que queimavam de ódio.
— E você — disse o irmão Jack.
— Eu gostei do discurso — disse o homem —, acho que foi muito eficaz.
— E você? — indagou o irmão Jack ao homem que se seguia.
— Sou da opinião de que foi um equívoco.
— E exatamente por quê?
— Porque temos de nos empenhar em atingir as pessoas através de sua inteligência...
— Exatamente — disse o irmão do cachimbo. — Foi a antítese do acesso científico. Nosso ponto de vista é racional. Somos campeões de um acesso científico à sociedade, e um discurso como esse, que nós mesmos identificamos com essa noite, destrói tudo o que foi dito antes. A plateia não pensa: grita até não poder mais.
— Isso, ela reage como uma turba — observou o grande irmão negro.
O irmão Jack riu.
— E essa turba — disse —, essa turba está *contra* nós, ou é uma turba *a nosso favor*? Como os nossos cientistas de hipertrofia muscular respondem a isso?
Mas, antes de eles poderem responder, ele continuou:
— Talvez vocês tenham razão, mas, se isso for verdade, parece ser uma turba que simplesmente transborda para surgir conosco. E eu não devia ter de dizer a vocês, teóricos, que a ciência baseia seus julgamentos na *experimentação*! Vocês se atiram a conclusões antes de a experimentação ter percorrido seu trajeto. Na verdade, o que se dá aqui, nesta noite, representa somente um passo na experiência. O passo *inicial*, a liberação de energia. Posso compreender que isso tenha deixado vocês tímidos. Vocês têm medo de levar a cabo o passo seguinte, porque está acima de vocês organizar essa energia. Bem, ela está aí para ser organizada, e não por um punhado de tímidos teóricos marginais que discutem no vazio, mas trazendo o povo para fora e o liderando!
Ele estava lutando loucamente, olhando de um rosto para o outro, com sua cabeça vermelha toda eriçada, mas ninguém respondeu a seu desafio.

— É nojento — disse ele, apontando para mim. — Nosso novo irmão se mostrou bem-sucedido por instinto onde por dois anos a "ciência" de vocês fracassou, e agora o que todos vocês podem oferecer é crítica destrutiva.

— Tomo a liberdade de discordar — disse o irmão do cachimbo. — Indicar a natureza perigosa do discurso dele não é crítica destrutiva. Longe disso. Como o restante de nós, o novo irmão deve aprender a falar cientificamente. Deve ser treinado!

— Isso pelo menos lhe vem à sua mente — disse o irmão Jack. — *Treinamento*. Nem tudo está perdido. Há esperança de que nosso orador selvagem mas eficiente possa ser domado. Os cientistas percebem uma possibilidade! Muito bem, ela foi planejada; talvez não cientificamente, mas planejada. Nos próximos meses, nosso novo irmão deve passar por um período de intenso estudo e doutrinação sob a direção do irmão Hambro. Isso está certo — disse ele, enquanto eu principiava a falar.

— Eu pretendo falar com você mais tarde.

— Mas é muito tempo — disse eu. — Como vou viver?

— Seu salário continuará sendo pago — disse ele. — Enquanto isso, você será responsável por culpa de não mais fazer discursos não científicos capazes de perturbar a tranquilidade científica dos nossos irmãos. Na verdade, você deve ficar completamente fora do Harlem. Talvez então vejamos se vocês, irmãos, andam tão rapidamente na organização quanto na crítica. É sua vez, irmãos.

— Acho que o irmão Jack está certo — disse um homenzinho calvo. — E não acho que nós, justamente nós, devemos ter medo do entusiasmo do povo. O que temos de fazer é guiá-lo para os canais em que melhor procederá.

Os outros ficaram em silêncio. O irmão do cachimbo me olhava de modo inflexível.

— Venha — disse o irmão Jack. — Vamos sair daqui. Se mantivermos o foco em nosso real objetivo, nossas possibilidades serão melhores do que nunca. E lembremo-nos de que a ciência não é um jogo de xadrez, embora o xadrez possa ser jogado cientificamente. A outra coisa a lembrar é que, se devemos organizar as massas, devemos antes organizar-nos a nós mesmos. Agradecemos a nosso novo irmão pelo fato de as coisas terem mudado. Não devemos deixar de fazer uso de nossa oportunidade. De agora em diante, cabe a você.

— Vamos ver — disse o irmão do cachimbo. — E, quanto ao novo irmão, uns poucos papos com o irmão Hambro não fariam mal a ninguém.

Hambro, pensei ao sair, quem diabo será ele? Imagino que tive a sorte de ele não ter me despedido. Desse modo, então, fui para a escola de novo.

Em plena noite, o grupo foi se dispersando e o irmão Jack se afastou comigo.

— Não se preocupe — disse-me. — Você vai achar o irmão Hambro interessante, e um período de treinamento era inevitável. Seus discursos desta noite foram uma prova na qual você passou com louvor, de modo que agora você se preparará para algum trabalho verdadeiro. Aqui está o endereço. Visite o irmão Hambro como primeira tarefa da manhã. Ele já foi avisado.

Quando cheguei em casa, o cansaço parecia explodir dentro de mim. Meus nervos se mantinham tensos mesmo depois de eu tomar uma ducha quente e de me acomodar na cama. Na minha decepção, queria apenas dormir, mas a minha cabeça continuava a perambular de volta para o comício. Aquilo realmente acontecera. Eu tivera sorte, dissera as coisas certas no tempo certo e as pessoas gostaram de mim. Ou talvez eu tenha dito as coisas erradas nos lugares certos. O que quer que seja, as pessoas haviam gostado independentemente dos irmãos e, de agora em diante, minha vida seria diferente. Já estava diferente. Pois eu compreendia, então, que queria dizer tudo o que dissera à plateia, mesmo que não soubesse que ia dizer aquelas coisas. Tinha apenas pretendido fazer uma boa apresentação, dizer o suficiente para manter a irmandade interessada em mim. O que resultara não tivera nada de intencional, como se outro eu dentro de mim tivesse prevalecido e discursasse. E eu tive sorte por isso, ou podia ter sido despedido.

Até a minha técnica havia sido diferente. Ninguém que me tivesse conhecido na faculdade teria reconhecido meu discurso. Mas aquilo foi como devia ter sido, pois eu *era* alguém novo — mesmo que eu tivesse falado de um modo antiquado. Eu fora transformado e, nesse momento em que me estendia na cama e no escuro, senti uma espécie de afeição pela embaçada plateia, cujos rostos eu nunca tinha visto com clareza. Ela estivera comigo desde a primeira palavra. Tinha desejado que eu me saísse bem e, felizmente, eu falara para aquela gente e ela reconhecera minhas palavras. Eu pertencia àquelas pessoas. Sentei-me, coçando-me os joelhos no escuro, enquanto a reflexão atingia sua meta. Talvez fosse isso o que significava ser "dedicado e posto de parte". Muito bem, se era isso, eu o aceitava. Minhas possibilidades subitamente se haviam ampliado. Como um orador da irmandade, representaria não somente meu próprio grupo, como aquele que era muito maior. A plateia era mista, e suas reivindicações, muito mais amplas do que as de raça. Eu faria o que fosse necessário para servir-lhe bem. Se ela pudesse aproveitar comigo uma oportunidade, então eu me sairia muito melhor do que me saí. De que outro modo eu poderia salvar-me da desintegração?

Fiquei sentado ali no escuro, tentando lembrar a sequência do discurso. Já parecia a expressão de algum outro. Sabia que era minha e minha apenas e, se tivesse sido registrada por um estenógrafo, daria uma olhada nela amanhã.

Palavras, frases saltavam-me através da mente; eu via a névoa azul novamente. O que eu queria dizer ao falar que me tornara "mais humano"? Foi uma frase que eu tinha recolhido de algum orador antecedente, ou era um lapso da língua. Por um instante, pensei no meu avô e rapidamente o descartei. O que tinha um velho escravo a ver com a humanidade? Talvez fosse algo que Woodridge houvesse dito na aula de literatura lá na faculdade. Podia vê-lo vivamente, meio embriagado pelas palavras, repleto de desprezo e de exaltação, andando devagar em frente ao quadro-negro marcado pelo giz das citações de Joyce, Yeats, Sean O'Casey, magro, nervoso, limpo, caminhando como se percorresse um fio de significação a respeito do qual nenhum de nós podia jamais aventurar-se. Eu podia ouvi-lo: o problema de Stephen, como o nosso, não era realmente o de criar a consciência incriada de sua raça, mas o de criar os *traços não criados de seu rosto*. Nossa tarefa é a de nos fazer indivíduos. A consciência de uma raça é a dádiva de seus indivíduos que veem, avaliam, registram... Criamos a raça criando a nós mesmos e, então, para nosso enorme assombro, teremos criado algo muito mais importante: teremos criado uma cultura. Por que perder tempo criando uma consciência para algo que não existe? Pois, como vocês veem, sangue e pele não pensam!

Mas não, não era Woodridge. "Mais humano"... Eu queria dizer que me tornava menos do que era, menos um negro, ou que era menos um ser à parte; menos um exilado de sua terra, o sul?... Mas tudo isso é negativo. Tornar-se menos — com o fim de tornar-se mais? Talvez fosse isso, mas de que maneira *mais* humano? Até Woodridge não tinha falado dessas coisas. Havia um mistério e, mais uma vez, como no despejo, eu dissera palavras que me haviam dominado.

Pensei em Bledsoe, em Norton e no que eles haviam feito. Empurrando-me para o escuro, fizeram-me ver a possibilidade de realizar alguma coisa maior e mais importante do que jamais havia imaginado. Ali estava um caminho que não passava pela porta dos fundos, um caminho não limitado por negro e branco, mas um caminho que, se vivêssemos tempo suficiente e trabalhássemos com suficiente firmeza, poderia levar às maiores recompensas possíveis. Estava ali um caminho para participar da tomada das grandes decisões, de ver através do mistério de como o país, e o mundo, realmente funcionavam. Pela primeira vez, repousando ali no escuro, eu podia vislumbrar a possibilidade de ser mais do que um membro de uma raça. Não era nenhum sonho; a possibilidade existia. Eu tinha apenas de trabalhar, aprender e sobreviver a fim de ir até os cimos. Certamente eu estudaria com Hambro, aprenderia o que ele tivesse a me ensinar e um tanto mais. Deixo o amanhã chegar. Quanto mais cedo eu me entender com esse Hambro, mais cedo poderei principiar o meu trabalho.

Capítulo dezessete

Quatro meses depois, quando o irmão Jack telefonou para meu apartamento à meia-noite para me dizer que me preparasse para sair com ele, fiquei completamente agitado. Felizmente, eu estava acordado e vestido: quando ele chegou, poucos minutos depois, eu o aguardava, no meio-fio. Talvez, pensei comigo, quando o vi curvado sobre o volante com seu capote, fosse isso o que eu estava esperando.

— Como tem passado, irmão? — perguntei, entrando no carro.

— Um pouco cansado — respondeu ele. — Sem dormir o bastante. Problemas demais.

Depois, enquanto ele punha o carro em movimento, ficou em silêncio, e resolvi não fazer mais quaisquer perguntas. Isso foi uma coisa que eu aprendera bem. Devia haver alguma coisa se passando no grupo, pensei, ao observá-lo olhar fixamente a estrada, como se perdido em considerações. Talvez os irmãos estivessem esperando para me pôr à prova. Se fosse isso, ótimo. Estava à espera de um exame...

Mas, em vez de ir ao encontro do grupo, olhei em volta e descobri que ele me havia levado para o Harlem, e estacionava o carro.

— Vamos tomar um gole — disse ele, saindo e se encaminhando para onde o letreiro de uma cabeça de touro iluminada em neon anunciava o bar El Toro.

Fiquei decepcionado. Não queria nenhuma bebida. Queria conquistar o próximo degrau que ficava entre mim e uma atribuição. Segui-o para dentro do bar com uma surda irritação.

O salão do bar estava quente e sossegado. As habituais fileiras de garrafas de nomes exóticos se alinhavam nas prateleiras e, nos fundos, onde quatro homens discutiam em espanhol junto a copos de cerveja, uma vitrola automática, toda iluminada de verde e vermelho, tocava a "Media Luz". E, enquanto esperávamos pelo balconista, tentei imaginar a razão daquele passeio.

Estivera muito pouco com o irmão Jack depois de iniciar meus estudos com o irmão Hambro. Minha vida fora rigidamente organizada. Mas eu devia ter sabido que, se qualquer coisa fosse acontecer, o irmão Hambro teria de me permitir ficar sabendo. Em vez disso, eu devia ir ao encontro dele de manhã, como de hábito. Esse Hambro, pensei, *ele* é um professor fanático. Um homem alto, simpático, advogado e teórico-chefe da irmandade, havia provado ser um mestre exigente. Entre as discussões diárias com ele e um rígido programa de leitura, eu estivera trabalhando mais arduamente do que já achara necessário na faculdade. Até as minhas noites eram organizadas. Toda noite me encontrava em algum comício ou reunião nos muitos distritos da cidade (embora fosse esse meu primeiro passeio ao Harlem desde o meu discurso), onde eu me sentava no palanque com os oradores, tomando anotações para discutir com Hambro no dia seguinte. Todos os eventos haviam se tornado oportunidades de estudo, mesmo as festas que, eventualmente, se seguissem às reuniões. Durante estas, eu tinha de anotar mentalmente meu testemunho sobre as atitudes ideológicas reveladas nas conversas dos hóspedes. Mas eu logo aprendera o método para aquilo. Não apenas estivera aprendendo os muitos aspectos da política da Irmandade e do modo como esta se relacionava com as várias camadas sociais, como também me familiarizara com o quadro de membros da cidade como um todo. Minha participação no despejo se manteve muito viva e, embora eu tivesse ordem de não fazer nenhum discurso, acostumara-me, aos poucos, a ser apresentado como uma espécie de herói.

Mas havia sido principalmente um tempo de escutar e, como um bom conversador, eu já me impacientava. Nessa fase, eu conhecia a maior parte dos raciocínios da irmandade de tal modo — tanto aqueles dos quais eu duvidava quanto aqueles em que acreditava — que podia repeti-los no sono, mas nada fora dito sobre minha atribuição. Desse modo, eu esperara que o telefonema da meia-noite implicasse alguma espécie de ação que estivesse prestes a começar.

Ao meu lado, o irmão Jack ainda estava perdido em sua reflexão. Parecia sem nenhuma pressa de ir a outro lugar ou bater papo e, enquanto o balconista misturava nossas bebidas em câmera lenta, eu dava inutilmente tratos à bola quanto à razão pela qual ele me levara ali. Diante de mim, no painel onde habitualmente se coloca um espelho, eu podia ver uma cena de tourada, o touro arremetendo compactamente contra o homem, e o homem meneando a capa vermelha em dobras esculpidas tão próximas de seu corpo que homem e touro pareciam misturar-se num redemoinho de calma e movimento puro. Pura graça, pensei, olhando por cima do balcão para onde, maior do que a vida, a imagem rósea e branca de uma moça sorria a partir de um anúncio de cerveja estival, em que um calendário afirmava "1º de abril". Então, quando nossas bebidas foram postas diante de nós, o irmão Jack readquiriu vida, sua disposição de ânimo mudou, como se, naquele instante, ele tivesse posto em ordem tudo o que o estivera incomodando e se sentisse subitamente livre.

— Aqui, volte — disse ele, tocando-me o cotovelo de brincadeira.

— É apenas uma imagem de cartolina de uma fria civilização do aço.

Eu ri, contente por ouvi-lo gracejando.

— E aquilo? — indaguei, apontando para a cena da tourada.

— Barbárie total — disse ele, examinando o balconista e reduzindo a voz a um sussurro. — Mas me diga, o que você tem achado do seu trabalho com o irmão Hambro?

— Ah, ótimo — elogiei. — Ele é rigoroso, mas, se eu tivesse professores como ele na faculdade, eu saberia algumas coisas. Ele me ensinou muitas, mas, se são suficientes para satisfazer os irmãos que não gostaram do meu discurso no anfiteatro, isso eu não sei. Nós conversaremos cientificamente?

Ele riu, e um de seus olhos brilhou com mais intensidade do que o outro.

— Não se preocupe com os irmãos — disse. — Você vai se sair muito bem. Os informes do irmão Hambro sobre você têm sido excelentes.

— Opa, isso é muito bom de ouvir — disse eu, consciente, então, de outra cena de tourada mais para o lado do balcão, em que o matador estava sendo mandado para o céu nos cornos do touro negro. — Tenho trabalhado arduamente, para dominar a ideologia.

— Domine-a — disse o irmão Jack —, mas não exagere. Não a deixe dominar você. Não há nada melhor para fazer o povo dormir do que a simples ideologia. O ideal é encontrar um meio-termo entre a ideologia e a inspiração. Diga o que o povo quer ouvir, mas diga-o de tal modo que ele faça o que queremos. — Ele riu. — Lembre-se, também, de que a teoria sempre vem depois da prática. Aja primeiro, depois teorize; isso também é uma fórmula, e devastadoramente eficaz!

Ele me olhou como se não me visse e eu não pudesse dizer se estava rindo *de* mim ou *comigo*. Eu só estava certo de que ele estava rindo.

— Sim — eu disse. — Tentarei dominar tudo o que for necessário.

— Você pode — disse ele. — E agora não precisa se preocupar com a crítica dos irmãos. Apenas atire de volta um pouco de ideologia para eles e não o incomodarão. Contanto que, evidentemente, você tenha o direito de favorecer e produzir os resultados necessários. Quer outra dose?

— Obrigado, já tomei o bastante.

— Tem certeza?

— Tenho.

— Bom. Agora, sobre a sua atribuição: amanhã você deve se tornar porta-voz chefe no distrito do Harlem...

— O quê?!

— Pois é. O comitê resolveu isso ontem.

— Mas eu não tinha a menor ideia.

— Você fará tudo direito. Agora, preste atenção. Você deve continuar o que iniciou no despejo. Mantenha as pessoas motivadas. Deixe-as ativas. Procure reuni-las tanto quanto possível. Você receberá orientação de alguns dos membros mais velhos mas, por enquanto, você mesmo tem de ver o que pode fazer. Terá liberdade de ação — *e* estará sob estrita disciplina junto ao comitê.

— Eu sei — disse eu.

— Não, você não sabe completamente — disse —, mas vai saber. Você não deve subestimar a disciplina, irmão. Ela o torna responsável, pelo que faz, para a organização inteira. Não subestime a disciplina.

É muito rigorosa, mas, dentro de sua estrutura, você deve ter plena liberdade para fazer seu trabalho. E seu trabalho é muito importante. Compreende? — Seus olhos pareciam fazer pressão sobre o meu rosto, quando balancei a cabeça afirmativamente. — Seria melhor irmos, de modo que possa dormir um pouco — disse ele, enxugando os óculos.
— Você agora é um soldado, e sua saúde pertence à organização.
— Estarei pronto — disse eu.
— Sei que estará. Até amanhã, então. Você se encontrará às 9 horas com o comitê executivo da seção do Harlem. Você tem o endereço, não tem?
— Não, irmão, não o tenho.
— Ah! Está certo. Então é melhor você subir comigo, por um minuto. Tenho de ver uma pessoa ali e você poderá dar uma olhada no local em que vai trabalhar. Depois eu deixarei você lá na sua rua — disse ele.

O diretório distrital estava localizado numa igreja reformada, cujo piso principal era ocupado por uma casa de penhores, com a vitrine entulhada de espólio, que brilhava melancolicamente naquela rua escura. Subimos por uma escada para o terceiro andar, entrando numa grande sala, com um alto teto gótico.
— É por aqui — disse o irmão Jack, encaminhando-se para o fim da grande sala, onde vi uma fileira de outras menores, uma das quais apenas estava iluminada. E eu vi, em seguida, um homem aparecer na porta, mancando para a frente.
— Boa noite, irmão Jack — cumprimentou ele.
— Ora, irmão Tarp, eu esperava encontrar o irmão Tobitt.
— Eu sei. Ele esteve aqui, mas teve de sair — disse o homem. — Deixou este envelope para você e disse que mais tarde vai telefonar, ainda nesta noite.
— Bom, bom — disse o irmão Jack. — Apresento-lhe aqui um novo irmão...
— Prazer em conhecê-lo — disse o irmão, sorrindo. — Ouvi você falar no anfiteatro. Você realmente se abriu com eles.
— Obrigado — disse eu.

— Então você gostou, não gostou, irmão Tarp? — indagou o irmão Jack.

— O rapaz é competente, para mim — disse o homem.

— Bem, você vai ver muita coisa dele; é seu novo porta-voz.

— Isso é ótimo — disse o homem. — Parece que vamos fazer algumas mudanças.

— Perfeito — concordou o irmão Jack. — Agora vamos dar uma olhada no gabinete dele e depois iremos embora.

— Está bem, irmão — disse Tarp, mancando na minha frente para uma das salas escuras e acendendo uma luz, com um estalido. — É este aqui.

Vi um pequeno gabinete, que continha uma escrivaninha de tampo chato com um telefone, uma máquina de escrever com a respectiva mesinha, uma estante com prateleiras de livros e panfletos, e um imenso mapa-múndi com a inscrição de antigos símbolos náuticos e uma figura heroica de Colombo num dos lados.

— Se houver alguma coisa de que você precise, é só falar com o irmão Tarp — disse o irmão Jack. — Ele fica aqui dia e noite.

— Obrigado, falarei — respondi. — Vou orientar-me de manhã.

— Sim, e é melhor nós irmos, para que você possa dormir um pouco. Boa noite, irmão Tarp. Providenciei para que tudo esteja pronto para ele amanhã cedo.

— Ele não terá que se preocupar com nada, irmão. Boa noite.

— É por atrairmos homens como o irmão Tarp que haveremos de triunfar — disse ele enquanto entrávamos no carro. — É fisicamente velho, mas é ideologicamente um jovem vigoroso. É uma pessoa com que se pode contar nas mais circunstâncias difíceis.

— Parece mesmo um bom homem para se ter por perto — disse eu.

— Você verá — disse ele, e mergulhou num silêncio que durou até chegarmos à minha porta.

Quando cheguei, o comitê estava reunido no salão do teto gótico, sentado em cadeiras dobráveis em torno de duas pequenas mesas colocadas juntas, para formar uma unidade.

— Bem — o irmão Jack disse —, chegou bem na hora. Muito bom, nós aprovamos a pontualidade em nossos chefes.
— Irmão, sempre tentarei chegar na hora — disse eu.
— Aqui está, irmãos e irmãs — disse ele —, seu novo porta-voz. Agora, para começar. Estamos todos presentes?
— Todos, salvo o irmão Tod Clifton — disse alguém.
Sua cabeça vermelha balançou com surpresa.
— É mesmo?
— Ele estará aqui — disse um irmão jovem. — Estivemos trabalhando até as três desta manhã.
— Ainda assim, ele devia chegar na hora. Muito bem — disse o irmão Jack, tirando um relógio de bolso —, vamos começar. Tenho apenas algum tempo aqui, mas isso é tudo o que precisamos. Vocês todos conhecem os acontecimentos desse período recente e o papel que nosso novo irmão desempenhou neles. Resumidamente, vocês estão aqui para ver que isso não foi desperdiçado. Devemos realizar duas coisas: temos que planejar métodos que aumentem a eficiência da nossa agitação, e devemos organizar a energia que já foi desprendida. Isso requer um aumento rápido do quadro de membros. As pessoas estão inteiramente estimuladas; se deixarmos de conduzi-las à ação, elas se tornarão passivas, ou se tornarão cínicas. Desse modo, é necessário que lutemos imediatamente, e lutemos duramente!
— Com essa intenção — disse ele, inclinando a cabeça em minha direção —, nosso irmão foi designado porta-voz do distrito. Vocês devem dar-lhe seu apoio leal e olhá-lo como o novo instrumento de autoridade do comitê...
Ouvi o leve aplauso salpicar — apenas para se deter com a abertura da porta, e olhei lá para além das fileiras de cadeiras, onde um jovem sem chapéu, mais ou menos da minha idade, entrava no salão. Vestia um suéter pesado e calças largas. Enquanto os outros levantavam os olhos, ouvi a sutil inspiração de um prazeroso suspiro feminino. Depois o jovem passou, com suas ágeis passadas de negro, da sombra para a luz, eu vi que era muito negro e muito bonito, e, enquanto avançava a meia distância na sala, que tinha as feições cinzeladas em mármore negro encontradas nas estátuas dos museus do norte, e vivas nas cidades do

sul, em que a descendência branca das crianças da casa e a descendência negra das crianças do quintal traziam nomes, feições e traços de caráter tão idênticos quanto o estriar das balas atiradas a partir de um cano comum. E agora, visto de perto, encostando-se alto e relaxado, com os braços estendidos sobre a mesa, vi a larga e rija extensão das articulações de suas mãos sobre a fibra escura da madeira, os musculosos braços no suéter, a linha do peito que se encurvava e subia para a branda pulsação da garganta, até o queixo quadrado, liso, e vi um pequeno curativo de esparadrapo em forma de X em cima do contorno de sua face afro-anglo-saxônica e sutilmente fundida, de granito sobre os ossos e veludo sobre a pedra.

Ele se debruçava ali, olhando todos nós com certa indiferença, em que percebi uma despojada indagação sob um encanto amistoso. Percebendo um possível rival, observei-o cautelosamente, perguntando-me quem seria.

— Ah, então, irmão Tod Clifton, está atrasado — disse o irmão Jack. — Nosso guia da juventude está atrasado. Por que isso?

O jovem apontou o rosto e sorriu.

— Tive que ir ao médico — disse.

— O que é isso? — indagou o irmão Jack, olhando a cruz de esparadrapo na pele negra.

— Somente um pequeno encontro com os nacionalistas. Com os rapazes e Rás, o Exortador* — respondeu o irmão Clifton. E ouvi um suspiro de uma das mulheres que o fitavam atentamente, com olhos brilhantes e piedosos.

O irmão Jack me deu uma rápida olhada.

— Irmão, você ouviu falar de Rás? Ele é o homem selvagem que se autoproclama um negro nacionalista.

— Não me lembro — respondi.

---

* Denominação dada pelo autor a um representante das organizações norte-americanas de nacionalismo negro etnocêntrico, para fazer contraste com a instituição a que se vincula o personagem principal. Mas até este, ao descrever Clifton, reflete as concepções desses nacionalistas, ao ressaltar, um tanto misticamente, a beleza particular de suas feições negras. A palavra "ras" ("príncipe", "cabeça" no idioma amárico) remete a Ras Tafari, nome do imperador etíope Hailé Selassié, antes de ser coroado e de ser cultuado, na Jamaica, como o "messias negro". O rastafarianismo exerceu grande influência nas ideologias negras dos EUA. (*N. do T.*)

— Você logo vai ouvir falar bastante dele. Sente-se, irmão Clifton. Sente-se. Você deve tomar cuidado. Você é valioso demais para a organização. Não deve arriscar-se.

— Isso foi inevitável — disse o jovem.

— Mesmo assim — retrucou o irmão Jack, voltando-se para o debate, em busca de sugestões para a pauta da reunião.

— Irmão, ainda vamos lutar contra os despejos? — indaguei.

— Isso se tornou uma questão prioritária em nosso movimento, graças a você.

— Então, por que não intensificar a luta?

Ele estudou a minha expressão facial.

— O que você propõe?

— Bem, uma vez que ela atraiu tanta atenção, por que não tentar alcançar toda a comunidade com essa questão?

— E como você proporia que tratássemos disso?

— Proponho que registremos os líderes da comunidade que nos apoiam.

— Há certas dificuldades em torno disso — disse o irmão Jack. — A maior parte dos cabeças está contra nós.

— Mas eu acho que ele conseguiu alguma coisa ali — ponderou o irmão Clifton. — E se os levássemos a apoiar essa *possibilidade*, quer gostem de nós ou não? A questão é uma questão *comunitária*, e não partidária.

— Certo — disse eu —, é como eles me veem. Com toda a agitação sobre os despejos, eles não podem evitar mostrar-se contra nós, ao menos sem parecer estar contra os maiores interesses da comunidade...

— Então nós os temos num beco sem saída — disse Clifton.

— É uma boa caracterização — refletiu o irmão Jack.

Os outros concordaram.

— Vejam vocês — disse o irmão Jack com um sorriso forçado —, nós sempre evitáramos esses líderes, mas, no momento em que principiamos a avançar numa frente mais ampla, o sectarismo se torna um fardo a ser jogado fora. Alguma outra sugestão? — Ele olhou ao redor.

— Irmão — disse eu, recordando-me então —, quando eu vim ao Harlem pela primeira vez, uma das primeiras coisas que me impressionaram foi um homem que fazia um discurso sobre uma escada. Falava muito violentamente e de modo pessoal, mas tinha uma plateia entusiástica... Por que não levamos nosso programa para a rua, de igual modo?

— Desse modo, você *tem* de encontrá-lo — disse ele, subitamente com o mesmo riso forçado. — Bem, Rás, o Exortador, tivera um monopólio no Harlem. Mas agora, que estamos maiores, podemos conceder-lhe uma tentativa. O que o comitê deseja são resultados!

Então *aquilo* era o Rás, o Exortador, pensei comigo.

— Teremos dificuldades com o Entortador — quero dizer, o Exortador — disse uma mulher grande. — Seus arruaceiros atacariam e denunciariam até a carne branca de um frango assado.

Nós rimos.

— Ele fica furioso quando vê gente negra junto com gente branca — disse-me ela.

— Tomaremos cuidado com isso — disse o irmão Clifton, pegando no queixo.

— Muito bem, mas nenhuma violência — recomendou o irmão Jack. — A irmandade é contra a violência, o terror e a provocação de qualquer tipo... agressiva. Você compreende, irmão Clifton?

— Compreendo — respondeu ele.

— Não aprovaremos qualquer espécie de violência física. Compreende? Nenhum ataque a funcionários ou a outros que não nos atacam. Somos contra todas as formas de violência, compreende?

— Sim, irmão.

— Muito bem, tendo deixado isso claro, agora deixo vocês — disse ele. — Vejam o que podem fazer. Contarão com o máximo apoio dos outros distritos e com toda a orientação de que precisarem. Enquanto isso, lembrem-se de que estamos todos sob as mesmas regras de disciplina.

Ele saiu e nós dividimos a tarefa. Propus que cada um trabalhasse na área que conhecesse melhor. Como não havia nenhuma ligação entre a irmandade e os líderes da vida comunitária, atribuí-me a mim mesmo a tarefa de criar uma. Foi resolvido que nossas reuniões de rua começariam imediatamente, e que o irmão Tod Clifton deveria avaliar e rever os pormenores comigo.

Enquanto o debate continuava, estudei os rostos das pessoas. Pareciam absortos com a causa e em inteira concordância, negros e brancos. Mas, quando tentei classificá-los quanto ao tipo, não consegui nada. A mulher grande que parecia uma "máquina de lavar pratos" do sul estava encarregada do trabalho feminino e falou em termos ideológicos e abstratos. O homem de aspecto tímido com manchas do fígado no pescoço defendeu a ação de maneira ousadamente direta e com entusiasmo. E esse irmão Tod Clifton, o jovem guia, parecia, de algum modo, um *hipster*, um *zoot suiter*,* um azougue — com exceção de que sua cabeça, com a lanugem de um cordeiro persa, jamais passara por uma chapinha. Eu não podia classificar nenhum deles. Pareciam de trato familiar, mas eram exatamente tão diferentes quanto o irmão Jack e os outros brancos o eram de todos os brancos que eu conhecera.

Eram todos transformados, como pessoas comuns vistas num sonho. Bem, pensei eu, também sou diferente, e eles verão isso quando a conversa acabar e a ação tiver início. Eu só precisarei ter cuidado para não hostilizar ninguém. Nessas circunstâncias, alguém podia ressentir-se de me ter sido atribuída essa incumbência.

Mas, quando o irmão Tod Clifton foi ao meu gabinete para discutir as manifestações de rua, não vi nenhum sinal de ressentimento, mas uma dedicação total à estratégia do evento. Com grande cuidado, ele se empenhou em me instruir sobre como lidar com os chatos, sobre o que fazer se fôssemos atacados e sobre como distinguir nossos próprios membros do resto da multidão. Com todas as suas características de uma apresentação de *zoot suiter*, sua fala era precisa e não tive nenhuma dúvida de que ele conhecia bem sua atividade.

— Como você acha que faremos isso? — indaguei eu, quando ele terminou.

— A coisa vai resultar grande, cara — disse ele. — Vai ser maior do que qualquer coisa desde Garvey.

— Quero ficar assim, tão certo disso — retruquei. — Nunca vi Garvey.

---

* Pessoas, nos EUA, que usavam *zoot suit*, traje de aspecto berrante e talhe rigoroso, composto de uma jaqueta alongada até a coxa e com largos ombros de enchimento, além de calças largas, de bainhas estreitas. (*N. do T.*)

— Nem eu — disse ele —, mas julgo que no Harlem ele foi muito grande.

— Bem, não somos Garvey, e ele não continuou.

— Não, mas ele deve ter tido alguma coisa — disse ele com súbita paixão. — Ele *deve* ter tido alguma coisa para sacudir aquela gente toda! Nossa gente é um *inferno* para se mexer. Ele deve ter tido muito!

Olhei para ele. Seus olhos se haviam voltado para dentro; em seguida, ele sorriu.

— Não se preocupe — disse. — Temos um plano científico, e você os provocará. As coisas andam tão mal que eles escutarão e, quando eles *escutam*, seguem adiante.

— Espero que sim — disse eu.

— Eles irão. Você não esteve junto ao movimento como eu estive, faz três anos agora, e posso sentir a mudança. Eles estão prontos para mudar.

— Espero que suas percepções estejam corretas — disse eu.

— Estão corretas, todas corretas — observou ele. — Tudo o que temos a fazer é congregá-los.

A noite foi de um frio quase hibernal, com a esquina bem iluminada e a multidão de negros grande e compacta. No alto da escada, eu me via cercado por um grupo da divisão da juventude de Clifton, e podia ver, além de suas costas de colarinhos virados para cima, o rosto dos indecisos, dos curiosos e dos convictos no meio da massa. Era cedo, e eu lancei minha voz com firmeza contra os ruídos do tráfego, sentindo a úmida frieza do ar em torno de minha face e das mãos, enquanto a voz se aquecia com a emoção. Eu apenas havia começado a sentir a pulsante disposição existente entre mim e o povo, ouvindo-o responder com aceitação e aplausos em *staccato*, quando Tod Clifton atraiu meu olhar, apontando. E, sobre as cabeças da multidão, além das escuras fachadas das lojas e dos cintilantes anúncios de neon, eu vi um buliçoso bando de cerca de vinte homens avançando rapidamente em nossa direção. Olhei para lá.

— É confusão, continue falando — disse Clifton. — Dê o sinal para os rapazes.

— Meus irmãos, chegou o tempo da ação — gritei.

E eu vi, nesse momento, os integrantes jovens e alguns homens mais velhos se deslocarem para a retaguarda da concentração, até se encontrarem com o grupo que se adiantava. Em seguida, alguma coisa subiu, voando a partir do escuro, e acabou duramente na minha testa. Eu senti a multidão se aproximar, o que fez a escada cair, e fiquei como um homem que titubeia em pernas de pau por cima de uma multidão, até cair, depois, na rua e no vazio, ouvindo a escada desabar. Eles passaram a rodopiar em pânico e eu vi Clifton do meu lado.

— É Rás, o Exortador — berrou ele. — Você pode usar as mãos?

— Posso usar os meus punhos! — respondi irritado.

— Bem, tudo certo então. Eis a sua oportunidade. Venha, vamos ver sua munheca!

Ele se moveu para adiante, pareceu mergulhar na turbilhonante multidão, e eu ao lado dele, vendo as pessoas se dispersarem nos vãos de porta e se socarem no escuro.

— Lá está Rás, do outro lado — gritou Clifton.

E eu ouvi o som de vidro partido, ficando a rua às escuras. Alguém havia cortado a luz e, através da penumbra, vi Clifton seguindo para o lugar onde um letreiro de neon vermelho resplandecia numa vitrine escura, enquanto algo passou perto da minha cabeça. Em seguida um homem subiu correndo com um pedaço de cano e eu vi Clifton aproximar-se dele, abaixando-se e se esforçando num espaço mínimo, agarrando o pulso do homem e torcendo-se subitamente, como um soldado que faz a meia-volta, de modo que, a partir de então, ele estava voltado para mim, com o reverso do rígido cotovelo do homem ao redor de seu ombro e o cara se erguendo na ponta dos pés, guinchando, enquanto Clifton se endireitava calmamente e fazia alavanca sobre o braço.

Ouvi um estalar seco e vi o homem desabar: o cano retiniu sobre a calçada. Em seguida, alguém me golpeou com força o estômago e subitamente descobri que eu também estava lutando. Caí de joelhos, rolei e fiz força para me erguer e enfrentá-lo.

— Levanta, pai Tomás — disse ele, e eu o esmurrei. Ele tinha as mãos dele, eu tinha as minhas, e a partida estava equilibrada, mas ele teve menos sorte. Ele não estava prostrado, nem derrotado, mas eu lhe dei dois bons murros e ele resolveu lutar em outra parte. Quando ele se virou, dei-lhe uma rasteira e me afastei.

A luta estava novamente se deslocando para a escuridão, onde as luzes da rua haviam sido completamente cortadas junto à esquina, e estava em silêncio, com exceção dos resmungos e puxões, ou o ruído das pisadas e dos socos. Era embaraçoso no escuro, eu não podia distinguir os nossos dos deles e me movia cautelosamente, tentando enxergar. Alguém no alto da rua, no meio do escuro, berrou: "Dispersar! Dispersar!" — e pensei comigo: polícia, e procurei Clifton, ao redor. O letreiro de neon brilhava misteriosamente, havia muita corrida e xingamento, e eu o vi, no momento, batalhando habilmente na entrada de uma loja, antes de um anúncio vermelho de AQUI TROCAMOS CHEQUES, e saí correndo, ouvindo objetos que passavam voando pela minha cabeça, que quebravam as vidraças. Os braços de Clifton se moviam velozmente, com golpes precisos na cabeça e no estômago de Rás, o Exortador, socando rápida e cientificamente, com o cuidado de não fazê-lo chocar-se contra a vitrine ou acertar os vidros com seus punhos, batendo-se com Rás com a direita e com a esquerda. Esmurrava com tanta rapidez que balançava como um touro bêbado, de um lado para o outro. E, enquanto eu avançava, Rás tentava abrir caminho à força, e eu vi Clifton recuar e se acocorar, as mãos sobre o piso escuro do vestíbulo, os calcanhares de costas contra a porta, como um atleta corredor contra os blocos de partida. E, nesse instante, lançando-se para a frente, o adversário agarrou Clifton, avançando, dando-lhe cabeçadas; ouvi a arrancada da respiração e Clifton caiu de costas, quando algo reluziu na mão de Rás, ele se adiantou, uma figura pequena e pesada, tão larga quanto o vestíbulo e, nesse instante, com a faca, se movendo calculadamente. Eu rodopiei, olhando o pedaço de cano, esticando a mão para ele; rastejando por sobre as mãos e os joelhos, e no momento seguinte chegando mais perto para ver Rás abaixar, tendo uma das mãos no colarinho de Clifton e a faca na outra, encarando Clifton e ofegando, com uma ira de touro. Gelei ao vê-lo puxar a faca de novo e parar com ela no ar; puxar e parar, xingando; depois, puxou e parou de novo, tudo muito rapidamente, começando então a gritar e falar muito depressa, ao mesmo tempo, enquanto eu me movia devagar para a frente.

— Caala! — urrou Rás —, tenho que matá voucê. Maldição, eu tenho que matá voucê, e o mundo vai ficá melhol. Mas voucê é *neglo*, cala. Plu que você é neglo, cala? Eu julo que tenho que matá você. Nenhum cala bate no Exoltadol, maldito seja, nenhum cala!

Eu o vi levantar a faca novamente, e aí, quando a baixou sem usá-la, ele empurrou Clifton para a rua e ficou de pé junto a ele, soluçando.

— Plu que voucê está no meio dessa gente blanca? Plu quê? Venho obselvando voucê há muito tempo. Digo comigo mesmo: Logo ele se machuca, e se cansa. Ele sai dessa coisa. Plu que um lapaz bom como voucê ainda anda com eles?

Movendo-me ainda para a frente, vi seu rosto lampejar com raivosas lágrimas vermelhas, enquanto ele permanecia em cima de Clifton com a ainda inocente faca e as lágrimas vermelhas no fulgor do letreiro da vitrine. .

— Voucê é *meu* ilmão, cala. Os ilmãos são da mesma col. Plu que diabo você chama esses homens blancos de *ilmão!* Melda, cala. É melda! Ilmãos são da mesma col. Somos filhos da Mama Áflica, voucê esqueceu? Voucê é neglo, NEGLO! Você — *maldito*, cala! — disse ele, agitando a faca para dar ênfase. — Voucê tem o *cabelo* ruim! Você tem os *lábios* glossos! Eles dizem que você *fede!* Eles odeiam você, cala. Você é aflicano. AFLICANO! Plu que está com eles? Lalgue essa melda, cala. Eles liquidam você. Essa melda está fola de moda. Eles esclavizam você — esqueceu isso? Como eles podem tel em mila qualqué bem pla um homem neglo? Como vão sel seu *ilmão?*

Eu então o havia alcançado e baixei-lhe o cano duramente, vendo a faca voar para o escuro, enquanto ele agarrava o pulso, e levantei o cano de novo, subitamente aquecido de medo e ódio, enquanto ele me encarava com seus olhinhos estreitos, mantendo a posição.

— E voucê, cala — disse o Exortador —, um plático e pequeno demônio neglo! Santinho do pau oco! De onde *voucê pensa* que é, seguindo os homens blancos? Maldição, eu sei. Como se eu não soubesse! Voucê é do sul! É de Tlindade! É de Balbados! Da Jamaica, da Áflica do Sul, com o pé do homem blanco em seu tlaseilo, de todo modo, até as coxas. O que é que você tenta negal ao tlair o povo neglo? Pol que *voucê* luta contla nós? Voucês são colegas *jovens*. Voucês são jovens neglos com bastante educação. Tenho ouvido sua agitação das multidões. Plu que você se passa pala o lado do esclavizadol? Que espécie de educação é essa? Que espécie de homem neglo é esse que tlai a sua plóplia mãe?

— Cale-se — disse Clifton, levantando-se de um salto. — Cale-se!

— Que diabo, não — gritou Rás, esfregando os olhos com os punhos. — Estou falando! Lebente-me com o cano, mas, pelo amol de Deus, escute o Exoltadol! Venha conosco, cala! Estamos constluindo um movimento glolioso da gente negla. *Gente negla!* O que eles estão fazendo? Dão-lhe dinheilo? Voucê deseja esse maldito lefugo? O dinheilo deles delama sangue de neglo, cala. É sujo! Apanhal esse dinheilo é uma melda, cala. Dinheilo sem dignidade — é melda *luim!*

Clifton arremeteu em direção a ele. Eu o segurei, balançando a cabeça.

— Vamos embora, o homem é doido — disse eu, puxando-lhe o braço.

Rás golpeou-lhe as coxas com os punhos.

— Eu, doido, cala! Você chama *a mim* de doido? Olhe *voucês* dois e olhe pala mim: é isso a *sanidade*? Postando-se aqui em tlês tons de neglume! Tlês homens neglos que lutam na lua por causa do esclavizador blanco? É isso a sanidade? É essa a consciência, essa compleensão científica? É isso o modelno homem neglo do século XX? Que diabo, cala! É respeito plóplio. Neglo contla neglo? O que eles dão a vocês pala tlaírem, as mulheles deles? Pelo que vocês caem?

— Vamos embora — chamei, pois ouvi-lo me fazia lembrar e sentir de novo, naquela escuridão, os horrores do vale-tudo. Mas Clifton olhou Rás com uma firme e fascinada expressão, afastando-se de mim.

— Vamos — repeti. Ele continuava ali, olhando.

— Celto, você vai — disse Rás —, mas ele não. Você está contaminado, mas ele é o veldadeiro homem neglo. Na Áflica, este homem é um chefe, um lei neglo! Aqui, eles lhe dizem que ele estupla as malditas muleles sem sal deles. Eu aposto como este homem não consegue lesistil-lhes com o bastão de beisebol. Melda! Que espécie de tolice é essa? Chutam-lhe o labo desde o belço até a sepultula e depois o chamam de *ilmão?* Isso é matemática, faz sentido? É lógico? Olhe, cala; abla os oio — disse ele para mim. — Palece que eu abalo esse amaldiçoado mundo! Eles sabem de mim no Japão, na Índia — em todos os países de col. Juventude! Inteligência! O plíncipe natulal do homem! Onde estão os seus oio? Onde está o seu lespeito plóplio? Tlabalando pla sua gente maldita? Seus dias estão contados, a hola quase chegou, e voucê peldendo tempo como se isso fosse o século XIX. Não o compleendo. Eu sou ignolante? Lesponda-me, cala.

— Sim — prorrompeu Clifton. — Diabo, sim!

— Voucê pensa que sou doido, pluque falo mau inglês? Que diabo, esta não é minha língua mamã, cala, eu sou um aflicano! Você lealmente acha que eu sou doido?

— Sim, sim!

— Voucê cledita nisso? — disse Rás. — O que eles fizelam com você, homem neglo? Delam a você suas muleles fedidas?

Clifton arremeteu outra vez, e outra vez eu o agarrei, e outra vez Rás manteve sua posição, com a cabeça reluzindo vermelha.

— Muleles? Que *maldição*, cala! É essa a igualdade? É essa a libeldade do homem neglo? Uma palmada no tlaseiro e um pedaço de boceta sem nada de paixão? Velmes! Eles complam vocês, esses oldinários aluinados, cala? O que eles *fazem* com o meu povo! Onde estão os seus miolo? Essa escólia de muleles, cala! Elas são fel com água! Voucês sabem que o homem blanco de classe alta odeia o homem neglo: é simples. De modo que agola ele usa a escólia e quel que vocês, jovens neglos, façam o seu tlabalo sujo. Eles tlaem vocês e vocês tlaem o povo neglo. Eles enganam vocês, calas. Deixem-nos bligar entre si. Vão-se matá uns aos outro. Nós olganizamos — olganizal é bom —, mas olganizamos neglos. NEGLOS! Para o infelno com esse filho de uma puta! Ele pega uma de suas malafonas e diz ao homem neglo que sua libeldade se encela entre as maglas pelnas dela — enquanto esse patife, *ele* se apossa de todo podê e todo capital, não deixando ao homem neglo nada. Às muleles blancas boas, ele diz que o homem neglo é um estupladô e as mantêm tlancadas a sete chaves e inguinolantes, ao passo que faz do homem neglo uma laça de bastaldos.

"Quando o homem neglo vai se cansá dessa aptidão infantil para a pelfídia? Ele se assenholeou de voucês de tal modo que voucês não acleditam na sua inteligência negla? Voucês, jovens, não se vendem balato, homens. Não neguem a si plóplios! Foi pleciso um bilhão de galões de sangue neglo pla fazê vocês. Reconheçam-se lá plu dentlo e vocês vão empalidecê os leis dos homens! Um homem sabe que é um homem quando num tem nada, quando está nu: ninguém tem que dizê isso a ele. Voucês têm um metlo e oitenta, homens. São jovens e inteligentes. São neglos e belos. Não os deixem dizê de voucês algo difelente! Voucês num se deixem sê suas coisas, pluque estalão mortos, homens. Moltos! Eu teria matado vocês, homens. Rás, o Exoltadol, levantou sua faca e tentou fazê-lo, mas ele não podia fazê isso. Plu que vocês fazem o que estão fazendo? Eu me plegunto. Eu o falei agora, digo, mas algo me diz: Não, não! Você podia está matando seu lei neglo! E eu digo sim, sim, sim! Desse modo, eu aceito sua ação humilhante. Lás leconheceu suas possibilidades neglas, homens. Lás não saclificalia seu ilmão neglo ao esclavizadol blanco. Em vez disso, ele *glita*. Lás é um homem, nenhum homem blanco tem que lhe dizê isso, e Lás *glita*. Desse modo, por que voucês num leconhecem seu devel neglo, homens, e vêm discuti conosco?

Seu peito se levantava e uma nota de súplica se insinuara em sua voz áspera. Ele era um exortador, sem dúvida, e eu fora apanhado pela crua e insana eloquência de sua argumentação. Estava ali postado, à espera de uma resposta. E, repentinamente, um grande avião de transporte veio baixar por sobre os edifícios e eu levantei os olhos para ver a deflagração de seu motor, e todos três ficamos silenciosos, observando.

De súbito, o Exortador sacudiu o punho em direção ao avião e berrou: Para o inferno com ele, qualquer dia desses nós vamos também! Para o inferno com ele!

Ficou ali, de pé, sacudindo o punho, enquanto o avião fazia vibrar os edifícios com seu ímpeto poderoso. Depois foi embora e eu olhei em torno da rua irreal. Eles estavam lutando longe, no alto do quarteirão, agora na escuridão, e nós estávamos sozinhos. Encarei o Exortador. Eu não sabia se ele estava zangado ou espantado.

— Olhe — disse eu, balançando a cabeça —, vamos falar sério. De agora em diante, toda noite estaremos nas esquinas da rua e estaremos preparados para a confusão. Não quisemos isso, especialmente com você, mas tampouco iríamos correr...

— Maldição, cala — disse ele, saltando para adiante —, este é o *Halem*. Este é o meu telitólio, o telitólio do homem *neglo*. Você acha que vamos deixá a gente blanca entlá e espalhá seu veneno? Deixá eles entlá como eles vêm e assumi o comando das enclencas todas? Como se fossem donos de todas as lojas? Fale sélio, cala, se voucê fala com Lás, fala sério!
— Isso é sério — disse eu —, e você escute tanto quanto ouvimos você. Nós estaremos aqui toda noite, compreende? Estaremos aqui e, da próxima vez que você atacar um dos nossos irmãos com uma faca, e eu quero dizer branco ou negro, bem, nós não vamos esquecer disso.
Ele sacudiu a cabeça.
— Nem eu vou esquecer voucê tampouco, cala.
— Não esqueça. Não quero que esqueça; porque, se você esquecer, haverá encrenca. Você está enganado, não vê que eles têm vantagem numérica? Precisa de aliados para vencer...
— Isso faz sentido. Aliados neglos. Aliados amalelos e paldos.
— Todos os homens que quiserem um mundo fraternal — disse eu.
— Num seja estúpido, cala. Eles são *blancos*, não têm de sel aliados de nenhuma gente negla. Tenham eles o que quiselem, se voltam contla voucê. Adonde está sua inteligência negla?
— Pensando desse modo, você ficará perdido na esteira da história — disse eu. — Passe a pensar com a cabeça, e não com as emoções.
Ele sacudiu a cabeça com veemência, olhando Clifton.
— Este homem negro me fala a lespeito de céleblo e pensamento. Plegunto a voucês dois: voucês estão acoldados ou dlomindo? O que é o passado de voucês e pala onde vão? Num faz mal, peguem sua ideologia colupta e devolem seus plóplios intestinos como uma hiena galgalhante. Vocês num estão em lugá nenhum. Lugá nenhum! O Lás num é inguinolante, nem tem medo. Não! Lás está aqui. É neglo e luta pela libeldade do povo neglo, quando a gente blanca conseguiu o que ela qué e ainda se alebenta de li na sua cara, e voucês fedendo e engasgados com velmes blancos.
Ele cuspiu, com raiva, na rua escura. Aquilo voou cor-de-rosa no fulgor vermelho.
— Vai ficar tudo certo comigo — disse eu. — Apenas se lembre do que eu disse. Vamos, irmão Clifton. Esse homem está cheio de pus. De pus negro.

Principiamos a nos afastar, e um pedaço de vidro rangeu sob o meu pé.

— Talvez seja isso — disse Rás —, mas num sô nenhum idiota! Num sô nenhum idiota neglo educado que acha que tudo entle o homem neglo e o homem blanco pode sel assentado com algumas mentilas mulchas em alguns livlos sanglentos esclitos plincipalmente pelos blancos. São tlezentos anos de sangue neglo para constluí essa civilização do homem blanco. Sangue impõe sangue! Voucê se lemble disso. E se lemble de que eu não sou como você. Lás leconhece as veldadeiras questões e num tem medo de sel neglo. Nem é um tlaidô dos homens blancos. Lemble-se disso: num sô nenhum tlaidô da gente negla pala a gente blanca.

E, antes de eu poder responder, Clifton rodopiou no escuro, houve um estalar, e eu vi Rás descer, Clifton respirando com dificuldade e Rás se estendendo ali na rua, um homem negro, corpulento com lágrimas vermelhas no rosto, que pegavam o reflexo do anúncio do AQUI TROCAMOS CHEQUES.

E novamente, enquanto Clifton o olhava seriamente, parecia fazer uma pergunta silenciosa.

— Vamos — disse eu. — Vamos!

Principiamos a nos afastar, enquanto soavam os gritos das sirenes. Clifton imprecava calmamente consigo mesmo.

Então saímos do escuro para uma rua movimentada e ele se virou para mim. Tinha lágrimas nos olhos.

— Esse pobre e desencaminhado filho de uma puta — disse ele.

— Ele acha isso de você também — retruquei. Eu estava contente de ter saído da escuridão e me encontrar longe daquela voz persuasiva.

— O homem é doido — disse Clifton. — Bota você louco, se você deixar.

— Onde ele teria arranjado esse nome? — indaguei.

— Deu-o a si mesmo. *Rás* é um título de respeito no Oriente. É um milagre que ele não diga algo como "a Etiópia estende suas asas para adiante" — disse ele, arremedando Rás. — Ele o faz soar como o capuz de uma cobra que se agita... Eu não sei... Não sei...

— Agora teremos que observá-lo — disse eu.

— Sim, seria melhor — concordou Clifton. — Ele não pararia de lutar... E eu lhe agradeço por me livrar da faca dele.

— Você não tinha que se preocupar — eu disse. — Ele não mataria seu rei.

Ele se virou e me olhou como se pensasse no que eu queria dizer e, em seguida, sorriu.

— Por alguns instantes, ali, eu pensei que ia embora — disse ele. Quando nos encaminhamos para o escritório do distrito, perguntei-me o que o irmão Jack diria acerca da luta.

— Teremos que sobrepujá-lo com nossa organização — disse eu.

— Faremos isso, tudo certo. Mas é infiltrado nela que Rás pode ficar mais forte — disse Clifton. — Interiormente, ele é perigoso.

— Ele não vai querer se infiltrar. Ele se consideraria um traidor.

— Não — Clifton disse —, ele não tentaria se infiltrar. Você ouviu como ele estava falando?

— Ouvi-o sim, é claro — disse eu.

— Não sei — disse ele. — Imagino que, às vezes, um homem *tem* que mergulhar fora da história...

— O quê?

— Mergulhar fora, voltar as costas... De outro modo, ele pode matar alguém, endoidar.

Não respondi. Talvez ele estivesse certo, pensei, e fiquei subitamente muito satisfeito por ter encontrado a irmandade.

Na manhã seguinte, choveu, apareci no distrito antes de os outros chegarem e fiquei de pé olhando através da janela do meu escritório, além do paredão de um edifício. E, mais adiante do monótono padrão de seus tijolos e sua argamassa, vi uma fileira de árvores que se erguiam altas e graciosamente na chuva. Uma árvore crescia bem perto dali e eu pude ver a chuva riscando-lhe a casca e seus rebentos viscosos. As árvores se enfileiravam ao longo do comprido quarteirão além de mim, ascendendo, enormes, em sua umidade gotejante, por cima de uma série de quintais atravancados. E me ocorreu que, desimpedidos de suas cercas arruinadas, plantados com grama e flores, podiam formar um parque agradável. E, exatamente neste momento, um saco de papel voou de uma janela para a minha esquerda e rebentou como uma granada silenciosa, espalhando lixo nas árvores e se chocando com a terra com um encharcado e consumido *ploft*! Tive uma reação de repulsa, depois pensei: um dia o sol vai brilhar nesses quintais. Uma campanha comunitária de faxina, para aquilo, podia valer a pena em dias de folga. Nem tudo poderia ser tão emocionante quanto a última noite.

Voltando novamente para a escrivaninha, sentei-me de frente para o mapa, quando o irmão Tarp apareceu.

— Bom dia, filho, vejo que você já está no serviço — disse ele.

— Bom dia, eu tenho tanto para fazer que pensei que seria melhor dar início logo cedo — observei.

— Você fará tudo certo — disse ele. — Mas eu não entrei aqui para tomar seu tempo. Eu quero colocar algo na parede.

— Continue; esteja à vontade. Posso ajudá-lo?

— Não, eu posso fazer isso muito bem — disse ele, subindo com a perna manca numa cadeira que ficava debaixo do mapa e pendurando uma armação na moldura do teto, endireitando-a cuidadosamente e descendo para mudar daqui para lá ao lado da minha mesa.

— Filho, você sabe quem é esse?

— Ora, sim — respondi. — É Frederick Douglass.

— Sim senhor, é ele. Você sabe muito a seu respeito?

— Não muito. Mas o meu avô costumava falar dele.

— É o bastante. Ele foi um grande homem. Apenas dê uma olhada nele de vez em quando. Você tem tudo de que precisa? Papel e material desse tipo?

— Sim, tenho, irmão Tarp. E obrigado pelo retrato de Douglass.

— Não me agradeça, filho — disse ele lá da porta. — Ele pertence a todos.

Sentei-me então diante do retrato de Frederick Douglass, sentindo uma súbita compaixão, lembrando e me recusando a ouvir os ecos da voz do meu avô. Depois, peguei o telefone e comecei a chamar os representantes da comunidade.

Eles se alinharam como prisioneiros: pregadores, políticos, diversos profissionais, demonstrando que Clifton estava certo. A luta contra o despejo era uma questão de tal modo dramática que a maior parte dos dirigentes temia ver seus seguidores se juntarem a nós sem eles. Não negligenciei ninguém e nenhum assunto como de menor importância: mandachuvas, médicos, corretores de imóveis e pregadores de esquina. E isso avançou tão depressa e tão tranquilamente que parecia não ocorrer comigo, mas com alguém que efetivamente tivesse o meu nome. Quase ri ao telefone quando ouvi o diretor da Casa do Estudante se dirigir a mim com profundo respeito. Meu novo nome circulava. É muito estranho, pensei, mas, como as coisas são normalmente muito irreais para eles, eles acreditam que chamar alguém pelo nome é ser, assim, bem-sucedido. Mas eu sou o que eles pensam que sou...

Nosso trabalho correu tão bem que uns poucos domingos mais tarde organizamos uma passeata que confirmou nosso controle da comunidade. Trabalhamos num ritmo febril. E, nessa fase, o confronto e o conflito dos meus últimos dias na casa de Mary pareciam ter se transferido para as lutas da comunidade, deixando-me interiormente calmo e equilibrado. Até os trancos e barrancos da organização dos piquetes e da preparação dos discursos pareciam estimular-me para o melhor. Minhas ideias mais rebeldes prosperavam.

Sabendo que um dos irmãos desempregados era ex-instrutor militar em Wichita, Kansas, organizei uma equipe de treinamento com integrantes com mais de 1,80 metro, cuja tarefa era marchar pelas ruas arrancando faíscas de seus sapatos ferrados. No dia do desfile, eles atraíram aglomerações mais depressa do que briga de cachorros numa estrada rural. O Esquadrão dos Pés Quentes do Povo, como nós o chamamos, quando, no meio da poeira da primavera, exercitou formações fantasiosas na Sétima Avenida, deixou as ruas em chamas. A comunidade ria e se animava, a polícia estava estarrecida. Mas a pureza daquela semente a conquistava e o Esquadrão dos Pés Quentes ia se insinuando. Em seguida, vieram as bandeiras e os estandartes, além dos cartões que traziam lemas; e o pelotão de balizas, formado pelas garotas mais bonitas que pudemos encontrar, que saracoteavam, rodopiavam e rejuvenesceram claramente o interesse entusiástico da irmandade. Puxamos para a rua quinze mil harlemitas atrás dos nossos lemas e marchamos pela Broadway, rumo à prefeitura da cidade. Na verdade, éramos o assunto da cidade.

Com o sucesso, fui projetado em um ritmo vertiginoso. Meu nome se espalhou como fumaça numa sala sem ventilação. Era levado a me deslocar por toda parte. Discursos aqui, ali, em todo lugar, na parte alta e baixa da cidade. Escrevi artigos de jornal, conduzi desfiles e delegações importantes, e assim por diante. E a irmandade não poupava esforços para tornar meu nome proeminente. Artigos, telegramas, muita correspondência saía com a minha assinatura, alguma coisa escrita por mim, mas não a maior parte. Era publicado, identificado com a organização quer pela palavra, quer pela imagem na imprensa. No caminho para o trabalho, certa manhã de um final de primavera, contei cinquenta cumprimentos de pessoas que eu não conhecia, tornando-me consciente de que havia em mim duas pessoas: o velho eu que dormia umas poucas horas por noite, sonhando às vezes com o avô, com Bledsoe, com Bockway e Mary, o eu que voava sem asas e mergulhava de píncaros imensos, e o novo eu público que falava para a irmandade e se ia tornando tão mais importante do que o outro que eu parecia disputar uma corrida de fundo contra mim mesmo.

No entanto, eu gostava do meu trabalho, nesses dias de certeza. Mantinha os olhos abertos e os ouvidos atentos. A irmandade era um mundo dentro de um mundo, e eu estava decidido a descobrir todos os seus segredos, para avançar tão longe quanto pudesse. Não vi nenhum limite. Era a única organização, no país inteiro, na qual eu podia alcançar o próprio topo, e eu estava destinado a chegar lá. Mesmo que isso significasse galgar uma montanha de palavras. Porque, então, eu começara a acreditar, apesar de toda a conversa sobre ciência ao meu redor, que havia como que uma magia no ato de falar em público. Às vezes, eu ficava sentado observando o jogo aquático da luz sobre o retrato de Douglass, e pensando em como era mágico que ele exprimisse em palavras seu percurso desde a escravidão a ministro de um governo, e tão rapidamente. Talvez, imaginei, alguma coisa desse tipo esteja acontecendo comigo. Douglass veio para o norte a fim de se safar e encontrar trabalho nos estaleiros; um grande colega em traje de marinheiro e que, como eu, havia adotado outro nome. Qual havia sido seu nome verdadeiro? Fosse qual fosse, foi como *Douglass* que se tornou ele mesmo, como se definiu. E não como um carpinteiro de barco, como esperava, mas como um orador. Talvez o sentido da magia esteja nas transformações inesperadas.

— Você principia como Saulo e termina como Paulo — dissera o meu avô inúmeras vezes. — Quando você é garoto, você é Saulo, mas deixe a vida fustigar um pouco a sua cabeça e você passa a experimentar ser Paulo, embora ainda se faça um tanto de Saulo, por aí.

Não, você não podia nunca dizer aonde ia, isso era uma coisa certa. A única coisa certa. Nem podia dizer como chegaria lá — embora, quando chegasse, fosse até certo ponto seguro. Pois, se eu não houvesse principiado com um discurso, e não fosse um discurso que conquistou minha bolsa de estudos da faculdade, onde eu havia esperado fazer discurso para conseguir um lugar com Bledsoe e me lançar finalmente como um líder nacional? Bem, eu fizera um discurso, e este fizera de mim um líder, ainda que não do tipo que eu esperava. De modo que essa fora a direção tomada. E não havia do que me queixar, pensei, olhando para o mapa: você principiava procurando peles-vermelhas e os encontrava, ainda que de uma tribo diferente e num refulgente mundo novo. O mundo é estranho quando se para para pensar a respeito dele; ainda é um mundo que pode ser controlado pela ciência, e a irmandade tinha tanto a ciência como a história sob controle.

Assim, por uma isolada extensão de tempo, vivi com a intensidade revelada por aqueles numerosos jogadores crônicos que veem indícios de sua fortuna em quase todo minuto e em fenômenos insignificantes: em nuvens, caminhões que passam ou vagões de metrô, em sonhos, histórias em quadrinhos ou na forma da merda dos cachorros que sujou as calçadas. Estava dominado pela abrangente ideia da irmandade. A organização dera ao mundo uma nova forma, e a mim, um papel vital. Não reconhecíamos nenhum descompromisso: tudo podia ser controlado pela nossa ciência. A vida era toda padrão e disciplina; e a beleza da disciplina se dá quando funciona. E estava funcionando muito bem.

Capítulo dezoito

Foi a minha compulsão de ler tudo quanto é papel que me chegava às mãos, inspirada no conselheiro Bledsoe, que me impediu de jogar o envelope no lixo. Não estava selado e parecia ser o item menos importante na correspondência da manhã:

Irmão:

Isso aqui é o conselho de um amigo que esteve observando você de perto. *Não vá depressa demais*. Continue trabalhando para as pessoas, mas lembre-se de que você é um de *nós* e não se esqueça de que, se você se destacar demais, *eles* o derrubarão. Você é do sul e sabe que este é um *mundo do homem branco*. Desse modo, aceite um conselho de amigo e siga tranquilamente, de maneira que possa continuar ajudando a gente de cor. *Eles* não querem que você vá muito depressa e, se o fizer, derrubarão você. Fique esperto...

Levantei de um salto, o papel queimando como fogo em minhas mãos. O que isso significava? Quem o teria enviado?
— Irmão Tarp! — chamei, lendo de novo as linhas irregularmente traçadas de uma caligrafia que me parecia familiar. — Irmão Tarp!
— O que é, filho?
E, levantando os olhos, tive outro sobressalto. Modelado ali contra a primeira luz da manhã vinda da porta, meu avô parecia olhar dos olhos

dele. Cheguei a ficar sem ar, depois houve um silêncio em que eu podia ouvir sua respiração ofegante, enquanto ele me olhava impassível.

— O que há de errado? — perguntou ele, claudicando na sala.

— Está sem selo.

— Ah, sim, eu mesmo o vi — disse ele. — Suponho que alguém o tenha colocado na caixa tarde, na última noite. Apanhei-o com a correspondência regular. É algo que não era para você?

— Não — respondi, evitando-lhe os olhos. — Mas não tem data. Eu estava me perguntando quando chegou. Por que você me olha fixamente?

— Porque você me parece como se tivesse visto um fantasma. Está se sentindo mal?

— Não é nada — respondi. — Somente uma leve indisposição.

Houve um silêncio embaraçoso. Ele permanecia ali, e eu fui obrigado a olhar novamente em seus olhos, achando que meu avô desaparecera, deixando apenas uma calma indagadora. Eu disse:

— Sente-se um segundo, irmão Tarp. Desde que você chegou aqui, eu gostaria de lhe fazer uma pergunta.

— Certamente — disse, deixando-se cair numa cadeira. — Pode falar.

— Irmão Tarp, você se movimenta e conhece os membros. Como eles realmente se sentem a meu respeito?

Ele empinou a cabeça.

— Ora, certamente, eles acham que você vai ser um verdadeiro líder.

— Mas...

— Não há nenhum mas. É o que eles acham, e eu não me incomodo de lhe contar isso.

— Mas e os outros?

— Que outros?

— Os que não pensam tanto em mim.

— A respeito desses, eu nada ouvi falar, filho.

— Mas eu devo ter *alguns* inimigos — argumentei.

— Certamente, imagino que todo mundo os tenha, mas nunca ouvi falar de ninguém aqui da irmandade que não gostasse de você. No que se refere às pessoas daqui, *elas* acham que você é *o* cara. Você ouviu alguma coisa diferente?

— Não, mas estava pensando... Pude contar tanto com eles que pensei que era melhor confirmar, para manter o apoio deles.

— Bem, você não tem com que se preocupar. Até aqui, quase tudo que você fez as pessoas gostaram, mesmo as coisas a que alguns deles resistiam. Aquilo ali, por exemplo — disse ele, apontando para a parede perto da minha mesa.

Era um cartaz que mostrava um grupo de figuras heroicas: um casal de índios americanos, representando o desalojamento no passado; um irmão louro (de sobretudo) e uma proeminente irmã irlandesa, que representam o desalojamento no presente; e o irmão Tod Clifton com um jovem casal branco (fora considerado imprudente mostrar apenas Clifton e a garota), cercados por um grupo de crianças de várias raças, representando o futuro, uma fotografia em cores, com uma textura de reluzente película e delicado contraste.

— Isso? — indaguei, de olhar fixo na legenda:

"Depois da luta: o Arco-íris do Futuro da América"

— Bem, quando você a propôs pela primeira vez, alguns dos membros estavam contra você.

— Realmente, isso é verdade.

— E eles disseram o diabo acerca dos membros jovens que vão para o metrô e colam esses cartazes por cima de anúncios contra prisão de ventre e outras coisas. Mas você sabe o que eles fazem agora?

— Creio que ficam contra mim, pois alguns dos garotos foram presos — disse eu.

— Ficam contra você? Que diabo, eles ficam se gabando disso. Mas o que eu queria dizer é que eles pegam essas ilustrações do arco-íris e pregam-nas em suas paredes juntamente com "Deus abençoe a nossa casa" e o pai-nosso. Eles são loucos a esse respeito. E, da mesma maneira, ocorre com os hispano-americanos e assemelhados. Você não tem com que se preocupar, filho. Eles podiam rejeitar algumas de suas ideias, mas, quando o negócio fica feio, estão com você em todos os aspectos. Os únicos inimigos que provavelmente você tem são pessoas de fora que sentem inveja de ver você elevar-se de uma hora para a outra e começar a fazer algumas das coisas que *deviam* ter sido feitas anos atrás. E o que importa se algumas pessoas passam a falar mal de você? É um sinal de que você alcançou certa posição.

— Gostaria de acreditar nisso, irmão Tarp — disse eu. — Enquanto eu tiver o povo comigo, acreditarei no que estou fazendo.

— Está certo — disse ele. — Quando as coisas ficam um tanto complicadas, ajuda-nos saber que você tem apoio. — Sua voz se interrompeu e ele pareceu ficar me olhando admirado, embora estivesse diante de mim no nível dos olhos, do outro lado da mesa.

— O que é, irmão Tarp?

— Você é do sul, não é, filho?

— Sim — respondi.

Ele girou na cadeira, fazendo deslizar uma das mãos para o bolso, enquanto descansava o queixo sobre a outra.

— Na verdade, não tenho palavras para dizer exatamente o que me vem à cabeça, filho. Você vê, eu estive lá por muito tempo, antes de vir para cá e, quando eu vim, eles me procuraram. O que quero dizer é que eu tive de fugir, tive de vir na corrida.

— Presumo que eu também, de certo modo — disse eu.

— Você sugere que eles também procuraram você?

— Não exatamente, irmão Tarp. Apenas é como sinto.

— Bem, isso não é bem a mesma coisa — disse ele. — Você percebe essa perna coxa que eu tenho?

— Sim.

— Bem, nem sempre fui manco, e não o sou realmente agora, pois os médicos não conseguem achar nada de errado com essa perna. Eles dizem que é sã como um pedaço de aço. O que quero dizer é que arranjei esse coxear de tanto arrastar uma corrente.

Eu não podia ver em seu rosto ou ouvir em sua voz, mas tive certeza de que ele não estava nem mentindo, nem tentando impressionar-me. Balancei a cabeça em tom de aprovação.

— Por certo — disse ele. — Ninguém sabe disso, eles acham apenas que eu tive reumatismo. Mas era a corrente e, após dezenove anos, não pude parar de arrastar a perna.

— Dezenove anos!

— Dezenove anos, seis meses e dois dias. E o que eu fiz não foi nada demais, ou melhor, na época não era nada demais. Mas, depois de todo esse tempo, isso se transformou em outra coisa e pareceu ser tão ruim quanto eles disseram que era. Todo esse tempo fez mal a ela. Paguei por isso com o que tinha e o que não tinha, menos com a vida. Perdi minha mulher, meus filhos e minha terra. Portanto, o que começou por ser uma discussão entre dois homens acabou em um crime que carregou dezenove anos de minha vida.

— O que, pelo amor de Deus, você fez, irmão Tarp?

— Eu disse não a um homem que desejava tirar algo de mim. É o que me custou por dizer não, e ainda agora a dívida não está inteiramente paga e *jamais* será paga nos termos deles.

Uma dor fechou-me na garganta e senti uma espécie de entorpecido desespero. Dezenove anos! E ali estava conversando tranquilamente comigo, e sem dúvida, essa era a primeira vez que ele contava a alguém sobre aquilo. Mas por que a mim, pensei. Por que me escolheu?

— Eu disse não — disse ele. — Eu disse não, com os *diabos*! E continuei dizendo não até romper os grilhões e partir.

— Mas como?

— Ele, de vez em quando, me deixava ficar perto dos cachorros, eis aí como. Fiz amizade com seus cachorros e esperei. Ali você efetivamente aprende a esperar. Esperei dezenove anos e, então, numa manhã, quando havia uma enchente no rio, eu saí. Eles pensaram que eu era um dos que se afogava quando a barragem se rompeu, mas eu quebrei os grilhões e fugi. Estava em pé na lama, segurando uma pá de cabo longo e perguntei a mim mesmo: Tarp, você pode fazê-lo? E dentro de mim eu respondi sim; toda aquela água e aquela lama e aquela chuva disseram sim, e eu parti.

Repentinamente ele deu uma risada tão alegre que me surpreendeu.

— Estou contando isso melhor do que imaginava poder — disse ele, tirando do bolso algo que parecia uma bolsinha de guardar tabaco, da qual retirou um objeto envolvido num lenço.

— Estive sempre à procura de liberdade, filho. E, às vezes, fiz tudo certo. Até aqueles difíceis tempos dali, mesmo nesses, eu fui muito bem, se considerarmos que sou um homem cuja saúde não é muito boa. Mas, mesmo quando os tempos foram melhores para mim, eu relembrava tudo. Como não desejava esquecer aqueles dezenove anos, apenas me agarrei a isso, de certo modo, como uma lembrança e uma advertência.

Ele agora desembrulhava o objeto e observei suas mãos de velho.

— Gostaria de passar para você, filho. Pegue — disse ele, entregando-o a mim. — É uma coisa engraçada para se dar a alguém, mas acho que tem um bocado de significado envolvido nisso e poderia ajudar você a lembrar contra o que realmente lutamos. Não penso nisso senão em termos de duas palavras, *sim* e *não*; mas significa um bocado mais...

Vi-o colocar a mão sobre a escrivaninha.

— Irmão — disse ele, chamando-me de "irmão" pela primeira vez —, quero que você o apanhe. Imagino que seja uma espécie de amuleto da sorte. De qualquer modo, foi isso que limei para ir embora.

Tomei-o na minha mão, um pedaço de aço limado, espesso e escuro, oleoso, que fora aberto com torcedura e, em parte, novamente forçado para a posição, no qual vi marcas que poderiam ter sido feitas pela lâmina de uma machadinha. Era como um elo de corrente, tal como eu vira na mesa de Bledsoe, só que, enquanto aquele fora polido, o de Tarp tinha as marcas da pressa e da violência, parecendo como se tivesse sido atacado e conquistado antes de ceder a contragosto.

Eu o encarei e balancei a cabeça, enquanto ele me observava com olhar inescrutável. Não encontrando quaisquer palavras para lhe perguntar mais sobre aquilo, fiz escorregar o elo sobre os nós dos meus dedos e bati-o bruscamente contra a escrivaninha.

O irmão Tarp deu uma risadinha.

— Taí um uso que nunca pensei em dar — disse ele. — Ótimo. Ótimo.

— Mas por que dá-lo a mim, irmão Tarp?

— Porque *preciso* fazê-lo, suponho. Não me peça para explicar o que não tem explicação. Você é o orador, não eu — disse ele, levantando-se e coxeando em direção à porta. — Deu-me sorte e acho que pode dar-lhe também. Apenas o guarde com você e o olhe de vez em quando. Se você se cansar dele, é só devolver.

— Ah, não — gritei atrás dele. — Eu o quero e acho que compreendo isso. Obrigado por ter me dado.

Olhei o escuro aro de metal ao redor do meu punho e deixei-o sobre a carta anônima. Eu nem o queria, nem sabia o que fazer com aquilo; embora não houvesse nenhuma dúvida sobre guardá-lo, ainda que por nenhuma outra razão além do fato de eu sentir que o gesto do irmão Tarp, de oferecê-lo, era de grande significado e profundamente reconhecido, que eu era obrigado a respeitar. Algo, talvez, como um homem que lega ao filho o relógio do pai, e que o filho aceita não por desejar a máquina antiquada em si, mas por causa das implicações da circunspecção e da solenidade do gesto paternal que, ao mesmo tempo, o ligava a seus antepassados, assinalava um ponto alto de seu presente e prometia um sentido concreto a seu futuro caótico e nebuloso. E eu me lembrei, então, de que, se tivesse voltado para a casa em vez de vir para o norte, meu pai me teria dado o antiquado Hamilton de meu avô, com seu longo eixo de rosca com cabeça em rebarba. Bem, assim meu irmão o receberia e jamais eu o desejaria, de qualquer modo. O que faziam eles nesse momento, pensei comigo, subitamente saudoso.

Podia então sentir o ar da janela, quente, contra meu pescoço, enquanto, através do cheiro do café da manhã, eu ouvia uma voz rouca que cantava com um misto de riso e solenidade:

Não venha tão cedo, de manhã
Nem no maior calor do dia,
Mas no frescor doce da noite
E o mal me lava, em água fria...

Uma onda de lembranças principiou a jorrar, mas eu me livrei delas. Não era hora de resgatar imagens de um tempo passado.

Passaram-se apenas uns poucos minutos desde o momento em que eu chamara o irmão Tarp para lhe falar sobre a carta e sua saída, mas me parecia como se tivessem passado séculos. Olhei calmamente então para a escrita, que, por um instante, sacudira toda a estrutura da minha certeza, e estava contente com o fato de o irmão Tarp estar ali para ser chamado, em vez de Clifton ou algum dos outros, diante dos quais eu teria ficado envergonhado do meu pânico. Em vez disso, ele me deixara sensatamente confiante. Talvez a partir do espanto de parecer ver meu avô olhando através dos olhos de Tarp, talvez por causa da calma de sua voz solitária, ou talvez através de sua história e de seu elo de corrente, ele havia restaurado minha perspectiva.

Ele está certo, pensei, quem quer que tenha enviado a mensagem tentava confundir-me; algum inimigo tentava sustar nosso progresso, destruindo a minha fé por meio da referência à minha velha insegurança sulista, ou do nosso medo da traição dos brancos. Era como se ele tivesse assimilado minha experiência com as cartas de Bledsoe e estivesse tentando usar esse conhecimento para destruir não apenas a mim, mas a irmandade toda. No entanto, isso era impossível, ninguém que me conhecesse sabia dessa história atual. Era simplesmente uma coincidência ignóbil. Se eu apenas pudesse colocar as mãos em sua garganta estúpida... Ali na irmandade era o único lugar do país onde estávamos livres e propensos ao maior estímulo para usar nossas aptidões, e ele tentava destruir isso! Não, não era comigo que ele se preocupava a respeito de se tornar grande demais: era com a irmandade. E tornar-se grande era precisamente o que a irmandade queria. Não havia eu exatamente recebido ordens de apresentar ideias com o fim de organizar *mais* pessoas? E "um mundo do homem branco" era exatamente contra o que a irmandade era. Nós nos dedicávamos a construir um mundo de irmandade.

Mas quem a enviara — Rás, o Exortador? Não, não era de seu feitio. Ele era mais direto e absolutamente contrário a qualquer colaboração entre negros e brancos. Era algo diferente, alguém mais insidioso do que Rás. Mas quem, eu me perguntava, impondo-o debaixo da minha consciência, enquanto me voltava para as tarefas à mão.

A manhã começou com pessoas que me pediam conselho sobre como garantir amparo; membros que entravam a fim de receber instruções para encontros de uma pequena comissão mantidos em cantos do grande salão; e, havia pouco, eu dispensara uma mulher que procurava libertar o marido encarcerado por bater nela, quando o irmão Wrestrum entrou na sala. Retribuí sua saudação e notei que se refestelava numa cadeira, com os olhos vasculhando minha escrivaninha — com desassossego. Ele parecia ter alguma autoridade na irmandade, mas sua exata função era obscura. Era, pelo que senti, alguma coisa como um intrometido.

E mal ele se havia acomodado quando cravou os olhos em minha mesa, dizendo:

— O que você tem ali, irmão? — e apontou para uma pilha de papéis meus.

Inclinei-me vagarosamente para trás na cadeira, olhando-o nos olhos.

— É meu trabalho — respondi friamente, decidido a sustar qualquer interferência desde o início.

— Mas eu quero dizer *isso* — repetiu ele, apontando, enquanto seus olhos começavam a se inflamar —, isso aqui.

— É trabalho — respondi —, todo o meu trabalho.

— Isso também é? — disse ele, apontando para o grilhão da perna do irmão Tarp.

— Esse é somente um presente pessoal, irmão. Em que eu lhe poderia ser útil?

— Não foi o que lhe perguntei, irmão. O que é isso?

Peguei o grilhão e o segurei em sua direção, o metal oleoso e estranhamente semelhante à pele naquele instante, com o sol enviesado que entrava pela janela.

— Você gostaria de examiná-lo, irmão? Um de nossos membros o usou durante dezenove anos numa leva de forçados.

— Que diabo, não! — recuou ele. — Não quero não, muito obrigado. Na verdade, irmão, eu não acho que devamos ter essas coisas perto de nós!

— *Você* pensa assim — disse eu. — E exatamente por quê?

— Porque não acho que devamos dramatizar nossas diferenças.

— Não estou dramatizando nada, é de minha propriedade pessoal, e, por acaso, está na minha mesa.

— Mas as pessoas podem vê-lo!

— É verdade — disse eu. — Mas eu acho que é um bom lembrete daquilo que o nosso movimento combate.

— Não, *sinhô!** — disse ele, sacudindo a cabeça —, não, *senhor!* É a pior coisa para a irmandade, pois desejamos fazer as pessoas pensarem no

---

* No original, suh, corruptela sulista de sir, a que o personagem deu preferência certamente para alfinetar o protagonista. (*N. do T.*)

que temos em comum. É o que favorece a irmandade. Temos de mudar esse costume de sempre falar a respeito de como somos diferentes. Na irmandade, somos todos irmãos.

Achei graça naquilo. Obviamente, ele se incomodava com alguma coisa mais profunda do que a necessidade de esquecer as diferenças. O medo estava em seus olhos.

— Nunca pensei nisso exatamente dessa maneira, irmão — disse eu, balançando o objeto de ferro entre o indicador e o polegar.

— Mas você precisa pensar a esse respeito — disse ele. — Temos de disciplinar a nós mesmos. As coisas que não favorecem a irmandade devem ser extirpadas. Nós temos inimigos, você sabe. Presto atenção a tudo o que faço e digo isso para estar certo de que não prejudico a irmandade, pois é um movimento maravilhoso, irmão, e temos de mantê-lo desse modo. Temos de *vigiar* a nós mesmos, irmão. Entende o que eu digo? Com bastante frequência, somos capazes de deixar de lado que a irmandade é uma coisa a que temos o privilégio de pertencer. Somos capazes de dizer coisas que não fazem mais do que favorecer o maior desentendimento.

O que o induz a isso, pensei, o que tudo isso tem a ver comigo? Teria sido ele quem me enviara a nota? Largando o objeto de ferro, procurei a nota anônima embaixo da pilha e peguei-a por uma beira, de modo que o sol oblíquo brilhou através da página e delineou as letras rabiscadas. Examinei-a atentamente. Inclinava-se então sobre a escrivaninha, olhando a página, mas sem mostrar nos olhos um sinal de identificação. Deixei cair a página sobre o grilhão, mais decepcionado do que aliviado.

— Entre mim e você — disse ele —, há aqueles, entre nós, que realmente não acreditam na irmandade.

— É?

— E você não se esqueça de que eles não acreditam! Eles só estão nela para usá-la em prol de seus próprios objetivos. Alguns chamam você de irmão na sua presença, mas mal você lhes vira as costas, é um negro filho da puta! Você tem de ficar de olho neles.

— Não encontrei nenhum desse tipo, irmão — disse eu.

— Você os encontrará. Há muitos deles, venenosos, em torno de nós. Alguns não querem apertar sua mão e alguns não gostam da ideia de parecer demais com você. Mas eles que se danem, na irmandade, têm que parecer!

Eu o encarei. Jamais me ocorrera que a irmandade pudesse obrigar alguém a apertar a minha mão, e que ele pudesse estar certo de que aquilo era tão indecoroso quanto desagradável.

De repente, ele riu.

— Sim, que se danem, eles têm que parecer! Eu é que não os deixo escapar por nada. Se serão irmãos, deixemo-los serem irmãos! Ah, eu estou limpo — disse ele, com a face repentinamente "virtuosa". — Estou limpo. Pergunto-me todo dia: O que você faz contra a irmandade? E, quando o encontro, elimino-o, queimo-o como um homem que cauteriza uma mordida de cão raivoso. A atividade de ser irmão é um emprego em tempo integral. Você tem de ser puro de coração e tem de ser disciplinado de corpo e alma. Irmão, você compreende o que quero dizer com isso?

— Sim, acho que compreendo — respondi. — Algumas pessoas sentem desse modo acerca de sua religião.

— Religião? — Ele piscou e arregalou os olhos. — Pessoas como eu e você são cheias de desconfiança — disse ele. — Somos corrompidos até ser difícil para alguns de nós acreditar na irmandade. E alguns até querem vingança! É sobre isso que estou falando. Temos de extirpar isso! Temos de aprender a confiar em nossos outros irmãos! Afinal de contas, *eles* não deram início à irmandade? *Eles* não vieram e estenderam a mão para nós, homens negros, e disseram "Queremos vocês todos como nossos irmãos"? Não o fizeram? Não o fazem atualmente? Não passaram a nos organizar e ajudar-nos a travar nossa batalha e tudo o mais? Claro que o fizeram, e temos de nos lembrar disso 24 horas por dia. *A irmandade*. Esta é a palavra que temos de manter corretamente diante dos nossos olhos, a cada segundo. Isso, agora, me remete ao motivo pelo qual venho ver você, irmão.

Sentou-se de novo, com as enormes mãos segurando os joelhos.

— Tenho um plano sobre o qual gostaria de falar com você.

— Qual é, irmão?

— Bem, é mais ou menos isso. Acho que devemos ter alguma maneira de exibir o que nós somos. Devemos ter uns estandartes e coisas desse gênero. Especialmente para nós, os irmãos negros.

— Sei — murmurei, mostrando-me interessado. — Mas por que você acha isso importante?

— Porque ajuda a irmandade. Por isso. Primeiro, se você se lembra, ao observar a nossa gente quando há um desfile ou um sepultamento, ou uma dança, ou qualquer coisa desse tipo, há sempre algum tipo de bandeira e estandarte, mesmo que ela não queira referir-se a nada. De certo modo, isso faz as ocasiões parecerem mais importantes. Faz as pessoas pararem, olharem e escutarem: "O que está acontecendo aqui?" Mas você sabe e eu sei que nenhum deles tem qualquer bandeira verdadeira, com exceção, talvez, de Rás, o Exortador, e este *se* afirma etíope ou africano. Mas nenhum de nós tem qualquer bandeira verdadeira, porque essa bandeira efetivamente não nos pertence. Eles querem uma bandeira verdadeira, que seja tão deles quanto de qualquer outro. Você entende o que quero dizer com isso?

— Sim, acho que sim — respondi, lembrando que havia sempre, em mim, essa sensação de estar de fora, quando a bandeira passava. Até eu encontrar a irmandade, aquilo fora uma advertência de que a minha estrela ainda não estava ali...

— Certamente, você sabe — disse o irmão Wrestrum. — Todo mundo quer ter uma bandeira. Precisamos de uma bandeira que represente a irmandade, e precisamos de um emblema que possamos usar.

— Um emblema?

— Você sabe, um alfinete, um botão.

— Você quer dizer uma insígnia?

— Isso. Algo que possamos usar, um alfinete ou coisa parecida. De modo que, quando um irmão encontrar outro, eles possam identificar-se. Dessa maneira, essa coisa que aconteceu com o irmão Tod Clifton não teria acontecido...

— O que não teria acontecido?

Ele se sentou de novo.

— Você não está sabendo?

— Não sei o que você quer dizer.

— É algo que é melhor esquecer — disse ele, inclinando-se confidencialmente, com as grandes mãos agarradas e estendidas diante de mim. — Mas veja você, havia uma arregimentação e alguns arruaceiros tentavam fragmentar a reunião; nessa luta, o irmão Tod Clifton se atracou com um irmão branco por engano e bateu *nele*, pensando que era um dos arruaceiros, disse *ele*. Coisas desse tipo são ruins, irmão, *muito* ruins. Mas, com algumas dessas insígnias, coisas assim não aconteceriam.

— De modo que realmente aconteceu — disse eu.

— Certamente. Esse irmão Clifton vira uma fera quando endoidece... Mas o que acha da minha ideia?

— Acho que devia ser levada ao exame da comissão — disse eu cautelosamente, quando o telefone tocou. — Desculpe-me um momento, irmão — disse eu.

Era o editor de uma nova revista ilustrada, pedindo uma entrevista com "um dos nossos jovens mais bem-sucedidos".

— É muito lisonjeiro — disse eu —, mas receio estar muito ocupado para uma entrevista. Proponho, contudo, que você entreviste nosso líder da juventude, o irmão Tod Clifton. Você verificará que ele é um assunto muito mais interessante.

— Não, não! — disse Wrestrum, sacudindo violentamente a cabeça enquanto o editor dizia: "Mas nós queremos você. Você..."

— E você sabe — interrompi —, nosso trabalho é considerado muito controverso por alguns.

— É exatamente por isso que queremos você. Você ficou identificado com essa controvérsia, e nossa tarefa é levar esses assuntos aos olhos dos nossos leitores.

— Mas assim se dispõe a fazer o irmão Clifton — disse eu.

— Não senhor. Você é o homem, e você deve à nossa juventude permitir-nos contar-lhe sua história — disse ele, enquanto eu espreitava o irmão Wrestrum, que se inclinava para a frente. — Sentimos que eles devem ser estimulados a manter a luta pelo sucesso. Afinal de contas, você é um dos últimos a abrir, na luta, seu caminho para o ápice. Todos nós precisamos dos heróis que podemos alcançar.

— Mas, por favor — ri, com o fone na mão —, eu não sou nenhum herói e estou longe do ápice. Sou uma peça da engrenagem numa máquina. Nós daqui da irmandade trabalhamos como uma unidade — disse eu, vendo o irmão Wrestrum balançar a cabeça em concordância.

— Mas você não pode evitar o fato de ser o primeiro do nosso povo a atrair a atenção para si, pode, atualmente?

— O irmão Clifton estava em atividade há pelo menos três anos antes de mim. Além disso, não é tão simples. Os indivíduos não significam muito; é o que o grupo quer; o que o grupo faz. Todo mundo aqui submerge suas ambições pessoais pela realização comum.

— Bom! É muito bom. Nossa gente precisa ter alguém para dizer isso a ela. Por que você não me deixa enviar-lhe uma entrevistadora? Eu a mandarei aí em vinte minutos.

— Você é muito insistente, mas eu estou muito ocupado — argumentei.

E, se o irmão Wrestrum não estivesse agitando suas mensagens, tentando transmitir-me o que dizer, eu teria recusado. Em vez disso, aquiesci. Talvez, pensei comigo, uma pequena publicidade favorável não prejudicasse. Essa revista atingiria muitas almas tímidas que experimentam de longe o som de nossas vozes. Eu só tinha de me lembrar de dizer um pouco acerca do meu passado.

— Desculpe-me essa interrupção, irmão — disse eu, pondo o fone no gancho e fitando seus olhos curiosos. — Vou levar sua ideia ao exame da comissão tão logo seja possível.

Levantei-me, para desestimular uma conversa posterior, e ele se pôs de pé, claramente atalhando para continuar.

— Bem, eu mesmo tenho de ver alguns outros irmãos — disse ele. — Em breve, estarei com você.

— A qualquer momento — concordei, impedindo que sua mão apanhasse alguns papéis.

Ao sair, ele se virou com a mão no batente da porta, franzindo as sobrancelhas.

— E, irmão, não se esqueça do que eu disse a respeito daquela coisa que você tinha na mesa. Coisas daquele tipo não servem para nada, mas causam confusão. Devem ser mantidas longe da vista.

Fiquei contente de vê-lo partir. Que ideia a dele, tentar me dizer o que falar numa conversa em que só podia ouvir um dos lados! E era óbvio que não gostava de Clifton. Bem, eu não gostei foi *dele*. E toda aquela tolice e medo em torno do grilhão. Tarp o usara por dezenove anos e ainda conseguia rir, mas esse arrogante...

Em seguida, esqueci o irmão Wrestrum até cerca de duas semanas mais tarde, em nosso quartel-general no centro da cidade, onde fora anunciada uma reunião para discutir as estratégias.

Todos haviam chegado antes de mim. Os compridos bancos estavam dispostos num lado da sala, que estava quente e cheia de fumaça. Habitualmente, essas reuniões pareciam uma luta de boxe ou um encontro de fumantes. Os irmãos brancos não se mostravam à vontade, e alguns dos irmãos do Harlem pareciam belicosos. Apesar disso, eles não me deram tempo para pensar: no mesmo instante em que eu me desculpava pelo atraso, o irmão Jack bateu na mesa com seu martelo, dirigindo a mim seus primeiros comentários.

— Irmão, parece haver um sério mal-entendido entre alguns dos irmãos, no que se refere ao seu trabalho e comportamento recente — disse ele.

Encarei-o fixa e confusamente, com a cabeça tateando algumas conexões.

— Perdão, irmão Jack, mas não compreendo. Você quer dizer que há algo de errado com meu trabalho?

— Ao que parece — disse ele, com o rosto completamente neutro.

— Algumas acusações acabaram de ser feitas...

— Acusações? Deixei de cumprir alguma diretriz?

— Parece haver alguma dúvida quanto a isso. Mas é melhor deixar o irmão Wrestrum falar a esse respeito — disse ele.

— Irmão Wrestrum!

Fiquei abalado. Ele não estivera por perto desde a nossa última conversa, e eu olhei, do outro lado da mesa, seu rosto ambíguo, vendo-o levantar-se com uma postura preguiçosa, e um papel enrolado se projetando do bolso.

— Sim, irmãos — disse ele —, eu fiz acusações, por mais que detestasse ter de fazer isso. Mas estive observando o modo como as coisas estão acontecendo e resolvi que, se isso não acabar *logo*, este irmão vai fazer a irmandade de boba!

Houve alguns murmúrios de protesto.

— Sim, foi isso mesmo que eu disse! Este irmão aí constitui um dos maiores perigos já enfrentados por nosso movimento.

Olhei o irmão Jack; seus olhos faiscavam. Pareceu-me ver traços de um sorriso, enquanto ele rabiscava algo num bloco de notas. Comecei a sentir muito calor.

— Seja mais específico, irmão — pediu o irmão Garnett, um irmão branco. — Essas são acusações sérias e todos nós sabemos que o trabalho do irmão vem sendo esplêndido. Seja específico.

— Certo, serei específico — Wrestrum esbravejou, puxando subitamente o papel de seu bolso, desenrolando-o e lançando-o sobre a mesa. — Eis aqui o que quero dizer!

Dei um passo para a frente; era um retrato meu, que parecia de uma página de revista.

— De onde saiu isso? — perguntei.

— Vejam só — vociferou ele. — Faz parecer que não o tinha visto.

— Mas não tinha mesmo — argumentei. — Realmente não tinha.

— Não minta a esses irmãos brancos. Não minta!

— Não estou mentindo. Nunca vi isso antes na vida. Mas suponhamos que tivesse visto: o que há de errado nisso?

— Você sabe o que há de errado! — disse Wrestrum.

— Olhe, eu não sei nada. Onde você está com a cabeça? Você nos tem todos aqui, de modo que, se tem algo a dizer, por favor, faça-se entender.

— Irmãos, este homem é um, um oportunista! Tudo o que vocês têm de fazer é ler o artigo para ver. Acuso este homem de usar o movimento da irmandade para promover seus interesses egoístas.

— Artigo? — Lembrei-me, então, da entrevista, que havia esquecido. Encontrei os olhos dos outros, enquanto olhavam de mim para Wrestrum.

— E o que se diz a nosso respeito? — indagou o irmão Jack, apontando para a revista.

— O que diz? — Wrestrum retrucou. — Não diz nada. É tudo a respeito dele. O que *ele* pensa, o que *ele* faz; o que vai fazer. Nem uma palavra sequer acerca de nós, que estávamos construindo o movimento antes de ele já ter ouvido falar disso. Leiam só se acham que estou mentindo. Leiam só!

O irmão Jack se voltou para mim:
— Isso é verdade?
— Eu não o li — disse eu. — Eu esqueci que fora entrevistado.
— Mas você se lembra agora? — disse o irmão Jack.
— Sim, lembro-me agora. E aconteceu de ele estar no escritório quando o compromisso foi assumido.
Eles ficaram em silêncio.
— Com os diabos, irmão Jack — disse Wrestrum —, está bem aqui, em preto e branco. Ele tenta dar às pessoas a impressão de que é a totalidade do movimento da irmandade.
— Não faço nada disso. Tentei fazer o editor entrevistar o irmão Tod Clifton, você bem sabe disso. Uma vez que você sabe tão pouco acerca do que eu faço, por que não diz aos irmãos o que *você* está em condições de fazer?
— Estou apontando um enganador, é o que estou fazendo. Estou revelando o que você é. Irmãos, este homem é um *puro farsante* oportunista!
— Tudo bem — disse eu —, desmascare-me, se quiser, mas suspenda sua calúnia.
— Certamente vou desmascarar você — disse ele, esticando o queixo. — Claro que vou. Ele faz tudo o que eu disse, irmãos. E vou dizer a vocês algo mais: ele tenta alinhavar as coisas de modo que os membros não venham a se mexer a não ser que *ele* os mande fazê-lo. Voltem os olhos para umas três semanas atrás, quando estava fora, em Filadélfia. Tentamos fazer um comício ir adiante e o que aconteceu? Só umas duzentas pessoas se apresentaram. Ele procura arrastá-los de modo que não escutem ninguém a não ser a ele.
— Mas, irmão, não concluímos que a convocação havia sido inadequadamente redigida? — interrompeu um irmão.
— Sim, eu sei, mas isso não foi...
— Mas a comissão analisou a convocação e...
— Eu sei, irmãos, não pretendo contestar a comissão. Mas, irmãos, somente parece isso porque vocês não *conhecem* este homem. Ele trabalha nas sombras, ele faz uma espécie de conspiração...
— Que tipo de conspiração? — indagou um dos membros, inclinando-se de um lado a outro da mesa.

— Uma conspiração, pura e simplesmente — Wrestrum disse. — Ele pretende controlar o movimento nos arredores da cidade. Quer ser um *ditador!*

A sala ficou em silêncio, à exceção do zumbido dos ventiladores. Todos me olhavam com uma nova preocupação.

— Essas são acusações muito sérias, irmão — disseram dois irmãos em uníssono.

— Sérias? Eu sei que são sérias. Por isso vim aqui fazê-las. Esse oportunista pensa que, por ter um pouco mais de educação, é melhor do que qualquer outro. Ele é o que o irmão Jack chama de um mesquinho, mesquinho individualista!

Ele bateu com os punhos na mesa da reunião, os olhos se mostrando pequenos e redondos no rosto tenso. Tive vontade de esmurrar-lhe a cara. Ela já não me parecia real, mas apenas uma máscara atrás da qual a face verdadeira provavelmente estava rindo, tanto de mim quanto dos outros. Porque ele não podia acreditar no que dissera. Simplesmente não era possível. *Ele* era o conspirador e, com seu olhar sério nos rostos da comissão, garantia sua impunidade. A partir daí, diversos irmãos principiaram a falar ao mesmo tempo, e o irmão Jack deu algumas pancadas na mesa, pedindo ordem.

— Irmãos, por favor — disse o irmão Jack. — Um de cada vez. O que você sabe acerca deste artigo?

— Não muito — respondi. — O editor da revista me ligou para dizer que iria mandar uma repórter para uma entrevista. A repórter me fez algumas perguntas e fez algumas fotografias com uma pequena câmera. É tudo o que sei.

— Você deu à repórter uma nota prévia?

— Eu não lhe dei senão umas poucas amostras de nossa bibliografia. Não lhe disse nem o que perguntar, nem o que escrever. Evidentemente, tentei colaborar. Se um artigo a meu respeito ajudaria a atrair simpatizantes ao movimento, senti que era esse meu dever.

— Irmãos, essa coisa foi *armada* — Wrestrum disse. — Eu lhes digo que esse oportunista já tinha essa repórter *preparada* ali. Ele a havia preparado e disse a ela o que escrever.

— É uma mentira desprezível — argumentei. — Você estava presente e sabe que eu tentei fazê-los entrevistar o irmão Clifton!

— Quem é mentiroso?

— Você é um mentiroso e um canalha boquirroto. Você é um mentiroso e não é meu irmão.

— Agora ele me insulta. Irmãos, vocês o ouviram.

— Não vamos perder a paciência — disse o irmão Jack, tranquilamente. — Irmão Wrestrum, você fez acusações sérias. Pode prová-las?

— Posso prová-las. Tudo o que vocês têm de fazer é ler a revista e prová-las por si mesmos.

— Isso será lido. E o que mais?

— Tudo o que vocês têm de fazer é ouvir as pessoas do Harlem. Todas falam a respeito dele. Nunca qualquer coisa acerca do que o restante de nós fazemos. Digo a vocês, irmãos, que este homem constitui um perigo para o povo do Harlem. Ele deve ser expulso!

— Quanto a isso é a comissão que resolve — disse o irmão Jack.

Em seguida, para mim:

— E o que você tem a dizer em sua defesa, irmão?

— Em minha defesa? — indaguei. — Nada. Não tenho nada a dizer para me defender. Tentei fazer o meu trabalho e, se os irmãos não sabem disso, então é tarde demais para lhes dizer. Não sei o que está por trás disso, mas não tenho como controlar os redatores de revista. E não compreendo, tampouco, que eu esteja chegando a ser submetido a um julgamento.

— Isto não se pretende tornar um julgamento — disse o irmão Jack. — Se você alguma vez já passou por essa experiência, e eu espero que isso nunca tenha acontecido, sabe disso. Nesse ínterim, como isso é uma emergência, a comissão lhe pede que deixe a sala enquanto lê e discute a contestada entrevista.

Deixei a sala e fui para um gabinete vazio, fervendo de ódio e nojo. Wrestrum me arrastara de volta para o sul, no meio de uma das altas comissões da irmandade. Eu podia tê-lo esganado — por me obrigar a tomar parte numa disputa infantil diante dos outros. No entanto, eu precisava combatê-lo da melhor maneira possível, em termos que ele compreendesse, ainda que isso nos fizesse parecer lutadores de rua. Eu deveria mencionar a nota anônima, mas talvez alguém pudesse tomá-la como se indicasse que eu não tinha o apoio completo do meu distrito. Se Clifton estivesse ali, saberia como lidar com aquele palhaço. Eles estavam levando-o a sério por ser negro? De qualquer modo, o que estava errado com eles? Não podiam ver que estavam lidando com um palhaço? Mas eu teria me partido em pedaços se eles tivessem rido ou mesmo sorrido, pensei, pois eles não podiam rir dele sem rir de mim também... Mas, se eles *tivessem* rido, teria sido menos irreal: em que inferno eu viera parar?

— Você pode entrar agora — chamou-me um irmão, e eu fui ouvir a decisão tomada.

— Bem — disse o irmão Jack —, todos nós lemos o artigo, irmão, e estamos contentes de comunicar que o achamos bastante inocente. É verdade que teria sido melhor caso se tivesse dado maior espaço a outros membros do distrito do Harlem. Mas não encontramos nenhuma prova de que você tivesse qualquer coisa a ver com isso. O irmão Wrestrum estava equivocado.

Seu ar afável e o conhecimento, que eles tinham, de que haviam perdido tempo em ver a verdade, libertaram o ódio dentro de mim.

— Eu diria que ele estava criminosamente equivocado — disse eu.

— Criminosamente não, irmão. Foi excesso de zelo.

— A mim, parece tão criminosamente quanto por excesso de zelo.

— Não, irmão, criminosamente não.

— Mas ele atacou a minha reputação...

O irmão Jack sorriu.

— Apenas porque foi sincero, irmão. Ele estava pensando no bem da irmandade.

— Mas por que me caluniar? Eu não entendo você, irmão Jack. Não sou nenhum inimigo, como bem sabe. Sou um irmão também — disse eu, vendo-lhe o sorriso.

— A irmandade tem muitos inimigos, e não devemos ser severos demais com os equívocos dos irmãos.

Depois eu vi a expressão tola e embaraçada de Wrestrum, e relaxei.

— Muito bem, irmão Jack — disse eu. — Acho que devo ficar contente com o fato de me considerar inocente...

— Com referência ao *artigo da revista* — disse ele, ferindo o ar com o indicador.

Algo se retesou atrás da minha cabeça; tomei a palavra.

— Com referência ao artigo! Você quer dizer que acredita nas outras invencionices? Todo mundo está lendo Dick Tracy nestes dias?

— Isso não se trata de Dick Tracy — retrucou. — O movimento tem muitos inimigos.

— Então, agora me tornei um inimigo — disse eu. — O que aconteceu a todos? Vocês agem como se ninguém tivesse absolutamente qualquer contato comigo.

Jack fitou a mesa.

— Você está interessado em nossa decisão, irmão?

— Ah, sim — respondi. — Sim, estou. Estou interessado em todo tipo de comportamento excêntrico. Quem não estaria, quando um homem bruto pode encher uma sala com os que eu tendia a encarar como algumas das melhores cabeças do país, para levá-lo a sério? Certamente estou interessado. De outro modo, agiria como um homem sensato e correria daqui!

Houve sons de protesto, e o irmão Jack, com o rosto avermelhado, bateu o martelo da ordem.

— Talvez eu devesse dirigir algumas palavras ao irmão — disse o irmão MacAfee.

— Siga em frente — disse o irmão Jack, rispidamente.

— Irmão, compreendemos como você se sente — disse o irmão MacAfee —, mas você deve compreender que o movimento tem muitos inimigos. Isso é totalmente verdadeiro, e nós somos obrigados a pensar na organização, em prejuízo de nossos sentimentos individuais. A irmandade é maior do que todos nós. Nenhum de nós importa, como indivíduo, quando a segurança da organização está em jogo. E pode estar certo de que nenhum de nós tem, pessoalmente, qualquer coisa que não sejam boas intenções a seu respeito. Seu trabalho tem sido esplêndido. Isso é simplesmente um assunto de segurança da organização, e é nossa responsabilidade fazer uma investigação completa de todas aquelas acusações.

Senti-me subitamente vazio. Havia uma lógica no que ele dizia e me senti inclinado a aceitá-la. Eles estavam errados, mas tinham a obrigação de descobrir seu equívoco. Deixei-os ir adiante: eles descobririam que nenhuma das acusações era verdadeira e eu ficaria vingado. De qualquer modo, o que era toda essa obsessão com os inimigos? Eu olhava seus rostos inundados de fumaça. Desde o começo, eu não havia enfrentado tão sérias dúvidas. Até então, eu havia sentido uma integridade em torno de meu trabalho e orientação, de um peso que jamais conhecera, nem mesmo em meus duvidosos dias de faculdade. A irmandade era algo a que os homens podiam entregar-se inteiramente: essa era sua força e minha força, e era esse sentido de integridade, capaz de assegurá-la, que mudaria o curso da história. Nisso, eu havia acreditado de todo coração, mas, naquele momento, embora interiormente ainda afirmasse essa crença, eu sentia uma mágoa que me impediu de tentar defender-me. Permanecia ali, em silêncio, à espera da decisão deles. Alguém tamborilou com os dedos sobre o tempo da mesa. Ouvi o farfalhar de folhas secas dos papéis finos.

— Esteja certo de que você pode confiar na equidade e na sabedoria da comissão — a voz do irmão Tobitt vagueou lá do extremo da mesa, mas havia fumaça entre nós e eu mal podia ver seu rosto.

— A comissão decidiu — começou o irmão Jack vivamente — que, até serem esclarecidas todas as acusações, você deve escolher entre ficar inativo no Harlem e aceitar uma designação para o centro da cidade. Neste último caso, você terá de encerrar imediatamente sua atual designação.

Senti as pernas bambas.

— Você quer dizer que tenho de suspender o meu trabalho?

— A menos que escolha servir ao movimento em qualquer outro lugar.

— Mas você não pode ver... — disse, olhando-o cara a cara e vendo a vazia determinação em seus olhos.

— Sua designação, caso você decida permanecer ativo — disse o irmão Jack, estendendo a mão para o martelo —, é fazer conferência, no centro da cidade, sobre o Problema da Mulher.

De repente, eu me senti como se tivesse sido torcido como uma camisa.

— Sobre o quê?!

— O Problema da Mulher. Meu panfleto, "Sobre o problema da mulher nos Estados Unidos", será seu guia prático. E agora, irmãos — disse ele, percorrendo com os olhos a mesa toda —, a reunião está suspensa.

Permaneci ali, ouvindo o bater de seu martelo que me ecoava nos ouvidos, pensando no *problema da mulher* e buscando sinais de divertimento no rosto daquelas pessoas, escutando suas vozes enquanto elas se enfileiravam no corredor, até o mais leve sinal de riso sufocado. Permanecia ali combatendo a sensação de que eu fora apenas convertido no alvo de um gracejo afrontoso e de que tudo o mais, desse modo, começando pelos seus rostos, não revelava nenhuma consciência.

Minha mente lutava desesperadamente por aceitação. Nada mudaria as coisas. Eles me transferiam e me investigavam, e eu, ainda acreditando, ainda me curvando à disciplina, teria de aceitar sua decisão. O momento, certamente, não era propício à inatividade, pelo menos quando eu estava começando a me aproximar de alguns dos aspectos da organização dos quais eu nada conhecia (das comissões mais altas e dos dirigentes que nunca apareciam, dos simpatizantes e aliados em grupos que se me afiguravam muito afastados de nossas preocupações), ao menos numa época em que todos os segredos do poder e da autoridade, para mim ainda envoltos em mistério, apresentavam-se a caminho da revelação. Não, apesar de minha ira e de meu asco, minhas ambições eram grandes demais para eu me render tão facilmente. E por que eu deveria restringir-me, segregar-me? Eu era um *porta-voz*. Por que deveria falar a respeito das mulheres, ou de qualquer outro assunto? Nada se situava fora do esquema de nossa ideologia, havia uma política em tudo, e minha maior preocupação era chegar, pelo meu próprio empenho, à dianteira do movimento.

Quando deixei o edifício, ainda me sentia como se houvesse sido violentamente torcido, mas com um otimismo crescente. Ser tirado do Harlem causava impacto, mas algo que os feria tanto quanto a mim, pois eu havia aprendido que a chave procurada pelo Harlem era a que eu procurava; e que meu valor para a irmandade não era diferente do valor que tinha, para mim, a maior parte de meus contatos úteis: dependia de minha completa franqueza e honestidade em afirmar as esperanças e ódios, os medos e desejos da comunidade. As pessoas falavam à comissão como eu à comunidade. Não há dúvida de que funcionaria de igual modo no centro da cidade. A nova designação era um desafio e uma oportunidade para provar quanto o que acontecia no Harlem se devia a meus próprios esforços e quanto se devia à pura voracidade do próprio povo. Afinal de contas, disse, a designação também era prova do beneplácito da comissão. Ao me selecionar para falar com autoridade sobre um assunto que em toda parte do país eu ainda teria considerado tabu, eles não estariam reafirmando sua crença tanto em mim quanto nos princípios da irmandade, evidenciando que eles não estabeleciam nenhum limite, mesmo quando ela se dirigia às mulheres? Eles tinham de investigar as acusações contra mim, mas a designação era sua imperturbável assertiva de que sua crença em mim estava intacta. Eu tremia de frio na rua quente. Não me havia permitido que a ideia ganhasse uma forma concreta em minha mente, mas, por um instante, quase me permitira que um atraso antigo e sulista, que julgara morto, arruinasse minha carreira.

Sair do Harlem não deixava de ter seus pesares, todavia, e eu não tive coragem de me despedir de ninguém, nem mesmo do irmão Tarp ou de Clifton, para não falar nos outros de quem eu dependera para me manter informado sobre os grupos mais desfavorecidos da comunidade. Simplesmente coloquei meus papéis na pasta e saí como se fosse ao centro da cidade para uma reunião.

Capítulo dezenove

Segui para minha primeira conferência sentindo-me emocionado. O tema era uma garantia infalível de interesse da plateia e o resto estava à minha altura. Se eu fosse apenas uns 30 centímetros mais alto e uns 50 quilos mais pesado, poderia simplesmente me manter de pé diante das pessoas com um anúncio de um lado a outro do peito que afirmasse SEI TUDO A RESPEITO DELAS, e elas ficariam tão amedrontadas quanto se eu fosse o bicho-papão original, um tanto reformado e domesticado. Eu não teria mais de falar, assim como Paul Robeson* não precisava mais atuar; elas simplesmente se eletrizariam ao me contemplar.

E correu tudo muito bem. Elas fizeram daquilo um sucesso, com seu próprio entusiasmo, e a saraivada de perguntas que se seguiu não me deixou qualquer dúvida na mente. Foi somente depois de o encontro acabar que realmente surgiram os desdobramentos que nem minha fértil imaginação me havia permitido prever. Eu estava cumprimentando as pessoas quando ela apareceu, o tipo de mulher que chama a atenção como se representasse conscientemente um papel simbólico da vida e da fertilidade femininas. O problema dela, disse, tinha a ver com certos aspectos de nossa ideologia.

— É, na verdade, algo mais complicado — disse ela com preocupação. — Eu não devia importar-me em tomar seu tempo, tenho a impressão de que você...

---

* Famoso ator, cantor, atleta e ativista negro americano (1898-1976). Foi perseguido pelos macarthistas. (*N. do T.*)

— Ah, de jeito nenhum — disse eu, afastando-a das outras, para ficar perto de uma mangueira de incêndio parcialmente desenrolada que pendia junto à porta de entrada —, de jeito nenhum...

— Mas, irmão — disse ela —, está de fato tarde demais e você deve estar cansado. Meu problema poderia esperar até outra hora...

— Não estou *tão* cansado — disse eu. — E, se há alguma coisa afligindo você, é meu dever fazer o possível para esclarecê-la.

— Mas está muito tarde — disse ela. — Talvez alguma noite em que você não esteja ocupado, dê um pulo aqui, para nos vermos. Então poderíamos conversar por mais tempo. A não ser, evidentemente...

— A não ser?

— A não ser — ela sorriu — que eu possa persuadi-lo a parar por *esta* noite. Posso garantir que servirei uma bela xícara de café.

— Então estou a seu dispor — disse eu, puxando e abrindo a porta.

Seu apartamento ficava num dos melhores setores da cidade, e devo ter demonstrado minha surpresa ao entrar na espaçosa sala de estar.

— Você pode ver, irmão (o lustro que ela deu à palavra foi perturbador) —, são efetivamente os valores espirituais da irmandade que me interessam. Mediante nenhum esforço próprio, tenho segurança econômica e lazer, mas o que é isso, *realmente*, quando há tanta coisa errada neste mundo? Quero dizer: quando não há nenhuma segurança espiritual ou emocional, e nenhuma justiça?

Ela tirava o casaco, nesse momento, olhando seriamente para meu rosto, e eu pensei: ela é uma *salvacionista*, uma inglesa puritana às avessas, lembrando uma descrição que irmão Jack fizera, em particular, de integrantes ricos que, conforme disse, buscavam a salvação política contribuindo financeiramente para a irmandade. Ela estava indo rápido demais para o meu gosto e eu a olhava com um ar sério.

— Posso ver que você pensou bastante a respeito disso — disse eu.

— Tentei — disse ela—, e é ainda mais desconcertante. Mas fique inteiramente à vontade, enquanto eu guardo minhas coisas.

Era uma mulher pequena e delicadamente roliça, com cabelos como asas de corvo, em que uma fina faixa branca havia começado a se mostrar quase imperceptivelmente e, quando ela reapareceu no rico vermelho de um robe de anfitriã, estava tão admirável que eu tive de desviar meus olhos um tanto sobressaltados.

— Que bela sala você tem aqui — exclamei, olhando através do rico cintilar de cereja do mobiliário, para ver a pintura de um nu em tamanho natural, um Renoir cor-de-rosa. Outras telas estavam dependuradas aqui e ali, e as espaçosas paredes pareciam irradiar vivas e quentes, pura cor. O que se pode dizer de tudo isso?, pensei, olhando um peixe abstrato de metal polido e engastado num fragmento de ébano.

— Fico contente de você achá-la agradável, irmão — observou ela.

— Nós mesmos gostamos dela, embora eu deva dizer que Hubert ache tão pouco tempo para desfrutá-la. Ele é muito ocupado.

— Hubert? — indaguei.

— Meu marido. Infelizmente ele teve de sair. Adoraria ter se encontrado com você, mas, nos últimos tempos, sempre sai correndo. Negócios, você sabe...

— Imagino que seja inevitável — disse eu com repentino mal-estar.

— Sim, é — ela disse. — Mas vamos discutir a irmandade e a ideologia, não vamos?

E havia algo em sua voz e seu sorriso que me deu tanto uma sensação de bem-estar como de nervosismo. Não era meramente o fundo de cena da sala rica e graciosa, à qual eu era um estranho, mas simplesmente o fato de estar ali com ela e a possibilidade percebida de uma comunicação elevada. Como se o contraditoriamente invisível e o manifestamente enigmático fossem alcançar uma harmonia delicadamente equilibrada. Ela é rica, mas humana, pensei, observando a suave atividade de suas mãos relaxadas.

— Há tantos aspectos no movimento — disse eu. — Exatamente por onde iniciaremos? Talvez seja algo que eu seja incapaz de tratar.

— Ah, não é nada *tão* profundo — disse ela. — Tenho certeza de que você colocará em ordem meus pequenos desvios ideológicos. Mas sente-se aqui no sofá, irmão; é mais confortável.

Sentei-me, vendo-a seguir em direção a uma porta, com a cauda do robe se arrastando sensualmente sobre o tapete oriental. Depois ela se voltou e sorriu.

— Talvez você preferisse vinho ou leite a café.

— Vinho, muito obrigado — disse eu, achando a ideia do leite estranhamente repugnante. Isso não é de modo algum o que eu esperava, pensei. Ela voltou com uma bandeja que trazia dois copos e uma garrafa de cristal, colocando-os diante de nós, numa mesa baixa de coquetel, e eu podia ouvir o vinho escorrer musicalmente nos copos, um dos quais ela colocou à minha frente.

— À saúde do movimento — brindou ela, levantando o copo com os olhos sorridentes.

— Ao movimento — repeti.

— E à irmandade.

— E à irmandade.

— Isso é muito bonito — disse eu, vendo-lhe os olhos quase fechados, o queixo inclinando-se para a frente, em minha direção —, mas exatamente que fase de nossa ideologia devemos discutir?

— Tudo — disse-me ela. — Quero entender sua totalidade. A vida está terrivelmente vazia e desorganizada sem ela. Acredito, sinceramente, que apenas a irmandade oferece esperança de tornar a vida digna de ser novamente vivida. Ah, eu sei que é vasto demais nos apoderarmos de uma filosofia imediatamente, por assim dizer. Contudo, é tão vital que a gente tem a sensação de que deve, ao menos, fazer essa tentativa. Você não concorda?

— Bem, sim — respondi. — É a coisa mais significativa que *eu* conheço.

— Ah, eu fico tão satisfeita de você concordar comigo. Imagino que seja por isso que sempre me emociono ao ouvi-lo falar. De certo modo, você transmite a enorme e palpitante vitalidade do movimento. É algo realmente assombroso. Você me dá uma grande sensação de segurança, embora — ela se interrompeu com um sorriso misterioso — eu deva confessar que também me deixa com medo.

— Medo? Você não pode querer dizer que...

— Realmente — repetiu ela, enquanto eu ria. — É tão poderoso, tão, tão *primitivo!*

Senti um pouco do ar fugir da sala, deixando-a artificialmente silenciosa.

— Você não quer realmente dizer primitivo, certo? — indaguei.

— Sim, *primitivo*. Ninguém lhe disse, irmão, que às vezes você tem uns tantãs batendo na sua voz?

— Meu Deus — ri. — Pensei que fosse o soar de profundas ideias.

— Evidentemente, você está certo — disse ela. — Eu não quis dizer realmente primitivo. Imagino que eu queira dizer *vigoroso*, poderoso. Toma conta das emoções de uma pessoa, assim como de seu intelecto. Chamemos isso do que quisermos, tem um poder tão despojado que passa direto através de uma pessoa. Tremo só de pensar em tamanha vitalidade.

Olhei-a, tão de perto, nesse momento, que podia ver um único fio de seus cabelos de azeviche fora do lugar.

— Sim — disse eu. — A emoção está aí; mas é, na verdade, nosso tratamento científico que a libera. Como diz o irmão Jack, não somos nada além de organizadores. E a emoção não é meramente liberada: é guiada, canalizada — é esta a verdadeira fonte de nossa eficiência. Afinal de contas, este vinho muito bom pode liberar emoção, mas duvido seriamente de que possa organizar qualquer coisa.

Ela se inclinou graciosamente para a frente, com o braço ao longo das costas do sofá, dizendo:

— Sim, e você faz as duas coisas em seus discursos. Uma pessoa *tem* apenas de reagir, mesmo quando não esteja suficientemente lúcida quanto à sua significação. Sei muito bem o que você está dizendo e mesmo o que é mais inspirador.

— Na verdade, você sabe, sou tão influenciado pela plateia quanto ela por mim. Sua reação me ajuda a dar o melhor de mim.

— E há outro aspecto importante — disse ela. — Um aspecto que me diz imensamente respeito. O discurso proporciona às mulheres a completa oportunidade para a autoexpressão, o que é da maior importância, irmão. É como se todo dia fosse o bissexto... o que é e como deveria ser. As mulheres deviam ser absolutamente tão livres quanto os homens.

E, se eu fosse realmente livre, pensei, levantando o copo, eu cairia fora daqui.

— Achei que você estava excepcionalmente bom, nesta noite. Alguma coisa tinha de dar às mulheres a oportunidade de poder agarrar a vida pra valer. Por favor, continue, fale-me de suas ideias — disse ela avançando, com a mão levemente sobre meu braço.

E eu continuei falando, aliviado por falar, arrebatado pelo meu próprio entusiasmo e pelo calor do vinho. E, somente quando me voltei para lhe fazer uma pergunta, compreendi que, em sua inclinação, ela só estava afastada por uma ponta de nariz, com os olhos fixos em meu rosto.

— Continue, por favor, continue — ouvi. — Você faz parecer tudo tão claro, por favor.

Vi um rápido tremular de asas de mariposa de suas pálpebras se tornar a brandura de seus lábios quando nos juntamos. Não havia uma ideia ou um conceito nela; apenas puro calor. Então a campainha soou e eu estremeci, levantei-me de um salto, ouvindo-a tocar de novo, enquanto ela se levantava comigo, o robe vermelho caindo em pesadas dobras sobre o tapete, e ela dizendo:

— Você torna tudo tão maravilhosamente vivo — quando a campainha outra vez soou. E eu tentava mover-me para sair do apartamento, vendo meu chapéu, enchendo-me de ira, pensando: ela é louca? ela não ouve? Enquanto ela ficava de pé à minha frente numa espécie de atordoamento, como se eu estivesse agindo irracionalmente. E, nesse instante, tomou meu braço com súbita energia, dizendo — por aqui, para cá, quase me puxando para a frente, enquanto a campainha outra vez soou, através de uma porta para um pequeno vestíbulo, um acetinado quarto de dormir, em que ela ficou avaliando-me com um sorriso, dizendo: — Este é meu — enquanto eu a olhava com uma escandalosa descrença.

— Seu, *seu*? Mas e essa campainha?

— Não se preocupe — arrulhou ela, fitando-me nos olhos.

— Mas seja razoável — disse eu, afastando-a para o lado. — E a porta?

— Ah, é claro, você quer dizer o telefone, não é, querido?

— Mas o seu velho, o seu marido?

— Está em Chicago...

— Mas talvez ele...

— Não, não, querido, ele não poderá...

— Mas ele pode!

— Mas irmão, querido, eu falei com ele, eu sei...

— Você o quê? Que espécie de jogo é esse?

— Ah, pobre querido! Não é um jogo, você realmente não tem nenhum motivo para se preocupar, estamos livres. Ele está em Chicago, à procura de sua juventude perdida, sem dúvida — disse ela, irrompendo numa risada irônica. — Ele não está de modo algum interessado em coisas inspiradoras, liberdade e necessidade, direitos da mulher e coisas afins. Você sabe, a doença da nossa classe, irmão, querido.

Caminhei um pouco pelo quarto. Havia outra porta à minha esquerda, através da qual vi o clarão do cromo e do azulejo.

— À irmandade, querido — disse ela, agarrando meu bíceps com as mãozinhas. E eu queria tanto estraçalhá-la quanto permanecer com ela, sabendo que não devia fazer nem uma coisa, nem outra. Estava tentando arruinar-me ou isso era uma armadilha montada por algum secreto inimigo do movimento, que esperava do outro lado da porta com câmeras e pés de cabra?

— Você devia atender o telefone — disse-lhe com uma calma afetada, tentando liberar minhas mãos sem tocar nela, pois, se tocasse...

— E você, vai continuar aqui? — indagou ela.

Balancei a cabeça afirmativamente, vendo-a virar-se sem uma palavra e seguir em direção a uma penteadeira com um grande espelho oval, para levantar um telefone de marfim. E, naquele instante espelhado, eu me vi entre seu vulto ansioso e uma enorme cama branca, eu mesmo surpreendido em atitude culpada, minha expressão tensa, com a gravata balançando; e, atrás da cama, outro espelho, que, como um vagalhão do mar, jogava nossas imagens para a frente e para trás, multiplicando furiosamente o tempo, o lugar e a circunstância. Minha visão parecia palpitar alternadamente entre clara e vaga, guiado por ferozes pulmões, enquanto os lábios dela diziam silenciosamente "desculpe-me", e depois, impacientemente, ao telefone "sim, é ela", e em seguida para mim de novo, sorrindo enquanto cobria o bocal com a mão, "é apenas minha irmã; ela me tomará só um segundo". E a minha cabeça girava com histórias esquecidas de criados intimados a lavar o traseiro da patroa; motoristas que compartilhavam as mulheres dos patrões; porteiros de carro-leito convidados para a cabine de mulheres ricas que se dirigiam a Reno, em Nevada. E eu pensava, mas isso aqui é o movimento, a *irmandade*. E então eu vi seu sorriso, dizendo "Sim, Gwen, querida. Sim", enquanto uma das mãos, livre, subia como se para amaciar os cabelos e, num movimento rápido, o robe vermelho foi posto de lado como um véu, e eu fiquei sem ar, diante da sua nudez, miúda e generosa emoldurada delicadamente pelo espelho. Foi como um intervalo de sonho e, num instante, voltei à realidade e eu vi apenas seus olhos misteriosamente sorridentes, por cima do rico robe vermelho.

Disparei para a porta, dilacerado entre a ira e uma feroz excitação, ouvindo o telefone desligar, enquanto eu passava sobressaltado e sentindo-a girar em minha direção: estava perdido, pois o conflito entre o ideológico e o biológico, entre o dever e o desejo, tornara-se uma confusão sutil demais. Aproximei-me dela, pensando "deixe-os pôr a porta abaixo", quem quer que queira fazê-lo, deixe-os vir.

Eu não sabia se estava acordado ou sonhando. Era uma tranquilidade profunda, mas eu estava certo de que ouvira um ruído e que viera do outro lado do quarto, enquanto ela, ao meu lado, emitia um brando leve suspiro. Era estranho. Minha cabeça rodopiava. Fora afugentado de um bosque de castanheiras por um touro. Galguei uma colina. A única que se erguia. Ouvi o som e levantei os olhos para ver o homem que olhava diretamente para mim, de onde se postava na pálida luz da sala de estar, olhando ali para dentro sem interesse ou surpresa. Com um rosto inexpressivo, os olhos arregalados. Havia um som de calma respiração. Então ouvi o rebuliço dela, a meu lado.

— Ah, olá, querido — disse ela, a voz soando muito distante. — Já de volta?

— Sim — disse ele. — Acorde-me cedo, tenho muito o que fazer.

— Vou-me lembrar, querido — disse ela, sonolentamente. — Tenha um bom resto de noite.

— Boa noite para você também — cumprimentou ele, com um breve riso seco.

A porta se fechou. Fiquei ali no escuro, por algum tempo, respirando rapidamente. Era estranho. Estendi a mão e a toquei. Não houve nenhuma resposta. Inclinei-me sobre ela, sentindo-lhe a exalação quente e pura sobre meu rosto. Eu queria continuar ali, experimentando a sensação de algo precioso perigosamente atingido tarde demais e a ser perdido agora para sempre, uma comoção. Mas era como se ela não fosse nunca ser acordada e, se tivesse de sê-lo naquele instante, ela fosse gritar, berrar. Deslizei apressadamente da cama, permanecendo com os olhos naquela parte do escuro de onde a luz tinha vindo, enquanto procurava minha roupa. Andei às cegas, encontrando uma cadeira, uma cadeira vazia. Onde estava minha roupa? Que idiota! Por que me enfiei nessa situação?

Tateei o caminho, nu, no meio da escuridão, e encontrei a cadeira com a minha roupa, vesti-me apressadamente e escapuli, parando apenas na porta a fim de olhar para trás através da luz opaca da sala de estar. Ela dormia sem suspirar ou sorrir, uma bela sonhadora, com um braço de marfim atirado sobre os cabelos de azeviche. Senti o coração aos saltos, quando fechei a porta e desci a sala de estar, esperando o homem, os homens, multidões: para me deter. Depois desci pela escada.

O edifício estava em silêncio. No saguão, o porteiro dormitava, com o peitilho engomado se vergando debaixo do queixo com sua respiração, e a cabeça branca descoberta. Cheguei à rua vacilante, transpirando, ainda incerto se vira o homem ou se sonhara com ele. Eu podia tê-lo visto sem que ele me visse? Ou, ainda, ele me vira e ficara em silêncio por refinamento, decadência ou excesso de civilidade? Desci a rua apressado, com a angústia crescendo a cada passo. Por que ele não dissera alguma coisa, por que não me reconhecera, não me insultara? Por que não me atacara? Ou por que, pelo menos, não a maltratara? E se fosse um teste para descobrir como eu reagiria a tamanha pressão? Era, afinal, um aspecto sobre o qual nossos inimigos nos atacariam violentamente. Eu caminhava ansioso em minha agonia. Por que eles tinham de misturar suas mulheres em tudo? Entre nós e tudo o que desejávamos mudar no mundo, eles colocavam uma mulher: social, política, economicamente. Por que, maldição, por que eles insistiam em confundir a luta de classes com a luta pela bimbada, rebaixando tanto a nós quanto a elas, e todas as causas humanas?

Durante todo o dia seguinte, eu me senti exaurido, esperando ansiosamente pelo plano a ser revelado. Já estava certo de que o homem estivera no vão da porta, um homem com uma pasta, que olhara para dentro e não dera nenhum sinal definido de que me vira. Um homem que falara como um marido indiferente, mas que ainda me parecia lembrar algum importante membro da irmandade, alguém tão conhecido que minha dificuldade de identificá-lo quase me levava à distração. Meu trabalho estava ali intocado diante de mim. Cada vez que o telefone tocava, eu me enchia de pavor. Eu me entretinha com o grilhão da perna de Tarp.

Se eles não ligarem por volta das 16 horas, estarei salvo, disse a mim mesmo. Mas ainda nenhum sinal, nem mesmo um telefonema para uma reunião. Por fim, liguei para o número dela, ouvindo sua voz, encantada, alegre e discreta. Mas sem referência à noite ou ao homem. E, ao ouvi-la tão sossegada e alegre, fiquei atrapalhado demais para trazer essas coisas à tona. Seria esse o caminho do refinamento e da civilidade? Talvez ele estivesse ali, e eles tivessem uma compreensão, e ela fosse uma mulher com todos os seus direitos.

Se eu voltaria para uma discussão posterior, ela desejava saber.

— Sim, naturalmente — respondi.

— Ah, irmão — exclamou ela.

Desliguei com um misto de alívio e ansiedade, incapaz de sacudir a noção de que fora testado e fracassara. Atravessei a semana seguinte tentando solucionar isso e ainda mais confuso por não ter nada definido sobre onde ficaria. Tentei descobrir quaisquer mudanças em minha relação com o irmão Jack e os outros, mas eles não mostraram nenhum sinal disso. E, mesmo que o mostrassem, eu não teria conhecido sua significação determinada, pois isso podia ter a ver com as acusações. Estava capturado entre a culpa e a inocência, de tal modo que agora as duas coisas pareciam só uma, e a mesma. Meus nervos estavam num estado de tensão constante, e meu semblante assumiu uma expressão rígida e evasiva, começando a se parecer com a do irmão Jack e dos outros dirigentes. Em seguida, relaxei um pouco. O trabalho tinha de ser feito e eu desempenharia o jogo do esperar para ver. Apesar da minha culpa e incerteza, aprendi a esquecer que era um solitário irmão negro culpado e a galgar confiantemente um espaço repleto de brancos. Bastava manter a cabeça erguida, com um sorriso não muito exagerado, a mão estendida para o firme e quente aperto de mão. E, com este, a apropriada mistura de arrogância e equilibrada humildade, para satisfazer a todos. Atirei-me às conferências, defendendo e afirmando os direitos das mulheres; e, embora as garotas continuassem a murmurar aqui e ali, eu tomava todo o cuidado possível para manter o biológico e o ideológico cuidadosamente separados, o que nem sempre era fácil, pois era como se muitas das irmãs estivessem mancomunadas entre si (e admitissem que eu aceitava isso) a respeito de que o ideológico era meramente um véu supérfluo para os verdadeiros interesses da vida.

Descobri que a maior parte das plateias do centro da cidade parecia esperar alguma coisa inominada onde quer que eu aparecesse. Eu podia sentir isso no momento em que ficava diante delas, e aquilo nada tinha a ver com qualquer coisa que eu pudesse *dizer*. Pois eu tinha apenas de aparecer diante delas e, desde o momento em que elas voltavam os olhos para mim, pareciam submetidas a um estranho desabafo, não de riso, nem de lágrimas, tampouco de qualquer emoção estável, ou pura. Eu não o preparava. E a minha culpa era provocada. Uma vez, no meio de uma passagem, olhei aquele mar de rostos e pensei: Elas sabem? É isso?, e quase estraguei a conferência. Mas, de uma coisa eu estava certo: não era a mesma atitude que elas mantinham com outros irmãos negros que as entretinham com histórias com tanta frequência que elas riam mesmo antes de esses colegas abrirem as bocas. Não, era algo mais. Uma forma de expectativa, uma disposição para a espera, uma esperança de algo como a justiça; como se elas esperassem que eu fosse mais do que qualquer outro orador ou recreador. Algo parecia acontecer, e isso estava escondido de minha própria consciência. Eu representava uma pantomima mais eloquente do que minhas palavras mais expressivas. Era um parceiro disso, mas não podia compreendê-lo mais a fundo do que podia fazê-lo em relação ao mistério do homem no vão da porta. É possível, disse a mim mesmo, que esteja em sua voz, afinal de contas. Em sua voz e no desejo, por parte delas, de ver em você a prova viva da crença que tenham na irmandade, e, para me aliviar a mente, eu parei de pensar nisso.

Então, uma noite, quando eu caíra adormecido enquanto tomava notas para uma nova série de conferências, o telefone convocou-me para uma reunião de emergência no "quartel-general", e eu deixei a casa com uma sensação de pavor. É isso, pensei, ou as acusações, ou a mulher. Levar uma rasteira de uma mulher! O que eu diria a eles? Que ela era irresistível, e eu, humano? O que isso tinha a ver com responsabilidade ou com a edificação da irmandade?

Tudo o que eu podia fazer era obrigar-me a caminhar, e cheguei atrasado. A sala estava sufocante. Três pequenos ventiladores agitavam o ar pesado, e os irmãos, informalmente vestidos, sentavam-se em torno de uma mesa escolhida, sobre a qual um jarro de água gelada faiscava com as gotas da umidade.

— Irmãos, perdoem-me o atraso — desculpei-me. — Havia alguns importantes detalhes de última hora, referentes à conferência de amanhã, que tomaram meu tempo.

— Então você podia ter poupado a si mesmo e a comissão por esse tempo perdido — disse o irmão Jack.

— Não o compreendo — disse eu subitamente agitado.

— Ele quer dizer que você já não precisa preocupar-se com a questão da mulher. Isso acabou — disse o irmão Tobbit. Eu me retesei para o ataque, mas, antes de responder, o irmão Jack disparou sobre mim uma pergunta surpreendente.

— O que foi feito do irmão Tod Clifton?

— O irmão Clifton, por quê? Eu não o vejo há semanas. Tenho estado ocupado demais aqui na cidade. O que aconteceu?

— Ele desapareceu — disse o irmão Jack —, *desapareceu!* De modo que não perca seu tempo com assuntos supérfluos. Vocês não foram chamados para isso.

— Mas há quanto tempo vocês sabem disso?

O irmão Jack socou a mesa.

— Tudo o que sabemos é que ele sumiu. Vamos continuar com nosso trabalho. Você, irmão, tem de voltar para o Harlem imediatamente. Estamos enfrentando uma crise lá, uma vez que o irmão Tod Clifton não apenas desapareceu, como também deixou de cumprir suas tarefas. Por outro lado, Rás, o Exortador, e seu bando de bandidos racistas estão ganhando vantagem com isso e aumentando a agitação. Você tem de voltar lá e tomar medidas para reconquistarmos a força na comunidade. Você receberá os meios necessários e se apresentará a nós para uma reunião de estratégia sobre a qual será avisado amanhã. E, por favor — ele ressaltou com o martelo —, chegue na hora!

Eu estava tão aliviado de nenhum de meus problemas ser discutido que não me retardei para perguntar se a polícia fora consultada acerca do desaparecimento. Algo soava irregular em todo aquele assunto, pois Clifton era responsável demais e tinha muito o que conquistar para simplesmente haver desaparecido. Teria ele alguma ligação com Rás, o Exortador? Mas isso parecia improvável. O Harlem era um de nossos distritos mais fortes e, exatamente um mês atrás, quando fui transferido, Rás teria sido motivo de chacota na rua em que tentara atacar-nos. Se eu, ao menos, não houvesse tido tanto cuidado em não desagradar a comissão, teria mantido contato mais estreito com Clifton e com todos os nossos integrantes no Harlem. Nesse momento, era como se eu fosse subitamente despertado de um sono profundo.

Capítulo vinte

Eu estivera longe por tempo demais, de modo que as ruas me pareceram estranhas. Os ritmos do bairro eram mais lentos, embora estivessem um tanto mais rápidos: havia uma tensão diferente no ar morno da noite. Caminhei no meio das multidões do verão, não para o distrito mas para a Barrelhouse's Jolly Dollar, uma mistura de bar e de churrascaria no lado mais alto da Oitava Avenida, onde um de meus melhores contatos, o irmão Maceo, podia habitualmente ser encontrado nesse horário, tomando sua cerveja da noite.

Olhando através da janela, pude ver os homens com seus uniformes de trabalho e umas poucas mulheres esquisitas encostadas no balcão, bem como, no corredor entre o bar e o balcão, uma dupla de homens de preto e camisas esporte axadrezadas, comendo churrasco. Nos fundos, um grupo de homens e mulheres batia papo perto da vitrola automática. Mas, quando entrei, o irmão Maceo não estava entre eles, e eu avancei para o salão, resolvendo pedir uma cerveja.

— Boa noite, irmãos — cumprimentei, ao ver a meu lado dois homens que eu já conhecia de vista: eles se limitaram a me olhar estranhamente, e as sobrancelhas do mais alto se levantavam num ângulo de bêbado, enquanto olhava para o outro.

— Merda — xingou o homem alto.

— É isso aí, cara; ele é parente seu?

— Merda. Certeza que num é nada meu!

Eu me virei e os encarei, sentindo o ambiente subitamente pesado.

— Ele deve estar bêbado — disse o segundo homem. — Tarvez ache que é da mesma crasse que você.

— Então o uísque dele tá te dizendo uma puta mentira. Eu num seria da mesma crasse nem que fosse. Ei, Barrelhouse!

Eu me afastei para o lado do balcão, olhando-os com um sentimento de apreensão. Não pareciam bêbados e eu não dissera nada para irritá-los, além de estar certo de que eles sabiam quem eu era. O que estava havendo? A saudação da irmandade era tão habitual quanto "dê-me aí um abraço!" ou "Saúde e paz, pessoal!".

Vi Barrelhouse, que volteava descendo da outra extremidade do balcão, com o branco avental pregueado pelo cordão, de modo que ele parecia aquele tipo de barril de cerveja de metal com um sulco no meio. E então, ao me ver, ele começou a sorrir.

— Pô, quer dizer que tu é mesmo o bom irmão — disse ele, estendendo-me a mão. — Irmão, por onde você tem andado?

— Estive trabalhando no centro da cidade — respondi, sentindo uma onda de gratidão.

— Ótimo, ótimo! — elogiou Barrelhouse.

— E os negócios, estão bem?

— Prefeririria nem tocar nisso, irmão. Os negócios estão mal. Muito mal.

— Sinto muito ouvir isso. Seria melhor você me trazer uma cerveja — pedi —, depois de servir aqueles cavalheiros. — Eu os espreitei pelo espelho.

— Claro — concordou Barrelhouse, alcançando um copo e puxando uma cerveja. — O que você está anotando aí, meu velho? — perguntou ele ao homem alto.

— Olhe aqui, Barrel, nós queremos lhe fazê uma pergunta — disse o altão. — Nós só queríamos sabê se você nos podia dizê irmão de quem esse cara aí acha que é. Ele entrô aqui agora há pouco chamando todo mundo de irmão.

— Ele é *meu* irmão — disse Barrel, segurando o copo espumante entre os dedos compridos. — Alguma coisa de ruim nisso?

— Olhe, companheiro — disse eu, por cima do balcão —, é a nossa maneira de falar. Eu não quis dizer nada de mal chamando-o de irmão. Lamento que não me tenha interpretado bem.

— Irmão, aqui está sua cerveja — disse Barrelhouse.
— Então, ele é *seu* irmão, hem, Barrell?

Os olhos de Barrell se estreitaram, enquanto ele apertava o enorme peito contra o lado oposto do balcão, parecendo subitamente triste.

— Você está satisfeito, MacAdams? — indagou ele melancolicamente. — Está gostando da sua cerveja?

— Claro — respondeu MacAdams.

— Está bem gelada?

— Claro, mas Barrell...

— Você gosta da maravilhosa música na vitrola? — perguntou Barrelhouse.

— Que diabo, sim, mas...

— E você gosta da nossa atmosfera sociável, boa e limpa?

— Claro, mas não é disso que estou falando — disse o homem.

— Sim, mas é do que *eu estou* falando — disse Barrellhouse, de modo pesaroso. — E, se você desfruta essas coisas, *desfrute*-as e não tente incomodar meus outros fregueses. Este homem aqui fez mais pela comunidade do que você jamais fará.

— *Que* comunidade? — indagou MacAdams, percorrendo com os olhos ao redor, na minha direção. — Ouço dizer que ele se enrabichou por uma branca e se mandou...

— Você não é capaz de ouvir nada — Barrellhouse disse. — Há bastante papel ali no banheiro. Você tem de limpar as orelhas.

— Não se preocupe com as minha zoreia.

— Poxa, vamos, Mac — disse o amigo. — Esqueça. O home não se desculpô?

— Eu falei pra num se preocupá cum as minha zoreia — disse MacAdams. — Diga apenas a seu irmão que ele tem de tomá cuidado cum quem ele chama de parente. Alguns de nós não têm esse tipo de política.

Olhei de um para o outro. Eu considerava coisa do passado a minha fase de puxador de briga e uma das piores coisas que poderia fazer ao voltar para a comunidade era me envolver numa rixa. Olhei para MacAdams e fiquei contente quando o outro homem o empurrou pelo salão.

— Esse MacAdams pensa que está certo — disse Barrellhouse. — É do tipo que não pode agradar ninguém. Mas, sejamos francos, agora tem muita gente que se sente assim.

Sacudi a cabeça, frustrado. Jamais havia encontrado essa espécie de antagonismo.

— O que aconteceu ao irmão Maceo? — indaguei.

— Não sei, irmão. Ultimamente, ele não vem aqui com muita regularidade. As coisas estão mudando demais por aqui. Não há muito dinheiro em circulação.

— Os tempos estão difíceis, em toda parte. Mas o que foi que aconteceu por aqui, Barrell? — perguntei.

— Ah, você sabe como é, irmão. As coisas andam apertadas e um mundo de pessoas que tinha empregos no meio de sua gente já os perdeu. Você sabe como é isso.

— Você quer dizer pessoas da nossa organização?

— Muitas delas são. Companheiros como o irmão Maceo.

— Mas por quê? Eles estavam fazendo tudo direito.

— Claro que estavam. Enquanto sua gente lutava por eles. Mas, no momento em que vocês todos pararam, eles passaram a jogar o pessoal na rua.

Olhei para ele, grande e sincero, diante de mim. Era inacreditável que a irmandade tivesse cessado seu trabalho, mas ele não estava mentindo.

— Dê-me outra cerveja — pedi. Depois, alguém o chamou lá dos fundos, ele apanhou a cerveja e se afastou.

Tomei-a lentamente, esperando que o irmão Maceo aparecesse antes de eu tê-la terminado. Como não apareceu, acenei para Barrellhouse e saí para ir ao distrito. Talvez o irmão Tarp pudesse explicar a situação. Ou, pelo menos, me dizer algo a respeito de Clifton.

Caminhei através do quarteirão escuro até a Sétima e caí em mim: as coisas estavam começando a parecer sérias. Ao longo do caminho, não vi sequer um único sinal das atividades da irmandade. Numa rua transversal, dei com uma dupla que riscava fósforos no meio-fio, ajoelhados como se estivessem procurando uma moeda perdida; os fósforos tremeluziam confusamente em seus rostos. Em seguida, vi-me num quarteirão estranhamente familiar e suei frio: havia andado quase até a porta de Mary e, naquele momento, virei-me e me afastei às pressas.

Barrellhouse me preparara para as janelas apagadas do distrito, mas não para chamar inutilmente, na escuridão, pelo irmão Tarp. Fui ao quarto onde ele dormia, mas não estava lá. Então segui, pelo corredor escuro, até meu antigo gabinete e me joguei na cadeira da minha mesa, exausto. Tudo parecia se afastar de mim e eu não podia encontrar nenhum ato que pusesse aquilo sob controle. Tentei pensar em quem, na comissão do distrito, poderia, se eu telefonasse, informar-me sobre Clifton. Mas também nisso eu estava empacado. Pois, se eu escolhesse alguém que acreditasse ter sido eu solicitado a ser transferido por odiar a minha própria gente, isso apenas complicaria ainda mais as coisas. Sem dúvida, haveria alguém que se ressentiria da minha volta, de modo que era melhor enfrentá-los todos de uma vez, sem dar a qualquer um a oportunidade de definir qualquer sentimento contra mim. Era melhor que eu conversasse com o irmão Tarp, em quem eu confiava. Quando chegasse, ele me daria uma ideia do estado das coisas e talvez me dissesse o que realmente acontecera a Clifton.

Mas o irmão Tarp não chegou. Saí para comprar café, voltando para passar a noite no exame detalhado dos registros do distrito. Como ele ainda não voltara às três da madrugada, fui a seu quarto e dei uma olhada. Estava vazio; até a cama desaparecera. Estou completamente sozinho, pensei. Muita coisa se passou e eu não fui informado. Algo que não apenas sufocou o interesse dos membros, mas que, segundo os registros, havia-os dispersado em bandos. Barrellhouse dissera que a organização havia deixado de batalhar, e essa era a única explicação que eu podia encontrar para a saída do irmão Tarp. A menos, evidentemente, que ele houvesse tido desavenças com Clifton ou com algum dos outros dirigentes. Nesse momento, voltando à minha mesa, notei que seu presente, do retrato de Douglass, havia sumido. Examinei em meu bolso o elo de corrente: eu, pelo menos, não havia esquecido de trazê-lo comigo. Empurrei os registros para o lado: eles nada me diziam quanto aos motivos de as coisas estarem como estavam. Apanhei o telefone e liguei para o número de Clifton, ouvindo-o tocar, tocar repetidamente. Por fim, desisti e fui dormir na minha cadeira. Tudo teria de esperar até a reunião de estratégia. Voltar ao distrito foi como voltar a uma cidade dos mortos.

Para minha surpresa, havia um bom número de membros no corredor quando acordei, e, sem nenhuma orientação da missão sobre como agir, organizei-os em equipes para procurar o irmão Clifton. Ninguém me pôde dar qualquer informação definida. O irmão Clifton se apresentara no distrito tão habitualmente quanto sempre, até a hora de seu desaparecimento. Não tivera nenhum desentendimento com os membros da comissão e era tão popular quanto antes. Nem houvera quaisquer choques com Rás, o Exortador — embora, na semana anterior, ele tivesse estado em crescente atividade. Quanto à perda do pessoal integrante e a influência disso, resultava de um novo programa que vinha requerendo o arquivamento de nossas antigas técnicas de agitação. Tinha havido, para minha surpresa, certa mudança na ênfase dos problemas locais para a de objetivos mais nacionais e internacionais, sentindo-se que, no momento, os interesses do Harlem não eram de importância fundamental. Eu não sabia o que fazer com isso, uma vez que não houvera nenhuma mudança dessa ordem no programa do centro da cidade. Clifton fora esquecido, e tudo o que eu tinha de fazer, então, parecia depender de conseguir explicações da comissão. Esperei, pois, com uma tensão crescente ser chamado para a reunião sobre a estratégia.

Essas reuniões, habitualmente, começavam por volta de uma da tarde e nós éramos avisados com bastante antecedência. Mas, por volta de onze e meia, eu ainda não havia recebido nenhuma palavra e fiquei preocupado. Ao meio-dia, uma apreensiva sensação de isolamento se apossou de mim. Algo estava acontecendo, mas o que, como e por quê? Finalmente liguei para o "quartel-general", mas não consegui contato com nenhum dos dirigentes. O que é isso, perguntei-me, então liguei para os dirigentes de outros distritos, com os mesmos resultados. A partir daí, eu estava certo de que a reunião estava sendo realizada. Mas por que sem mim? Eles teriam investigado as acusações de Wrestrum e concluído que eram verdadeiras? Parecia que a comunidade dos membros *caíra*, depois de eu ter saído do centro da cidade. Ou era o caso da mulher? Fosse o que fosse, aquela não era hora de me deixar fora de uma reunião. As coisas eram urgentes demais no distrito. Apressei-me para o "quartel-general".

Quando cheguei, a reunião estava em andamento, exatamente como eu esperava, e se deixara o aviso de que não devia ser perturbada por ninguém. Era óbvio que eles não haviam se esquecido de me comunicar. Deixei o edifício cheio de raiva. Muito bem, pensei, quando eles enfim decidirem ligar para mim, terão de me procurar. Em primeiro lugar, eu nunca devia ter sido transferido e, agora que eu era mandado de volta para sanar a confusão, eles deveriam ajudar-me tão depressa quanto possível. Eu não faria mais nenhum deslocamento para o centro da cidade, nem aceitaria qualquer programa que eles preparassem sem consultar a comissão do Harlem. Então decidi, entre todas as coisas, comprar um par de sapatos novos, e andei até a Quinta Avenida.

Estava quente, as calçadas ainda repletas das multidões do meio-dia, voltando com relutância para seus empregos. Avancei rapidamente perto do meio-fio, a fim de evitar os encontrões e as perturbadas alterações do passo, as matraqueantes mulheres em seus vestidos de verão, entrando por fim, com uma sensação de alívio, na sapataria refrigerada e cheirando a couro.

Com os pés já bem mais leves nos novos sapatos de verão, caminhei de volta para o calor escaldante, e recordei o antigo prazer da meninice de me desfazer dos sapatos de inverno em favor dos tênis, as corridas de fundo que sempre aconteciam na vizinhança e aquela flutuante sensação de velocidade, de leveza nos passos. Bem, pensei, você entrou em sua última corrida de fundo e é melhor voltar para o distrito, para o caso de lhe telefonarem. Então me apressei, os pés se sentindo bem-compostos e leves enquanto eu me movia através do iminente afluxo dos rostos queimados pelo sol. Para evitar a multidão na Rua 42, dobrei para a 43 e foi ali que as coisas começaram a ferver.

Um carrinho de frutas com um arranjo de reluzentes pêssegos e peras estava parado perto do meio-fio, e o ambulante, um espalhafatoso homem com nariz de bulbo e olhos negros italianos, brilhantes, fitou-me intencionalmente, por baixo de seu imenso chapéu de sol branco e laranja, olhando depois em direção a uma multidão que se formara junto ao edifício, do outro lado da rua. O que há com ele?, pensei. Em seguida, atravessei a rua, transpondo o grupo que estava ali de pé, com as costas voltadas para mim. Uma voz recortada e insinuante discursava algo cujo significado eu não podia captar, e eu estava prestes a seguir adiante, quando vi o rapaz. Era um esguio colega pardo que imediatamente reconheci como um amigo íntimo de Clifton, e que no momento olhava atentamente, através do alto dos carros, para onde, descendo o quarteirão e perto da agência dos correios, do outro lado, um policial alto se aproximava. Talvez ele saiba alguma coisa, pensei comigo, enquanto ele olhava à sua volta, via-me e parava confuso.

— Olá, você aí — comecei e, quando ele se virou para a multidão e assobiou, eu não sabia se ele estava me dizendo para fazer o mesmo ou enviando um sinal para alguém mais.

Dei a volta, vendo-o caminhar para onde uma grande caixa de papelão estava colocada, ao lado do edifício, e atirar suas alças de lona sobre os ombros, enquanto uma vez mais olhava o policial, ignorando-me. Embaraçado, entrei na multidão e segui em frente, onde, aos meus pés, vi um pedaço quadrado de cartolina, sobre o qual alguma coisa se movia em furiosa atividade. Era um tipo de brinquedo e olhei de relance para os olhos fascinados da multidão, depois de novo para baixo, vendo-o claramente, dessa vez. Jamais vira nada igual. Um boneco sorridente, de papel de seda cor de abóbora e preto, com finos e planos discos de cartolina que lhe formavam tanto a cabeça como os pés, e que algum misterioso mecanismo fazia agitar-se para cima e para baixo, num movimento enfurecidamente sensual, desconjuntado e de sacudir dos ombros, uma dança inteiramente separada da cara preta e semelhante a uma máscara. Não era um boneco saltador, mas *o que*, pensei eu, vendo o boneco se jogar de um lado para o outro como o bárbaro desafio de alguém que pratica em público um ato degradante, e dançando como se acolhesse em seus movimentos um prazer perverso. E, sob os reprimidos risos da multidão, eu podia ouvir o sibilar de seu papel franzido, enquanto a mesma voz, de um canto da boca, continuava a discursar:

Agite-o! Agite-o!
Ele é Sambo, o boneco dançarino, senhoras e senhores,
Agite-o, torça-o pelo nariz e deixe-o de lado,
— *Ele fará o resto sozinho. Sim!*

Ele fará você rir, ele fará você suspirar, suspirar.
Ele fará você querer dançar, e dançar...
Está aqui com vocês, senhoras e senhores: Sambo,
O boneco dançarino.
Compre um para seu benzinho. Leve-o para sua namorada e ela
   amará você, amará!
Ele faz todo mundo rir. Fará você chorar docemente...

Lágrimas de riso.
Agite-o, agite-o, ele não quebra, não.
Pois ele é Sambo, Sambo o dançarino. Sambo, o fascinante, Sambo, o
extasiante, Sambo, o boneco de papel.
E tudo por vinte e cinco centavos, um quarto de dólar...
Senhoras e senhores, ele lhes trará alegria, venham ver, todos vocês,
ele é o Sambo...

Eu sabia que tinha de voltar para o diretório, mas estava absorto pelo saltitar desconjuntado e inanimado do boneco sorridente, lutando entre o desejo de me juntar à risadaria e pisar nele com os pés, quando subitamente ele desabou e eu vi a ponta do dedo do pé do trapaceiro forçar a cartolina circular que formava os pés, e uma larga mão negra descer, para levantar habilmente com os dedos a cabeça do boneco e fazê-lo ficar de pé, o dobro de seu tamanho, para depois liberá-lo a fim de dançar de novo. E subitamente a voz não combinava com a mão. Era como se eu tivesse passado a me enfiar numa piscina rasa apenas para sentir o fundo se afastar e a água perto da minha cabeça. Levantei os olhos.

— Mas você, não... — comecei. Mas seus olhos passavam o olhar por mim, deliberadamente sem ver. Eu estava paralisado, fitava-o, sabendo que não estava sonhando, e ouvindo:

O que o faz feliz, o que o faz dançar,
Este Sambo, este jambo, este garoto da alegria de altos saltos?
É mais do que um boneco, senhoras e senhores, é o Sambo, o boneco
*   dançarino, o milagre do século XX.*
Olhem essa rumba, esse sonho, ele é Sambo-ginga, é
Sambo-ginga, você não tem de alimentá-lo,
*   ele dorme no chão, ele acabará com sua depressão*
E acaba com a "exploração": ele vive sob o sol do seu nobre sorriso.
E apenas vinte e cinco centavos de dólar, dois fraternos pedaços de um
*   dólar, porque você deseja que eu coma.*
Dá-lhe prazer ver-me comer.
Você simplesmente o pega e o sacode... e ele faz o resto.

Obrigado, senhora...

Era Clifton, andando facilmente para a frente e para trás sobre os joelhos, dobrando as pernas sem levantar o pé, e com o ombro direito erguido num ângulo, o braço apontando rigidamente para o boneco saltitante, enquanto falava pelo canto da boca.

O assobio voltou a ecoar e eu o vi olhar de relance, rapidamente, em direção a seu vigia, o rapaz com a caixa de papelão.

— Quem mais deseja o pequeno Sambo, antes de nós o tomarmos no lombo? Falem alto, senhoras e senhores, quem quer o pequeno...?

E novamente o assobio.

— Quem quer Sambo, o dançante, o cabriolante? Apressem-se, apressem-se, senhoras e senhores. Não há nenhum imposto para o pequeno Sambo, o distribuidor da alegria. Você não pode tributar a alegria, então falem alto, senhoras e senhores...

Por um segundo, nossos olhos se encontraram, e ele me deu um sorriso desdenhoso, depois falou de novo. Senti-me traído. Olhei o boneco e senti minha garganta se apertar. A raiva jorrava por baixo da fleuma, ao mesmo tempo que fiquei estupefato e me curvei para a frente. Houve um clarão de brancura e um respingar, como o da chuva pesada, batendo num jornal, e eu vi o boneco cambalear para trás e esmorecer dentro de um trapo gotejante de tecido enrugado, com a odiosa cabeça virada para cima sobre o pescoço esticado e com o sorriso fixo em direção ao céu. A multidão girava à minha volta, indignada. O assobio ocorreu mais uma vez. Vi um homenzinho com barriga de moringa olhar para baixo, em seguida para cima, para mim, com espanto, e explodir numa gargalhada, apontando de mim para o boneco, que se sacudia. As pessoas recuavam, por trás de mim. Vi Clifton andar junto do edifício, onde, ao lado do companheiro com a caixa de papelão, eu vi dessa vez uma inteira sucessão coral de bonecos que se debatiam com um acréscimo perverso de energia, fazendo a multidão rir histericamente.

— Você, você! — comecei, vendo-o apenas pegar dois dos bonecos e dar um passo à frente.

Mas, então, o vigia veio junto.

— Está chegando — disse ele, acenando com a cabeça em direção a um policial que se aproximava, enquanto arrastava os bonecos, deixando-os cair dentro da caixa de papelão e passando a se afastar.

— Sigam o Sambozinho para lá da esquina, senhoras e senhores — chamou Clifton. — Aproxima-se um grande espetáculo...

Aconteceu tão depressa que apenas eu e uma velha senhora com vestido de bolinhas azuis ficamos ali. Ela me olhou, depois de novo a calçada, sorrindo. Eu vi um dos bonecos. Ela ainda sorria e levantei o pé para esmagá-lo, ouvindo-a gritar "Ah, não!". O policial estava exatamente diante de mim e eu, em vez disso, estendi a mão, apanhei-o e me retirei no mesmo movimento. Examinei-o, estranhamente sem peso na minha mão, quase esperando senti-lo pulsar com vida. Era ainda uma espécie de folha de papel. Botei-o no bolso onde levava o grilhão do irmão Tarp e me lancei atrás da multidão desfeita. Mas não pude defrontar-me novamente com Clifton. Não queria vê-lo. Eu podia esquecer-me e atacá-lo. Caminhei na direção oposta, para a Sexta Avenida, e passei pelos policiais. Que modo de encontrá-lo!, pensei. O que acontecera com Clifton? Era tudo tão errado, tão surpreendente. Por que cargas-d'água pôde ele desistir da irmandade para uma coisa assim, em tão pouco tempo? E por que, se teve de recuar, tentou arrastar a estrutura toda com ele? O que diriam os não membros que o conheciam? Era como se houvesse escolhido (como ele dissera na noite em que se bateu com Rás?) cair fora da *história*. Parei no meio da calçada com essa reflexão. "Mergulhar", ele dissera. Mas sabia que apenas na irmandade podíamos fazer-nos conhecidos, podíamos esquivar-nos a ser vazios bonecos Sambo. Como uma obscena sacudida de tudo o que é humano! Meu Deus! E eu estivera preocupando-me com o fato de ser deixado fora de uma reunião! Eu descuidara disso umas mil vezes. Não importava por que não era chamado. Esquecera e me segurara desesperadamente à irmandade com toda a minha força. Pois, para se desprender, era preciso mergulhar... Mergulhar! E aqueles bonecos, onde eles os haviam encontrado? Por que Clifton escolheu esse meio de conquistar um quarteirão? Por que não vender maçãs, ou impressos das letras de canções, ou mesmo engraxar sapatos?

Passei andando pelo metrô e continuei para dobrar a esquina em direção à Rua 42, com a cabeça lutando por uma explicação. E, quando passei pela esquina, na calçada apinhada de gente ao sol, eles já marcavam o meio-fio e protegiam o rosto com as mãos. Vi o tráfego se movimentando com suas luzes e, de um lado a outro da rua, uns poucos pedestres olhavam para baixo, na direção do centro do quarteirão, onde as árvores do parque Bryant apareciam por cima de dois homens. Vi um voo de pombos se desprender das árvores e tudo aconteceu no rápido intervalo de sua circunvolução, assim como no meio do barulho do tráfego, embora tenha parecido desdobrar-se na minha mente como um filme em câmera lenta que foge totalmente da trilha sonora.

De início, pensei que fosse um guarda e um rapaz engraxate. Depois houve uma parada no tráfego e, através das faixas dos trilhos de bonde que brilhavam ao sol, reconheci Clifton. Seu parceiro, então, havia desaparecido e Clifton jogara a caixa sobre o ombro esquerdo, com o guarda se movimentando lentamente atrás e ao lado dele. Eles vinham na minha direção, passaram por uma banca de jornais e vi os trilhos no asfalto, um hidrante no meio-fio e os pássaros voando, quando pensei: você terá de seguir e pagar sua multa... exatamente quando de repente o guarda o empurrou, projetando-o para a frente, enquanto Clifton tentava impedir que a caixa atingisse sua perna, dizia algo por sobre o ombro e seguia adiante, ao mesmo tempo em que um dos pombos deslizou para a rua e voou de novo, deixando uma pena que flutuou, branca, na ofuscante luz de fundo do sol. Eu pude ver o guarda empurrar Clifton outra vez, dando firmes passadas para adiante com a camisa preta, o braço se projetando rigidamente, o que fez Clifton tropeçar bruscamente, caindo para a frente, até que se firmou, dizendo algo por cima do ombro de novo; deslocavam-se ambos numa espécie de marcha que eu vira muitas vezes, mas jamais com alguém como Clifton. E eu pude ver o guarda vociferar uma ordem e investir adiante, esticando o braço mas errando o alvo, perdendo o equilíbrio, enquanto Clifton, de um instante para o outro, rodopiou sobre os dedos do pé como um bailarino, balançou o braço direito para cima e ao redor, num pequeno arco sacolejante, com o tronco trazendo a caixa para a frente e para a esquerda, num movimento que a sustinha livre, ao mesmo tempo que o pé direito se arredou para a frente e o braço esquerdo avançou desferindo um livre soco de baixo para cima, que arremessou o quepe do guarda voando para a rua e seus pés saltaram, para deixá-lo cair pesadamente, oscilando da esquerda para a direita na parede, ao mesmo tempo que Clifton chutava a caixa, afastando-a a pancadas para um lado, e se abaixou, com o pé esquerdo para a frente e as mãos no alto, à espera. Aí, no meio do clarão dos carros, pude ver o guarda se escorando nos cotovelos, como um bêbado que tentasse manter a cabeça em pé sacudindo-a e jogando-a para a frente. E, em algum lugar entre o tedioso ronco do tráfego e o subterrâneo trepidante do metrô, ouvi estampidos abruptos e vi cada um dos pombos mergulhar tumultuosamente, como se golpeado pelo som, e o guarda nesse momento se sentou direito e levantou os joelhos olhando firmemente para Clifton, ao mesmo tempo que os pombos se enfiavam rapidamente nas árvores e Clifton ainda encarava o guarda, mas de repente desabou.

Caiu para a frente, sobre os joelhos, como alguém que resolve rezar, exatamente no instante em que um homem atarracado, de chapéu com a aba dobrada para baixo, avançou de perto da banca de jornais e berrou um protesto. Eu não podia mexer-me. O sol parecia esbravejar quase três centímetros acima da minha cabeça. Alguém gritou. Uns poucos homens estavam entrando na rua. O guarda agora estava de pé e olhava Clifton como se surpreendido, com a arma na mão. Dei uns poucos passos para a frente, andando então de modo cego e impensado, mas minha cabeça registrava tudo isso vividamente. Atravessando a rua e chegando ao meio-fio, vi então Clifton muito mais de perto, caído na mesma posição, de lado, enquanto uma enorme umidade crescia em sua camisa, não consegui completar a passada. Os carros deslizavam por perto, atrás de mim, mas eu não podia dar o passo que me ergueria à calçada. Fiquei ali, de pé, com uma perna na rua e a outra levantada acima do meio-fio, ouvindo os assobios que chiavam, e olhava na direção da biblioteca, vendo dois guardas que vinham numa corrida pançuda e arremetente. Olhei de novo para Clifton. O guarda me acenava com a arma para me afastar, parecendo um rapaz que está mudando de voz.

— Volte para o outro lado — ordenou ele. Era o guarda que passara na Quarenta e Três, uns poucos minutos antes. Eu tinha a boca seca.

— É um amigo meu, quero ajudá-lo... — murmurei, finalmente subindo no meio-fio.

— Ele não precisa de nenhuma ajuda, garotão. Atravesse a rua!

O cabelo do guarda se alinhava nos dois lados de seu rosto, seu uniforme estava sujo e observei que ele estava sem emoção, hesitava, ouvindo o som dos passos que se aproximavam. Tudo parecia desacelerar. Uma poça se formava sobre a calçada. Meus olhos se embaçavam. Levantei a cabeça. O guarda me olhava com curiosidade. Lá em cima, no parque, eu podia ouvir o furioso bater das asas; sobre a nuca, a pressão dos olhos. Virei-me. Um rapaz de cabeça redonda e bochechas de maçã, com um nariz de espessas sardas e olhos eslavos, inclinava-se sobre a cerca do parque e logo, enquanto me via virar-me, segredou alguma coisa a alguém que estava atrás dele, o rosto todo iluminado num êxtase... O que isso significa, me perguntei, voltando-me para aquilo a que não desejava voltar.

Havia, nesse momento, três guardas, um observando a multidão e os outros olhando Clifton. O primeiro deles estava novamente de quepe.

— Olhe, garotão — disse ele muito claramente. — Tive bastante confusão hoje: você vai passar para o outro lado da rua ou não?

Abri a boca, mas nada sairia dela. Ajoelhando-se, um dos guardas examinava Clifton e tomava notas num bloco.

— Sou amigo dele — disse eu, e o que tomava notas levantou os olhos.

— Ele se ferrou, cara — disse ele. — Você já não tem mais nenhum amigo.

Continuei encarando-o.

— Ei, Mickey — o rapaz acima de nós chamou —, o cara está desacordado!

Olhei para baixo.

— Está certo — disse o guarda que se ajoelhara. — Qual o seu nome?

Eu disse a ele. Respondi às suas perguntas a respeito de Clifton o melhor que pude, até vir o carro deles. Dessa vez, veio depressa. Espreitei entorpecidamente enquanto o colocavam lá dentro, enfiando a caixa de bonecos com ele. Através da rua, a multidão ainda se agitava. Em seguida, o carro foi embora e recuei na direção do metrô.

— Diga o senhor, cavalheiro — a voz do rapaz chiou para mim. — Seu amigo certamente sabe usar os punhos. Tum, bangue! Um, dois, e o guarda caiu de bunda!

Curvei a cabeça a esse tributo final, e agora, afastando-me ao sol, procurei apagar aquela cena da minha cabeça.

Desci a escada do metrô sem ver nada, com a cabeça imersa em abismos. O metrô estava frio e eu me apoiei em uma pilastra, ouvindo o estrondo dos trens que passavam pelo outro lado, e sentindo o ronco veloz do ar. Por que um homem tinha de mergulhar deliberadamente fora da história e mascatear uma obscenidade, eu refletia, abstratamente. Por que ele tinha de escolher desguarnecer-se, renunciar a sua voz e deixar a única organização que lhe oferecia a oportunidade de se "definir"? A plataforma vibrava e eu olhei para baixo. Pedaços de papel rodopiavam para cima à passagem do ar, pousando rapidamente enquanto um trem passava correndo. Por que ele *tinha* de se afastar? Por que escolhera saltar da plataforma e cair debaixo do trem? Por que escolhera mergulhar no nada, no vazio dos rostos sem expressão, de vozes mudas, para jazer fora da história? Tentei distanciar-me e apreciar aquilo a partir de uma posição marcada por palavras lidas em livros e vagarosamente lembradas. Pois a história registra os padrões da vida dos homens, e estes dizem quem dormiu com quem, e com que resultados; quem combateu e quem venceu, e quem viveu para mentir a esse respeito, depois. Todas as coisas, já se disse, são devidamente registradas, isto é, todas as coisas importantes. Mas não de maneira completa, pois, na verdade, é apenas o conhecido, o visto, o ouvido, e apenas esses acontecimentos que o registrador julga significativos é que são assinalados, as mentiras que seus defensores guardam em seu poder. Mas o guarda seria o historiador de Clifton, seu juiz, sua testemunha e seu algoz, e eu era o único irmão no aglomerado que o observava. E eu, a única testemunha para sua defesa, não conhecia nem a extensão de sua culpa nem a natureza de seu crime. Onde ficavam hoje os historiadores? E como anotariam isso?

Permaneci ali, com os trens mergulhando e saindo, desprendendo faíscas azuladas. O que será que eles pensavam de nós, os transitórios? Os que eram como eu fora antes de encontrar a irmandade, aves de passagem obscuras demais para a classificação instruída, silenciosas demais para os mais sensíveis gravadores de som, de naturezas ambíguas demais para as mais ambíguas palavras e distantes demais dos centros de decisão histórica para assinar ou mesmo endossar os que assinavam os documentos históricos? Nós, que não escrevemos nenhum romance, histórias ou outros livros. O que havia conosco, pensei, ao ver de novo Clifton em minha mente e indo sentar-me num banco enquanto uma fresca lufada de ar envolvia o túnel.

Um grupo de pessoas descia a plataforma, algumas negras. Sim, pensei, o que há com aqueles, entre nós, que sobem do sul para a movimentada cidade como uma selvagem caixa de surpresas quebrada, já soltos de nossas molas, tão repentinamente que nosso modo de andar se torna como o dos escafandristas de alto-mar, ao sofrerem alguma embolia? O que há com aqueles companheiros que esperam calmos e silenciosos ali na plataforma, tão calmos e silenciosos que colidem com a multidão em sua própria imobilidade? Parados, barulhentos no próprio silêncio; ásperos como um grito de terror em sua tranquilidade? O que há com esses três rapazes, vindo nesse momento ao longo da plataforma, altos e elegantes, passeando empertigadamente com os ombros balouçantes em seus ternos bem passados e quentes demais para o verão, de colarinhos altos e justos em torno dos pescoços, os chapéus idênticos de feltro preto e barato assentados nas coroas de suas cabeças com uma severa formalidade em cima do duro cabelo socado. Era como se eu nunca tivesse visto outros como eles: passeando lentamente, os ombros balançando, as pernas oscilando a partir das ancas em calças que se inflavam para cima desde as bainhas, que se ajustavam perfeitamente em torno dos tornozelos; seus paletós compridos e apertados nas ancas, com os ombros largos demais para ser aqueles dos homens do oeste selvagem. Esses companheiros cujos corpos pareciam... O que um dos professores havia dito de mim? "Você é como uma dessas esculturas africanas, deformadas em benefício de um projeto." Bem, qual projeto e de quem?

Eu olhava fixamente, enquanto eles pareciam mover-se como bailarinos em uma espécie de cerimônia fúnebre, balouçando, seguindo adiante, com o segredo de suas faces negras, descendo lentamente a plataforma do metrô, com os pesados sapatos de chapinha nos saltos, dando batidas rítmicas enquanto eles andavam. Todo mundo deve tê-los visto, ou então ouvido seu riso abafado, ou sentido o cheiro da pesada brilhantina de seus cabelos, ou ainda, quem sabe, não os tenha visto de jeito nenhum. Pois eles eram homens fora do tempo histórico, estavam intatos, não acreditavam na irmandade, sem dúvida nunca tinham ouvido falar dela; ou talvez, como Clifton, teriam misteriosamente rejeitado seus mistérios, homens de transição, de rostos impassíveis.

Eu subi e fui atrás deles. Mulheres indo às compras, com embrulhos, e homens impacientes, de chapéus de palha e ternos de linho indiano, de listras brancas e azuis, permaneciam ao longo da plataforma, enquanto eles passavam. E, de repente, eu me surpreendi pensando. Será que eles vão enterrar os outros ou ser sepultados, dar vida ou recebê-la? Será que os outros os veem, pensam neles, mesmo aqueles que estão suficientemente perto para falar? E, se eles falassem de volta, os impacientes homens de negócios com seus ternos convencionais, e as fatigadas donas de casa com seus butins, compreenderiam? O que haveriam de dizer? Pois os rapazes falam uma língua de transição toda sinuosa, cheia de encantos do campo, suas reflexões são também de transição, embora talvez eles sonhem os mesmos velhos e antigos sonhos. Eram homens fora de seu tempo, a menos que descobrissem a irmandade. Homens fora de sua época, que logo desapareceriam e seriam esquecidos... Mas quem sabia (e agora começava a tremer tão violentamente que tive de me apoiar numa lata de lixo), quem sabia, contudo, que eles eram os salvadores, os verdadeiros líderes, os portadores de algo precioso? Os portadores de algo incômodo, opressivo, que eles odiavam porque, vivendo fora do reino da história, não havia ninguém para reconhecer o valor deles, e eles próprios deixavam de compreendê-lo. E se o irmão Jack estivesse errado? E se a história fosse um jogador, em vez de uma força na experiência de um laboratório, e os rapazes, seu trunfo de reserva? E se a história não fosse um cidadão responsável, mas um louco repleto de perfídia paranoide, e esses rapazes fossem seus agentes, sua imensa surpresa? Sua própria vingança? Pois eles estavam fora, na escuridão, com Sambo, o boneco dançante de papel. Tomando-o no lombo com meu irmão degradado, Tod Clifton (Tod, Tod), correndo e se esquivando às forças da história, em vez de assumir uma posição dominadora.

Chegou um trem. Eu os segui lá dentro. Havia muitos lugares, e os três se sentaram juntos. Fiquei de pé, agarrado ao balaústre central, dominando o comprimento do carro. Num dos lados, vi uma freira branca, vestida de preto, rezando o terço, e, postada diante da porta do outro lado do corredor, havia outra vestida completamente de branco, exata duplicata da primeira, com exceção de que era negra e tinha os pés negros à mostra. Nenhuma das freiras olhava para a outra, mas para seus crucifixos, e, de repente, eu ri, e uns versos que ouvira muito tempo atrás na Golden Day se parafrasearam na minha cabeça.

> *Pão e Vinho,*
> *Pão e Vinho,*
> *Tua cruz num é nem de longe*
> *Tão pesada quanto a minha...*

E as freiras viajavam com as cabeças abaixadas.

Olhei os rapazes. Sentavam-se tão formalmente quanto andavam. De vez em quando, um deles olhava seu reflexo na janela e ajeitava a aba do chapéu. Os outros o observavam em silêncio, comunicavam-se ironicamente com os olhos, depois olhavam em linha reta para a frente. Cambaleei com a arremetida do trem, sentindo os ventiladores acima das cabeças jogar o ar quente sobre mim. O que era eu em relação aos rapazes, perguntei-me. Talvez um acidente, como Douglass. Talvez a cada cem anos ou algo parecido uns homens como eles, como eu, aparecessem na sociedade, deixando-se levar; no entanto, segundo toda a lógica da história, nós, eu, devíamos ter desaparecido em torno da primeira metade do século XIX, justificados pela existência. Talvez, como eles, eu fosse uma reversão, um pequeno e remoto meteorito que morreu há várias centenas de anos e vivia, hoje, apenas em função da luz que se desloca através do espaço a uma velocidade grande demais para compreender que sua fonte se converteu num pedaço de chumbo... Isso era tolo, fazer essas elucubrações. Olhei para os rapazes. Um dava pancadinhas no joelho do outro, e eu o vi tirar de um bolso interno três revistas enroladas, passar duas ao redor e manter uma consigo. Os outros pegaram as suas silenciosamente e começaram a ler completamente absorvidos. Um deles segurava a sua no alto, diante do rosto, e por um instante eu vi uma cena vívida: os trilhos brilhando, o hidrante, o policial caído, as aves que mergulhavam e, no meio do terreno, Clifton, desabando. Depois vi a capa de um livro de humor e pensei: Clifton os teria conhecido melhor do que eu. Ele sempre os conheceu. Estudei-os atentamente até deixarem o trem, sacudindo os ombros, as pesadas chapas dos calcanhares estalando distantes, mensagens enigmáticas no breve silêncio da parada do trem.

Saí do metrô fraco, caminhando no meio do calor como se transportasse uma pesada pedra, o peso de uma montanha em meus ombros. Os sapatos novos me feriam os pés. Nesse momento, seguindo através das aglomerações ao longo da Rua 125, eu estava dolorosamente cônscio dos outros homens que se vestiam como os rapazes e das garotas de meias escuras de cores exóticas, ou de seus trajes, que eram variantes surreais dos estilos do centro da cidade. Estariam por ali em toda a extensão, mas, de algum modo, eu as perdi. Perdi-as mesmo quando meu trabalho era mais bem-sucedido. Estavam fora do sulco da história, e era meu serviço levá-las para dentro, todas. Olhei o contorno de seus rostos, que dificilmente se distinguia de algum que eu conhecera no sul. Nomes esquecidos murmuravam em minha cabeça, como cenas esquecidas em sonho. Movia-me com a multidão e, com o suor escorrendo, escutava o triturante rugido do tráfego, e o som cada vez mais intenso do alto-falante de uma loja de discos que tocava um lânguido *blues*. Parei. Seria isso tudo o que estaria gravado? Seria essa a única história da época, uma disposição propagada por trompetes, trombones, saxofones e tambores, uma canção de palavras túrgidas, inadequadas? Minha cabeça transbordava. Era como se, nesse pequeno quarteirão, eu fosse obrigado a passar andando por todo mundo que eu já conhecesse, mas ninguém sorrisse ou me chamasse pelo nome. Ninguém me encarava nos olhos. Eu caminhava em isolamento febril. Perto da esquina, nesse instante, uma dupla de rapazes saía correndo de uma loja de 1,99 com as mãos cheias de barras de chocolate, deixando-as cair pelas calçadas, enquanto corriam de um homem que vinha imediatamente atrás. Vieram na minha direção, passaram por mim sondando, e eu refreei o impulso de passar uma rasteira no homem. Senti-me confuso, ainda mais quando uma velha, parada um pouco mais adiante, esticou a perna e brandiu uma pesada bolsa. O homem caiu, deslizando pela calçada, enquanto ela sacudia a cabeça, triunfante. Um sentimento de culpa se apossou de mim. Permaneci na beira da calçada observando a multidão que ameaçava atacar o homem, até aparecer um policial e dispersá-la. E, embora eu soubesse que ninguém podia fazer muito a esse respeito, senti-me responsável. Todo o nosso trabalho fora muito pequeno, e nenhuma grande mudança ocorrera. E tudo isso era por minha culpa. Estivera tão fascinado pelo movimento que me esquecera de avaliar o que ele estava produzindo. Estivera sonhando, adormecido.

Capítulo vinte e um

Quando voltei ao diretório, um pequeno grupo de partidários interrompera suas piadas para me dar as boas-vindas, mas eu não podia anunciar as novidades. Segui diretamente para o escritório só com um cumprimento de cabeça, fechando a porta para suas vozes, e fiquei ali sentado, olhando as árvores. O verde antes fresco das árvores, nesse instante, estava escuro e ressequido. Em algum lugar lá embaixo, um vendedor ambulante de roupas fazia tinir sua sineta e gritava. Depois, enquanto eu a combatia, a cena voltou — não a da morte, mas a dos bonecos. Por que eu perdera a cabeça e cuspira no boneco, perguntei-me. O que teria sentido Clifton quando me viu? Deve ter me odiado, atrás de sua fala, mas não me ignorara. Sim, e se divertira com minha estupidez política. Eu havia explodido e agido individualmente, em vez de denunciar o significado daqueles bonecos, a obscena ideia dele, e aproveitar a oportunidade para educar a multidão. Não perdemos nenhuma oportunidade para educar, e eu havia falhado. Tudo o que eu fizera foi fazê-los rir, o mais estrepitosamente possível... Ajudara e instigara o atraso social... A cena mudou — ele dorme ao sol e, dessa vez, vi um rastro de fumaça deixado por um avião dos que escrevem no céu demorando-se no espaço, e uma mulherona de vestido verde cintilante estava perto de mim exclamando: "Ah, ah!..."

Virei-me e encarei o mapa, tirando o boneco do bolso e jogando-o sobre a mesa. Meu estômago se embrulhava. Morrer por uma coisa assim! Apanhei-o como se fosse uma coisa impura, e olhava o papel em frangalhos. Os pés unidos de cartolina estavam pendentes, puxando as pernas de papel com pregas elásticas, uma estrutura de tecido, cartolina e cola. Mas eu sentia ódio por aquilo como por algo vivo. O que o fizera parecer dançar? Suas mãos de cartolina eram dobradas em punhos, os dedos delineados com tinta cor de abóbora, e eu notei que tinha duas faces, uma de cada lado do disco de cartolina, e ambas sorridentes. A voz de Clifton ressurgiu para mim, no modo como ele apresentava suas instruções para fazê-lo dançar, e eu o ajudei com os pés, estirei-lhe o pescoço, vendo-o encolher-se e deslizar para a frente. Tentei de novo, dando uma volta na outra face. Ele deu um safanão fatigado, sacudiu-se e caiu num amontoado.

— Continue, entretenha-me — ordenei-lhe, dando-lhe uma repuxada. — Você entretinha a multidão.

Virei-me para o outro lado. Uma face ria forçada e tão largamente quanto a outra. Ele rira de volta para Clifton, como ria em direção à massa, e o entretenimento desta fora a morte dele. Rira também quando me fiz de tolo e cuspi nele, e ainda ria quando Clifton me ignorou. Depois vi uma fina linha preta e a puxei do papel enrugado. Havia um laço dado na extremidade. Deslizei-o sobre meu dedo e fiquei esticando-o retesado. E dessa vez ele dançou. Clifton estivera fazendo-o dançar o tempo todo e a linha preta estivera invisível.

Por que você não o feriu?, perguntei a mim mesmo. Por que não tentou quebrar-lhe o queixo? Por que não o machucou e não o salvou? Você podia ter começado a lutar e os dois teriam sido presos sem nenhum tiro... Mas, de qualquer modo, por que ele opôs resistência ao guarda? Ele já fora preso, sabia até onde chegar com um guarda. O que dissera o guarda para fazê-lo ficar com tanta raiva a ponto de perder a cabeça? E de repente me ocorreu que ele podia ter ficado com raiva *antes* de resistir, antes mesmo de ver o guarda. Minha respiração se encurtou. Senti que enfraquecia. E se ele acreditou naquela versão de que eu *tinha* traído a causa? Era uma consideração repugnante. Por alguns instantes, pesei a hipótese, mas era demais para mim. Podia apenas aceitar a responsabilidade pelo vivo, mas não pelo morto. Afastei a ideia da cabeça. O incidente era político. Olhei o boneco, pensativo. O equivalente político de tal entretenimento é a morte. Mas essa é uma definição ampla demais. Seu significado econômico? Que a vida de um homem vale o preço de um boneco de dois pedaços de papel. Mas isso não afastava a ideia de que a minha raiva ajudara a levá-lo à morte. E a minha cabeça ainda lutava contra ela. Pois o que eu tinha a ver com a crise que partira a sua integridade? O que, em primeiro lugar, tinha eu a ver com aquela venda de bonecos? E, finalmente, eu também tinha de deixar aquilo de lado. Não era nenhum detetive e, politicamente, os indivíduos não tinham significado. O tiro, agora, era tudo o que se deixou dele: Clifton escolhera mergulhar fora da história e, a não ser pela imagem que aquilo compôs aos olhos da minha mente, só o mergulho foi gravado, sendo essa a única coisa importante.

Sentei-me empertigado, como se esperasse ouvir os estampidos de novo, lutando contra o peso que parecia puxar-me para baixo. Ouvi a sineta do vendedor ambulante de roupas... O que eu diria à comissão quando os relatos saíssem no jornal? Ela que vá para o inferno! Como eu explicaria os bonecos? Mas por que eu deveria dizer qualquer coisa? O que podíamos fazer para lutar novamente. *Essa* era a minha preocupação. A sineta tocou novamente no pátio lá embaixo. Olhei outra vez o boneco. Eu não podia pensar em nenhuma justificativa para Clifton ter vendido os bonecos, mas havia justificativas suficientes para lhe dar um funeral público, e então me agarrei à ideia como se salvasse minha vida. Muito embora eu desejasse afastar-me dela como desejara desviar-me do corpo encolhido de Clifton na calçada. Mas as disparidades entre nós eram grandes demais para tamanha fraqueza. Tínhamos de usar toda arma politicamente eficaz contra eles; Clifton compreendia isso. Ele tinha de ser sepultado e eu sabia da inexistência de parentes, alguém tinha de ver que ele era colocado na terra. Sim, os bonecos eram obscenos, e seu ato, uma traição. Mas ele era apenas um vendedor, não o inventor, e era necessário fazermos conhecer que o significado de sua morte era maior do que o incidente ou o objeto que a causou. Tanto como meio de vingá-lo como de prevenir outras mortes semelhantes... sim, e de atrair os membros perdidos para as fileiras. Seria impiedoso, mas no interesse da irmandade, pois temos apenas nossas mentes e corpos, ao passo que contra ela é vasto o poder do outro lado. Tínhamos de fazer o máximo possível. Pois eles tinham o poder para usar um boneco de papel, primeiro para destruir sua integridade e depois como desculpa para matá-lo. Tudo certo, de modo que utilizássemos seu funeral para recompor sua integridade... Pois isso é tudo o que ele tivera ou desejava. E então eu podia ver o boneco apenas vagamente, e gotas de umidade estavam caindo sobre o papel absorvente....

Eu estava curvado sobre aquilo, olhando fixamente, quando bateram à porta e eu saltei como se fosse um tiro, fazendo o boneco desaparecer no meu bolso e esfregando os olhos apressadamente.

— Entre — respondi.

A porta se abriu lentamente. Um grupo de membros jovens se precipitou para dentro, com a dúvida estampada no rosto. As garotas gritavam.

— É verdade?

— Que ele está morto? Sim — respondi, olhando para eles. — Sim.

— Mas por quê?...

— É um caso de provocação e assassinato! — disse eu, com a emoção começando a se tornar raiva.

Eles permaneceram ali, com seus rostos inquisidores.

— Ele está morto — disse uma garota, a voz sem convicção. — Morto.

— Mas o que eles querem dizer com essa história de que ele vendia bonecos? — indagou um rapaz alto.

— Não sei — respondi. — Só sei que ele levou um tiro. Desarmado. Eu sei como você se sente, eu o vi cair.

— Leve-me para casa — gritou uma garota. — Leve-me para casa!

Dei um passo para a frente e a segurei, uma criaturinha parda de meias soquete.

— Não, você não pode ir para casa — disse eu —, nenhum de nós. Temos de lutar. Gostaria de sair para o ar livre e esquecer isso, se pudesse. O que queremos não são lágrimas, mas ira. Devem lembrar, agora, de que somos lutadores, e em incidentes desse tipo devemos ver o significado da nossa luta. Temos que revidar. Quero que cada um de vocês reúna todos os membros que puder. Temos que dar a nossa resposta.

Uma das garotas ainda estava chorando convulsivamente quando eles saíram, mas todos se moviam rapidamente.

— Vamos, Shirley — disseram eles, puxando a garota do meu ombro.

Tentei entrar em contato com a sede, mas novamente não consegui falar com ninguém. Liguei para o ctoniano, mas não houve qualquer resposta. Desse modo, telefonei para uma comissão dos principais membros do diretório e avançamos lentamente por nossa conta. Tentei encontrar o jovem que estava com Clifton, mas ele havia desaparecido. Os membros se postaram na rua com latas, a fim de solicitar fundos para o enterro. Um comissão de três senhoras idosas foi ao necrotério reclamar o corpo. Distribuímos panfletos de moldura negra que denunciavam o comissário de polícia. Os pregadores foram informados, para fazer suas congregações enviarem ao prefeito cartas de protesto. A história se espalhou. Uma fotografia de Clifton foi enviada aos jornais dos negros e publicada. O povo estava agitado e com raiva. Organizavam-se comícios de rua. E, liberto (pela ação) de minhas indecisões, coloquei tudo o que tinha na preparação do funeral, embora me movesse numa espécie de entorpecida suspensão. Não fui para a cama por dois dias e duas noites, mas consegui tirar uns cochilos na escrivaninha. Comi muito pouco.

O funeral foi planejado para atrair o máximo número de pessoas. Em vez de associá-lo a uma igreja ou capela, escolhemos o parque Mount Morris, e foi enviado um apelo a todos os ex-membros para se unir ao cortejo fúnebre.

Ele aconteceu num sábado, no calor da tarde. Havia uma fina cobertura de nuvens, e centenas de pessoas se aglomeraram para a procissão. Eu circulava, distribuindo ordens e estímulos, num aturdimento febril, e, não obstante, parecendo observar tudo de um dos lados. Compareceram irmãos e irmãs que eu não via desde o meu regresso. E membros do centro da cidade e de distritos distantes. Observei-os com surpresa enquanto se reuniam e me espantei com a profundidade de sua tristeza, quando os cordões começaram a se formar.

Havia bandeiras a meio pau e flâmulas negras. E também havia letreiros de moldura negra, em que se lia:

IRMÃO TOD CLIFTON:
NOSSA ESPERANÇA MORTA A TIROS

Havia uma brigada de percussão alugada, portando surdos tarjados de preto. E havia uma banda de trinta componentes. Não houve carros, e pouquíssimas flores.

Foi uma procissão lenta, e a banda tocou marchas militares, tristes, românticas. E, quando a banda silenciou, o grupo de tambores marcou o compasso com baquetas abafadas. Foi algo quente e explosivo. Os entregadores evitaram o distrito e os destacamentos de polícia tiveram o número aumentado. Para cima e para baixo, nas ruas, as pessoas olhavam das janelas dos apartamentos, enquanto homens e rapazes permaneceram nos terraços, ao sol levemente encoberto. Marchei para a dianteira, com os dirigentes da velha comunidade. Era uma marcha lenta, e quando, de vez em quando, eu olhava para trás, podia ver jovens *zoot suiters*, *hipsters* e homens de sobretudo ou jogadores de salão que foram engrossar a procissão. Saíam homens dos barbeiros com o rosto ensaboado e as toalhas pendentes, para observar e comentar com as vozes abafadas. E eu me perguntei: serão todos amigos de Clifton, ou isso só se deve ao espetáculo, à música de andamento vagaroso? Um vento quente soprou por trás de mim, trazendo um odor nauseante e adocicado, como o cheiro de algumas cadelas no cio

Olhei para trás. O sol brilhava sobre a massa de cabeças desimpedidas, e acima das bandeiras, das flâmulas, dos metais brilhantes, eu podia ver o ataúde cinzento e barato se movendo elevado, sobre os ombros dos companheiros mais altos de Clifton, que, de vez em quando, o passavam serenamente para outros. Eles o carregavam bem no alto e o carregavam orgulhosamente: havia em seus olhos uma tristeza indignada. O ataúde flutuou como um navio pesadamente carregado num canal, insinuando-se lentamente por cima das cabeças curvadas e submersas. Eu podia ouvir o firme ondulado dos tambores de cordas abafadas, e todos os outros sons estavam suspensos em silêncio. Por trás, a caminhada dos pés; adiante, a multidão se alinhando nas esquinas, pelos quarteirões. Havia lágrimas, soluços contidos e muitos olhos sofridos, avermelhados. Seguimos adiante.

A princípio, serpenteamos através das ruas mais pobres, negra imagem da dor, depois dobramos para a Sétima Avenida, descemos e viramos para Lenox. Em seguida, apressei-me num táxi com os irmãos dirigentes, na direção do parque. Um irmão, no Departamento do Parque, abrira a torre de vigia, e uma tosca plataforma de pranchas e cavaletes de serrador enfileirados havia sido construída debaixo do sino de ferro negro. Então, quando a procissão principiou a entrar no parque, estávamos de pé lá em cima, esperando. Ao nosso sinal, ele tocou o sino e eu pude sentir os tímpanos latejando com o velho, cavernoso *dum, dom, dum* de fazer as entranhas vibrarem.

Olhando para baixo, pude vê-los serpenteando em massa para cima, ao som amortecido dos tambores. Crianças paravam de brincar na grama para acompanhar com os olhos, e enfermeiras, no hospital próximo, iam para o telhado observar, com os uniformes brancos resplandecendo no sol já descoberto, como lírios. E multidões se aproximavam do parque, vindas de todas as direções. Os tambores abafados batiam nesse momento, retumbando firmemente e espalhando um silêncio morto pelo ar, uma prece pelo soldado desconhecido. Então, olhando mais para baixo, senti um desamparo. Por que eles estavam ali? Por que nos haviam encontrado? Porque conheciam Clifton? Ou, naquela oportunidade, sua morte lhes dera uma hora e um lugar para manifestar seus protestos e se reunir, levantar-se tocando, suando, respirando e olhando na mesma direção? Uma coisa e outra se explicavam adequadamente em si mesmas? Isso significava amor ou ódio politizado? E podia a política, alguma vez, ser uma expressão de amor?

O silêncio se espalhava sobre o parque, desde o lento ressoar abafado dos tambores até o avanço arrastado dos passos sobre as calçadas. Depois, em algum lugar da procissão, uma voz masculina, queixosa e antiga surgiu com uma canção, hesitante e embaraçada no silêncio, a princípio solitária, até que, na banda, uma tuba tenor procurou desajeitadamente a tonalidade e captou a melodia, um o apanhando e levantando acima do outro, e o outro o perseguindo, enquanto dois pombos se levantavam acima de um celeiro branco como um crânio, para despencar e subir através do ar sereno e azul. E, em poucos compassos, o doce e puro tom da tuba e a rouca voz de barítono do velho entoaram um dueto no silêncio quente e pesado. "Muitos milhares se foram."* E, postando-me

---

* Tradução quase literal de "There's many a Thousand Gone", de outra célebre canção negra norte-americana. (*N. do T.*)

lá no alto do parque, alguma coisa lutava na minha garganta. Era uma canção do passado, do passado do *campus* e do passado ainda anterior do lar. E, nesse instante, alguns dos mais velhos daquela massa passavam a participar. Não pensei antes naquilo como uma marcha, mas, nesse instante, eles marchavam em seu ritmo de passos lentos, até a colina. Olhei o instrumentista da tuba e vi um esguio homem negro com o rosto voltado para o sol, cantando através dos revolvidos metais da tuba. E, vários metros atrás, marchando ao lado dos jovens que faziam flutuar o ataúde no alto, vi a cara do velho que havia despertado a canção e senti uma pontada de inveja. Era um rosto amarelo, gasto e velho, tinha os olhos fechados e eu podia ver um vergão de faca em torno do pescoço erguido, enquanto sua garganta desprendia a canção. Ele cantava com o corpo todo, dizendo cada verso tão naturalmente quanto andava, com a voz se levantando acima de todas as outras, fundindo-se com a da lúcida tuba. Eu o observava então, de olhos úmidos, o cálido sol sobre a cabeça, e senti um prodígio naquela massa cantante. Era como se a canção tivesse estado ali todo o tempo como se ele a conhecesse e a despertasse, e eu soubesse que também a conhecera e tivesse deixado de cantá-la por causa de uma vergonha ou de um medo vago, inominável. Mas ele sabia disso e a lançava. Até os irmãos e irmãs brancos participavam. Eu olhava aquele rosto, tentando sondar-lhe o segredo, mas ele nada me dizia. Eu olhava o ataúde e os marchadores, escutando-os e compreendendo, porém, que estava escutando algo dentro de mim mesmo — e, por um segundo, ouvi a despedaçante batida do meu coração. Algo profundo havia sacudido a multidão, e tanto o velho como o homem da tuba haviam causado isso. Eles haviam tocado em algo mais profundo do que protesto ou religião; embora, nesse instante, imagens de todas as reuniões de igreja da minha vida brotassem dentro de mim com raiva muito sufocada e esquecida. Mas isso era passado, e muitos daqueles que chegavam então ao cume da montanha e se espalhavam aglomerados jamais o haviam compartilhado, e alguns haviam nascido em outras terras. Todavia, todos estavam sensibilizados: a canção nos despertara a todos. Não eram as palavras, pois elas eram as mesmas e antigas palavras nascidas dos escravos. Era como se ele tivesse mudado a emoção por baixo das palavras ao mesmo tempo que, no entanto, a antiga e ansiosa, transcendente, resignada emoção ainda soasse acima, aprofundada agora por aquele algo a que a teoria da irmandade não me revelara nenhum nome. Permaneci ali tentando contê-la, enquanto eles conduziam o ataúde de Tod Clifton para a torre e subiam lentamente a escada em espiral. Eles o colocaram sobre o estrado, olhei para o feitio do barato ataúde cinzento e tudo o que pude lembrar foi o som de seu nome.

A canção havia terminado. O topo da pequena colina estava apinhado de estandartes, clarins e faces levantadas. Eu podia olhar direto da Quinta Avenida até a rua 125, onde os policiais se alinhavam atrás de um cortejo dos carros de cachorro-quente e de sorvete; e, entre os carrinhos, eu vi um vendedor de amendoim de pé atrás de um poste de iluminação sobre o qual os pombos se juntavam, vendo-o em seguida estender os braços com as palmas voltadas para cima, de modo que, num instante, ele ficou coberto, na cabeça, nos ombros e nos braços estirados, de aves que agitavam as asas e se deleitavam.

Alguém me deu uma cotovelada e eu estremeci. Era a hora das palavras finais. Mas eu não tinha nenhuma palavra, nunca fora a um funeral da irmandade e não tinha nenhuma ideia de como era o ritual. Mas eles estavam esperando. Fiquei ali sozinho, não havia nenhum microfone para me defender, somente o ataúde diante de mim, apoiado sobre cavaletes capengas de carpinteiro.

Olhei seus rostos queimados pelo sol, em busca das palavras certas, sentindo a inutilidade daquilo tudo e certa raiva. O que esperavam ouvir? Por que tinham vindo? Por que aquilo era diferente do que fizera o rapaz de faces coradas se emocionar com o fato de Clifton cair por terra? O que eles queriam e o que podiam fazer? Por que não tinham vindo quando podiam haver interrompido tudo aquilo?

— O que vocês esperam que eu lhes diga? — gritei repentinamente, com a voz estranhamente clara no ar parado. — Qual o bem que isso fará? E se eu disser que isso não é um funeral, que é uma comemoração de feriado, e, se vocês ficarem mais um pouco, a banda acabará tocando *Damit-the-hell the Funs All Over?* Ou vocês esperam ver algum tipo de mágica, o morto se levantar e andar de novo? Vão para casa, ele está tão morto quanto possível. Esse é o fim no começo e não há bis. Não haverá nenhum milagre e ninguém, aqui, para fazer um sermão. Vão para casa, esqueçam-no. Ele está dentro de seu caixão, recém-morto. Vão para casa e não pensem mais nele. Está morto, e tudo o que vocês podem fazer é pensar em si mesmos.

Fiz uma pausa. Eles estavam sussurrando e olhando para cima.

— Eu disse a vocês que fossem para casa — gritei —, mas vocês continuam aí de pé. Não sabem como é quente ao sol, fora daqui? Então, por que esperarem pelo pouco que lhes posso dizer? Posso dizer em vinte minutos o que se construiu em vinte e um anos e acabou em vinte segundos? O que vocês estão esperando, quando tudo o que posso dizer é o nome dele? E, quando eu o disser a vocês, o que saberão que já não saibam, com exceção, talvez, de seu nome?

Eles escutavam atentamente, como se olhassem não para mim, mas para o feitio de minha voz, pelo ar.

— Tudo certo, vocês realmente escutam ao sol, e ao sol tentarei dizer-lhes. Depois vocês irão para casa e o esquecerão. Esquecem-no. Seu nome era Clifton e eles o mataram com um tiro. Seu nome era Clifton, era alto e algumas pessoas o achavam bonito. Embora ele não acreditasse nisso, eu também acho que ele era. Seu nome era Clifton, seu rosto era negro, e o cabelo era espesso, com anéis fortemente enovelados — ou os chamemos pixaim, ou ruim. Ele está morto, não interessa mais a ninguém e, exceto para umas poucas garotas, isso pouco importa... Vocês compreenderam? Podem imaginá-lo? Pensem em seu irmão, ou em seu primo John. Seus lábios, nos cantos, eram marcados por uma curva ascendente. Tinha olhos bons e um par de mãos firmes, e tinha um coração. Pensava a respeito das coisas e as sentia profundamente. Não o chamarei de nobre, pois o que tem a ver isso com um de nós? Seu nome era Clifton. Tod Clifton e, como qualquer homem, nasceu de uma mulher para viver algum tempo, envelhecer e morrer. De modo que essa é a história atual. Seu nome era Clifton e por algum tempo viveu entre nós e suscitou umas poucas esperanças na jovem humanidade do homem, e em nós, que o conhecemos e amamos, e ele morreu. Assim, por que vocês esperam? Ouviram isso tudo. Por que esperam algo mais, se tudo o que posso fazer é repeti-lo?

Eles continuavam ali e me ouviam. Não esboçavam qualquer reação.

— Muito bem, então eu lhes direi. Seu nome era Clifton, e ele era jovem, e era um líder e, quando ele tombou, havia um buraco no calcanhar da meia, e ali, estirado no chão, parecia não ser tão alto como quando estava de pé. Assim ele morreu; e nós, que o amávamos, nos reunimos aqui para pranteá-lo. É simples assim, e tão curto quanto isso. Seu nome era Clifton, e era negro, e o mataram a tiros. Não é o bastante dizer isso? Não é tudo o que vocês precisam saber? Não é o suficiente para aplacar sua sede de drama e ir para casa, dormir e esquecer? Tomem uma bebida e esqueçam isso. Ou leiam a notícia no *The Daily News*. Seu nome era Clifton e eles o mataram a tiros, e eu estava ali, vi-o cair. Assim, eu sei do que estou falando.

"Eis aqui os fatos. Ele estava de pé e caiu. Caiu e se ajoelhou. Ajoelhou-se e sangrou. Sangrou e morreu. Caiu prostrado como qualquer pessoa, e seu sangue se derramou como qualquer sangue; *vermelho* como qualquer sangue, úmido como qualquer sangue, e refletindo o céu, os edifícios, as aves e as árvores, e o rosto de vocês, se olhassem seu espelho sombrio, bem como se secou ao sol, como se seca o sangue. Isso é tudo. Eles derramaram seu sangue e ele sangrou. Eles o abateram e ele morreu. O sangue correu na calçada, formando uma poça, cintilou por algum tempo e, depois de algum tempo, ficou opaco, depois empoeirado, secando-se em seguida. Essa é a história e é como terminou. É uma velha história, e houve sangue demais para comover vocês. Além disso, só é importante quando enche as veias de um homem vivo. Vocês não estão cansados dessas histórias? Não estão fartos de sangue? Então, por que me ouvem, por que não se vão? Faz calor, fora daqui. Aqui, há cheiro de formol. A cerveja está gelada nos botequins, os saxofones hão de tudo adoçar lá no Savoy, um mundo de boas e hilariantes mentiras serão contadas nos barbeiros e salões de beleza, e haverá sermões em duzentas igrejas, no frescor da noite, e uma profusão de gargalhadas nos cinemas. Vamos ouvir *Amos e Andy*,[*] e esquecer tudo isso. Aqui você tem apenas a mesma e velha história. Não há nem mesmo uma

---

[*] Minissérie cômica americana, que se passsava em uma comunidade negra e fez grande sucesso na década de 1950. (*N. do T.*)

jovem mulher neste lugar, toda de vermelho, para prnateá-lo. Nada para dar a vocês aquela boa e antiga sensação de espanto. A história é tão curta quanto simples demais. Seu nome era Clifton, Tod Clifton. Estava desarmado, e sua morte foi tão sem sentido quanto sua vida foi fútil. Lutou pela irmandade numa centena de esquinas das ruas e achava que isso o tornaria mais humano, mas morreu como qualquer cachorro numa estrada.

— Tudo, tudo certo — exclamei, sentindo-me desesperado. Não era o caminho que eu queria seguir: não era político. O irmão Jack provavelmente não o aprovaria de modo algum, mas eu tinha de continuar como podia. — Escutem-me enquanto me levanto sobre esta pretensa montanha! — gritei. — Deixem-me contá-lo como realmente foi! Seu nome era Tod Clifton e ele estava cheio de ilusões. Achava que era um homem, mas era apenas Tod Clifton. Atiraram nele por um simples engano de julgamento, e ele sangrou, e seu sangue secou, e dentro em pouco a multidão calcou as manchas sob seus pés. Era um engano normal, de que muitos são culpados: ele pensou que era um homem e que os homens não se destinavam a ser maltratados. Mas estava quente, no centro, e ele esqueceu sua história, esqueceu o tempo e o lugar. Perdeu o controle da realidade. Havia um guarda e uma plateia à espera, mas ele era Tod Clifton e os guardas estão em toda parte. O guarda? O que dizer sobre ele? Era um guarda. Um bom cidadão. Mas esse guarda tinha um dedo impaciente e a propensão, auditiva, de buscar uma palavra que rimasse com o "apertão" do gatilho; quando Clifton caiu, percebeu que a encontrara. O policial exprimiu sua fala e a rima se completou. Olhem apenas em torno de vocês. Olhem o que ele fez, olhem dentro de vocês e sintam seu pavoroso poder. Era perfeitamente natural. O sangue correu como o sangue no assassinato de uma história em quadrinhos, numa rua de história em quadrinhos, numa cidade de história em quadrinhos, num mundo de história em quadrinhos.

"Tod Clifton pertence à sua época. Mas o que fazer com vocês nesse calor sob o sol encoberto? Agora, ele é parte da história, e recebeu sua verdadeira liberdade. Eles não lhe escrevinharam o nome num bloco padronizado? Sua raça: negro! Religião: desconhecida, provavelmente batista de nascimento. Lugar de nascimento: EUA. Alguma cidade do sul. Pais: desconhecidos. Endereço: desconhecido. Ocupação: desempregado. *Causa mortis* (seja específico): rejeição da realidade, na forma de um revólver calibre .38 nas mãos do agente de polícia que o prendia, na Rua 42, entre a biblioteca e o metrô, no calor da tarde, dos ferimentos a tiro recebidos de três balas, detonadas em três movimentos: uma entrou no ventrículo direito do coração, aí se alojando, a outra seccionou os gânglios raquidianos, deslocando-se para baixo e se alojando na pelve; e a terceira atravessou as costas e se deslocou sabe Deus para onde.

"Assim foi a curta e amarga vida do irmão Tod Clifton. Agora ele está aqui, neste caixão de tampa lacrada. Está no caixão e nós com ele, e, assim que eu acabar este relato, vocês vão poder partir. Viremos todos num caixão escuro e apertado com um teto rachado e um banheiro entupido no corredor. Tem ratos e baratas, além de ser uma moradia muito, mas muito dispendiosa. O ar é ruim, e fará frio, neste inverno. Tod Clifton está apertado e precisa de espaço. 'Digam-lhes para tirá-lo do caixão', é o que ele diria se o pudessem ouvir. 'Digam-lhes para tirá-lo do caixão e vão ensinar os policiais a esquecer aquela rima. Digam-lhes para lhes ensinar que, quando eles chamam vocês de *negão*, para fazer uma rima com o 'apertão' do gatilho, pois isso faz a arma atirar.'

"É isso, enfim. Dentro de poucas horas, Tod Clifton não passará de uma ossada fria debaixo da terra. E não se iludam, pois esses ossos não se levantarão de novo. Vocês e eu estaremos no caixão. Não sei se Tod Clifton tinha uma alma. Só conheço a dor que sinto na cabeça, minha sensação de perda. Não sei se *vocês* têm uma alma. Só sei que vocês são pessoas de carne e sangue; e que o sangue se derramará, a carne se esfriará. Não sei se todos os guardas são poetas, mas sei que todos os guardas portam armas engatilhadas. E sei também como somos rotulados. De modo que, em nome do irmão Clifton, tomem cuidado com o ataque do revólver. Vão para casa, acalmem-se, fiquem longe do sol. Esqueçam-no. Quando estava vivo, era a nossa esperança, mas por que se preocupar com uma esperança que está morta? Desse modo, há só uma coisa deixada para se contar, e já a contei. Seu nome era Tod Clifton, ele acreditava na irmandade, despertava as nossas esperanças, e morreu.

Não pude continuar. Lá embaixo, eles estavam esperando, com as mãos e os lenços fazendo sombra nos olhos. Um pregador se aproximava e lia algo de sua Bíblia, e eu permaneci olhando a multidão com uma sensação de malogro. Deixara-os escapar-me, fora incapaz de apresentar as questões políticas. E eles ali continuavam, banhados pelo sol e empapados de suor, escutando-me repetir o que era sabido. Naquele instante, o pregador terminara, alguém fez sinal para o chefe da banda e houve música solene, enquanto os que levavam o féretro desceram com ele as escadas em espiral. A multidão ainda continuava, enquanto seguíamos lentamente. Pude sentir sua magnitude, seu desconhecimento e sua tensão contida — se de lágrimas ou de ódio, eu não tinha como dizer. Mas, enquanto seguíamos e descíamos a colina em direção ao carro fúnebre, pude senti-la. A aglomeração suava, palpitava e, embora estivesse em silêncio, havia muitas coisas dirigidas a mim através de seus olhos. No meio-fio estava o carro fúnebre e uns poucos outros. Dentro de alguns minutos, estes se encheram e a multidão ainda estava em pé, assistindo, enquanto levávamos Tod Clifton. E, quando lancei um último olhar, vi não uma multidão, mas cada um dos rostos dos homens e das mulheres presentes.

Nós nos afastamos e, quando os carros pararam, havia um túmulo e nós o colocamos nele. Os coveiros suavam em bicas, conheciam bem o seu serviço e tinham sotaque irlandês. Eles encheram a cova rapidamente e nós saímos. Tod Clifton estava sepultado.

Voltei pelas ruas tão cansado quanto se eu mesmo tivesse cavado, sozinho, a sepultura. Senti-me confuso e indiferente ao me deslocar no meio das multidões, que pareciam ferver em movimento, numa espécie de névoa, como se finas nuvens úmidas se tivessem espessado e se depositassem diretamente acima das nossas cabeças. Eu desejava ir a algum lugar, a algum recanto calmo para descansar sem a reflexão, mas ainda havia muito a ser feito. Os planos tinham de ser criados; a emoção das multidões tinha de ser organizada. Deslizei furtivamente, percorrendo uma calçada do sul com clima do sul, de vez em quando fechando os olhos de encontro aos estonteantes vermelhos, amarelos e verdes das camisas esporte baratas e dos vestidos de verão. A multidão fervia, suava, inchava, as mulheres com sacolas de compras, os homens com os sapatos caprichosamente engraxados. Mesmo no sul, eles sempre lustravam os sapatos. "Sapatos engraxados, aceitação garantida", passou-me na cabeça. Na Oitava Avenida, os carrinhos dos ambulantes estacionavam de ponta a ponta do meio-fio, com improvisados dosséis que protegiam do sol as frutas perecíveis e os vegetais. Eu podia sentir o mau cheiro do repolho que se estragava. Um vendedor de melancias se mantinha na sombra, ao lado de seu caminhão, estendendo uma comprida fatia de melão de um alaranjado de carne, e proclamando seus produtos com roucos apelos à nostalgia, lembranças da infância, verde sombra e frescor do verão. Laranjas, cocos e abacates se encontram em ordeiras pilhas sobre mesinhas. Passei, serpenteando através da multidão, que se movia lentamente. Flores que perdiam o lustro e definhavam, rejeitadas no centro da cidade, resplandeciam febrilmente num carrinho, como andrajos atraentes que se inflamassem sob o borrifar inútil de uma lata de suco de fruta perfurada. A multidão era feita dessas figuras em ebulição vistas através do vidro fumegante de uma máquina de lavar roupa e, nas ruas, o destacamento da polícia montada se mantinha vigilante, os olhos esquivos debaixo das palas curtas e polidas dos quepes, com os seus corpos se inclinando para a frente, as rédeas atentas e folgadas, homens e cavalos de carne que imitavam homens e cavalos de pedra. A *morte* de Tod* Clifton, pensei. Os camelôs gritavam por cima dos sons do tráfego, e eu parecia ouvi-los a determinada distância, incerto do que eles diziam. Numa rua lateral, crianças com triciclos arqueados desfilavam pela calçada levando um dos cartazes IRMÃO TOD CLIFTON, NOSSA ESPERANÇA MORTA A TIROS.

E, através da bruma, senti uma vez mais a tensão. Não havia como negar: estava lá, e algo tinha de ser feito, antes que ela se evaporasse, no ar quente do verão.

---

* Trocadilho: o prenome do amigo, em alemão, quer dizer "morte". (*N. do T.*)

Capítulo vinte e dois

Quando os vi ali sentados e em mangas de camisa, inclinados para a frente e agarrando os joelhos cruzados com as mãos, não me surpreendi. Estou contente de que sejam vocês, pensei, serão apenas negócios, sem lágrimas. Era como se eu tivesse esperado encontrá-los ali, precisamente como naqueles sonhos em que dava de cara com meu avô me olhando do outro lado do espaço insondável de um aposento de sonho. Olhei para trás sem surpresa ou emoção, embora soubesse, mesmo no sonho, que a surpresa era a reação normal e que sua ausência devia ser vista com certa desconfiança, como uma advertência.

Eu estava de pé exatamente dentro da sala, espreitando-os enquanto deixava cair meu blusão, vendo-os reunidos em torno de uma mesinha sobre a qual descansava um jarro d'água, um copo e dois cinzeiros. Uma metade da sala estava escura e só uma luz se mantinha acesa, diretamente em cima da mesa. Eles me olharam silenciosamente, o irmão Jack com um sorriso tão superficial quanto seus lábios, a cabeça erguida para um dos lados, estudando-me com seus olhos penetrantes. Os outros, com expressão vazia, fitavam-me a partir dos olhos que nada pareciam revelar e provocavam uma profunda incerteza. A fumaça subia em espirais de seus cigarros, enquanto eles se sentavam perfeitamente contidos, à espera. De modo que vocês vieram, afinal, pensei, passando por tudo e caindo numa das cadeiras. Apoiei o braço sobre a mesa, notando-lhe o frescor.

— Bem, como foi? — indagou o irmão Jack, estendendo as mãos entrelaçadas através da mesa e olhando-me com a cabeça inclinada para um dos lados.

— Você viu a aglomeração — disse eu. — Nós finalmente a trouxemos para fora.

— Não, não vimos a multidão. Como foi?

— Eles foram postos em movimento — respondi —, um imenso número deles. Mas, além disso, eu não sei. Eles estavam conosco, mas, até onde, eu não sei... — E, por um momento, pude ouvir minha própria voz no silêncio da sala de alto pé-direito.

— Ei! Isso é tudo que o grande tático tem a nos dizer? — indagou o irmão Tobitt. — Em que direção eles se moveram?

Eu o encarei, consciente do entorpecimento de minhas emoções: elas haviam se escoado num canal longo e profundo demais.

— É para a comissão decidir. Eles estavam despertos, isso era tudo o que nós podíamos fazer. Tentamos duas, três vezes comunicar-nos com a comissão para obter uma orientação, mas não conseguimos.

— E então?

— Então fomos em frente sob minha responsabilidade pessoal.

Os olhos do irmão Jack se estreitaram.

— Como é que é? — perguntou ele. — Sua o quê?

— Minha responsabilidade pessoal — respondi.

— Sua responsabilidade pessoal — repetiu o irmão Jack. — Vocês ouviram isso, irmãos? Eu ouvi corretamente? Onde você arranjou isso, irmão? — indagou ele. — Isso é estarrecedor; onde você arranjou?

— Com a sua ma... — principiei, e me segurei a tempo. — Na comissão — respondi.

Houve uma pausa. Fitei o rosto que se avermelhava, enquanto eu tentava orientar-me. Uma fibra tremia, no centro do meu estômago.

— Todo mundo saiu — acrescentei, tentando completar. — Vimos a oportunidade e o grupo concordou conosco. Seria ruim demais perdê-la...

— Vejam vocês, ele lamenta a possibilidade de a perdermos — disse o irmão Jack. Ele nos estendeu a mão. Eu podia ver as linhas profundamente riscadas na palma de sua mão. — O grande tático da responsabilidade *pessoal* lastima a nossa ausência...

"Ele não vê como eu me sinto, pensei comigo, não pode ver por que eu fiz isso? O que ele está tentando fazer? Tobbit é um tolo, mas por que *ele* está levantando esse assunto?"

— Você podia ter dado o passo seguinte — observei, carregando nas tintas. — Fomos tão longe quanto podíamos...

— Na sua res-pon-sa-bi-li-da-de pessoal — disse o irmão Jack, curvando a cabeça com as palavras.

Olhei-o firmemente, dessa vez.

— Fui encarregado de reconquistar nossos adeptos, de modo que tentei. Da única maneira que conhecia. Qual é a sua crítica? O que há de errado nisso?

— E agora — disse ele, esfregando o olho com um delicado movimento do punho — o grande tático pergunta o que está errado. É possível que algo esteja errado? Vocês ouvem isso, irmãos?

Houve uma tosse. Alguém encheu um copo d'água e eu pude ver que este se encheu muito depressa, em seguida o rápido escoar-se, como o de um arroio, das gotas finais que pingavam da borda do jarro para o copo. Olhei para ele, e minha cabeça tentava concentrar-se nas coisas.

— Vocês reconhecem que ele admite a *possibilidade* de estar incorreto? — indagou Tobbit.

— Pura modéstia, irmão. A mais pura modéstia. Temos aqui um tático extraordinário, um Napoleão da estratégia e da responsabilidade pessoal. "Bata enquanto o ferro está quente", essa é sua divisa. "Apodere-se da oportunidade conforme seu gargalo." "Atire no meio dos olhos deles", "Corte-os pela raiz", e assim por diante.

Eu me levantei.

— Não sei a respeito do que é isso tudo, irmão. O que está tentando dizer?

— Agora temos uma boa pergunta, irmãos. Sente-se, por favor. Está agitado. Ele quer saber o que estamos tentando dizer. Temos aqui não apenas um extraordinário tático, mas alguém que aprecia as sutilezas de expressão.

— Sim, e o sarcasmo, quando é bom — acrescentei.

— E a disciplina? Sente-se, por favor, está agitado.

— E a disciplina. E as ordens, e a consulta, quando é possível obtê-las — completei.

O irmão Jack teve um riso forçado.

— Sente-se, sente-se. E a paciência?

— Quando não estou sonolento e exausto — disse eu — e superaquecido como estou exatamente agora.

— Você aprenderá — disse ele. — Você aprenderá e se submeterá mesmo sob tais condições. *Especialmente* sob tais condições, é esse seu valor. É o que a torna paciência.

— Sim, suponho que estou aprendendo agora — observei. — *Exatamente* agora.

— Irmão — disse ele secamente. — Você não tem nenhuma ideia de quanto está aprendendo. Por favor, sente-se.

— Está bem — concordei, sentando-me de novo. — Mas, ao ignorar por um segundo minha educação pessoal, gostaria de que você se lembrasse que o povo, nesses dias, está com pouca paciência para conosco. Nós podíamos usar esse tempo com mais proveito.

— E eu podia dizer a você que os políticos não são seres individuais — disse o irmão Jack —, mas não o farei. Como podíamos usá-lo mais proveitosamente?

— Dominando sua raiva.

— De modo que, uma vez mais, nosso grande tático ajudou. Hoje, ele é um homem ocupado. Primeiro, uma oração sobre o corpo de Brutus, e agora uma palestra sobre a paciência do povo negro.

Tobitt se regalava. Pude ver o cigarro lhe tremer nos lábios, enquanto riscava um fósforo para acendê-lo.

— Proponho que publiquemos suas observações num panfleto — disse ele, correndo um dedo sobre o queixo. — Elas devem gerar um fenômeno natural...

Era melhor aquilo parar exatamente aí, pensei comigo. Minha cabeça estava ficando quente e eu tinha o peito apertado.

— Olhe — falei —, um homem desarmado foi morto. Um irmão, um membro importante assassinado a tiros por um policial. Perdêramos nosso prestígio na comunidade. Vi a oportunidade de reorganizar o povo, por isso agi. Se isso foi incorreto, então eu errei, então diga-o diretamente, sem essa merda. Será preciso mais do que sarcasmo para tratar com aquela multidão ali.

O irmão Jack ficou vermelho; os outros se entreolharam.
— Ele não leu os jornais — disse alguém.
— Você esquece — disse o irmão Jack — que não lhe era necessário: ele estava ali.
— Sim, eu estava ali — respondi. — Se você se está referindo ao assassínio.
— Ali, vocês estão vendo — disse o irmão Jack. — Ele estava na cena.
O irmão Tobitt empurrou a borda da mesa com as palmas das mãos.
— E você ainda organizou aquele espetáculo paralelo do sepultamento!
Meu nariz coçava. Voltei-me para ele intencionalmente, com um riso forçado.
— Como podia haver um espetáculo paralelo sem você como astro e atração maior? O que estava errado no enterro? Quem puxou dois vinténs para o ingresso, irmão Twobitt?*
— Agora estamos fazendo progresso — disse o irmão Jack, montado ao contrário na cadeira. — O estrategista levantou uma questão muito interessante. O que estava errado, ele pergunta. Tudo bem, eu responderei. Sob a sua direção, um traidor, que mercadeja instrumentos desprezíveis para a intolerância racista antinegro e antiminoritária, recebeu o funeral de um herói. Você ainda pergunta o que está errado?
— Mas o fato de ele ser um traidor não importava — argumentei.
Ele ficou meio erguido, agarrando as costas da cadeira.
— Nós todos ouvimos que você admite isso.
— Nós protestamos contra a morte a tiros de um homem negro desarmado.
Ele jogou as mãos para a frente. "Você que vá para o inferno", pensei. Para o inferno. Ele era um homem!
— Esse homem negro, como você o chama, era um traidor — disse o irmão Jack. — Um traidor!
— O que é um traidor, irmão? — perguntei, sentindo um prazer malvado enquanto contava os dedos. — Ele era um homem e um

---

* Mais um trocadilho: *Two bits* são "dois vinténs", daí o nome do personagem (Tobbitt) trocado por Twobitts. (*N. do T.*)

negro; um homem e um irmão; um homem e um traidor, como você diz; depois ele passou a ser um homem morto, e, vivo ou morto, era um poço de contradições. De tal modo que ele atraiu para as ruas metade do Harlem debaixo do sol, em resposta à nossa convocação. Então, o que é um traidor?

— Desse modo, agora, ele recua — disse o irmão Jack. — Observem-no, irmãos. Depois de colocar o movimento em posição de obrigar um traidor a descer para os conflitos dos negros, ele pergunta o que um traidor é.

— Sim — disse eu. — Sim e, como você diz, é uma ótima questão, irmão. Algumas pessoas me chamam de traidor porque estive trabalhando no centro da cidade; algumas me chamariam de traidor se eu estivesse na Defesa Civil e outras simplesmente se me sentar no meu canto e me mantiver em silêncio. É claro que eu considerei o que Clifton fez.

— E você o defende!

— Não por isso. Estava tão desgostoso quanto você. Mas que diabo, a morte a tiros de um homem desarmado não é politicamente mais importante do que o fato de ele vender bonecos obscenos?

— De modo que você exerceu sua responsabilidade pessoal — disse Jack.

— Isso é tudo o que eu tinha para seguir em frente. Não fui chamado para a reunião de estratégia, lembre-se.

— Você não percebe com o que estava brincando? — disse Tobitt.

— Você não tem nenhum respeito pelo seu povo?

— É um grande risco dar a você a oportunidade — disse um dos outros.

Olhei para ele.

— A comissão pode desdenhá-lo, se o quiser, mas, enquanto isso, por que todo mundo se encontra tão transtornado? Se nem sequer um décimo do povo olhasse para os bonecos, como nós o fazemos, nosso trabalho seria um pouco mais fácil. Os bonecos não são nada.

— Nada — confirmou Jack. — Esse nada que pode explodir em nossa cara.

Suspirei.

— Sua cara está a salvo, irmão — disse eu. — Você não pode ver que eles não pensam em termos tão abstratos? Se o fizessem, talvez o novo programa não houvesse fracassado. A irmandade não é o povo negro; nenhuma organização o é. Tudo o que você vê na morte de Clifton é que ela pode prejudicar o prestígio da irmandade. Você o vê apenas como um traidor. Mas o Harlem não reage desse modo.

— Agora ele nos fará uma preleção sobre os reflexos condicionados do povo negro — disse Tobitt.

Virei-me para ele. Eu me sentia muito cansado.

— E qual é a fonte de suas grandes contribuições para o movimento, irmão? Uma carreira em espetáculo de variedades? E a de seu profundo conhecimento dos negros: você é de uma antiga família de proprietários de terra? A imagem de sua mãe negra se embaralha toda noite em seus sonhos?

Ele abriu e fechou a boca, como um peixe.

— Direi ser do seu conhecimento que me casei com uma jovem negra bela e inteligente — disse.

E é isso que faz você tão petulante, pensei comigo, vendo então como a luz o atingia em dado ângulo e lhe fazia uma sombra em forma de cunha por trás do nariz. De modo que é... e, como eu suspeitava, havia uma mulher naquilo?

— Irmão, eu lhe peço desculpas — disse eu. — Enganei-me a seu respeito. Você é dos nossos. Na verdade, você mesmo deve ser praticamente um negro. Foi por imersão ou injeção?

— Agora, veja aqui — disse ele, empurrando a cadeira novamente.

Venha, pensei, faça apenas um movimento. Apenas outro pequeno movimento.

— Irmãos — chamou Jack, com os olhos em mim. — Vamos ater-nos à discussão. Estou intrigado. Você estava dizendo...

Observei Tobitt. Ele olhava fixamente. Dei uma risada.

— Eu dizia que, aqui, nós sabemos que o policial pouco se importava com as ideias de Clifton. Ele foi morto por ser negro e por resistir. Principalmente por ser negro.

O irmão Jack franziu o cenho.

— Você está usando o termo "raça" de novo. Mas como eles se sentiram em relação aos bonecos?

— Estou usando a raça. Sou obrigado a usar — respondi. — E, quanto aos bonecos, eles sabem que, até onde se refere aos guardas, Clifton podia ter estado vendendo letras de canção, bíblias, pães ázimos. Se fosse branco, estaria vivo. Ou se aceitasse passivamente o mau tratamento...

— Negro e branco, branco e negro — disse Tobbit. — Temos de ficar escutando esse absurdo racista?

— Você não precisa não, irmão negro — disse eu. — Você obtém sua própria informação diretamente da fonte. É uma fonte mulata, irmão? Não responda: a única coisa errada é que a sua fonte é muito limitada. Você não pensa efetivamente que a multidão hoje foi para a rua porque Clifton era um membro da irmandade?

— E por que ela *foi* para a rua? — disse Jack, chegando a se endireitar como se fosse pular para a frente.

— Porque demos a ela a oportunidade de expressar seus sentimentos, de se autoafirmar.

Irmão Jack esfregou os olhos.

— Você sabia que se tornou um teórico? — disse ele. — Você me impressiona.

— Duvido disso, irmão, mas não há nada como isolar um homem para fazê-lo pensar — observei.

— É, isso é verdade. Algumas de nossas melhores ideias foram concebidas na prisão. Só que você não esteve na prisão, irmão, e não foi contratado para pensar. Você esqueceu isso? Caso o tenha feito, escute-me: você não foi contratado para pensar. — Ele estava falando de maneira muito ponderada, e eu pensei: desse modo... desse modo, eis aí, desnudado, velho e putrefato. Desse modo, está escancarado...

— Desse modo, agora eu sei onde estou — disse eu — e com quem.

— Não desvirtue minha intenção. Para todos nós, a comissão se ocupa do pensamento. Para *todos* nós. E você foi contratado para falar.

— Está certo. Fui *contratado*. As coisas vêm sendo tão fraternas que eu acabei esquecendo o meu lugar. Mas, e se eu quiser expressar uma ideia?

— Nós fornecemos todas as ideias. Temos algumas bem instigantes. As ideias são parte do nosso aparato. Apenas as ideias corretas para a ocasião correta.

— E suponhamos que vocês se enganem sobre a ocasião.

— Caso isso algum dia ocorra, esteja sossegado.

— Ainda que eu esteja certo?
— Você não deve dizer nada, a menos que o fato tenha passado pela comissão. De outro modo, proponho que continue a dizer a última coisa que você disse.
— E quando o meu povo reclama que eu fale?
— A comissão terá uma resposta!
Olhei para ele. A sala estava quente, silenciosa, enfumaçada. Os outros me olhavam estranhamente. Ouvi o ruído nervoso de alguém que esmagava o cigarro num cinzeiro de vidro. Empurrei minha cadeira para trás, respirando profundamente, ponderando. Estava num caminho perigoso, pensei em Clifton e tentei sair daquilo.

Subitamente, Jack sorriu e se meteu novamente no papel paternal.
— Vamos manejar a teoria e a atividade da estratégia — disse ele. — Nós somos experientes. Somos diplomados, e você, como ativo iniciante, queimou diversas etapas. Mas eram etapas importantes, especialmente para a aquisição de conhecimento estratégico. Para tanto, é necessário ver a pintura como um todo. Ela abrange mais do que os olhos encontram. Com a visão extensa e a visão curta, mais a visão total dominada, talvez você não venha a caluniar a consciência política do povo do Harlem.

Ele não pode entender que estou tentando dizer-lhes o que é verdadeiro, pensei comigo. Minha condição de membro me impede de perceber o Harlem?

— Tudo certo — concordei. — É a sua maneira de ver, irmão; só que a consciência política do Harlem é precisamente uma coisa a respeito da qual eu sei um pouco. É uma classe que eles não me deixariam ignorar. Descrevo uma parcela da realidade que conheço.

— E essa é a afirmação mais contestável de todas — disse Tobitt.

— Eu sei — respondi, deixando o polegar correr pela borda da mesa.

— Sua fonte particular os informa de modo diferente. Fez-se história nessa noite, hein, irmão?

— Eu o adverti — disse Tobitt.

— De irmão para irmão, irmão — disse eu —, tente movimentar-se mais por aí. Fique sabendo que hoje foi a primeira vez, durante semanas, que eles escutaram nossos apelos. E eu lhe direi algo mais: se não levarmos adiante o que se fez hoje, pode ser a última...

— De modo que ele, finalmente, chega quase a predizer o futuro — interrompeu o irmão Jack.
— É possível... embora eu espere que não.
— Tem contato com Deus — ironizou Tobitt. — Com o Deus negro. Virei para ele e sorri com sarcasmo. Ele tinha olhos cinzentos e suas íris eram muito largas. Os músculos se lhe enrugavam nos maxilares. Eu mantinha sua defesa sob controle e ele estava balançando a esmo.
— Nem com Deus, nem com a sua mulher, irmão — disse-lhe eu. — Nunca me encontrei com qualquer dos dois. Mas trabalhei no meio do povo, até agora. Peça a sua mulher para levá-lo para perto dos botequins, dos barbeiros, dos bares e das igrejas, irmão. Sim, e para os salões de beleza, aos sábados, quando elas passam a escova quente nos cabelos. Uma história completa, e sem registro, é revelada então, irmão. Você não acreditaria nela, mas é verdadeira. Diga a ela para levar você à noite na frente de uma casa de cômodos barata e escutar o que se diz. Faça-a sair para uma esquina e deixe-a dizer-lhe o que é ser rebaixado. Você descobrirá que muitas pessoas estão zangadas por termos deixado de levá-las à ação. Eu insistirei nisso, como insisto no que vejo, no que sinto ou no que ouvi, e no que sei.
— Não — disse o irmão Jack, tomando-me a palavra —, você insistirá nas decisões da comissão. Nós estamos fartos disso. A comissão toma as suas decisões, e sua execução não se acha em dar importância excessiva às equivocadas noções do povo. O que aconteceu com sua disciplina?
— Não estou atacando a disciplina. Estou tentando ser útil. Tento ressaltar uma parte da realidade que a comissão parece não encontrar. Apenas com uma demonstração, nós poderíamos...
— A comissão já decidiu contra essas demonstrações — disse o irmão Jack. — Esses métodos já não são eficientes.
Algo pareceu sair de debaixo dos meus pés e, com o canto do olho, tomei a súbita consciência dos objetos que ficavam no lado escuro do corredor.
— Mas ninguém viu o que aconteceu hoje? — indaguei. — O que foi aquilo, um sonho? O que era ineficiente em torno dessa multidão?
— Essas multidões são apenas nossa matéria-prima, *uma* das matérias-primas a serem trabalhadas pelo programa.

Olhei ao redor da mesa e balancei a cabeça.

— Não admira que eles nos insultem e nos acusem de traição...

Houve uma súbita movimentação.

— Repita isso — gritou o irmão Jack, dando um passo adiante.

— É verdade e repetirei. Esta tarde mesmo eles estiveram dizendo que a irmandade os traiu. Eu lhe digo o que me foi dito, e foi por isso que o irmão Clifton desapareceu.

— É uma mentira indefensável — disse o irmão Jack.

E eu o fitei, agora lentamente, pensando: "se é assim, assim é..."

— Não me fale uma coisa dessas — falei calmamente. — Nunca me falem uma coisa dessas, nenhum de vocês. Eu lhes disse o que ouvi. — Tinha nesse momento a mão no bolso, e o grilhão da perna do irmão Tarp em torno da articulação dos meus dedos. Olhei cada um dos elos individualmente, tentando conter-me e sentindo, contudo, aquilo me escapar. Minha cabeça rodava, como se eu cavalgasse um carrossel supersônico. Jack me olhava, com um novo interesse atrás dos olhos, inclinado para a frente.

— De modo que você ouviu — disse ele. — Muito bem, pois agora ouça isto: não moldamos nossas políticas para as noções equivocadas e infantis do homem das ruas. Nossa atividade não é lhes perguntar o que eles acham, mas *dizer-lhes*!

— Você disse isso — assinalei —, e essa é uma coisa que você mesmo pode dizer-lhes. Você não é, afinal de contas, o Grande Pai Branco?

— Não o pai deles, mas o guia. E o seu guia. E não se esqueça disso.

— *Meu* líder certamente, mas qual é exatamente a natureza da sua relação com eles?

Seus cabelos chegaram a se eriçar.

— O guia. Como guia da irmandade, eu sou o guia deles.

— Mas você tem certeza de que não é o seu Grande Pai Branco? — indaguei, observando-o atentamente, certo de seu silêncio irado e sentindo o fluxo da tensão dos dedos dos pés às pernas, enquanto puxei os pés rapidamente debaixo de mim. — Não seria melhor eles o chamarem de Mestre Jack?

— Agora escute aqui — começou ele levantando-se de um salto para se inclinar sobre a mesa, e eu ajustei um pouco a minha cadeira em torno de suas pernas traseiras, enquanto ele se interpunha entre mim e a luz, agarrando a borda da mesa, esbravejando numa língua estranha, meio engasgado, tossindo e sacudindo a cabeça, ao passo que eu então me equilibrava na ponta dos pés, pronto para arremeter, vendo-o acima de mim e os outros atrás dele, quando algo, de repente, pareceu desprender-se de seu rosto. Você está vendo coisas, pensei comigo, ouvindo-o bater fortemente na mesa e girar, ao mesmo tempo que seu braço tirava e arrancava um objeto do tamanho de uma grande bola de gude, deixando-o cair, plaft! dentro de seu copo, e eu pude ver a água espirrar de maneira irregular, como luz que se parte, para saltar em rápidas gotículas através do oleoso tampo da mesa. A sala parecia achatar-se. Senti-me projetado para um ponto qualquer acima e abaixo deles, sentindo um choque na extremidade da minha espinha, enquanto as pernas da cadeira golpeavam o assoalho. O carrossel se acelerara, eu ouvi a voz de Jack, mas já não a escutava. Olhei fixamente o copo, vendo como a luz brilhava através dele, lançando com precisão uma sombra transparente e estriada contra a fibra escura da mesa, e ali, sobre o fundo do copo, estava um olho. Um olho de vidro. Um olho branco e leitoso distorcido pelos raios da luz. Um olho que me fitava concentrada e fixamente, como das águas escuras de um poço. Depois, eu estive olhando para ele como se permanecesse acima de mim, delineado contra a metade escurecida do corredor.

— Você tem de aceitar a disciplina. Ou você aceita as decisões, ou você sai...

Encarei-o, cheio de indignação. Seu olho esquerdo havia desabado, e uma linha de crua vermelhidão se mostrava onde a pálpebra se recusava a se fechar, assim como sua contemplação perdera todo controle. Olhei de seu rosto para o copo, pensando: ele o desentranhou de si mesmo só para me confundir... E os outros sabiam disso o tempo todo. Não estavam sequer surpreendidos. Fitei fixamente o olho, certo de que Jack regulava cada deslocamento, para um lado e para o outro, até gritar:

— Irmão, você me acompanha? — Ele estacou, relanceando-me com ciclópica irritação. — Qual é o problema?

Eu o olhei fixamente, incapaz de responder.

Então ele compreendeu e se aproximou da mesa, com um sorriso malicioso.

— Então é isso. Então isso deixa você pouco à vontade, não é? Você é um sentimentalista — disse ele, arrastando o copo e fazendo o olho virar de cabeça para baixo na água, de modo que a partir daí ele parecia espreitar-me do vibrante fundo do copo. Ele sorriu, conservando o nível volteador com seu encaixe vazio, e fazendo a água rodopiar. — Você não conhecia isso?

— Não, e não queria conhecer.

Alguém riu.

— Veja, isso demonstra há quanto tempo você tem estado conosco.

Ele abaixou o copo.

— Perdi meu olho no cumprimento do dever. O que você acha disso? — perguntou ele, com um orgulho que me deixou ainda mais irritado.

— Não me importo nem um pouco sobre como o perdeu, contanto que o mantenha escondido.

— Isso é porque você não avalia o significado do sacrifício. Recebi ordens para atingir um objetivo e o atingi. Compreende? Ainda que eu tenha perdido o meu olho para fazê-lo...

Nesse momento, ele exultava, mantendo erguido o olho no copo, como se fosse uma medalha de honra ao mérito.

— Nada parecido com aquele traidor Clifton, não é? — indagou Tobitt.

Os outros se divertiram.

— Claro — respondi. — Claro! Foi um ato heroico. Salvou o mundo, e agora esconda esse buraco aberto!

— Não o superestime — disse Jack, então mais tranquilo. — Os heróis são os que morrem. Isso não foi nada... depois que aconteceu. Uma lição menor na disciplina. E você sabe o que é a disciplina, irmão Responsabilidade Pessoal? É sacrifício, *sacrifício*, SACRIFÍCIO!

Ele derrubou o copo sobre a mesa, salpicando a água sobre o dorso da minha mão. Eu a sacudi como uma folha. De modo que este é o significado da disciplina, pensei, sacrifício... sim, e cegueira; ele não me vê. Nem sequer me vê. Estou a ponto de esganá-lo? Não sei. Ele, possivelmente, não pode fazê-lo. Eu ainda não sei. Veja! Disciplina é sacrifício. Sim, e cegueira. Sim. E eu sentado aqui, enquanto ele tenta intimidar-me. É isso, com seu maldito olho cego no copo... Você devia mostrar-lhe que consegue compreender? Você não devia? Ele não devia saber? Depressa! Você não devia? Olhe para aquilo ali, um bom trabalho, uma imitação quase perfeita, que parecia viva... Você devia, não devia? Talvez ele tivesse sido castigado onde aprendeu aquela língua dentro da qual mergulhou. Você não devia? Obrigue-o a falar a língua desconhecida, a língua do futuro. Que diferença isso faz para você? Disciplina. Está aprendendo, ele não disse? É isso? Eu continuo? Você está sentado aqui, não está? Você concorda, não concorda? Ele disse que você aprenderia tanto quanto está aprendendo, de sorte que ele viu isso todo o tempo. É um decifrador, não devíamos mostrar-lhe? Desse modo, sentar-se aqui é o caminho, e aprender, nunca se preocupar com o olho, ele está morto... Tudo certo agora, olhe para ele, veja-o virando-se então, para a esquerda, para a direita, vindo com as pernas curtas em direção a você. Veja-o, tum, tum, o farol de um olho só. Tudo certo, tudo certo... Tum, tum, o farol de pernas curtas. Tudo certo! Apanhe-o! O farol dialético de troco a menos... Tudo certo. Então, agora você está aprendendo... Mantenha-o sob controle... Paciência... Sim...

Encarei-o novamente, como se fosse a primeira vez, vendo um homem metido a pequeno galo de briga, com uma testa alta e uma órbita vazia e em carne viva, que renegava a própria pálpebra. Fitei-o cuidadosamente, nesse instante com algumas das placas vermelhas se dissipando, e com a sensação de que acordava exatamente de um sonho. Eu havia regressado para perto.

— Compreendo como você se sente — disse ele, transformado num ator que terminava seu papel numa peça e falava de novo com a voz natural. — Eu me lembro da primeira vez em que me vi desse modo e não foi agradável. E não pense que eu não preferiria meu velho olho verdadeiro de volta. — Ele então tocou a água em busca do olho e eu pude ver sua lisa forma entre esférica e amorfa deslizar entre os dois dedos dele e jorrar através do copo como se estivesse à procura de um meio de rebentar. Então ele o pegou, sacudindo a água e soprando-o enquanto caminhava para o lado escuro da sala.

— Mas quem sabe, irmãos — disse ele, com as costas viradas —, talvez, se fizermos o nosso trabalho direito, a nova sociedade me haverá de suprir um olho verdadeiro. Tal coisa não é totalmente fantástica, embora eu tenha ficado sem o meu por bastante tempo... Que horas são, por falar nisso?

Mas que tipo de sociedade o fará ver-me, pensei comigo, ouvindo Tobitt responder:

— Seis e quinze.

— Então é melhor partirmos imediatamente, temos um longo caminho a percorrer — disse ele, enquanto vinha andando ao acaso. Tinha então o olho no lugar e sorria. — Como está isso? — perguntou-me.

Balancei a cabeça afirmativamente; estava muito cansado. Simplesmente balancei a cabeça.

— Bom — disse ele. — Espero, sinceramente, que isso jamais aconteça com você. Sinceramente.

— Se acontecer, quem sabe você me recomende a seu oculista — observei —, depois eu posso não ver a mim mesmo, como os outros não me veem.

Ele me olhou de maneira esquisita e, em seguida, riu.

— Vejam, irmãos, ele está brincando. Parece novamente fraternal. Mas, da mesma maneira, espero que você nunca precise de um desses. Nesse ínterim, vamos embora e vejamos Hambro. Ele esboçará o programa e lhes dará as instruções. Quanto ao dia de hoje, deixemos as coisas como estão. É um desenvolvimento importante, se formos bem-sucedidos. De outra maneira, será esquecido — disse ele, vestindo o paletó. — E vocês verão que é o melhor a ser feito. A irmandade deve agir como uma unidade coordenada.

Voltei-me para ele. Eu novamente me tornava consciente dos odores e precisava de um banho. Os outros tinham se levantado e se moviam em direção à porta. Fiquei de pé, sentindo a camisa grudar nas minhas costas.

— Uma última coisa — disse Jack, colocando a mão em meu ombro e falando tranquilamente. — Cuidado com esse temperamento; é disciplina, também. Aprenda a destruir seus adversários fraternos com ideias, com habilidade polêmica. O restante é para nossos inimigos. Poupe-o para eles. E vamos descansar um pouco.

Eu começava a tremer. Seu rosto parecia avançar e recuar, recuar e avançar. Ele sacudiu a cabeça e sorriu de modo sinistro.

— Sei como você se sente — disse ele. — E é muito ruim todo esse esforço não ter resultado em nada. Mas isso é, em si mesmo, uma forma de disciplina. Eu lhe falo do que aprendi e sou um bocado mais velho do que você. Boa noite.

Olhei-o no olho. Então ele sabe como me sinto. Qual olho é realmente o cego?

— Boa noite — despedi-me.

— Boa noite, irmão — todos eles disseram, à exceção de Tobitt.

Será noite, mas não será boa, pensei, clamando finalmente: "Boa noite."

Eles saíram, eu peguei o paletó, segui e me sentei à escrivaninha. Ouvi-os descendo a escada e o fechar da porta lá embaixo. Senti-me como se estivesse assistindo a uma comédia ruim. Só que esta era real, eu estava nela e ela era a única vida historicamente significativa que eu podia viver. Se eu a deixasse, não ficaria em parte alguma. Tão morto e tão insignificante quanto Clifton. Fiquei com pena do boneco na sombra e deixei-o cair na escrivaninha. Ele estava definitivamente morto, e nada viria de sua morte nesse instante. Era inútil até mesmo para as aves de rapina. Ele esperara tempo demais, as orientações haviam se voltado contra ele. Mal conseguira um funeral. E isso era tudo. Era apenas uma questão de uns poucos dias, mas ele fora malsucedido e não havia nada que eu pudesse fazer. Mas ao menos ele estava morto e longe de tudo.

Fiquei sentado ali por algum tempo, cada vez mais rebelde e lutando contra isso. Não conseguia sair e tinha de manter os contatos, para lutar. Mas eu nunca mais seria o mesmo. Nunca. Depois dessa noite, eu sempre pareceria o mesmo, ou me sentiria como tal. Exatamente o que viria a ser, eu não sabia: não podia voltar ao que era — o que não era muito —, mas perdera demais para ser o que era. Algo de mim, também, havia morrido com Tod Clifton. De modo que eu visitaria Hambro, fosse qual fosse o resultado. Subi e fui para o corredor. O copo ainda estava na mesa e eu o atirei para o outro lado da sala, ouvindo-o tilintar e rolar no escuro. Depois, desci as escadas.

Capítulo vinte e três

O bar, no térreo, estava quente e cheio, com uma acalorada discussão rolando a respeito do homicídio de Clifton. Fiquei de pé nas proximidades da porta e pedi um *bourbon*. Depois, alguém reparou em mim e os outros tentaram atrair-me.

— Por favor, nesta noite não — pedi. — Ele era um dos meus melhores amigos.

— Ah, está certo — disseram eles, eu tomei outro *bourbon* e fui embora.

Quando cheguei à Rua 125, aproximei-me de um grupo de trabalhadores das liberdades civis que divulgava um abaixo-assinado exigindo a demissão do policial responsável e, num quarteirão mais adiante da mesma via pública, uma pregadora de rua conhecida gritava um sermão a respeito do massacre dos inocentes. Uma quantidade de gente muito maior do que eu imaginara se agitava por causa daquela morte. Bom, pensei comigo, quem sabe isso, afinal, não se extinguisse. Talvez eu visitasse Hambro naquela noite.

Pequenos grupos estavam o tempo todo na rua e eu me desloquei com crescente velocidade até alcançar, de um momento para o outro, a Sétima Avenida; ali, debaixo de um poste de iluminação com uma multidão ao redor dele, estava Rás, o Exortador — o último homem do mundo que eu queria ver. E foi no exato momento em que me virei que o vi inclinar-se entre suas bandeiras, gritando:

— Olhem, olhem, lá vai o replesentante da ilmandade. Lás está vendo coletamente? Tentava esse cavalheilo passal pol nós sem sel notado? Pelguntem *a ele* soble isso. O que o senhol está espelando? O que faz a lespeito do nosso jovem neglo molto a tilos pol causa de sua mentilosa olganização?

Eles se voltaram me encarando e me cercando. Alguns chegaram a ficar atrás de mim e tentaram empurrar-me mais para dentro da multidão. O Exortador se inclinava, apontando para mim, debaixo do sinal verde.

— Pelguntem-lhe o que faz a lespeito, senholas e senholes. Eles tão cum medo — ou são a gente blanca e seus ajudantes neglos se agalando uns com os otlo pla tlair nós?

— Tire as mãos de mim — gritei quando alguém chegou perto e me pegou no braço.

Ouvi uma voz que me xingava brandamente.

— Deem ao irmão a oportunidade de responder! — disse alguém.

Suas caras se amontoavam à minha volta. Eu quis rir, pois subitamente compreendi que não sabia se havia sido parte de uma traição ou não. Mas aquela gente não estava com nenhuma disposição para o riso.

— Senhoras e senhores, irmãos e irmãs — disse eu. — Eu me recuso a responder a um ataque desses. Uma vez que vocês todos me conhecem, e conhecem o meu trabalho, não considero isso necessário. Mas me parece altamente desonroso usar a infortunada morte de um de nossos jovens mais promissores como desculpa para atacar uma organização que vem trabalhando para dar um fim a semelhantes atrocidades. Qual foi a primeira organização a agir contra esse homicídio? A irmandade! Qual foi a primeira a levantar o povo? A irmandade! Qual será sempre a primeira a promover a causa do povo? Novamente a irmandade!

"Nós sempre agimos e sempre agiremos. Garanto a vocês. Mas de nossa própria e disciplinada maneira. E agiremos de maneira positiva. Recusamo-nos a desperdiçar nossas energias, e as de vocês, em atos prematuros e irrefletidos. Somos todos americanos, todos nós, negros ou brancos, independentemente do que lhes diga o homem ali da escada. Americanos. E deixamos para o cavalheiro ali de cima abusar do nome do morto. A irmandade se entristece e sente profundamente a perda de seu irmão. E estamos convencidos de que a morte dele será o começo de mudanças profundas e duradouras. É bastante fácil esperar pelo minuto em que um homem é seguramente sepultado e depois se pôr sobre uma escada de mão para sujar a lembrança de tudo aquilo em que ele acreditava. Mas criar algo duradouro com sua morte requer tempo e planejamento cuidadoso.

— Cavalheilo — gritou Rás —, atenha-se à questão. Você não está lespondendo à minha pelgunta. *O que vocês estão fazendo a lespeito do assassinato?*

Eu me movi para as margens da multidão. Se aquilo continuasse daquele jeito, poderia ser desastroso.

— Pare de abusar do morto para seus próprios objetivos egoístas — alertei. — Deixe-o descansar em paz. Cesse de retalhar o seu cadáver!

Eu me afastei enquanto ele vociferava, ouvindo gritos de "Contem-lhe soble isso!" "Ladlão de túmulos!".

O Exortador acenava com os braços e apontava, gritando.

— Este homem é um ajudante pago do esclavista blanco! Onde ele esteve nos últimos poucos meses enquanto nossos bebês neglos e nossas mulheres estavam soflendo?

— Deixe o morto descansar em paz — gritei, ouvindo alguém clamar: "Poxa, homem, volte pra África. Todo mundo conhece o irmão."

Bom, eu pensei, bom. Nesse momento, houve um tumulto atrás de mim e eu me virei, vendo dois homens pararem abruptamente. Eram homens do Rás.

— Escute, o senhor — eu disse, voltado para ele. — Se o senhor sabe o que é bom para si, há de recolher seus asseclas. Dois deles parecem querer seguir-me.

— Isso é uma puta mentila! — gritou ele.

— Há testemunhas, se qualquer coisa me acontecer. Um homem que procura a morte que antes de ser sepultado tentará qualquer coisa, mas eu o previno.

Havia gritos raivosos de algumas pessoas na multidão, e eu vi os homens continuarem a passar por mim com ódio nos olhos, deixando a multidão desaparecer perto da esquina. Rás, nesse momento, atacava a irmandade e outros lhe respondiam da plateia, enquanto eu continuava, seguindo outra vez em direção à Lenox. Eu avançava e passava pela frente de um cinema quando eles me agarraram e começaram a me esmurrar. Mas, dessa vez, eles escolheram o lugar errado: o porteiro do cinema interveio e eles correram de volta para o comício de rua de Rás. Agradeci ao porteiro e prossegui. Eu tivera sorte: eles não chegaram a me machucar, mas Rás se tornava atrevido novamente. Numa rua menos movimentada, eles podiam ter me causado algum dano.

Alcançando a avenida, caminhei para o meio-fio e chamei um táxi, vendo-o passar direto. Uma ambulância passou correndo, depois outro táxi, com a bandeira abaixada. Olhei para trás. Senti que eles me observavam de algum lugar do alto da rua, mas eu não podia vê-los. Por que não vinha um táxi?! Então três homens com elegantes ternos creme de verão vieram ficar perto de mim no meio-fio, e alguma coisa do lado deles me golpeou como um martelo. Todos usavam óculos escuros. Eu vira isso milhares de vezes, mas subitamente o que eu tomara como vazia imitação de um capricho de Hollywood se inundou de significação pessoal. Por que não, pensei comigo, por que não, e saí disparado pela rua para entrar no frio de uma farmácia de ar-condicionado.

Vi-as num estojo repleto de viseiras para sol, redes de cabelo, luvas de borracha, um cartão de cílios falsos, e me apoderei das lentes mais escuras que pude achar. Eram de um vidro verde tão escuro que parecia preto, e coloquei-as imediatamente, mergulhando na escuridão e me encaminhando para fora.

Mal conseguia ver. Era, então, quase noite, e as ruas se apinhavam de uma verde indefinição. Desloquei-me lentamente pela plataforma perto do metrô e esperei que os olhos se adaptassem. Uma estranha vaga de excitação fervia dentro de mim, enquanto eu espreitava a luz sinistra. E então, através das quentes lufadas de ar vindas do subterrâneo, as pessoas emergiam, eu pude sentir os trens fazendo vibrar a calçada. Um táxi apareceu para deixar um passageiro e eu estava prestes a pegá-lo quando a mulher subiu a escada e parou diante de mim, sorrindo. Ora essa, pensei comigo, vendo-a ali em pé, sorrindo com o seu vestido de verão muito justo; uma grande e jovem mulher que exalava o perfume Christmas Night e que agora vinha para perto.

— Rinehart, querido, é você? — chamou ela.

Rinehart, pensei. Então, é o que funciona. Ela colocou a mão sobre o meu braço e, mais depressa do que eu pensava, ouvi minha própria resposta:

— É você, querida? — e esperei, com a respiração tensa.

— Bem, dessa vez você chegou na hora — disse ela. — Mas o que você tá fazendo de cabeça nua? Onde tá o chapéu novo que comprei para você?

Tive vontade de rir. A fragrância de "Noite de Natal" me envolveu nesse instante e eu vi o rosto dela se mover para mais perto, com os olhos que se arregalavam.

— Diz aí, você não é Rinehart, cara! O que tá tentando fazer? Você nem fala como Rine. Que história é essa?

Eu ri, recuando.

— Acho que estamos ambos equivocados — disse eu.

Ela deu alguns passos para trás, segurando a bolsa e me olhando, confusa.

— Eu realmente não tive nenhuma má intenção. Você me desculpe. Com quem foi que você me confundiu?

— Rinehart, e é melhor não deixá-lo apanhar você fazendo de conta que é ele.

— Não — respondi. — Mas você parecia tão contente de vê-lo que não pude resistir. Ele é realmente um homem de sorte.

— E eu podia ter jurado que você era ele. Homem, vá embora daqui, antes de me deixar numa enrascada — disse ela, afastando-se para um lado, e eu saí.

Era muito estranho. Mas aquilo acerca do chapéu foi uma boa ideia, pensei, apressando-me então e procurando os homens do Rás. Estava perdendo tempo. Na primeira loja de chapéus, entrei e comprei o chapéu mais largo do estoque e o coloquei. Com este, pensei, eu devia ser visto mesmo numa tempestade de neve — só que eles pensariam que eu era algum outro.

Então, voltei para a rua e caminhei em direção ao metrô. Meus olhos se adaptaram rapidamente: o mundo ganhou uma intensidade verde-escura, as luzes dos carros brilhavam como estrelas, os rostos eram um borrão misterioso, os letreiros extravagantes dos cinemas se atenuavam reduzindo-se a um resplendor suave e sinistro. Eu me obriguei a voltar para o comício do Rás, com um andar audacioso e presumido. Era esta a prova real: se ela funcionasse, eu iria de igual modo até a casa do Hambro sem problemas. No tumultuado período que se aproximava, eu poderia andar para um lado e para o outro.

Dois homens se aproximaram, pisando a passos largos e cadenciados, o que fazia suas pesadas camisas esporte de seda se agitarem ritmicamente sobre seus corpos. Também usavam óculos escuros, tinham os chapéus postos no alto da cabeça, com as abas para baixo. Um par de *hipsters*, pensei, exatamente como eles falavam.

— O que você tá dizendo aí, paizinho? — perguntaram.
— Rinehart, papá, conta pra gente o que você aprontou? — disseram eles.

Que diabo, provavelmente são amigos dele, pensei, acenando e seguindo.

— A gente sabe o que você tá fazendo, Rinehart — gritou um deles.
— Fica frio, meu velho, fica frio!

Acenei de novo, como se estivesse na brincadeira. Eles riram, atrás de mim. Nesse momento, eu me aproximava do fim do quarteirão, ensopado de suor. Quem era esse Rinehart e o que *era* que ele aprontava? Eu teria de aprender mais a seu respeito, para evitar posteriores identificações equivocadas...

Um carro passou com o rádio estrondeando. Lá na frente, eu podia ouvir o Exortador vociferando asperamente para a multidão. Em seguida, caminhei nas proximidades, e cheguei a uma interrupção ostensivamente no espaço deixado para os pedestres passarem através da multidão. Na retaguarda, eles formavam filas duplas em frente às vitrines das lojas. Diante de mim, os ouvintes se misturavam numa obscuridade pintada de verde. O Exortador gesticulava violentamente, atacando a irmandade.

— A hola da gente agi é essa. Nós temo de expulsá eis do Halem — gritou ele. E, por um segundo, pensei que ele me flagrara na varredura dos olhos, e me retesei. — Lás disse pla expulsá eis! É hola de Lás, o Exoltadol, virá Lás, o DESTLUIDOL!

Gritos de aprovação se levantavam e eu olhei atrás de mim, vendo os homens que me haviam seguido, e pensando: O que ele quer dizer com *destruidor*?

— Lepito, senholas e senholes neglos, chegô a hola da gente agi! Eu, Lás, o Destluidor, lepito, *chegô a hola*!

Eu tremia de emoção. Eles não me haviam reconhecido. A coisa funciona, pensei. Eles veem o chapéu, não a mim. Há uma mágica nisso. Ele me esconde bem em frente de seus olhos... Mas, subitamente, não me senti seguro. Com Rás clamando pela destruição de tudo o que é branco no Harlem, quem poderia prestar atenção em mim? Eu precisava de uma prova melhor. Se eu levasse a cabo o meu plano... Que plano? Que diabo, não sei, continuemos.

Livrei-me da multidão e saí, dirigindo-me à casa de Hambro.

Um grupo de *zoot-suiters* me cumprimentou de passagem.

— Oi, opa, paizinho — chamaram eles. — Oi, opa!

— Oi, opa! — cumprimentei.

Foi como se, pela roupa e pelo modo de andar, eu me tivesse inscrito numa fraternidade em que era reconhecido de relance, não pelas feições, mas pelo vestuário, pelo uniforme, pelo passo. Mas isso dava origem a uma outra incerteza. Eu não era um *zoot-suiter*, mas uma espécie de político. Ou eu era? O que aconteceria numa prova verdadeira? O que dizer dos colegas que foram tão insultuosos no Jolly Dollar? Na reflexão, eu estava a meio caminho, através da Oitava Avenida, e voltei sobre meus passos, disputando um ônibus para a cidade.

Havia muitos dos clientes costumeiros encarapitados em torno do balcão. O salão estava apinhado, e Barrelhouse estava de serviço. Pude sentir a armação dos óculos cortando-me a crista do nariz, enquanto inclinei o chapéu e forcei passagem para o balcão. Barrelhouse me olhou rispidamente e seus lábios se projetaram.

— De que marca você vai beber esta noite, seu pentelho? — disse ele.

— Pode ser Ballantine* — respondi, com a minha voz normal.

---

* Nos Estados Unidos, uma das cervejas mais apreciadas tem o nome do famoso uísque escocês. (*N. do T.*)

Espiei os olhos dele enquanto colocava a cerveja diante de mim e batia no balcão com a mão enorme, em busca de dinheiro. Depois, com o coração acelerado, fiz o meu velho gesto de pagamento, fazendo a moeda girar sobre o balcão, e esperei. A moeda desapareceu dentro de seu punho.

— Obrigado, bacana — disse ele, andando e me deixando perplexo. A questão é que, em sua voz, houvera reconhecimento de certo tipo, mas não pelo que me dizia respeito. Ele nunca me chamou de "bacana" ou de "pentelho". Está funcionando, pensei, está funcionando muito bem.

Certamente, alguma coisa continuava a agir sobre mim, e profundamente. No entanto, eu me sentia aliviado. Estava quente. Talvez fosse isso. Tomei a cerveja gelada, olhando novamente para o fundo da sala, para as cabines. Uma porção de homens e mulheres mourejava como figuras de um pesadelo na névoa do verde enfumaçado. A vitrola automática soava atordoante e era como olhar para as profundezas de uma gruta escura. Nesse momento, alguém se moveu para um lado e, baixando os olhos ao longo da curva do balcão, depois das cabeças e ombros balouçantes, vi a vitrola automática, iluminada como o forno faiscante de um sonho mau, e gritando:

Jelly, Jelly
Jelly,
All night long.*

Todavia, pensei comigo, observando um apontador de jogo que pagava uma aposta, este era um lugar em que a irmandade definitivamente penetrava. Deixarei Hambro explicar isso, também, com tudo o mais que terá de me explicar.

Esvaziei o copo e me virei para sair, quando, lá no outro lado do balcão de lanches, vi o irmão Maceo. Mudei impulsivamente de posição, esquecendo o meu disfarce até quase junto a ele. Em seguida, contive-me e submeti uma vez mais meu disfarce a uma prova. Chegando aproximadamente junto a seu ombro, apanhei um cardápio sebento que

---

* Jelly, Jelly/Jelly/a noite toda.

estava entre o açucareiro e o frasco do molho de pimenta e fingi que o lia através dos meus óculos escuros.

— Como estão as costeletas, bacana? — perguntei.

— Ótimas, pelo menos estas aqui que estou comendo.

— É mesmo? O que você sabe a respeito de costeletas?

Ele levantou a cabeça lentamente, olhando de lado os frangos espetados que giravam diante das chamas baixas e azuis do forno.

— Acho que conheço tanto quanto você — disse ele —, e provavelmente mais, já que tô comendo elas há uns anos a mais do que você, e nuns lugares mais. O que te faz pensar que é parente meu para entrar aqui e se meter no meu almoço de qualquer maneira?

Ele se voltou, olhando então direto em meu rosto, desafiador. Era totalmente destemido, e me deu vontade de rir.

— Ah, não leve a sério — murmurei. — Um homem pode fazer uma pergunta, não pode?

— Pois já foi respondido — disse, virando-se completamente sobre o banco. — Então, agora imagino que você está pronto pra puxar a faca.

— Faca? — indaguei, com vontade de rir. — Quem foi que falou em faca?

— Não falou, mas pensou. Alguém diz alguma coisa que você não gosta e gente da tua laia puxa logo o canivete. Tudo bem, siga em frente e puxe. Estou tão pronto para morrer quanto sempre estive. Vamos ver você, vá em frente!

Nesse momento ele estendeu a mão para pegar o açucareiro, e eu ali continuei, em pé, percebendo que o velho à minha frente não era absolutamente o irmão Maceo, mas algum outro disfarçado para me confundir. Os óculos estavam funcionando bem demais. Ele era um velho irmão destemido, pensei, mas isso não adiantará nada.

Apontei para o prato dele.

— Perguntei a você sobre as costelas — disse eu —, não pelas suas costelas. Quem disse qualquer coisa sobre uma faca?

— Não se preocupa com isso, vai e puxa — disse ele. — Vamos ver você. Ou tá esperando que eu te dê as costas? Tá certo, aqui tão elas, aqui tão as minhas costas — disse ele, virando-se rapidamente sobre o banco e em redor novamente, com o braço esticado para atirar o açucareiro.

Os fregueses estavam se virando para olhar, estavam se agitando claramente.

— O que está havendo, Maceo? — Alguém perguntou.

— Nada que eu não possa resolver. Esse confiado filho da puta entrou aqui a fim de blefar.

— Fique frio, velho — aconselhei. — Não deixe a sua boca botar a sua cabeça em dificuldades — pensando comigo mesmo: Por que eu estou falando assim?

— Você não tem que se preocupar com isso, filho da puta. Puxa logo teu canivete!

— Mostra pra ele, Maceo, arrebenta o filho da mãe!

Nesse momento, marquei de ouvido a posição da voz, virando-me de modo a ver Maceo, o agitador, e os fregueses que bloqueavam a porta. Até a vitrola automática havia parado e eu pude sentir o perigo que aumentava tão rapidamente que eu me movia sem pensar, saltando muito depressa e arrastando comigo uma garrafa de cerveja, com o corpo trêmulo.

— Tudo certo — disse eu —, se essa é a maneira como vocês querem, tudo certo! O próximo que falar fora de hora leva isso!

Maceo mudou de lugar e eu o ameacei com a garrafa, vendo-o esquivar-se, com o braço esticado para lançar e assim mantido apenas porque eu o estava pressionando; um velho escuro, de macacão e um boné bicudo, de pano cinzento, que parecia irreal através dos óculos verdes.

— Jogue-o — ameacei. — Continue — dominado pela loucura da coisa. Ali, eu planejara pôr à prova um disfarce junto a um amigo e estava prestes a bater nele até subjugá-lo, não porque o quisesse, mas por causa do lugar e de suas circunstâncias. Está bem, está bem, era absurdo, mas também real, perigoso: se ele se movesse, eu o espancaria tão brutalmente quanto possível. Para me proteger, eu teria de fazê-lo, ou os bêbados se juntariam contra mim. Maceo estava firme, olhando friamente para mim e, de súbito, ouvi uma voz ressoar.

— Não vai ter luta nenhuma no meu estabelecimento! — Era Barrelhouse. — Pode botar todas as coisas no lugar, elas custam dinheiro.

— Com os diabos, Barrelhouse, deixa eles lutarem!

— Eles podem lutar na rua, não aqui. Ei, vocês todos — chamou ele —, olhem aqui...

Eu o vi, nesse instante, inclinando-se para a frente com uma pistola no punho enorme, e mantendo-a firmemente sobre o balcão.

— Agora ponham as coisas no lugar, vocês todos — disse ele melancolicamente. — Peço realmente a vocês que deixem a minha propriedade *no lugar*.

O irmão Maceo deslocou os olhos de mim para Barrelhouse.

— Ponha isso aí, velho — ordenei, pensando: por que estou agindo com orgulho, quando não sou assim?

— Ponha você a sua — disse ele.

— *Os dois*, deixem as coisas aí. E você, Rinehart — Barrelhouse disse, gesticulando para mim com a pistola —, você saia do meu estabelecimento e se mantenha fora daqui. Nós aqui dentro não precisamos do seu dinheiro.

Eu dei início a um protesto, mas ele suspendeu a mão.

— Não tenho nada contra você, Rinehart; não me entenda mal. Mas eu não posso aguentar confusão — Barrelhouse disse.

O irmão Maceo, nesse momento, pusera o açucareiro no lugar, eu abaixei minha cerveja e me esquivei para a porta.

— E Rine — disse Barrelhouse —, não vai tentar puxar nenhuma pistola, porque esta aqui tá carregada e eu tenho porte de arma.

Voltei-me para a porta, com o couro do crânio formigando e de olho neles dois.

— Da próxima vez, não faz nenhuma pergunta que você não queira a resposta — gritou Maceo. — E, se por acaso quiser terminar essa discussão, vou estar aqui mesmo.

Senti o ar do mundo exterior explodir à minha volta e permaneci logo adiante da porta, rindo do súbito relevo da brincadeira reconstituída, olhando de novo para o velho desafiador com seu boné bicudo e para os olhos confusos do grupo. Rinehart, Rinehart, pensei, que tipo de homem é Rinehart?

Eu ainda estava rindo quando, no quarteirão seguinte, esperei mudar o sinal de tráfego perto de um grupo de homens que estava ali na esquina passando entre si uma garrafa de vinho barato, enquanto discutiam o assassinato de Clifton.

— Precisamos é de algumas armas de fogo — disse um deles. — Olho por olho.

— Que diabo, é isso mesmo, metralhadoras. Me passe o *sneakypete*,* Muckleroy.

— Se não fosse aquela Lei Sullivan, isso aqui, Nova York, não seria mais do que uma galeria de tiro ao alvo — disse outro homem.

— Aqui tá a birita, e não tente encontrar nenhum abrigo nessa garrafa.

— É o único abrigo que tenho, Muckleroy. Você quer tirar isso de mim?

— Cara, beba logo e passe a maldita garrafa.

Saltei para junto do grupo, ouvindo um deles dizer:

— O que você diz, sr. Rinehart, como estão as coisas?

Mesmo por aqui, pensei comigo, começando a me apressar.

— Barra pesada, cara — respondi, sabendo da resposta para essa:
— Barra pesada.

Eles riram.

— Bem, tem que pegar mais leve pela manhã.

— Diga, olhe aqui, sr. Rinehart, que tal me arranjar um emprego?
— disse-me um deles, aproximando-se de mim, eu me agitei e cruzei a rua, caminhando rapidamente para a Oitava, em direção à parada de ônibus seguinte.

As lojas e mercearias haviam ficado às escuras, as crianças corriam e gritavam pelas calçadas, esquivando-se dos adultos. Eu caminhava, tocado pela absorvente fluidez das formas vistas através das lentes verdes. Podia ser este o modo como o mundo aparecia para Rinehart? Todos os rapazes de óculos escuros? "Por ora, enxergávamos como através de um vidro, obscuramente, mas depois..." Eu não podia lembrar-me do resto.

Ela trazia uma sacola de compras e se movia cautelosamente. Até tocar o meu braço, pensei que estava falando sozinha.

— Olha, me desculpe, filho, mas parece que você tá tentando fugir de mim esta noite. Qual foi o número que deu?

---

* Espécie de vinho americano barato geralmente reforçado por outra bebida. Seu consumo se restringe a ambientes de perigosa marginalidade. (*N. do T.*)

— Número? Que número?

— Ora, você sabe o que quero dizer — disse ela —, com a voz se elevando, enquanto punha as mãos nos quadris e olhava para a frente.

— Tô falando da última extração do dia. Você não é Rine, o apontador?

— Rine, o apontador?

— Claro, Rinehart, o homem da contravenção. Quem você tá tentando enganar?

— Mas este não é o meu nome, madame — disse eu, falando tão precisamente como podia, e me afastando dela. — A senhora cometeu um engano.

Ela ficou boquiaberta.

— Você num é ele? Por que se parece tanto com ele? — indagou ela, com uma veemente dúvida na voz. — Ora, vejam só! Vou pra casa. Se o meu sonho estiver certo, tenho que ir procurar esse malandro. Bem que eu preciso desse dinheiro...

— Espero que se dê bem — disse eu, esforçando-me para vê-la claramente — e que ele pague.

— Obrigada, filho, mas ele vai pagar com certeza. Mas eu tô vendo, agora, que você não é Rinehart. Desculpe-me por ter parado você.

— Está tudo certo — disse eu.

— Se eu tivesse olhado pros seus sapatos, já teria percebido.

— Por quê?

— Porque Rine, o corredor, é conhecido por usar daqueles *Knobtoed*.*

Observei-a afastar-se coxeando, balançando como a Velha Nau de Sião. Não admira que ninguém o conheça, pensei comigo, nessa confusão em que você tem de circular. Pela primeira vez desde o dia do assassinato de Clifton eu reparava nos meus sapatos preto e branco.

Quando a viatura policial mudou de direção perto do meio-fio e rodou lentamente ao meu lado, eu soube o que estava acontecendo antes de o policial abrir a boca.

— É você, Rinehart, o cara? — indagou o guarda que não estava ao volante. Era branco. Eu podia ver o distintivo brilhando no seu quepe, mas não o número.

---

* Foi um tipo de calçado muito usado nos Estados Unidos dessa época. (*N. do T.*)

— Não dessa vez, seu guarda — respondi.
— Como assim? O que você tá tentando arranjar? É uma espécie de resistência?
— É um equívoco seu — esclareci. — Não sou Rinehart.

O carro parou, e uma lanterna luziu nos meus olhos de lentes verdes. Ele cuspiu na rua.

— Bem, é melhor ser você de manhã cedo — disse ele —, e é melhor você levar a nossa parte no lugar de sempre. Que diabo você pensa que é? — gritou ele quando o carro acelerou e se afastou rapidamente.

E, antes de eu poder virar-me, um grupo de homens correu vindo do salão de sinuca lá da esquina. Um deles trazia na mão uma submetralhadora.

— O que é que aqueles filhos da puta tavam tentando fazer com você, cara? — perguntou ele.

— Não foi nada. Eles pensavam que eu era um outro.

— Com quem é que eles confundiram você?

Olhei para eles — seriam criminosos ou simplesmente homens que agiam em torno da morte de Clifton?

— Um cara chamado Rinehart — disse eu.

— *Rinehart*; ei, você ouviu falar nesse fulano? — perguntou, caçoando, o camarada com a arma. — Rinehart! Esses branquelos devem ter ficado totalmente cegos. Qualquer um pode ver que você não é Rinehart.

— Mas ele se parece mesmo com Rine — disse outro homem, olhando fixamente para mim, com as mãos nos bolsos da calça.

— Parece nada!

— Que coisa, cara! Rinehart taria dirigindo aquele Cadillac, nessa hora da noite. De que diabo você tá falando?

— Escuta, cara — disse o que estava com a arma —, não deixe ninguém fazer você passar por Rinehart. Você precisa de ter uma língua comprida, um coração frio e estar a fim de fazer qualquer coisa. Mas, se esses branquelos te torrar o saco outra vez, só deixa a gente saber. A gente se esforça pra colocar um ponto final no abuso desses caras.

— Está certo — respondi.

— Rinehart — repetiu. — Onde já se viu isso?

Eles se viraram e foram discutindo novamente para o salão de sinuca e eu me apressei para sair das imediações. Tendo, por ora, esquecido Hambro, caminhei para leste, em vez de oeste. Queria tirar os óculos, mas não o fiz. Os homens do Rás ainda podiam estar à espreita.

Estava tudo mais tranquilo. Ninguém prestava qualquer atenção especial em mim, embora a rua estivesse cheia de pedestres, todos se misturando no misterioso matiz de verde. É possível que, afinal, eu estivesse fora de seu território, pensei comigo e comecei a tentar situar Rinehart no esquema das coisas. Ele esteve por perto o tempo todo, mas eu estivera olhando em outra direção. Estava nas proximidades, assim como outros assemelhados, mas eu olhara para além dele, até que a morte de Clifton (ou teria sido o Rás?) me deixara ciente das coisas. Que era aquilo que estava se escondendo por trás de tudo? Se os óculos escuros e um chapéu branco haviam podido disfarçar a minha identidade tão depressa, quem efetivamente era quem?

O perfume era exótico e parecia envolver o passeio atrás de mim, enquanto eu me tornava consciente de uma mulher que caminhava sem pressa atrás de mim.

— Estive esperando você, pra que me reconhecesse, paizinho — disse uma voz. — Esperei você durante muito tempo.

Era uma voz agradável, com um toque levemente rouco e como que repleto de sono.

— Você não me ouve, cara? — disse ela. E passei a olhar à minha volta, ouvindo. — Não, cara, não olhe para trás. Meu velho pode estar me seguindo. Só continua caminhando do meu lado, enquanto eu te digo onde me encontrar. Juro como pensei que você nunca viria. Você poderá me ver esta noite?

Ela, nesse momento, havia chegado perto de mim e, de repente, senti uma mão remexer o bolso do meu paletó.

— Tudo certo, cara, você não tem que saltar cruelmente sobre mim, aqui está; agora você vai ficar comigo?

Parei abruptamente, agarrando-lhe a mão e encarando-a, uma garota exótica mesmo através dos óculos verdes, olhando-me com um sorriso que subitamente se partiu.

— Rinehart, *paizinho*, qual é o problema?

Então, lá vem de novo, pensei, segurando-a firmemente.

— Não sou Rinehart, garota — disse eu. — E pela primeira vez, nesta noite, eu efetivamente estou com pena disso.

— Mas que maravilha, paizinho... Rinehart! Você não está tentando dar um fora na sua mina, não é, paizinho? O que foi que eu fiz?

Ela me pegou pelo braço e nós ficamos como que suspensos, cara a cara, no meio da calçada. De repente, ela gritou:

— Aaaaaaah! Você realmente não é ele. E eu aqui, tentando te entregar o dinheiro dele. Sai pra lá, seu mané. Sai pra lá!

Então, recuei. Seu rosto estava transtornado, enquanto ela batia com o salto do sapato no chão e gritava. Atrás de mim, ouvi alguém dizer:

— Ei, o que foi isso? — Seguido pelo som de pés correndo, enquanto eu disparava e dobrava a esquina para longe de seus gritos. Linda garota, pensei, linda garota.

Depois de vários quarteirões, parei, ofegante. Estava, ao mesmo tempo, satisfeito e zangado. Até onde as pessoas podiam ser estúpidas? Todo mundo ficara subitamente maluco? Olhei à minha volta. Era uma rua iluminada, com as calçadas cheias de gente. Continuei no meio-fio, procurando respirar. No alto da rua, um letreiro com uma cruz brilhava acima da calçada:

PARADA DA VIA SACRA
EIS O DEUS VIVO

As letras brilhavam em verde-escuro e me perguntei se isso era das lentes ou a verdadeira cor dos tubos de neon. Uma dupla de bêbados passou cambaleando. Eu me encaminhava para a casa de Hambro, passando por um homem que se sentara no meio-fio, com a cabeça inclinada sobre os joelhos. Os carros passavam. Eu continuei. Duas crianças de cara solene vinham distribuindo panfletos que eu, a princípio, recusei, depois voltei atrás e apanhei. Afinal, eu tinha de saber o que acontecia na comunidade. Peguei o folheto e dei alguns passos para perto do poste de iluminação, lendo-o.

Eis o Invisível.
O teu há de se fazer, ó Senhor!
Vejo tudo, Sei tudo, Digo tudo, Curo tudo.
Verás as maravilhas desconhecidas.

>   Reverendo B. P. Rinehart,
>   *Técnico espiritual*

O velho é sempre novo
As paradas da Via em Nova Orleans, a casa do mistério,
Birmingham, Nova York, Chicago, Detroit e L. A.

Nenhum Problema é Difícil Demais para Deus.

Venha para a Parada da Via.

EIS O INVISÍVEL!

Frequente nossos serviços e reuniões de oração, três vezes por semana Junte-se a nós na NOVA REVELAÇÃO da
RELIGIÃO DOS VELHOS TEMPOS!

EIS O VISTO NUNCA VISTO
EIS O INVISÍVEL
VÓS QUE ESTAIS CANSADOS, VINDE PARA CASA!

FAÇO O QUE DESEJAIS QUE EU FAÇA! NÃO ESPEREIS MAIS!

Joguei o folheto na sarjeta e prossegui. Caminhava lentamente, com a respiração ainda difícil. *Seria possível?* Logo alcancei o letreiro. Pendia acima de uma loja que fora transformada em igreja. Dei alguns passos para dentro do baixo salão de entrada e enxuguei o rosto com um lenço. Atrás de mim, ouvi surgir e se dissipar uma oração antiquada, como eu não ouvia desde que deixara o *campus* e, na época, apenas quando pregadores visitantes vindos de outras partes do país eram convidados a orar. A voz subia e descia numa recitação rítmica e como se fosse de um sonho. Em parte, enumerava experiências terrestres vividas pela congregação, em parte era exibição arrebatada de virtuosidade vocal e, por último, se fazia de súplicas a Deus. Eu ainda enxugava o rosto e olhava de esguelha as cenas bíblicas pintadas nas vitrines, quando duas senhoras de idade vieram até mim.

— ... Noite, Reverendo Rinehart — disse uma delas. — Como tá o nosso querido pastor nessa noite quente?

Ah, não, pensei comigo, mas quem sabe aceitar isso dê menos problema do que negá-lo, e eu disse:

— Boa noite, irmãs — amortecendo minha voz com o lenço e atraindo da minha mão o cheiro do perfume da garota.

— Esta aqui é a irmã Harris, Reverendo. Ela veio se juntar ao nosso pequeno grupo.

— Deus a abençoe, irmã Harris — disse, tomando-lhe a mão estendida.

— O senhor sabe, Reverendo. Uma vez ouvi o senhor pregar, anos atrás. O senhor era só um pequeno garoto de 12 anos, lá na Virgínia. E aqui vim eu pro norte e encontro o senhor, graças a Deus, ainda pregando o evangelho, fazendo a obra do Senhor. Pregando ainda a religião dos velhos tempos aqui, nessa cidade malvada.

— Ei, irmã Harris — disse a outra irmã —, é melhor a gente entrar e ir logo pros bancos. Além disso, o pastor deve ter um tanto de coisas pra fazer. Embora o senhor tenha chegado aqui um pouco cedo, não é, Reverendo?

— Sim — respondi, batendo de leve na boca, com o lenço. Eram duas matronas iguais a tantas do sul, e eu, subitamente, senti um inominável desespero. Quis dizer-lhes que Rinehart era uma fraude, mas nesse momento veio um grito de dentro da igreja e eu ouvi acordes de música.

— Escuta isso, irmã Harris. É o novo tipo de música para guitarra que eu disse pro senhor, Reverendo Rinehart, trazer para nós. Não é celestial?

— Graças a Deus — disse a irmã Harris. — Graças a Deus!

— O senhor nos desculpe, Reverendo, tenho de passar pela irmã Judkins para tratar do dinheiro que ela arrecadou para o fundo da construção. E na última noite, Reverendo, vendi dez gravações de seu sermão inspirador. Uma delas, vendi até a senhora branca para a qual trabalho.

— Abençoada seja — me vi dizendo com uma voz pesada de desespero. — Abençoada, abençoada seja.

Então a porta se abriu e eu olhei além de suas cabeças, ante uma pequena sala apinhada de homens e mulheres que se sentavam em cadeiras dobráveis, de frente para onde uma mulher magra, de túnica preta desbotada, tocava um apaixonado *boogie-woogie* num piano de armário, com um jovem que usava uma espécie de gorro e tirava acordes sonoros de uma guitarra elétrica. Esta era ligada a um amplificador que pendia do teto por cima de um púlpito cintilantemente branco e dourado. Um homem com elegante túnica vermelha de cardeal e alta gola de rendas permanecia apoiado sobre uma Bíblia enorme e, nesse instante, começava a coordenar um hino difícil de reger e que a congregação gritava em língua desconhecida. E tanto atrás como no alto, na parede acima dele, estava escrito, em forma de arco e em letras douradas:

QUE SE FAÇA A LUZ!

A cena toda tremulava à luz verde, vaga e misteriosa. Em seguida, a porta se fechou e o som cessou.

Aquilo era demais para mim. Tirei os óculos, dobrei o chapéu branco cuidadosamente debaixo do braço e me afastei, saindo dali. Pode ser, pensei, pode realmente ser? E eu sabia que o era. Soubera disso antes, mas nunca chegara tão perto. No entanto, ele podia ser tudo ao mesmo tempo: Rine, o contraventor, e, Rine, o jogador, e Rine, o subornador, e Rine, o amante, e Rinehart, o Reverendo? Ele próprio podia ser ao mesmo tempo a casca e o cerne? Qual era a realidade, afinal? Mas como duvidar disso? Era um homem versátil, um homem complexo que se desdobrava em muitos. Rinehart, o desdobrável. Era tão verdadeiro quanto eu. Seu mundo era pleno de possibilidades e ele o conhecia. Estava anos à minha frente, e eu era um tolo. Posso ter estado louco e cego. O mundo em que nós vivíamos era sem fronteiras. Um vasto fervilhar, o mundo quente da fluidez, e Rine, o velhaco, estava em casa. Talvez, nesse mundo, *apenas* Rine, o velhaco, estivesse em casa. Era inacreditável, mas talvez apenas o inacreditável pudesse ser acreditado. Quem sabe a verdade fosse sempre uma mentira.

Quem sabe, pensei, toda a coisa devesse rolar de mim como as gotas d'água do olho de vidro de Jack? Eu devia procurar a classificação política apropriada, rotular Rinehart e sua situação, e rapidamente esquecê-la. Apressei-me em sair da igreja tão depressa que me vi de volta ao escritório, antes de lembrar que ia à casa de Hambro.

Sentia-me ao mesmo tempo deprimido e fascinado. Desejava conhecer Rinehart. No entanto, pensava, estava chateado porque sei que não preciso conhecê-lo; que o simples fato de perceber sua existência, de ser confundido com ele, já basta para me convencer de sua realidade. Não podia ser, mas é. E pode ser, é, simplesmente por ser desconhecido. Jack sequer sonharia com essa possibilidade, nem Tobitt, mesmo achando que ele está tão perto. Pouco demais era conhecido, e era demasiado o que estava no escuro. Pensei em Clifton e no próprio Jack, quanto de um ou de outro era realmente conhecido? Quanto se conhecia sobre mim? Quem, da minha antiga vida, me havia desafiado? E, depois de todo esse tempo, eu acabara de descobrir o olho perdido de Jack.

Meu corpo inteiro passou a formigar, como se eu tivesse acabado de ser tirado de um aparelho de gesso e estivesse desacostumado à nova liberdade de movimento. No sul, todo mundo conhece você, mas chegar ao norte era um salto para o desconhecido. Quantos dias você podia andar nas ruas da grande cidade sem encontrar ninguém que o conhecesse, e quantas noites? Na verdade, você podia fazer-se de novo. A noção era assustadora, pois, a partir daí, o mundo parecia fluir diante dos meus olhos. Derrubadas todas as fronteiras, a liberdade não era apenas o reconhecimento da necessidade: era o reconhecimento da possibilidade. E, ali sentado, tremendo, surpreendi um breve lampejo das possibilidades apresentadas pelas múltiplas personalidades de Rinehart, e me recusei a ver. Era vasto demais, e confuso, contemplar. Em seguida, olhei as lentes polidas dos meus óculos e ri. Estivera simplesmente tentando convertê-las num disfarce, mas, em vez disso, elas haviam se tornado um instrumento político. Pois, se Rinehart podia usá-las em seu trabalho, não há dúvida de que eu podia usá-las no meu. Era simples demais e, no entanto, elas já haviam revelado, para mim, uma nova seção da realidade. O que a comissão saberia dizer a respeito disso? O que a teoria dela lhe diria desse mundo? Lembrei-me do relato de um rapaz engraxate que se sentira mais bem-tratado no sul apenas por usar um turbante branco em vez de seu costumeiro Dobbs, ou de seu Stetson,* e tive um ataque de riso. Jack se sentiria insultado com a mera sugestão

---

* Principal marca de chapéu de caubói, indefectível nos filmes de bangue-bangue. (*N. do T.*)

de um tal estado de coisas. No entanto, havia alguma verdade nisso; este era o caos verdadeiro que ele pensava estar descrevendo — há tanto tempo quanto parecia hoje... Fora da irmandade, estávamos fora da história, mas, dentro dela, eles não nos viam. A circunstância toda era infernal, e nós não estávamos em parte alguma. Eu desejava retroceder a partir daí, mas ainda queria discutir isso, consultar alguém que me dissesse se isso era somente uma ilusão breve e emocional. Queria que o contrarregra se mantivesse recuado, por baixo do mundo. De modo que tinha, então, uma necessidade real de estar com Hambro.

Levantando-me para sair, olhei para o mapa da parede e ri de Colombo. Que Índia esta que ele havia encontrado! Eu estava quase do outro lado do hall, quando me lembrei, voltei, botei o chapéu e os óculos. Precisaria deles para andar nas ruas.

Tomei um táxi. Hambro morava no West 80 e, uma vez na entrada do edifício, coloquei o chapéu sob o braço e os óculos no bolso, com o grilhão da perna do irmão Tarp e o boneco de Clifton. Meu bolso estava ficando cheio.

Fui conduzido, pelo próprio Hambro, a um pequeno gabinete coberto de livros. De algum lugar do apartamento, veio uma voz de criança cantando o *Humpty Dumpty*, que despertou humilhantes lembranças da minha primeira apresentação de Páscoa, durante a qual eu me levantara diante da igreja antes da plateia e esquecera as palavras...

— Meu garoto — disse Hambro —, lutando para não ir para a cama. Um verdadeiro marinheiro causídico, esse garoto.

O menino entoava *Hickory Dickory Dock* muito depressa, quando Hambro fechou a porta. Ele fora meu professor em meu período de doutrinação e, nesse momento, compreendi que não devia ter vindo. A mentalidade de advogado de Hambro era excessivamente lógica e estreita. Ele veria Rinehart simplesmente como um criminoso, e a minha obsessão, como uma queda no puro misticismo... Isso é o melhor que você poderia esperar, a maneira como ele o interpretará, pensei. Resolvi, então, perguntar-lhe acerca das condições na zona residencial da cidade e partir...

— Veja, irmão Hambro — disse eu —, o que se deve fazer em torno do meu distrito?

Ele me olhou com um sorriso irônico.

— Será que me tornei um desses chatos que só falam sobre seus filhos?

— Ah, não, não é isso — respondi. — Tive um dia difícil. Estou nervoso. Com a morte de Clifton e as coisas indo tão mal no distrito, acho que...

— É claro — disse ele, ainda sorrindo —, mas por que você está tão preocupado com o distrito?

— Porque as coisas estão escapando do controle. Os homens de Rás tentaram dar-me uma surra essa noite e nossa força está indo seguramente por água abaixo.

— É lamentável — disse ele —, mas não há nada a ser feito sobre isso que perturbasse o plano mais amplo. É desastroso, irmão, mas seus membros terão de ser sacrificados.

Ao longe, a criança, parara de cantar e ficara absolutamente quieta. Fitei o anguloso autodomínio da cara de Hambro, procurando em suas palavras a sinceridade. Eu podia sentir alguma alteração profunda. Era como se a minha descoberta de Rinehart houvesse aberto entre nós um precipício sobre o qual, apesar de nos sentarmos a uma distância ao alcance da mão, nossas vozes mal se transmitissem e, em seguida, caíssem sem nenhum efeito, sem sequer um eco. Tentei desfazer isso, mas ainda permaneceu a distância, tão grande que nenhum dos dois podia captar o tom emocional do outro.

— Sacrifício? — perguntou minha voz. — Você diz isso com muita facilidade.

— Mesmo assim, todo aquele que parte deve ser considerado dispensável. As novas diretrizes devem ser rigidamente seguidas.

Aquilo me soou irreal, um jogo antifônico.

— Mas por quê? — indaguei. — Por que no meu distrito as diretrizes devem ser alteradas, quando os antigos métodos são necessários, especialmente agora? — De algum modo, eu não podia extrair a necessária premência de minhas palavras e, por baixo daquilo tudo, algo a respeito de Rinehart me incomodava, disparava com exatidão debaixo da superfície da minha mente, algo que tinha a ver intimamente comigo.

— É simples, irmão — dizia Hambro. — Estamos fazendo alianças temporárias com outros grupos políticos, e os interesses de um grupo de irmãos devem ser sacrificados aos de seu todo.
— Por que não fui informado disso? — perguntei.
— Você será, a tempo, pela comissão: o sacrifício, agora, é necessário.
— Mas o sacrifício não devia ser feito, voluntariamente, por aqueles que sabem o que estão fazendo? Meu povo não compreende por que está sendo sacrificado. Não *sabe* nem mesmo que está sendo — pelo menos, por nós... Mas (martelava a minha mente), e se ele estiver tão propenso a ser ludibriado pela irmandade quanto por Rinehart?

Senti meu corpo se enrijecer diante de tal pensamento, com uma expressão estranha no meu rosto, pois Hambro, que mantinha os cotovelos sobre os braços da cadeira e estava com as pontas dos dedos reunidas, levantou os cotovelos como se esperasse a minha continuação. Em seguida, disse: "Os membros disciplinados compreenderão".

Puxei do bolso o grilhão da perna de Tarp e o coloquei depressa nos meus nós dos dedos. Ele não reparou.

— Você não compreende que temos apenas um punhado que nos restou de membros disciplinados? O enterro, hoje, apresentou centenas deles que se dispersaram tão logo perceberam que não iríamos até o fim. E agora somos atacados nas ruas. Você não consegue compreender? Outros grupos estão divulgando petições, Rás prega a violência. A comissão se engana se acredita que isso tende a desaparecer.

Ele encolheu os ombros.

— É um risco que devemos correr. Todos nós devemos sacrificar-nos pelo bem do conjunto. A mudança se realiza através do sacrifício. Seguimos as leis da realidade, de modo que fazemos sacrifícios.

— Mas a comunidade exige igualdade de sacrifício — disse eu. — Jamais requeremos tratamento especial.

— Isso não é tão simples assim, irmão — disse ele. — Temos de proteger os nossos avanços. É inevitável que alguns façam maiores sacrifícios do que outros...

— Sendo esses "alguns" o meu povo...

— Neste caso, sim.

— De modo que o fraco deve sacrificar-se pelo forte? É assim, irmão?

— Não, uma parte do todo é sacrificada, e continuará a sê-lo, até se formar uma nova sociedade.

— Não consigo alcançar isso — disse eu. — Simplesmente não o alcanço. Preparamos os nossos corações procurando levar as pessoas a nos seguir e, precisamente quando elas o fazem, precisamente quando veem sua relação com os acontecimentos, nós as deixamos. Não consigo entender isso.

Hambro abriu um sorriso distante.

— Não temos de nos preocupar com a agressividade dos negros. Pelo menos no novo período, ou em qualquer outro. Na verdade, temos de abrandar sua marcha, para seu próprio bem. É uma necessidade científica.

Fitei-o, o rosto comprido, ossudo, quase lincolniano. Eu podia tê-lo apreciado, pensei, ele parece um homem realmente amável e sincero, mas é capaz de me dizer isso...

— Então você realmente acredita...

— Em toda a minha integridade — completou ele.

Por um segundo, hesitei entre rir e dar nele com o grilhão de Tarp. *Integridade!* Ele me fala de *integridade!* Minha cabeça rodopiava. Tentei construir a minha integridade sobre o papel da irmandade e, nesse momento, ela tinha se transformado em água, em ar. O que era a integridade? O que ela tinha de fazer com um mundo em que Rinehart era possível e bem-sucedido?

— Mas o que foi que mudou? — perguntei. — Eu não fui introduzido para despertar essa agressividade? — Minha voz caiu triste, desesperançada.

— Naquele período particularmente — disse Hambro, inclinando-se um pouco para a frente. — Só naquele período.

— E o que acontecerá então? — indaguei.

Ele soprou um anel de fumaça, o círculo cinzento azulado subiu agitando-se em seu próprio eixo ascendente, vacilando por um instante e depois se desintegrando num cordão que se entrelaçava.

— Coragem! — disse ele. — Nós faremos progressos. Só que agora eles devem ser conduzidos mais lentamente...

Como ele pareceria através das lentes verdes?, perguntei-me, dizendo:

— E você está certo de que não está dizendo que eles devem ser reprimidos?

Ele deu uma risadinha.
— Ora, escute — pediu. — Não exagere num suplício de dialética. Sou um irmão.
— Você quer dizer que se devem aplicar freios na velha roda da história — disse eu. — Ou essas são as rodas pequenas *dentro* da roda? Seu rosto ficou sério.
— Quero dizer apenas que eles devem ser conduzidos mais lentamente. Não se pode deixar que eles frustrem o plano piloto. O controle do tempo é de suma importância. Além disso, você ainda tem uma atividade a exercer, só que agora será mais educativa.
— E quanto ao homicídio?
— Os que estão insatisfeitos serão afastados e, com aqueles que permanecerem, você entrará em contato...
— Não acho que possa fazê-lo — disse eu.
— Por quê? Não é menos importante.
— Porque eles estão contra nós. Além disso, eu me sentiria como o Rinehart... — Isso escapou, e ele olhou para mim.
— Como quem?
— Como um charlatão — corrigi.
Hambro riu.
— Pensei que você tinha aprendido a esse respeito, irmão.
Olhei para ele rapidamente.
— Aprendido o quê?
— Que é impossível *não* tirar proveito do povo.
— Isso é rinehartismo; cinismo...
— O quê?
— Cinismo — repeti.
— Cinismo, não: realismo. O expediente é tirar proveito deles em seu próprio, e maior, interesse.
Eu me inclinei para a frente na cadeira, convencido da irrealidade dessa conversa.
— Mas quem deve julgar? Jack? A comissão?
— Nós julgamos, por meio do cultivo da objetividade científica — ele disse, com uma voz que continha um sorriso e, de um momento para o outro, eu vi a máquina do hospital, senti-me como que trancado nela de novo.

— Não caçoe de si mesmo. A única objetividade científica é uma máquina.

— Disciplina, não maquinaria — ele disse. — Somos cientistas. Temos de assumir os riscos da nossa ciência e da nossa vontade de realizar. Você gostaria de ressuscitar Deus, para assumir essa responsabilidade? — Ele sacudiu a cabeça. — Não, irmão. Nós mesmos temos de tomar essas decisões. Mesmo se tivermos, às vezes, de nos apresentar como charlatães.

— Vocês vão enfrentar algumas surpresas — disse eu.

— Talvez sim, talvez não — disse ele. — De qualquer modo, mediante nossa própria posição de vanguarda, devemos fazer e dizer as coisas necessárias para levar o maior número de pessoas a mudar para o que for para seu bem.

De repente, não pude suportar aquilo.

— Olhe para mim! Olhe para *mim*! — exigi. — Em todo lugar em que eu fui alguém quis me sacrificar para o meu bem — só que eram essas outras pessoas que se beneficiavam. E agora partimos para o velho subterfúgio sacrificial. Em que parte vamos parar? É essa a nova definição verdadeira, e a irmandade é uma questão de sacrificar o fraco? Se é isso, aonde vamos parar?

Hambro me olhou como se eu não estivesse ali.

— No momento apropriado, a ciência nos deterá. E, evidentemente, nós, como indivíduos, devemos, de maneira compreensiva, desmascarar-nos. Ainda que apenas muito pouco. Mas então — ele deu de ombros —, se você for longe demais nessa direção, não poderá ter a intenção de liderar. Você não acreditará suficientemente em sua própria correção, para conduzir os outros. Você deve, por conseguinte, ter confiança naqueles que o chefiam — na sabedoria coletiva da irmandade.

Saí dali pior do que havia chegado. Vários edifícios adiante, o ouvi chamar e o vi aproximar-se no meio da escuridão.

— Você deixou o chapéu — disse ele enquanto me estendia a peça com as folhas mimeografadas de instruções que expunham o novo programa. Olhei para o chapéu e para ele, pensando em Rinehart e na invisibilidade, mas sabia que, para ele, isso não seria nem um pouco real. Desejei-lhe boa noite e caminhei pela rua quente para o Central Park West, partindo em direção ao Harlem.

Sacrifício e liderança, pensei comigo. Para ele, era simples. Para *eles*, era simples. Mas que diabo! Eu era as duas coisas. Algoz e vítima. Eu não tinha como escapar disso, e Hambro não tinha de se ocupar disso. Isso também era realidade, a minha realidade. Ele não tinha de botar a lâmina da faca na sua própria garganta. O que ele diria se *ele* fosse a vítima?

Atravessei o parque, no escuro. Os carros passavam. De vez em quando, o som de vozes, risadas de gritos agudos, saíam de trás das árvores e das sebes. Eu podia sentir o cheiro da grama crestada pelo sol. O céu, contra o qual palpitava uma lanterna de avião, ainda estava coberto. Pensei em Jack, nas pessoas que foram ao enterro, em Rinehart. Eles nos pediam pão e o melhor que eu lhes podia dar era um olho de vidro — nem mesmo uma guitarra elétrica.

Parei e me deixei desabar num banco. Precisava ir embora, pensei. Essa era a coisa honesta a fazer. Se não, eu só podia dizer-lhes para terem esperança e tentarem agarrar-se àqueles que escutassem. Rinehart também era isso, um princípio de esperança pelo qual eles alegremente pagavam? Do contrário, não havia nada além de traição, e isso significa voltar para servir a Bledsoe, e Emerson, saltando da panela do absurdo para as chamas do ridículo. E em ambos os casos era uma autotraição. Mas eu não podia ir embora; tinha de chegar a um acordo com Jack e Tobitt. Eu devia a Clifton, a Tarp e outros. Tinha de me agarrar... e, então, tive uma ideia que me abalou profundamente. Você não tem de se preocupar com o povo. Se este suporta o Rinehart, então ele esquece isso e mesmo com ele você é invisível. Durou apenas a fração de um segundo e eu o rejeitei imediatamente, mas havia faiscado através do escuro céu da minha cabeça. Era exatamente dessa maneira. O povo não importava, pois não compreendia exatamente o que havia acontecido, nem a minha esperança, nem a minha falta. Minha ambição e integridade não eram nada para ele, e minha falta era tão insignificante quanto a de Clifton. Havia sido assim o tempo todo. Apenas na irmandade parecera realmente haver uma oportunidade para as pessoas como nós, o mero tremeluzir de uma luz, mas, atrás da fachada humana e polida do olho de Jack, eu encontraria uma forma anômala e uma áspera crueza vermelha. E até essa não tinha significado, exceto para mim.

Bem, eu *era*, mas estava invisível, era essa a contradição fundamental. Eu era e, no entanto, estava despercebido. Era assustador e, enquanto fiquei ali sentado, percebi outro mundo assustador de possibilidades. Por ora, eu via que podia concordar com Jack sem concordar. E podia dizer ao Harlem para ter esperança, quando não havia esperança alguma. Talvez eu pudesse dizer-lhes para esperar até eu encontrar a base de alguma coisa real, algum terreno firme para a ação que levasse aquela gente ao plano da história. Mas, até então, eu teria de movê-los sem que eu mesmo estivesse sendo movido... Teria de atuar como um Rinehart.

Encostei-me num muro de pedra do parque, pensando em Jack e Hambro, assim como nos acontecimentos do dia, e tremi de raiva. Era tudo um embuste, um obsceno embuste! Eles tinham se levantado para descrever o mundo. O que sabiam de nós, exceto que somamos tantos, trabalhamos em determinados empregos, oferecemos tantos votos, e fornecemos tantos manifestantes para alguma das suas marchas de protesto? Eu me inclinava, ali, ansiando por humilhá-los, desmenti-los. E agora todas as humilhações passadas se tornavam parte preciosa da minha experiência e, pela primeira vez, inclinando-me contra esse muro de pedra na noite sufocante, comecei a aceitar o meu passado e, enquanto o aceitava, senti as lembranças que jorravam dentro de mim. Era como se eu tivesse aprendido repentinamente a olhar em torno dos cantos. Imagens das humilhações passadas bruxuleavam pela minha cabeça e eu via que eram mais do que experiências separadas. Eram o que sou, e me definiam. Eram minhas experiências, e minhas experiências eram o meu eu: nenhum dos homens cegos, não importa quão poderosos se tornassem, mesmo se conquistassem o mundo, poderiam assumir isso, ou alterar-lhe um único prurido, insulto, riso, pranto, mancha, dor, raiva ou aflição. Eles eram cegos, cegos como morcegos, se movendo apenas em função dos sons ecoados de suas próprias vozes. E, como eram cegos, eles se destruiriam: eu os ajudaria. Ri. Aqui, pensei, eu achara que eles me aceitavam por sentirem que a cor não fazia diferença alguma, quando, na realidade, não fazia nenhuma diferença pelo fato de eles não verem nem a cor, nem os homens... Para tudo o que lhes dizia respeito, nós éramos uns tantos nomes rabiscados em cédulas falsas, a serem usadas segundo sua conveniência e quando não precisassem ser preenchidas. Era uma brincadeira, uma brincadeira absurda. E, nesse momento, eu olhava em redor de um canto da minha mente e via Jack, Norton, Emerson se fundirem numa única figura de branco. Eles eram exatamente o mesmo, cada qual tentando impingir em mim seu retrato da realidade e nenhum deles dando importância ao modo como as coisas me afetariam. Eu era simplesmente um material, uma fonte natural a ser utilizada. Eu passara do arrogante absurdo de Norton e Emerson para a de Jack e da irmandade, e tudo resultava no mesmo — à exceção de que eu, então, reconhecia minha invisibilidade.

De modo que eu a aceitaria e a exploraria, à la Rinehart. Mergulharia nela com os dois pés e eles seriam logrados. Ah, mas eles não seriam, eu não sabia o que meu avô quisera dizer, mas estava pronto para testar seu conselho. Eu os suplantaria com sins e os solaparia com falsos sorrisos, concordaria com eles na morte e na destruição. Sim, e os deixaria embebedar-me até eles vomitarem e se arrebentarem de cabo a rabo. Deixaria que se enganassem no que se recusavam a ver. Deixaria que se afogassem nisso. Era um risco que não haviam calculado. Era um risco com que jamais haviam sonhado em sua vã filosofia. Nem sabiam que podiam disciplinar-se até a destruição, que dizer "sim" podia destruí-los. Ah, eu diria sim a eles, mas não lhes diria sim! Diria sim a eles, até vomitarem e se revolverem nisso. Tudo o que desejavam de mim era um arroto de afirmação e eu berraria isso ruidosamente. Sim! Sim! Sim! Isso era tudo o que qualquer um desejava de nós, que devíamos ser ouvidos e não vistos, e depois ouvidos apenas num grande coro otimista de sim sinhô, sim sinhô, sim sinhô! Está certo, eu direi sim, sim e *oui, oui* e *sí, sí* e veja, veja-os também, e passearia pelos seus intestinos com botas pregadas de tachões. Mesmo aquelas grandes superlocomotivas que eu nunca vi nas reuniões da comissão. Querem uma máquina? Muito bem, eu me tornaria um sensível confirmador de seus equívocos, e, apenas para conservar sua confiança, tentaria ser o componente certo da vez. Ah, eu lhes serviria bem e faria a invisibilidade percebida, se não vista, e eles aprenderiam que ela podia ser tão poluidora quanto um corpo decadente, ou um pedaço de carne ruim num ensopado. E se eu me ferir... Muito bem, novamente. Além disso, eles não acreditavam em sacrifício? Eram os pensadores da sutileza — ou isso seria uma perfídia? A palavra se aplicaria a um homem invisível? Eles conseguiam reconhecer escolha naquele que não era visto?...

Quanto mais eu pensava nisso, mais sentia uma espécie de fascínio mórbido por aquela possibilidade. Por que não a descobrira mais cedo?

Quão diferente a minha vida podia ter sido! Quão terrivelmente diferente! Por que eu não vira essas possibilidades? Se um camponês podia frequentar a faculdade trabalhando nas férias como garçom, operário ou músico, e, depois de formado, tornar-se médico, por que todas aquelas coisas não podiam ser feitas ao mesmo tempo? E não era aquele antigo escravo também um cientista, reconhecido como tal, mesmo quando permanecia de chapéu na mão, curvando-se e fazendo rapapé de senil e obsceno servilismo? Meu Deus, quantas possibilidades existiam! Que atividade em espiral, que precioso filão de progresso! Quem conhecia todos os segredos? Eu não mudara o próprio nome, sem ser jamais desafiado, uma vez sequer? E essa mentira de que o sucesso era um *ressurgimento* ascendente. Com que farelenta mentira eles nos mantinham dominados! Não apenas você podia deslocar-se para o alto em direção ao sucesso, como podia deslocar-se para baixo; para cima *e* para baixo, tanto em recuo como avanço, direções de caranguejo e de través, bem como em torno de um círculo, encontrando os seus antigos eus que vêm e vão, e talvez todos ao mesmo tempo. Como pude deixar passar tudo isso por tanto tempo? Eu não me desenvolvera em torno de políticos jogadores, juízes que contrabandeavam bebida e delegados que eram gatunos; sim, e homens de Ku Klux Klan que eram pregadores e membros de sociedades humanitárias? Que diabo, e Bledsoe não tinha tentado dizer-me o que acontecia em toda parte? Eu me sentia mais morto do que vivo. Fora um dia inteiro: um dia que podia não ter sido mais dilacerante, mesmo que eu tivesse aprendido que o homem que eu sempre chamara de pai não tinha, na verdade, nenhuma relação comigo.

Fui para o apartamento e caí na cama de roupa e tudo. Estava quente, e o ventilador fazia pouco mais do que agitar o calor em pesadas, plúmbeas ondas, debaixo das quais eu me reclinei, fazendo rodopiar os óculos escuros entre os dedos e observando o hipnótico adejar das lentes, enquanto tentava fazer planos. Ocultaria a minha ira e os embalaria para dormir; asseguraria a eles que a comunidade estava em plena consonância com seu programa. E, como prova, eu falsificaria os registros de comparecimento, preenchendo carteiras de filiação com nomes fictícios — todos desempregados, evidentemente, a fim de evitar qualquer questão tributária. Sim, e andaria nas imediações da comunidade no período noturno, e, nos tempos de perigo, usando o chapéu branco e as lentes escuras. Era uma perspectiva melancólica, mas um meio de destruí-los, pelo menos no Harlem. Não via nenhuma possibilidade de organizar um movimento de dissidência, pois qual seria o próximo passo? Aonde iríamos? Não havia quaisquer aliados a que nos pudéssemos juntar como iguais. Nem havia tempo ou teóricos disponíveis para achar um programa total somente nosso — embora eu sentisse que em algum lugar, entre Rinehart e a invisibilidade, havia grandes potencialidades. Mas nós não tínhamos dinheiro, nenhum serviço de investigação, nem no governo, nem no comércio, nem nos sindicatos. E nenhuma comunicação com nossa própria gente, exceto por meio de uns jornais impassíveis, de uns poucos cabineiros de trem que traziam notícias acanhadas de cidades distantes e de um grupo de empregados domésticos que descreviam as vidas particulares positivamente desinteressantes de seus empregadores. Se ao menos tivéssemos alguns verdadeiros amigos, alguém que nos visse como algo mais do que ferramentas úteis para modelar seus próprios desejos! Mas isso que vá para o inferno, pensei: eu persistiria, e me tornaria um otimista bem disciplinado, e os ajudaria a ir festivamente para o inferno. Se eu não pudesse ajudá-los a ver a realidade de nossa vida, eu os ajudaria a ignorá-la, até que ela explodisse em suas caras.

Apenas uma coisa me incomodava. Como, nesse momento, eu sabia que seus verdadeiros objetivos nunca eram revelados nas reuniões da comissão, eu precisava de algum canal de investigação através do qual eu pudesse ficar sabendo o que efetivamente conduzia suas operações. Mas como? Se eu ao menos tivesse me oposto a ser transferido do centro da cidade, eu poderia contar com apoio suficiente na comunidade para *insistir* em que eles se revelassem. Sim, mas, se eu não houvesse sido transferido, ainda estaria vivendo num mundo de ilusões. Agora, contudo, que encontrara o fio da realidade, como poderia continuar? Eles pareciam ter me travado em cada passo, obrigando-me a combatê-los na escuridão. Por fim, joguei os óculos sobre a cama e caí num cochilo intermitente, durante o qual revivi os acontecimentos daqueles últimos dias. A questão é que, em vez de Clifton, era eu mesmo que estava perdido, e despertei fatigado, suando e inebriado de perfume.

Deitei-me de bruços, a cabeça apoiada nas costas da mão, pensando: de onde vem isso? E, exatamente quando dei com os olhos nos óculos, lembrei-me de ter agarrado a mão da garota de Rinehart. Fiquei ali sem me mover, e ela parecia empoleirar-se na cama, pássaro de olho resplandecente com sua cabeça lustrosa e seus seios fartos: eu estava num bosque, com medo de assustar o pássaro. Então acordei por completo, o pássaro se foi, e a imagem da garota continuava na minha cabeça. O que teria acontecido se eu a tivesse conquistado, até onde poderia ter ido? Uma garota atraente como aquela misturada com Rinehart. E então me sentei ofegante, perguntando-me como Rinehart teria resolvido o problema da informação. Isso ficou imediatamente claro: necessitou de uma mulher. Esposa ou namorada, ou a secretária de um dos chefes, que desejasse conversar livremente comigo. Minha cabeça vasculhou as primeiras experiências no movimento. Pequenos incidentes saltaram-me na memória, trazendo imagens de sorrisos e gestos de mulheres que se encontraram comigo depois de comícios e em festas: dançando com Emma no Chthonian; ela tão rente, macia junto de mim, e o quente, rápido focalizador do meu desejo, minha atrapalhação enquanto captava o olhar que Jack me dirigia de um canto, com Emma me segurando firme, seus decididos seios apertados contra mim, parecendo dizer com aquela provocante luz nos olhos: "Ah, tentação!" e minha desesperada tentativa de encontrar uma resposta refinada, e que não passou de um simples "Ah, mas há sempre tentação" surpreendendo-me, porém, e ouvindo-a rir: *"Touché! Touché!* Você devia subir e treinar esgrima comigo uma tarde dessas." Isso tinha sido nos primeiros dias, quando eu estava imbuído de fortes resoluções e me senti abalado com o arrojo de Emma, e com sua opinião de que eu devia ser mais negro do que era para desempenhar meu papel de dirigente no Harlem. Bem, não havia mais qualquer restrição: a comissão tratara disso. Emma fazia jogo limpo e talvez me achasse toleravelmente negro, afinal. Foi marcada uma reunião da comissão para amanhã e, como era o aniversário de Jack, se seguiria uma festa no Chthonian. Desse modo, eu desencadearia meu ataque de duas frentes no meio da mais favorável circunstância. Eles me obrigavam a usar os métodos de Rinehart, então estimulemos os cientistas!

Capítulo vinte e quatro

Iniciei dizendo sim a eles no dia seguinte, e tudo correu às mil maravilhas. A comunidade ainda seguia dividida nas alianças. Aglomerações se formavam com os mais leves incidentes. Vitrines de lojas eram despedaçadas e diversos conflitos irrompiam pela manhã, entre os motoristas de ônibus e seus passageiros. Os jornais relacionavam incidentes semelhantes, que haviam explodido durante a noite. A fachada espelhada de uma loja na Rua 125 estava despedaçada e, ao passar ali, vi um grupo de rapazes olhando suas imagens distorcidas enquanto dançavam diante do vidro todo recortado. Um grupo de adultos assistia àquilo, recusando-se a obedecer à ordem de circular dada pelos policiais, murmurando a respeito de Clifton. Não gostei do aspecto das coisas, apesar do meu desejo de ver a comissão desorientada.

Quando cheguei ao diretório, os membros estavam ali com relatórios sobre conflitos em outras partes do distrito. Não gostei nada disso: a violência era inútil e, atiçada por Rás, estava sendo, na realidade, dirigida contra a própria comunidade. No entanto, apesar da sensação de responsabilidade traída, eu estava contente com os desdobramentos e levava o meu plano adiante. Enviei membros para se juntar às aglomerações e tentar desestimular qualquer violência, e enviei uma carta aberta a toda a imprensa, denunciando-a por "deturpação" e supervalorização de incidentes menores.

Depois, naquela tarde, no centro de operações, expus que a situação se acalmava e que contávamos com uma grande parte da comunidade interessada numa campanha de limpeza, que desobstruísse do lixo e do entulho todos os quintais, entradas de porão, terrenos baldios, e removesse Clifton das preocupações do Harlem. Era tamanha a manobra da "cara limpa" que eu quase perdia a confiança em minha invisibilidade, mesmo enquanto permanecia diante das pessoas. Mas estas adoravam o que estavam fazendo e, quando entreguei a minha lista falsa de novos membros, elas reagiram com entusiasmo. Estavam vingadas; o programa era correto, os acontecimentos progrediam em sua direção predeterminada, a história estava do lado delas, e o Harlem as amava. Sentava-me ali sorrindo interiormente, enquanto escutava as observações que se seguiam. Podia ver o papel que eu devia desempenhar tão claramente quanto via os cabelos vermelhos de Jack. Incidentes do meu passado, tanto dos reconhecidos como dos ignorados, saltavam ao mesmo tempo na minha mente, num irônico pulo da consciência que era como virar uma esquina com o olhar. Eu devia ser um justificador. Minha tarefa seria a de negar o imprevisível elemento humano de todo Harlem, de modo que sua gente pudesse ignorá-lo quando, de alguma maneira, interferisse em seus planos. Tinha de manter sempre, diante dela, o quadro de um vulto receptivo, resplandecente, passivo e bem-humorado, sempre desejoso por aprovar cada projeto dela. Se, em algum momento, a situação despertasse uma raiva justificável, eu diria que estamos calmos e serenos (se lhes conviesse deixar-nos zangados, então seria bastante simples gerar raiva contra nós afirmando-a em sua propaganda: os fatos eram irrelevantes, irreais); e, se outras pessoas se mostrarem confusas com a sua manipulação, devia reafirmar-lhes que nós penetramos na verdade com uma visão de raios X. Se outros grupos estivessem interessados em ficar ricos, eu devia garantir, aos irmãos e a membros indecisos de outros distritos, que *nós* rejeitávamos a riqueza como algo corrupto e intrinsecamente degradante. Se outras minorias amassem o país apesar de seus ressentimentos, eu garantiria à comissão que nós, imunes a reações tão absurdamente humanas e misturadas, a odiávamos incondicionalmente; e, como a maior de todas as contradições, quando eles denunciassem o cenário americano como corrupto e degenerado, eu devia dizer que nós, embora nos enredássemos dentro de suas veias e tendões, éramos milagrosamente saudáveis. Sim sinhô, sim sinhô! Ainda que invisível, eu seria sua voz garantidora da contestação: eu superaria o próprio Tobitt e, quanto a Wrestrum, ocorrera o mesmo. Enquanto eu me sentasse ali, um deles estaria enchendo-se das falsas qualidades de membro nos significados de importância nacional. Uma ilusão que criava uma contrailusão. Onde isso acabaria? Acreditavam eles em sua própria propaganda?

Mais tarde, no Chthonian, foi como nos velhos tempos. O aniversário de Jack era uma oportunidade para champanhe, e a noite quente e abafada estava mesmo mais volátil do que habitualmente. Senti-me altamente confiante, mas ali o meu plano se mostrou ligeiramente errado. Emma estava inteiramente alegre e compreensiva, mas alguma coisa em seu rosto bonito e exigente me aconselhou a desistir. Percebi que, embora ela estivesse propensa a se deixar levar (a fim de se satisfazer), ela era refinada e hábil demais nas intrigas para comprometer sua posição de amante de Jack, me revelando qualquer coisa de importância. De modo que, enquanto eu dançava e discutia com Emma, eu passava em revista a festa, para uma segunda escolha.

Foi no bar que eu a encontrei. Ela se chamava Sybil e era uma daquelas mulheres capazes de admitir que minhas palestras sobre a questão feminina se baseavam num conhecimento mais profundo do que o da natureza política, e indicara várias vezes a boa vontade de me conhecer melhor. Eu sempre fizera de conta não compreender, pois não apenas a primeira dessas minhas experiências me ensinara a evitar semelhantes situações, como no Chthonian ela estava, habitualmente, um tanto embriagada e tristonha — precisamente o tipo de incompreendida mulher casada que, até mesmo se me interessasse, teria evitado como uma peste. Mas, a partir de então, sua desdita, e o fato de ela ser uma das mulheres de um dos maiorais, tornavam-na a escolha perfeita. Estava muito solitária, o que facilitava as coisas. Na ruidosa festa de aniversário (à qual se seguiria uma comemoração pública na noite seguinte), não fomos notados e, quando ela saiu cedo na noite, levei-a para casa. Ela se sentia abandonada, e o marido estava sempre ocupado. Quando a deixei ali, tinha combinado um encontro no meu apartamento, na noite seguinte. George estaria na celebração do aniversário e ela não seria malsucedida.

Era uma noite de agosto abafada. Relâmpagos reluziam através do céu do lado leste e havia no ar úmido uma tensão ofegante. Eu havia passado a tarde me preparando, e saí do escritório a pretexto de doença, para evitar ter de assistir à celebração. Eu não tinha nem desejo, nem águas-fortes sugestivas, mas havia um vaso de lírios chineses na sala de estar e outro de rosas "American Beauty" na mesa ao lado da cama; e encaixei uma provisão de vinho, uísque e licor, uma boa quantidade de cubos de gelo, um sortimento de frutas, queijo, nozes, bombons e outras guloseimas do Vendome. Em suma, tentei dispor as coisas como imaginava que Rinehart teria feito.

Mas estraguei tudo desde o início. Preparei os coquetéis fortes demais (e ela gostou disso demais), e trouxe à baila a política cedo demais na noite (o que ela simplesmente detestou). Por toda a sua exposição de ideologia, ela não tinha o menor interesse pela política e nenhuma ideia dos esquemas que ocupavam, dia e noite, o marido. Estava mais interessada nas bebidas, e precisei acompanhá-la um copo atrás do outro, e nos pequenos dramas que inventara em torno das figuras de Joe Louis e Paul Robeson. E, embora eu não tivesse nem a estatura nem o temperamento para qualquer desses papéis, fui visto quer como se pudesse cantar o *Old Man River* e me mantivesse apenas rodopiando, quer como alguém capaz de fazer fantasiosas proezas com meus músculos. Fiquei confuso e entretido, tornando-se isso uma grande disputa, tendo eu, de um lado, tentando manter-nos ambos em contato com a realidade, e ela, do outro, atirando-me em fantasias nas quais eu era o irmão Tabu com quem todas as coisas são possíveis.

Já era tarde da noite e, enquanto eu entrava na sala com outra rodada de bebida, ela soltou os cabelos e se dirigiu a mim com um grampo de ouro nos dentes, dizendo:

— Vem com a mamãe, seu bonitinho — no momento em que se sentava na cama.

— Sua bebida, madame — disse eu, estendendo-lhe um copo e esperando que o grogue, fresco, lhe desestimulasse outras ideias.

— Vamos, querido — disse ela timidamente. — Quero pedir-lhe uma coisa.

— O que é? — perguntei.

— Tenho de contar a você em segredo, seu bonitinho.
Sentei-me, e seus lábios vieram para perto do meu ouvido. E, repentinamente, ela esvaziava toda a minha energia. Recuei. Havia alguma coisa de quase afetado com relação ao modo como ali ela se sentava, e no entanto ela fizera apenas uma modesta proposta de que eu me juntasse a ela num ritual revoltante.
— O que é isso?! — exclamei, e ela repetiu. A vida subitamente se tornara uma doida caricatura de Thurber?
— Por favor, você faria isso por mim, não faria, seu bonitinho?
— Você quer realmente isso?
— Sim — respondeu ela —, sim!
Seu rosto exibia uma incorruptibilidade prístina que me perturbava ainda mais, pois não estava nem zombando, nem tentando insultar-me. E eu não podia dizer se o horror me falava a partir da inocência, ou se a inocência emergia incólume da obscena trama da noite. Sabia apenas que o caso inteiro era um equívoco. Ela não tinha nenhuma informação e eu resolvi levá-la embora do apartamento antes de ter de lidar, definitivamente, fosse com o horror, fosse com a inocência, enquanto eu ainda podia lidar com aquilo como uma brincadeira. O que faria Rinehart a respeito *disso*, pensei, e, sabendo-o, fiquei determinado a não deixá-la provocar-me a violência.
— Mas, Sybil, você pode ver que eu não gosto disso. Você desperta em mim uma paixão terna, protetora. Aqui está um forno, por que você não se veste e vamos dar um passeio no Central Park?
— Mas eu preciso disso — disse ela, descruzando as coxas e se sentando de novo ansiosamente. — Você pode fazê-lo, será fácil para você, bonitinho. Ameace-me de me matar se eu não o consentir. Você sabe, converse áspero comigo, seu bonitinho. Uma amiga minha disse que o colega disse: "Baixe as calças ... e..."
— Ele disse o quê?!
— Realmente disse — repetiu ela.
Olhei para ela. Estava vermelha: suas maçãs do rosto, e até o peito sardento, eram de um vermelho brilhante.
— Continue — pedi, enquanto ela relaxava outra vez. — Então, o que foi que aconteceu?

— Bem, ele a chamou de um nome obsceno — disse ela, com vacilante timidez. Era uma garota gasta e coriácea, com cabelos castanhos de delicada ondulação natural, que se desdobravam sobre o travesseiro. Estava intensamente vermelha. Aquilo se destinava a me excitar, ou era uma inconsciente expressão de repulsa?

— Um nome realmente obsceno — disse ela. — Ah, ele era um bronco, enorme, com os dentes brancos, o que eles chamam de "um bode". E ele disse: "Sua puta, baixe as calças", e então ele o fez. Ela era uma garota graciosa demais, efetivamente delicada, com uma cútis como que de morangos com creme. Você não pode imaginar *ninguém* chamando-a de um nome como aquele.

Ela se sentou então, com os cotovelos calcando o travesseiro, enquanto olhava para o meu rosto.

— Mas o que aconteceu, eles o apanharam? — perguntei.

— Ah, claro que não, seu bonitinho, ela contou aquilo só a duas de nós, garotas. Não podia permitir-se deixar o marido ficar sabendo daquilo. Ele... bem, é uma história longa demais.

— É terrível — disse. — Você não acha que deveríamos ir...?

— Não é, ainda assim? Ela ficou muito nervosa durante meses... — Sua expressão oscilou, ficando indeterminada.

— O que foi? — indaguei, temeroso de que ela pudesse chorar.

— Ah, eu só estava perguntando-me como *realmente* ela se sentiu. Realmente o fiz. — De súbito, me olhou misteriosamente. — Eu posso confiar-lhe um grande segredo?

Eu me sentei.

— Não me diga que era você.

Ela sorriu.

— Ah, não, isso foi com uma querida amiga minha. Mas você não sabe da maior, seu bonitinho — disse ela, inclinando-se para a frente, confidencialmente: — Eu acho que sou uma ninfomaníaca.

— Você? Nãoooo!

— É isso mesmo. Às vezes eu tenho essas ideias e sonhos. Embora eu nunca tenha dado bola para eles; mas realmente acho que sou. Uma mulher como eu tem de desenvolver uma disciplina de ferro.

Ri, em meu íntimo. Ela logo seria uma galinha robusta, de queixinho dobrado e cintura de três camadas. Uma fina corrente de ouro se exibia em torno de um tornozelo que se engrossava. E, no entanto, eu estava tornando-me ciente de algo apaixonada e ferozmente feminino, a seu respeito. Estendi o braço e acariciei-lhe a mão.

— Por que você tem essas ideias sobre si mesma? — indaguei, vendo-a levantar-se e tentar agarrar o canto do travesseiro, tirando uma pena que se entrevia e despindo-lhe a penugem de sua haste.

— Repressão — disse ela, com enorme refinamento. — Os homens nos reprimiram demais. Esperávamos ter de renunciar a coisas demasiadamente humanas. Mas você sabe de outro segredo?

Torci a cabeça.

— Você não se incomoda se eu continuar, se incomoda, bonitinho?

— Não, Sybil.

— Bem, pois, desde que fiquei sabendo disso, mesmo quando ainda era bem garotinha, queria que acontecesse comigo.

— Você quer dizer o que aconteceu com sua amiga?

— Isso mesmo, isso.

— Nossa Senhora, Sybil, você já contou isso a alguém mais?

— Claro que não. Não ousaria. Você está abalado?

— Um pouco. Mas, Sybil, por que você está me contando?

— Ah, eu sei que posso confiar em você. Vi logo que você me compreenderia. Você não é como os outros homens. Somos de uma espécie parecida.

Nesse momento, ela sorria, estendeu o braço e fez pressão sobre mim, delicadamente, enquanto eu pensava: "Lá vem de novo."

— Deite-se de costas e deixe-me olhar para você contra esse lençol branco. Você é belo. Sempre achei isso. Como o ébano quente contra a pura neve: veja o que você faz, você me leva a dizer poesia. "Ébano quente contra a pura neve", isso não é poético?

— Sou do tipo sensível. Você não deve zombar de mim.

— Mas você é realmente bonito, e eu me sinto tão à vontade com você. Você não faz ideia.

Olhei a marca vermelha deixada pelas tiras de seu sutiã, pensando: quem se vinga de quem? Mas por que surpreender-se, quando é o que elas ouvem por toda a sua vida? Quando isso é criado para um enorme poder e eles ensinaram a adorar todos os tipos de poder? Com todos os alertas contrários, alguns querem experimentá-lo por si mesmos. Os conquistadores conquistaram. Talvez, secretamente, um número enorme o deseje; talvez seja isso que eles gritam quando a possibilidade está mais distante.

— É isso — respondeu firmemente. — Olhe-me desse modo; exatamente como deseja arrasar-me. Adoro quando você me olha assim!

Eu ri e lhe toquei o queixo. Tinha-me à sua mercê, eu me sentia abestalhado, não tinha como fugir e não tinha, tampouco, como ficar zangado. Pensei em instruí-la sobre o respeito devido a um cônjuge em nossa sociedade, mas já não me iludi com o fato de que eu ou reconhecia a sociedade, ou a ela me ajustava. Além disso, pensei, ela acha que você é uma diversão. É alguma outra coisa que eles ensinaram.

Levantei meu copo e ela me acompanhou em mais um gole, mais perto.

— Você vai querer, não vai querer, bonitinho? — disse, com os lábios então parecendo mais crus sem a pintura, fazendo beicinho infantilmente. Então, por que não diverti-la, ser um cavalheiro, ou seja lá o que for que ela pense que você é. O que ela pensa que você é? Um estuprador doméstico, obviamente, um perito no problema da mulher. Talvez seja isso o que você é, mas bem amestrado e com a disposição de um conveniente interruptor verbal para o prazer das senhoras. Bem, eu mesmo montara a armadilha em que caíra.

— Tome isso — disse eu, colocando outro copo na mão dela. — Ficará melhor depois de tomar uma bebida. Mais real.

— Oh, sim, será maravilhoso. Ela tomou uma dose e levantou os olhos para mim, pensativamente. — Fico cansada demais de viver do modo como vivo, meu lindo! Daqui a pouco, ficarei velha e nada terá me acontecido. Sabe o que isso significa? George fala muito dos direitos da mulher, mas o que leva você a saber do que uma mulher precisa? Logo ele, com seus quarenta minutos de fanfarronice e dez de afobação. Ah, você não faz ideia do que está fazendo por mim.

— Nem você por mim, Sybil querida — disse eu, enchendo o copo de novo. Afinal, a bebida começava a fazer efeito.

Ela espalhou os longos cabelos sobre os ombros e cruzou os joelhos, me observando. Sua cabeça começara a dar voltas.

— Não beba tanto, bonitinho. Isso sempre acaba com o vigor do George.

— Não se preocupe — disse eu. — Eu violento muito bem quando estou bêbado.

Ela me olhou sobressaltada.

— Aaaah, pobre de mim outra vez — disse ela, dando um pulo involuntário. Estava tão encantada quanto uma criança, oferecendo o copo ansiosamente.

— O que está acontecendo aqui — disse eu —, é o novo nascimento de uma nação?

— O que você disse, bonitinho?

— Nada, uma brincadeira inútil. Esqueça.

— É disso que eu gosto em você, bonitinho. Você não me contou sequer uma das brincadeiras vulgares. Vamos, bonitinho — pediu ela.

— Sirva.

Eu a servi outra vez, e outra. Na verdade, eu nos servi a ambos muitas vezes. Eu estava longe. As coisas não estavam acontecendo tanto para mim como para ela e eu sentia uma certa piedade confusa que não queria sentir. Então ela olhou para mim, com os olhos reluzentes atrás das pálpebras estreitadas, levantou-se e me golpeou onde doía.

— Vamos, bata em mim, paizinho, você, você é um negão de peso. O que o impede? — perguntou ela. — Apresse-se, me derrube no chão! Você não me deseja?

Eu senti tanta raiva que lhe dei uma bofetada. Ela se deitou agressivamente receptiva, o umbigo não tinha aspecto de taça, mas de um poço profundo em um terreno que passara por muitos terremotos dilatando e expandindo. Aí ela disse: "Vamos, vamos!" Ao que retruquei: "Está bem, está bem", olhando ferozmente à minha volta e passando a derramar a bebida sobre ela; em seguida parei, minhas emoções se trancaram, enquanto eu vi seu batom que estava sobre a mesinha, apanhei-o e disse: "Sim, sim", enquanto me curvava para escrever ferozmente de um lado a outro de sua barriga, numa inspiração de bêbado:

SYBIL, VOCÊ FOI VIOLENTADA
PELO
PAPAI NOEL.
SURPRESA!

e fiz pausa nesse ponto, tremendo em cima dela, os joelhos sobre a cama enquanto ela esperava com insegura expectativa. Era uma sombra de batom arroxeado e metálico, e ela pronunciava ofegante e aceleradamente as letras estendidas, algo tremidas, pelo morro acima e pelo vale abaixo: estava bêbada e acesa como um anúncio luminoso. "Se... apresse, bonitinho, se... apresse" — pediu ela.

Olhei para ela, pensando. Apenas deixe o George ver isso — se é que George alguma vez se esquivou a ver isso. Farei uma conferência sobre um aspecto dos problemas da mulher a respeito do qual ele jamais pensou. Ela repousou anônima diante dos meus olhos até eu poder ver o seu rosto, modelado por uma emoção que eu não podia satisfazer, então pensei: pobre Sybil, ela apanhou um garotão para um trabalho de homem e nada ocorreu como ela imaginou. Até o negro pugilista se deu mal naquele trabalho. Nesse momento, ela perdeu o controle sobre sua bebida e, repentinamente, eu me curvei e a beijei na boca.

— Psss, fique quieta — pedi —, não é possível agir quando você...
— Ela levantou os lábios buscando mais, eu a beijei de novo e a acalmei, ela cochilou e eu resolvi de novo acabar com a farsa. Esses jogos eram para Rinehart, não para mim. Vacilei, peguei uma toalha úmida e comecei a apagar os indícios do meu crime. Era tão persistente quanto o pecado e levava algum tempo. A água não resolveria, continuaria o cheiro do uísque, e finalmente tive de conseguir benzina. Felizmente, ela não despertou até eu ter quase terminado.

— Você conseguiu, belezura? — perguntou ela.
— Sim, é claro — respondi —, não era o que você queria?
— Sim, mas parece que eu não me lembro direito...
Olhei para ela e tive vontade de rir. Ela estava tentando me ver, mas seus olhos não se concentravam e sua cabeça continuava a oscilar de um lado para o outro, porém ela fazia um verdadeiro esforço e, de repente, eu me vi despreocupado.

— Por falar nisso — eu disse, tentando fazer alguma coisa com seus cabelos —, como você se chama, senhora?
— Sybil — respondeu ela indignadamente, quase lacrimosa. — Bonitinho, você sabe que me chamo Sybil.
— Não, quando estava agarrando você, não sabia.
Seus olhos se arregalaram e um sorriso lhe perpassou o rosto.
— Está certo, você não podia, podia? Você nunca me viu antes.
— Ela parecia satisfeita, e eu pude ver a ideia tomar forma em sua cabeça.
— Está certo — disse eu. — Saltei diretamente do muro. Subjuguei você no corredor vazio, lembra-se? Sufoquei seus gritos aterrorizados.
— E eu reagi com uma boa briga?
— Como uma leoa que defende suas crias...
— Mas você foi um bruto de tal modo grande e forte que me fez ceder. Eu não queria, queria, meu lindo? Você me obrigou, contra a minha vontade.
— Isso — disse eu, recuperando uma peça de seda do vestuário. — Você revelou o animal que existe em mim. Subjuguei você. Mas o que podia fazer?
Ela prestou atenção a isso por algum tempo e, por um segundo, seu rosto se agitou de novo, como se ela chorasse. Mas foi outro sorriso que aflorou ali.
— E eu não fui uma boa ninfomaníaca? — indagou ela, observando-me de perto. — De verdade?
— Você não faz a menor ideia — disse eu. — *George** devia ficar mais de olho em você. — Ela se virou de um lado para o outro, irritada.
— Ora, bolas! Esse idiota do *George* não é capaz de identificar uma ninfomaníaca nem que ela fosse direto para a cama com ele!
— Você é maravilhosa — elogiei. — Fale-me de George. Fale-me sobre esse grande articulador da mudança social.
Ela fixou o olhar intenso, o cenho franzido.
— Quem, *George*? — indagou, olhando para mim, com um olho quase fechado. — George é cego como uma toupeira, só que ele não

---

* *Georgie Porgie* é um nome de uma famosa poesia infantil inglesa. (*N. do T.*)

sabe. Você consegue imaginar algo assim? Quinze anos! Diga, você está rindo do quê, bonitinho?

— Eu? — perguntei, começando a arfar. — Logo eu...

— Nunca vi ninguém rir como você, meu lindo. É maravilhoso!

Eu punha então nela seu vestido pela cabeça e sua voz saiu amortecida pelo pano de xantungue. Em seguida, eu o fiz descer em torno das ancas, e seu rosto inflamado oscilou através da gola, com os cabelos caídos novamente em desordem.

— Bunitim — disse ela, fazendo a palavra soar mais forte —, você fará isso de novo algumas vezes?

Dei alguns passos e olhei para ela.

— O quê?

— Por favor, encantador bunitim, por favor — pediu ela, com um sorriso inseguro.

Comecei a rir.

— Claro — respondi —, claro...

— Quando, bunitim, quando?

— Qualquer dia desses — disse eu. — Que tal toda quinta-feira, às nove?

— Aaaaah, bunitim — murmurou ela, dando-me um abraço fora de moda. — Eu nunca conheci alguém como você.

— Tem certeza?

— Realmente, nunca, bunitim... palavra de honra!... Acredita em mim?

— Certo, é bom ser visto, mas temos de ir agora — disse eu, vendo-a prestes a se inclinar para o lado da cama.

Fez beicinho.

— Preciso de uma saideira, bunitim — disse ela.

— Você já bebeu demais — disse-lhe eu.

— Ah, bunitim, só umazinha...

— Está bem, só uma...

Tomamos outra dose, olhei para ela e senti que voltavam a compaixão, o nojo de si mesma e a depressão.

Ela me olhou com gravidade, a cabeça inclinada para o lado.

— Bunitim — disse ela —, você sabe o que a Sybil aqui pensa? Pensa que está querendo se livrar dela.

Olhei-a de dentro de um profundo vazio e enchi novamente os nossos copos. O que fizera eu a ela, e lhe permitira fazer? Tudo aquilo fora destilado para mim? Minha ação... minha — aquela dolorosa palavra se plasmava tão desconexamente quanto o inseguro sorriso dela — minha *responsabilidade*? Tudo aquilo? Sou invisível.
— Olhe aqui — pedi —, beba.
— Você também, bunitim — disse ela.
— Sim — respondi. Ela se instalou nos meus braços.

Devo ter cochilado. Surgiu de fato o tilintar do gelo num copo, o repicar de sinos. Senti-me profundamente triste, como se o inverno tivesse despencado durante aquela hora. Ela se reclinava, com os cabelos castanhos soltos, espreitando através dos olhos azuis de sombras bem aplicadas e densas pálpebras. Um novo som, ao longe, se manifestou.
— Não atende, bunitim — disse ela, com a voz aparecendo subitamente, como que sem sincronizar com o movimento da boca.
— O quê? — eu disse.
— Não atende, deixe tocar — disse ela, estendendo para a frente os dedos com as unhas pintadas de vermelho.
Peguei o aparelho das mãos dela, compreendendo então do que se tratava.
— Não, bunitim — disse ela.
O aparelho tocou de novo, dessa vez ao meu alcance e, sem qualquer razão perceptível, as palavras de uma oração da infância se espalharam em minha mente, como rápida água. Então eu atendi:
— Alô.
Era uma voz frenética e irreconhecível do distrito.
— Irmão, é melhor você subir aqui imediatamente.
— Estou doente — disse eu. — O que está havendo?
— Contratempo, irmão, e você é o único que pode...
— Que tipo de contratempo?
— Contratempo feio, irmão. Estão tentando...
Então, o áspero som de vidro que se partia, distante, frágil e delicado, seguido de um estrondo, e a linha se interrompeu.

— Alô — disse eu, vendo Sybil flutuar diante de mim, com os lábios dizendo "bunitim".

Tentei discar então, ouvindo o sinal de ocupado como resposta: amém-amém-amém; e me sentei ali um pouco. Seria um trote? Eles sabiam que ela estava comigo? Larguei o fone. Os olhos dela me olhavam a partir de sua sombra azul.

— Bunit...

E nesse momento me levantei e lhe puxei o braço.

— Vamos, Sybil. Eles precisam de mim na cidade — só então compreendendo que eu atenderia ao chamado.

— Não — respondeu ela.

— Mas claro que sim. Venha.

Ela caiu de novo na cama, desafiando-me. Larguei-lhe os braços e olhei ao redor, desnorteado. Que tipo de contratempo seria, a essa hora? Por que eu devia ir? Ela me espreitava, com os olhos lustrosamente mergulhados na sombra azul. Meu coração se sentia pequeno e profundamente triste.

— Volte, bunitim — pediu ela.

— Não, vamos tomar um pouco de ar.

E então, evitando-lhe as unhas vermelhas, agarrei-lhe os pulsos e a puxei para cima, em direção à porta. Nós cambaleamos, com seus lábios roçando os meus, enquanto oscilávamos ali. Ela grudou-se em mim e, por um instante, também eu nela, com uma sensação de incomensurável tristeza. Então ela soluçou e eu olhei outra vez vagamente para o quarto. A luz batia no líquido âmbar de nossos copos.

— Bunitim — ela disse —, a vida podia ser tão diferente.

— Mas não é — disse eu.

Ela repetiu:

— Bunitim.

O ventilador zumbia. E, num canto, estava minha pasta, coberta de grãos de poeira como lembranças — da noite da batalha real. Senti sua respiração quente e a empurrei mansamente, firmando-a contra o alizar da porta, depois passei tão impulsivamente quanto a oração recordada, peguei a pasta removendo-lhe a poeira com a perna e sentindo o peso inesperado, enquanto a enfiava debaixo do braço. Algo tilintou dentro dela.

Sybil me olhou ainda, com os olhos em chispas enquanto eu lhe tomava o braço.

— Por que faz isso, Syb? — indaguei.

— Não vá, bunitim — pediu. — Deixe o Georgie fazê-lo. Nenhum discurso, nesta noite.

— Vamos — pedi, tomando-lhe o braço de modo bastante firme e puxando-a comigo enquanto ela suspirava, o rosto ansioso voltado para mim.

Descemos tranquilamente para a rua. Minha cabeça ainda estava anestesiada por causa da bebida e, quando baixei os olhos para o enorme vazio da escuridão, senti algo como pranto... O que estava acontecendo na cidade? Por que eu devia atormentar-me com burocratas, com homens cegos? *Sou invisível.* Olhei atentamente a rua silenciosa, sentindo os tropeções de Sybil ao meu lado, cantarolando uma cançãozinha — uma coisa despretensiosa, ingênua e despreocupada. Sybil, meu amor cedo demais, tarde demais... Ah! Minha garganta latejava. O calor da rua aderia fortemente. Procurei um táxi, mas nenhum passava. Ela cantarolava ao meu lado, com um perfume irreal na noite. Seguimos para o quarteirão seguinte e nenhum táxi surgiu. Seus saltos altos rangiam instavelmente na calçada. Eu a fiz parar.

— Pobre bunitim — disse ela. — Não sabe como se chama...

Eu me voltei, ferido:

— O quê?

— Bruto anônimo e bode bunitim — disse ela, tendo na boca um sorriso turvo.

Olhei para ela, que ia como uma ave que roça a água, e *range, range* sobre as pernas compridas, na calçada.

— Sybil — disse eu, mais para mim mesmo do que para ela. — Onde isso acabará? — Alguma coisa me falava que era melhor ir embora.

— Aaaah — ela riu: — na cama. Não vá para a cidade, bunitim, Sybil vai tomar conta de você.

Sacudi a cabeça. As estrelas estavam lá em cima, altas, altas, girando. Então, fechei os olhos e elas navegaram vermelhas atrás das minhas pálpebras. Em seguida alguma coisa se firmou, tomei-a pelo braço.

— Olhe, Sybil — eu disse —, fique aqui um minuto enquanto eu vou até a Quinta procurar um táxi. Fique bem aqui, querida, e mantenha-se no lugar. — Ficamos vacilando diante de um edifício de aspecto antigo, de janelas escuras. Gigantescos medalhões gregos eram exibidos com holofotes sobre a fachada, por cima de um escuro modelo labiríntico na pedra, e eu a apoiei contra o alpendre com seu monstro de pedra entalhada. Ela se encostou ali, com os cabelos rebeldes, olhando para mim sob a luz da rua, sorrindo. Seu rosto se manteve balançando para um lado, o olho direito desesperadamente fechado.

— Certo, bunitim, certo — disse ela.

— Volto imediatamente — eu disse, afastando-me.

— Bunitim — chamou ela. — *Meu* bunitim.

Ouvir o verdadeiro afeto, pensei, a adoração do ursinho de pelúcia, distanciando-se. Ela me chamava de belo ou de fera, de belo ou de sublime... O que importava, uma coisa ou outra? Sou invisível...

Continuei, tranquilamente, até o final da rua, na esperança de que um táxi aparecesse antes de eu ter feito todo o percurso. Mais adiante, na Quinta Avenida, as luzes eram resplandecentes, uns poucos carros corriam através da via pública e, acima ou além, viam-se as árvores — enormes, escuras, altas. O que estava acontecendo, perguntei-me. Por que me chamar tão tarde, e quem era?

Adiantei-me, com os pés hesitantes.

— Bunitim — ela chamava, atrás de mim. — Buuuunnnitim!

Eu acenava, sem olhar para trás. De jeito nenhum. Não mais, não mais. E continuei.

Na Quinta Avenida, passou um táxi e tentei chamá-lo, somente para ouvir a voz de alguém soar, o som se espalhando jovialmente por ali. Procurei outro no alto da avenida iluminada, ouvindo repentinamente o guinchar de freios. Virei-me para ver o carro parar e vi um braço branco acenando. O táxi girou em sentido contrário, rodou perto e estacionou com espalhafato. Eu ri. Era Sybil. Dei alguns passos vacilantes para a frente, indo para a porta. Ela sorriu para mim, e sua cabeça, emoldurada na janela, ainda puxava para um lado, com os cabelos se agitando.

— Entre, bunitim, e me leve para o Harlem...

Balancei a cabeça, sentindo-a pesada e triste.

— Não — respondi. — Tenho um trabalho a fazer, Sybil. É melhor você ir para casa...

—- Não, bunitim, leve-me com você.

Voltei-me para o motorista, com a mão na porta. Era pequeno, de cabelo preto e olhar desaprovador; um clarão vermelho, do sinal de trânsito, coloria a ponta de seu nariz.

Dei-lhe o endereço e minha última nota de cinco dólares. Ele a pegou, com uma taciturna desaprovação.

— Não, bunitim — disse ela—, eu quero ir para o Harlem, ficar com você!

— Boa noite — disse eu, com um passo para trás, no meio-fio.

Estávamos no meio do quarteirão e eu os vi afastarem-se.

— Nãooo — disse ela —, nãooo, bunitim. Não deixe... — Seu rosto, claro e de olhos arregalados, se exibia na porta. Continuei ali, observando o sujeito mergulhar rápida e desdenhosamente fora do alcance da vista, com as lanternas traseiras tão vermelhas como seu nariz.

Caminhei com os olhos fechados, parecendo flutuar, tentando desanuviar a cabeça, em seguida os abri e atravessei para o lado do parque, ao longo das pedras negras do calçamento. Lá em cima, os carros deslizavam, fazendo muitas voltas na pista, com os faróis dianteiros dando suas estocadas. Todos os táxis tinham passageiros, e todos desciam para o centro da cidade. O centro de gravidade. Eu me arrastava, com a cabeça girando.

Então, perto da Rua 110, eu a vi de novo. Esperava debaixo de um poste de iluminação, acenando. Não fiquei surpreso. Tornava-me fatalista. Avancei lentamente, ouvindo-lhe a risada. Ela estava à minha frente e começava a correr, de pés descalços e livremente, como num sonho. Correndo. De maneira insegura, mas rápida, ao passo que eu, surpreso e incapaz de alcançá-la, pés de chumbo, vendo-a na frente e chamando-a: "Sybil, Sybil", correndo, com pés de chumbo, junto ao parque.

Corri, com a pasta pesada debaixo do braço. Algo me dizia que eu tinha de ir ao escritório... "Sybil, espere!", eu chamava.

Ela corria, as cores do vestido tremeluzindo como chamas nos espaços reluzentes da escuridão. Um movimento farfalhante, as pernas desajeitadamente avançando, e os brancos calcanhares reluzindo, as abas da blusa presas no alto. Deixe-a ir, pensei comigo. Mas nesse momento ela cruzava a rua em desabalada carreira só para alcançar o meio-fio e sentar-se, para em seguida levantar e sentar de novo, com o traseiro protuberante, completamente tonta, quando seu ímpeto se acabou.

— Bunitim — ela disse, quando avancei. — Bunitim safado, você me empurrou?

— Suba aqui — disse eu sem raiva. — Suba — tomando-lhe o braço macio. Ela subiu, e seus braços se abriram completamente, para um abraço.

— Não — eu disse —, não é quinta-feira. Tenho de ir lá... O que eles preparam para mim, Sybil?

— Quem, bunitim?

— Jack e George... Tobitt e todos eles!

— Você correu atrás de mim, bunitim — disse ela. — Esqueça-os. É um bando de idiotas..., cê sabe. Nós não fizemos esse mundo feder, bunitim. Esqueça!

Então, eu vi o táxi no momento certo, aproximando-se rapidamente a partir da esquina, e um ônibus de dois andares que assomava dois quarteirões atrás. O motorista do táxi me olhou, com a cabeça aparecendo à janela, empertigado ao volante, quando fez uma rápida volta em U e chegou ao nosso lado. Seu rosto demonstrava espanto, sem acreditar.

— Venha agora, Sybil — pedi —, e sem confusão.

— Perdoe-me, meu velho — disse o motorista, com a voz preocupada —, mas você não vai levá-la para o Harlem, vai?

— Não, a senhora vai para o centro — disse eu. — Entre, Sybil.

— Bunitim é um velho ditador — disse ela ao motorista, que olhou para mim silenciosamente, como se eu fosse louco.

— Uma pedra no sapato — murmurou ele —, uma pedra a mais no sapato.

Mas Sybil entrou.

— Apenas um velho ditador, bunitim.

— Olhe — disse eu a ele —, leve-a direto para casa e não a deixe sair do táxi. Não a quero rodando lá pelo Harlem. Ela é preciosa, é uma senhora importante.

— Certo, homem, eu não o censuro. As coisas, lá, estão pipocando.

O táxi já estava a caminho, quando berrei:

— O que está acontecendo?

— Eles estão quebrando tudo — clamou ele, acima da mudança das marchas. Observei-os ir embora e torci para o ônibus parar. Desta vez estarei seguro, pensei, dando alguns passos, fazendo sinal para o ônibus e subindo nele. Se ela voltar, descobrirá que desapareci. E fiquei sabendo, mais intensamente do que nunca, que devia apressar-me, mas estava ainda com a cabeça enevoada demais e não podia chegar a uma conciliação interior.

Sentei-me agarrado à pasta, os olhos fechados, sentindo o ônibus deslizar rapidamente por baixo de mim. Logo dobraria para a Sétima Avenida. Sybil, perdoe-me, pensei. O ônibus rodava.

Mas, quando abri os olhos, estávamos dobrando à beira do rio. Também isso, eu aceitei com tranquilidade: a noite inteira estava desconjuntada. Eu bebera demais. O tempo corria fluido, invisível, triste. Olhando para fora, pude ver um navio que se movia contra a corrente, com suas luzes de circulação como pontos cintilantes na noite. O cheiro frio do mar passou por mim, constante e espesso no borrão velozmente estendido dos barcos ancorados, a água escura e as luzes que brotavam de passagem. Do outro lado do rio era Jersey e me lembrei da minha chegada ao Harlem. Há um tempão, pensei, há um tempão. Era como se estivesse submerso no rio.

À minha direita e adiante, a torre da igreja se projetava a uma grande altura, coroada por uma luz vermelha de advertência. E passávamos, em seguida, pelo Túmulo do Herói: recordei uma visita que fizera àquele lugar. Você subia os degraus e a parte interna, e olhava bem abaixo para descobrir que ele, tranquilamente, repousa envolto em suas bandeiras..

A Rua 125 foi alcançada instantes depois. Tropecei, ouvindo o ônibus arrancar, enquanto eu voltava meu olhar para a água. Havia uma leve brisa, mas em seguida, com o movimento decorrido, o calor voltou, aderindo à pele. Mais adiante, no escuro, vi a ponte monumental, e as fieiras de luzes através do rio sombrio; e mais perto, muito acima da linha da costa, os Palisades, sua revolucionária agonia perdida em luzes tumultuosas de montanhas-russas. "A hora é esta...", começava o anúncio através do rio, mas com a história se gravando em mim com botas ferradas, pensei com um riso para dentro: por que me preocupava com o tempo? Cruzei a rua para o chafariz, sentindo a água esfriar, cair; umedeci então um lenço e o passei no rosto, nos olhos. A água resplandecia, borbulhava, vaporizava-se. Mergulhei o rosto, sentindo o frio úmido, sentindo a alegria infantil das fontes. Depois ouvi o outro som. Não era o rio, nem os carros que manobravam e reluziam através da escuridão, mas entoado como uma multidão longínqua, ou um rio veloz em maré montante.

Avançando, cheguei à escadaria e comecei a descer. Embaixo da ponte, prolongava-se o duro rio de pedra da rua e, por alguns instantes, olhei as ondas das pedras de calçamento como se esperasse água, e como se a fonte, em cima, tivesse nascido delas. No entanto, eu entrava no Harlem. Abaixo dos degraus, os trilhos de bonde cintilavam em seu aço. Apressei-me, pois o som avançava para mais perto, com uma miríade de vozes zunindo, envolvendo-me, entorpecendo o ar, enquanto eu me sobressaltava sob a ladeira. E sobreveio um chilrear, um arrulhar, um urro amortecido que parecia dizer-me alguma coisa, transmitir-me alguma mensagem. Parei, olhando à minha volta. As traves sobressaíam ritmicamente no escuro e, sobre as pedras do calçamento, brilhavam as luzes vermelhas. Então eu fiquei debaixo da ponte e foi como se eles estivessem esperando por mim, ninguém além de mim — dedicados e preservados para mim — por uma eternidade. E olhei para cima, em direção ao som, minha mente formando uma imagem de asas, quando alguma coisa me golpeou o rosto e o riscou, de modo que pude então sentir o cheiro do ar imundo e ver o dique incrustado, sentindo-o roçar-me o paletó, levantar-me a pasta acima da cabeça, ouvindo-o salpicar à minha volta, enquanto caía como chuva. Atravessei o "corredor polonês", imaginando mesmo os pássaros: até os pombos, os pardais e as malditas gaivotas! Corri cegamente, fervendo com violência, desespero e riso áspero. Correr das pessoas para quê? Eu não sabia: corria. O que, afinal, estava fazendo ali?

Corri noite adentro, corri para dentro de mim. Corri.

Capítulo vinte e cinco

Quando cheguei a Morningside, o tiroteio soava como uma distante comemoração do Quatro de Julho, e eu me apressei para a frente. Em St. Nicholas, as luzes das ruas estavam apagadas. Um som trovejante apareceu e eu vi quatro homens correndo em minha direção e empurrando algo que sacudia a calçada. Era um cofre.
— Espere... — comecei.
— Sai do caminho!
Desci a rua e, então, houve uma súbita e brilhante suspensão do tempo, como o intervalo entre o último golpe do machado e a queda de uma árvore alta, em que houvesse um forte ruído seguido de um forte silêncio. Aí tomei ciência das figuras que se agachavam nos vãos de porta e ao longo do meio-fio. Em seguida o tempo explodiu de novo e desci pela rua, consciente mas incapaz de vir à tona, lutando contra a rua e vendo os clarões quando as armas disparavam na esquina da avenida, percebendo bem, à minha esquerda, os homens que ainda faziam correr o cofre renitente pela calçada, enquanto atrás, e no alto da rua, por trás de mim, dois policiais, quase invisíveis nas suas camisas pretas, os atacavam com as flamejantes pistolas diante deles. Um dos empurradores do cofre se projetou para a frente e, mais adiante, além da esquina, uma bala acertou um pneu de carro, com o ar assim liberado guinchando como um imenso animal atingido pela dor. Eu rolava, arrastando-me por ali, querendo efetivamente rastejar mais para perto do meio-fio, mas sem poder, e sentindo um súbito calor úmido no rosto, vendo o cofre

precipitar-se desgovernado no cruzamento e os homens dobrando a esquina na escuridão, debandando pesadamente, liquidados; liquidados nesse momento, enquanto o cofre deslizante saltava numa tangente, disparava para o cruzamento e se alojava na terceira murada, soltando uma nuvem de faíscas que iluminaram o quarteirão como um sonho azul. Um sonho que eu estava tendo e através do qual vi os policiais escorados como numa linha de tiro em relação ao alvo, os pés para a frente, os braços livres de mãos nos quadris, atirando com mira determinada.

— Liga para a emergência! — gritou um deles, e eu os vi desviarem-se e desaparecerem, no ponto onde o fosco lampejo dos trilhos de bonde se desvanecia na escuridão.

De repente, todo o quarteirão deu um salto, em plena atividade. Homens que pareciam emergir das calçadas se arremessavam para a frente das lojas acima de mim, com suas vozes se elevando com trepidante emoção. E, nesse instante, o sangue corria no meu rosto e eu podia mudar de posição, ficando de joelhos, enquanto alguém que saiu da multidão me ajudava a levantar.

— Está ferido, paizinho?
— Um pouco... Não sei... — Quase não conseguia vê-lo.
— Droga! Tem um buraco na cabeça dele! — disse uma voz.

Uma luz resplendeu sobre o meu rosto, aproximou-se. Senti uma pesada mão sobre a minha cabeça e me afastei.

— Que diabo! É só um corte — disse uma voz. — Foi uma daquelas .45 deles que te acertou de raspão!

— Bem, esse aqui foi atingido pela última vez — gritou alguém da calçada. — Pegaram ele de jeito.

Esfreguei o rosto, com a cabeça girando. Faltava alguma coisa.

— Olha aqui, cara, isso é seu?

Era a minha pasta, que me era apresentada pelas alças. Peguei-a num pânico repentino, como se algo infinitamente precioso quase se tivesse perdido para mim.

— Obrigado — disse eu, examinando os caracteres obscuros, em letras azuis. Olhei para o homem morto. Estendia-se com o rosto voltado para cima, a multidão se movendo a seu redor. De repente compreendi que ela podia ter se amontoado sobre mim, percebendo também que eu o vira antes naquele lugar, na fulgurante luz do meio-dia. Há tempos... Há quanto tempo? Conhecia-lhe o nome, pensei, e subitamente meus joelhos penderam para a frente. Sentei-me ali, e o punho que agarrava a pasta se machucava de encontro à rua, a cabeça tombava para a frente. As pessoas davam voltas em torno de mim.

— Saia de cima do meu pé, homem — ouvi. — Para de empurrar. Tem bastante para todo mundo.

Havia algo que eu precisava fazer, e eu sabia que meu esquecimento não era real, como quem sabe que os detalhes esquecidos de certos sonhos não são realmente esquecidos, mas evitados. Eu sabia e, na cabeça, tentava passar pela cortina cinzenta que parecia então pender-me atrás dos olhos, de maneira tão opaca quanto a cortina azul que encobria a rua além do cofre. A vertigem passou e eu consegui levantar-me, agarrando minha pasta e apertando um lenço na cabeça. No alto da rua, soava fortemente o espatifar de imensas vidraças e, através das tonalidades de mistério azul na escuridão, as paredes bruxuleavam como espelho despedaçado. Todos os letreiros da rua estavam apagados e todos os sons diurnos haviam perdido a significação estável. Em algum lugar disparava um alarme contra ladrões, um ruído indefinível e sem especificação, seguido dos alegres gritos dos saqueadores.

— Vamos — convocou alguém nas imediações.

— Vambora, companheiro — disse o homem que me ajudara. Ele me pegou pelo braço. Era um homem magro, que carregava uma grande bolsa de pano a tiracolo.

— No estado que você tá, não dá pra te deixar aqui. Você age como se estivesse bêbado.

— Ir para onde? — perguntei.

— Pra onde? Pro inferno, cara. A qualquer parte. A gente precisamos se dizer para onde vai, sem dizer para onde ir... Ei, Dupre! — ele chamou.

— Diz, home. Nossenhora! Num chame o meu nome tão alto — uma voz respondeu. — Aqui, tô aqui, levando algumas camisas de trabalhá.

— Pega uma pra mim, Du — disse ele.

— Tá bom, mas não pensa que sou sua babá — foi a resposta.

Olhei para o homem magro, sentindo uma repentina onda de amizade. Ele não me conhecia, e sua ajuda foi desinteressada...

— Ei, Du — chamou ele —, a gente vai fazer isso?

— Que diabo, é claro, assim que eu levar essas camisas.

A multidão entrava e saía das lojas como formigas em torno de açúcar derramado. De vez em quando, realmente ocorria um estrondo de vidros estilhaçados e de tiros. Trocas de tiros em ruas mais distantes.

— Como você se sente? — perguntou o homem.

— Ainda meio tonto — respondi. — E fraco.

— Vão ver se parou de sangrar. Sim, você vai ficar todo bom.

Eu o via vagamente, embora sua voz soasse com muita clareza.

— Está certo — concordei.

— Cara, você teve sorte de não morrer. Esses filhos da puta agora atiram pra valer. — disse ele. — Lá na Lenox, eles atiravam para o ar. Se eu tivesse uma espingarda, eu ia mostrar pra eles! Olha aqui, toma um gole desse bom escocês — disse ele tirando uma garrafa de um quarto de litro do bolso traseiro. — Trouxe comigo uma caixa inteira escondida, que consegui numa loja de bebida de lá. Por lá, tudo o que você tem que fazer é aspirar, e ficar de porre, cara. De porre! Uísque legítimo, cem por cento, escorrendo pela sarjeta.

Tomei um gole, estremecendo quando o uísque desceu, mas grato pelo choque que me causou. Havia um intempestivo e dilacerante movimento de pessoas ao meu redor, vultos sombrios na névoa azul.

— Olha para eles dando o sinal — disse ele olhando os confusos movimentos da multidão. — Eu, eu tô cansado. Você teve lá em Lenox?

— Não — respondi, vendo uma mulher que passava movimentando-se lentamente com uma fileira de uns doze frangos já preparados e suspensos pelo pescoço no cabo de uma vassoura de piaçava.

— Que diabo, você tem que ir lá, cara. Tá tudo arrebentado. A essa hora, a mulherada está catando e limpando tudo. Vi uma velha com uma costela inteira de boi nas costas. Cara, ela tava toda encurvada, tentando chegar em casa. Aí vem agora o Dupre — disse ele, interrompendo-se.

Eu vi um homem pequeno e rude sair do meio da multidão, carregando várias caixas. Trazia três chapéus na cabeça e vários pares de suspensórios jogados sobre os ombros e, logo que se aproximou de nós, vi que estava com um par de novas e reluzentes botas de borracha até os quadris. Seus bolsos estavam estufados e, sobre os ombros, trazia um saco de roupas que balançava pesadamente atrás dele.

— Que diabo, Dupre — exclamou meu amigo, apontando-lhe para a cabeça. — Você conseguiu um desses pra mim? De que tipo são?
Dupre parou e o encarou.
— Com todos esses chapéus lá, eu ia tirar qualquer coisa que num fosse *Dobbs*? Cara, você é *maluco*? Todos eles *Dobbs* novos, coloridos. Vamos, vamos andando antes que os polícia volte. Que diabo, olhe praquele fogaréu!

Olhei em direção à cortina de chamas azuis através da qual figuras vagas se agitavam. Dupre chamou e diversos homens saíram da multidão, juntando-se a nós na rua. Fomos andando, o meu amigo (Scofield, como o chamavam os outros) me conduzindo. Minha cabeça latejava e ainda sangrava.

— Olha como você também arranjou algum butim — disse ele, apontando para a pasta.

— Não muito — respondi, pensando: butim? *Butim?* E de repente percebi que ela estava pesada, lembrando-me do cofre quebrado de Mary e das moedas. E me vi, então, abrindo a pasta e colocando dentro dela todos os meus documentos — minha identificação na irmandade, a carta anônima — juntamente com o boneco de Clifton.

— Enche até em cima, cara. Num se acanhe. Você espera até a gente atacar uma daquelas casas de penhor. O Dupre trouxe com ele um saco de colher algodão cheio de coisas. *Ele* podia até abrir o negócio dele.

— Bem, o diabo que me carregue — disse um homem do outro lado. — *Pensei* que era um saco de algodão. Onde ele arranjou isso?

— Ele trouxe ela quando veio pro norte — disse Scofield. — O Dupre jura que, quando voltar, vai levá-la cheia de notas de dez dólares. Diabo, depois dessa noite, ele vai precisar de um armazém pra guardar tudo o que juntou. Enche essa pasta, companheiro. Apanhe, você mesmo, alguma coisa.

— Não — disse eu. — Já tenho o suficiente nela. — E nesse momento me lembrei com muita clareza de onde começara para reconhecer que seria incapaz de largar as minhas coisas.

— Talvez você esteja certo — disse Scofield. — Que eu saiba, você pode tá cum ela cheia de diamantes ou coisa parecida. Um homem num deve ser ganancioso. Se bem que era a hora de acontecer alguma coisa assim.

Nós andávamos. Eu devia sair, subir até o distrito? Onde eles estavam, na comemoração do aniversário?

— Como tudo isso tudo começou? — perguntei.

Scofield pareceu surpreso.

— Imagine se eu sei, cara. Um polícia atirou numa mulher ou coisa parecida.

Outro homem caminhava perto de nós, enquanto em algum lugar um pesado fragmento de aço ressoava.

— Que diabo, não foi isso que começou tudo — disse ele. — Foi aquele colega, como se chamava?...

— Quem? — indaguei. — Qual era o nome dele?

— Aquele cara jovem!

— Você sabe, todo mundo fica louco com isso...

Clifton, pensei. Por causa de Clifton. Uma noite para Clifton.

— Oora, home, num me diga — disse Scofield. — Eu num vi cum meus próprios oio? Perto das oito da manhã, lá em Lenox e na Rua 123, aquele branquelo bateu num garoto por roubar um *Baby Ruth*,[*] a mãe do garoto se encrespô e depois o branquelo desceu o sarrafo nela, e foi aí que o inferno começou.

— Você estava lá?

— Assim como tô aqui. Um colega disse que o garoto deixô o branquelo doido pra apanhá um doce com nome de mulher branca.

— Que se dane se foi o modo como ouvi — disse outro homem. — Quando eu cheguei, eles disseram que uma mulhé branca causou aquilo por tentá apanhá o home de uma menina negra.

— Dane-se *quem* começou isso — disse Dupre. — Tudo o que eu quero é que dure bastante.

— Era uma mina branca, com toda certeza, mas não foi assim que aconteceu. Tava bêbada — disse outra voz.

Mas não podia ter sido Sybil, pensei eu, a coisa já havia principiado.

— Você qué sabê quem começô? — clamou da vitrine de uma loja de penhores um homem que estava com um binóculo. — Você quer mesmo saber?

---

[*] Guloseima americana; uma barra de chocolate, amendoim e nougat.

— Claro — respondi.
— Bem, você num tem necessidade de ir mais longe. Quem começou foi aquele grande chefe, Rás, o Destruidor!
— Aquele caçador de macaco? — perguntou alguém.
— Escute aqui, seu filho da puta!
— Ninguém sabe como começou — disse Dupre.
— Alguém tem que saber — disse eu.
Scofield estendeu seu uísque em minha direção. Eu o recusei.
— Diabo, home, a coisa só explodiu. Quinze são dias de cão — disse ele.
— Dias de *cão*?
— Claro, esse clima quente.
— Eu digo a você que eles endoidecem com o que aconteceu com aquele colega jovem, como é mesmo o nome?...
Passávamos nesse instante por um edifício e ouvi uma voz que gritava freneticamente:
— Loja pra gente de cor! Loja pra gente de cor!
— Então pendure um letreiro, seu filho da puta — disse uma voz.
— Você provavelmente é podre como os outros.
— Escute esse safado. Por algum tempo, na vida dele, fica contente de ser de cor — disse Scofield.
— Loja pra gente de cor — continuou a voz automaticamente.
— Ei! Cê tá certo de que num tem algum sangue branco?
— Não *senhor*! — disse a voz.
— Devo dar uma coça nele, cara?
— Para quê? Ele não tem nada que preste. Deixe o filho da puta quieto.
Umas poucas portas mais longe, chegamos a uma loja de ferragens.
— Esta é a primeira parada, pessoal — disse Dupre.
— O que está acontecendo, agora?
— Quem é você? — indagou ele, levantando a cabeça triplamente enchapelada.
— Ninguém, apenas um dos rapazes — comecei.
— Tem certeza de que não o conheço?
— Certeza absoluta — disse eu.
— Eu tô mais do que certo, Dupre — disse Scofield. — Esses polícia atiraram nele.

Dupre me encarou e chutou algo — meio quilo de manteiga, atirando-a a ponto de besuntar a rua quente de um lado a outro.

— Nós combinamos fazer uma coisa que precisa ser feita — disse.

— Primeiro conseguiremos uma lanterna para todo mundo... E vamos manter alguma organização, cês todos. Pra num ficar todo mundo correndo atrás de todo mundo. Vamos!

— Vamos entrar, companheiro — disse Scofield.

Não senti nenhuma necessidade de liderá-los ou deixá-los: estava contente em simplesmente acompanhar; agarrado a uma necessidade de ver aonde e a que eles me conduziam. E, a todo instante, não me abandonava a preocupação de que devia ir ao nosso distrito. Estivemos dentro da loja, no escuro que reluzia com os metais. Eles andavam com todo cuidado e eu podia ouvi-los procurando, fazendo objetos deslizarem pelo assoalho. A caixa registradora retiniu.

— Aqui tem algumas lanternas — gritou alguém.

— Quantas? — indagou Dupre.

— Uma porção, cara.

— Certo, há uma para cada um? Distribua para todo mundo. Elas têm pilha?

— Nada, mas há muitas delas também, umas doze caixas.

— Certo, dê-me uma com pilha, para eu achar os baldes. Em seguida cada homem prepare sua iluminação.

— Aqui estão alguns baldes — disse Scofield.

— Depois, tudo o que temos que fazer é achar onde eles guardam o querosene.

— Querosene? — indaguei.

— *Querosene*, cara. Ei, cês todos — disse ele —, ninguém pode fumar aqui.

Permaneci ao lado de Scofield, escutando o ruído quando ele pegou uma pilha de baldes de zinco e os distribuiu. Nesse momento, a loja ganhou vida, com as lanternas e todas aquelas sombras bruxuleantes.

— Cês mantenha essas luze viradas pro chão — gritou Dupre. — Num precisa deixar as pessoas verem quem a gente é. Mas, quando pegá os seus balde, enfileirem eles e me deixem enchê todos eles.

— Escutem, o Dupre veio depositar: ele é mandão, num é, companheiro? Ele sempre gostou de dirigi as coisa. E tá sempre entrando em encrenca.

— O que é que a gente está prestes a fazer? — perguntei.

— Você vai ver — disse Dupre. — Ei, você aí. Sai de trás do balcão e pega esse balde. Num tá vendo que num tem nada nessa caixa registradora, que se tivesse eu mesmo ia cuidar disso?

De repente, o bate-bate dos baldes parou. Nós entramos na sala dos fundos. Com a luz de uma lanterna, pude ver uma fila de tambores de combustível sobrepostos em prateleiras. Dupre se pôs diante delas com suas novas botas até as ancas e encheu de querosene cada balde. Nós andávamos em ordem, vagarosamente. Com os baldes cheios, saímos em fila para a rua. Eu estava ali, no escuro, sentindo uma crescente excitação, enquanto suas vozes dançavam à minha volta. Qual era o significado disso tudo? O que eu devia pensar daquilo, ou *fazer* por aquilo?

— Com esse material — disse Dupre —, melhor andar no meio da rua. É logo ali na da esquina.

Então, enquanto íamos andando, um grupo de rapazes correu no meio de nós e os homens passaram a usar suas lanternas, mostrando figuras que se jogavam de perucas louras, com seus casacos subtraídos de uma loja de Exército & Marinha. Eu ri, com os outros, pensando: um dia sagrado para Clifton.

— Apaguem essas lanternas! — ordenou Dupre.

Atrás de nós, vinha um som de gritos, de risos. Na frente dos passos dos jovens que corriam, distantes caminhões de combate ao fogo disparavam e, nos intervalos de silêncio, havia a constante infiltração de vidros estilhaçados. Eu podia sentir o cheiro do querosene, quando escorria dos baldes e pingava na rua.

De repente, Scofield me agarrou o braço.

— Santo Deus, olha lá!

E eu vi um aglomerado de homens que subia correndo e puxando uma carrocinha de leite, no alto da qual, cercada de uma fileira de sinais de estrada de ferro, uma mulher imensa, com um avental de algodão, estava sentada bebendo cerveja de um barril colocado diante dela. Os homens corriam furiosamente uns poucos passos e paravam para descansar, corriam mais uns poucos passos e tornavam, gritando, rindo e bebendo de um jarro, enquanto ela, no alto, jogava a cabeça para trás e gritava apaixonadamente, numa voz bem gutural, com o timbre das cantoras de blues:

> *Não fosse o juiz, enfim,*
> *Joe Louis seria morto;*
> *Veio com o Jim*
> *A cerveja grátis!*

... espalhando ao redor a caneca de cerveja.

Demos uns passos para o lado, espantados, enquanto ela se curvava graciosamente de um lado para o outro, como uma senhora gorda e embriagada num desfile de circo, a caneca feito uma concha de molho na mão enorme. Depois ela riu e mergulhou fundo na cerveja, enquanto alcançava com a mão livre, meio negligente, litro após litro de leite, arremessando-os na rua. E durante todo esse tempo os homens passavam com a carroça sobre os fragmentos. À minha volta ecoaram gritos de desaprovações e risos.

— É melhor alguém deter esses loucos — disse Scofield, ao se sentir afrontado. — Isso é o que eu chamo de levar as coisa longe demais. Que diabo, de que de jeito nenhum eles vão levar ela daí depois de ela se encher de cerveja? Alguém me responda a isso. Como é que eles vão levar ela? Sair daqui jogando fora todo esse leite bom!

A enorme mulher me deixava irritado. Leite e cerveja. Senti-me triste, olhando a carroça inclinar-se perigosamente quando eles dobraram uma esquina. Nós prosseguimos, evitando as garrafas quebradas, enquanto, nesse momento, o querosene que se derramava se espalhava no pálido leite derramado. O que havia acontecido? Por que eu estava ferido? Dobramos uma esquina. Minha cabeça ainda latejava.

Scofield tocou o meu braço.

— A gente fica aqui — disse ele.

Chegáramos a um enorme cortiço.

— Onde estamos?

— Este é o lugar onde vive a maior parte de nós — esclareceu. — Vem.

De modo que era esse o sentido do querosene. Eu não podia acreditar, não podia acreditar que eles tinham tamanha coragem. Todas as janelas estavam apagadas. Eles próprios as tinham apagado. Eu via, então, por causa da iluminação das lanternas ou das chamas.

— E onde é que vocês vão viver? — indaguei, erguendo os olhos.

— Você chama *isso* de viver? — disse Scofield. — É o único jeito de se livrar disso, cara...

Procurei por alguma hesitação nos rostos indefinidos de todos eles. Permaneciam olhando o edifício que se levantava acima de nós, com os ombros curvados, enquanto o querosene emitia um brilho pálido cada vez que a luz batia nos baldes. Ninguém dizia "não", em palavra ou atitude. E, nas janelas escuras, assim como acima, nos telhados, pude finalmente distinguir mulheres e crianças.

Dupre caminhou em direção ao prédio.

— Agora olha pra cá, todo mundo — disse ele, e sua cabeça triplamente enchapelada se mostrava grotescamente em cima do alpendre. — Quero que todas as mulheres, a gurizada, os velhos e os doentes sejam trazidos pra fora. E, quando vocês levarem seus baldes pra cima pela escada, quero que subam até o topo. Repito, o *topo*! E, quando vocês chegarem lá, quero que passem a usar suas lanternas em cada cômodo, pra ter certeza de que ninguém foi deixado pra trás; depois, quando vocês saírem, comecem a derramar o querosene. Então, quando vocês tiverem derramado, eu vou soltar um grito e, quando eu gritar três vezes, quero que acendam esses fósforos e saiam correndo. Depois disso, é cada um por si e Deus por todos!

Não achei conveniente interferir ou perguntar qualquer coisa... Eles tinham um plano. Já se podiam ver as mulheres e as crianças descendo os degraus. Uma criança gritava. E de repente cada uma delas parou, voltando-se, olhando a escuridão. Em algum lugar, nas imediações, um ruído incompatível sacudiu as trevas, um matraquear de martelo a ar comprimido, como uma metralhadora. Eles pararam com a sensibilidade de cervo na pastagem, depois voltaram à atividade, as mulheres e crianças uma vez mais se movimentando.

— Tá certo, com vocês todos. Vocês, senhoras, vão subindo a rua, pra casa dos parentes — disse Dupre. — E mantenham as crianças agarradas a vocês!

Alguém bateu nas minhas costas e eu me virei, vendo passar uma mulher que me empurrou e subiu para segurar o braço de Dupre: suas duas imagens pareciam combinar-se enquanto a voz dela se elevava, fina, vibrante e desesperada.
— Por favor, Dupre — pediu ela —, *por favor*. Você sabe que a minha hora já está quase chegando... você *sabe* como é. Se você fizer isso agora, para onde eu vou?
Dupre desvencilhou-se e subiu num degrau mais alto. Fitou-a, sacudindo a cabeça triplamente enchapelada.
— Agora, você se manda pra longe, Lottie — disse ele pacientemente. — Por que você tem que começar isso agora? A gente fez tudo e você sabe que eu num tenho como mudar; e presta atenção aqui, o resto de vocês todos — disse ele, metendo a mão no alto de sua bota até as ancas, mostrando um revólver niquelado e balançando-o no ar —, não pensem que eles também vão ficar mudando de *propósito*. E num pretendo tampouco ter qualquer discussão sobre isso.
— Você tem toda razão, Dupre.
— Meu garoto morreu de tísica nesta arapuca, mas eu juro que nenhum homem num vai mais ter que *nascer* aí — disse ele. — Por isso, Lottie, você continua a subir a rua e deixa nós, os homens, indo.
Ela se afastou, gritando. Olhei-a, em chinelas, os peitos intumescidos, a barriga pesada e alta. Na multidão, as mulheres a afastaram, com seus grandes olhos voltados, por um segundo, para o homem das botas de borracha.
Que tipo de homem é ele, o que Jack diria dele? Jack, *Jack*! E onde estava ele nisso tudo?
— Vamos, companheiro — disse Scofield, cutucando-me. — Segui-o, repleto de uma sensação da ultrajante irrealidade de Jack. Entramos, subimos a escada, com as lanternas acesas. À frente, vi Dupre andando. Era um tipo de homem que nada, na minha vida, me ensinara a ver, compreender ou respeitar, um homem à margem do sistema existente até então. Entramos em cômodos desalinhados, com os sinais da rápida evacuação. Estava quente, abafado.
— Este é o meu apartamento — disse Scofield. — E num é que os percevejos vão ter uma surpresa?!

Derramamos o querosene por todo lado, sobre um velho colchão, em todo o assoalho. Depois entramos no corredor, utilizando as lanternas. Do edifício inteiro, vinham sons de passos, de querosene que se derramava e do amargurado protesto ocasional de algum velho obrigado a sair. Os homens, nesse instante, trabalhavam em silêncio, como toupeiras no fundo da terra. O tempo parecia conter-se. Ninguém ria. Então, lá de baixo, chegou a voz de Dupre.

— Tudo certo, homens. Já tamo com todo mundo fora. Agora, começando pelo andar mais alto, quero que vocês comecem a riscar os fósforos. Tomem cuidado e num vão se meter com fogo...

Havia ainda um pouco de querosene deixado no balde de Scofield e eu o vi apanhar um farrapo e vertê-lo nele. Em seguida, veio o estalar de um fósforo e vi a sala ser tomada, pelas chamas. O calor se espalhava, e eu recuei. Ele manteve ali sua silhueta marcada contra o clarão vermelho, olhando as chamas, gritando.

— Amaldiçoados vocês que apodrecem, seus filhos da puta. Vocês num pensavam que eu faria isso, mas tá aí. Vocês num consertavam nada. Agora vejam como isso aqui tá ficando.

— Vamos — chamei.

Abaixo de nós, os homens corriam escada abaixo, cinco ou seis degraus a cada vez, seguindo pela luz fantástica das lanternas e das chamas em longos saltos, de sonho. Em cada andar por onde eu passava, fumaça e chama se elevavam. E, nesse momento, vi-me tomado por um senso feroz de exaltação. Eles estavam fazendo isso, pensei. Eles organizaram aquilo e o levaram a cabo sozinhos. Decisão deles próprios e ação deles próprios. Capazes de sua própria ação...

Houve um estrondear de passos por cima de mim, e alguém chamava:

— Continue indo, cara, o inferno é no andar de cima. Alguém abriu a porta que dá pro telhado e as chamas estão aumentando.

— Vamos — disse Scofield.

Segui, sentindo algo escorregar, e estava a meio caminho do lance de escada seguinte quando compreendi que minha pasta havia desaparecido. Por alguns instantes, vacilei, mas a tivera por tempo demais para agora abandoná-la.

— Vamos, companheiro — chamou Scofield —, você num pode bobear.

— Só um segundo — disse eu.

Os homens passavam em disparada. Eu me curvei, segurando no corrimão, e abri caminho de novo escada acima, usando a lanterna em cada degrau, de volta bem devagar, e encontrei-a, com uma pegada oleosa engastada de pedaços esmagados de gesso que se destacavam na superfície de couro; peguei-a então e voltei a descer aos saltos, novamente. O querosene não sairia com facilidade, pensei agoniado. Mas ali estava ela, e aquilo que eu sempre soubera emergia do canto escuro de minha mente, o que eu soubera e tentara comunicar à comissão, que o havia ignorado. Precipitei-me para baixo, agitando-me em feroz excitação.

No saguão, vi um balde cheio de querosene e peguei-o, lançando-o impulsivamente numa sala que pegava fogo. Uma imensa labareda rodeada de fumaça encheu o vão da porta, avançando em minha direção. Saí em disparada, engasgando e tossindo enquanto corria. Eles mesmos fizeram aquilo, pensei comigo, prendendo a respiração: planejaram-no, organizaram-no, puseram fogo.

Saí correndo para o ar livre, cheio de estrondos noturnos, e não sabia se a voz que ouvia era a de um homem, de uma mulher ou de uma criança, mas, por alguns instantes, fiquei no alpendre com o vermelho vão de porta atrás de mim, e ouvi a voz chamar-me pelo meu nome na irmandade.

Era como se eu tivesse sido despertado do sono e, por um momento, ficasse ali olhando, escutando a voz quase perdida no clamor dos gritos, berros, alarmes contra ladrões e sirenes.

— Irmão, não é maravilhoso? — clamava a voz. — Você disse que nos ia conduzir, você realmente disse...

Desci para a rua, caminhando lentamente, mas repleto de uma profunda e febril necessidade de ficar longe daquela voz. Para onde fora Scofield?

Seus olhos, brancos no escuro inundado pelas chamas, fitavam o edifício.

Então ouvi alguém dizer:

— Mulher, quem você diz que é? — E ela altivamente repetiu meu nome.

— Aonde ele vai? Pega ele, home. Rás quer ele!

Afundei na multidão, caminhando devagar, tranquilamente no meio dos vultos escuros, meu corpo inteiro em estado de alerta, minhas costas enregeladas, olhando, escutando os que avançavam com um arquejar, uma transpiração, um zunido de conversa ao meu redor, e consciente de que agora queria vê-los, precisava vê-los, e não podia: sentindo-os, uma escura massa em movimento numa noite escura, um rio negro se infiltrando numa terra negra, e Rás ou Tarp podiam mover-se ao meu lado, sem que eu soubesse. Era um no meio da multidão, descendo a rua desordenada sobre as poças de querosene e leite, com minha identidade em ruínas. Depois eu fui para o quarteirão seguinte, esquivando-me em vaivém, ouvindo-os em algum ponto da multidão atrás de mim, indo embora através do som das sirenes e alarmes contra ladrão, para ser envolvido e empurrado pela multidão mais rápida, meio correndo e meio andando, tentando ver atrás de mim e me perguntando para onde os outros tinham ido. Havia então tiroteio lá para trás e, em cada um dos lados, eles atiravam latas de lixo, tijolos e pedaços de metal nas vitrines. Eu andava, sentindo como se uma força gigantesca estivesse a ponto de estourar. Abrindo caminho para o lado, coloquei-me num vão de porta e observei-os agir, sentindo certa desforra, enquanto pensava, nesse instante, na mensagem que me levara até ali. Quem chamara, um dos membros do distrito ou alguém da comemoração do aniversário de Jack? Quem desejava que eu fosse ao distrito já tão tarde? Muito bem, eu iria lá nesse momento. Veria o que os principais líderes pensavam então. Seja como for, onde estavam eles, e a que profundas conclusões chegavam? Que lições da história *ex post facto*? E aquele estrondo no telefone, havia sido aquilo o começo, ou simplesmente Jack deixara cair o olho? Ri como um bêbado, com a comoção fazendo doer-me a cabeça.

De repente o tiroteio cessou e, no silêncio, houve som de vozes, de passadas, de labuta.

— Ei, companheiro — chamou alguém ao meu lado. — Aonde você vai? — Era Scofield.

— Ou a gente corre, ou é despachado — disse-lhe eu. — Pensei que você ainda estivesse lá atrás.

— Eu caí fora, cara. Um edifício duas portas mais à frente começou a queimar e eles tiveram que buscar os bombeiros... Que diabo! Se não fosse por esse barulho, eu jurava que os tiros eram mosquitos.

— Tome cuidado! — Eu o preveni, afastando-o de onde um homem estava em um poste, apertando um torniquete em torno do braço cortado a faca.

Scofield acendeu a lanterna e, por um segundo, eu vi o homem negro, o rosto cinzento com o abalo recebido, examinando os borbotões da palpitação de seu sangue, que esguichava para a rua. Então, num impulso, desci para alcançá-lo e torci o torniquete, sentindo o sangue quente sobre a minha mão, e percebendo que a pulsação cessava.

— Você fez isso parar — disse um jovem, baixando os olhos.

— Aqui — disse eu —, pegue-o, mantenha-o apertado. Leve-o a um médico.

— Você não é médico?

— Eu? — perguntei. — *Eu?* Você está maluco? Se quiser que ele viva, leve-o para longe daqui.

— Albert foi procurar um médico — disse o rapaz. — Mas eu pensei que você fosse um. Você...

— Não — disse eu, olhando minhas mãos ensanguentadas —, não, eu não. Você deve manter isso apertado até o médico chegar. Não consigo curar nem mesmo uma dor de cabeça.

Fiquei esfregando as mãos contra a pasta, olhando o homem grande, com as costas que se firmavam contra o poste e os olhos fechados, com o rapaz segurando desesperadamente o torniquete feito do que fora uma nova e cintilante gravata.

— Vamos — chamei.

— Diga — disse Scofield quando passamos —, não era a você que a mulher estava chamando de *irmão* lá longe?

— Irmão? Não, deve ter sido algum outro cara.

— Sabe, cara, eu acho que já tinha visto você, em algum lugar. Você por acaso esteve em Memphis...? Diga, olha o que está acontecendo — disse, apontando, e eu olhei através da escuridão, vendo um pelotão de policiais de capacete branco arremeter para a frente e se dispersar em busca de abrigo quando uma chuva de tijolos desabou dos andares mais altos do edifício. Alguns dos capacetes brancos, precipitando-se para os vãos de porta, voltaram para o fogo, e eu ouvi Scofield resmungar e descer, de modo que caí ao lado dele, ao ver a vermelha explosão do fogo e ouvir o grito agudo, como um mergulho que formava um arco, vergando de cima a baixo, num triturante baque na rua. Foi como se aquilo aterrasse no meu estômago, causando-me náuseas: eu me agachei e, olhando para baixo, passei por Scofield, que ficou exatamente um pouco adiante de mim, para ver a escura forma esmagada, proveniente do telhado. Mais adiante, o corpo de um policial, com o capacete fazendo um montículo branco e luminoso no escuro.

Caminhei, nesse momento, para ver se Scofield estava ferido, precisamente enquanto ele se torcia e insultava os policiais que tentavam resgatar o que estava prostrado, a voz dele furiosa, ao mesmo tempo que esticava o braço em toda a extensão, atirando com uma pistola niquelada como a que Dupre havia brandido.

— Vai pro inferno, cara — berrou ele por sobre o ombro. — Faz muito tempo que eu estava querendo acabar com eles.

— Não com essa coisa — disse eu. — Vamos sair daqui.

— Que diabo, cara, eu posso *atirar* com isso — disse ele. Rolei para trás de uma pilha de baldes repletos, agora, de frangos que apodreciam e, à minha esquerda, sobre o meio-fio cheio de entulho, uma mulher e um homem se abaixavam atrás de um carrinho de entregas tombado.

— Dehart — disse ela —, vamos levá-lo para a colina. Lá para cima, junto com o respeitável público!

— Pro inferno com a colina! A gente vai ficar exatamente aqui — disse o homem. — Essa coisa está só começando. Se ela virar um conflito racial forte, eu quero estar aqui onde tiver alguma luta por trás.

As palavras se arremessavam como os baldes incendiados enfileirados em ordem ali perto, pondo por terra a minha satisfação. Era como se a palavra pronunciada tivesse conferido à noite seu significado, e quase como se a tivesse criado, ou a tivesse trazido para a existência, no instante em que sua respiração vibrava pouco, no contraste com o ar pesado, tumultuado. E definindo, conferindo organização à fúria, parecia fazer-me girar: na minha cabeça, eu estava olhando de volta, para os dias que se seguiram à morte de Clifton... Essa podia ser a resposta, podia ser o que a comissão planejara, a resposta às razões pelas quais eles subjugariam Rás com nossa influência? De repente, ouvi a áspera explosão de um tiro, passei olhando para a lustrosa pistola de Scofield e para a desordenada forma do telhado. Era suicídio, sem armas era suicídio, e nem mesmo as casas de penhor dali tinham armas à venda. Eu sabia, contudo, com um pavor dilacerante, que o tumulto capaz de marcar primordialmente a ruptura dos homens com as coisas — contra lojas, mercados — podia rapidamente transformar-se na ruptura de homens contra homens, mas estando a maior parte das armas e dos números do outro lado. Podia ver aquilo nesse momento, ver com toda clareza e em sua crescente magnitude. Não era suicídio, mas era assassinato. A comissão planejara isso. E eu a ajudara, fora uma ferramenta. Uma ferramenta no exato instante em que me havia considerado livre. Procurando aquiescer, *havia* efetivamente aquiescido, tornara-me responsável por aquela forma amontoada que se iluminava com as chamas e os tiros na rua, assim como por todas as outras que a noite, então, estava fazendo amadurecer para a morte.

Com a pasta me fustigando as pernas, eu corria, afastando-me, deixando para trás Scofield, que imprecava contra a falta de munição, correndo ferozmente e vibrando a pasta energicamente contra a cabeça de um cachorro que pulara em mim no meio da multidão, o que o fez ir embora, ganindo. À minha direita, havia uma tranquila rua residencial arborizada, e entrei nela, seguindo em direção à Sétima Avenida, em direção ao distrito, farto de tanto horror e de tanto ódio. Eles pagarão, eles pagarão, pensei. Eles pagarão!

A rua estava totalmente tranquila, ao luar tardiamente elevado, o tiroteio se abrandara e, por um momento, soava distante. O tumulto parecia estar em outro mundo. Por alguns instantes, parei debaixo de uma árvore baixa e de espessa folhagem, olhando os bem-conservados passeios, que se ornavam de sombras como panos de mesa para além das casas silenciosas. Era como se os proprietários tivessem desaparecido, deixando as casas silenciosas com todas as venezianas abaixadas, refugiados de uma inundação iminente. Em seguida, ouvi os únicos passos que vinham obstinadamente em minha direção na noite, um som soturno de palmas abafadas, seguido de um grito preciso e alucinado:

O tempo voa
As almas morrem
O Senhor está chegando!

Era como se eu tivesse corrido durante muitos dias, muitos anos. Ele passou trotando por onde eu permanecia, sob a árvore, os pés descalços batendo na calçada em silêncio, valendo por alguns pés, e depois o alto e alucinado grito que começava de novo.

Corri para a avenida, onde, à luz de uma loja de bebidas em chamas, vi três senhoras que acorriam em minha direção com as saias levantadas e carregadas de enlatados.

— Não posso parar com isso logo agora, mas tenha piedade, Senhor — disse uma delas. — Tenha, Jesus, tenha piedade, doce Jesus...

Segui em frente, as narinas ardendo com a fumaça do álcool e do alcatrão. Um pouco mais abaixo, na avenida, à minha esquerda, um único poste de iluminação ainda reluzia, onde o longo quarteirão era cortado, à minha direita, por uma rua, e eu pude ver a aglomeração de pessoas que saqueavam uma loja que ficava de frente para o cruzamento, todas entrando ali, e uma saraivada de mercadorias enlatadas, salame, salsichão de fígado, barriletes de bebida e tripas atirada para os que estavam lá fora, sem contar um saco de farinha de trigo que estourara sua brancura sobre todos eles. Enquanto isso, nesse momento, do escuro da rua que eu cruzava, dois policiais da guarda montada apareceram a galope, no imenso ondular e nos pesados cascos, arremetendo diretamente contra a massa fervilhante. E eu pude ver a enorme investida dos cavalos para a frente, e a multidão se interrompendo e rolando de volta como uma onda, de volta, gritando e xingando, alguns rindo — de volta e ao redor e fora, para a avenida, aos tropeções e empurrões, como os cavalos, de cabeças para o alto e o freio salpicado de espuma, iam por cima do meio-fio para cair com as pernas endurecidas e escorregar sobre o passeio desimpedido, como sobre patins de gelo, e passar então de lado, arrastados pela força do peso, com as pernas tesas, soltando faíscas, por onde outra aglomeração saqueava outra loja. Meu coração se apertou quando o primeiro bando imperturbavelmente se agitou retornando ao saque, com risadas de escárnio, como camadas de areia rodopiando para atingir a praia após a furiosa retirada da onda.

Imprecando contra Jack e a irmandade, desviei de uma grade de aço desmantelada na frente de uma casa de penhores, vendo os corcéis galopando outra vez e os cavaleiros erguendo os cavalos para investir de novo, impiedosos e destros nos capacetes brancos de aço, no ataque que começava. Dessa vez, um homem caiu e eu vi uma mulher brandindo fortemente uma frigideira contra o traseiro do cavalo, que relinchou e começou a desabar. Eles pagarão, pensei, eles pagarão. Eles vieram em minha direção enquanto eu corria, entre vários homens e mulheres que carregavam caixas de cerveja, queijo, cordões de salsichas interligadas, melancias, sacos de açúcar, presunto, fubá, lampiões. Se ao menos aquilo pudesse parar ali, bem ali, antes de os outros chegarem com suas armas... Eu corria.

Não havia nenhum incêndio nesse momento. Mas *quando*, pensei eu, quanto tempo se passaria antes de ter início?

— Pega pedaço de bacon — gritou uma mulher. — Pega um pedaço de bacon, Joe, da marca Wilson.

— Meu Deus, meu Deus, meu Deus — uma voz chamava da escuridão.

Eu prossegui, mergulhado em uma sensação de penoso isolamento, enquanto alcançava a Rua 125 e começava a seguir para o leste. Um pelotão da guarda montada passou a galope. Homens empunhando submetralhadoras guarneciam um banco e uma grande joalheria. Passei para o centro da rua, perseguindo os trilhos do bonde.

A lua, no momento, estava alta e, diante de mim, o vidro estilhaçado resplandecia na rua como a água de um rio que transborda, sobre o qual eu corria como num sonho, esquivando-me, exclusivamente por sorte, dos objetos distorcidos arrastados pela inundação. Depois, subitamente, eu parecia despencar, sob sucção: à minha frente, o corpo pendurado num poste de iluminação, branco, despido e pavorosamente feminino. Senti-me rodopiar com horror e foi como se eu tivesse dado algum salto-mortal de pesadelo. Dei meia-volta, movendo-me ainda por reflexo, voltando atrás, parando, e então havia outro e outro, sete, todos pendentes diante de uma fachada de loja destruída. Tropecei, ouvindo o estalar de ossos sob os meus pés, e vi um esqueleto despedaçado na rua, desses que os médicos usam para estudo, o crânio rolando para longe da espinha dorsal, enquanto eu, por tempo demais, esforçava-me por me equilibrar, para reparar na rigidez nada natural dos que pendiam acima de mim. Eram manequins ,"Bonecas!", eu disse alto. Sem cabelos, calvas e esterilmente femininas. E me lembrei dos rapazes de perucas louras, esperando o alívio da risada, mas de repente eu era mais assolado pelo humor que pelo horror. No momento, porém, elas são irreais, pensei, mas *são* mesmo? E se uma, apenas *uma*, for real — é... Sybil? Apertei minha pasta, recuando, e corri...

Eles caminhavam em fileiras cerradas, portando bastões e porretes, espingardas e fuzis, chefiados por Rás, o Exortador, que se tornou Rás, o Destruidor, sobre um grande cavalo preto. Um novo Rás de dignidade arrogante e vulgar, vestindo o traje de um grande chefe abissínio: um boné de pele sobre a cabeça, o braço ostentando um escudo e, em torno dos ombros, um manto feito da pele de algum animal selvagem. Uma figura que mais parecia saída de um sonho do que do Harlem, e até do que da noite do Harlem, mas real, viva, assustadora.

— Afastem-se desse estúpido saque — gritou ele para um grupo diante de uma loja. — Venham juntal-se a nós pla invadil o alsenal, pegal almas e munição!

E, ouvindo-lhe a voz, abri a pasta e procurei meus óculos escuros, retirando-os apenas para ver as lentes espatifadas caírem na rua. Rinehart, pensei, Rinehart! Voltei-me. A polícia estava lá de novo, atrás de mim. Se o tiroteio recomeçasse, eu seria pego no fogo cruzado. Eu percebia isso na minha pasta, nos delicados papéis, no ferro partido, nas moedas, com meus dedos que se fechavam sobre o grilhão da perna de Tarp, e eu o fiz deslizar sobre os nós de meus dedos, tentando pensar, fechando a aba, trancando-a. Uma nova disposição se firmava em mim enquanto eles continuavam, e uma multidão maior do que a do Rás já se formava. Segui calmamente adiante, levando a pesada pasta, mas me movendo com algum novo senso de identidade e, junto a isso, com uma sensação quase de alívio, quase de quem suspira. Percebi, de uma hora para a outra, o que eu podia fazer, sabia-o mesmo antes de isso se formar por inteiro em minha mente.

Alguém chamou:

— Olhe! — e Rás se curvou no cavalo, me viu e arremessou, no meio de todas as coisas, uma lança — eu caí para a frente ao movimento de seu braço, amparando-me sobre as mãos como faria um acrobata — e ouvi o choque daquilo ao perfurar uma das bonecas pendentes. Levantei-me, com a pasta ao meu lado.

— Tlaidor! — berrou Rás.

— É o irmão — alguém disse. Eles se adiantaram ao redor do cavalo, agitados e ainda indecisos, então encarei Rás, sabendo que não era em nada pior do que ele, nem melhor, e que todos os meses de ilusão e a noite de caos não exigiam senão umas poucas e simples palavras, uma ação abafada, branda, até mesmo mansa, para clarear os ares. Despertar as pessoas, e me despertar.

— Eu já não sou mais irmão deles — gritei. — Querem um conflito racial e eu sou contrário a isso. Quanto mais morrerem, entre nós, mais contentes eles vão ficar.

— Não confiem nessa língua mentilosa — gritou Rás. — Enfolquem-no, pala ensiná ao povo neglo uma lição, e num vai tel mais tlaidores. Chega de Pai Tomás! Enfolquem-no aí com essas malditas bonecas!

— Mas qualquer um pode ver isso — berrei. — É verdade, fui traído por aqueles que pensei serem meus amigos. Mas eles confiam neste homem, também. Precisam desse *destruidor* para fazer o trabalho deles. Eles abandonaram vocês para que, no desespero que vocês enfrentam, seguissem este homem para se destruir. Vocês não conseguem ver isso? Querem que vocês sejam culpados do próprio assassínio, do próprio sacrifício!

— Agarrem ele! — gritou Rás.

Três homens se adiantaram e eu estendi logo a mão sem pensar, na verdade um desesperado gesto de oratória, de desacordo e desafio, quando berrei: "Não!" Mas a minha mão bateu na lança e eu a puxei com força, apanhando-a pelo meio da haste e apontando-a para a frente.

— Eles querem que isso aconteça — disse eu. — Eles planejaram isso. Querem que as turbas subam para esses bairros com metralhadoras e fuzis. Querem que o sangue corra pelas ruas: o sangue de vocês, o sangue dos negros e dos brancos, de modo que eles possam converter em propaganda sua morte, sua aflição e derrota. É simples, vocês sabiam disso havia muito tempo. Acontece assim: "Use um negro para agarrar um negro." Bem, eles me usaram para agarrar vocês e agora usam Rás para me pôr de lado e preparar o sacrifício de vocês. Vocês não conseguem ver? Não está claro?...

— Enfolquem esse tlaidor mentiloso — berrou Rás. — O que tão espelando?

Vi um grupo de homens começando a se movimentar.

— Esperem — pedi. — Então me matem por mim mesmo, por meus próprios erros, depois deixem por isso mesmo. Não me matem por aqueles que estão lá embaixo na cidade, rindo da peça que pregaram.

Mas, mesmo enquanto eu falava, soube que não era nada de bom. Não tinha nenhuma palavra adequada e nenhuma eloquência: quando Rás trovejava "Enforquem-no!", eu permanecia ali encarando-os, e isso parecia irreal. Encarava-o sabendo que o louco, com um vestuário estrangeiro, era real e também irreal; sabendo que ele queria a minha vida; que me considerava responsável por todas as noites e todos os dias, e por todo o sofrimento, e por tudo aquilo que eu era incapaz de controlar, e eu não era nenhum herói, mas alguém pequenino e escuro, apenas com certa eloquência e a capacidade insondável de ser tolo para me distinguir dos demais. Vi-os, reconheci-os finalmente como aqueles que eu havia desapontado e de quem eu era então, só então, um dirigente, embora os conduzisse, correndo na frente deles, apenas no despojamento da minha tendência para a ilusão.

Olhei Rás sobre seu cavalo e com seu punhado de armas, reconhecendo o absurdo daquela noite toda e da simples mas desconcertantemente complexa combinação de esperança e desejo, de medo e ódio, que me levara até ali ainda correndo e sabendo, nesse momento, quem eu era e onde estava; sabendo, ainda, que já não tinha de correr para os Jacks ou deles, assim como dos Emersons, Bledsoes e Nortons, mas apenas de sua confusão, de sua impaciência e da recusa em reconhecer o belo absurdo de sua identidade americana, e da minha. Permanecia ali sabendo que, se morresse, se fosse enforcado por Rás naquela rua, naquela noite destrutiva, talvez os deixasse, numa fração de etapa sangrenta, mais próximos de uma definição de quem eram eles, bem como do que eu era e havia sido. Mas a definição teria sido estreita demais. Eu era invisível, e o enforcamento não me conferiria visibilidade, nem mesmo aos olhos deles, uma vez que desejavam minha morte não por mim mesmo apenas, mas por causa da minha vida inteira em fuga Devido ao modo como eu corria, como era posto para correr, caçado, explorado, expurgado — embora, em grande parte, eu pudesse não ter feito nada mais —, admitindo-se a cegueira deles (acaso suportavam tanto Rinehart quanto Bledsoe?) e minha invisibilidade. É que eu, um pequenino homem negro com um nome presunçoso devia morrer porque um homem grande e negro, em seu ódio e confusão sobre a natureza de uma realidade que parecia controlada exclusivamente pelos homens brancos (que eu sabia serem tão cegos quanto ele), não conseguia escapar do seu delírio absurdo. E eu sabia que era melhor alguém sobreviver ao próprio absurdo do que morrer pelo dos outros, fosse de Rás ou de Jack.

Desse modo, quando Rás gritou "Enforquem-no!" fiz voar a lança, e foi como se, por um instante, eu renunciasse à minha vida e começasse a viver de novo, observando-a atingi-lo enquanto ele virava a cabeça para gritar, atravessando as duas bochechas, e vi a surpresa da multidão quando Rás forcejava com a lança que lhe havia travado os maxilares. Alguns dos homens levantaram as armas, mas estavam perto demais para atirar, e eu feri o primeiro com o grilhão da perna de Tarp, e o outro, na cintura, com a minha pasta, em seguida corri através de uma loja saqueada, ouvindo o alarido do alarme contra ladrões, enquanto eu saltava sobre sapatos espalhados, mostruários derrubados e cadeiras, de volta para onde vira o luar através da porta dos fundos, à minha frente. Eles vieram atrás de mim como um rastilho de chamas e eu os conduzi pelo meio da avenida e para o outro lado dela. Se eles atirassem, poderiam ter me acertado, mas era importante para eles me enforcar, ou me linchar mesmo, pois, do jeito como corriam, tinham sido instruídos a correr. Eu só devia morrer por enforcamento, como se apenas isso endireitasse a situação e a própria dívida. De modo que corri esperando a morte pelas costas, ou na nuca, e, enquanto corria, procurava chegar à casa de Mary. Não foi uma resolução ponderada, mas algo que pensei de repente, enquanto corria sobre poças de leite na rua escura, parando para sacudir a pasta e o grilhão, escapulindo das mãos dos perseguidores.

Se eu apenas pudesse dar meia-volta, deixar os braços caírem e dizer "Olhem, caras, deem-me uma trégua, somos todos pessoas negras reunidas... Ninguém se preocupe..." Embora, nesse momento, eu soubesse que nos preocupávamos bastante em agir — assim pensava eu. Se eu apenas pudesse dizer "Olhem, eles nos pregaram uma peça, a mesma e velha peça com novas variações; vamos parar de correr, vamos respeitar-nos e amarmo-nos uns aos outros..." Se apenas, pensei, correndo para outro amontoado de gente nesse instante, e pensando que iria embora, iria apenas para tomar um murro na boca quando alguém se aproximasse aos gritos, e sentindo o grilhão bater com força, ao mesmo tempo que eu seguraria a cabeça do camarada e seguiria adiante, dobrando a avenida de modo que fosse alcançado pelos borrifos d'água que pareciam descer do alto. Era um tubo dos mais importantes que arrebentara, lançando na noite uma bravia cortina de borrifação. Eu queria ir para a casa de Mary, mas seguia cada vez mais para o centro, através da rua alagada, subindo em vez de descer e, quando assim me deslocava, um guarda montado investiu no meio da água que esguichava, com o cavalo preto e molhado, atacando e assomando imenso, irreal, relinchando e fazendo soar os cascos pelo calçamento para o meu lado, ao mesmo tempo que escorreguei sobre os joelhos e vi a imensa massa pulsante que flutuava junto a mim e sobre mim, com o som das patas e dos gritos, e um afluxo da água vindo a distância, como se eu me sentasse muito longe, numa sala acolchoada, depois mais longe, quase no passado, a crina da cauda fustigando feroz por entre meus olhos. Cambaleei por ali em círculos, balançando a pasta cegamente, com a imagem da cauda de um feroz cometa queimando minhas pálpebras ardentes. Voltando-me e balançando a pasta cegamente, além do grilhão, e ouvindo o galope recomeçar enquanto chapinhava em total desamparo. Nesse momento, eu me encaminhava diretamente para a força nua e abundante da água, sentindo-lhe o poder como um golpe, molhado, desmoronante e frio, depois através dela, parcialmente capaz de ver apenas como outro cavalo se precipitava para cima e de um lado para o outro, caçador que vence um obstáculo, com o cavaleiro que se inclinava para trás enquanto o corcel se erguia, atingido em seguida, e tragado, pela borrifação que se elevava. Cambaleei mais pela rua abaixo, a cauda de cometa nos olhos, enxergando um pouco melhor então e olhando para trás a fim de ver a água esguichando como um gêiser enlouquecido ao luar. Para a casa de Mary, eu pensava, para a casa de Mary.

Havia fileiras de grades de ferro secundadas por cercas vivas diante das casas e eu cambaleei para trás de uma delas. Ali fiquei arfando, para descansar da esmagadora força da água. No entanto, mal havia sossegado, com o seco cheiro da planta, em um dia quente demais, no nariz, eles estacaram diante da casa, debruçando-se sobre a cerca. Passavam uma garrafa de um lado para o outro, e suas vozes soavam esgotadas pela forte comoção.

— Essa é uma grande noite — disse um deles. — Num é uma grande noite?

— É mais ou menos como as outras.

— Por que você tá dizendo isso?

— Porque ela tá cheia de merda, briga, bebida, mentira; me dá essa garrafa.

— Sim, mas essa noite eu vi algumas coisas que nunca tinha visto.

— Você pensa que viu alguma coisa? Que diabo, você tinha que estar em Lenox há umas duas horas. Você sabe esse pai-d'égua, Rás, o Destruidor? Pois é, cara, *ele* tava cuspindo sangue

— Aquele cara louco?

— Que diabo, claro, cara, tinha cum ele um cavalo grande preto e um manto de pele e um tipo do couro de leão velho ou coisa assim nos ombros e agitava a cambada. Maldito seja eu se não era uma *figura*, cavalgando pra cima e pra baixo naquele pangaré, você sabe, um daqueles que puxa carroça, e ele levava cum ele uma sela de vaqueiro e umas esporas grandes.

— Ah, cara, não..

— Mas era! Cavalgava pra cima e pra baixo no quarteirão, berrando. Destruam eles! Expulsem eles! Queimem eles! Eu, Rás, comando vocês. Você consegue, cara — dizia ele. — Eu, Rás, comando vocês! Para destruí-los até o último pedaço! E aí, a essa altura, apareceu um engraçadinho, um cara com sotaque da Geórgia, espiando da janela e gritando: "Ataque, caubói! Dê a eles chumbo e bananas". Aí, cara, esse louco filho da puta em cima daquele cavalo parecia a morte comendo um sanduíche, desce com a mão e avança com uma .45, começa a passar fogo na tal janela. E aí, cara, falou demais, cai fora! Num segundo, num estava ninguém por ali além de Rás em cima daquele cavalo, cum aquele couro de leão esticado completamente por trás dele. Doido, cara. Todas as outras pessoas tentam fazer algum saque, mas ele e seus rapazes procuram sangue!

Mantinha-me como um náufrago resgatado, escutando, ainda sem a certeza de estar vivo.

— Eu tava lá — outra voz disse. — Você viu quando a guarda montada lhe meteu o cacete no rabo?

— Diabo, eu não... Ó aqui, toma uma provinha.

— Bem, *é aí* que você devia ver ele. Quando ele viu esses policiais subindo, ele se retesou pra trás em sua sela e avançou com uma espécie de velho escudo.

— Um *escudo?*

— Que diabo, claro! Um que tem um espigão no meio. E isso num é tudo. Quando ele viu os policiais, ele chamou um dos capangas dele querendo passar pra ele uma lança, e um cara bem pequeno correu pra rua e deu uma pra ele. Você sabe, uma do tipo que você vê esses caras africanos segurando nos filmes...

— Onde, afinal, você tava, homem?

— Eu? Tava onde alguns pais-d'égua tinham forçado uma loja e vendiam cerveja fria no balcão. Entraram no negócio, homem — riu a voz. — Tomei uma Budweiser: quando os polícia subiram até a rua, cavalgando feito vaqueiro, cara; e quando veio o Rás, esse é o nome dele?, viu os cavaleiros, ele soltô um rugido como um leão e se empinô de recuo, começô a cravá as espora na bunda daquele cavalo tão depressa que nem as moeda que cai no metrô na hora de ir pra casa — e nósssenhoora! Aí que você devia vê ele! Olha, me dá um gole aí, amigo.

"Obrigado. Ali ele chega pocotó-pocotó cum aquela lança esticada na frente dele e aquele escudo no braço, atacando, cara. E berra algo em língua africana ou de índio do Oeste ou coisa paricida e tinha a cabeça pra baixo como se soubesse daquela merda também, cara, cavalgando como Earle Sande em seu quinto lugar na Jamaica. Aquele velho cavalão preto soltô um relincho e botô a cabeça pra baixo — num sei *onde* ele arranjô *aquele* fiodaputa, mas, meus sinhores, eu juro! Quando ele sentiu aquele aço no alto e atrás, ele se apressô como se uma urtiga-do-mar arrastasse suas cinza! Antes de os polícia sabê o que feria eis, Rás vai bem pro meio deis, um polícia agarrou aquela lança, o velho Rás se sacudiu pra todo lado e lhe atravessô a cabeça, e o polícia caiu, seu cavalo se levantou, o velho Rás levantou o dele e tentou atacar outro polícia, os outros cavalo afundaram em volta, o velho Rás ainda tentô atacá mais um polícia, mas tava perto demais, o cavalo soltava traque, bufava, mijava e cagava, eles deram a volta e o polícia sacudiu sua pistola, e toda vez que ele sacudia, o velho Rás levantava o escudo com um braço e picava ele com a lança no outro, cara, você podia ouvir aquela arma golpeando aquele velho escudo como alguém deixando cair um pneu d'uma janela no vigésimo andar. E vocês sabem que o velho Rás, quando viu que tava perto demais pra atacá um polícia ele rodou aquele cavalo em torno, afastou-se um pouco e lhe deu uma rápida rodada em volta da cara e atacô ele de novo — com sede de sangue, cara! Só dessa vez os polícia se cansaram dessa confusão e um deles começô a atirar. E *isso* foi a gota d'água! O velho Rás não teve tempo de pegá a arma, de modo que se jogô com aquela lança, você podia ouvi ele resmungá e dizê assim — por toda essa parentela de polícia — e depois ele e aquele cavalo assustaram a rua pulando que nem o Zorro e o Silver!

— Home, de onde *você* veio?

— É a verdade, cara, juro pela minha mãe.

Eles estavam rindo do outro lado da sebe e saíram. Eu estava com câimbra, querendo rir e sabendo, todavia, que Rás não era engraçado, ou não apenas engraçado, mas também perigoso, errado mas com razão, louco porém friamente são... Por que eles faziam isso parecer engraçado, *só* engraçado?, pensei. Sabiam que o era. Era engraçado e perigoso, e lamentável. Jack tinha visto isso, ou cambaleara em torno disso, usando-o para preparar um sacrifício. E eu fora usado como ferramenta. Meu avô estivera errado a respeito de lhes dizer sim até a morte e a destruição, ou então as coisas haviam mudado demais desde esse dia.

Só havia um modo de destruí-los. Saí de trás da cerca viva no luar em quarto minguante, molhado e enfraquecido no ar quente, e comecei a procurar Jack, ainda voltado para a minha direção. Caminhei pela rua, escutando os sons distantes do conflito e vendo na minha cabeça a imagem de dois olhos no fundo de um copo despedaçado.

Não me afastei do lado mais escuro das ruas e dos espaços silenciosos, achando que, se ele efetivamente desejasse ocultar sua estratégia, apareceria no distrito, talvez com um carro de som, fazendo o papel do conselheiro amistoso, com Wrestrum e Tobbit a seu lado.

Estavam de trajes civilizados, e eu pensei: "Policiais", antes de ver o cassetete e começar a dar a volta, ouvindo:
— Ei aí, você!
Vacilei.
— O que você tem aí nessa pasta? — perguntaram e, se tivessem perguntado qualquer outra coisa, eu ainda podia ter aguentado. Mas, aquela pergunta fez brotar uma onda de vergonha e de raiva que me sacudiu e eu corri, ainda à procura de Jack.

Mas, nesse momento, eu estava em território estranho, e alguém, por alguma razão, removera a tampa de um bueiro e eu me senti afundar, afundar; foi longa a queda, que acabou sobre um fardo de carvão, desprendendo uma nuvem de poeira. Fiquei na negra escuridão sem mais correr ou me encobrir, ansioso, ouvindo o carvão se deslocar, enquanto, de algum lugar lá em cima, as vozes dos policiais vinham parar ali.

— Você viu o jeito que ele caiu? tuuum! E eu só estava me ajeitando pra baixar o pau no filho da puta.
— Você o feriu?
— Não sei.
— Olha, Joe, você acha que o filho da puta tá morto?
— Quem sabe? Mas ele certamente está no escuro. Você não pode ver nem os olhos dele.
— Preto na pilha de carvão, hein, Joe?
Alguém gritou para o buraco:
— Ei, rapaz negro, sai. A gente quer ver o que tem na pasta.
— Desçam e me peguem — disse eu.
— O que você tem na pasta?
— Você — disse eu, subitamente rindo. — O que você acha que é?
— Eu?
— Todos vocês — respondi.
— Você é doido — disse ele.
— Mas eu ainda prendo você nesta pasta!
— O que você furtava?
— Você não pode ver? Acenda um fósforo.
— Sobre o que ele tá falando, Joe?
— Risca um fósforo, o crioulo é biruta.

Lá em cima, eu vi a pequena chama estalar em luz. Eles abaixaram a cabeça, como numa prece, incapazes de me enxergar atrás do carvão.

— Desça — repeti. — Ha, ha! Mantive vocês na minha pasta o tempo todo e vocês não me conheciam, nem podem me ver agora.

— Você é um filho da puta! — gritou um deles, irritado. Em seguida o fósforo se apagou e eu ouvi uma coisa cair brandamente sobre o carvão ou perto.

— Você é um preto filho da puta! — alguém gritou. — Olhe, é isso o que parece — e eu ouvi a tampa ser colocada sobre o bueiro com um som surdo. Fragmentos finos de pó choveram quando eles prensaram o tampo. Escorreguei no carvão, olhando para o alto, para o alto através do espaço negro, onde, por um segundo, a vaga luz de um fósforo desceu através de um círculo de orifícios no aço. Aí eu pensei: é este o ponto em que sempre estive, mas só agora eu percebo. E me recostei calmo, colocando a pasta debaixo da minha cabeça. Posso abri-la de manhã cedo, e empurrar a tampa, pensei. No momento eu estava cansado, cansado demais, com a cabeça alheada, a imagem dos dois olhos de vidro correndo como bolhas ou chumbo derretido. Ali era como se o conflito houvesse acabado, e eu senti o puxão do sono, parecendo mover-se sobre águas negras.

É uma espécie de morte sem enforcamento, pensei, uma morte viva. Pela manhã, tirarei a tampa. Mary, eu devia ter ido para a casa de Mary. Iria agora para a casa de Mary se pudesse... Fui me afastando sobre as águas negras, flutuando, suspirando... dormindo invisivelmente.

Mas eu nunca chegaria à casa de Mary e estava otimista demais sobre a retirada da tampa de aço de manhã cedo. Enormes ondas de tempo invisível flutuavam sobre mim, mas aquela manhã nunca chegava. Não havia nenhuma manhã, nem luz de qualquer espécie para me despertar, e eu deixei tudo para depois, até finalmente ser despertado pela fome. Depois me dei conta da escuridão e andei às cegas por ali, sentindo as paredes e o carvão que cedia sob cada passo como areia movediça. Tentei alcançar a parte de cima, mas encontrei apenas espaço, inviolado e impenetrável. Depois tentei encontrar a habitual escada que conduz para o exterior desses buracos, mas não havia nenhuma. Teria de contar com uma luz e, nesse momento, sobre as mãos e os joelhos, segurando firmemente minha pasta, examinei com todo cuidado o carvão, até encontrar a caixa de fósforos que o homem deixara cair — há quanto tempo tinha acontecido isso? —, mas só havia três remanescentes e, para economizá-los, passei a procurar papel para fazer um archote, apalpando lentamente à minha volta, sobre a pilha de carvão. Precisava apenas de um pedaço de papel para iluminar minha saída do buraco, mas não havia nada. Em seguida, procurei nos meus bolsos, não encontrando nem mesmo um recibo, ou um folheto de propaganda, ou um prospecto da irmandade. Por que eu havia destruído o folheto do Rinehart? Bem, só havia uma coisa a fazer, se eu tinha de fazer um archote. Tinha de abrir a pasta. Estavam nela os únicos papéis de que eu dispunha.

Dei início com meu diploma de ensino médio, utilizando um dos preciosos fósforos com uma sensação de remota ironia, até mesmo sorrindo quando vi a rápida mas frágil luz afastar a escuridão. Eu estava num profundo subsolo, cheio de objetos sem forma que se espalhavam mais longe do que eu podia ver, e compreendi que, para clarear minha saída, eu teria de queimar todos os papéis da pasta. Fui andando lentamente, em direção ao negrume mais escuro, iluminando o caminho com esses frágeis archotes. O próximo a sair foi o boneco de Clifton, mas este queimou tão teimosamente que procurei dentro da pasta alguma outra coisa. Então, com a luz do boneco proveniente apenas da fumaça, abri uma página dobrada. Era a carta anônima, que se queimou tão rapidamente que, enquanto ardia, me apressei a desdobrar outra: era aquela tira sobre a qual Jack anotara meu nome na irmandade. Ainda pude sentir o perfume de Emma, mesmo na umidade do porão. Ao ver, nesse momento, a caligrafia dos dois nas chamas que se consumiam, queimei a mão e escorreguei sobre os joelhos, com o olhar fixo. A caligrafia era a mesma. De joelhos, atordoado, fiquei observando as chamas que a consumiam. Que ele, ou alguém naquela data passada, pudesse ter me dado um nome e tivesse me posto em atividade com ele, com a mesma penada, era demais. De repente, comecei a gritar, levantando-me na escuridão e mergulhando ferozmente de um lado para o outro, chocando-me contra as paredes e espalhando o carvão, enquanto na raiva que eu sentia se extinguia minha frágil luz.

Mas, ainda rodopiando no meio da escuridão, dando pancadas nas ásperas paredes de uma passagem estreita, martelando a cabeça e imprecando, tropecei e caí, mergulhando numa espécie de compartimento onde oscilei temerariamente, tossindo e espirrando dentro de outro espaço sem dimensões, em que continuei a rolar para todo lado, para minha afronta. Quanto tempo levou, isso eu não sei. Podiam ter sido dias, semanas. Perdi todo o sentido de tempo. E, toda vez que parava para descansar, a afronta reaparecia e lá ia eu de novo. Então, finalmente, quando mal podia me mover, algo pareceu dizer-me: "É o bastante, não se mate. Você correu demais, você acabou com eles", afinal, e eu sucumbi, com o rosto para a frente, estendido ali além do meu ponto de exaustão, cansado demais para fechar os olhos. Não era um estado nem de sonho nem de vigília, mas de alguma coisa no meio das duas coisas, em que me achava capturado como o gaio de Trueblood que os invólucros amarelos haviam paralisado em toda parte, menos nos olhos.

Agora, porém — não sei como —, o chão tinha virado areia, e a escuridão se transformara em luz, e eu era prisioneiro de Jack e do velho Emerson, e de Bledsoe e de Norton e de Rás, do supervisor da escola e de numerosos outros que eu deixava de reconhecer, todos haviam me perseguido, os mesmos que nesse instante me comprimiam enquanto me estendia ao lado de um rio de água negra perto de onde uma ponte blindada se arqueava para onde eu não tinha como ver. E, assim como eu protestava por eles me dominarem, exigiam-me que eu voltasse para eles, e estavam aborrecidos com minha recusa.

— Não — disse eu. — Rompi minha relação com todas as suas ilusões e mentiras, e parei de correr.

— Não inteiramente — disse Jack acima das raivosas exigências dos outros —, mas você logo estará assim, a não ser que retorne. Recuse-se a isso e nós livraremos você satisfatoriamente de suas ilusões.

— Não, obrigado. Eu mesmo me livrarei — disse, lutando para me levantar da areia cortante.

Mas, naquele momento, eles vinham para a frente com uma faca, segurando-me, e eu senti a reluzente e vermelha dor, eles prenderam as duas bolhas sangrentas e as arremessaram sobre a ponte; da minha agonia, vi-os curvarem-se num esforço e se atirarem sob o vértice do recurvo arco da ponte, pendurarem-se ali, gotejando através da luz do sol, dentro da escura água vermelha. E, enquanto os outros riam, ante meus olhos agudamente doloridos, o mundo inteiro estava se tornando vermelho.

— *Agora você está livre das ilusões* — *disse Jack, apontando para a minha semente que se desvanecia no ar.* — *Como se sente quem se livra das ilusões?*

Levantei os olhos através de uma dor tão intensa, nesse momento, que o ar parecia bramir com o retinir do metal, e eu ouvia COMO SE SENTE QUEM SE LIVRA DA ILUSÃO...

E agora eu respondia, "Dolorido e vazio" quando vi uma rutilante borboleta circular três vezes em torno dos meus bagos de um vermelho sangrento, lá em cima debaixo do alto arco da ponte.

— *Mas olhe* — *disse eu, apontando. E eles olharam, riram, vendo repentinamente seus rostos satisfeitos e compreendendo: dei uma risada de Bledsoe, surpreendendo-os. E Jack se adiantou, curioso.*

— *Por que você ri?* — *perguntou ele.*

— *Porque, a determinado preço, eu vi agora o que não podia ver* — *disse eu.*

— *O que ele acha que vê?* — *indagaram eles.*

E Jack veio para mais perto, ameaçador, e eu ri.

— *Agora eu não tenho mais medo* — *disse eu.* — *Mas, se olhar, você verá... Já não é invisível...*

— *Ver o quê?* — *disseram eles.*

— *Que ali dependuraram não somente os meus frutos que se perdem na água* — *e, nesse momento, a dor se restabeleceu, de modo que eu já não podia mais vê-los.*

— *Mas o quê? Prossiga* — *disseram eles.*

— *Mas o seu sol...*

— *Sim?*

— *E a sua lua...*

— *Ele está louco!*

— *O seu mundo...*

— *Eu sabia que ele era um idealista místico!* — *disse Tobitt.*

— *Ainda* — *disse eu, há o seu universo, e esse pinga-pinga sobre a água que vocês ouvem é toda a história que vocês fizeram, tudo o que vocês vão fazer. Agora riam, vocês são cientistas. Vamos ouvir o riso de vocês!*

E, lá em cima de mim, a ponte, então, parecia sair dali para onde eu não podia ver, com passadas largas como um robô, um homem de ferro, cujas pernas tilintavam sinistramente enquanto ele se movia. E, em seguida, eu estrebuchei, repleto de dor e aflição, gritando:

— Não, não, temos de fazê-lo parar!

E acordei na escuridão.

Já totalmente desperto, simplesmente me estendi ali, como se estivesse paralisado. Não podia pensar em fazer mais nada. Mais tarde tentaria encontrar uma maneira de sair, mas, nesse momento, só podia ficar deitado no chão, revivendo o sonho. Todas as suas caras estavam tão vívidas que pareciam permanecer diante de mim debaixo de um projetor. Estavam todos em algum lugar lá em cima, fazendo uma embrulhada com o mundo. Bem, deixemo-los. Eu estava desligado deles e, apesar do sonho, permanecia são.

E nesse momento compreendi que não podia mais voltar para a casa de Mary, ou para qualquer parte da minha antiga vida. Podia aproximar-me disso apenas do lado de fora, e tinha de estar tão invisível para Mary quanto estivera para a irmandade. Não, não podia voltar para a casa de Mary, ou para o *campus*, ou para a irmandade, ou para a minha casa. Podia apenas andar para a frente ou permanecer ali, no subterrâneo. De modo que ali ficaria até ser expulso. Ali, pelo menos, podia tentar pensar pra valer nas coisas, em paz ou, se não em paz, em tranquilidade. Teria a minha morada no subterrâneo. O fim estava no começo.

Epílogo

Assim, ali você tem tudo o que pode ser importante. Ou, pelo menos, *quase* o tem. Sou um homem invisível, e essa condição me situou num buraco — ou me exibiu o buraco em que eu estava, se você preferir — e eu, com certa relutância, aceitei o fato. O que mais eu podia ter feito? Quando você se habitua a ela, a realidade é tão irresistível quanto uma associação, e eu me associara ao subsolo antes de captar o sinal. Talvez fosse o modo como tinha de ser, não sei, bem sei. Nem sei se acolher a lição me havia colocado na retaguarda ou na vanguarda. Com certeza, *essa* é uma lição para a história, e eu deixarei essas decisões para Jack e para sua gente, enquanto tento, tardiamente, estudar a lição da minha própria vida.

Permita-me ser sincero com você — uma proeza que julgo, a propósito, da maior dificuldade. Quando alguém é invisível, encontra esses problemas de bem e mal, honestidade e desonestidade, em suas formas de natureza tão variável que ele confunde uma com a outra, dependendo do que lhe parece no momento. Bem, a partir daí, tentei olhar através de mim mesmo, o que comporta certo risco. Nunca fui mais odiado do que quando tentei ser honesto. Ou quando, nesse mesmo instante, tentei elaborar exatamente o que percebi capaz de ser a verdade. Ninguém se satisfaz — nem mesmo eu. Por outro lado, nunca fui mais amado e considerado do que quando tentei "justificar" e reafirmar as crenças equivocadas de alguém. Ou quando tentei dar a meus amigos as respostas incorretas e absurdas que eles desejavam ouvir. Na minha presença, eles podiam conversar com eles mesmos, pois o mundo estava em suas mãos, e eles o amavam. Assimilavam, assim, uma sensação de segurança. Mas aí o embaraço: com muita frequência, com a finalidade de justificá-*los*, eu tinha de me agarrar pela garganta e me sufocar até meus olhos se esbugalharem e minha língua pender, oscilando como a porta de uma casa vazia sob um vento forte. Ah, sim, isso os deixava felizes, e me deixava doente. Desse modo, eu me tornei doente da afirmação, de dizer "sim" contra a negativa do meu estômago — isso para não falar no meu cérebro...

Há, por falar nisso, um terreno em que os sentimentos de um homem são mais racionais do que em sua mente, e é precisamente nesse terreno que sua vontade é impelida em diversas direções ao mesmo tempo. Você pode escarnecer disso, mas eu o sei, neste momento. Eu era impelido desse modo, e isso por mais tempo do que posso lembrar. E meu problema era que eu sempre tentava ir da maneira como todo mundo fazia, exceto as pessoas mais íntimas. Também fui chamado de um modo e depois de outro, enquanto ninguém, na verdade, desejava ouvir como eu mesmo me chamava. Assim, após anos tentando adotar as opiniões alheias, enfim me insubordinei. Sou um homem *invisível*. Percorri, dessa maneira, um longo caminho, girei e voltei como um bumerangue, um longo caminho desde a localização, na sociedade, em direção à qual eu aspirava caminhar.

De modo que me apossei do porão. Hibernei. Afastei-me de tudo. Mas isso não foi o suficiente. Podia mesmo ainda estar em hibernação. Porque, por mais amaldiçoada que seja, há a mente, a *mente*. Deixava-me o restante. O gim, o *jazz* e os sonhos não eram o bastante. Os livros não eram o bastante. Minha tardia valorização da piada nua e crua, que me mantinha correndo, não era o bastante. E minha cabeça se revolvia mais uma vez, e outra, de volta a meu avô. E, apesar da farsa em que acabou minha tentativa de dizer "sim" à irmandade, eu ainda me atormentava com o conselho dele no leito de morte... Talvez Jack encobrisse seu significado mais profundo do que eu pensava, talvez sua raiva me iludisse, não posso decidir. Quem sabe ele quisesse dizer — que diabo, ele *devia* querer dizer o princípio, aquele que precisávamos afirmar como o princípio sobre o qual o país fora construído, e não os homens, ou pelo menos não os homens que cometiam violência. Será que ele queria dizer "sim" por saber que o princípio era maior do que os homens, maior do que os números e o vicioso poder, assim como todos os métodos utilizados para lhe corromper o nome? Queria ele dizer que se afirmasse o princípio, o qual eles próprios haviam concebido como estando fora do caos e da escuridão do passado feudal, e que eles haviam violado e desacreditado até o ponto do absurdo em suas mentes corruptas? Ou queria dizer que temos de assumir a responsabilidade por isso tudo, tanto pelos homens como pelo princípio, porque somos os herdeiros que devem usar o princípio, visto que nenhum outro se ajusta às nossas necessidades? Não pelo poder ou pela vingança, mas porque nós, dadas as circunstâncias de nossa origem, apenas assim poderíamos encontrar a transcendência? Era então que nós todos, nós, a maior parte do todo, tínhamos de afirmar o princípio, o plano em cujo nome havíamos sido brutalizados e sacrificados — não porque seríamos sempre fracos, nem porque tivéssemos medo ou fôssemos oportunistas, mas porque éramos mais velhos do que eles, no sentido de que era necessário viver no mundo com os outros, e porque eles haviam esgotado em nós um pouco — não muito, mas um pouco — da cobiça e da mesquinhez humanas, sim, bem como o medo e a superstição que os haviam mantido em correria (ah, sim, eles correm também, correm todos atrás de si mesmos). Ou era ele querer dizer que devíamos afirmar o princípio porque nós, por nenhuma culpa nossa, estávamos ligados a todos os outros no mundo intenso, estrepitoso e semivisível, esse mundo visto por Jack e seu grupo apenas como um campo fértil de exploração, e com nada mais que condescendência por Norton e os seus, cansados de ser meros peões no fútil jogo de "fazer história"? Teriam eles visto que também para esses tivemos de dizer "sim" ao princípio, a fim de não se voltarem contra nós para destruir tanto este quanto a nós mesmos?

— Concorde com eles até a morte e a destruição — aconselhara meu avô. Que diabo, não eram eles sua própria morte e sua destruição, a não ser enquanto o princípio vivia neles e em nós? E aqui está a nata da pilhéria: não éramos nós uma *parte deles*, tanto quanto lhes estávamos à parte e sujeitos a morrer quando eles morressem? Não consigo imaginar isso: foge à minha compreensão. Mas o que *eu* quero efetivamente, perguntei a mim mesmo. Por certo nada da liberdade de um Rinehart ou do poder de um Jack, nem simplesmente a liberdade de não correr. Não, mas o próximo passo eu não podia dar, por isso permaneci no buraco.

Não estou censurando ninguém por esse estado de coisas, veja bem, nem meramente gritando *mea culpa*. O fato é que você carrega parte de sua doença dentro de você, pelo menos eu o faço, como um homem invisível. Carreguei minha doença e, embora por muito tempo tentasse situá-la no mundo exterior, a tentativa de registrá-la por escrito me mostra que pelo menos a metade dela se manteve dentro de mim. Ela se desenvolveu lentamente em mim, como essa estranha enfermidade que acomete os homens negros que você vê transformando-se em albinos, seu pigmento passando a desaparecer como se estivesse sob a radiação de algum raio invisível e cruel. Você prossegue durante anos, sabendo que alguma coisa está errada, depois subitamente descobre que é tão transparente quanto o ar. De início, você diz a si mesmo que tudo é uma brincadeira suja, ou que se deve à "situação política". Mas no fundo, no fundo, você chega a desconfiar de que tem de culpar a si mesmo, postando-se nu e trêmulo diante de milhões de olhos que veem através de você, desatentamente. *Essa* é a verdadeira doença da alma, a lança cravada no flanco, o arrastamento pelo nariz através da cidade de multidões enfurecidas, a Grande Inquisição, o abraço da Donzela, o rasgo no ventre com os intestinos se derramando, a viagem para a câmara de um gás mortífero que termina no forno tão higienicamente limpo — apenas é pior porque você continua a viver, de forma estúpida. Mas, viver, você deve fazê-lo, e pode ou assumir um amor passivo pela sua doença, ou queimá-la por fora e seguir para a próxima fase do conflito.

Sim, mas o que é a próxima fase? Quantas vezes tentei achá-la! Seguidas vezes, em duas, três ocasiões fui à superfície para buscá-la e encontrá-la, uma vez que, como quase todo mundo em nosso país, eu me pus em marcha com meu quinhão de otimismo. Acreditava no trabalho duro, no progresso e na ação, mas agora, depois de ser "pela" sociedade e em seguida "contra" ela, eu não me imponho nenhuma posição ou limite, e essa atitude é bastante contrária às tendências da época. Mas o meu mundo se tornou um mundo de infinitas possibilidades. Que frase!

Ainda é uma boa frase e uma boa apreciação da vida, e um homem não devia aceitar qualquer outra; é um pouco do que aprendi no subsolo. Até que alguma quadrilha seja bem-sucedida em colocar o mundo numa camisa de força, sua definição é a possibilidade. Caminhe fora dos estreitos limites do que os homens chamam de realidade e você caminha para o caos — pergunte a Rinehart, ele é um mestre nisso — ou para a imaginação. Isso também aprendi no porão, e sem apagar meu senso de percepção: sou invisível, não cego.

Efetivamente não, o mundo é exatamente tão concreto, genioso, vil ou sublimemente encantador quanto antes, só que agora eu compreendo melhor minha relação com ele e dele comigo. Cheguei, por um longo percurso, daqueles dias em que, cheio de ilusão, tinha uma vida pública e tentava operar sob a presunção de que o mundo era sólido e, igualmente, todas as relações nesse lugar. Agora eu sei que os homens são diferentes, que toda a vida é dividida e que apenas na divisão há autêntica sanidade. Daí em diante, permaneci no meu buraco, porque lá em cima há uma paixão crescente por modelar os homens conforme determinado padrão. Precisamente como no meu pesadelo, Jack e os rapazes esperam com suas facas, procurando a mais leve desculpa... bem, para "resolver logo", e não me refiro ao antigo passo de dança, embora o que estejamos fazendo seja empurrar do poleiro a velha águia americana.*

De onde vem toda essa paixão pela conformidade, de algum modo? — pois diversidade é que é a palavra. Deixe o homem conservar seus muitos componentes e você não terá nenhum Estado tirânico. Ora, se eles seguem o exemplo desse trabalho de conformidade, terminarão por me obrigar, a mim, que sou um homem invisível, a me tornar branco, o que não é uma cor, mas a falta dela. Devo me empenhar na finalidade de ficar sem cor? Mas, falando sério e sem esnobismo, pense no que o mundo perderia se isso tivesse de acontecer. A América é tecida de muitos fios. Eu os reconheceria e os deixaria assim permanecer. "O vencedor não leva nada", essa é a grande verdade de nosso país, ou de qualquer país. A vida é para ser

---

* Possível referência a um local nas proximidades de Los Angeles, em que nas décadas de 1920 e 1930 se reuniam muitos personagens da contracultura americana, escritores, músicos, artistas de diversas procedências. (*N. do T.*)

vivida, não para ser controlada, e a humanidade é conquistada ao manter nosso desempenho diante de eventuais derrotas. Nosso destino é nos tornarmos um, apesar de muitos. Não é uma profecia, mas uma descrição. De modo que uma das maiores pilhérias do mundo é o espetáculo dos brancos atarefados em fugir à condição do negro e em se tornar cada vez mais negros no dia a dia, ao mesmo tempo que os negros se empenham em chegar à condição do branco, tornando-se inteiramente obtusos e cinzentos. Nenhum de nós parece saber quem é ou para onde vai.

O que me faz lembrar algo que ocorreu um dia desses no metrô. A princípio, vi apenas um velho senhor que estava perdido. Eu sabia que ele estava perdido porque, desde que olhei da plataforma, vi-o aproximar-se de diversas pessoas e se afastar sem dizer nada. Perdeu-se, pensei eu, e continuará vindo até que me veja, depois perguntará a direção que tem de tomar. Talvez haja certa dificuldade nisso, em ele admitir que se perdeu, diante de um homem branco e estranho. Quem sabe perder um sentido de *onde* você está implique o perigo de perder um sentido de *quem* você é. Isso deve ser, pensei, porque perder a direção implica perder a identidade. De sorte que ele vem perguntar pela sua direção a partir do perdido antes, do invisível. Muito bem, eu aprendi a viver sem direção. Deixe-o perguntar.

Mas então ele estava apenas a um metro ou pouco mais, e eu o reconheci: era o sr. Norton. O velho cavalheiro, então, estava mais magro e enrugado, mas tão elegante como sempre. E, ao vê-lo, minha antiga vida renasceu em mim por um instante, e sorri com os olhos ardendo de lágrimas. Atualmente, ela havia acabado, estava morta, e, quando ele me perguntou como chegar à Centre Street, olhei para ele com um misto de sentimentos.

— O senhor não me conhece? — indaguei.

— Isso é possível? — retrucou ele.

— O senhor me vê? — disse eu, examinando-o nervosamente.

— Ora, claro. O senhor sabe como se chegar a Centre Street?

— Então, antigamente era a Golden Day, hoje é Centre Street. O senhor está abatido. Mas realmente não sabe quem sou eu?

— Jovem, estou com pressa — disse ele, fazendo concha com uma das mãos na orelha. — Por que eu deveria conhecê-lo?

— Porque eu sou o seu destino.

— Meu destino, você disse? — Ele me olhou com intensidade e como se estivesse embaraçado, retrocedendo. — Rapaz, como você vai? Que trem você disse que eu devo tomar?

— Eu não disse — respondi, sacudindo a cabeça. — Ora, o senhor não está envergonhado?

— Envergonhado? ENVERGONHADO? — repetiu ele, indignadamente.

Eu ri, subitamente dominado pela ideia.

— Porque, sr. Norton, se o senhor não sabe *onde* está, provavelmente não sabe *quem* sou eu. De modo que, para mim, o senhor deixou de lado a vergonha. Agora o senhor está envergonhado, não está?

— Rapaz, eu vivi muito neste mundo para me envergonhar de qualquer coisa. Você está entontecido de fome? Como sabe meu nome?

— Mas eu sou o seu destino, eu fiz o senhor. Por que não deveria conhecê-lo? — disse eu, chegando mais perto e vendo-o encostar-se numa coluna. Ele olhou à volta, como um animal acuado. Pensou que eu era louco.

— Não tenha medo, sr. Norton — disse eu. — Há um guarda na plataforma ali embaixo. O senhor está em segurança. Tome qualquer trem. Todos eles vão para a Golden D...

Mas nesse momento um expresso apareceu e o velho desapareceu por completo dentro de uma de suas portas. Fiquei ali rindo, histericamente. Ri em todo o caminho de volta para meu buraco.

Mas, depois de ter rido, fui devolvido às minhas reflexões: como tudo isso acontecera? E eu me perguntei se era apenas uma pilhéria, sem poder responder. Desde então, eu estive, algumas vezes, dominado pela paixão de voltar para aquele coração das trevas[*] do outro lado da divisa Mason-Dixon,[**] mas em seguida eu me lembrava de que as verdadeiras trevas estão dentro da minha cabeça, e a ideia se perdia no desalento. A paixão ainda persiste. Às vezes sinto a necessidade de reafirmá-la por

---

[*] Referência ao livro de Conrad, *Heart of darkness* (O coração das trevas) de circunstâncias infernais descritas no seio do continente africano. (*N. do T.*)
[**] Demarcação de fronteiras feita na década de 1760, que separava o nordeste e o sul dos EUA, a Nova Inglaterra e a população escrava, os brancos e os negros. (*N. do T.*)

inteiro, todo o território infeliz, todas as coisas amadas e desagradáveis que existem nele, pois tudo isso faz parte de mim. Até agora, contudo, isso está tão longe quanto sempre esteve, pois toda a vida vista a partir do buraco da invisibilidade é absurda.

    Então, por que eu escrevo, torturando-me para registrar essas coisas? Porque, à minha revelia, recebi algumas lições. Sem a possibilidade de ação, todo conhecimento chega a um rótulo do tipo "arquive e esqueça", e não posso nem arquivar nem esquecer. Nem quero que certas ideias me esqueçam; elas se mantêm preenchendo minha letargia e minha complacência. Por que eu deveria ser o único a ter esses pesadelos? Por que eu deveria dedicar-me e ser posto de lado? — sim, se não para, ao menos, *falar* a algumas pessoas a esse respeito? Parece não haver nenhuma escapatória. Ali eu me dispus a lançar minha raiva na cara do mundo, mas, no momento em que tentava assentar isso, a antiga fascinação pelo desempenho de um papel retornou e, mais uma vez, fui puxado para cima. De modo que, mesmo antes de terminar, havia falhado (talvez minha ira me pesasse demais, ou quem sabe, por ser um orador, eu me valesse das palavras em demasia). Mas falhei. O próprio ato de tentar registrar tudo me confundia, negava um tanto da minha ira e um tanto do meu amargor. E é isso, agora, que denuncio e defendo, ou me sinto preparado para defender. Condeno e afirmo, digo não e digo sim, digo sim e digo não. Denuncio porque, embora comprometido e parcialmente responsável, fui ferido no ponto decisivo da dor abissal, no ponto da invisibilidade. E eu defendo porque, apesar de tudo, verifico que amo. A fim de anotar um pouco disso, eu *tenho* de amar. Não negocio com você nenhuma falsa absolvição. Sou um homem desesperado — mas boa parte de sua vida se perderá, seu significado inclusive, a não ser que você trate disso tanto através do amor como do ódio. É desse modo que trato do assunto através da divisão. E é assim que denuncio e defendo, odeio e amo.

    Talvez isso me torne um bocadinho tão humano quanto meu avô. Uma vez, pensei que meu avô era incapaz de reflexões a respeito da humanidade, mas eu estava errado. Por que um velho escravo deveria usar uma frase como "isso ou aquilo, ou seja lá o que fosse, me deixou mais humano", como eu fiz em meu discurso da arena? Que diabo, ele nunca teve qualquer dúvida em torno de sua humanidade — isso ficava para a sua descendência "livre". Ele aceitava sua humanidade exatamente como aceitava o princípio. Era sua, e o princípio vive em toda a sua humana e absurda diversidade. De modo que, nesse momento, ao tentar registrar isso, eu me desguarneci no processo. Você não acreditará em minha invisibilidade e deixará de ver como qualquer princípio que se aplique a você pode aplicar-se a mim. Você deixará de vê-lo ainda que a morte espere por nós dois, se você não esperar. No entanto, o próprio desguarnecimento levou-me a uma resolução. A hibernação acabou. Tenho de me livrar da velha pele e parar para tomar fôlego. Há um mau cheiro no ar que, desse subsolo e a essa distância, pode ser ou o cheiro da morte, ou da primavera — espero que seja o da primavera. Mas não me permita engabelar você; *há* morte no cheiro da primavera, como no teu e no meu cheiro. E, se nada mais for, a invisibilidade terá ensinado meu nariz a classificar os maus cheiros da morte.

No subsolo acessível, fustiguei isso tudo, exceto a mente, a *mente*. E a mente que concebeu um plano de viver não deve jamais perder a visão do caos contra o qual esse modelo foi concebido. Isso vale tanto para as sociedades como para os indivíduos. Desse modo, tendo tentado conferir um padrão ao caos que vive dentro do padrão de nossas certezas, devo sair, devo emergir. E há ainda um conflito dentro de mim. Com Louis Armstrong, uma metade de mim diz: "Abra a janela e deixe o ar viciado lá fora", enquanto a outra diz: "Foi o bom grão verde antes da colheita." Evidentemente, Louis caçoava, *ele* não teria jogado fora o antigo ar viciado, porque teria fracionado a música e a dança, quando foi a boa música que veio da campana da velha corneta do ar viciado que valia a pena. O antigo ar viciado se encontra ainda em torno de sua música, de sua dança e da diversidade, e eu estarei pronto a atuar com a minha. E, como eu já disse, uma resolução foi tomada. Sacudirei a velha pele e a deixarei ali no buraco. Eu saio não menos invisível sem ela, mas saio. Presumo que pouco importa se é o momento certo. Até as hibernações podem ser exageradas, pare para pensar nisso. Talvez meu maior crime social tenha sido prolongar além dos limites até minha hibernação, uma vez que há a possibilidade de até mesmo um homem invisível ter um papel socialmente responsável a desempenhar.

— Ah — posso ouvi-lo dizer —, então era tudo uma preparação para nos sondar com sua entoação jazzística infestada de insetos nocivos. Ele só nos queria para escutar seu delírio! — Mas isso é apenas parcialmente verdadeiro. Ser invisível e sem substância, uma voz desincorporada, como foi, o que podia fazer? O que mais, senão tentar dizer a você o que efetivamente acontecia quando seus olhos não me enxergavam? E é isso o que me aterroriza.

Quem sabe se, nas frequências mais baixas, eu falo também por você?

Este livro foi composto na tipografia Adobe
Caslon Pro em corpo 11,5/15, e impresso
em papel off-white no Sistema Cameron da
Divisão Gráfica da Distribuidora Record.